한국
현대문학
전집

15

김 강사와 T 교수

김남천·유진오 단편선

김 강사와 T 교수

김 남 천 · 유 진 오 단편선 · 윤 대 석 엮음

현대문학

학교 교육에서 문학 교육이 차지하는 비중은 대단히 크다. 초등학교, 중학교, 고등학교 국어 과목 안에 '문학'이 한 영역을 차지하고 있으며, 고등학교에서는 심화 학습으로 문학 과목을 배운다. 문학 교육의 비중은 갈수록 커져 가고 있어 '2009년 개정 교육과정'에서는 문학 1과 문학 2로 과목이 확대되었다.

게다가 인문학 교육의 중요성이 강조됨에 따라 대학 교육에서 문학 교육의 위상이 갈수록 높아지고 있음은 모두가 아는 사실이다. 인간과 세계의 진실을 정신과 감각의 차원에서 통합적으로 파악하고자 하는 문학에 대한 넓고 깊은 이해가 중요함은 새삼 말할 필요도 없다. 모든 학문의 바탕이며 동시에 종합인 문학에 대한 올바른 인식이 확산되면서 그동안 실용 학문에 밀려 주변부를 맴돌았던 문학 교육이 다시금 제자리를 찾아 교육의 중심으로 돌아오고 있다. 따라서 지금이야말로 문학 교육에 더 많은 관심을 기울여야 할 때다.

새로운 현실은 새로운 문학 전집을 요청한다. 문학 교육의 중요성이 갈수록 더 강조되고 문학 교육의 위상이 갈수록 높아지는 새로운 현실의 요청에 응하여 여기 〈한국현대문학전집〉을 펴내고자 한다.

우리는 몇 가지 원칙에 따라 이 전집을 엮고자 하였다. 〈한국현대문학전집〉의 편집 원칙은 다음과 같다.

첫째, 국문학계에서의 연구 성과에 근거하여 한국현대소설사를 일구어온

대표 작가의 대표작들을 엄선하여 수록함으로써 이들 대표 작가 개개인의 문학 세계와 한국현대소설사의 구체적 전체상을 담아낸다.

둘째, 문학 교육의 비중이 갈수록 높아지는 현실에 따라 문학 교육 과정에서 중시되고 있는 작품들을 수록한다. 문학 교육 과정에서 중시되는 작품들은 곧 한국현대소설사에 솟아 있는 우수한 작품들이니 이는 첫 번째 원칙과 통한다.

셋째, 작가의 최종 수정판을 수록하는 것을 원칙으로 하되, 명백히 잘못된 부분은 다른 판본과의 대조를 통해 수정함으로써 비평적 정본을 제시한다.

넷째, 전문 연구자의 해설을 붙여 독자가 해당 작가의 문학 세계를 깊이 이해할 수 있도록 한다. 해설인 '소평전小評傳'은 작가의 삶과 문학 세계에 대한 비평적 개괄과 수록 작품들에 대한 정밀한 분석 두 부분으로 구성한다.

다섯째, 작품들 뒤에 작가의 문학 세계를 이해하는 데 도움이 될, 그 작가와 관련된 수필 또는 비평문을 '인상기'로 두세 편 수록한다.

〈한국현대문학전집〉이 학교의 문학 교육 현장을 비롯한 문학 생활의 공간 곳곳에서 학생들에게 그리고 문학을 사랑하는 모든 사람들에게 널리 읽히기를 바란다.

2011년 여름
〈한국현대문학전집〉 편집위원 김윤식, 정호웅, 서경석, 김경수

해설 | 폐색의 시대, 길을 묻다 · 윤대석　　　9

〈김남천 편〉

물!　　　23
남매　　　35
소년행少年行　　　59
녹성당錄星堂　　　87
경영經營　　　111
맥麥　　　161
등불　　　216
어떤 아침　　　241

인상기 | 자작 안내 · 김남천　　　257
　　　　문학의 주장과 실험의 세계 · 안함광　　　264

작가 연보　　　273

〈유진오 편〉

상해의 기억　　　277
김 강사와 T 교수　　　292
창랑정기滄浪亭記　　　327
가을　　　349
나비　　　382
여름夏　　　412
산울림　　　436
신경新京　　　451

인상기 | 작가 단편 자서전 · 유진오　　　481
　　　　내가 본 유진오 씨 · 민촌생(이기영)　　　484

작가 연보　　　487

일러두기

1. 이 책은 작가 김남천과 유진오가 1930년대와 1940년대에 발표한 작품들 중 각각 8편의 단편소설을 선정하였다. 수록 순서는 발표 연대를 기준으로 하였으며, 원전 출처는 각 작품의 말미에 밝혀두었다.
2. 김남천의 「어떤 아침」과 유진오의 「여름」은 일본어 원전을 편자가 번역한 것이다.
3. 이 책은 현행 한글맞춤법에 따르는 것을 원칙으로 하였다. 다만 작품에 영향을 미친다고 여겨지는 일부 방언이나 구어체 표현, 의성어, 의태어 등은 그대로 두었으며 특히 대화문에서는 원래 표기를 최대한 살렸다.
4. 외래어는 현행 외래어 표기법을 따르되 작품 분위기에 영향을 미치는 어휘는 가능한 한 그대로 두었다.
5. 대화나 인용은 “　”, 생각이나 강조는 ‘　’로 표시하였다. 또한 장편소설이나 책 제목은 『　』, 단편소설이나 시 등은 「　」, 잡지나 신문 등은 《　》, 영화나 연극, 노래 등은 〈　〉로 통일하였다.
6. 독자들의 이해를 돕기 위해 필요하다고 판단되는 경우 국립국어원의 표준국어대사전, 『소설어 사전』(최동호·김윤식 저, 고려대학교출판부) 등을 참고하여 뜻풀이를 달았다.

폐색의 시대, 길을 묻다
—김남천·유진오의 소설에 대해

윤대석

희망이란 본래 있다고도 할 수 없고 없다고도 할 수 없다. 그것은 마치 땅 위의 길과 같은 것이다. 본래 땅 위에는 길이 없었다. 걸어가는 사람이 많아지면 그것이 곧 길이 되는 것이다.

—루쉰, 「고향」

소설은 영원성과 더불어 역사성을 지닌다. 언제·어디서나 통하는 이야기를 통해 소설은 우리들에게 감명을 주지만, 그것은 특정한 시공간을 상정함으로써만 가능한 것이다. 그렇기에 소설을 이해한다는 것은 인간의 변하지 않는 본질을 이해하는 것이면서도 인간이 살아온 길, 즉 역사를 이해하는 것이기도 하다. 전자는 소설을 읽는 개별 독자들이 자신의 경험과 직관을 통해 저절로 깨닫는 것이지만, 후자는 전문가의 도움을 받지 않을 수 없다. 이 글이 독자 여러분께 전달하고자 하는 것은 바로 김남천·유진오 소설의 역사적·사회적 맥락이고 그것은 근대가 만들어낸 최악의 통치 체제 가운데 하나인 식민지 통치를 의미한다.

유진오가 이 세상에 태어난 것은 일본이 대한제국의 외교권을 앗아 간 을사늑약 1년 후인 1906년이었다. 이어 1910년 조국은 일본의 식민지가 되었고 그다음 해인 1911년, 김남천이 태어났다. 조국이 일본 식민지에서 벗어난 1945년 8월 15일 유진오는 마흔, 김남천은 서른다섯이었다. 그들이 철들 무렵부터 조국은 이미 망해 있었고, 일본 총독부의 통치 속에서 이들은 인생의 꽃 같은 유년·소년·청년기를 모두 보내지 않을 수 없었다. 그들은 초등학교(당시는 보통학교)에서부터 조국은 일본이고 국어는 일본어라고 배웠으며, 한반도와 일본 열도가 같은 색깔로 칠해진 지도를 보았다.

식민주의란 인종과 민족, 그리고 문화의 차이를 우열 관계로 규정짓고 그러한 우열 관계에 근거한 통치를 정당화하는 이데올로기를 가리킨다. 이러한 이데올로기가 인종적으로, 민족적으로, 문화적으로 열등하다고 혹은 야만적이라고 규정한 인종과 민족을, 스스로를 '문명'이라고 자칭한 인종과 민족이 지배하고 통치하는 것이 정당하다는 것이 식민지 통치의 논리였다. 이러한 논리는 서양과 백인이 유럽 이외 지역을 점령하고 통치하는 데 중요한 논거가 되었고, 19세기 후반은 이러한 제국주의 세력이 전 세계를 식민지와 식민지 통치국으로 양분한 시대였다. 아시아에서는 유일하게 제국주의가 된 일본은 1910년 대한제국을 식민지로 편입시켰다.

식민지인이 된 조선인들은 식민지에서 벗어나기 위해 민족주의 운동을 펼쳐나갔다. 민족의 독립을 강하게 추구하는 이 운동은 조선 민족의 열등함을 부정하고 산업이나 교육을 일으킴으로써 스스로 국가를 만들 수 있는 능력을 가지고 있음을 증명하려 했다. 그러나 일부 조선인들은 식민지 지배가 단순히 민족적 차별뿐만 아니라 계급이나 성적 차별과 같은 불평등과 연관되어 있기 때문에 민족주의 운동만으로는 부족하고 사회적 평등을 요청하는 운동과 병행되어야 한다고 생각했다. 이를 사회주의 운동이라고 할 수 있는데, 예술 부문에서 그것을 담당한 것은 조선 프롤레타

리아 예술가 동맹, 즉 카프(KAPF)였다.

카프가 존속한 시기는 1925년부터 1935년까지였다. 러시아 혁명 (1917)으로 비롯된 세계적인 사회주의 사상·문학의 보급이 카프 성립의 외부적인 요인이었다면, 민족주의 운동 및 문학의 한계에 대한 인식이 그것의 내적인 요인이었다. 일제는 카프가 성립될 때부터 사회주의 운동에 대한 탄압을 멈추지 않았다. 국체國體를 위협하는 사상을 단속할 수 있는 근거를 제공한 것은 1925년 12월 공포된 치안유지법이었다. 국체란 국가의 체제, 즉 일본의 경우엔 천황제를 의미했고, 그것을 위태롭게 하는 것은 물론 조선의 독립을 주장하는 독립 사상도 포함되었으나, 주로 신흥 사상으로 등장한 사회주의 사상이었다. 1931년의 1차 검거, 1934년 전주 사건, 혹은 신건설사 사건으로 불린 제2차 검거의 법적 근거는 바로 그 치안유지법이었다. 1930년대 중반이 되면 일제의 대량 검거와 전향 공작에 의해 사회주의 운동 단체들이 거의 활동을 중지하게 된다. 카프가 해산계를 경기도 경찰국에 제출한 것은 1935년이었다.

유진오가 창작 활동을 시작한 것은 카프가 맹활약하던 1927년이었다. 그때 그는 경성제국대학교 법학과 2학년에 재학 중이었다. 경성제국대학 학생들이 만든 잡지인 《청량》, 《문우》에서 벗어나 그가 본격적으로 소설을 발표하기 시작하는 것은 카프의 기관지나 다름없는 《조선지광》이었다. 보통학교에서 고등보통학교를 거쳐 경성제국대학을 입학하고 졸업할 때까지 한 번도 수석을 놓쳐본 적이 없다는 조선의 제일가는 수재이면서, 법학자이자 은행가로서 사회 유지인 아버지를 둔 그조차 사회주의 운동에 경도될 만큼 그 시대는 사회주의의 시대였던 것이다.

그러나 유진오의 사회주의에 대한 경사는 실천적·생활적인 데 있지 않고 인식적, 이론적인 것에 있었다. 그가 카프에 가입하지 않은 것은 그

때문이다. 카프에 가입하지 않고, 그러니까 실천을 통해 사회주의를 추구하지 않고, 사회주의에 동조하고 그것과 비슷한 경향의 작품을 발표한 작가들을 동반자 작가라고 부르는데, 유진오가 그 대표적인 인물이었다. 그가 사회주의에 기울었을 때 발표한 「오월의 구직자」가 현실성이 떨어지고 관념적인 것은 그 때문이었다. 이 책에 수록된 「상해의 기억」에서도 동반자 작가로서 유진오의 모습을 볼 수 있다. 이 소설은 화자가 상해에서 겪은 사회주의 운동에 대한 탄압을 소재로 삼고 있다. 그러나 화자는 결코 그 속에 뛰어들지 않고 그 곁에서 관찰하기만 한다. 하지만 그 시선은 객관적이지 않고 사회주의 운동가에 대한 공감을 드러낸다. 이 소설의 배경이 상해이고, 사회주의 운동을 탄압하는 세력이 중국 국민당 정부이지만, 그것을 곧 일본과 그 식민지인 조선으로 고쳐 읽어도 무방하다.

이에 비해 김남천은 실천적인 사회주의 운동가·문학자였다. 그는 평양고보를 졸업하고 일본 유학을 떠난 직후부터 카프의 맹원이었다. 국내에 돌아와서도 성천 청년동맹이라는 지역 사회주의 단체를 조직하기도 하고 평양 고무 공장 노동자 총파업에 관여하여 격문을 작성하기도 한다. 그러한 사회주의 운동에 대한 참여 때문에 대학에서 제적당한 그는 그때부터 본격적으로 창작 활동을 시작하여 「공장신문」, 「공우회」 같은 노동소설을 발표한다. 또한 1931년 카프 제1차 검거에서 소위 조선공산주의자협의회 사건에 연루되어 공산당원 고경흠과 함께 기소되어 2년의 실형을 선고받는다. 단편소설 「물!」은 이때 감옥에 간 김남천이 그 안에서 겪은 체험을 토대로 창작되었다. 이 소설에는 감옥이 배경으로 등장하지만 사회주의적인 내용은 전혀 없다. 그 때문에 작품의 실천과 작가의 실천에 관한 논쟁을 유발하는데, 어쨌든 이 소설에는 자기 성찰이 드러나 있으며, 그것이 김남천의 사상과 실천의 중요한 부분을 이룬다.

　이처럼 1930년대 전반기의 유진오·김남천 소설에서 일제의 탄압이 주된 소재로 등장하는 것은 이 시기가 가장 가혹한 식민지 억압의 시대였기 때문이다. 1929년의 경제 공황 때문에 곤란을 겪게 된 일본은 전쟁과 식민지 획득을 통해 어려운 상황을 타개하고자 했고, 그로 인해 일본 국내는 물론 식민지에서도 강한 사상 통제를 실시하였다. 1931년의 만주사변, 1937년의 중일전쟁은 일본이 경제적 궁지에서 벗어나기 위해 벌인 중요한 사건이었고, 전쟁을 효율적으로 치르기 위해서 내부적인 단합과 이질적인 것의 배제를 실시하지 않을 수 없었던 것이다. 가장 큰 분열을 가져오는 내부의 적은 역시 사회주의 세력이었다. 일본 국내뿐만 아니라 식민지인 조선에서도 사회주의는 가장 먼저 탄압의 대상이 되었다. 카프가 두 차례에 걸친 대량 검거를 거친 이후 해산할 수밖에 없었던 것도 바로 그 때문이었다.

　카프의 해산은 당시 지식인들, 특히 사회주의에 기울어 있던 조선 지식인들에게는 커다란 충격이었다. 이는 자신의 사상과 이념, 신념을 밖으로 드러낼 수 없음을 의미한다. 그 드러냄, 즉 표현에는 문학적 실천과 사회적 실천이 있을 터인데, 전자가 사회주의 문학을 창작하는 것이라면 후자는 사회주의 운동을 전개하는 것이다. 이 둘의 불가능성이 명백해진 사건이 바로 카프의 해산이었다. 만약 세계를 해석하고 세계를 바꾸어나가고자 하는 어떤 사상과 신념을 내가 가지고 있다고 하자. 그런데 그것을 말로, 행동으로 표현할 수 없다고 하자. 그것을 표현하는 순간 내가 불이익을 받거나 심한 경우 감옥에 갈 수 있다면 나는 어떻게 해야 할 것인가.

　이 문제를 다룬 것이 유진오의 「김 강사와 T 교수」다. 소설의 주인공인 김 강사는 예전에 도쿄 제국대학을 다니면서 문화비판회라는 사회주의 문학 단체에서 맹활약을 한 사람이지만, 지금은 생계를 꾸리기 위해 자신의 전력을 숨기고 S 전문학교에서 강사 생활을 하고 있다. 강사 자리를 유지하기 위해서는 신념을 숨기는 것만으로는 부족하다. 신념을 배반해야 한다. 교장에게, 그리고 자신을 추천해준 총독부 관리에게 뇌물을 주지 않을 수 없다. 생활을 유지하기 위해서는 신념을 배반해야 하고 신념을 유지하기 위해서는 생활을 배반해야 한다. 사회주의 계열뿐만 아니라 당대 모든 조선 지식인들이 처한 사상과 현실의 괴리를 유진오는 명확한 언어로 포착한 것이다. 이 소설이 당대 상황을 실감나게 그릴 수 있었던 것은 유진오의 명민함 때문이기도 하지만, 그것이 작가의 체험에서 우러나온 때문이기도 하다. 도쿄 제국대학을 경성제국대학으로, 문화비판회를 조선경제사정연구회로, S 전문을 경성제국대학 예과로 바꾸어 읽는다면 유진오가 느꼈을 좌절감을 조금은 엿볼 수 있을 것이다.

사상과 현실이 괴리될 때 어떻게 해야 하는가. 이것은 1930년대 후반 지식인들이 가진 화두와 같은 것이었다. 1930년대 후반은 사회주의 사상이라는, 현실을 비판적으로 인식할 수 있는 세계관이 더 이상 불가능한 시대였다. 그를 대신하여 일본이 전개하는 전쟁과 침략 행위를 정당화하는 현실적 논리인 동양주의 및 동아협동체론 등이 맹위를 떨치던 시대였다. 낡은 사상을 긍정할 것인가, 새로운 현실을 긍정할 것인가의 기로에 작가들은 서 있었다. 당대 작가들은 실천력을 잃어버린 사회주의 사상을 견지할 수도 없고, 그렇다고 해서 새로운 현실에 몸을 던질 수는 없는, 이러지도 저러지도 못하는 상황에 놓이게 된 것이다. 이를 '주조 상실'의 시대라 부를 수 있을 것이다.

'주조 상실'의 시대에 김남천의 「경영」과 「맥」은 세 가지 길을 제시한다. 그 세 가지 길은 소설 속에서 세 유형의 인물로 등장한다. 오시형은 자기 신념을 바꾸어 일본의 침략 전쟁을 합리화한다. 그가 재판정에서 설파하는 동양주의는 당대 일본이 서양과 대립하면서 동아시아의 패권을 차지하기 위해 만들어낸 논리였다. 동양이 하나가 되어 서양의 한계, 근대의 한계를 뛰어넘어야 한다는 '근대의 초극론'으로도 표현되는 이 사상은 그러한 동양을 일본이 주도해야 한다는 주장과 이어짐으로써 침략 전쟁을 정당화했다. 이 유형의 인물은 사상을 포기하고 현실에 자신을 던진다. 그럼으로써 새로운 실천이 가능해진다. 보리가 당장 갈려 빵이 되는 것이다. 오시형은 사회주의라는 아버지를 버리고 새로운 아버지 일본을 선택함으로써 이러한 실천으로 한 걸음 내딛는다. 이 소설에서는 친일파인 아버지를 긍정하는 것으로 이 점이 드러난다.

이에 비해 이관형은 땅속에 묻히는 쪽을 선택한다. 자신의 신념을 그대로 유지한 채 현실로부터 거리를 두고 현실을 비관하며 퇴폐적인 생활을 하는 것이다. 김 강사로 바꾸어 말하면 오시형은 뇌물을 주면서까지 자신의 직을 유지하려고 하는 김 강사일 터이고, 이관형은 직장을 그만두고 자신의 신념을 유지하는 김 강사일 터이다. 현실과 전혀 접점을 가지지 않으면 사상이나 신념은 유지할 수 있다. 그러나 그러한 신념이나 사상은 현실에 아무런 영향력을 행사할 수 없는 자위행위에 불과하다.

마지막 한 유형은 최무경을 통해 제시된다. 땅에 묻혀 꽃을 피울 날을 기다리는 것이다. 그것은 현실의 논리에 빠져드는 것도 아니고 그렇다고 자기 신념을 고집하여 퇴폐적인 생활에 빠져드는 것도 아니다. 자신의 신념과 사상을 새로운 현실에 맞추어 갱신하는 것이다. 그러한 사상적 갱신의 기반은 "생활을 가지자."라는 무경의 독백에서 읽을 수 있듯이 일상생활이다. 1930년대 후반기에 뚜렷한 비판 의식 없이 일상생활을 그린 세태소설이 범람하는 것은 이 때문이었다. 이럴 때 생활은 주체성 없는 휩쓸림의 의미를 넘어 주체성 자체를 재구성할 수 있는 기반이 된다. '생활'

이 사상 갱신의 기반이 됨은 평론가 임화의 다음 말에서 명백하다.

세태 묘사의 문학이 외부의 생활을 섭렵하고 내성의 문학이 내부의 생활을 천착하려 한 대신 오늘날의 일부 경향이 통틀어 여태까지 우리가 중시해 오지 아니했던 생활이란 것을 진실하게 평가하기 시작하였다면 문제의 성질은 약간 달라지지 아니할 수 없다. 바꿔 말하면 현실 대신에 맞이한 부득이한 세계로서의 생활이 아니라 역시 소중히 할 것으로서의 생활, 혹은 그것을 긍정하고 그 속에서 무슨 새 의의를 찾아보려는 세계로서 생활이 문학 위에 등장하게 되면 그때는 여태까지 우리가 현실이란 것과 대비하여 생각해오던 생활과 새로운 의미의 생활이 약간 의미가 달라진다.

그것은 이미 새로운 오늘날이란 시대의 현실로서의 중대한 의미를 함축하게 된다. 즉 새로이 발견된 현실로서의 생활, 그것이 곧 현실을 버린 뒤에 생활의 발견이 초래한 중대한 결과가 되는 것이다.

—임화,「생활의 발견」

이러한 인식론은 임화가 새삼스레 인식한 것이 아니라 1930년대 후반기의 패러다임을 구성하고 있다. 이를 가장 빨리 알아차린 것이 유진오의 '시정'이고 그다음이 김남천의 '풍속'이라면 임화의 '생활'은 가장 뒤늦은 시대성에 대한 추인이자 명확한 개념적 인식이라 할 수 있다. 현실을 이념에 따라 재단하는 것이 아니라, 새로운 현실을 주시하면서 그것을 비판할 수 있는 근거를 마련할 수 있다고 김남천과 유진오는 생각했다. 그것이 김남천의 '자기고발론', '관찰문학론', '풍속문학론'이고 유진오의 '시정 편력의 문학론'이다.

1930년대 후반기의 이들 소설에서는 「물!」이나 「상해의 기억」 같은 소설을 둘러싸고 있는 강한 신념과 이념이 존재하지 않고 또 그것을 통해서 현실을 보지 않는다. 이들 소설에서 화자를 아버지가 없는 어린아이나 무능력한 남편을 둔 여성으로 설정하는 것은 그 때문이다. 이념이나 신념은 성인 남성의 전유물이다. 그것은 이른바 아버지로 상징되는 것이다. 사회주의라는 아버지가 죽고 동양주의라는 아버지가 등장했다. 죽은 아버지에 집착할 것인가, 새로운 아버지를 맞이할 것인가, 아니면 내가 생활을 꾸려나가면서 아버지가 될 것인가. 유진오와 김남천은 마지막 길을 선택했다.

이들은 현실과 생활을 어린이나 여성처럼 이념에 의거하지 않은 시각에서 바라봄으로써 새로운 이념을 세우려고 했다. 김남천의 「남매」나 「소년행」은 소년 봉근이를 통해 세상을 바라본다. 유진오의 「창랑정기」는 어린이의 눈을 통해, 또 「나비」는 여성의 눈을 통해 세상을 바라본다. 기존의 이념에 의거하지 않고 인간의 존엄성은 어떻게 회복될 수 있는가를 탐색하는 것이 이들 소설의 과제다. 그러나 새로운 길은 쉽사리 발견되지 않는다. 이들 소설은 여전히 탐색으로만 그칠 뿐 대안을 내세우지 않는 것이다. 다만 최소한의 목표치, 즉 인간의 존엄성을 내세울 뿐이다.

유진오의 소설에서는 탐색 행위가 산책(시정 편력)이라는 행위를 통해 등장하기도 한다. '기호의 산책'이라는 부제가 붙은 「가을」은 이 점을 잘 보여준다. 화자는 이념에 따라서 행동하던 과거의 자신을 회상하면서 달라진 현실을 바라본다. 친구들은 모두 변했다. 그리고 세상도 변했다. 나는 어떻게 해야 할 것인가. 세상을 아무런 기준이나 이념 없이 산책하듯이 바라본다. 그것을 통해 무슨 신념과 사상을 얻어야 하지만 성급하지는 않다. 판단을 유보하는 것이다. 이러한 판단 유보는 유진오의 장편소설인 『화상보』에서 제로(0)의 사상으로 등장한다. 또한 『화상보』와 김남천의 장편소설 『사랑의 수족관』에서는 주인공을 과학자 혹은 기술자로 그린 것으로 그러한 판단 유보가 드러난다. 물론 과학자가 가진 생각이나 행위가 과연 가치 중립적인 것인가에 대한 논란은 있지만.

그렇다고 이들의 길 찾기가 무목적의 길 찾기는 아니다. 그러니까 모든 것을 수용하는 현실 긍정과 이들의 길 찾기가 다른 것은 인간 존엄성이라는 최소한의 기준 때문이다. 이러한 기준은 그들 자신이 가졌던 과거의 이념을 성찰하면서 얻은 것이다. 사회주의 사상의 핵심을 그들은 인간의 존엄성이라고 생각했던 것이다. 「가을」에서 이는 마지막 장면에 등장한다. 수남 아범에게 많은 돈을 인력거 요금으로 지불한 기호는 처음으로 포근한 기쁨을 느끼는 것이다. 최소한의 선행과 타인에 대한 배려가 그것이다.

이 대목은 중국의 문호 루쉰의 소설 「작은 사건」을 연상시킨다. 이 소설은 신해혁명 이후 혁명정부에 참여했던 루쉰이 실제로 겪은 일을 쓴 것이다. 어느 날 루쉰은 인력거를 타고 바쁘게 길을 재촉하고 있었는데, 그 인력거에 어떤 노파가 스쳐 쓰러진다. 루쉰은 노파가 엄살을 부리는 것이라며 인력거꾼에게 그냥 지나치자고 한다. 그러나 인력거꾼은 그 사고로 인해 다시는 인력거를 잡을 수 없게 된다는 사실을 알면서도 노파를 부축해 파출소로 걸어간다. 그 뒷모습을 보며 루쉰은 이렇게 말한다. "그것은 내게 점차 일종의 위압에 가까운 것으로 변하여, 심지어는 내 가죽 털옷 속에 숨겨진 소아를 밀어내려는 것 같았다. (……) 이 작은 사건만은 항시 내 눈앞에 아른거리며, 어떤 때는 도리어 더욱 분명해져 나를 부끄럽게 하고, 나를 새롭게 분발시키고, 또한 나에게 용기와 희망을 북돋아 주는 것이다." 루쉰은 인력거꾼의 이 작은 행위가 혁명보다 성인의 경전보다 더욱 소중하다고 말한다.

인력거꾼은 인간이 손쉽게 의지하는 것에 판단을 맡기지 않는다. 이는 그가 돈이나 명예에 근거해 판단을 내리지 않았다는 의미다. 그렇다고 해서 인력거꾼이 양심이나 대의명분에 기대어 판단을 내리는 것은 아니다. 그는 인간이 의지하기 쉬운, 공동체를 지탱하는 거대 담론(이념)에 기대어 판단을 내리지 않는다. 이 이야기는 인간의 존엄성 회복을 가장 잘 보여주는 사례라 하지 않을 수 없다. 「가을」의 기호가 수남 아범에게 베푼 선행이 이와 통한다고 보는 것은 무리가 아닐 것이다.

그러나 시대는 그러한 탐색마저 허락하지 않게 되었다. 1940년대에 들어서면 일본은 조선인마저 전쟁에 동원하기 위해 내선일체 정책을 실시하여 적극적인 협력을 강요한다. 이제 유진오 소설 「산울림」의 동만처럼 자신의 열정에 화답하는 존재는 메아리밖에 없는 시대가 되었다. 뜻을 나누고 연대할, 그러니까 같이 길을 찾아 떠날 동료가 없는 고립감, 외로움을 겪지 않을 수 없었다. 루쉰의 말처럼 희망은 혼자 만들어나가는 것이 아니다. 많은 사람들이 함께 걸어가면 희망이 생기는 것이다. 유진오의 「신경」은 경성제국대학 교정에서 지내던 아름다운 추억을 떠올리지만 그것은 친구의 죽음을 더욱 안타깝게 만들고 고립감을 심화시킬 뿐이다.

김남천 소설에서 이러한 고립감은 '잠수'의 기억으로 드러난다. 「녹성당」의 성운은 현재 자신의 처지를 물속에서 누가 오래 견디나 하고 버티기 내기를 하던 어린 시절의 추억담으로 드러낸다. 꽃을 언제 피울지 기약하지 못한 채 땅속에 묻힌 보리처럼. 나아가 김남천의 소설 「등불」 속 '나'는 나직이 왼다. "나는 살고 싶다." 물속에서 버티는 것조차 불가능한 시대, 협력이냐 죽음이냐를 강요하는 생명 권력의 시대가 온 것이다. 김남천의 「어떤 아침」이나 유진오의 「여름」에 대해서는 평가가 엇갈리지만, 폐색의 시대에 길 찾기가 더 이상 불가능함을 보여주는 소설이라 할 수 있다. 일본어로 창작되었다는 사실이 이 점을 잘 보여준다.

　1930년대 후반 조선의 지식인들은 자신이 나아가야 할 길을 잃어버렸다. 길은 끝나고 앞은 수풀만이 무성했다. 저편에서는 많은 사람들이 새로 난 신작로를 따라 달려가고 있고, 그 끝에는 어렴풋이 낭떠러지가 보였다. 김남천과 유진오는 그 신작로를 곁눈으로 바라보며 풀숲을 헤치고 자신의 길을 만들고자 했다. 풀숲을 같이 헤쳐나가던 사람들이 하나하나 줄어갔다. 외로웠다. 그리고 살고 싶었다. 김남천은 그 자리에서 우뚝 서버렸다. 유진오는 신작로 쪽으로 한 걸음 한 걸음 다가가는 자신을 발견하지 않을 수 없었다.

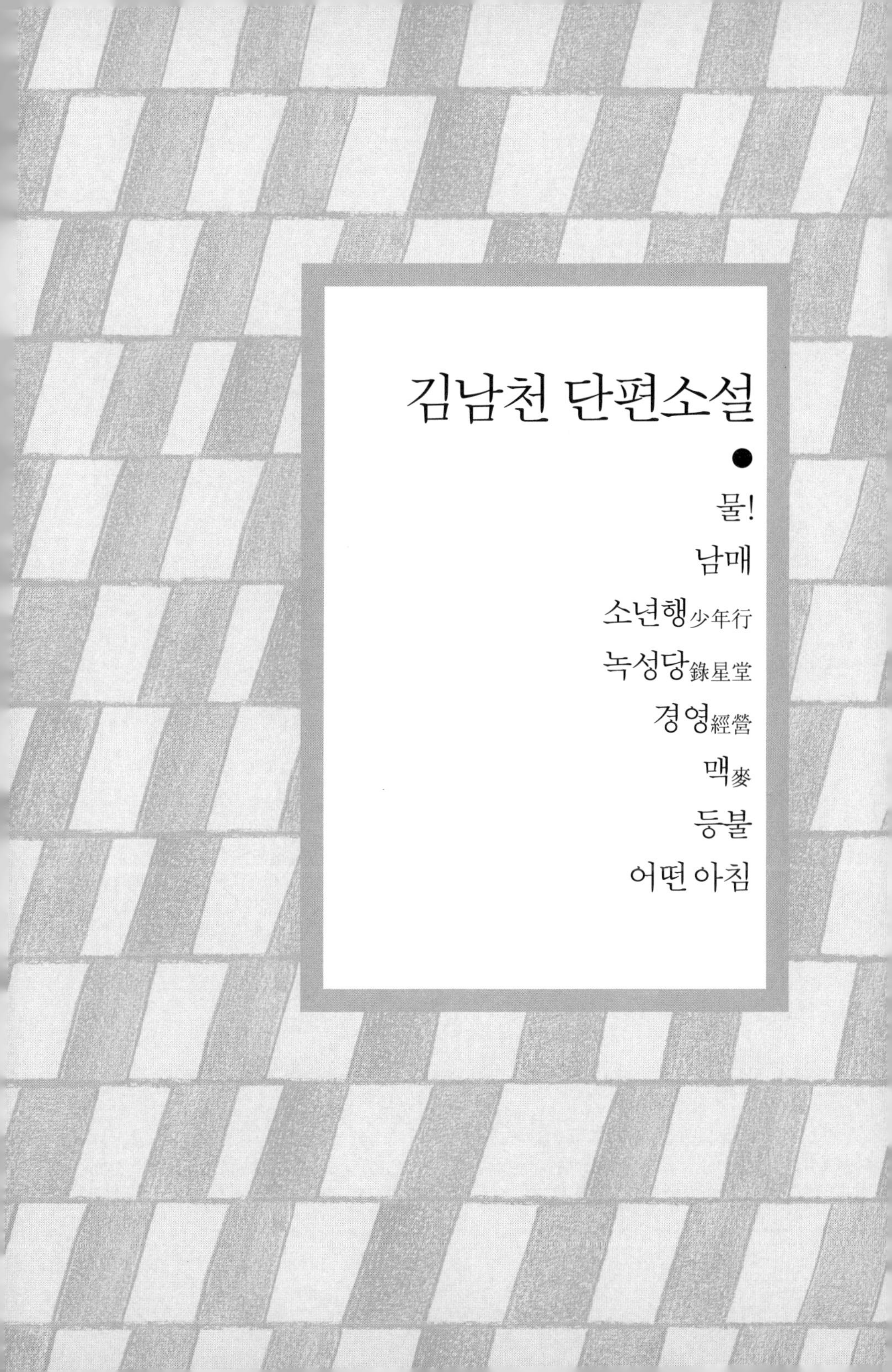

김남천 단편소설

●

물!
남매
소년행 少年行
녹성당 錄星堂
경영 經營
맥 麥
등불
어떤 아침

물!

물은 사람에게 하루라도 없어서는 아니 될 중요한 물건의 하나인 듯싶다. 그런 의미에서가 아니라 물은 우리들과 특별히 떼일 수 없는 인연이 있는 듯싶다. 물— 여기에 다음과 같은 이야기가 있다.

1

두 평坪 칠 합습이 얼마나 한 넓은 면적을 가지고 있는지 나는 똑똑히 알지 못하였었다. 말로는 한 평 두 평 하고 세어도 보고 산도 놓아보았지만 두 평 칠 합 하면 곧 얼마만 한 면적의 지면을 가리키는지 똑똑히 느껴본 적은 없었었다.

그러나 나는 지금 길이와 넓이를 한 치도 틀리지 않게 두 평 칠 합을 전신에 느낄 수가 있었다. 그것도 손으로 세거나 연필로 계산하는 것이 아니라 전 몸뚱이를 가지고 그것을 느끼는 것이었다.

나는 두 평 칠 합의 네모난 면적 위에 벌써 날수로 일곱 달이나 살아온 것이다. 두 평 칠 합을 전 몸뚱이를 가지고 느끼는 것은 그 덕택이었다.

내가 이 두 평 칠 합에 살기 전에 석 달 동안 두 평 칠 합을 절반 가른 조그만 방 안에서 생활한 적이 있었었다.

그런데 그 조그만 방은 어쩐지 공연히 넓고 엉성하던 것이 그보다 배곱이나 되는 이 두 평 칠 합 방이 이렇게 좁아 보이고 질식할 듯이 빼곡 차서 숨조차 마음대로 쉴 수 없는 것은 어떤 연고일까?

별로 힘든 연고는 없었다.

조고만 방에 생활할 때는 영하 십오륙 도를 상하하는 추운 동지섣달이었고 또 게다가 별로 짐도 없는 방 안을 독차지하고 있었던 까닭이며 지금 이 방에는 열세 사람이 살고 있으며 그리고 또 시절이 구십 도*나 되는 여름이었다. 이외에 별다른 연고는 없었다.

하여튼 나에게는 두 평 칠 합이 몹시 협착하고 빽빽한 듯이 느껴져서 어떻게 할 수가 없었다.

이 평 칠 합, 구십 도, 열세 사람― 나는 여태 이렇게 숨 막히는 공기 속에서 이렇게 장구한 시일을 생활해본 적이 없었던 것이다. 물론 나뿐이 아니겠지. 이 속에 사는 열세 사람 그리고 또 몇백 사람이 그가 끓는 솥 속에나 혹은 타는 불 속에서 살아본 적이 없는 이상 다― 매한가지로 이런 질식할 만한 공기를 숨 쉬고 그 속에서 생활한 적이 없을 것이다.

땀은 흘렀다. 몸뚱이에 두른 옷이 전부 물주머니가 되도록 땀을 흘렸다. 그리고 땀때**가 빨갛게 열독이 져서 말툭하게 곪아 올랐다. 그것이 바늘로 찌르듯이 콕콕 쏘았다.

물론 공장에서 일하는 노동자나 시골서 김매고 물 뽑는 농군이나 또 부엌에서 밥을 짓는 여편네들도 우리들보다 못지않게 땀을 흘린다. 그러나

---

* 섭씨로 환산하면 약 32도임.
** '땀띠'의 방언.

아무것도 하지 않고 멀거니 앉아서 부채질만 하는 사람들이 이렇게 땀 흘리는 것은 아무래도 보지 못하는 일이었다.

돌중같이 깎은 머리에는 땀때종이 모여서 헐고 진물이 흘렀다.

오후 세 시나 되었을는지 태양에 쪼인 벽돌 바람*이 후끈후끈하게 달아왔다.

두 개의 창문을 높이 등 뒤에 지고 꽉 막힌 두터운 바람벽을 향하여 세 줄로 앉은 돌중들은 무릎 앞에 책을 놓고 있었다.

이들 돌중 가운데는 한 개의 하이칼라가 섞여 있었다. 그는 똥통과 이불 새에 허리를 펴고 누워서 『강담전집講談全集』을 읽으면서 이따금 버드나무를 그린 부채로 무릎을 딱딱 치고 있었다. 그러더니 그만 이마와 콧잔등에 구슬 같은 땀방울을 만들면서 잠이 들고 말았다. 이 작자는 한 달 전에 철도청부 사건에 담합을 하고 몰리어 들어온 일본 사람 청부사였다. 그는 동맥경화증으로 혈압이 높다나 낮다나 하더니 횡와橫臥 허가를 얻어 가지고 대낮인데 가로누워 낮잠을 자고 있는 것이다.

그 옆에 바로 똥통과 타구가 놓여 있는 앞에 앉아 있는 간도 친구는 『속수국어독본』을 엎어놓고 불알과 샛채기**에 '다무시'*** 약을 바르고 있었다. 기름기 도는 누런 약을 손가락 끝에 발라서는 연상 샛채기 속으로 가져갔다.

이것을 물끄러미 바라보고 있던 독서회 사건의 서울 친구가 치분**** 통 뒤에서 약봉지를 뒤적뒤적하더니 냄새 고약한 조그만 봉지를 손끝으

---

* '벽'의 방언.
** 새채기. '사타구니'의 방언.
*** たむし. 백선, 쇠버짐.
**** 가루로 되어 있는 치약.

로 끄집어 들고 표정과 눈짓으로 몇 번이나 '이것 줄까?', '이것 줄까?'를
하였으나 저편에서 한 번도 이편 쪽을 바라다보지 않으므로 드디어 가느
다란 목소리를 내었다.

"어이 어이 수캐 옴약이 좋다. 이걸 발라."

그러나 그는 너무 머리를 돌리고 이야기를 하였었다. 드디어 그는 구멍
을 따고 엿보고 있는 두 눈을 경계하지 못하였다.

"나니 하나시데 이루까?"*

서울 친구는 잠깐 묵묵히 앉아 있었으나 이윽고 번쩍 약봉지를 쳐들고
양해를 구하였다.

손에 든 약봉지와 두 다리를 벌리고 앉은 간도 친구를 번갈아 보더니
두 눈은 그대로 구멍을 닫고 가버렸다.

"에히 요놈이 셋째 잿끗하다면 다리에 봉퉁이** 질걸!"

나는 그의 뒤에 앉아 있었으므로 부채로 그의 등을 간신히 두드렸다.
사실 이렇게 더운 통에 맨장판 위에 오륙 시간 '세이좌'***를 하면 다리가
각기**** 앓는 사람 모양으로 될 것은 정한 이치였다.

공기가 들어올 구멍은 합쳐서 일곱 개나 되었다.

천장에 네 개, 뒷바람 밑에 한 개, 창문이 둘— 그러나 공기는 조금도
움직이지 않았다. 아무리 힘을 내어 부채질을 하여도 별다른 공기가 불어
올 이치가 없었다. 옆에 사람의 땀 내음새가 후끈후끈 내 몸에 부딪칠 따

---

* "뭐라고 떠드는 거야?"
** 부러진 데 상처가 나으면서 살이 고르지 않게 붙어 도톰해진 것.
*** せいざ. 일본어로 '정좌正坐'를 가리킴.
**** 각기병. 비타민 B1이 부족해 일어나는 증상으로, 말초신경에 장애가 생겨 다리가 붓고 마비되며 전신
권태 증상이 나타나기도 함.

름이다.

"이거 살 수 있나!"

이런 소리도 입에서는 나올 여지가 없었다. 벌써 한 달경을 두고 "이거 살 수 있나." "어서 구월 달이 왔으면." 하고 되풀이하고 또 춥고 추운 뒤라 그런 한숨 말도 이제는 좀처럼 입에서 나오지 않았다.

숨을 쉴 때에는 똑똑하게 가슴이 거북스러운 것이 알리었다. 콧구멍으로 넘어가는 공기가 신선하고 청량하지 못한 탓이겠지. 심장과 폐가 그 공기를 맞을 때에는 가슴이 뻑뻑하게 켕겼다.

신선한 공기 대신에 물— 그렇다, 물이 비록 폐로 들어가지 않고 똥집으로 흘러 들어간다고 하여도 얼마나 가슴을 신선하게 할 수가 있으며 이 늘어진 신경과 정신을 얼마나 기운차게 동작시킬 수가 있을 것인가! 입안이 빼빼 마르고 바짝 마른 물기 없는 목구멍만이 달각거렸다.

사실 나는 벌써 몇 시간 전부터 물을 그리워하고 있었다. 그러나 저녁을 먹을 때가 아니면 아무리 죽는다 하여도 물이 들어올 수 없다는 것을 나는 벌써 팔구 개월이나 경험한 것이었다. 그래서 아무리 가슴이 답답하고 목구멍이 말라도 물 생각을 하여서는 안 된다는 습관이 나에게는 꽉 박여 있었다. 나는 책을 들여다본다. 모든 정신을 책에다 집중하자! 더움과 안타까움 그리고 물을 그리워하는 마음— 이 모든 것으로부터 나의 전신을 꽉 갈라서 책에다 정신을 넣어보자!

사실 오랫동안의 경험은 나에게 어느 정도까지 이것을 가능케 하였다. 나의 눈은 명백히 활자의 하나하나를 세었다. 꼬박꼬박 활자를 줍듯이 나의 정신은 그것에 집중하였다. '미, 네, 르, 바, —, 의, 올, 빼, 미, 는, 닥, 쳐, 오, 는, 황, 혼, 을, 기, 다, 려, 서, 비, 로, 소, 비, 상, 하, 기, 시, 작, 한, 다.'

그러나 십 분도 못 계속하여 나는 내가 글을 읽고 있는 것이 아니라 활자를 읽고 있는 것을 깨닫는다. 나는 그 활자가 무엇을 말하고 있는지를 모르고 읽고 있는 것이다.

정신은 다시 풀어지는 태엽같이 팍— 늘어지고 만다. 눈가죽이 무거워진다. 그리고 다시금 내 옷이 땀에 젖어 있는 것을 느낀다. 그리고 갑자기 머리털 밑이 따끔따끔 쏜다. 그리하여 내가 두 평 칠 합 방에 살고 있다는 것, 기온이 백 도라는 것, 물이 한 모금도 없다는 것 등등을 깨닫는다. 나는 바른팔에 힘을 넣어 부채를 내두른다.

2

양재기로 하나도 잘 안 되는 짠 국을 가지고 마른 목을 충분히 축일 수는 도저히 없는 일이었다.

나무통 그것의 크기는 작은 바케쓰만 하였다. 이 나무통이나마 하나가 가득 차지 못하므로 물의 양은 아무리 해도 세 되가 될까 말까 하였다. 그것이 저녁으로부터 내일 아침까지 열세 사람이 먹을 물이다. 조그만 국자로 더운물을 하나씩 양재기에 덜어서 열세 사람에게 삥— 돌고 나면 처음 먹고 난 동무는 먹은 둥 만 둥하였다.

서로 제각기 퍼먹으면 불공평할 뿐 아니라 질서가 없어진다고 하여 '물 담당'을 하나 내세웠다. 그 '물 담당'이 물을 마음대로 시간을 보아서 분배하기로 결정되어 있었었다.

"한 잔씩 더 하지."

맨— 먼저 먹고 난 함경도 친구가 제안하였다.

"좋구만! 그거 한 잔 가지구야 어디 셈이 되는가."

나도 찬성을 표시하였다.

"샘이 안 된다구 먹어버리면 밤엔 어떡허나—." 물통을 꼭 안고 '담당'은 움직이지 않았다.

밥을 먹고 나서 마루를 쓸고 그릇을 내보내고 할 동안은 약간약간 기회를 보아 말을 주고받고 할 틈은 있었다.

"밤에 죽는 것보다 지금 죽는 게 좀 날까?"

간도 친구의 소리다.

"지금 누가 방금 숨이 넘어가는가."

그러나 물통을 안고 있는 동무도 물로 배를 채웠기에 뱃심을 버티는 것도 아니고 그도 또한 물통을 들여다보고는 몇 번이나 침을 달각달각 삼키고 있는 것을 나는 잘 알고 있었다.

"한 통 가득가득이래도 줬으면 안 좋은가."

"패통(보지기)* 치구 교섭해보지."

교섭을 한 달 동안 맡아보게 된 전라도 동무는 아무 말도 안 하였다.

"한번 해보지. 질 송사, 어데 가서야 못 할까."

그러나 전라도 동무는 아직도 아무 말이 없었다. 교섭하는 것이 그리 유쾌하지 않을 건 누구나 아는 바이지만 이 동무는 어쩐지 이번에는 더욱 그런 마음이 덜 생기는 모양이었다.

"요구해두 주지두 않을걸!"

"글쎄 주지는 않는다 해두 이런 불만이 있다는 것만 알리워주는 것도 할 만한 일이 아닌가."

패통을 쳤다. 복도를 향하여 나무때기 떨어지는 소리가 들려왔다.

---

* 교도소에서 재소자가 용무가 있을 때 담당 교도관을 부를 수 있도록 벽에 마련한 장치.

물을 좀 더 달라는 것— 이건 물론 헴*도 안 되는 소리였다. 그러면 물을 한 통 가득가득이라도 달라고— 물통 검서가 났다. 그리고 한 통 가득 준 것을 다— 먹어버리고는 그런다는 것이 교섭의 결과였다.

교섭은 끝났다.

"물이나 한 잔씩 더 먹세. 자— 어떤가?"

"저놈이 다무시는 물만 아는가?"

물 생각을 잊을 만한데 다시 그런 제안을 한다고 '물 담당'이 꾸짖는 말이다.

"사실 가슴이 뽀지지 하고 들이 타서 견딜 수 없으니 우선 먹어보는 게 어떻소?"

사실 물이 없으면커니와 눈앞에 물을 보고는 참을 수가 없었다.

"이렇게 물에 마를 줄 알았다면 수통을 들이대고 먹일 때 좀 실컷 먹고 올걸!"

나는 다— 웃을 것을 예상하고 이 말을 하였었다. 그러나 의외에도 나밖에는 아무도 웃는 사람이 없었다.

"자— 그럼 물을 돌립니다. 반대 없소?"

"없소!"

"없소!"

물은 다시 양재기에 담기어서 한 잔씩 차례로 돌아갔다. 물을 마시고 누구나 아— 하고 입을 짭짭 다시었다.

---

* '샘'의 방언.

3

"누가 이불을 깔고 자랬어. 응?"

'삼백만 원'의 목소리였다.—그는 언젠가 이야기하다가 들킨 동무를 설교하노라고 국가가 너희들을 위하여 일 년에 삼백만 원씩을 쓴다는 말을 오륙 차나 겸해서 한 일이 있은 뒤부터 이런 별명을 얻었었다.

쪽물을 들인 세 겹 이불을 덮는 대신에 궁둥이 밑에다 깔았다고 그것이 규칙 위반이라고 꾸짖는 것이다.

그러나 이 '삼백만 원'이 들어왔다고 하는 데 대하여 우리들은 어떤 딴 종류의 희망을 가져보았다. 이 '삼백만 원'은 규칙만 지키고 또 융통성이 없는 작자이지만 인도적인 쓸모가 약간 남아 있었다. 그래서 어떻게 잘 교섭하면 부채 사용과 또 음료수를 얻을 수 있을는지 모르겠다는 일루의 희망이 우리들을 붙든 것이다.

"부채 교섭해보지. 삼백만 원인데."

어느 구석에서 이런 소리가 났다.

원래 부채는 사용하던 것이 누워서 부채를 부치면 잡담을 하여도 부채로 입을 가리우거나 또 부채질 소리에 누가 했는지 잡아내기가 불편하다고 하여 금지당했던 것이다.

'삼백만 원'이 들어온 것을 안 바람에 더움과 물에 이겨가면서 어떻게 잠이 들어보려던 우리는 더움을 더욱 통절히 느끼게 되고 들들 흐르는 수도통의 물이 눈앞을 빙빙 돌고 공연히 부채 들지 않은 손이 헤텅해 보였다.

나는 산속에서 흘러내리는 물을 몇 번이나 눈앞에 그려보게 되었다. 물! 물!

가슴이 바직바직 타고 숨이 목구멍에서 막히는 듯하였다. 나무숲을 거

널며 지나가는 저녁의 싸늘한 바람, 백양목 나무 잎새를 산들산들 흔드는 그 바람― 나는 일순간도 견딜 수가 없었다.

만일에 내가 이 두 평 칠 합 방에 살지 않는다면 이 견딜 수 없는 욕망― 그리고 지극히 정당하고 자연스러운 이 요구를 관철키 위하여 몸을 바윗돌에 부딪칠 것을 어째서 아꼈을 것이냐?

나는 열세 사람이― 그 속에는 나 자신도 끼어 있지마는 도저히 사람같이 보여지지 않았다.

생명도 없고 피도 없고 열정도 식은 열세 개의 고깃덩어리같이 생각되었다.

모두 죽었는가? 그렇다면 우리들은 물에 대한 욕구가 전혀 식어지고 말았는가?

나는 후덕덕 일어나서 패통을 칠까 하고 몇 번인가 생각하였다.

그러나 나는 열정적인 것보다는 보다 냉정적이었다. 나는 그때에 내 옆에 누워 있는 '하이카라'의 존재를 생각하였던 것이다. 그가 교섭하면 나보다도 용이하게 요구를 관철할 수 있는 생각이 번개같이 나의 머리를 지나친 것이다. 나는 '하이카라'와 이야기하였다. 그리고 '삼백만 원'의 성질, 인격 같은 것을 설명해주고 한시라도 속히 교섭해볼 것을 종용하였다.

패통을 치고 교섭을 개시하였다. 교섭은 일부분만 성공하였다. 부채는 사용하여라, 물은 수돗물밖에 없다, 그리고 취사장에 가야 길어 올 수가 있다, 그러므로 좀 힘들다는 것이다.

이렇게 교섭이 끝났을 때에 딴 곳에서도 패통 떨어지는 소리가 들렸다. 이곳저곳― 수삼 처에서 그 소리가 들려왔다.

한 십 분 지났다. 복도 저쪽에서 말하는 소리가 나더니 이윽고 바케쓰를 들고 덜각덜각 들어오는 소리가 들렸다.

아! 이 소리— 물이 바케쓰 속에서 흐느적거리는 이 소리—.

나는 넓은 바닷가에 서서 하늘과 바다가 한 줄로 맞붙은 것을 보고 이 푸른 물의 웅대함에 놀란 적이 있었었다. 나는 흰 비단을 늘어뜨린 듯한 폭포수가 나무숲에 안기어서 떨어지는 광경을 보고 이 장대한 데 간담을 서늘케 한 적이 있었었다.

그러나! 그것이 무엇이리오! 나는 아무 광채도 없는 낡은 바케쓰에 들었을 한 말도 되나마나 한 이 물이 움직이는 소리를 듣고 여태껏 늘어졌던 신경의 긴장과 혈액의 약동과 그리고 심장의 용숫음쳐남을 느끼는 것이었다!

나의 눈앞에는 산속을 고요히 흐르는 시냇물도 없었다. 백양목 사이를 스쳐 가는 여름밤 저녁의 고요한 바람도 없었다. 그리고 방금 바른손에 쥐인 부채도 나의 눈앞에는 없었다. 오직 저— 바케쓰 속에 출렁거리는 물이 있었을 따름이다.

이윽고 식통 문이 열리었다. 나는 급히 일어나서 양재기를 갖다 대었다.

물이다. 물이다.

"자— 한 모금씩 차례차례로!"

나의 얼굴은 희색이 가득 차 있었다.

나는 딴 동무가 한 모금씩 마시는 동안 나의 차례가 오는 것을 기다리면서 그들의 입을 지키고 있었다. 알지 못하는 새에 그들의 목구멍이 달깍거릴 때마다 나의 침도 달각달각 목구멍에서 소리를 내고 있는 것을 발견하였다.

나의 차례가 왔다. 나는 잠깐 침착히 물그릇을 받고 그것을 고요히 들여다보았다. 그리고 그릇에 입을 갖다 대고 덜거덕 한 모금 들여마셨다.

목구멍에서부터 똥집까지 싸늘한 물이 한 줄기로 줄을 그으면서 내려가는 것이 똑똑히 알리었다.

식도를 지난다. 위에 들어갔다.

그러나 그때에 곧 나는 불행하여졌다. 이것이 냉수로구나— 하는 생각이 그때에야 비로소 가라앉은 나의 머리에 떠오른 까닭이다.

잘자리에 냉수를 마시면 나는 반드시 설사를 하였다. 벌써 배가 이상하게 얼어가는 것 같은 생각이 났다. 나는 끈으로 꼭 배를 동이고 다시 가로 누웠다.

얼마나 잤는지 모르나 나는 오랫동안 이상야릇한 악몽에 시달리다가 겨우 눈이 떴다.

배가 아프고 위와 대장과 소장 사이를 물이 꾸르럭꾸르럭 오르내렸다. 진통은 몹시 심하였다. 그리고 뒤가 몹시 무거웠다. 나는 얼굴을 찌푸리면서 매어 달은 지리가미*를 뜯어가지고 몸을 일으켰다. 그리고 똥통 위를 보았을 때 벌써 그 위에 올라앉은 ‘다무시’가 웃는 얼굴로 나를 보고 있는 것에 부딪쳤다.

“배가 아파?”

그는 나에게 물었다.

“응! 설살세!”

나는 종이를 들고 똥통 옆에 가서 ‘다무시’가 내려오기를 기다리고 있었다.

(백 도의 여름이 다시 오련다. 이 한 편을 여름을 맞는 여러 동무들에게 올린다.)

—《대중》, 1933. 6.

---

* 일본어로 ‘휴지’를 뜻함.

남매

　꽹꽹 얼은 작은 고무신이 페달을 딛으려고 애쓸 때에 궁둥이는 가죽 안장에서 미끄러져서 떨어질 듯이 자전거의 한편에 매달린다. 왼쪽으로 바른쪽으로— 구멍 나간 꺼먼 교복의 궁둥이가 움직이는 대로 낡은 자전거는 언 땅 위를 골목 어귀로 기어 나간다. 못쓰게 된 뼈만 앙상한 경종警鐘은 바퀴가 언 땅에 부딪칠 때마다 저 혼자 지링지링 울고, 핸들을 쥔 푸르덩덩한 터진 손은 매 눈깔보다도 긴장해진다. 기름 마른 자전거는 이때에 이른 봄날 돌 틈을 기어가는 율모기*같이 느리다. 그러나 길이 좀 언덕진 곳은 미처 발디디개를 짚을 겨를도 없이 팽팽하게 바람 넣은 바퀴가 자갯돌과 구멍 진 곳을 분간할 나위 없이 지쳐 내려가기도 한다. 심장은 뛰고 가슴은 울렁거린다. 이때에

　“남의 쟁골** 또 타네?”

하는 고함이 등 뒤에서 나면 왈칵 가슴은 물러앉고 정신은 앞뒤를 분간할 겨를조차 없다. 앞바퀴를 돌각담***에 박으면서 거의 엎으러지듯이 후덕

---

* 유혈목이. 뱀과의 하나.
** 예전에 ‘자전거’를 가리키던 ‘자행거’의 준말.
*** 돌로 쌓은 담.

덕 뛰어내려 돌아다보고 자전거의 주인인 면서기 대신에 계향桂香이를 발견하면, 두근거리던 가슴은 좀 가라앉으며 무엇보다 먼저 안심하는 빛이 그의 표정을 스쳐 간다. 뛰어내릴 때 부딪힌 사타구니가 갑자기 쓰려오고, 그의 두 눈이 녹초가 져서 뎅그렁하니 넘어져 있는 자전거를 보았을 때, 사슬은 끊어져서 흙바치개* 옆에 붙어 있고, 고무 페달만 싱겁게 핑핑 돌다가 멎는다. 녹슬어서 도금이 군데군데 벗겨진 핸들은 홱 비틀려져 있다. 고물상 먼지 구덩이에 박혀 있는 항용 보는 엿장수의 매상품이다. 봉근鳳根이는 화가 벌컥 치밀었다. 무엇을 짓부수고 싶은 마음이 가슴속에 꿈틀거리지만 그대로

"왜 이래 남 쟁고 배우는데."
하고 저만큼 대문 앞에 서 있는 누이의 얼굴을 노려보면서 울 듯이 눈살을 찌푸리고 말았다.

"너 누구 쟁곤데 물어나 보구 타네?"

봉근이는 아무 대답도 안 하고 사타구니의 아픈 곳을 비비며 널브러진 자전거를 세웠다. 돌담에 비스듬히 세우고 끊어진 사슬을 집어 차대에 얹고 다시 바퀴를 다리 틈에 끼운 뒤에 핸들을 바로잡았다.

"이젠 경쳤다. 그게 누구 쟁곤데 이르는 말은 안 듣구 만날 쟁고만 타더니."

"차 서방네 집에 온 면서기 핸데 차 서방보구 허가 맡었다 뭘. 누는 괜히 민하게 굴어서 사슬 끊어딘 건 난 몰라. 씽."

자전거를 끌고 기운이 빠져서 어슬렁어슬렁 계향이 앞으로 올라간다.

"이 새끼 차 서방한테 허가 맡어서? 차 서방은 아버지하구 강에 나갔

---

* 흙받이.

는데."

주먹을 쥐고 머리를 치려는 바람에 봉근이는 자전거를 계향이에게로 탁 밀어버리고 저만큼 물러 뛴다.

"아이구 애 이 새끼."

겨우 넘어지려는 자전거를 붙들고 남치마 자락으로 입을 가리운다.

"새끼두 망하게 군다."

계향이는 눈으로 봉근이를 노려보면서 어이가 없어서 웃어버린다. 그러고는 목을 돌려 차 서방네 집을 향하여

"김 서기 쟁고 건사하우. 결딴났수다."

하고 고함을 질렀다.

봉근이는 바자 틈에 돌아서서 손으로 언 가시나무 가지를 뜯다가 누이의 김 서기 부르는 소리에 속이 또다시 활랑거려 힐끗 누이의 얼굴을 쳐다본 채 그대로 꽁무니를 뺄까 한다.

"애 봉근아?"

하고 즐겨서 자전거는 탔으나 뒷감당을 맡아서 치를 담력은 없는, 자기의 동생을 부드럽게 부르면서 계향이는 약간 쓸쓸함을 느끼었다.

"애 봉근아— 쟁곤 내 말해줄게. 집에 들어가서 다랭이* 가지구 아바지 간 데 좇아가라. 꿍맹이 사냥 갔는데 앞 강이 사람 탈 만하다더라. 오눌은 아마 큰 고기 잡는대. 주워 입구 빨리. 어서 뛔가 봐— 또 멘세기 나오기 전에."

계향이의 낮은 목소리가 끝나기 전에 봉근이는 고슴도치 모양으로 대문 안을 향하여 굴러 들어가 버렸는데 이윽고 차 서방네 집에서 골덴 당

* '다래끼'의 방언.

꼬 쓰봉을 입고 기성복 외투를 걸친 김 서기하고 차 서방의 딸 옥섬玉蟾이
가 행길로 나온다.

"남의 하꾸라이 쟁골 가지구 왜들 새박드리* 야단이야 응"

하면서 김 서기는 물고 나오던 마코— 꽁초를 불붙은 채로 길가에 던진
다. 그리고 사슬 끊어진 자전거를 바라보고는 침을 한 번 쭉 내터 뱉고

"허허 오늘 큰코다쳤다. 별수 있나, 계향이 하룻밤 화대는 마루끼[丸木]
쟁고 빵으로 털으야 됐디!"

"그거 이전 엿장세한테 팔든가 펴양 갖다 박물관에 보관하디. 멘장 나
으리 타시는 구루마하구는 너무 초라해."

하고 옥섬이가 깔깔 웃으며 분 떨어진 핏기 없는 얼굴로 계향을 바라본다.

자전거를 받아서 사슬을 빼 짐틀에 놓더니 김 서기는 장갑 낀 손으로
안장을 툭툭 털며

"이놈이 이래 뵈두 내 당나귀다. 말 갈 데 소 갈 데 없이 참 이놈 타구
세금두 많이 받았구 뽕나무 심으라구 야단두 엔간하게 쳤다."

"그리구 또 개 새끼두 수없이 짖겠구."

"하하 아닌 게 아니라."

하고 김 서기는 계향이의 말을 다시 받으면서

"이 종이 아직 시퍼렇게 젊었을 때 촌 동리 어구를 접어들면서 한 번
째르릉 하구 울리기만 하문 개 새끼는 짖구 닭의 새낀 풍기구 고양이 새
낀 달아나구 아새낀 모여들구 촌체니는 바자 틈에서 침을 생켰는데, 이놈
이 이젠 다— 늙어서 이거 이놈 소리두 안 나네."

양쪽 쇠가 떨어져 없어져서 종은 손으로 누르면 찌륵찌륵 하기만 한다.

-----

* '새박'은 '새벽'의 방언으로, 즉 '새벽부터'라는 뜻.

“오늘은 또 밸이 끊어졌으니 돈냥 탁실히 잡아먹게 됐군. 그저 이놈이 동네 오문 이랬거나 저랬거나 말썽이야.”

“이왕이면 팔아서 소주나 사게. 날두 산산한데 한잔 먹구 이불 쓰구 낮잠이나 잠세—.”

제법 사내 투로 반말로 받는 바람에 김 서기는 입이 써서 멍하고 섰는 것을 계향이는 다시 한 번

“여보시게, 서기네 조카.”

하고 간드러지게 웃었다.

“허 참 아침 흐더분이 잘 먹구 간다.”

자전거를 끌고 골목을 나가려 할 때 계향이는 웃으면서 “사랑하는 애인 만낼라문 쟁고 사슬 열 개 끊어두 아깝지 않네.”

하고 그대로 웃으면서 옥섬이를 바라보았다.

“왜 이건 또 재수在洙가 안 와서 걱정인가?”

서너 발자국 가다 김 서기는 목을 돌리고 지껄이는데, 옥섬이는 코만 한 번 찡긋하고

“어떤 사람은 월급봉투두 터는데—.”

하였다.

“아이구 아서, 새벽부터 오눌 재수 없다.”

“재수가 왜 없어 오눌 공일이니 집에 있을걸.”

셋은 배를 추며 웃고 제가끔 갈라졌다.

“엣춰!”

“아이 차겁다!”

긴 남치마 자락이 첫 추위 바람에 펄럭거리며 노랑 저고리의 자주 고름이 종종걸음을 치는 대로 대문 안으로 사라져 없어진다.

어제까지 푸른 강물이 찬 바람에 하물하물 떨고 있더니, 오늘 아침 추위에 조양천朝陽川은 백양가도白楊街道서부터 천주봉天柱峰 밑 저쪽까지 유리장 같은 매얼음이 쫙 건너 붙었다. 이번 겨울 들어 첫 추위라 매운바람이 등골로 스며드는 것이 유달리 차가웁다. 얼음이 약할 듯싶어 아직 강을 타는 사람은 하나도 없었고, 졸망구니 아이들이 새벽에 가상으로 돌아다니며 아물아물 얼음진 품을 발로 디뎌보더니 지금은 그림자조차 간데없다.

계향이와 봉근이의 의붓아비 땜장이 학섭鶴燮이는, 강가에 셋방을 얻어 살면서 매년같이 매얼음진 첫날을 놓치지 않고 꿍맹이와 작살로 고기를 나꾸는 데 재미를 붙였다. 이즈음 날씨가 겨울로 접어들자 며칠을 두고 소주도 덜 마시며 강변에만 정신이 팔려 있더니, 간밤에 불은 바람이 잠자리에 맵게 스며드는 품이 미상불 강을 붙였으리라 짐작되매, 오늘은 이른 새벽 머리를 털며 자리를 나오자 눈을 비비면서 강가로 뛰쳐나갔다. 알린알린 기름칠한 거울같이 건너 붙은 것을 보고 강 한중복판을 발로 쿵쿵 디뎌보면서 얼은 품을 시험해보더니, 아침밥도 이력저럭 쏜살로 작살과 꿍맹이를 준비해가지고 차 서방과 함께 조양천 윗목으로 올라갔다.

한 짝 고름이 떨어진 색 낡은 검은 두루마기를 노끈을 이어 칭칭 둘러 감고, 귀에다는 양의 털로 만든 귀걸이를 끼우고서, 빈 다랭이를 든 채 강가로 줄달음질쳐 내려온 봉근이는 강 위를 휘— 한번 두루 살폈다. 학섭이와 차 서방의 그림자를 강 위에서 찾아보는 것이다. 그러나 두서너 개 소나무 충충 박힌 외에는 바위와 잎 떨어진 가당나무뿐인 가난한 풍경— 산 밑에 강은 은 이불을 깔아놓은 듯이 아침 햇발에 빛나는데 눈에 보이는 것은 끝없이 줄기 뻗은 어른거리는 비단 필, 개 새끼 한 마리 찾아볼 수가 없다. 통쾌하게 건너 붙은 강을 보고 흥분하였던 것도 삽시간 은근히 의심이 복받친다.

응당히 어버지와 차 서방은 내 눈에 보이는 이 앞 강에서 허리를 구부러뜨리고 꿍맹꿍맹 얼음 위를 달리며 고기를 몰고 있을 터인데 사람도 간데없고 하늘을 울릴 꿍맹이 소리도 들리지 않는다.

누이가 또 세무서 인[尹]상하구 놀려고 날 속였나— 사실 오늘이 공일이므로 계향이하고 정분난 세무서 윤재수가 대낮에 집에 올 것은 정한 이치다. 무슨 일이 있는지 이즈음은 만나면 잘 웃지도 않고 눈만 멀거니 마주 보며 한숨들만 쉬었다. 자세한 곡절은 모른다 쳐도 금년 열한 살밖에 안 먹은 봉근이의 상식으론 그들이 돈 때문에 그러는 것이라는 단정을 내릴 수는 있다. 월급도 몇 푼 못 받는 인상과 좋아지내는 것을 아버지와 어머니가 싫어하여 가끔 누이와의 사이에 충돌이 있는 것을 보아온 터이다. 오늘쯤 나까지 강으로 내보내고 무엇을 의논하든가 그렇지 않다 해도 대낮에 문 걸고 히히거리고 놀기라도 하려고 일부러 꾸민 수단일 것 같기도 하다. 싸리까치*로 튼 고기비늘 붙은 초라한 종다랭이— 이것을 뎅그렁하니 쥐고 섰는 자기가 싱겁기 한량없어

"제—미 나까타나 볼당 못 볼라구—."

하고 어른 같은 입버릇을 하며 침을 뱉었다. 그리고 휙 발굽을 돌리려고 하는데 그는 그때에 똑똑히 들었다! 얼음장을 울리고 천주봉을 무너뜨릴 듯한 꿍맹이 소리가 기관총의 소리같이 연거푸 공중에 진동하지 않는가!

"오! 차 서방의 꿍맹이!"

그는 생선 잉어같이 펄깍 기운을 떨쳐 강 가상으로 달음박질쳤다. 꿍맹이는 어디냐? 작살 든 아버지는 어디 있나? 목을 뽑고 굽어보니 과연 있

---

* 싸릿개비.

다, 있다. 강이 휘돌아 굽어진 곳에 낡은 순사 외투를 입은 차 서방이 꿍맹이를 울리며 화살같이 달아 나가더니 한 번 유달리 높게 꿍맹이 소리가 나고 잠시 소리가 멎는 때에, 뒤쫓아오던 학섭이가 바른손을 버쩍 들었다가 긴— 작살을 얼음 구멍으로 던진다. 이윽고 작살이 얼음에서 다시 나올 때에, 봉근이의 두 눈은 꺼먼 작살 끝이 팔뚝같이 번뜩거리는 생선을 물고 있는 것을 보았다.

"어—이!"

천주봉이 봉근이의 고함 소리를 받아서

"어—이!"

대답한다. 봉근이는 아버지가 목을 돌리고 자기를 먼발로 바라볼 때에 다시 한 번

"어—이!"

소리를 치고 다랭이를 번쩍 들어 보인 뒤에 강을 따라 위로위로 뛰어갔다.

얼어붙은 자갈과 모래를 밟으며 쏜살로 달려가서 천주봉 앞까지 이르도록 차 서방과 아버지는 한 번도 이쪽을 바라보지 않고 냄새 맡는 거먹 곰같이 얼음장을 굽어 살피며 고기를 찾기에만 바빴다. 그러므로 목구멍에서 쇳내가 나는 것을 참아가며

"아바지 이제 잡은 거 뭐야?"

하고 헐레벌떡거릴 때 겨우 아버지는 목만을 이편으로 돌린 채 마치 봉근이가 떠드는 바람에 모여들던 누치 떼가 도망을 친다는 듯이 말 대신에 험상궂은 상통을 지어 보였다.

봉근이는 핀잔을 맞고 나서 숨만 쓸데없이 씨근거리며 그래도 먼발로 본 팔뚝같이 번뜩이던 고기가 누친가 어행가 붕언가 알고 싶어 어정어정

강 가운데로 걸어 들어갔다. 얼음은 몰아치는 찬 바람에 표면이 굳어져서 언 고무신을 댈 때마다 물기 하나 돌지 않고 매츠럽기만 하다.

거울 같은 매얼음 속으로 모가 죽은 둥근 자갈과 물이끼와 모래알이 손에 잡힐 듯이 가깝게 보이고, 깊은 곳으로 갈수록 물은 파란 기운을 더할 뿐 지척지간과 같이 들여다보였다. 아버지들 있는 쪽으로 갈수록 이따금 얼음 위에는 꿍맹이를 울린 자리와 먼 곳까지 태 맞은* 자리가 잦아지고 꿍맹이의 자죽이 세네 개 함께 엉킨 가운데에 둥그렇게 구멍이 뚫렸는데 속에서는 물이 하물하물 올라 솟았다. 아까 잡아논 누치는 바로 그 옆에 눈을 뜬 채로 등허리에 작살 자국과 붉은 피를 묻힌 채 아직 꼬리를 파르르 떨면서 가로누워 있었다. 봉근이는 만족한 듯이 한참 동안이나 그것을 내려다보다가 침을 꿀꺽 삼키고 들었던 다랭이에 손가락으로 입을 꿰어 옮겨놓았다.

둘러맬 만한 것도 못 되는 것을 억지로 무거운 것이나 지니는 듯이 다랭이를 어깨에 걸치고 나서 그는 약간 앞산을 바라보았다. 가당나무 숲 속에서 금방 산비둘기 한 마리가 푸드득 날더니 뒤이어 차 서방의 꿍맹이 소리가 다시 자지러지게 울려온다. 산비둘기는 산을 넘어 서쪽을 향하여 하늘을 휘어 돌아 없어진다.

깍지통같이 주워 입은 차 서방이 신이 나서 꿍맹이를 울리며

"예 간다!"

"예 간다!"

소리를 지르고 얼음 위를 암탉 풍기듯이 뛰어 돈다. 그 뒤론 무릎까지밖에 안 오는 달구지꾼의 더럽힌 회색 두루마기를 입은 키가 늘씬한 학섭

---

* '태'는 질그릇이나 놋그릇의 깨진 금을 가리킨다. 따라서 태 맞았다는 것은 금이 갔다는 뜻.

이가, 키가 넘는 작살을 얼음 속 생선 대구리*에 겨눈 채 꿍맹이를 따라 이리 뛰고 저리 뛰고 헤번덕거린다. 봉근이의 가슴은 갑자기 두방망이질을 하듯이 뛰었다. 그리고 무슨 큰 내기나 할 때같이 가슴이 죄어드는 것 같았다. 그래서 정신을 잃고 차 서방과 학섭이가 콩알 뛰듯이 뛰어 도는 것을 바라보다가 알지 못하는 새에 자기도 그쪽으로 달려갔다.

한 길이나 될까 말까 한 맑은 물속에는 어쩔 줄을 모르는 잉어 한 마리가 가끔 흰 배래기를 번득이며 숨을 곳을 못 찾아 어름거리고 있다. 그러나 잉어는 머리 위에서 연거푸 울리는 꿍맹이 소리에 어리둥절하여 마름 포기를 의지한 채 우뚝 서버리고 만다.

"꿍."

하고 얼음을 뚫은 꿍맹이가 슬쩍 빗서기가 무섭게

"획."

소리를 내며 작살이 물속을 가르고, 그다음 순간 잉어는 흰 배래기를 하늘로 곧춘 채 마름 포기에 박히고 만다. 쇠로 벼른 작살 끝이 잉어 대구리를 끌고 얼음 구멍으로 다시 나올 때 봉근이는 기쁨에 입이 터져서 자기 아버지의 얼굴을 우러러본다. 함석을 가위로 오려서는 납으로 붙여서 물통을 붙여가며 김치 쪽이나 부친 두부를 손가락으로 집어넣고는 사이다 병에서 소주를 따라 마시는 느림뱅이의 땜장이 학섭이가 이렇게 재빠르게 날뛰는 적을 봉근이는 본 적이 없었다. 두 팔로 작살을 들고 꿍맹이 소리에 맞추어 고기를 찌르던 그 긴장한 재주, 그러나 기쁨을 참을 수 없어 봉근이가 발을 동동 구르며 손뼉을 칠 때 학섭이는 다시 가래잎을 깨문 듯한 험상궂은 얼굴로 봉근이를 쳐다보았다.

---

* 대가리. '머리'의 낮춤말.

"출랑거리다 물에 빠질라."

그러고는 또 아무 말도 안 하고 얼음장 속을 들여다보았다.

"한 놈은 어데루 갔을까?"

차 서방은 꿍맹이를 집고 봉근이가 생선을 집어 건사하는 것을 보다가 콧물을 찡― 풀었다.

"일본 집에 가문 오십 전은 주겠군."

이렇게 혼잣말로 중얼거리더니 학섭이와 함께 도망간 고기를 찾으러 다시 허리를 구부렸다.

동지 가까운 겨울 해는 짧았다. 그러나 해가 모우봉暮雨峰 위에서 남실거릴 때 학섭이네 일행은 다랭이에 차고도 한 껠챙이가 될 만큼 많은 고기를 잡았다. 해 질 무렵이 되매 강 위엔 엄청나게 큰 산 그림자가 덮이어 등골론 산산한 바람이 스며들었으나 한 짐 잔뜩 지고 팔이 굽도록 무겁게 든 봉근이는 손끝밖에는 시리지 않았다. 몸에서는 더운 김이 훈훈히 나고 잔등과 겨드랑 밑에는 땀이 찐득하게 흘렀다.

그는 앞서서 언덕을 올라오다가 골목을 휘돌아 자기 집과 차 서방 집을 발견하곤 기쁨을 참지 못하여 소래기를 지르며 달음박질을 쳤다.

"고기 한 다랭이두 더 잡았다. 어―이."

"옥섬아, 계향아―."

이렇게 소리소리 지르며 자기 집 대문 안으로 뛰어 들어갔다.

봉근이가 고기 다랭이를 토방 위에 놓고 세수 소랭이에는 껠챙이에 꿰었던 것을 옮겨놓았을 때 계향이는 세 살 난 관수觀洙 동생을 안고 윗방에서 나왔고, 어머니는 부엌에서 손에 물을 묻힌 채 뛰어나왔다.

"아이구 이게 웬 고기라니. 수탠 잡었다."

"그러게 내가 나가보라고 안 하던."

어머니와 계향이는 입이 벌어져서 고기를 들여다본 채 한참 동안이나 움직일 줄을 모른다.

"더 잡을 겐데 꿍맹이 소리 듣구 남덜두 나와서 고만 조꼼 잡았다."

봉근이는 제가 잡기나 한 듯이 뽐을 내는 것을 계향이는 웃으면서

"욕심두, 그럼 남두 잡아야지 너 혼자만 먹간?"

하였다.

"테―테. 차 서방이랑 아바지두 우정 남몰래 잡을라구 웃꼭대기에서부 텀 잡아 내려오댔는데 모우봉 밑에 오네껜 모두 쓸어 나오는데 그래두 우리가 델 수태 잡아서."

이러고들 있을 때에 뒤쫓아 차 서방과 학섭이가 팔짱을 끼고 들어온다.

"왜 이건 보구들만 있니, 정 험한 건 물에 좀 씻구, 작은 건 추려서 한 오십 전어치씩 꿰라. 저녁 끼때 넘기 전에 어서 팔아야 돈냥이나 산다."

학섭이는 작살을 두루마기 섶으로 닦으면서 투덜거리며 서둘러대는데 차 서방은 꿍맹이를 기둥 옆에 세우고 또 한 번 코를 찡― 풀었다.

"큰 거나 팔구 작은 건 옥섬이네하구 노나서 찔게*나 하디 뭐 걸 다― 팔겠소."

봉근이는 어이가 없어서 옆에 멍하니 서 있는데 계향이는 아이를 안은 채 아버지를 핀잔주듯 하였다.

"애가 정신이 나갔구나. 이쯤 벌이 없는데 이게 벌이다. 팔아서 쌀을 사든지 술을 사든지 하디 우리가 이런 생선을 먹으면 밸이 꼴려서 죽는다."

차 서방도 팔자는 주장이었다.

어머니는 아무 말도 안 하고 서서 이 사람 저 사람의 얼굴들만 쳐다보

---

* 반찬.

더니, 그대로 부엌으로 들어가서 바가지에 물을 떠가지고 나온다.

"인 내우다. 내 할게. 어서 불이나 때우."

학섭이는 손을 걷고 고기를 골라서 대강대강 씻기 시작한다.

"좀 냄겼다 한잔하야디."

둘이는 쭈그리고 앉아서 중얼거린다.

"여부 있소. 팔다 남은 거 가지구두 술 한 된 치우겠는데."

"아니 아마 이좀 이게 귀한 물건이 돼서 다 팔리리다. 미리 좀 내노야디."

"허리 끊어진 놈두 댓 마리 되니 그걸 지지구두 너끈히 술 되는 없애겠는데. 어서 다— 꿰서 팝세다. 한 오 원 벌문 며칠 두구 뗏손에 시장치나 않게 안 디내리."

봉근이는 아무 말도 안 하고 고무신을 마루 밑에 벗고 방 안으로 들어갔다. 뒤따라서 계향이도 들어온다. 계향이는 아이를 아랫방에 놓고 혼자서 샛문을 열고 자기 방으로 올라가 버렸다. 관수가 달랑달랑 걸어와서 아랫목에 서서 멀거니 농짝을 바라보고 있는 봉근이의 다리를 붙든다.

"형이 고기 먹어? 고기 먹어?"

이렇게 관수는 봉근이를 쳐다보며 잘 돌아가지 않는 혀로 말을 건넨다.

봉근이는 관수의 말도 들리지 않는 것 같다. 아니 지금도 문밖에서 중얼거리고 있는 아버지와 차 서방의 말도 들리는 것 같지 않다. 갑자기 사지가 노곤하여지며 귀와 발가락이 근질근질하고 머리가 횡하다.

지금까지 어깨에 메었던 것 그리고 팔이 휘도록 들었던 것— 느믈느믈한 피 뚝뚝 흐르는 생선들. 그 많은 잉어와 누치 그리고 어해와 붕어.

밖에서는 언 땅에 물 쏟는 소리가 나더니

"그럼 차 서방은 아랫동네루 가우. 내 요릿집하구 여관으로 가볼게. 그리구 파는 대로 두붓집으로 오우다.”

하면서 대문 밖으로 나가는 기척이 들린다. 아마 고기를 다 꿰고 씻어가지고 팔러 나가는 모양이다.

이윽고 윗방에서 계향이가 담배를 붙여 물고 연기를 푸 내뿜으며 봉근이 옆으로 내려왔다.

“에나 이거 가지구 호떡이나 사 머.”

봉근이는 계향이가 쥐여주는 십 전짜리를 보고 비로소 정신이 펄각 드는 것 같았다. 그는 설움과 분함이 금시에 북받치는 듯이 몸이 일시에 북— 떨리었다.

십 전짜리 백통전을 잠시 물끄러미 들여다보다가

“이까짓 돈.”

하고 방바닥이 뚫어져라고 메어 던진다. 그러고는 터져 올라오는 눈물을, 막을 길이 없는 듯이 펄삭 주저앉으며 엉엉 울기 시작한다. 백통전은 방바닥 위에 손톱자리만 한 자국을 그리고 그대로 띠그르르 굴러서 방 걸레 옆에 가 멎는다. 관수가 돈을 따라 그쪽으로 걸어가다가 봉근이의 울음소리에 놀라 이쪽을 쳐다본다.

“이 새끼 무슨 버릇이야.”

계향이는 낯이 해쓱해지도록 가슴이 뭉클하였다. 그래서 담배를 내던지고 달려가서 돈을 집어 다시 봉근이의 손에 쥐여주었다. 그러나 봉근이는 누이의 얼굴을 쳐다보지도 않고 돈을 동댕이쳐 내던지며 다리까지 버둥거린다.

“그까짓 돈 없이두.”

울음에 섞여서 중얼거리다가 말끝을 덜컥 목구멍으로 삼켜버린다.

“뭐이 어드래?”

계향이는 말끝을 쫓아가며 따지려 든다.

"호떡 안 먹어두 산다."

봉근이의 말이 채 떨어지기 전에 무섭게 처다보던 계향이의 바른손은 봉근이의 눈물에 젖은 왼 볼을 후려갈겼다.

"이 자식 죽어버려라."

계향이는 땅바닥에 넘어졌다가 다시 일어나 앉아서

"왜 때려."

"왜 때려."

하며 대드는 봉근이를 남겨두고 자기 방으로 조급하게 올라왔다. 그리고 이부자리 갠 데다 푹 얼굴을 묻고는 소리 안 나게 흑흑 느껴 울었다.

부엌에서 밥을 짓던 어머니는 방 안에서 남매끼리 다투는 소리를 송두리째 들을 수는 없었으나 계향이가 봉근이를 두들기는 원인이 어디 있는지를 알고 있는 만큼, 계향이의 주먹이 봉근이를 후려치는 소리는 자기의 가슴을 쑤시는 게나 같이 아프고 뒤이어 엉이엉이 우는 봉근이의 울음소리에 피는 끓는 솥처럼 설레었다.

아침부터 종일 두고 하는 소리와 짓이 자기에 대한 공치사와 지청구뿐이었다. 그래도 아무 말 않고 내버려 두었더니 에미 볼을 후려갈기지는 못해 강바람에 빨갛게 핏빛이 운 봉근이의 뺨따귀에 분풀이를 하고야 마는구나. 계향이와 봉근이의 아버지 김일구金日九가 죽은 뒤 얼마나 자기는 살아가려고 애를 태웠던고. 그때 자기는 겨우 스물여섯 살, 계향이는 아홉 살이고 봉근이는 세 살에 났었다. 아이 둘을 옆에 하나씩 끼고 홀몸이 된 자기는 할 수 있는 일이면 뭐든지 하려고 하였다. 광산에 가서, 굴속에 가서 혹은 기계간에 가서 장정과 같이 뼈가 가루 되도록 일할 생각도 먹었다. 그래서 죽는 한이 있어도 계향이가 가는 보통학교 이학년은 계속해 다니게 하려고 하였다. 그러나 일자리를 안 준 건 광산 회산가 세상인가 몰라도 자기는 며칠 안 되어 세상 여편네가 먹는 결심이란 만일 굳건한 용단력이 있다면 죽음밖에 다할 길이 없다는 걸 알게 되었을 뿐 계향이— 그때는 봉희鳳姬라 불렀건만—그의 공부도 가갸거겨에서 끊어지고 쌀밥 이 조밥 되고 밥이 다시 죽이 되는 한 해 동안 해보고 난 것, 부대껴보고 생각한 끝이 재가였다. 그때 김학섭이는 말뎅이 금광이 한창 경기가 좋을 때라 하루에 손에 집는 게 돈이었다. 매일같이 생기는 함석지붕 물수채, 학섭이는 하루해 있을 때까지만 어물거리면 돈 이 원은 헐하게 잡았다. 지금 계향이가 자기를 나무라는 것이 재가한 데 있다면 대체 그때의 자기 로서 이 길 아닌 어떠한 방향이 남아 있었단 말이냐. 그때 김학섭이는 게 으름뱅이도 아니었고 술은 안 하는 축은 아니었으나 가끔 먹으면 걸걸하 게 웃고 애들과 놀다간 씩씩 자버리곤 했다. 한 푼 생기면 쌀보다 소주를 찾게 되고 술 한잔 마시면 한 되 사 오라고 집안사람과 지트럭거리고 낮 도 안 닦고 검버섯이 돋은 채로 쭈그리고 공술잔을 거두러 다니게 된 것 은 말뎅이 광산이 폐광이 된 뒤 평양을 거쳐 삼 년 전 이곳에 온 뒤부터 다. 그래도 자기는 기생으로 넣기를 얼마나 반대했을까. 그때 앞집 차 서 방 딸 옥섬이의 새 옷이 부러웠는지, 찾아다니며 노는 젊은 녀석들과 시 시닥거리는 것이 부러웠는지는 모르나, 기생 권번에 들어간다고 서두른 것은 아비도 아비려니와 기실은 봉희 자신이 아니었던가. 기생 허가가 나 와서 버젓하게 요릿집에 불리우게 되는 동안 일 년하고도 반년이나 일 원 오십 전씩 월사금을 물고 소리 선생이 왔다고는 삼 원, 검무 선생이 왔다 고는 오 원씩— 그것을 마련하느라고 쓰인 앤들 어찌 아비에게 없었다 할까. 지금 돈푼이나 들여다 쌀되나 사는 날이 며칠이나 되었기에 벌써부터 서방에다 제 좋고 나쁜 걸 가리려 들고 얼핏하면 에미 노릇한 게 뭐냐고 지청구가 일쑤란 말이냐.

어머니는 손끝에 물이 젖은 채 샛문을 열어젖히었다.

"이 애가 누구한테 할 분풀일 못 해서 아일 때리구 야단이가. 그래 네 에밀 못 잡아먹어 아침부터 독이 올라서 법석이냐."

어머니가 성이 나서 덜렁거리는 바람에 땅바닥에서 돈을 만지작거리던 관수가 자겁에 놀라 샛문으로 달려가서 어머니에게 매달리며 집었던 돈을 내어준다. 어머니는 관수를 부둥켜안고 올라와 나지도 않는 젖을 옷섶을 비집고 물려주었다. 안팎을 융으로 만든 때 묻은 저고리 속으로 맥없이 늘어진 젖통을 쥐고 힘들여 빠는 소리가 쭐쭐거리며 들린다. 와락 한마디 화를 쏟으면 좀 속이 풀릴까 했더니 어머니의 속은 가라앉지 않고 오히려 하고 싶은 말이 더 목구멍을 치받치었다. 그는 목소리를 억지로 낮추어 차근차근 이르는 말같이 하려고 애쓰면서

"인젠 네 나이두 셀 새면 열아홉이야. 그만했으면 세상 물게두 알구 집안 살림살이두 체잡아 할 나인데 부모가 이르는 말이라믄 역정이 나서 한사하구 말대답이디. 애비가 한마디 하믄 열이 올라서 사흘 나흘 집안사람을 못살게 굴구."

이렇게 중얼거리면서 그는 윗간 딸의 기색을 살피노라고 말을 멈추었다.

계향이는 울기를 멈추고 이불에서 얼굴을 들고 멍하니 어머니의 말을 귓등으로 듣는 것 같았다. 그래서 어머니는 다시 일층 목소리를 낮추어서 타이르듯이 이야기를 꺼내려고

"오늘 일만 해두 아침에 내가 한 말이,"

까지 하였는데 뜻밖에 계향이의 목소리는

"듣기 싫여! 한 말 또 하구 한 말 또 하구."

하고 말문이 막히도록 쏘아버린다. 어머니는 말을 뚝 끊었으나 오히려 냉정하게 가라앉았다. 오냐 그것이 딸이 어미에게 대하는 태도라면 어미도 또한 이 이상 더 붙잡지 않으리라.―그의 해쓱해지는 낯빛은 이렇게 말하는 듯이 잠깐 묵묵히 앉았다가 갑자기 관수가 물고 있는 젖꼭지를 쭉 빼고 벌떡 일어섰다. 관수가 놀라 불티가 튄 듯이 소리를 지르며 울기 시작한다. 어머니의 정신은 그러나 관수의 울음으로 헝클어지지 않고 일어서는 대로 와락 샛문을 잡아 젖히고 윗방으로 올라간다.

"이년!"

이렇게 한 번 소리 지르기가 무섭게 어머니의 손은 계향이의 머리카락을 덥석 쥐었다.

"두말 말구 네 맘에 드는 서방 데리구 맘대루 치탁거리면서 살어라!"

그러나 눈시울이 약간 부어오른 계향이도 비록 머리칼을 잡히기는 하였으나 매서운 눈초리로 어머니의 얼굴을 낯짝이 뚫어지라고 바라보는 품이 예상보다 녹녹할 것 같지 않았다. 아랫방에서 관수와 봉근이가 달려와서 엉이엉이 울며 두 사람을 하나씩 부여안고 그 새에 끼어 선다.

"너는 그래 서방 몰르구 이태 살어왔니."

한참 바라보던 계향이의 빨갛게 피 비치운 입에서 이 말이 튀어나오자 어머니는 정신이 아찔해지는 것 같았다. 연하여 계향이의 독살 오른 목소리가 어머니의 찌그러진 표정을 향하여 조약돌을 던지듯이 튀어나온다.

"애비라구 가갸잘 변변히 가르쳐줬단 말인가, 밥을 알뜰히 멕여서 남처럼 호사를 시켰단 말이냐. 기생질 해서 양식 대구 몸 팔아서 술 멕인 게 이붓자식 된 큰 죄가 돼서 술독에 넣어 치닥거릴 못 시켜 죽일 년이란 말이냐. 할 거 다 하구 틈틈이 내놓은 서방하구 즐기는 게 원수가 돼서 술 먹었노라구 아우성이요, 술 안 먹은 건 정신이 말짱하다구 에미 애비 된

자세루 사람을 졸라대니 나가라믄 나가지 엄매 그늘 밑에서 흔하게 잡은
물고기 한 마리 먹어본걸."

확 뿌리치는 바람에 어머니는 멍하니 잡고 섰던 머리카락을 놓치고 좀
앞으로 비틀거렸다. 계향이는 치맛자락을 쥐고 섰는 봉근이를 물리치는
대로 방문을 열고 밖으로 나갔다. 저녁 산산한 바람이 열 오른 얼굴을 차
갑게 스치고 간다. 귀가 씽— 하고 다시 열리면서 방 안에서 아이들 우는
소리가 유난히 요란스럽다. 그는 한참 동안 정신을 잃고 선 채로 앞산을
바라보았다.

곤하게 들었던 잠이 대문에서 두런거리는 말소리로 깨어보니 창문이
훤하게 밝았다. 봉근이는 한번 잠이 들면 부둥켜 일으키기 전에는 누가
뭐라고 떠들어도 깨지 못하는 성미였는데 대문 어귀에서 웅얼거리는 술
취한 아버지의 말소리에 기겁을 하여 소스라쳐 깨난 것은 이상스러운 일
이었다. 전에는 제 옆에서 술을 먹으며 노래를 부르고 별짓을 다 해도 잠
을 깨어본 일이 없는데 집이 바뀌어 잠자리가 달라지고 아버지가 주정을
하러 올 것을 미리부터 근심하면서 자던 때문인가? 어쨌든 그의 신경이
그만큼 아버지의 목소리에 예민해져 있던 것만은 사실이었다.

그것도 그럴 것이—어제 저녁 물고기 사건으로 어머니와 누이의 싸움
이 마루턱에까지 벌어진 채 누이는 생각을 돌리지 않고 그날 밤으로 대강
한 것을 꾸려가지고 봉근이와 함께 이 집—이 고을 본바닥 기생 명월明月
네 거리채 두 방을 빌려가지고 이사해버렸다. 방에다 불을 넣고 나서 계
향이 누이는 우선 아랫방에 돗자리를 깔고 이러저러한 방 치장만 해놓고
는 돈 변통을 나가는지 그 발로 어디엔가 돌아다니다가 요릿집으로 불리
어간 모양인데 봉근이는 혼자서 윗간 아랫목에 이불을 펴고 엎드려서 학

교서 배운 것을 두어 장 복습하는 척하다가 누이는 오지 않고 이사한 것을 모르고 있던 학섭이 아버지가 달려와서 집을 부수고 지랄을 치지나 않을까 근심하며 잠이 들었던 것이다. 꿈에도 여러 번 주독에 코가 빨개진 검버섯이 돋은 학섭이의 얼굴을 보며 자던 터라, 그리 높지 않은 말소리에 이같이 눈이 뜨인 모양이다.

밖에서 들린 목소리가 무슨 말인지는 몰라도 그것이 아버지의 것임에 틀림없다는 것을 알았을 때엔 그는 약간 몸서리가 치이고 가슴이 두근거리었다.

누이— 누이는 아랫방에 들어와서 자고 있는가. 만일 누이가 없다면 이 봉변을 혼자서 겪지나 않을까 하는 생각과 누이가 없으면 욕이나 몇 마디 하고 가버릴 것이니 오히려 누이가 간밤에 집에 오지 않고 좋아하는 인상하고 어디서 밤을 샜으면은— 하는 두 가지 생각이 서로 엉클리어서 머릿속에 뒤끓는다.

뒤쫓아 아버지가 대문 어귀를 돌아 뜰 안에 들어서는 발자국 소리가 난다.

"이 고약한 년 같으니 배은망덕하는 년 같으니."

이렇게 혀 꼬부라진 소리로 중얼거리더니 족제비 잡으려고 파놓은 구멍에 다리가 빠졌는지 쿵 하고 넘어지는 소리와 "에익." 하며 다시 일어나는 기척이 들린다.

마루에 올라서는 쿵 하는 소리를 들을 때엔 봉근이는 그대로 있을 수가 없어서 이불을 푹 뒤집어썼다. 안으로 건 문을 덜강거리며 열라고 야단을 친다. 아랫방에서 끙— 하고 잠이 깨는 기척이 들린다. 계향이는 끙— 하는데 입을 쩔갑쩔갑 씹는 자가 또 하나 있는 것을 보면 아랫방에서 자는 것은 계향이 누이뿐이 아닌 모양이니 만일 인상과 같이 품고 누웠다면 아버지와의 이 봉변을 어찌 감당할 것이냐. 항상 미워하고 말끝마다 욕질하던 인상이 계향이와 품고 누웠는 것을 다른 날도 아닌 오늘 이때에 본다면은 검버섯이 돋은 학섭이의 얼굴은 호랑이같이 무서워질 것이요, 그의 두 손은 독수리가 병아리를 채듯 이 두 사람을 덥석 쥐고 갈래갈래 찢어버리고 말 것이다. 봉근이는 머리 위에서 폭탄이 터지는 것을 기다리는 마음이었다.

이윽고 안에서 문 여는 소리가 나고 문이 삑— 소리를 내며 열리더니 웬일일까, 그 뒤에 올 화약 터지는 소리가 들리지 않는다. 한참 문이 열린 채로 있더니 뜻밖에 학섭이는 서투른 말씨로

"도—모 시쓰레이 하하 오소레오이데쓰."*

하고 굽실거리는 품이었다. 그러고는 문을 가만히 닫고 달음박질이나 치듯이 뜰을 건너 종종걸음으로 대문을 나가버린다.

"하하하 약꼬상 후루에데 이야가라!"**

아랫방에서 사나이의 목소리가 탁하게 들려온다.

봉근이는 처음에는 자기의 귀를 의심하였다. 그러나 이불 밖에 얼굴을 내놓고 아무리 전후를 생각하여도 그것은 틀림없는 사실이었다.

인상하고 품고 있다가 학섭이한테 찢겨 죽는 한이 있다 처도 봉근이는 아랫방에서 계향이가 몸을 맡기고 있는 사나이가 인상이기를 얼마나 원하였을까. 그러나 그는 그 때문에 여태껏 아버지, 어머니와 충돌하였고 또 이사까지 하게 된, 학섭이가 매일같이 같이 자라고 원하던 식료품 가게의 젊은 주인이었다.

물론 계향이가 몸을 맡긴 사나이는 봉근이가 아는 것만 해도 반 타는

---

* "정말 실례했습니다 하하 죄송합니다."
** "하하하 녀석 벌벌 떠는 꼴이라니."

넉넉하다. 그러나 돈 없고 구차한 세무서 인상—윤재수하고 좋아지내게 된 다음부터는 결코 다른 사나이와 잠자리를 같이하지 않았다. 아버지, 어머니가 큰돈이 떨어진다고 아무리 졸라도 들으려고 하지 않았고 구박이 심하면 심할수록 그는 더욱더욱 완강하게 그들과 싸웠다.

봉근이는 아버지한테 맞고 어머니한테 갈퀴우면서도 구차한 윤재수와 좋아하며 종시 다른 남자에게 몸을 허하지 않는 계향이를 볼 때에, 무슨 숭고하고 신성한 것을 발견하는 것같이 누이가 우러러뵈었다. 평양 가서 여학교에 다니다가 방학 때마다 돌아오는 누구누구의 평판 높은 처녀들도 이렇게 신성하고 마음이 깨끗할 것 같지 않았다. 그는 학교 동무들이

"깅호—꽁〔金鳳根〕 매부 한 다—쓰? 두 다—쓰?"

할 때에도 천연히 속으론 '네 누이들보다 깨끗하다'고 생각하면서 그는 부끄러움을 느끼지 않았다. 이 세상에 사랑도 쥐뿔도 없으면서 돈 때문에, 명예 때문에 얼마나 많은 처녀들이 나이 많고 개기름 흐르는 사나이의 첩으로 시집을 가는지를 봉근이는 잘 알고 있었기 때문이다.

그렇던 계향이가 이것이 웬일일까? 물론 집을 뛰쳐나왔으나 간죠* 찾을 날은 멀었고 돈 한 푼 없이 살림을 해갈 차비가 막연해서 홧김에 먹어논 술기운에 이 일을 저질러놓은 것을 봉근이도 상상할 수 있다. 그러나 그러한 속에서 여태껏 부모와 주위와 싸워왔기에 누이는 훌륭하였거늘 결국 돈 때문에 몸을 단 한 번이나마 맡기고 말았다면 어느 모를 취할 길이 있을 터이냐. 어머니와 다투고 집을 뛰쳐나오는데 봉근이가 쫓아 나온 것도 그것을 믿고 따랐던 때문이 아니었던가!

봉근이는 모든 것이 더러워 보였다. 아버지, 어머니, 누이— 모두가 더

---

* 건설 현장에서 은어처럼 사용하는 말로 지불, 셈, 계산을 뜻함.

럽고 구려 보였다. 세상에는 숭고하고 신성한 것은 도무지 찾을 수 없는 것 같았다.

벌써 해가 치밀어 앞으로 한 시간이면 학교가 시작될 것이다. 봉근이는 무거운 머리를 들고 맥없이 자리에서 일어났다. 아랫방에선 다시 잠이 들었는지 조용하다. 봉근이는 낯도 씻지 않고 아침도 찾아 먹을 생각 없이 책보를 들고 방을 나섰다.

"애 조반 안 먹구 발세 학교 가니?"

대문을 나서려고 할 제 이러한 누이의 소리가 들렸으나 그는 들은 척도 안 하였고 또 듣는 것까지도 더러운 것 같았다.

골목을 돌아서서 발샛길을 걸으며 봉근이는 더러운 하수구 속에서 삐어져 나온 것같이 마음이 깨끗하고 일신이 가벼웠다.

아랫동리에서 오는 길과 합하는 곳에서 오학년 선생의 아들을 만났다. 그는 봉근이보다 한 학년 위인데 몸은 그와 비등하다.

코 흘린 자국이 발갛게 난 얼굴을 싱글싱글하며 서너 발자국 앞으로 뛰어가면서 홀쩍 얼굴을 돌리더니

"깅호―꽁. 매부 몇이던지? 한 다―쓰? 두 다―쓰?"

하곤 닝금닝금 뛰어간다. 봉근이는 항상 듣는 이 말이 지금같이 모욕적으로 자기를 충격한 것을 경험한 적이 없었다. 어저께로부터 오늘 아침까지 보아오고 겪어온, 아니 나서 이만큼 자라기까지 경험한 가지가지의 더럽고 추한 것들이 함께 뭉쳐서 덩지가 되어 그의 얼굴 위에 떨어지는 것 같았다.

"깅호―꽁. 매부 한 다―쓰? 두 다―쓰?"

다시 이렇게 곡조를 붙여서 외면서 선생의 아들은 저만큼 뛰어가고 있다. 봉근이는 더 참을 수가 없었다. 와락 두 주먹을 쥐고 모자도, 책보도

길 위에 집어 던지고 뒤를 쫓아갔다. 선생의 아들은 여느 때와는 다른 봉근이를 보고 겁이 나서 달음박질을 치는데 봉근이는 길이고 밭이고 얼음이고 분간 없이 지금 따르고 있는 것이 누구인지도 잊어버리고 두 주먹을 쥔 채 죽기를 한하고 자꾸만 쫓아간다.

―『소년행』, 학예사, 1939.

소년행少年行

1. 찾아온 여인네

별로 깊은 잠을 들었던 것도 아닌 터이라 아래층 가게에서 자기 이름을 부르며 두런거리는 소리를 들으며 봉근鳳根이의 감았던 눈은 금시에 번쩍 뜨였다. 그러므로 뒤이어

"봉근아! 봉근아 애!"

하고 젊은 사람답지 않게 탁한 주인의 말소리가 들려와도 그것이 결코 발한산을 먹고 누워 있는 봉근이를 약값 재촉에나 자전거 배달을 보내려는 게 아닌 줄은 짐작하였다. 그러나 그는 아무 말 없이 침대 위에서 비스듬히 모로 돌아누웠을 따름이다. 낡은 침대가 찌꺽찌꺽 울고 그의 눈이 불에 타기나 한 듯이 꺼멓게 된 거미줄 얽힌 천장 대신에 손톱 자리가 풀숲같이 어지러운 바람벽을 바라보고 있다.

'일 년 가도 개 한 마리 안 찾아오는 나에게 손님이 있을라구.'

하고 생각하는 순간

"녀석이 앓는다더니 온 낮잠을 자나 너 좀 올라가 깨워라. 손님 오셨다구."

하는 침착한 말소리가 다시 나면서 뒤이어 층계를 달려 올라오는 발자취

소리가 귀에 어지럽다.

"일어나! 누가 왔다."

문지방을 들어서면서 이렇게 성가신 듯이 외치고는 침대 옆으로 달려들어 봉근이의 얼굴을 들여다보면서 명식命植이의 표정은 능청스럽게 웃어 보였다.

"이쁜 기생이다. 머리 지지구."

봉근이는 뜻밖의 말에 놀라면서 몸 위에 덮었던 털 떨어진 담요를 발길로 차고 상반신을 침대에서 일으키었다.

"누이가 올라왔나?"

다부지게 생긴 어진 얼굴이 점점 성글성글해지면서 코와 눈과 눈썹 사이가 병—하게 동떨어져가는 솜털이 부르르한 얼굴— 조숙한 소년이 청년기로 들어가려는 열여덟 살의 봉근이의 얼굴에 감출 수 없는 낭패와 초조가 흘러간다.

"어느새에 이쁜 기생과 친했니?"

봉근이보다는 훨씬 어린 명식이는 이렇게 빈정대보고도 부끄러운지 얼굴이 금시에 벌게진다. 그러나 봉근이의 얼굴이 조금도 헝클어지지 않고 정색한 대로 서서히 침대에서 내려올 때 명식이는 한 발자국 물러서면서 변명이나 하려는 듯이

"늘 보는 얼굴이더라."

하고 혼잣말같이 중얼거려본다.

이마에 흐른 땀을 씻고 양복저고리를 걸치면서 층층대를 내려오는 동안 봉근이는 칠 년 동안이나 만나보지 못한 누이의 얼굴이 띵한 머릿속을 번거롭게 굴어 어쩔 줄을 몰랐다. 그러고는 연달아 어머니와 계부와 이복동생 관수觀洙의 모양이 휘끈휘끈 눈앞을 지나갔다.

가게와 통한 문을 열고 약장 옆으로 나와서 마주 보는 여자의 상반신, '멘소래담'과 물감 통 속으로 비스듬히 유리 좌장에 기대서서 물끄러미 전찻길을 내다보다가 문소리에 놀라 봉근이 쪽을 바라다보는 콧날이 오뚝하고 눈이 갸름한 젊은 여자. 그는 아무리 눈을 비비고 거듭 떠보아도 칠 년 전에 갈라진 자기의 누이 봉희鳳姬는 아니었다. 평양서도 백여 리를 산골로 들어간 작은 고을에서 시골 기생으로 이곳저곳을 헤매다가 황해도 신막新幕까지 흘러오는 동안 몸도 변하고 얼굴도 달라졌으리라. 산전山戰인들 안 겪었으랴. 수전水戰인들 안 겪었으랴. 그러나 사람의 모습이 이렇게 변하고 크던 눈이 작아질 리야 있겠느냐. 코도 눈도 입도, 아니 모습이 전혀 누이의 것이 아니었다. 이것이 만일 누이라면 누가 옆에 있든 나에게 달려와서

"봉근아."

소리를 치며 부둥켜안고 울지 않고는 못 견딜 것이다. 그러나 벌써 짧지 않은 동안 이렇게 마주 보고 있어도 빤하게 쳐다만 볼 뿐 말 한마디 건네지 않는다.

"제가 봉근이올시다."

이렇게 말하며 그 여자의 앞으로 다가설 때에

"네— 저 다른 게 아니라요."

하고 그는 제가 누구라고도 말하려 하지 않는다.

"다른 게 아니라요. 당신 누이가 어젯밤 시굴서 올라오셨는데 길도 생소하다고 한번 찾아오라고요. 그래 뭘 사러 나오는 김이라 일러주러 왔어요. 주소는 청진동 일백이십×번지. 개천 끼구 올라가다가 찾기 쉽습니다."

연세는 봉근이와 별로 차이가 없으련만 매일 어울리는 사람들이 난봉 어른인 까닭인가 봉근이를 동생같이 다루면서 숨도 쉬지 않고 대번에 쪼

루루 이야기해버린다. 그러고는 또 한 번 번지를 가르치고 봉근이가 어름 어름하는 동안 여자는 문을 열고 전찻길로 걸어 나갔다.

백화점으로 가는지 포근한 햇빛을 등에 지고 흰 두루마기를 발뒤꿈치 까지 끌면서 여자는 전찻길을 가로 건너가고 있다.

"누가 오셨다구?"

등 뒤에서 이렇게 묻는 약방 주인의 목소리에 멍하니 섰던 봉근이는 몸 을 돌리고 어정어정 걸어서 뒷문으로 가기 시작한다.

"내 누이님이 올라오셨답니다."

"뭐 자네 누이가 있었나? 첨 듣는 소린데."

이야기도 하고 싶지 않고 머리는 다시 쑤시는 것 같아서 이 말에는 대 답도 안 하고 이층으로 올라가 그는 침대에 다시 몸을 눕혔다.

'누이―.' 7년 만에 만나는 누이, 열한 살 때에 보통학교 삼학년을 헌 신짝같이 집어던지고 부모와 형제를 떼놓은 채 일백육십 리 길을 이틀에 걸어 평양까지 도망쳐 나오던 기억이 천장 위에 어린다.

그러나 그는 지금 기생이 와서 가르쳐준 청진동 일백이십×번지를 쫓 아가서 누이를 만나보고 싶지도 않은 것 같다. 내 모양도 변했으려니와 그보다도 누이의 변했을 모습을 눈앞에 대하기가 두려웠다. 말라빠진 누 이의 손을 잡고 가슴에 얼굴을 묻으며 그동안에 지내인 고초를 이야기하 기도 전에 우선 가슴을 치고 목구멍을 올려 뻗칠 슬픔을 터놓기가 무서운 생각이 든다. 눈 가상엔 꺼먼 자국이 그려지고 뼈는 앙상하여 분독에 셋 기운 낯가죽은 벌써 스물다섯 살이니 오죽인들 초라해졌으랴. 그때에 팽 팽하던 두 팔, 겨울옷을 입고 치마끈을 가슴에 잘라매어도 터질 듯이 부 어오르던 젖가슴이 지금은 버선짝같이 축 늘어져서 가슴인지 등인지도 분간키 어려워졌으리라. 얼굴엔 쥐깨가 내발리고 입만이 쑥 나온 것이 웃을 때마다 구리같이 누런 금니가 드문드문 박혔을 나이 많은 시골 기생. 머리칼은 빠져서 까마귀 둥지 같고 목만이 엉큼하게 여미어지지 않는 때 묻은 동정 속으로 쑥 기린같이 빠져 있을 터이다.

'그 모양을 하고 뻔뻔하게 서울이 어데라고 올라왔나.'

보고 싶던 정도 내토하고 싶던 가슴에 엉킨 사랑도 없어지고 슬픔과 분함만이 열 있는 봉근이의 머릿속을 꽉 붙들고 만다.

'찾아왔던 기생의 태도로도 짐작할 수 있다. 시골 기생의 늙은 꼴이 오죽이나 초라하면 나를 찾아와서 그렇게 거만한 태도를 취할 것이냐. 나는 불과 약방의 일개 사환 아이다. 그러나 제가 잘 알고 존경하는 나이 많은 이의 어린 오빠라면 그런 건방진 태도를 취할 수 있을 것이냐.'

가슴이 설레어 머리를 움켜잡고 일어나서 바람벽에 몸을 기대니 저녁 햇발이 뒤창으로부터 벌써 봄이란 듯이 방 안으로 기어든다. 햇빛을 멍하니 바라보는 열 오른 봉근이의 두 뺨을 두 줄기의 방울이 쭈르르 흘렀다.

2. 만단 사연

지금으로부터 달 반 전에 봉근이는 누이에게서 한 장의 편지를 받았다. 큰 봉투에 육 전을 붙여서 뒷등엔 '신막역전 해동관 내 김계향新幕驛前海東館內金桂香'이라고 썼었다. 계향이란 물론 봉희의 기생 이름이다. 봉투는 누가 써주었는지 잉크로 제법 쭉쭉 갈렸는데 속은 줄 친 편지 종이에 연필로 더구리* 부적같이 씌어 있었다. 심한 사투리와 말 안 된 곳을 문맥을 통하게 고쳐놓으면 다음과 같아진다.

---

* '딱따구리'의 방언.

　　봉근아, 봉근아.

이렇게 그 편지는 시작되었다.

　　지금 내가 자면, 꿈으로 술 취하면 주정 푸념으로 혹은 반갑게 혹은 슬프게 부르던 네 이름을 연필을 들고 적으려 하니 가슴이 막히고 무슨 말을 먼저 적어야 할는지 정신이 아찔하다. 이 서투른 글씨가 네 손 속으로 가서 너의 입으로 읽히워지면서 내가 부르듯이 네가 되풀이할 것을 생각하니 형언키 어려운 그리운 정이 나의 가슴을 쪼개는 것 같구나. 나는 연필을 들고 한참 동안 묵묵히 생각한다. 나의 하는 짓이 싫고 더러운 집안이 마음에 붙지 않아 한마디 말도 남기지 않고 겨울이 닥쳐오는 추운 날 집을 나간 채 소식이 끊어진 지 어언간 칠 년— 다시 돌이켜 생각해보니 네가 체신 없이 보이는 타락한 나에게 싫증이 나고 술만 먹고 집안은 돌보지 않는 짐승 같은 의붓아버지와 그 틈에 끼어서 딸의 편도 못 들고 아버지 역성도 채 못 들면서 결국 무력무력 자라나는 너에게 더러운 꼴만 거듭 보이는 것이 마음에 맞지 않아 집을 버리고 나가버린 마음을 이해하지 못하는 것도 아니지마는 네가 나간 뒤 열흘, 스무 날 한 장의 엽서도 오지 않고 어디 가 죽었나 살았나 소식이 끊어진 지 육칠 년, 나는 너를 한없이 원망하고 너를 어디서 붙들기만 하면 힘껏 마음껏 때려라도 주려고 마음먹은 것이 한두 번이 아니었다.

　　그러나 봉근아, 단 하나의 나의 봉근아! 네가 나의 단 하나의 피를 가른 친동생이고 흙투성이가 되든 피투성이가 되든 몸과 정신을 적시는 개암탕* 속에서 언뜻 정신을 차릴 때 나의 슬픈 눈 앞에 단 하나의 빛있는 희망으로 나

---

* 감탕. 갯가나 냇가 따위에 깔려 있는 몹시 질어서 질퍽질퍽한 진흙.

타나는 것이 단 너 하나뿐인 것에는 그날이나 지금이나 변함이 없다. 내가 내한 몸을 변변히 못 가져서 사랑하는 어린 동생을 붉은 홀몸으로 땡땡 얼은 엄동설한 추운 길 위에 내세우고 만 것을 알았을 때에, 나는 금시에 하늘을 잃은 것 같고 내가 서 있는 땅은 꺼져 들어가는 것 같았다. 너보고 매일 하던말— 아마 너도 그것을 기억하리라. 이렇게 되고 보니 그 말을 지금 이 글 속에 적을 아무런 체면도 없다마는 내가 너에게 늘 해오던 말이 "너만은 공부잘해 훌륭히 되라."는 말이 아니었더냐! 네가 내 품에서 없어져버리고 어디가서든지 입속으로 중얼거릴 것이 "더러운 년 같으니."란 저주하는 외마디말뿐일 것이니 그것을 생각하는 나의 마음이 어떠하였을 것이냐!

그러나 네가 서울 있다는 말을 들었을 때 나는 그날 밤 잠을 이룰 수가 없었다. 너도 알지, 박 주사의 아들이라고, 너 있을 때에 동경 가서 무슨 대학에다니던 병걸秉杰이란 사람 말이다. 바로, 어제저녁 그 사람이 우연히 신막엘내려서 밤에 이 집으로 술을 먹으러 왔더구나. 그는 사회주원가 뭔가 하고 다니다가 감옥살이를 치르고 지금은 강원도 어디에서 금광을 한다더라. 제 말로는 일전에 고향 갔다가 내가 신막 있다는 소리 듣고 지나는 길에 언제든가꼭 한번 들러보려고 했던 차에 우연히 서울 종로에서 은단을 사러 어느 약방엘 들어갔더니 네가 거가 있더라는구나. 그래 동생 소식도 전하여줄 겸 이번에 평양 가는 길에 내렸노라고 하기에 나는 너 만난 듯이 반가워서 그를 붙들고 한밤을 울어 새웠다.

아! 무정한 봉근아! 사나이가 한번 마음먹고 고향을 떠난 바에 성공하기전에는 다시 발길을 돌이키지 않는다는 속담 말대로 내가 너의 사람 된 품을은근히 기꺼워하면서도 생사조차 알리지 않은 너의 몰인정하고 박정한 것을원망하지 않을 수 없는 것을 너는 잘 알 수 있으리라.

그이 말에 몸이 건장하고 키가 훨씬 커서 몰라보게 되었다니 그동안이 육

칠 년이라 그렇기도 하련마는 그렇게도 몹시 변하였니? 모르고 길 위에서 만나면 생판 모르는 사람같이 지나치고 말겠구나. 지난 일은 어쨌거나 네 몸이 건강하다니 이 위에 더 기쁜 일이 어디 있니. 그동안 내가 고생한 것을 돌이켜 생각하고 어린 네가 맨몸으로 겪어나간 세상 고생이 어떠하였으리라는 것은 물으려 하지 않고 또 이곳에 적고 싶지도 않다.

어머니와 아버지는 그곳서도 할 것이 없어 빈둥거리다가 회창 금광이 금값이 올라서 재흥하는 바람에 그곳으로 이사를 해 갔는데 관수 말고 또 하나 아이를 낳아 네 가족이 이럭저럭 입에 풀칠이나 해나가는 모양이다. 나는 순천으로, 안주로, 정주로, 개천으로 화물자동차 모양으로 흘러 다니다가 이곳와 있는 지 일 년이 되었다. 아무 데 가나 그 식이 당식이다.

네 말을 듣곤 금방이라도 너를 만나러 뛰쳐가고 싶으나 네가 나를 버리고 달아나던 때보다도 더 형편없이 타락한 지금의 나다! 너를 보고 무슨 말을 하며 무슨 면목으로 낯짝을 들 것이냐!

그러나 아무리 내 자신을 돌이켜 보고 지금의 내 모양을 두루 살펴보아도 내 뼈다귀 이것만은 너와 같은 한가지 물건이 아닐 것이냐. 살도 더러워지고 가죽도 더러워졌으리라. 아니 그 속을 흐르고 있는 피인들 어찌 깨끗하다 할 것이냐! 그러나 뼈만은 너의 것과 같이 돌아간 아버지의 것일 것이라. 내 뼈다귀는 너를 찾아갈 것이다. 너는 이것까지도 침 뱉고 발길로 차지는 않을 것이다.

무엇보다 너의 소식 듣고 싶다. 그러나 어디서 어떻게 만나면은 좋을 게냐, 그것을 네 맘대로 지시해다오. 천 리라도 만 리라도 널 찾아가리라.

양력 이월 초사흘

봉희 씀

한번 끝을 맺고 다시 옆으로 가늘게

　그런데 조용히 상의할 말이 있다. 네가 약방에 있다니 말이지 내가 몹쓸
병 때문에 허리가 아프고 맥이 없어 죽을 지경이니 신효한 약이 있걸랑 좀 가
르쳐다오. 부끄러운 일이다.

하고 글씨까지 부끄러운 듯이 새발같이 기어가게 써 있었다.
　이 편지를 받고 봉근이는 사흘 동안을 생각하였다. 그러고는 간단하게
회답을 썼다. 그 속에는 편지를 하고 소식을 전할 마음은 여러 번 있었으
나 굳은 결심을 하고 여태껏 지내왔다는 것과 누이와 집 소식도 알아보려
고 무척 애써왔다는 것, 그리고 지금도 누이님을 만나보고 싶기는 하지만
우연히 만나면커니와 일부러 만날 필요는 없으리라는 것, 냉병에 쓰는 약
은 여러 가지가 있는 모양이나 어느 것이나 모두 비등비등하므로 이곳 약
국에도 특효약은 없다는 것 등이 씌어 있었다.
　그랬더니 다시 누이에게서 그전보다는 짧은 편지가 왔는데 될수록 서
울 갈 기회를 엿보겠다는 것과 그리고 얼굴이 보고 싶으니 사진을 한 장
꼭 보내달라고 하고 사진값으로 우선 돈 오 원을 보내노라고 하였다.
　그러나 봉근이는 그 편지에는 곧 회답도 안 쓰고 사진도 물론 찍지도
않았다. 한 십여 일 뒤에 편지 받았느냐는 엽서가 또 왔으므로 봉근이도
엽서로, 편지도 돈도 받았노라고만 간단히 적어 보냈다. 이 일이 있고는
그대로 한 달이 지났었다.

3. 봄

 땀을 내었더니 몸도 가뿐해지고 머리도 가벼워졌다. 그러나 잠이 들었다가도 한침대에서 자는 명식이가 군입질만 쩔갑거리면 펄딱 눈이 뜨였다. 다시 잠이 들려고 할 때에 가위가 눌리어서 한참 동안이나 애가 쓰였다. 머리를 풀어 헤치고 얼굴이 파랗게 뼈만 남은 누이가 입을 감물고 자기의 목을 누르려고 달려들었다. "누이가 미쳤어." 이렇게 외치면서 손으로 뿌리치려고 하여도 목소리도 나지 않고 손발도 움직하지 않았다. 눈이 뜨이면 막혔던 숨이 콱 터지고 뒷잔등에 땀이 쭉 흘렀다. 밤은 몇 시나 되었는지 자동차 달리는 소리가 이따금 길거리에서 들려왔다.

 몇 번인가 이런 괴로움을 겪어나면서도 아침 햇발이 창문을 꽉 막은 간판 사이로 스며들 때까지 봉근이는 침대에 누워 있었다. 같이 자는 명식이가 새벽에 겨우 잠이 든 봉근이를 깨칠까 염려하여서인지 어느새에 혼자 가게 문을 열고 약장과 책상의 먼지를 문댈 때에 봉근이는 겨우 잠에서 깨어났다. 잠이 깨어서도 그는 침대에 그대로 번듯이 누워 있다.

 분함과 미움과 슬픔과 쓰라림! 이런 것이 한바탕 뒤범벅을 개면서 스쳐 간 뒤에 적막이 조수 물과 같이 그의 가슴에 스며들었다. 벌써 몇 번인가 경험해본 이 쓸쓸한 마음, 이것이 그의 온몸을 붙들 때엔 그는 아무 말도 안 하고 행길로 나가서 자전거를 탔다. 광화문 네거리로 태평통으로, 장곡천정*으로 휙 한 바퀴 돌아오면 마음은 거뿐하여 모든 것을 잊어버리고 다시 전화통에 손을 얹곤 "네― 네― 녹성당 약방이올시다." 하고 외칠 수가 있었던 것이다.

 그러나 지금 봉근이는 자전거를 타려고 하지도 않는다. 이 불행한 심리

---

* 일제강점기에 서울 소공동을 부르던 이름.

상태에 몸을 적시고 머리를 묻어보고자 한다. 적막과 마주쳐서 몸소 그것과 부대껴보고자 한다.

—그렇다! 분함은 누이에게로 돌려보낼 감정이 아니었다. 누이의 육체가 물에 젖은 걸레 조각같이 더러워졌어도 수많은 사나이들에게 고기는 짓밟히고 피는 할퀴워 지금은 능금같이 건강하고 무성한 나무같이 아름답고 씩씩함이 하나도 찾아볼 길이 없어졌다 하여도 그는 나를 쫓아오며 빛을 구하며 희망을 찾고 있지 아니하냐! 머리는 모든 이성에서 떠나고 감정과 정서는 타락하고 일그러져서 탄력 없는 살덩이만이 뼈다귀 주머니 모양으로 축 늘어져 있다 하여도 오히려 그의 품에 나를 껴안아 주고 나를 부둥켜안고 땅을 치며 통곡할 사랑과 정성이 남아 있다면은 그것을 받아들이고 그 속에서 같이 울고 웃는 것이 나에게 남은 단 하나의 아름다운 감정이 아닐 것이냐?

이렇게 생각하면서 봉근이는 아침 햇발을 머리 위에 얹고 청진동 일백이십×번지를 찾을 양으로 이 대문 저 대문을 기웃거리고 있었다.

문등이 달리고 누런 대문 두 짝이 번들번들 윤을 내고 있는 집, 최연화崔姸花라는 사기 문패가 붙어 있는 집이 청진동 일백이십×번지였다. '최연화라는 것이 아마 어저께 약방에 찾아왔던 기생의 이름일 것이다' 하고 생각하면서 약 배달을 가던 때와는 좀 다른 감정에 지배되어 봉근이는 가만히 대문을 밀어보았다. 새벽은 아니지마는 기생집으로는 이른 아침인지라 대문이 아직 꽉 닫혔으리 하였던 것이 뜻밖에 딸랑딸랑 방울 소리가 나며 미는 대로 한 짝이 스르르 열린다. '누구요?' 하는 듯이 대문을 들어서서 왼편 쪽으로 한참 가다가 아마 부엌에서 아침을 짓던 식모일는지 문등이같이 눈썹이 뻔질뻔질한 사십 가까운 네모가 진 여편네의 얼굴이 쑥 봉근이 쪽을 바라다본다.

"저— 말씀 좀 물읍시다."

이렇게 자기의 온 뜻을 전하고 식모가 대청으로 올라가 안방의 문을 열고 두런두런하는 동안 봉근이는 가슴에 고동을 느끼며 침착해지려고 뜰 안과 집을 물색하였다. 새로 지은 집인데 부엌에 연달아 안방이 두 칸, 대청 칸 반을 건너서 건넌방이 칸 반, 그리고 대문을 들어서서 바른쪽으로 뚝 떨어져 방 한 칸이 있고, 동쪽은 옆집 담장으로 막히어 있다. 한 달에 집세로 이십 원은 물어야 할 집이었다. 뜰 안엔 아무것도 없고 토방엔 고무신, 여자 구두, 이런 것들이 비교적 단정하게 놓이어 있다.

식모는 다시 대청에서 나와서 아무 말 없이 부엌으로 들어가 버리고 한 십 분 동안 싱겁게 섰노라니 어저께 왔던 기생이 안방에서 나온다.

"아이구."

반가운 손님이나 맞는 듯이 갸름한 눈을 흰 손으로 비비며

"누이님은 금방 목욕을 가셨는걸! 어쩔까."

하고 도톰한 입을 웃어 보인다. 얼굴에는 아직도 수면 부족의 피로가 흐르고 머리카락이 거칠게 흩어져 있다. 짧은 치마 밑으로 보이는 긴 바지, 그리고 목다리 긴 버선, 연화의 입은 옷 품은 사오 년 내로 평양 기생들이 집에서 입는 옷 풍속이다.

그가 안내하는 대로 대청에는 올라섰으나 여자의 방 안으로 성큼 들어설 용기는 봉근이에게 나지 않았다. 어저께 이 기생에게서 느꼈던 가벼운 불쾌— 이런 것은 어제와는 딴판으로 친절해진 지금 태도로써 넉넉히 자취를 감추었으나 아랫목에 깔아놓았던 붉은 달리아 무늬의 이불을 활짝 말아서 뒷목으로 밀어버리고 방금 벗어놓았을 연둣빛 파자마와 가운을 집어서 윗목에 있는 이인용 침대 위에 던지는 것을 물끄러미 들여다보다가

"어즈러워 미안하외다만 자 들어오라구요."

하고 평양 사투리로 봉근이의 낯짝을 쳐다볼 때에 그는 말문조차 막히어 한참 동안 머뭇거리지 않을 수 없었다.

고리타분한 간장 내 같은 데에 분내와 담뱃내가 섞인 듯한 구역나는 냄새― 시골 기생의 방에서 늘 맡던 그런 냄새는 나지 않았다. 그러나 순전한 향수 냄새도 아니요, 머리칼 냄새도 아니요, 크림이나 분 냄새도 아니요, 여자에게서 나는 일종 악취인 듯하면서도 결코 싫지 않은 특별한 향기― 방석을 깔고 쭈그리고 앉았을 때 무엇보다 먼저 코를 울리는 이 냄새가 여자의 냄새라는 것을 의식하였을 때에 봉근이는 두방망이질을 하는 듯한 가슴을 진정할 수가 없었다. 뺨이 후끈하고 귀가 펄펄 붙는 듯하여 그는 낯을 푹 숙이고 묵묵히 앉아 있다.

"아직 몸에 열이 있소?"

대답도 못 하고 두어 번 도리질을 하고 나니 그는 자기의 이상한 태도가 부끄럽기 짝이 없었다.

"어저께 밤 깊도록 누이님이 기다리시던데, 혹 약방을 닫고 오나 해서."

이 말에도 봉근이는 대답하지 못했다.

"누이님두 육 년만이나 칠 년만이라니 오죽해요. 나를 시켜서 어저께 옷가지를 사다 놓으시고, 기쁨인지 한숨인지 옛말을 하면서 여러 번 말문이 막힙데다. 나와 다니는 남정 어른들은 몰라두 웃어른 된 사람의 정이야 어데 그런가요."

여자의 말이 웃어른 같은 말씨로 변하여갈 때에 봉근이는 비로소 누이를 생각하고 누이가 기탁하고 있는 이 집 주인을 눈앞에 대할 수 있었다. 그래서 한참 동안의 침묵을 깨뜨리고 문득

"평양서 오신 지 오래야요?"

하고 봉근이가 얼굴을 들었을 때에 여자는 여지껏 정색하였던 표정을 금시에 허물고 무슨 큰 기특한 일이나 당한 듯이

"내 사투리로 알았어요?"

하고 갸름한 눈을 오뚝 세웠다.

그가 서울 여자가 아니고 한가지 평안도 사람, 그것도 평양 여자라는 것을 알아준 것이 유별하게 반가운 듯이 여자는 오랫동안 그의 얼굴에서 예쁜 표정을 씻지 아니하였다.

"사투리보다도 치마하구 바지하구 버선!"

겨우 이 말 한마디가 봉근이의 입에서 다시 나왔는데, 여자는 기쁨을 참을 수 없어 홀딱 일어서며 손을 비비고 한참 동안이나 자기 몸에서 치마와 바지와 버선을 훑어보았다.

봉근이는 여자의 노는 품이 처음에는 퍽 이상스러워 이것이 히스테리가 아닌가 하고도 생각해보았으나 옥양목 버선목 다리를 덮을락 말락 한 흰 파레스 바지, 그리고 세 치가량 위로부터 연옥색 저고리 밑까지 깡충하게 내려 드리운 연두 치마를 묵묵히 바라다보다가 힐끗 쳐다보는 여자의 얼굴에서 귀여운 어린아이 같은 표정을 발견하곤, 어저께 교만하고 빽빽하게 보였던 이 여자에게 한없이 정이 가는 것 같았다.

열세 살이나 열두 살 때부터 기생 학교를 다니고, 열다섯 살이 되나 마나 한 때 부모가 시키는 대로 남자의 살을 알기 시작하여, 평양과 서울에서 수백 수천의 사나이들의 속을 헤엄치듯이 하는 동안, 타고난 성품도 변하고 말씨와 행동에도 거짓과 아양이 끼어서, 이만 나쎄의 처녀들이 응당 가져야 할 모든 아름답고 귀한 모습이 없어져버렸을 최연화란 기생의 얼굴에 이렇게 순진한 한 조각의 표정이 남아 있는 것을 봉근이는 희한하게 생각하고 있다.

입이 마음껏 벌어지고 눈에는 눈물이 글썽글썽하여 두 손을 어디다 놓을지 몰라 한 번은 치마를 만져보고 그다음엔 서로 붙잡고 비비어보는, 이런 자세와 표정은 결코 마음을 낚아야 하고 웃음을 팔아야 할 사나이들을 앞에 놓은 세련된 여자의 것이 아니었다.

봉근이는 자기도 모르게 멍하니 이 여자를 쳐다보면서, 옛날 자기가 제일 믿고 제일 숭고하다고 생각하던 누이에게서도 찾아보지 못하였던 무슨 청신한 것을 발견하는 듯하였다. 이 청신하고 맑고 깨끗한 정서 속에 몸과 마음과 머리를 맡기고 싶었다. 이것은 봉근이가 어렸을 적부터 여태껏 그리워하고 또 호흡하고 싶었던 빛과 공기였던 때문이다. 얼마나 오랫동안 봉근이는 이 빛과 공기에 굶주리고 목말라 있었던가!

"지금 참 모란봉이 좋겠다. 대동강, 능라도, 돋아 나오는 버드나무 잎새하구 단군전 뒷언덕의 잔디. 경재리랑 신창릴 한바탕 싸다녔으문 좋겠다."

여자는 침대에 걸터앉아 혼잣말같이 중얼거린다. 평양의 경재리鏡齋里와 신창리新倉里의 길 위를 봄빛을 안고 거닐고 있을 수많은 그의 동료들을 생각하는지, 그리고 봉근이는 아무 말 없이 흥분된 얼굴을 하고 묵묵히 그대로 앉아 있을 따름이다.

4. 넘을 수 없는 개천

눈물도 나지 않고 가슴을 치고 목구멍을 치받칠 만한 절통한 감격도 생기지 않았다. 당연히 만날 사람들이 한 두어 달 만에 서로 만나는 모양으로 아니 그것보다도 더 싱겁게 봉근이는 터무니 인사라고 할 만한 것을 누이에게 한 것 같지 않다.

지금도 봉근이는 바람벽을 기대고 까치다리*로 앉았고, 그 앞에는 목욕에서 돌아온 누이가 머리를 대강 틀어서 도금 비녀를 찌르고 바른 다리를 세우고 앉아서 담배를 피우며 창문 쪽을 바라보고 있건만, 별로 말할 만한 건드럭지도 없는 듯이 텅 비인 방 안에는 담배 연기만이 무럭무럭 떠오르고 있다.

담배를 털다가 혹은 담배를 끄면서 누이는 여러 번 동생의 변하여진 얼굴을 바라보지마는 봉근이는 누이의 눈살이 얼굴에 부딪칠 때에도 일부러 멍하니 고리짝 위에 놓인 타월로 만든 낡은 잠옷을 바라보았다.

"너 그동안 데금이나 좀 했?"

봉근이는 머리를 썰레썰레 내흔들었다.

"데금할 돈이 있나."

그러나 그는 한 달에 먹고 십 원 받는 중에서, 육 원씩을 다달이 내는 삼백 원 저축 저금에 부어 넣고 있었다.

"받는 걸루 군입질이나 하구 구경이나 가네."

봉근이는 이러한 누이의 물음에는 대답도 아니 하였다.

봉근이는 자기가 저축 저금에 다달이 육 원씩을 부어 넣노라고 입을 것도 변변히 못 입고, 철마다 주인이 사주는 양복 벌로 이렁저렁 지낸다는 것을 이야기하면 누이가 얼마나 만족해하고 기뻐할 것을 알고 있다. 그러나 이러한 것을 누이가 묻는 것이 첫째로 불만하였다. 둘째론 장가 밑천도 장사 밑천도 안 될 적은 돈에다 무슨 큰 희망을 달고 있는 듯이 매달마다 쩔쩔매면서 꾸역꾸역 저금하기에 볼장을 못 보는 자기 자신이 한없이 초라하게 보일까 두려워하였다.

---

* '책상다리'를 가리킴.

"그래두 장래를 생각할래문 지금부터 돈을 아까워해야지."

이런 말은 칠 년 전에 세무서 인[尹]상하구 좋아지낸다고 어머니와 아버지가 야단을 칠 때마다 누이에게 타이르던 말과 비슷하였다. 열아홉 스물 전후의 기생들이 자기 신세가 불쌍해서 술 먹고 제 맘대로 휘뚜루마뚜루 하다가도 스물이 넘어서서 장차 늙으면 나는 무엇이 될 것이냐? 하는 문제에 눈이 뜰 때 돈을 모아야 한다는 생각을 가지게 되는 심리 상태의 변화를 봉근이는 잘 이해할 수 있었다. 그는 어렸을 때 자기 집에 놀러 오는 늙은 기생에게서 이런 것을 수많이 보아왔다. 그러나 칠 년 만에 만나는 누이의 입에서 이런 말을 들을 때에 그것을 진심으로 좋게 해석해 들을 겨를이 없었다. 누이는 결코 이런 소리를 입에 담아서는 안 될 사람으로 봉근이는 생각하고 있는 것이다. 봉근이가 아름답다고 생각하는 누이는 사회주의 하노라고 이리 덤벙 저리 덤벙 하다가 어찌어찌하던 끝에 금광 브로커나 된 박병걸이를 하늘같이 섬기고 그에게서 술장사 밑천이나 뽑아내려고 하는 그런 누이는 아니었다. 된 데라고는 반 닢어치도 없는 놈을 '가모'*라고 따라와서 일생의 생계나 세운 듯이 '돈이 제일'이라고 동생에게 설교하려 드는 그런 누이는 아니었다. 박병걸이와 같이 오게 된 경위를 자랑같이 이야기할 때에 벌써 감출 수 없는 불만을 품었으매 그 위에 다시 돈 모으는 설교는 무엇이냐! 그는 누이와 자기와의 새에 메울 수 없는 무슨 큰 도랑이 생긴 것을 쓸쓸히 느끼고 앉아 있다.

공기가 이상하게 무거워진 것을 눈치채고서인지 누이는 갑자기 웃으면서

"너 폐양 첨 나와서 너관에 있었지? 누가 와서 그러길래 그 길루 자동

---

* かも. 이용하기 좋은 사람. (바둑 · 장기 등에서) 이기기 쉬운 상대. 봉.

찰 타구 페양 나갔드니 발세 다른 데루 갔두나."

하고 옛날이야기를 한다.

봉근이도 그때 생각이 나서 빙그레 웃었다. 여관의 사환 아이로, 양말 공장에 들어가 실 감는 소년 직공으로, 양복점 견습으로 들어가 단춧구멍만 하고 앉았던 생각, 그리고는 삼 년 전에 서울로 와서 약방 사환 아이가 된 만 육 년 동안의 과거가 휘끈휘끈 그의 머리를 스쳐 갔다.

"그때 고생하던 이야기나 좀 해라."

누이는 다시 담배를 붙여 물며 동생의 얼굴을 보았다.

"건 해선 뭘 해. 재미있나?"

참말 봉근이는 누구에게도 자기의 지낸 이야기를 털어놓고 하지 않았다. 부끄러울 것도 없고 수치 될 것도 없건만 재미가 없었다. 누가 이야기를 물으면 그대로 픽 웃고 말았다.

"넌 몰라보게 됐다만, 나두 변핸?"

이 소리에 봉근이는 힐끗 누이를 쳐다보고

"뭘 변해."

한마디로 대답해버렸을 뿐이다. 사실 누이의 몸과 얼굴은 봉근이의 예상과는 여간 틀리지 않았다. 교통이 편하여지고 사람의 내왕이 빈번해진 탓일런가, 그전과 같이 도회 기생과의 차이가 심하지 않은 것 같다. 본래부터 눈이 크고 얼굴 모습이 미끈하던 누이는 그다지 심하게 시골 기생의 티는 보이지 않았다.

"그전보담 무던히 상했지?"

이렇게 누이는 동생에게 추궁한다. 그러나 동생은 또다시

"뭘."

하고 빙그레 웃을 따름이다. 봉근이는 병이 있다는 말을 듣고 냉병이 심

하면 자궁병을 겸하였을 것이므로 누이의 얼굴은 몹시 여위고 눈자욱엔 검버섯이 끼어 있을 것을 상상하였다. 그러나 누이는 전보다 오히려 살이 찐 것 같다. 포동포동하여 물샐틈없게 다부지게 아름답던 얼굴이 오히려 뺨따귀에 살이 올라 두 볼이 맥없이 목으로 흐르고 있다. 가슴도 탄력은 없으나 더 커진 것 같다. 눈은 더 떼꾼해져서 영채가 없고 몽롱하게 술 취한 것같이 맥이 없어 보인다. 확실히 건강한 청춘은 누이에게서 떠나고 말았다. 봉근이는 예상보다는 너무 능청맞게 비둥비둥하게 살진 누이의 몸에서 징글징글한 염증을 느꼈다. 그것은 전혀 그의 말하는 투와 말의 내용과 일치하는 것 같았다. 달 반 전에 받은 편지 내용과는 너무 동떨어져 있는 것같이 생각되었다.

이러고들 있을 때에 대청으로 통한 문을 동동 두드리면서

"실례지만 문 엽니다."

하고 연화가 열린 문 틈으로 얼굴을 들이민다.

"허실 말이 태산 같으시겠지만 우선 아침을 먹읍시다. 벌써 열한 신데."

하고 웃는다.

이 소리를 듣자 봉근이는 벌떡 일어서며

"난 가 먹지요."

하였다.

"아이고."

연화는 놀라는 표정을 하며 방 안으로 뛰어 들어가

"그게 무슨 말이오. 채린 건 없어두 원."

하면서 봉근이의 손을 붙들어 앉히운다.

"어멈 이리루 상 디려오."

담뱃갑과 재떨이를 치우고 셋이서 둘러앉았는데 둥그런 큰 상에 조반

이 들어온다.

막 상을 받아놓고 술을 들려 하는데 구두 소리를 내면서 박병걸이가 찾아왔다.

"복상* 오슈?"

먼저 계향이가 뛰어나가며 반가워한다.

"뭐 지금 아침이슈. 응. 봉근이가 왔군, 지금 처음인가."

하면서 대청으로 올라서서 병걸이는 방 안을 들여다본다. 봉근이는 좀 불쾌하였으나 앉은 채로 끄떡 인사를 했다. 허리 잘라매인 간복 외투를 벗으니 얼룩얼룩한 뱀의 꺼풀 같은 스타킹과 다갈색 닉카 쓰봉이 나타나고 시곗줄 늘이운 조끼 밑으로 혁대 고리가 번쩍번쩍한다.

"어서들 잡수시유. 난 더운데 여기 좀 앉았지."

"거긴 아직 춥습니다. 이리 들어오세요. 잡수신 데 오래되시면 좀 같이 허실걸."

연화도 일어서서 방석을 들고 들어오라고 하나

"나두 지금 막 먹구 옵니다."

하면서 병걸이는 대청에 펄썩 앉았다.

"그래 봉근인 누일 만나 기쁜가? 오늘은 계향이한테서 한턱 졸라 먹어야겠군."

뭣이 우스운지 일동은 하하 하고 소리를 치는 속에서, 봉근이는 덤덤히 앉아 있었다. 병걸이는 연화가 내어다 주는 방석을 깔고 담배를 붙여 물곤 코허리가 간지러운지 두어 번 금테 안경을 어루만졌다.

봉근이는 병걸이를 잘 알고 있었다. 내지 가서 학교에 다닐 때엔 안경

도 안 쓰고 또 코 위에 오뚝하게 기른 수염도 없었다. 긴 머리칼을 하고 방학 때에 오면 노 천도교당에서 연설을 하였다. 연설회가 끝난 밤엔 어디서 술을 처먹었는지 청년회 친구 두서넛과 곤드레만드레 취해서 자기 누이를 끼고 봉근이가 자고 있는 집으로 몰려왔다. 그러고는 다시 간즈메* 해서 술을 컵으로 마시며

"기생도 학대받는 계급이다."

하고 주먹으로 술상을 울리고 야단을 쳤다.

그러면 감격하여 누이도 우는지 웃는지 모를 소리를 올리고 으악 하곤 고함을 치며 손을 두드렸다. 봉근이는 이때 모양을 묵묵히 생각해보고 지금 마루에 앉아서 점잖게 구노라 그런지 담뱃내를 이상하게 흑흑 소리를 내어서 내뿜고 있는 병걸이의 모양을 내어다보았다. 그러고는

"자 우리끼리 먹읍시다."

하는 연화의 소리에 숟가락을 들고 김칫국을 연거푸 세 번이나 떠먹었다.

5. 내처 걷는 길

주사기를 닦고 소독기를 치우면서 방금 주사를 맞은 손님이 놓고 간 오원짜리 상품권으로 무엇을 살 건가 하고 봉근이는 이층에서 생각하고 있다. 병원에 가면 엄청나게 돈을 뺏긴다고 약방에 와서 남모르게 주사를 맞는 사람이 많았다. 두 달 석 달을 두고 칼슘이나 살발산을 맞는 사람, 혹은 트리펠 때문에 트리파플라빈이나 판셉틴을 장기일 동안 맞는 사람들은 약방에 들어와 슬쩍 눈짓만 하곤 봉근이를 앞세우고 이층으로 올라

---

* 일본어로 '통조림'을 뜻함.

갔다. 증류수나 한 병 혹은 두고 쓰는 주사약을 한 개 올려다간 주사기를 소독하여 정맥이든 피하이든 의사 부럽지 않게 봉근이는 주사를 놓아주었다. 그러나 주삿값 이외에 수수료라고 받는 것은 결코 봉근이의 수입이 되는 것이 아니고 '주사약과 증류수와 알코올 대금'이란 명목 밑에 그대로 공공연하게 약방의 버젓한 수입으로 되었다.

그러므로 간혹가다 봉근이의 신세를 생각하는 사람은 돈으로나 음식으로나 혹은 상품권 같은 것으로 제 병을 고쳐주는 봉근이에게 선물을 하였다. 아무리 금고같이 굳은 주인도 이것까지 박탈할 체면은 없었다. 그래서 "봉근이 놈 큰 수 났다."고 중얼거리며 부정 행동을 시키어 큰 이익을 보는 것을 봉근이 때문에 하는 일같이 말하였다.

봉근이는 아무 말도 안 하고 시키는 대로 유쾌한 마음으로 주사를 놓아주었다. 그는 아무런 일이 있다 해도 약국의 책임인 주인 약제사에게 관계될 일이지 자기는 상관없다고 생각하였다.

그래서 지금도 벌써 한 달 동안이나 약방에서 백단과 프로타르골을 갖다 쓰며 하루 건너큼 판셉틴을 맞고 있는 서른 살이 될락 말락 한 포목상 점원이 봉근이에게 주고 간 백화점 상품권을 생각하고 있는 것이다.

우선 명식이의 운동화를 하나 사주리라 생각했다. 부정행위에 대하여 입을 막노라고 하는 것이 아니라, 먹고 겨우 한 달에 삼 원밖에 못 받는 어린 명식이가 퍽 전부터 물이 올라오는 운동화를 신고 있는 것을 봉근이는 마음에 꺼리었던 때문이다. 자기에게는 별로 살 것이 없었다. 누이가 내복과 스웨터를 사주었기 때문에 급히 사고 싶은 것은 없었다.

아래층으로 내려오니까 주인은 변소에를 가고 명식이가 혼자서 우두커니 앉아 밖을 내다보고 있다.

"너 운동화 구 문 반이가?"

“아니다. 구 문이다.”

이렇게 대답하며 명식이는 잘 다물어지지 않는 입술을 꼭 물고 ‘건 왜 묻니?’ 하는 표정을 한다.

“너 하나 사줄란다. 아들놈이 메기 아가리 같은 운동화를 신었으니 부친 된 마음이 오죽 아프냐.”

이 소리에 명식이는 발딱 일어서며 먼지떨이개로 “엥히.” 하고 때리는 시늉을 한다.

“잠간 댄녀오께.”

봉근이는 자전거도 안 타고 백화점을 향하여 전찻길로 뛰어갔다.

백화점의 층계를 올라가면서 봉근이는 문득 연화와 누이를 생각하였다.

연화— 그는 신막서 계향이와 같이 있던 그의 언니의 신신한 부탁으로 그런다고 하지만 봉근이의 누이가 지금 괴로움을 끼치고 있는 사람이다. 이랬거나 저랬거나 자기를 찾아온 거나 다름이 없는 누이를 자기 대신에 제집에 두고 몸을 돌보아 주는 사람이었다. 그리고 그 후 몇 번인가 그 집을 찾아간 봉근이에 대하여도 결코 소홀한 대접을 하지 않았다.

그러나 지금 뜻밖에 생각이 나는 연화와 누이— 이 두 사람 중에서 먼저 연화의 생각이 떠오른 것은 이상한 일이라고 봉근이는 자기의 마음을 갈피갈피 뒤적여본다. 그리고 보니 자기가 몇 번인가 그의 집을 찾아간 것은 누이를 보고 싶다느니보다 연화를 보는 것이 유쾌하여 그런 것이 아닐런가 하는 엉뚱한 생각이 일어난다.

둘째 번에 누이를 찾아갔을 때 누이는 약방을 그만두고 자기가 술장사를 차려놓으면 자기와 같이 있자는 말을 하였으나 봉근이는 단마디에 거절하고 불쾌한 감정을 안고 돌아왔다. 그다음은 좀처럼 찾아갈 생각이 날 것 같지 않았는데 열한 시에 약방 문을 닫고 주인이 자기 집으로 돌아간 뒤에 이상스럽게 누이 있는 집이 마음에 걸렸다. 역시 누이가 기다릴는지 모를 것이라고 찾아갔더니 연화는 요릿집에서 아직 돌아오지 않고 누이 혼자 있었다. 누이는 병걸이와 함께 다옥정*과 서린정** 부근으로 집을 보러 다녔다는 것을 말하고 병걸이가 자본을 얼마 내면 일 년에 그에게 얼마씩 이익을 배당하게 되느니 어쩌니 하고 봉근이에게는 듣기 싫은 소리를 늘어놓았으나 새로 한 시가 되어 연화가 돌아오는 것을 보고야 그 집을 나왔다. 세 번째 가서도 누이는 방 안에 있고 연화가 대청에서 해바라기를 하고 있으므로 봉근이는 방 안에 들어가기가 싫고 대청에 앉아 있기를 즐겼다.

이런 것을 지금 차근차근 생각해보니 봉근이는 제가 연화에게 딴생각을 두고 있지는 않은가 하고 얼굴이 붉어졌다. 결코 싫지는 않았다. 그러나 그럴 리는 절대로 없다고 봉근이는 자기 마음에게 타이른다. 천부당만부당한 일이라고 그는 다시금 또 다시금 생각한다. 그리고 자기가 누이보다 먼저 연화에게 선물할 생각을 갖게 된 것은 누이와 연화와의 관계를 보고 또 누이와 자기와의 관계를 생각할 때에 당연한 일이라고 생각하였다. 그는 남이고 누이는 자기와 같다. 그러므로 선물이라는 것은 남에게 우선 해야 될 것이라고 되씹고 되씹고 하였다.

그는 명식이의 운동화를 사곤 누이의 지갑과 연화의 콤팩트를 샀다. 사놓고 생각해보니 우스웠다. 누이에게는 마치 돈 돈 하는 사람은 이게 제일이라는 듯이 지갑을 보내고, 연화에게는 아름다운 얼굴에 더러운 것이 붙을 때마다 이것을 보면서 문대라는 듯하였다. 그러고 보니 명식이 놈은

---

* 지금의 '다동'을 가리킴.
** 지금의 '서린동'을 가리킴.

운동화 신고 하루 종일 자전거 배달이나 다니라는 것 같아서 퍽 유쾌하였다. 그것을 사고도 아직 얼마가 남았으므로 그는 상품권에 금액을 기입하고 상쾌한 마음으로 거리에 나섰다.

약방 앞으로 오니까 명식이가 배달을 가려고 자전거를 잡고 섰다. 그래 배달은 자기가 가마 하고 명식이에게는 운동화를 주었다. 그러고는 자전거도 안 타고 배달을 떠났다.

수송동으로 배달을 하고 봉근이는 그 발로 누이 있는 집으로 갔으나 누이는 병걸이와 나가고 연화가 혼자서 축음기를 틀고 있었다. 봉근이가 들어가니까 연화는 축음기를 멈추고 그에게 방석을 권한다. 그러나 그는 대청이 따스하다고 방 안에 들어가지 않았다.

"낮에 어떻게 틈이 있었수?"

"요기 수송동 배달을 갔었어요."

연화도 버선을 신고 마루로 나왔다. 해 드는 데 나와 앉아서 손톱을 갈기 시작한다. 봉근이는 잠깐 주저주저하다가 종이에 싼 두 가지 물품을 내놓고

"이거—."

하다가 주춤했다. '네?' 하듯이 얼굴을 들면서 연화는 좀 의아하게 내놓는 물품을 들여다보다가 다시 봉근이의 얼굴을 쳐다본다. 봉근이의 얼굴은 물감같이 빨갰다.

"돈이 좀 생겨서 사 왔는데."

겨우 여기까지 말하니까 연화는 눈치를 챈 듯이

"네 누님 올릴려구. 뭐요 이게."

하면서 두 가지를 다 끌어다가 두 손에 하나씩 쥐어본다. 그러고는 갸름한 눈에 웃음을 그리면서 봉근이의 얼굴을 빤히 쳐다보았다.

"지갑만 누이."

이렇게 말하고 봉근이는 머리를 푹 숙였다가 대문간 있는 쪽을 바라다본다. 그때에 대문 소리가 나면서 병걸이와 누이가 입을 헤— 하고 웃으면서 들어오고 있다. 봉근이는 당황하게 물건과 연화를 번갈아 보았으나 연화는 물건을 쥔 채 일어서서

"아이구 어데를 그리 다니시유. 다리들 아프시겠수."

하며 그들을 맞아들인다. 봉근이도 일어섰다. 그러나 그는 지금 들어온 누이와 병걸이에게 인사를 하려고 일어서는 것이 아니고 집으로 가려고 서 있었다.

"어떻게 낮에 틈이 있어 왔구나, 또 주인이 야단하지 않을까."

봉근이가 신을 신을 때 누이는 대청 위에 올라서면서 말하였다.

"아니 동생이 선물을 사가지구 왔어요."

봉근이는 이 말에 뒷잔등에 섬뜩하는 칼을 느끼면서 연화를 돌이켜 보았다.

"이것은 누이님 올리구 이건 내 해라우."

하면서 지갑은 누이에게 주고 자기는 크롬으로 만든 콤팩트를 두 손가락으로 집어 들어 보였다. 그러고는 두 사람과 함께 하하— 하고 웃었다.

"거 또 봉근이가 엉뚱한데. 연화 씨에게 콤팩트를 보낸 걸 보니까 아마 연애를 하는가 부. 하하하하. 기생 오빠는 하는 수 없어."

봉근이는 병걸이의 낯짝을 쳐다보았다. 금테 안경이 뒤로 젖혀지면서 콧구멍의 수염과 그리고 담뱃진에 까맣게 된 입안이 껄껄껄 소리를 내고 있다. 봉근이는 그것이 사람인 것 같지가 않았다. 봉근이의 변하여진 낯색을 보고 벌써 연화와 누이는 웃음을 멈추었는데 병걸이만은 허리를 또 한 번 추면서

"봉근이가 난봉이 난가 부."

하고 혼자서 좋아한다. 봉근이는 신으려던 운동화를 벗어버리고 대청 위로 뛰쳐 올라와 연화가 쥐고 섰는 콤팩트를 빼앗아 그대로 뜰 안에 내어던졌다. 콤팩트는 돌에 부딪쳐 깨어져서 유리알 자박이 꽃잎같이 마당에 흩어진다.

"여보, 난봉난 놈을 볼려믄 당신을 보우."

봉근이의 목소리는 열이 오르고 낯은 오히려 해쓱하다.

"사회주의 하노라구 꺼떡대다가 협잡군이 안 돼서 내가 난봉이 났소."

말이 끝나는 대로 봉근이는 토방으로 뛰어내려 신을 끌고 대문으로 쏜살같이 걸어 나간다. 세 사람은 어안이 벙벙하여 봉근이의 하는 양을 옴짝도 못 하고 바라만 보고 있다.

그러나 연화는 큰 죄를 저지른 것같이 생각되어서 고무신을 끌고 대문으로 쫓아 나갔다. 계향이가 미안한 듯 죄스러운 듯 갈피를 잡을 수 없는 표정을 하고 있다가 방석을 들어 병걸이에게 권하면서 눈물을 글썽글썽하여

"복상, 미안하외다. 어린 게 철이 없어서."

하고 침묵을 깨뜨린다.

연화가 대문을 열고 내어다볼 때 봉근이는 벌써 골목을 돌아가려고 하고 있다. 그는 어른티가 나는 봉근이의 뒷모양을 보면서 비로소 그의 연세가 열여덟 살이라던 말을 생각하였다.

눈물을 씻고 후— 한숨을 내쉬인 뒤에 약방엘 들어서니 마침 전화가 따르릉 운다. 봉근이는 전화통을 들었다. 남대문통 어느 회사에 약 배달 갈 일이다. 그는

“네— 네— 고맙습니다.”

하고 전화를 끊은 뒤에

“보험 회사 사이상* 기나뿌루도—제 하나요.”

하고 주인에게 배달 전표를 청하였다.

자전거 위에 올라타니 벌써 마음은 시원하였다. 마침 네거리의 교통 신호는 황색이다. 그는 넘어질 듯이 자전거를 눕히고 바른쪽으로 길을 휘어잡곤 궁둥이를 안장에서 들고 아스팔트 위를 지치듯이 돌아간다. 뒤이어 찌르릉 하고 종이 울다 멎으면서 신호는 파란색으로 변하였으리라. 그는 바라다볼수록 판판한 넓은 길을 앞으로 앞으로 달아 나갔다. 막 피어나는 가로수의 나뭇가지가 뒤로 뒤로 밀려간다. 제비 같은 자동차와 산도야지 같은 사이드카가 그의 경쟁의 대상이었다.

—『소년행』, 학예사, 1939.

---

* 일본어로 '최 씨'를 가리킴.

녹성당錄星堂

  '김남천'이라고 한다면 "응 바로 이 녹성당이라는 단편소설을 쓰고 앉았는 이 화상 말인가." 하고 적어도 이 글을 읽는 이로선, 그 이름만이라도 모른다곤 안 할 테지만, 인제 다시 '박성운'이라는 석 자를 내가, 써보았자, 그게 어이 된 성명인지를 아는 이는 퍽이나 드물 것이다. 드덜기 박 자, 이룰 성 자, 구름 운 자, 한문자로 쓰면 '朴成雲', 이래도 모르겠느냐고 물어도, 역시 '응 그 사람, 참 김남천이와 함께 한 육칠 년, 아니 한 십 년 전인가 더러 소설 비슷한 걸 쓰던 사람 아닌가'고, 간혹 박성운이와 목로라도 드나들던 사람이라야, 아니 그중에도 기억력이 제법 월등하다는 이라야 생각해낼 것이지, 이즈음처럼 건망증이 유행하는 시절에는 그것조차 딱히는 장담할 수가 없다. (잊어버린다는 건 대단히 좋은 물건이다. 십 년 전, 아니 오 년 전 일을 날마다 밤마다 잊지 않고 회상하고 반성하고 흥분한다면야 대체 신경쇠약 난리가 나서 견뎌 배길 수가 있는가.) 그래서 모두들 잘 잊어버린다.

  누구 생각 있는 이는 곰곰이 생각하면 알 일이지마는 박성운이는 소화 칠년에 그러므로 서력으로 따지면 일천구백삼십이년, 그 전후해서 그러니까 다시 또 한 번 따지자면 경향문학인가 프로문학인가가, 한창 성할 때 신진 작가로 소설을 쓰던 사람이다. 그러나 곧 이 소설(「녹성당」)과는 별반 관계없는 사건으로, (하기는 전혀 관계가 없다고도 말할 수 없겠지만, 어쨌든 어떤 사건으로) 얼마간 영어의 생활을 했고, 그 뒤는 평양으로 가서 장사를 하다가 얼마 전에 장질부사로 저의 시골서 세상을 떠났다. 그의 아내도 아이 낳다가 산후의 산욕열로다 남편보다 앞서 세상을 떠났으니, 인젠 그의 유아밖에는 남아 있지 않지만, 지금 중학에 다니는 그의 동생이 한 분 있다. 그 동생도 이 소설과는 별반 관계가 없고, 또 현재 학도의 신분으로 있는 분이므로 이름을 내걸려곤 않지만, 얼마 전에 나에게로 편지와 함께 박성운 군의 유고 한 편을 보낸 것이 있다. 이 유고가 말하자면 '녹성당'이라는 제목을 붙여놓은 글인데, 박 군이 소설을 쓰던 이인 만큼, 이 수기는 그대로 소설이 될 수 있는 그러한 글이었다. 소상하니 읽어보아, 어디 발표라도 할까 하고 생각해보니 꺼릴 곳이 여간 많은 게 아니다. 이즈음 출판 조건도 달라졌고, 또 발표를 목적하고 쓴 글이 아니라, 그대로 어떤 하루의 생활을 그린 수기인 때문에, 도저히 아는 이가 아니고는 이해할 수가 없는 글이다. 독자의 이해를 돕기 위하여 꼭 있어야 할 대목이 빠지고, 그 대신 활자로 될 수 없는 구절이 수없이 많이 끼어 있다. 부득이 원고는 원고대로 간직해두기로 하고, 내가 소설을 직업으로 하는 게 탈바가지라, 그 원고를 뜯고 고쳐서 인제 소설을 한 편 만들었다. 그래 사리를 좇아 따지고 볼 지경이면, 원작에 박성운— 이리 되고, 그다음엔 이즈음 유행을 따라 각색이라든가, 윤색이라든가, 개작이라든가가 김남천이 될 겐데, 시끄러워 그냥 내 이름만을 걸었다.

소설의 이야기를 시작하기 전에 원작의 이해를 위해서 꼭 몇 가지 말해둘 것이 있다. 이 몇 가지는 이 소설을 제대로 이해하기 위해선 절대로 필요한 조목들이니까 끝까지 명심해두기 바란다.

첫째로 이 소설의 이야기는 소화 구년(서력 일천구백삼십사년)의 일이라는 것과, 그리고 이 이야기가 벌어진 고장은 평양이라는 두 가지다. 그 밖에도 여러 가지가 있겠지만, 이런 수작을 미리 늘어놓는 것도 소설가의 자격이 없는 증거라고 웃음을 살 텐데, 이 이상 더 털어놓을 수는 없다. 아뿔싸, 또 한 가지 말해둘 것은, 원작은 일인칭으로 되었었다는 것, 이것도 미리 알리어둠이 고 박성운에 대한 사죄의 뜻이 될까 한다. 이만큼 지껄여놓았으니 허두는 그만해두고, 인제부터 '녹성당'이라는 이름을 붙여 갖고 고인의 소설을 개작해야 할 판인데…….

상 앞에서 남문 거리로 향해서 내려가다가 대동문 거리, 그다음이 법교, 다시 말하면 서문통 입구인데, 대동강에서부터 보통벌 신양리 쪽을 바라보면서 외줄로 곧바르게 뚫린 상가가 바로 서문 거리다. 이 거리가 선창으로부터 서쪽으로 곧바르게 달리는 중에는, 십자로(네거리)를 세 군데나 지나치게 되는데, 그중 큰 것이 백화점 앞 전찻길, 그다음이 물산여각 농방 가죽전 잡화상 축음기집 등등을 지나서, 양말 공장이 있는 장별리 샛길에서 부청 앞까지 가는 길과 교차가 되는 서문통 네거리, 그다음이 신양리 쪽에서 감옥소 방면으로 가는 길과 서로 엇갈리는 서문 밖 네거리다. 이 네거리까지만 넘어서면 실상은 시외다. 길은 그대로 서성리까지 곧바로 뚫려 있어서, 한쪽으로는 창광산 가는 쪽, 또 한 줄기론 보통문 안으로 갈리는 곳까지 그럴듯하지만, 보통벌 냄새가 코를 찌르는 어수선한 거리고, 게다가 노동자와 가난뱅이의 냄새가 함께 덮친 지저분하기 짝이 없는 그러한 거리다.

서문통이라는 거리가 예로부터 제법 번화한 거리이고, 보통벌— 평양의 곡창이라고 할 만한 이 넓은 벌판으로부터 들어오는 가장 중요한 관문을 이룬 길이기는 하나, 워낙이 기장이 짧은 데다, 빠져서 다다르는 부락이 노동자와 빈민의 소굴이고 보니, 전찻길에 가까운 부분에는 평양서도 손꼽이에 드는 누구누구의 포목점이 있고, (이름을 밝히면 선전이나 광고가 될지도 모른다고 이렇게 상호는 숨겨버린다.) 또 한다 하는 하이칼라 축음기 상회나, 의걸이 장롱 양복장 체경이 휘황찬란한 농방이나가 있지마는, 서편으로 갈수록 이런 건 드물어지고 농민을 상대로 하는 잡화상, 자전거포, 지물포, 고무신 가게, 양복점, 쌀가게, 반찬 가게, 그러다가 마지막에는 참말 국숫집으로 큰 건축은 막음을 막고, 그다음은 그대로 고개턱을 넘어버리는 것이었다.

이 서문통 거리의 중복판쯤 해서, 그러니까 장삿목으로 치자면 거의 보잘것없는 대목이면서도, 또 생각해보면 그렇게도 볼 곳도 아니라고 할 수 있을 만한, 그러한 곳에, 낡은 기와집 단층집, 두 칸 넓이에 유리 창문을 해 달고 지붕에 자그마한 간판을 달았는데, 명조체로다 '녹성당약국'이라 썼고, 서양 글자는 서양 글잔데 영국 글은 아니고 또 독일 글도 아니고, 찬찬히 살펴보니 어미로 보아 에스페란토이기 갈데없는 글자로다 '벨다 스텔로'라고 가로쓴, 외모로 보아 이 거리로서는 그다지 초라하지 않은 점포가 하나 있었다. 이 점포의 주인 되는 이가 에스페란토 마디나 하는지, 혹은 그가 고적하고 조용한 곳에 있는 동안 이 글자와 친숙했는지, 어쨌건 '녹성'으로다 상호를 삼고, '녹성당약국'이라 했는데, 이 '약국'이 '약방'이 아닌 것이 실상은 이 집주인의 자랑거리이기도 하다. '약국'이란 명칭은 약제사가 없는 매약청상이나 약종상은 붙일 수 없는 규정이라 하여, 이 '약국'이 저 간판 양쪽에 써 붙인 '처방 조제'와 함께, 이러저러한 약방이나 약장수와는 격이 다르다는 것을 스스로 증명하는 것이라 한다.

새로 전화를 매었는지 유리창에 '전화 개설, 이사팔팔'이라고 커다랗게

써 붙이고, '마스꾸아리마스'*니 '가정 상비 화상수, 구리세링가리액, 일명 베르쯔수, 대매출'이니 한 종이를 써서 그 옆에 이리저리 붙였다. 시절은 겨울인가 보다. 유리창 구멍을 하나 뚫고 낡은 함석 연통이 쑥 거리로 나온 놈이, 간판 옆으로 금방 석탄을 넣었는지 꺼먼 연기를 내뿜고 있다.

이 약방과 같은 지붕 밑에 있고, 얇은 널판으로 간사이를 막은 위칸은 우중충한 자전거포다. 자전거포라고 해도, 새 것은 체면상 두어 틀, 밖에서 잘 보일 만한 곳에 세워놓았을 뿐, 파는 것보다는 낡은 놈 고치는 게 아마 본업인 모양 같다. 이러한 자전거포에 일하는 축들이란 상상만 해도 족할 만큼 뻔한 얼굴 생김새다. 얼굴의 본판때기는 어찌 되었건, 옷이랄까 낯이랄까 신발이랄까 그 머리에 뒤집어쓴 의관이랄까, 그대로 껌뎅이와 기름과 먼지투성이다. 이런 축들이 만들어내는 음향이란, 소름이 끼치는 상철 째는 소리거나, 지붕까지 울리는 망치 소리거나, 제법 화독**을 끼고 자분자분한다는 이야기가, 또 바람벽을 뚫고 옆집까지 들릴 만한 쌍스러운 잡소리와 기왓골이 떠날 듯한 웃음소리다.

약방 아랫집은 뚝 떨어져서 지물포이기 때문에 비교적 조용한 것이다. 그런데 남쪽 거리, 바로 약방의 건넌집이 그중 질색이다. 명색이 잡화상인데, 상점의 이름부터 재미난다. '싸게 파는 눅거리 상점' — 이렇게 긴 놈이 전부 상점 이름이다. 눅거리 상점이라면 눅게 파는 상점, 다시 말하면 싸게 파는 상점이라는 뜻인데, 왜 하필 '싸게 파는 눅거리 상점'은 뭐냐고 할는지 모르나, 도리우찌*** 쓰고 전반**** 같은 동정을 달은 세루 두

---

* 마스크 있음.
** '화덕'의 방언.
*** とりうち(鳥打ち). 한 겹 천으로 둥글납작하게 만든 모자. 헌팅캡.
**** 종이를 도련할 때 쓰는 좁다랗고 긴 나뭇조각.

루마기 밑으로, 옹구* 뿔 바지를 척 늘어뜨린 젊은 주인님에게 물을라치면, 딴은 그럴듯도 하여 가로되, 싸다는 말은 경언**이요 눅다는 말은 평안도 사투리다, 그러니까 북도 사람 남도 사람 모두 끌어들일 셈 치고 붙였다 하니, 조선 안의 잇속은 혼자 차지할 뱃심인진 몰라도, 제법 한글 어학자다운 설명이 재미스럽지 않은 바가 아니다. 그러나 이걸 갖고야 성화랄 것까지 될 것도 없다. 고약스럽기는 하루에도 몇 차례씩 점원이 총출동하여 점포 앞에 나서서 제금***과 깽매기****와 갱지미*****와 징을 뚜드려대는 것인데, 이 소동은 아닌 게 아니라 상당히 머리빡을 산란케 한다. 손님을 끄는 광고 술법이 이 지경이 되면 파는 이나 사는 이나 모두 엔간한 축들이지만, 그 덕분에 부근은 하루도 몇 차례씩 상당한 불편을 겪는다. 그런데 예까지는 그런대로 견뎌 배길 만하다. 아침부터 밤새도록 줄창 하는 것이 아니라 하루 고작 네댓 차례 한 번에 오 분 내지 십 분이니, 그것쯤이야 못 참을 리 없겠는데, 참말 기가 막히는 것은 축음기의 확성이다. 가게 문을 뜨고 꽹과리를 울려대기 전부터 축음기는 소란스레 울어댄다. 레코드나 좀 좋은가. 〈맹꽁이타령〉, 〈군밤타령〉, 〈꼴불견〉, 〈조선행진곡〉 도합 예닐곱 장 되는 놈을 몇 번이든 되풀이한다. 아무리 질기고 든든한 레코드 판이기로니 그렇게 지독스레 틀어서야 어디 배겨날 수가 있는가. 그래서 가다가는 합선이 되고 혼선이 되어, 걸걸한 목청으로 어느 연극영화계의 원로가 넣었다는 "군밤 사려, 군밤 사려."가, 보탬이 아니

---

* 새끼로 망태처럼 엮어 만든 농기구.
** 서울말.
*** 자바라. 놋쇠로 만든 타악기의 하나.
**** 꽹과리.
***** 놋쇠로 만든 반찬 그릇의 하나.

라 이 분 동안 되풀이된 적이 있었다. 사운드박스를 손으로 콕 찌르기만 하면 될 것을 이 양반들은 재미난다고 그대로 내버려 둔다. 그러니 불쌍한 건 우리 극계의 원로 되시는 윤 아무개 씨, 그대로 한결같이 "군밤 사려, 군밤 사려……."

그 아랫집 윗집은 모두 이 '싸게 파는 눅거리 상점'과 한지붕 밑인데, 이 커다란 건축물의 주인은 물론 옛 때부터 서문 거리에서 행세하는 지주이고 고리대금업자다. 이무* 연세가 진갑을 넘어서 점포 뒤로 질펀한 저택, 어느 훈훈하고 깊숙한 방에 누워 계시고, 맏아들은 미국인가 한, 먼 고장에 가서 공부를 하고 왔다는데, 그 흔티 흔한 박사나 학사 학위 하나 못 얻어갖고 그러니 대체 무얼 공부했는지는 하느님밖에 모르게 되었는데, 두툼한 외투에 궁둥이 쪽에만 띠를 붙인 모양하며, 모자, 안경, 양복, 구두, 도대체 몸 가꾼 폼은 제법 그럴듯하여, 시체를 따라 기생첩을 해갖고 어디 비나전골이라던가 어딘가에서 딴살림을 한다고, 한 달에 몇 번밖에는 이 거리 위에 나타나지 않는다. 셋째 아들과 딸은 서울 가서 공부를 한다는데 겨울 방학이 되지 않아 아직 돌아오진 않았으니 그 사람 된 품을 알 길이 없다. 명물인즉슨 그러니까 이 집 둘째 아들인데, 유도도 좀 했고 권투도 좀 했고, 그의 본이름보다도 최도깨비라는 별명이 더 유명할 만큼 어쨌건 수상쩍은 방면으로 이름을 떨친 분이다. 매일 하는 업은, 이 부근 가게와 전방을 여남은 집 차례로 돌아다니면서, 축이나 잡힐 진소리를 수작하고, 밤이면 늦게까지 골목을 돌아다니다가, 어느 장국밥집이나 맹물집에서 대포나 한잔 걸치고 점포 위층, 전등도 없고 화독도 없고 침대만 있는 추운 방으로 기어 올라가 곰처럼 구부리고 자버리는 것인데,

---

* '이미'의 방언.

이렇게 온기 없는 데서 기거한다는 것도 물론 그의 자랑거리의 하나이다.

어쨌건 이 건축물에 상당히 많은 가게가 있는데, 싸게 파는 눅거리 상점 윗집이 자그마한 고무신 가게, 아랫집이 간판점, 그 아랫집이 양복점이고, 이 집에선 한 동 떨어져서 우편소와 한지붕 밑에 있는 좀 큼직한 양복점은 서양 사람들의 양복을 주문 맡노라고 일요일엔 가게 문을 닫고(위층과 안방에선 물론 직공들이 일을 하고 있다) 의젓하니 성경책과 찬미책을 끼고 서문통 예배당으로 간다. 서양 사람이나 만나면 외투 자락에서 손을 뽑아, 제법 양국 말이나 하는 듯이 히죽허니 웃으면서 "꿋모―닝, 하우 두 유 두."라든가 뭐라든가를 중얼거리면서 악수를 청하는 것이다. 사람 좋은(?) 코 큰 친구는 드물게 보는 독실한 교우라고, 서투른 조선말로다 "하느님 은혜 많이 받으십니까." 하고 마주 웃는다.

이렇게 이 부근의 상인 신사 제씨를 소개하려면 한이 없을 테니 인제 이만해두고, 그러니까 이런 틈에 끼어 있는 우리 녹성당약국으로 이야깃머리를 돌려야겠는데…….

녹성당약국의 주인 박성운이는 화독에다 새로이 조개탄 한 삽을 지핀 뒤에 손을 탁탁 털고 다시 테이블 옆에 놓은 의자에, 가만히 엉덩이를 올려놓는다. 불길이 이는지 화독 속에서 확 하는 소리와 이어서 으르렁거리는 화염 소리가 나는 것을 힐끗 곁눈질하고, 박성운은 낯을 앞에 앉은 손님에게로 돌린다. 창문께에 등을 돌려대고 놓여진 의자에는, 조금 전에 찾아온 학생복을 입은 키가 작달막한 청년이 낡은 도리우찌를 무릎 위에 놓고 앉아 있다.

주인은 이야기가 끊어져서 미안스럽다는 말도, 그러면 다시 말씀을 계속해달라는 인사의 말도, 아무것도 아니하고 턱아리를 약간 추키듯 하면서 청년의 얼굴을 바라본다. 스물을 겨우 넘었을까 말까 뱅뱅히 깎았던 머리카락이 두뿍이 자라서 숱지게 관자놀이께를 덮었는데, 본시부터 그리 넓지 않던 이마가 답답하리만큼 까만 눈썹을 압박하고, 눈시울엔가, 입술 위의 지저분한 솜털엔가, 또는 납작지근하게 생긴 밑으로, 검정 콩알처럼 두 구멍이 또렷한 콧구멍엔가, 어딘가 검버섯이 낀 듯이 까마득한 얼굴을 대밭은 목덜미 위에 올려놓은 이 청년은, 방 안이 산산하여 불이 꺼진가 보라고 주인이 화독을 주무르는 동안 중단했던 이야기를, 잠시 입가상에 희미한 미소를 그리는 듯하다 말고, 삽시에 긴장의 빛을 얼굴에 나타내이며, 오순도순하나 열기 찬 목소리로, 그리고 이야기가 진전됨에 따라 연설조로 되기 쉬운 그러한 구조로, 이렇게 입을 열어 이어나갔다.

"요컨대 이러한 문화적 욕망에 대답해주는 것이 예술가의 임무가 아니겠소."

말을 뚝 끊고 잠시 약방 주인의 얼굴을 고요히 쳐다본다. 그가 말하는 '문화적 욕망'이라는 건 문화의 혜택을 받지 못하는 많은 대중들 사이에 은연중에 자라나고 있는 문화에 대한 갈망을 말하는 것으로, 그는 조금 전부터 이러한 실제의 예를 들어갖고 주인에게 설명을 되풀이하고 있었다.—보통문 안이나 서성리 같은 빈민가에는 고무든가 양말 같은 것에 종사하는 많은 가족들이 살고 있는데, 밤일이나 아니하는 밤엔 노유*가 한자리에 다섯 여섯 모여서, 옛말을 하든가 전기책(이 청년은 전기책이라는 부류에다 서슴지 않고, 『춘향전』, 『사씨남정기』, 『심청전』, 『유충렬전』, 『열녀전』, 심지어는 『추월색』까지 함께 뒤섞어 간주했다)을 읽든가 하면서 밤을 새우고, 또 사실 이 청년이 이러한 재료를 하나하나 들어서 설명한 걸, 모두 적으

---

* 늙은이와 어린아이를 아울러 이르는 말.

려면 한방*이 없지마는, 어쨌든 이 밖에도 수없이 많은 실례를 들어서 말한 뒤에,—요컨대 이런 것은 그들이 문학이나 음악이나 다른 고상한 취미나 오락을, 열심히 갈망하고 있는 하나의 구체적인 표적인데, 동시에 그것을 찾으려야 찾지 못하는 구체적인 표적으로도 보아야 한다는 것이 그의 결론인 것이다. 이러한 결론이 있은 뒤에 조금 전에 이 청년이 주인에게 말한 '요컨대 이러한 문화적 욕망에' 운운하는 말구가 붙었던 것이다.

약방의 주인은 가만히 앉아 있다. 마주 앉은 청년이 그의 얼굴을 뚫어지게 쳐다보며 여하간의 대답을 치열하게 기다리고 있는 것을, 비록 눈은 좌장이 놓인 곳을, '유끼와리밍', '나이스'라고 쓴 병딱지가 주르니 나란히 한 그 부근을, 멍하니 바라보고 있기는 하였으나, 그는 잘 알고 있다. 그러므로 그의 표정은 마치 청년의 따가운 시선을 피하는 것 같았다. 청년은 제가 한 제 말에 흥분하여, 가슴속을 뿌엿한 몽둥이 같은 것이 솟아오르는 것을 참고, 주인의 찬성과 동의를 구하고 있었으나, 생각했던 것처럼 수월하게 대답이 나지 않는 것에 실망하듯, 뚫어지게 바라보는 눈을 가만히 옆으로 돌렸다.

이 청년은 녹성당 주인 박성운에게서, 단지 자기의 설명과 결론에 대한 찬성이나 동의나 격려만을 기대하였는지 모른다. "네 생각이 옳다." "네 결론이 정당하다."—이것으로 만족하였을는지 모른다. 그의 표정을 스치고 지나간 것은 이러한 기대에서 어그러진 낙망. 물론 박성운이라고 그것을 눈치채지 못할 리는 없다. 그러나 이 이야기를 듣고 앉았는 그의 심경은 결코 그렇게 단순치는 못하였고, 청년의 기대하는 것이 무엇인지를 알면은 알수록 쉽사리 "네 생각하는 바가 맞았다."고 무릎을 쳐서, 청년의

---

* 한정.

영웅 심리를 만족시켜줄 수는 없는 것이었다. 옳다든가 그르다든가 가부간의 판단을 내리거나, 혹은 네 설명과 결론 가운데 어느 것은 편협하고 기계적이고 조급적이고, 어느 대목은 가장 투명한 정당한 분석이라든가 하는 정도로 시비를 가리거나, 그렇게 하기는 물론 박성운으로서 그다지 곤란한 일이 아니었다. 그러나 쉽사리 해치울 수 있는 이것을, 수월하게 해치울 수 없는 미묘한 심리가 주인의 마음을 누르고 있었다. 그것은 이론과 실제라는 관계를 생각하는 이에겐 어렵지 않게 눈치채일 심리였으나, 스물 전후의 이 청년이 그것을 이해할 턱이 없다. 녹성당 주인으로서는 그것을 승인하고 안 하는 것이 단순한 판단만이 아니고, 동시에 그것은 그의 거취까지를 결정하는 문제였기 때문이다.

여하간 대답을 해야 할 참인데, 그때에 마침 이 전화를 개시하여 꼭 세 번째로 째르릉 전령이 울었다. 주인은 가만히 일어나서 기둥에 매인 전화통 앞으로 갔다. 어디서 약 주문이라도 왔는가 하는 생각에 앞서서 우선 어떻게도 할 수 없었던 궁박한 공기 속에서 자기를 건져내어 준 것에, 가벼운 숨을 돌릴 수 있었다. 전화 매기 전부터 아내나 사환 아이에게까지 일러두었고, 또 자기 스스로도 몇 번인가 연습해본 대로, 수화기를 드는 즉시 곧 전화통을 향하여 "네, 고맙습니다. 녹성당약국이올시다." 하고 말하는 것이었다. 전화를 맨 지는 오늘까지 사흘째인데 첫날은 아무 데서도 전화가 오지 않았고, 또 이곳에서도 걸지 않았다. 그 이튿날은 전화 있는 몇 군데에 이쪽으로부터 전화를 걸었었다. 전화를 새로 개설했는데, 이러저러한 번호라는 것을 알리는 것이 대부분이었다. '이천사백팔십팔번'의 '팔팔'이 '하찌하찌'*가 돼서 녹성당이 벌 떼처럼 번창해나가겠네그

---

* 일본어로 '88'이라는 뜻과 '벌벌'이라는 뜻을 동시에 가지고 있음.

려, 하고 우스갯소리를 하는 신문지국의 친구도 있었다. 그러나 그날도 다 저물어서 전기가 켜질 무렵에, 이 약방과 거래하는 커다란 도매상 M 약방에서, 이번 계산은 여느 때보다 열흘 이르게, 이달 말에 할 터이니 그렇게 알고 준비해달라는, 그리 달갑지 않은 전화가, 실로 밖으로부터 걸린 첫 번째의 것이었다. 이 전화는 약국의 책임 약제사요, 박성운의 아내 되는 김경옥이가 받았는데, 두 달이면 해산을 할 불룩한 활딕*처럼 굽은 배를 앞으로 안고, 그는 수화기를 엎어버리면서

"젠장, 전화 매구 처음 오는 게 겨우 돈 채근이야."
하고 입이 쓴지, 손을 털고 그대로 가게에 달린 방 안으로 들어가 버렸다.

두 번째 전화가 온 것은 오늘 아침, 그러니까 지금으로부터 약 삼십 분쯤 전인데, 박성운과는 중학 동창으로 신문지국의 기자, 말하자면 특파 기자로 있는 최경호한테서 온 것으로, 우리 지국원 일동이 신진 작가 박성운 씨의 실업계 진출을 축하하는 뜻으로 대량적 기념 구입을 한다는 것을 전제하고

—인단 일 원짜리 두 개는 이 할 힌으로,**

—노싱 이십 전짜리 한 봉지는 정가대로, 그리고 이건 특히 지국원 아닌 친구에게서 주문을 받은 건데,

—프로타르골 백 그람, 메탈린 블루정 오십 알, 태전위산 십 전짜리를 한 봉지 붙여서 고빠이 빠바루삼 한 온스짜리,

그러고는, 한참 전화통을 들고 섰더니, "가만있게, 내가 이즈음 밤잠이 잘 안 오는 게 아무래도 신경쇠약 같으니 무어 적당한 거 없겠나."

---

* 활짱. 활의 몸체.
** 깎아서.

박성운은 연필로 주문을 적다가

"적당한 약이 없다니 말이 되는가. 부롬제 같은 거 먹어보게나. 한 주일만 써보면 알 도리가 있을 테니. 좀 맛은 흉하지만 우리 보통학교 때 수신에서, '료오야꾸 구지니 니가시'*라는 말 배웠겠다."

그래서

—그놈, 부롬제를 이 일분,

마지막으로

"가정 봉사도 해야겠으니 베르쯔수 한 병만 곁따러 보내게."

주문이 끝나고는 외상이 아니고 당당한 맞돈일세, 기다리니 곧 배달해 주게, 이렇게 당부하면서 전화를 끊었다.

역시 그래도 친구밖에는 없다고 아내도 신이 나서 약을 짓고, 박성운이도 약장에서 약을 내리노라 계산서를 쓰노라 큰일 난 것처럼 돌아갔고, 사환 아이 놈도 화독의 젓가락만 만지작거리고 앉았는 게 무료했던 참이라, 배달 구력을 들고 엉거주춤해 돌아갔는데, 그 녀석이 배달을 간 지 십 분이 되고, 한참 뒤범벅을 개는 듯이 전방이 활기를 띠고 있을 때 지금 이 청년이 박성운을 찾은 것이다.

그래서 지금 오는 전화가 바로 세 번째 것인데

"성운이야?"

낯선 목소리가 대뜸 이렇게 묻는다. 좀 어안이 벙벙해서 "예, 나 박성운이올시다." 하고 대답하니, "나 철민인데, 전화를 맸다길래 한번 걸어보느라구."

이렇게 듣고 보니, 걸직한 목청의 특징이 전화통에 잉잉거려 뚜렷치는

---

* りょうやく(良藥) くちに にがし. 좋은 약은 입에 쓰다.

않았으나, 철민의 것에 틀림이 없었다. 그러나 그것을 똑똑히 깨닫는 순간 성운은 펀뜻 처음 수화기를 들고 "성운이야?" 하는 첫마디를 들었을 때 벌써, 철민인 것을 자기는 짐작하고, 짐짓 시침을 떼고 "예, 나 박성운이올시다." 하고 대답한 것은 아니었을까 하는 생각이 들었다. 돌이켜 보니, 과연 자기는 첫 번 발성이 들릴 때부터, 그가 철민인 것을 알고 있었던 것이 틀림없는 사실인 것 같다. 그러면 어째서 자기는 그것을 모르는 척 꾸며대었을까. 그러나 이런 것을 천착하고 있을 사이도 없이, 이편 쪽의 대답 같은 건 통히 개의치도 않는다는 듯이

"업무가 날로 번창해가는 표적이니, 우리 우인 일동은 이 이상 반가울게 없네. 한편 생각하면 걱정도 안 되는 건 아니지만. 말하자면 날로 사업이 번창해가면 그만큼씩 더 성운이가 장사치가 되어가는 표적 같아서. 그러나 그런 건 물론 장난의 말이고……."

이편에서는 한마디의 대답도 않고, 그대로 전화통에 귀를 기울이고 있을 따름이다. 전화 개설을 축하하는 친구의 말을 그렇게만 들어버릴 수 없는 대목이 있는지, 약국 주인은 덤덤히 낯에 꺼머툭한 불유쾌한 그림자를 그리며 그대로 서 있는데, 저편에선 기어이

"저, 내, 아이 보낼게 일전 것과 같은 거 오 일분 치만 보내주게, 응. 머, 소변도 잘 나오고 거진 나았긴 했지만. 그럼 믿네."

그러고는 뚝 전화를 끊어버리는 것이었다. 부득이 이편에서도 아무 대꾸 없이 수화기를 엎어버릴밖에 별도리가 없었다. 그는 제자리에 와 앉는다. 팔을 걷고 목을 움츠린 채 아무 말이 없다.

전화가 오기 전, 그는 지금 그의 앞에 앉아서 전화통으로부터 돌아오는 그를 힐끗 쳐다본 채 이야깃머리를 잡으려고 입술을 나물거리다 마는 청년에 대하여, 무어라고든 가부간의 대답을 해야 할 의무가 있었었다. 대답

을 하기는 해야겠는데, 쉽사리 해버릴 수도 없고 그래서 적지 아니 등이 달아 있을 때 구세주처럼 전화가 왔다. 그 전화가 다 끝이 났고 그는 다시 제 의자로 돌아와 청년과 마주 앉았으니 이야기는 다시 계속되어야 할 것이요, 그러자면 무엇보다 먼저 청년이 알고자 하는 질문에 가부간의 판단을 내려야 할 것이 아닌가.—물론 박성운은 그것을 잘 알고 있다. 그러나 그는 될 수 있으면, 그것을 잊어버리고 싶었고, 잊혀지지 않거든, 마치 잊은 거나 같이 그렇게 보이려고 애쓰고 있는 자기를 막연하니 의식한다. 전화의 내용을 모르는 청년은, 약방 주인 박성운이가 저토록 침울해진 것은, 필시 전화로 인연해서 심상치 않은 무슨 곡절이 생긴 탓이라고 혼자서 생각하고 있을 것이요, 그래서 섣불리 제 생각에 대한 판단을 구하면, 공연히 그의 머리만 더 산란케 할는지 모를 것이라고 생각하게 될 것이요, 그러자니 결국 손톱으로 책상머리를 긁다가 그대로 도리우찌를 만지작거리고 있는 것이라 생각하는 것이다. 인제 이왕 생각하는 김이니, "저 미안하지만 이제 온 전화로 좀 큰 문젯거리가 생겨서, 내가 곧 나가봐야 할 텐데……." 라고든지 뭐라고든지 헛소리를 놓고, 이 짓눌린 공기와 압박에서 벗어날 길을 막연하니 상상해보았으나, 그건 너무 온당치 못한 비겁한 행동이라고 반성하면서, 그대로 침울한 표정만 더 심각하니 양미간에 그리고 앉았는 것이다. 이러한 주인의 생각을 아는지 모르는지, (필시 이 단순한 청년이 그러한 것을 알 턱이 없으련만) 청년은 아까 말하던 문제는 잊어버린 듯이, (아니, 잊어버렸을 리는 만무하다. 그는 박성운이가 혼자서 생각해보고 안타까워하는 것처럼, 그렇게 커다란 생각을 자기의 언설에 대해서 갖고 있지 않았던 것이요, 그러니까 제가 생각하고 있는 명쾌한 분석과 결론을, 서울서 온 지 반년가량 되는 신진 작가에게 토로하는 것으로 자기만족을 느끼려고 하였던 것임에 틀림없고, 그것이 어느 정도까지 이루어진 지금, 그는 새삼스러이 전화가 오기 전에 질문 형식으로 되었던 그 이야기의 판단을, 다시 구해볼 필요를 인정치 않았던 것이다) 얼굴에 미소를 그리는 듯하면서 자리를 일어나며, "그럼 처음 말씀 올린 대로, 오늘 세 시에 만나서." 그다음은 입을 뚝 감물고 도리우찌를 쳐드는데, "네?" 하고 주인이 의아해하는 것을 보자, 이어

"저, 아까 말한 거시끼, 예술적 가치와 사회적 가치에 대한 거 말입니다." 하고 말한다.

"아아." 머리를 끄덕이며, "그러시유, 내 만나서 알어듣도록 설명해주겠습니다. 그 자리엔 동무도 오겠소?"

"아니, 나야 그대로 인도만 하군 빠지겠습니다."

"네네, 알겠습니다."

청년은 끄떡 인사를 하고, 어린애 같은 자그마하나 다부지게 생긴 몸을, 앞으로 수그리는 듯하면서 까뚝까뚝 신양리 쪽으로 걸어갔다.

박성운은 유리창을 닫고 멍하니 길을 바라보며, 혼잣말로 중얼중얼 뇌어보다가, 맞은편 싸게 파는 눅거리 상점에서 깽매기, 제금, 징을 요란스레 울리면서, 전방으로부터 세 녀석이 거리로 뛰어나오는 바람에 펀뜻 정신이 들었다.

깽매 깽매, 저르렁 저르렁, 징 징.

이 소리를 들으며, 일순간 성운은 아무것도 생각지 않는 무신경 무감각 상태에 빠져 있었다. 창밖에서 늙은 부인 한 분이 어름거리고 섰는 것도, 그가 무엇 때문에 그러는지를 조금도 마음 붙여 생각지 아니하였다. 눈은 빤히 그것을 보고 있었으나, 망막은 이 늙은 부인의 그림자를, 마치 그의 두 귓구멍이 지금 한창 두드려대는 소란스러운 깽매기 소리를 청취하지 못하듯이, 아무것도 간취하지는 못하는 것이었다. 창밖의 늙은 부인네는,

어느 것이 출입문인데, 어디를 어떻게 열든가 밀든가 하여야 약방 안엘 들어갈 수 있을는지 알 수 없어서, 그런데, 창 안에서 빤히 저를 내다보면서도 문을 열어주든가 가르쳐주든가 하는 일이 도무지 없는 성운이를 수상적게 생각하면서, 드디어 용기를 내어 바싹 그의 얼굴을 유리창에다 들이붙이고, 무어라고 양껏 소래기를 지르지 않을 수 없었다.

　비로소 약방 주인 박성운은 펀뜻 정신이 들었다. 하마터면 약 사러 온 손님을 놓칠 뻔했다고, 황급히 창문을 드륵 열고, 늙은이의 입 가까이 얼굴을 가져가며, 귀를 기울였다. 필시 무슨 약을, 하다못해 오 전짜리 고약이라도 사려고, 이 수건 쓴 시골 노파가 이렇게 안타까이 출입구를 찾고 있었던 줄 직각한 그는 상인다운 표정을 얼굴에 띠고, 노파가 부르는 약명과 눅거리 상점에서 두드리는 깽매기 소리를 분별하려고, 두 귀까지를 한없이 긴장시키고 있는데, 그의 고막을 울린 노파의 목소리는 뜻밖에도

“기흘병원 얼루루 갑네까.”

하는 사투리였다. 그 말이 하도 뜻밖이고 기대와는 너무도 엄청나게 어긋나서, 아직도 머리를 노파의 얼굴 앞에서 떼지 못하고 있는데

“우리 운동사가 고갯마루에서 굴러나시오.”

하고 설명까지 붙인다. 성운은 상반신을 쳐들고, 그저게 저녁녘에, 희천 가는 고개턱에서 사고를 일으킨 자동차 운전수의 늙은 어머니에게, 기독병원 가는 길을 가르쳐주었다. 문득 배달 간 아이놈이 어째서 여적 돌아오지 않는가 하고 신문지국으로 전화를 걸었더니, 전화통 앞에 나온 아이놈은, 약을 주문한 선생님이 외출을 하셔서 기다리는 중이라고 한다. 현금을 주겠노라고 곧 배달해달라던 친구가, 그 새에 어디로 빠져나갔다는 것도 수상하거니와, (하기는 그새에 무슨 사건이 발생하여, 곧 촌시를 기다리

지 못하고 현장에를 달려갔는지도 모를 일이지만) 그 사람을 기다리고 앉았
는 아이놈도 아이놈이라고, 그래 약은 지국장이든가 총무 선생께 맡기고,
그대로 와버리라고, 핀잔주듯 하여 전화를 끊었다.

깽매기와 제금 소리가 멎고 건넌집에서는 걸직한 〈군밤타령〉이 시작되
었다. 성운이는 의자에 돌아와 펄신하니 주저앉아서 가만한 한숨을 내쉬
고, 그리고 전신에 가벼운 피로가 퍼지는 것을 깨달았다. 눈을 허공에 겨
누고, 멀리 창문으로 건넌집 지붕이, 희여그므레한 겨울 하늘과 잇닿은
곳을 바라보는데, 두 입술 틈에서 저으기 탄식조로 "장사." 하는 한 마디
소리가 거의 한숨인 것처럼 가느다랗게 새어 나왔다. 그러나 다음 순간
그는 무의식중에 뱉어놓은 이 한 마디 말이 품고 있는 '불안'스러운 내용
에 악연히 놀라, 벌떡 몸을 일으켰다. 장사라고 시작한 지 불과 석 달, 벌
써 제 정신이 이것을 감당해나갈 수 없을 만큼 기진하였다는 것을 의식하
는 것은, 성운으로서 두려운 일이 아닐 수 없었다. 난로, 약장, 전화, 좌장
을 쭉 둘러보고, 독약, 극약의 약장 문이 걸려 있는가, 고약이나 다른 유
명 매약 중에 품절이 되었거나 밑창이 난 것은 없는가, 난로의 불은 죽지
안 했나, 아뿔싸 좌장 위에 먼지가 또 뽀오얗게 올라앉았구나,—드디어
성운은 먼지떨이개를 찾아서 유리 좌장을 털어보고 있는데, 아침에 서울
있는 친구한테서 온 한 장의 편지, 내용을 따지자면, "군이 서울을 아주
떠나버린 건 일종의 도피라고 보지 않을 수 없다."는 말로써 개괄할 수 있
는 그러한 편지 사연이, 문득 머리에 떠올라서, 그는 가슴속에서 다시금
울렁거리는 심장의 진동을 억제할 길이 없었다. 이때에 별안간 가게와 께
달린 방문이 열리고

"시방 온 전화가 어디서 온 거요."
하는 아내의 목소리가 귀를 째는 바람에, 그의 당황한 빛은 일층 더 수상

한 거동으로 보이지 않을 수가 없었는데, 이때에 마침 옆집 자전거포에서는 세 사나이의 높은 웃음소리가 바람벽을 뒤흔들면서 쏟아져 들려왔다.

오후 세 시가 가까워온다. 그런데 경상골 어느 친구네 집으로 배달 간 아이놈은 돌아오질 않는다. 가는 데 십 분이나 십오 분, 돌아오는 데 또 십 분이나 십오 분, 그래 삼십 분을 잡아본 것인데, 여적 돌아오지 않으니, 집을 찾노라고 시간을 보내는 것일까, 그렇게 소상분명하게 그려준 지도를. 혹시 도중에서 자전거 사슬이 끊어지든가, 바퀴가 빵꾸를 했거나, 아니, 그런 정도라면 모르거니와 어쩌면 또 사람을 깔거나, 자전거끼리 충돌을 했거나, 전차와 경주를 하다가 뒷부리에 쓸려서 미끄러져 궤도를 베고 뻐드러졌거나 했다면 이 일을 어쩐단 말인가. 산약散藥 수약水藥 합쳐서 육십 전어치 팔아서 일이십 전 남는가 마는가 하는 장사에, 자전거 수선료나 사람 치료비를 빼내자면, 한 달 동안의 영업이 하늘로 올라간다.

그러나 물론 그렇도록 나쁜 경우를 상상해볼 것까지는 없고 위선 당장에 그 녀석이 돌아오질 않으면 약방이 비는 거나 같다. 아내가 있고, 또 아내야말로 약국의 관리자니까, 신약, 매약, 독약, 극약 할 것 없이, 처방 조제에서 약가 계산에 이르기까지, 무엇 하나 못하는 게 없는 자격자이지만, 만삭이 가까운 무거운 몸, 그러나 그것도 잠시 동안 방 안을 서성거리고 돌기에는 그리 힘든 일은 아닌 것이나, 꼭 시간 맞추어 나가는 데가 어디냐고 따지기부터 하면 적지 아니 시끄러운 일이 일어나지 않을 수 없다. 대체 아이가 돌아오는 몇 분 동안을 기다리지 못하고, 한 분 한 초를 다투어 나가보아야 할 곳이 어디냐고, 묻는 날엔 저으기 곤란한 문젯거리가 아닐 수 없다. 아내는 이야기의 내용을 대충 짐작하고 있다. 그것이 더 탈바가지란 말이다. 모르면 그대로 아무렇게나 속일 수도 있겠지만, 그렇게 쓰러쳐 버릴 수 없을 만큼 아내 김경옥이는 그런 실천적 방면엔 상식 이상의 눈치를 갖고 있다.

그러나 무슨 일이 있다 해도 시간은 지켜줘야 한다. 성운은 방 안으로 돌아가 외투를 걸치고, 목에 두터운 목도리를 두르고 머리에는 방한모자를 쓰고, 입에는 마스크를 걸어야만 한다.

사실 아내와 성운이의 사이에는 지금 몇 시간 동안 여러 번 충돌이 있어날 것을, 성운의 침묵주의로 인하여 그것이 제어되어왔다. 성운이는 아까, 아내가 문을 벌컥 열면서

"시방 온 전화가 어디서 온 거요."

하는 그 말에 대해서부텀, 여적 몇 시간 동안을 침묵으로 일관해서 겨우 아내의 도전을 눌러버리기에 성공했다. 단 한 마디의 대답일지라도 성운이가 지껄여대는 날엔, 성운에게 불리하면 하였지, 결코 유리하지 않을, 많은 비양청 소리가 아내의 입에서 쏟아져 나올 것이 분명하기 때문이다.

그만큼 전화를 건 철민이라는 박성운의 친구는, 녹성당약국과는 사이가 좋지 못할 까닭이 있었다. 김경옥의 입을 빌린다면, 철민은 대충 이러한 사람이다.

"연극을 하면 하는 걸로, 그것으로 일정한 직업을 세우든가, 또 그렇지 못할 경우거들랑 성성한 젊은 몸이니, 노동을 하거나 하다못해 막일이라도 해서 생활 방도를 가져야 하는 게 아니야. 이건 노동도 하기 싫다, 그렇다고 반반히 손끝의 물만 톡톡 털고, 허구헌날 오십 전이요 일 원이요, 결코 그게 많은 돈이라든가 그게 아까워서 하는 말이 아니라, 그 근성이 아주 천박하단 말이오. 노동은 신성하다면서, 그리고 제격하면 소시민 근성이라고 욕지거리를 삼으면서, 자기는 어째서 그런 나태하고, 게으르고, 남에게 의뢰하고, 비력질하려는 룸펜 근성을 버리지 못하느냐 말이야. 남

들은 다 저희만 못해서 건축장에 가서 벽돌을 지고, 도로 공사장에 가서 괭이를 드는 줄 아는가. 또 그것도 그 정도라면 모르겠는데, 미운 고양이가 두부까지 물어 간다고, 어디서 무슨 장난을 해갖고, 성병까지 올려갖고 와서 치료를 해달라고 하니, 우리가 그래 그 집엣 절게살이*를 지냈단 말이요 뭐요. 그게 또 폐결핵이든가 무슨 딴 병이라면 모르겠는데, 트리펠까지를 우리가 맡아 고쳐줘야 할 책임을 지고 있단 말이오 글쎄. 또 하는 말이, 날이 차고 불 때지 않은 찬방에서 자는 관계인지, 냉병이 생긴가보다구 하니, 세상에 어디 임균이란 게 그렇게 자연 발생하는 법도 있는 거요. 원 남을 깔보아도 분수가 있는 거지 우린 뭐 바지저고린 줄만 아는 거야. 연극이면 연극대로 그만한 성실한 맛이 있는 거가 아니고, 이건 그냥 좋다구나 하고서 남을 막 떡처럼 주물러보겠다니, 그런 작자들 치다꺼리하기 위해, 밭 팔아서 약방 차려놨다우."

아내 김경옥이 철민이라는 사람을 이렇게 보고 있으니, 박성운이가, 대체 아까 온 전화의 내용을 뭐라고 설명할 수 있겠는가. 그래 역시 남이야 엄처시하라고 웃건 말건, 묵묵히 침묵주의를 쓸밖에 별도리가 없었던 것이다.

그다음 한참 있다가는 신문지국에 약 배달 갔던 아이가, 돈은 못 받아갖고 그대로 돌아왔다.

"언젠 외상이 아니라고 당당하니 울려놓곤, 누굴 농락하자는 겐가."

이러한 아내의 말에, 성운은 또 무어라고 변명이나 설명을 늘어놓을 수 있을 것이냐. 물론 아내의 말에 하나도 거짓이 없음을 성운은 잘 알고 있다. 그는 무거운 몸을 하고 찬방에 서서 약을 짓고 있다. 그리고 박성운

---

* 머슴살이.

이, 자기로 말해도 새벽 여덟 시부터 밤 열두 시, 야업하고 돌아가는 소년 공들이 종종걸음을 치며 약방 앞을 지나쳐버릴 때까지, 허리를 구부리고 주판알을 따지고 있다. 책도 변변히 못 읽고, 글 한 줄을 써보지 못하면서, 그렇게 해서 하루 종일 판 것의 매상고가 때로는 오 원이 넘지 못할 때가 있으니, 이렇도록 애쓰고 이를 갈면서 하는 사업에 친구란 이들은 농락이 아니면 착취다,—이렇게 생각하는 아내에게도 물론 일리는 있다고 성운은 생각하는 것이다. 그것을 잘 알고 있기 때문에, 그는 또한 침묵을 지키고 있을밖에 별도리가 없는 것이다.

그런데 기어이 안 되려니, 철민이한테서 어린아이가 약을 가지러 오고야 말았다. 전화가 어디서 온 거냐고, 아내가 묻는 말에 대답은 하였건 안 하였건, 어린아이가 와서, 마치 빚이나 재촉하듯이, "철민 씨가 약 달래요." 하고 외쳤으니, 아내의 성미가 온당할 이치 만무하다.

"아니, 어디서 온 녀석인데, 우리가 뭐 누구 약을 도둑질해 왔냐."

어린아이는 눈이 휘둥그레졌다.

"그저 가서 그러면 안다고 하던데."

하고 맥없이 경옥이의 앞에 서 있다.

"가서 그러면 안다는 양반이, 대체 어떤 대감이시란 말이냐. 우리 집에 빚을 지웠다더냐 돈을 맡겼다더냐."

그러나 성운이 아무 말도 아니하고 미리 싸두었던 약봉지를 아이에게 들려주어 보냈다. 아내의 얼굴에 어떤 표정이 떠올랐는지는 쳐다보지도 않고, 그는 그대로 돌아서서 공연한 화독불만 쑤셔보았던 것이다.

이때에 문득 성운은 어린아이 시절에 물속에 누가 더 오랫동안 들어가 있을 수 있는가를 내기하던 그 질식할 듯한 잠수의 경험이 머리에 떠올랐다. 지기는 싫고, 그러자니 물속에서 숨은 답답하고, 눈을 감은 채 숨을 꼭 틀어막고 있던 어린 날의 장난,—그 질식할 듯한 안타까움이 문득 머리를 스치고 지나간 것이다.

그러나 그런 것과는 아무 관계 없이, 시계는 지금 세 시 십 분 전을 가리키고 있다. 성운은 큰 결심을 한 것처럼 침착하니 방 안에로 들어갔다. 그는 아무것도 보려고 하지 않는다. 아랫목 어둑시근한 곳에서 아내가 편물을 하다가, 펀뜻 자기를 쳐다보고 있는 것을, 성운은 잘 알았으나 그는 애써 못 본 척 모르는 척 한다. 모든 것을 무시해버리려는 노력.—이로 말미암아 그의 거동은 몹시 침착하였다. 입을 건 입고, 쓸 건 쓰고, 두를 건 두르고, 그리고 방에서 나오려고 하는데, 여적 가만히 앉아서 남편의 하는 모양을 눈 붙여 바라보고 있던 경옥이가

"어디로 가시오."

매우 침착하게 묻는다. 그러나 물론 성운은 못 들은 척하고 방문을 닫는다.

"어디로 가는 게요."

소리가 좀 높다. 그러나 역시 묵묵부답.

"흥, 정신없이 그러다가……."

그러나 유리문을 닫고 행길로 나서면서 들은 이 한마디 희미한 말에서, 성운은 약간 주춤해보았으나, 역시 그대로 행길 가운데로 나섰다.

이때에 옆집 자전거포에서는 붕카이소지*를 하다가 함석 대야를 두들기며 어르랑타령을 하는 것이 들려왔고, 건넌집 싸게 파는 눅거리 상점에서는 손님이 아니 온다고, 오늘 잡아 세 번째 깽매기를 요란스레 두들겨대고 있었으나, 성운은 파출소 앞을 지나면서

---

* 일본어로 '분해소제分解掃除'를 뜻함.

　　"약이 잘 나가십니까." 하고 묻는 나까무라 순사에게, "오까게사마데."*
하고 대답하고 있었다.

―『삼일운동』, 아문각, 1947.

---

* "덕분에."

경영經營

1

아홉 시에서 아홉 시 반까지, 현저동 사식 차입 집 앞까지, 차 한 대만 꼭 보내게 해달라고, 며칠 전부터 신신부탁이지만, 바쁜 틈에 혹시 잊어버리지나 않을까 근심되어서, 최무경崔武卿이는 사무실을 나오려고 할 때에 다시 한 번 자동차 영업소로 전화를 걸었다. 그러나 마침 말하는 중이었다. 다른 또 하나의 전화번호를 불러도 통화 중이었다. 수화기를 걸고 의자를 탄 채 바람벽에 걸린 시계를 쳐다보고, 캘린더를 무심히 스쳐 보고, 그러고는 다시 수화기를 쥐었으나, 그때에 전화는 밖으로부터 걸려와서, 책상 밑에 달린 종이 요란스럽게 울었다.

"야마도 아파트 사무실이올시다."

하고, 언제나 하는 버릇대로 먼저 지껄여보았으나, 이내

"네, 저올시다. 제가 최무경이에요. 안녕하신가요? 네 지금 막 나가려던 참이었어요. 네? 내일루요."

그러고는 다시 대답을 이어나가지 못하고, 그저 들려오는 목소리에만 귀를 기울이고 있었다. 한참 만에야 그는 탁상전화를 틀어쥐듯이 하고 입을 바싹 들이댄 뒤

"내일루 연기라지만, 그러다가 아주 틀어지는 거나 아닌가요?"
하고 따지듯이 물어본다. 그러나 한참 만에

"글쎄요. 그렇다면 몰라두요. 무슨 본인의 잘못 같은 걸루 일이 시끄럽게 되는 건 아니겠지요? 네, 그럼 안심하겠습니다. 내일은 틀림없겠죠? 그럼 그렇게 알구 있겠습니다. 안녕히 계세요."

맥없이 전화를 끊고 멍청하니 의자에 기대어본다.

클라이맥스를 향해서 한 장면 한 장면 접쳐 올라가던 판에 필름이 뚝 끊어진 때처럼 허파의 공기가 쑥 빠져버리는 것 같다.

내일 이맘때까지 스물네 시간, 눈이 뒤집힐 듯이 바쁘던 며칠이 있은 끝에, 갑자기 찾아온 텅 비인 공간 같은, 예측하지 않았던 시간이다.

회전의자여서 분김에 발부리로 책상다리를 차면, 몸은 핑그르르 돌아가 저절로 강 영감을 보게 된다.

강 영감은 구부리고 앉아서 손주딸이 날라 온 벤또에 차를 부어서, 훌훌 소리가 나게 젓가락질을 하고 있었으나, 전화받는 품으로 대강한 사연을 짐작은 하였다는 듯이, 힐끗 젊은 여사무원의 얼굴을 쳐다보곤

"그저 재판소 일이란 게 그렇다니께. 제에길."

그러더니 먹은 그릇을 덜그럭거리며 치우고 나선

"그래, 또 무슨 까닭인구?"
하고 뻐끔히 주름살이 구긴 얼굴로 무경이를 바라본다.

"전들 무슨 심판인지 알 수 있에요. 변호사의 말은 예심 판사가 아직 검사의 승낙을 못 받았단답니다. 언제는 검사의 승낙을 얻기에 힘이 들구 애가 씨었다더니. 나와야 나오는 게지, 변호사의 말이라구, 제멋대로 주어섬기는 걸 믿을 수가 있어야죠. 그렇다구 하나하나 따져볼 수도 없는 일이구……."

"아무렴. 그런 일이란 건 으레 그런 법인걸. 이편은 바쁘지만 저희들야 무어 바쁠 것 있어 제 볼일 다 보구 생각나믄 뒤적거려보는걸. 그러나 머 낙심허실 것 없이, 여태 기대렸으니께 그깟 것 하루쯤야, 또 그래야 만나 뵈시는 데 재미두 더허구 흐 흐 흐……."

이가 군데군데 빠져서 입김이 샌다. 선량한 늙은이의 얼굴을 보고 있으면 쓸쓸하고도 정다운 생각이 들어서, 무경이는 빙그레 웃음을 입술 위에 가지게 되는 것이다. 그러나 그런 웃음은 강 영감과의 오랜 생활에서 거의 습관처럼 되어진 것이기 때문에, 속으론 딴 것을 희미하게 생각하고 있었다.

—어떻게 할까? 집으로 가서 어젯밤의 되풀이를 또 한 번 치를 것인가? 저녁은 외식을 하고, 나오는 분을 맞아다가 아파트에 안내한 뒤, 일러도 열한 시나 자정이 되어야 집으로 돌아오게 될 것이라고, 아침에 나올 때에 일러두었는데…… 역시 간단히 무어든간 사 먹고 가리라 생각하는 것이다.

무경이는 택시 영업소로 전화를 걸고 사무실을 나와서 구내식당으로 들어갔다. 사무실에 강 영감이 있듯이 식당에는 산짱이라는 어린 소년이 있어서, 그는 이 안에 들어설 때마다 반가운 표정을 짓게 된다. 새로 빨아서 깨끗이 다린 흰옷을 입은 어린 소년은

"어유 최 선생님이 어쩐 일이유. 저녁 진지를 식당에서 다 잡수시구."

그의 뒤를 달랑달랑 쫓아오면서 생글거리기 시작한다.

무경이는 구석진 테이블에 앉아서, 눈이 마주친 손님들께 가벼운 인사를 나누는데, 상머리에 서서 나막신 끝으로 시멘트 바닥을 울리면서 말끄러미 무경이의 눈동자를 지키고 섰던 산짱은

"사진 구경 가실려구. 어딘지 맞히리까?"

하고 동그란 눈을 삼빡거린다.

"사진 구경은 누가 산짱인 줄 아는 게군."

유쾌로운 얼굴로 백을 식탁에다 놓고 웃어 보이니까

"오오라 참 부민관, 내 참 음악횐 걸 까빡 잊었네."

쉴 새 없이 핑글핑글 돌아가는 전기 시계를 펀뜻 쳐다보더니

"늦었수. 어서 가세야지. 무어 잡수실려? 라이스모논* 카레하구 하야시**만 남았는데. 빨리 될 걸룬 가께우동***."

무경이는 소년의 지껄이는 것이 재미나서

"그럼 가께우동 하지."

마치 음악회나 가려는 것처럼 대답해 보내는 것이다.

음악회— 참말 음악회의 표를 미리 사서 간직해두었던 것을 지금에야 생각한다. 까빡 잊었다. 첫날 치였으니까, 벌써 시효도 넘었다.

백에서 속 갈피를 뒤적이니까 한편 구석에서 티켓이 나왔다. 일 년에 잘해야 한 차례씩이나 얻어들을 수 있는 교향악단의 밤이었다. 지금쯤은 차이콥스키의 파테티크가 연주되기 시작하였을 것을. 그는 요즘 며칠 동안 제 정신이 어디로 팔려버렸던 것을 새삼스럽게 생각해본다. 그러나 기뻤다. 어떤 숭고한 일에 정성을 썼다는 만족이 그의 마음을 느긋하게 어루만져 준다. 음악회 티켓 같은 것, 열 장 스무 장이 무효로 되어버려도 그는 도무지 아깝지 않다고 생각해보는 것이다. 음악회라면 하찮은 학생들의 연주회에도 빠지지 않고 쫓아다니던 것을…….

우동이 왔다. 두어 젓가락으로 빨간 국물만 남는 깜찍한 우동 그릇이

---

* ライスもの는. 일본어로 '밥 종류는'이라는 뜻.
** ハヤシライス(hashed meat and rice). 보통 '하이라이스'라고 부름.
*** かけうどん. 가락국수, 국수장국 등과 같은 말.

오늘처럼 그의 마음에 합당한 때는 없었다. 그는 따끈한 국물을 마시고 식당을 나왔다. 그 길로 삼층을 향하여 올라가는 것이다. 복도를 돌아서 그는 하나의 도어 앞에서 발을 멈춘다.

방 앞에 서면 언제나 감격이 새로워서 가슴이 울렁거린다.

이 년이 되어온다. 그런데 아직 예심 종결도 나지 않았다. 예심이 종결되기 전에 보석 운동을 하기란 여간 힘든 게 아니었다. 처음은 면회도 할 줄 몰랐다. 변호사를 대고 차츰 이력이 나서, 졸라보고, 떼를 쓰고, 계교도 꾸며보고, 갖은 애를 써서 면회도 비교적 잦아졌고, 그러고 두 달 전부터는 보석 운동에 손을 댈 욕심까지 가져본 것이다. 그러한 정성이 지금 여기에까지 이른 것이다.

핸드백에서 열쇠를 꺼내 잠갔던 문을 여니까, 상긋한 꽃의 향기가 몸에 안기는 것 같아서, 그는 그것을 함뿍이 들이마시면서 눈을 감고 한참 동안 문지방에 선 채 움직이지 못했다. 서편 창으로부터 맞은 언덕을 넘어가는 낙조가 푸른 문장에 비쳐서 은은한 광선이 꽃병이 놓인 나지막한 서가를 비스듬히 비추고 있다. 서가의 두 칸대는 텅 비었으나 가운데 칸대에는 신간과 새달의 종합 잡지들이 가지런히 꽂혀 있다. 그 가운데 경제 연보가 두 책. 하얀 바람벽에는 흰 테두리 속에 든 맑은 수채화가 한 폭. 흰 요를 깔아놓은 침대는 북쪽 바람벽에 붙어서 누워 있고, 침대 머리맡에 전기스탠드, 그 밑에 철필과 잉크를 놓은 작은 탁자. 양복장과 취사장이 지금 무경이가 서 있는 옆으로 나란히 설비되어 있으나, 물론 그 안에는 아무것도 들어 있지 않았다. 훤하게 유리알이 발린 남쪽 창문을 옆으로 하고 간단한 응접세트와 사무 탁자. 응접 테이블 위에는 화분이 하나.

무경이는 구두를 벗고 신장을 열어서, 거기에 들어가 있는 새 슬리퍼를 꺼내어 신고 방 안으로 들어선다. 이 커다란 건물 안에서 그중 좋은 방이

거나 제일 큰 방은 아니지만, 조출하게 독신자가 들 수 있을 남향으로 된 아파트의 한 칸이다. 침대 위에 놓인 옷 보퉁이를 한옆으로 밀어놓고 그 옆에 털석 걸쳐 앉아서, 그는 벌써 한 주일째나 하루 두세 번씩은 해보곤 하는 마음과 눈의 적은 절차를 오늘도 세 번째나 되풀이해본다.

─무어 부족한 게나 없는가? 방 안을 쭉 돌려 살피는 것이다. 옷 보퉁이에는 새 잠옷이 있고, 침대는 이만했으면 쇠약한 몸을 편하게 가로눕힐 만큼은 편안하고, 방 안의 장치도 설비도 만족할 정도는 아니지만 간소한 대로 정성을 다한 것, 오랫동안 새로운 지식에 굶주렸으니 그동안의 사회 정세의 변동이나 추세나 짐작할 정도의 신간, 경제를 전문하던 터이니 경제 연보의 새 것을 두 권, 그리고 복잡한 세계의 분위기나 두루 살피라고 종합 잡지를 사다 꽂았다. 꽃을 한 묶음 화병에 꽂고, 집에서 정성 들여 기르던 꽃 화분을 하나 탁자에 준비하고…… 이만했으면 우선 그를 맞아 들이기에 시급한 준비는 된 것이라고 그는 거듭 생각하는 것이다. 그는 한참 동안 입술 가에 만족한 웃음을 그리면서 앉아 있다가, 갑자기 생각 난 듯이 핸드백을 들고 그 안에서 사내의 회중시계를 하나 꺼내었다. 커다란 크롬 껍질의 월쌈*이 제깍 소리를 울리며 기다란 쇠줄을 끌면서 나타났다. 손에 쥐어보면 묵직한 것이 믿음성이 있다.

오시형吳時亨이가 학생 시대부터 차고 다니던 것이다. 사건의 취조가 끝나고 검사국으로 송치가 된 뒤, 검사 구류 기간 열흘이 지나서 드디어 예심으로 회부가 되어 시형이가 영영 영어의 몸이 되어버렸을 때 입고 들어 갔던 옷가지와 함께 취하取下해 가져온 물건 중의 하나였다. 그때로부터 이 년 가까이, 이 묵직한 회중시계는 주인의 품을 떠나서, 언제나 무경이

---

* Waltham. 미국 메사추세츠 주 월섬 시에 있는 시계 회사.

의 핸드백 속에서 시간의 흐름을 가리키고 있었다. 이 장침과 단침은 대체 몇천 번이나 빤뜩빤뜩한 흰 판을 달리고 돌았는가? 초침이 한 초 한 초씩 시간을 먹어 들어가는 소리를 물끄러미 듣고 앉았다가 그는 시계를 가만히 제 얼굴에다 비비어보았다. 차갑다. 그러나 가슴속에선 누르고 참았던 감성이 포근히 끓어올라서, 이내 그의 불편의 체온은 크롬 껍질을 따끈하게 데우고야 만다. 가슴을 복받치는 울렁거리는 혈조를 가라앉히기 위해서 그는 한참이나 낯을 침대에 묻고 가만히 엎디어보았다.

어머니에게 저희의 관계를 승인시키기에 얼마나 애가 쓰였는가. 집과 인연을 끊듯이 한 시형이의 차입을 대고, 보석 운동을 하느라고 얼마나 발이 닳도록 뛰어다니고, 뼈가 시그러지도록 일을 하였는가. 그 때문에 직업에도 나서보았다. 재판소, 변호사, 형무소로 통하는 길을 미친년처럼 쫓아도 다녔다.

그는 가슴속으로 맑고도 숭고한 쾌감을 포근히 느껴보면서 침대에서 낯을 들고 시계를 백에 챙겨 넣은 뒤 방을 나왔다. 내일, 내일 저녁이면, 그러한 정성이 하나의 보답을 받는다…….

밖은 벌써 땅거미가 꺼멓게 기어들고 있었다. 아직도 채 식지 않은 공기가 바람에 불리어서 훈훈하게 움직인다. 그러나 땀발이 잡히려던 피부엔 넓은 언덕에서 흔들리는 저녁 바람은 선뜩하였다. 북아현정 쪽의 푸른 주택지를 잠시 바라보고 섰었으나, 오랫동안의 습관으로 거리 위에 나서면 그는 늘 바쁜 사람처럼 종종걸음으로 서두른다. 감영 앞, 종로, 안국동, 이렇게 세 군데서나 차를 바꾸어 타는 것도, 어쩐지 분주한 듯이 서둘러대고 싶은 마음에 합당한 것 같아서, 오늘 저녁의 그에게는 다시없는 가벼운 흥분으로 즐겁게 느껴지는 것이다. 화동 골목까지 치마폭에서 휘파람 소리가 날 지경으로 활개를 치며 걸어 올라간다.

—어머니보구두 같이 가시자고 말해보리라. 처음엔 믿음직 못하다고 한사코 나무랐으나, 그런 것 때문에 이 년 만에 돌아오는 그를 대견하게 맞아주지 못할 것이 무엇인가. 인제 누가 뭐래도 장래의 사위가 아닌가. 예식만 갖추면 아들 맞잡이, 단 하나의 어머니의 사위가 아닌가. 어머니도 요즘엔 은근히 기다리고 계셨다. 같이 가시자면 기뻐하실 것이다. 나오는 당자의 기쁨은 말할 것도 없을 게구……

저의 집 대문을 들어설 땐 콧노래까지 흥얼거리고 있었다.

"엄마 있수?"

하고 응석을 담아서 불러본다. 꽃 화분이 쭈루니 얹히어진 높직이 층계가 진 선반 옆에 선 채 무경이는 어머니 방을 향하여 불러보는 것이다. 그러나 대답이 없다. 식모 방에서 이 집에 들어온 지 겨우 한 달밖에 안 되는 식모가 툇마루로 뛰쳐나오며

"아이구 아가씨가 오셨네."

하고, 얼굴에 크림이라도 바르고 있었는지, 당황히 옷 괴춤을 매만지고 섰다.

"마님은 손님이 오셔서 같이 나가셨는데, 인제 늦지 않게 곧 다녀오신다구서…… 그런데 아가씬 웬일이세요?"

"내일 저녁으로 연기야."

하고 대답해주곤 무경이는 곧바로 제 방문을 열었다.

"대야에 물 좀 떠와! 그러구 밥 있어?"

식모는 댓돌에서 해진 고무신을 발부리에 꿰면서 뜰로 내려선다.

"네. 그래두 찬이 시원찮으신데……. 아가씬 왜, 저녁, 밖에서 잡수신다구 하시군……."

수도에서 물을 받아서 놋대야를 대청으로 나르고 비눗곽과 수건을 갖

다 놓고는 부엌으로 들어간다.

무경이는 낯을 씻었다. 다시 제 방으로 들어가서 볼편에 크림을 바르고 있는데

"진짓상 이리루 들일까요?"

하고 식모가 문지방 밖에서 엿보듯 한다. 안방 어머니 방에서 함께 모여서 먹는 것을 알고 있는 식모는, 밥은 역시 그곳에서 먹는 것을 정칙으로 생각하고라도 있는 것 같다.

"그래. 내 인제 건너갈게, 어머니 방으루 들여다 놔."

"찬은 머 굴비허구 장아찌밖엔 없는데 어떡허실까……."

하고 걱정하는 것을

"그게면 되지, 찬물에 풀어서 한술 들면 될걸 뭐."

분첩으로 볼편을 두어 번 두드리고 무경이는 어머니 방으로 건너가서 상 앞에 주저앉았다. 밥술을 막 들려고 하는데, 길머리 머릿장 밑에 보지 않던 부채가 한 자루 있었다. 무경이는 그것을 잠시 물끄러미 바라다보았다.

"아이. 손님이 부채를 노시구 가셨네."

무경이의 눈길을 따라가 본 식모는, 대청마루에 엎드리듯이 턱을 받치고 주인 아가씨의 진지 드는 모양을 바라보려다가, 눈에 뜨인 부채에 대해서 그러한 설명을 들려주었다. 그러나 벌떡 상반신을 일으키더니 부채를 들어서 책상 위에 올려놓고 다시 뜰로 나가버렸다.

무경이는 술을 든 채 밥그릇으로 손을 옮기진 못하였다. 그는 술을 놓고 일어서서, 지금 식모가 챙겨놓고 나간 부채를 가져다 펼쳐보았다. 틀림없는 사내의 소유물이었다. 곱게 색채를 써서 그린 산수화가 있고, '위하곡대인청상爲河谷大仁淸賞'이라고 쓴 밑에 청산靑山이란 화가의 낙관이 찍

혀 있다. 이것으로 보아, 청산이란 화가가 그림을 그려서 하곡이란 분에게 선물로 보낸 부채라는 것을 알 수 있었다. 이 부채의 임자는 하곡이란 아호를 가진 분이다. 그리고 어머니는 이 하곡이란 분과 함께 외출하신 것이다.―그런 것을 알 수 있었으나, 무경이는 첫째 하곡이란 분을 알지 못하였다.

"하곡? 하곡."

하고 입안으로 두어 번 뇌어보았으나 그러한 아호와 함께 나타나는 환상은 아무것도 없었다.

"낯도 잘 알고, 이름도 잘 아는 분이면서도, 내가 그이의 호를 모르고 있는지도 모르지."

그렇게 생각하면서 부채를 다시 책상 위에 놓은 뒤에 밥상 앞으로 돌아왔고

"많지두 않은 찬에 어란을 잊었었네."

하고 변명하듯 하면서, 가지고 들어온 식모의 손에서 접시도 그대로 묵묵히 받아놓았으나, 어쩐지 마음은 말끔히 가시지 않았다.

어머니와 같이 나간 손님이 어떻게 생긴 분인가를 식모에게 물어보려다가 그것도 그만두었다. 그는 잠시 더 멍청하니 상 앞에 앉아 있었으나, 식모에게 눈치채일까 저어하며, 이내 밥통을 열고 물 대접에 밥을 말았다. 그러고는

"나 혼자 먹을게 나가 있어."

하고 식모도 밖으로 쫓아버렸다.

마른반찬에 얼려서 두어 술 떠 넣고 그는 다시 방 안을 살펴보지 않을 수 없었다. 장롱과 의걸이, 문갑, 책상, 책상 위의 성경책들, 모두 다 놓았던 자리에 놓여 있다. 그러나 책상 밑을 들여다보았을 때 무경이는 다소

마음이 뜨끔했다. 치렛거리로 놓아두던 놋재떨이에 피우다 버린 담배꽁초가 하나 비비어 꽂혀 있기 때문이다. 손님은 담배를 피우는 분이었다는 것을 그것으로 알 수 있었다. 그리고 그것은 결코 대수롭지 않은 발견은 아니었던 것이다. 어머니의 아는 분으로서 담배를 피우는 이는 무경이의 기억 속에는 들어가 앉아 있지 않았다. 이십여 년 동안 예수교 풍속에 젖어온 분이고, 그 속에서 청상과부를 지켜온 어머니로서 끽연의 습관을 가진 사내 손님을 가지고 있었을 리 만무하다.

"다 먹었으니까 상 치워."

하고 외치듯 하고는 무경이는 제 방으로 돌아와 버렸다.

부채, 하곡, 담배— 이런 것이 함께 엉켜 돌면서 종시 그의 머리를 놓아주지 않는다. 그리고 이러한 그의 의심은 다시금 얼마 전에 경험한 한 가지 사건을 그의 머릿속에 불러내는 것이었다.

달포 전의 일이었다. 화창한 초여름의 공일 날, 벌써 몇 해째의 습관에 따라 무경이는 오랜만에 만나는 휴일을 집에서 책을 읽었고, 어머니만 예배당에 가신다고 집을 나갔었다. 오정이 좀 넘으면 으레 예배당에서 돌아오셨으므로, 그는 돌아오시는 어머니와 함께 점심을 먹고, 잠시 본정이라도 다녀오려고 그 시간이 되기를 기다리고 있었다. 그러나 어머니는 어쩐 셈이신지 한 시가 되어도 돌아오지 않았다. 강설이 길어져서 예배 시간이 오래되는 것이라고 얼마를 더 기다렸으나 두 시가 되어도 종내 돌아오지 않았다. 그래서 무경이는 혼자서 점심을 먹고 집을 나왔다. 안국동 네거리를 거진 나왔는데, 예배당 전도부인을 길에서 만났다.

"오래간만이올시다."

하고, 이 근년에 신통하지 않아진 '타락된 교인'은, 목사나 전도부인을 만나면 다소 면구스러워져서 그다지 기다란 인사를 늘어놓지 않는 습관이 있었다. 그러면 도회인답게 경우가 빠른 목사나 전도부인도 이내 무경이의 태도를 눈치채고, 그 이상의 긴 수작을 늘어놓으려고 하지 않았었으나, 오늘만큼은 간단히 인사를 마치고 돌아서는데

"어머님이 예배당엘 안 오셨게 무슨, 몸이래두 편치 않으신가 해서, 난 있다 저녁녘에 잠시 들러보려던 참인데……"

하고 무경이를 붙들어 세우려 들었다.

"아뇨, 별일 없으신데, 그리구 어머닌 예배당에 가신다구 오전에 나가셔서 여태 안 들어오셨는데요."

그러나 그 이상 이야기를 연장시키고 싶지 않아서

"아마 도중에서 누굴 만나셔서 예배당에도 못 들리시구 어디 급한 일이 있어 그리로 가신 게구면요."

하고 간단히 처치해버렸다. 그러니까 전도부인도

"글쎄 그러신 게구면."

하고 가버렸다.

초여름의 태양이 쨍쨍하고 유쾌해서 전차도 안 타고 본정까지 걸어가면서도 무경이는 그것에 관해서 별로 깊은 생각은 품어보려 하지 않았다. 그래서 볼일을 보고 그는 두어 시간 만에 다시 집으로 돌아왔다. 어머니는 그때에도 돌아와 있지 않았다. 참말 무슨 일이라도 생겼는가 해서 궁금했으나, 어머니는 해가 질 녘에야 낯이 좀 발그레하니 그을린 것처럼 되어서 총총한 발걸음으로 돌아왔다.

"가정 심방에 같이 따라나섰다가 진력이 났다."

하고 묻기도 전에 어머니는 변명한다. 무경이는 깜짝 놀라 어머니의 낯을 건너다보지 않을 순 없었다. 가정 심방? 예배당에도 안 가셨던 분이 전도부인과 목사와 함께 가정 심방이라니 어떻게 하시는 말씀일까? 어머니는

그때 옷을 벗어서 옷장 안에 들여 걸고 있었으므로 다행히 딸의 변해진 눈초리와 놀란 표정을 눈치채진 못하였으나, 무경이는 한참 동안 마루 위에서 움직이지 못하고 굳어진 조각처럼 서 있었다. 다시 어머니가 마루로 나오면서

"난 김 장로 댁에서 저녁을 먹었는데 너희들이나 어서 먹어라. 그리구 애, 나 물 좀 다우."

하고 서둘러댈 때엔 무경이는 낯을 돌리고 딴 쪽을 향하여 일부러 어머니의 얼굴을 피하였다. 어머니의 하는 말이 지어낸 공연한 거짓인 걸 아는 바엔, 당황하고 부끄러운 마음을 감추려고 벙뎅하니 서둘러대는 어머니의 표정을 정면으로 추궁하기가 계면쩍은 것이다.

어머니는 어디를 갔었기에 이렇게 나를 속이시는 것일까— 따져보면 아무렇지도 않은 일일 것 같으면서도, 홀어머니의 자식으로서 믿고, 의지하고, 응석을 부려오던 어머니인 만큼, 자기를 속였다는 그것 한 가지 사실만으로 그는 한없이 쓸쓸하고 슬퍼지는 것을 느끼게 되는 것이었다. 물론 그 뒤엔 그것을 깊이 기억하고 있지도 않았었지만 그때로부터 달포나 지내었을까 한 지금, 추측할 수 없는 사내 손님이 어머니와 같이 외출을 하였다는 사실에 부딪치면, 민첩한 처녀의 예감은 벌써 어떤 길하지 못한 사태에 대하여 생각의 촉수를 뻗어보게 되는 것이다.

무경이는 제 방에 와서도 일손이 잡히질 않아서 멍청하니 책상머리에 쭈그리고 앉아 있었다. 어젯밤처럼, 세상에 나올 오시형이를 생각하면서 즐거운 환상을 향락하고 있을 마음의 여유도 생겨나지 않는다. 상상력이 뻗을 수 있는 턱까지 공상을 거듭하면서 사정의 이면으로 파고들려 애써보나, 엉클어진 생각이 붙드는 결론은 언제나 그의 마음을 쓸쓸한 구렁텅이로 떨어뜨리고 만다. 그럴 때마다 그는 다투기나 하듯이 머리를 흔들었

다.—설마 어머니가⋯⋯. 그럴 리는 없다. 나 하나를 믿고 청춘을 짓밟아 버린 어머니가 아닌가. 모든 잡념을 떨어버리고 유혹의 손을 물리쳐버리기 위해서, 젊은 감정과 정서를 송두리째 뜯어서 파묻어 버리기 위해서, 살림에 군색하지는 않은 처지면서 스스로 원하여 병자를 다루는 직업 가운데 자기의 위치를 선택하였던 어머니가 아니었던가. 스물다섯의, 서른의, 서른다섯의, 어려운 고비를 성스럽게 넘기고 사십의 고개를 이미 넘어버린 어머니가 설마 그럴 리야 있는가—.

　제 생각을 채찍질하고 제 마음에 모욕을 주면서 어머니가 돌아오는 것을 기다렸으나, 열한 시가 가까워서 어머니의 발자국 소리가 대문 밖에 들릴 때엔, 그는 기계적으로 전기스탠드의 줄을 낚아서 불을 끄고 캄캄한 방 속에 숨어서 어머니의 얼굴과 마주 대하기를 스스로 피하여버렸다. 식모가 어머니에게, 그가 일찍 돌아오게 된 사연을 아뢰는 것을 귓결에 들으면서도, 그는 귀를 틀어막듯이 하고 방바닥에 엎드려서 숨을 죽이고 어깻죽지를 가느다랗게 떨고 있었다.

　　2

　어디까지나 어디까지나 끝이 없이 뻗어나간 것 같은 붉은 벽돌의 높직한 담장에 위압을 느끼듯 하면서, 불광이 흐릿한 굳이 닫힌 출입구 앞에서, 최무경이는 벌써 한 시간 동안이나 왔다 갔다 하고 있었다. 너무 일찍 찾아왔었다. 그러나 다른 데서, 언제라고 꼭 작정이 없는 시간이 오기를 멍청하니 보내고 있을 수는 없어서, 그는 해가 그믈그믈할* 때 아파트의

---

* 눈앞에 아른아른거릴. (불빛 따위가) 밝아졌다 흐려졌다 할.

구내식당에서 간단한 저녁을 먹고는 곧 영천행의 전차를 잡아타고 예까지 쫓아와서, 이렇게 혼자서 문이 열리기를 기다리고 있는 것이다. 사람의 내왕도 드문 언덕이었으나, 그가 와서 기다리고 있는 한 시간 남짓한 동안엔, 오늘 검사국에서 간단한 취조를 마치고 새로이 이곳에 입소하는 피의자의 패거리와, 공판정이나 예심정에 취조를 받으러 나갔던 피고들을 태운 자동차가, 두세 차례나 이 커다란 문을 드나들었고, 낮일을 여태까지 보고 늦게야 집으로 돌아가는 간수들도 작은 문을 열고는 안으로부터 꾸부정하니 허리를 구부리고 불쑥 양복 입은 몸뚱아리를 나타내곤 하였다. 이럴 때마다 문 열고 닫는 소리는 깜짝깜짝 무경이의 신경을 때리고 가슴을 울렁거리게 하는 것이었다. 이 년 가까이 차입을 하느라고 드나든 관계로 그중에는 안면이나 어렴풋이 있는 간수도 있었으나, 문밖에서 만나면 그들은 언제나 처음 보는 사람들처럼 무표정한 얼굴로 그를 지나치곤 하였다.

밖으로부터 들어갈 사람이 다 끝났으니까, 이제 안으로부터 석방되는 사람이 나올 시간도 되었을 게다. 혹시 오시형이를 석방하라는 검사와 예심 판사의 영장을 아까 재판소에서 돌아오던 간수 부장의 커다란 가방이 가지고 들어간 것이나 아닌가, 지금쯤은 오랫동안 친숙해진 미결감의 한 방에서 영장을 받아 들고 밖으로 나올 준비에 바쁘고 있는 것이나 아닌가— 이런 공상에 취하였다가, 덜커덩하고 문에서 쇠 여는 소리가 나면 그는 깜짝 놀라서 그편으로 쫓아가 보곤 하였으나 그때마다 문으로 나타나는 것은, 간수거나 사식집 사환 아이거나, 그런 사람들이어서 그는 번번이 속아 떨어지지 않으면 안 되는 것이었다.

아홉 시가 넘어서 한참이 되니까 부탁하였던 자동차도 왔다. 자동차가세가 나는 요즘 같은 때에 오랜 시간을 기다리게 하는 것이 미안해서 그

는 자동차에서 내려서

"아직 시간이 멀었습니까?"

하는 운전수에게로 가까이 가며

"인제 얼추 시간이 되었을 거야요. 메타를 돌려서 시간을 계산해주세요. 바쁘신데 자꾸 무리를 여쭈어서 죄송합니다. 그러나 머 딱히 정한 시간이 아니니까 따로 도리가 있어야죠. 대개 아홉 시가량이면 나올 수 있다니까 인제 얼마 기다리지 않을 거예요."

자꾸만 시계를 불에다 비추어 보면서 운전수에게 미안의 변명을 늘어놓아 보는 것이었다. 아파트에서 특약하고 쓰는 곳이어서 안면이 있는 운전수는 아무 대꾸도 하지 않고 다시 운전대에 올라가선 카드를 들고 연필로 무엇을 끼적거려보고 앉았다. 미터의 시계가 짤각거리다가 딸각하고 십 전씩 넘어서는 소리가 조용한 가운데서 무경이의 초조한 신경을 자극하고 있었다. 그러나 십 분이 넘고 이십 분이 되어도 아무러한 소식이 없었다. 이러다가 오늘도 또 헛물을 켜는 것이나 아닌가— 그렇게 생각하면 꼭 그럴 것만 같이 생각되어 그는 더욱더 초조하게 바지바지 타는 심정을 누를 길이 없었으나, 누구에게 물어볼 수도 없고, 저만큼 전찻길 있는 데까지 뛰어 내려가서 변호사한테 다시 전화를 걸어보고 싶은 조바심까지 생겨나는 것을 인내성 있게 안타까이 참아보고 있는 것이다.

그러고 있는데 아래쪽에서 어떤 양복 입은 신사가 하나 휘우청휘우청 올라오고 있었다. 맥고자를 벗어 들고 조끼 입지 않은 가슴을 부채질하면서 자동차의 옆을 지나다가 가벼운 양장으로 몸을 꾸민 무경이를 발견한즉, 그곳으로 가까이 오면서

"당신 누구요?"

하고 퉁명스럽게 물었다. 미처 대답할 말이 없어서 멍청하니 서 있으려니

“당신 이름이 무언가 말요?”

하고 신사는 다시 제 물음을 설명하였다.

“최무경이에요.”

“최무경? 누구 나오는 걸 기다리구 있소?”

“네. 오시형이란 사람이 보석으로 나온다구 마중 왔습니다.”

신사는 수첩을 꺼내 들고 불빛 밑으로 무경이를 오라고 하였다.

“나는 서대문 경찰서 고등계에 있는 사람인데 성함이 누구라고 했지요?”

그러고는 무경이가 말하는 대로를 수첩에다 옮겨서 썼다.

“주소는 화동정…… ×십오번지.”

그렇게 나직이 흥얼거리다가

“오시형이가 당신의 무엇이 됩니까?”

하고 말한다. 무경이는 돌연한 물음에 잠시 말문이 막힐 듯이 되었으나 이내

“약혼한 사람입니다.”

하고 대답한다. 그러니까 형사는 한참 묵묵히 붓방아를 찧고 있다가

“나이엔노쯔마(내연의 처)와는 그럼 다른 셈이죠?”

하고 묻더니, 대답도 별로 기다리지 않고 무어라고 수첩에 기록하고 있었으나

“연령은요?”

하고 또다시 질문을 던졌다.

“스물넷입니다.”

“그럼, 오시형이가 나오면 이 주소에 가게 되는가요?”

뻐끔히 무경이의 낯을 건너다본다.

“아니올시다. 죽첨정에 있는 야마도 아파트 삼층 삼백이십삼호실에 있게 되겠습니다. 바루 경찰서에서 마주 바라다뵈이는……”

그러나 형사는 연필을 든 채 머리를 기우뚱하고 있다가 다시 무경이를 쳐다본다. 어째서 거처할 곳이 그리로 되는가를 채 이해하기 곤란하다는 표정이었다. 그래서 무경이는

“아직 예식을 올리지 않았다구 조선 풍속에 따라 그때까지 아파트에 드는 겁니다.”

하고 설명을 첨부하였다.

“그럼 이 아파트에는 아무도 같이 있지 않는 거지요?”

“네.”

“그럼 좀 곤란한데요. 이렇게 되면 당신이 책임 있는 신원의 책임자가 되기가 힘들게 됩니다. 물론 자기가 저지른 사건에 대해서 개전改悛의 빛이 확실히 나타났으니까 재판소에서도 보석 같은 걸 허가한다고 생각합니다만, 일단 형무소 밖으로 나오면 책임은 그 시각부터 경찰에게로 옮겨지는 거니까요. 만약에 행방이라도 자세하지 않아지는 경우가 생기면 큰일이 아니어요? 똑똑한 인수자가 없으면 경찰서에서 당분간 신원을 보호해줘야 합니다. 주소가 다른 당신을 믿고 미가라(신병)를 석방하기는 힘들지 않습니까? 형식상으로라도……”

“제가 낮에는 거기서 사무를 보고 있습니다.”

하고 무경이는 다시금 생기는 난관을 넘어서려고 열심한 태도로 말해본다.

“그런 게야 무슨 조건이 될 수 있습니까?”

하고 미소를 띠더니 잠시, 어떻게 하나? 하는 자세로 머리를 기우뚱하고 생각한다.

“모처럼 재판소에서 허락해서 세상에 나오는 분이고, 또 몸도 몸이려

니와 그만큼 판사나 검사도 인격을 신용하고 석방하는 것이니까, 나오는 날로 불쾌스럽게 다시 유치장 잠을 재운다든가 해서야 피차에 유쾌하지 못한 일이 아닙니까? 그러니까 이건 법칙상 위법이지만 내일 안으로 아파트의 책임자라든가, 누구, 한 주소에 사는 분을 보증인으로 정해서 알려주시오. 그렇게 한다면 오늘 밤으로 최 선생을 신용하고 그대로 데려내다가 맡겨버릴 터이니까요. 내일 아침에 보고서를 작성해서 주임께 바쳐야 하니까 그 전에 알려주십쇼."

"아이 고맙습니다. 내일 아침에 말씀하시는 대로 하겠습니다."
하고, 마치 이 형사가 오시형이를 석방해주는 권리를 가진 거나처럼 무경이는 그에게 대하여 감사의 마음을 표하여 보였다.

"그럼 잠깐 동안 기다리십쇼. 대개 준비하고 있을 테니까 인제 들어가서 곧 데리고 나오죠."
하고 수첩을 접어 넣고 문 있는 데로 걸어가는 뒤에서, 무경이는 다시 공손히 머리를 수그리었다.

형사는 문지기 간수에게 안내를 구하고, 문이 열려서 이내 안으로 사라졌다.

"인제 곧 나온답니다. 경찰서에서 오질 않아서 이렇게 늦었던가 봐요. 너무 기대리게 해서 미안합니다."

무경이는 다시 운전수에게로 와서 사례의 말을 건네었다.

이러구러 한 십여 분이 지난 뒤에 형사와 함께 양손에 짐을 들고서 휘뚤거리며 시형이가 문밖에 나타났다. 짐이 많아서 문 안에 섰던 간수가 몇 차례씩 내보내 주는 것을 시형이는 허리를 구부리고 받아서 옮겨놓고 있다. 무경이와 운전수는 그편으로 쫓아갔다. 운전수는 무거운 책 꾸러미를 양손에 들고 그것을 자동차로 날랐으나, 무경이는 손으로 짐을 거들 생각도 미처 못 하고 그곳에 서 있는 오시형이를 잠시 멍청하니 바라보고 있다. 시형이도 흐릿한 불광 밑으로 잠시 무경이를 건너다보았으나, 이내 형사를 향하여

"그럼 그렇게 하죠."

하고 말하였다. 그러니까 형사는

"최 선생 틀림없도록 해주시오. 난 그럼 여기서 갑니다."

하고 무경이 쪽만 바라보며 맥고자를 잠깐 들었다 놓고 그곳으로부터 언덕 밑을 향하여 사라져 없어졌다.

짐을 차에다 옮겨 싣고 두 사람은 나란히 자리에 앉았다. 시형이는 흥분을 고즈넉이 숨기고 가만히

"아, 저 불 봐라!"

하고만 말하였다. 차가 움직였다. 무경이도 무슨 말을 건네야 할지 몰라서 덤덤한 채 앉았다가

"불이 그렇게 신기해요?"

하고 웃는 표정으로 시형이를 쳐다본다. 사내는 눈을 떨어뜨려 옆에 앉은 애인의 눈길을 받아서 비로소 오래간만에 그의 얼굴을 자세히 바라보았으나

"그럼."

하고 대답하곤, 이내 낮을 돌리고, 이어서 궁둥이께를 움찔거리면서 자리를 도사리고 창밖에 지나치는 거리의 풍경을 물끄러미 내어다보고 있다.

무경이는 나직이 숨을 짚으며 앞을 바라본다. 왼편 옆구리에는 안에서 보던 책들이 어깨에 닿도록 쌓여 있다. 창고에서 풍기는 냄새가 옷 보퉁이와 책과, 그리고 시형이의 몸에서까지 흘러나오는 것 같았다. 흥분이 가슴속으로 가라앉고 안심과 만족이 포근히 떠오르는 것을 그는 향락하

듯이 느끼고 있다. 이윽고 차는 커다란 아파트의 앞에 와서 멎었다.

강 영감이 자지 않고 기다리고 있다가 차 소리를 듣고 나와서 짐을 옮겨주었다. 그러나 승강기도 없는 수면 시간에, 짐을 삼층까지 끌어 올리는 것은 여간만 거추장스러운 일이 아니어서 그들은 강 영감의 생각대로 짐을 일단 사무실로 들여놓았다가 내일 아침에 끌어 올리기로 하였다.

자동차가 돌아간 뒤에 무경이는 오시형이를 강 영감에게 소개하고, 그를 삼층 아파트의 한 칸으로 안내하였다. 오래간만에 걷는 걸음이라고, 생각처럼은 쇠약한 것 같지 않았으나, 후들거리는 다리가 못 미더워 무경이는 시형이에게 높직한 층층계를 올라가는 동안 자기의 어깨와 팔을 빌려주었다. 삼층의 마지막 계단을 돌아 올라가면서

"제칠천국* 같으네."

하고 무경이가 웃는 것을, 시형이는 그저 벌씬하니 감회가 깊은 미소로 대하였고, 복도를 돌아서 어떤 방 앞에 마주 섰을 때, 잠시 동안 쭈루루니 나란히 하여 있는 문들로 하여 지금 다녀 나온 구치감을 연상하는 듯하다가

"가만, 내 문을 열게."

사내의 어깨 밑에서 빠져나와서 쇠를 열고 잠갔던 문을 젖혔을 땐

"이런 좋은 방을 다 준비했어."

하고 판장문의 핸들께를 한 손으로 붙들고 의지하듯이 서 있었다.

"인제 불을 켤게요."

무경이는 가볍게 뛰어 들어가서 바람벽에 설비된 스위치를 켰다. 천장에서 드리운 불과 침대 옆 작은 탁자 위에 놓인 스탠드의 불이 일시에 켜져서 크지 않은 방 안은 구석구석까지 대번에 시형이의 두 눈 속에 들어

왔다.

　시형이는 잠시 동안 방 안과 방 안에 장식된 도구를 물끄러미 바라보다가, 제 발을 굽어보며

　"이 년 전에 벗어놓은 구두를 맨발에 신었더니 발에 곰팡이가 묻었는걸."

하고 쪼그라진 구두 속에서 발을 뽑았다.

　"가만 계세요. 내 걸레 갖다 드릴게."

　먼저 방 안에 들어가서 문을 활짝 열어놓고 시형이가 들어오는 것을 기다리고 있던 무경이는 취사장께로 가서 낡은 타월에 물을 축여 들고 와서 발을 닦아주었다. 그러고는 신장에서 슬리퍼를 내놓고

　"이걸 신구……."

　모시 적삼에 베 고의를 입은 사내를 이끌 듯이 해서 침대에다 앉히면서

　"어때요? 비둘기장처럼 또 좁은 방으로 모시는 건 안됐지만 무경이가 한 주일이나 걸려서 준비한 거래누."

하고 응석을 섞어서 제 두 손을 사내의 무릎 위에 얹는 것이다. 오시형이는 무릎 위에 놓인 손을 잡아서 만지면서

　"무경 씨껜 너무 수골 시키구 욕을 봬서 어떡허나."

하고 나직이 감격을 넣어서 말하였다.

　"별소릴 다아."

　그렇게 말하면서, 그때에 사내가 힘 있게 쥐어주는 손을 저도 꼭 쥐어보고는, 두 손을 쏙 뽑아서 호들갑스럽게 두어 발자국 물러나선

　"내가 뭐 그런 소릴 듣겠다누."

하고 일부러 샐쭉해 보인다. 그러나 그의 얼굴에 떠오른 칭찬에 대한 만족한 자긍은, 무엇을 쫓아가다가 놓쳐버린 때처럼 손 둘 곳을 모르고 멍

청하니 쳐다보고 있는 젊은 사내의 눈에는 적지 아니 교태를 띤 것으로 느껴졌다. 시형이는 아무 말도 입 밖에 내지 못하고 가슴속으론 우심한 갈증을 의식하면서 무경이의 눈만 쳐다보고 있었다. 눈을 바라보던 시형이의 눈이 입술로, 그리고 턱 밑으로 떨어져서 가슴패기로 이동할 때, 무경이는 영리하게 사내의 마음을 낚아채듯이 발딱 몸을 옮겨서 방 가운데 놓은 탁자 뒤로 돌아가며

"이게 무슨 꽃인지 아시죠? 제가 봄부터 여름내나 손수 기른 거예요."

코를 꽃 속으로 묻고 발름발름 향기를 맡듯 하다가, 시형이가 나직이 한숨을 짚은 뒤

"수국이지, 내가 그걸 모를라구."

하고 대답하였을 때, 다시 낯을 들면서

"아이 수국을 다 아시네. 상당하신데."

사내가 픽 하고 웃으면서

"그럼 그것두 모를라구. 빨간 잉크를 부으면 빨개지구 푸른 물감을 쏟으면 파래지구 한다는 걸⋯⋯."

하고 침상에 앉은 채로 말을 받을 때엔

"아아주, 그런 식물학도 경제학에 있는감!"

무경이는 기쁨이 온몸을 붙든 때처럼 다시 책상 옆으로 가면서

"이 테이블에선 편지 쓰구 공부하구, 저기선 세수하구 양치하구, 또 저기에단 책을 쭈루루니 꽂아놓구⋯⋯."

양복장 있는 데로 가서는 잠옷 한 벌을 꺼내서 침상 위에 놓는다.

"웬 돈이 있어 이렇게 호사를 하구 치레를 했어."

시형이는 무경이의 애정에 대하여 감격하는 기쁜 마음을 그러한 핀잔으로 표현하고 싶었다. 그것이 더 무경이의 마음에 드는지

“피.”

하고 그는 침대에 앉으면서

“아아주 주인인 체하시네. 허긴 인제 주인이지 머. 어머니도 금년부턴 진심으로 허락하셨으니까…… 인제 또 평양 댁의 허락이 있어야지만…….”

또다시 시무룩해지다가 시형이의 왼팔이 제 어깨에 감기니까

“평양 댁에서도 잘 말하면 허락하실 테지. 그렇죠?”

하고 낯을 들어 사내의 얼굴을 쳐다보았다.

“글쎄, 그 안에 있는 동안 아직 아버지 친필룬 한 번도 편지가 온 일이 없었구, 또 무언가 그전 그러던 약혼 이야기도 그러하고 있는 모양이니깐…… 그러나 그런 게 무슨 소용이 있수. 나를 그 속에 있는 동안 물질적으로나 정신적으로나 먹여 살린 게 무경 씨구, 또 그 속에서 이렇게 나를 내온 게 우리 무경인데…….”

시형이는 감격 조로 말하였다. 그리고 안았던 팔을 그대로 꽉 지리싸면서 뜨거운 입김을 무경이의 얼굴에 퍼부었다. 오랫동안 기다렸던 감격 속에 휩쓸리듯이 취하여버리면서도, 무경이는 사내에게 입술만을 주고는 꽉 붙드는 두 팔뚝의 억센 포옹에서 빠져나왔다.

감정과 정서에 주리었던 사내는 미칠 듯한 어조로

“왜? 왜 도망해? 내가 미덥지 못해서 그리우?”

하고 침상에서 쫓아 일어났다. 무경이는 시형이의 감정과 신경의 상태에 깜짝 놀라면서, 그러나 열심스러운 낯으로

“일어나지 마세요. 일어나면 전 가겠어요. 다시 거기 앉으세요.”

하고 명령하듯 외친다. 이러한 기세에 질리어서 사내는 주춤하니 선 채 잠시 동안 자신의 마음을 돌아보는 태도였다. 시형이는 다시 침상에 걸터앉는다. 흥분된 제 가슴의 불길을 끄려곤지 낯을 슬며시 외면한다.

무경이는 시형이의 낯에 수치심의 색조가 떠오르는 것까지 보고는 그 이상 더 사내의 태도를 지키고 앉았을 수가 없어서 창문께로 몸을 피하였다. 그의 가슴도 달락거리는 소리가 들리리만큼 한없이 뛰고 있었다. 맞은편 캄캄한 언덕의 주택지에는 불빛이 빤짝거린다. 하늘에도 까만 호리존* 위에 뿌려놓은 듯한 별들. 마포로 가는 작은 전차가 레일을 째면서 언덕을 기어 올라가는 것이 굽어보인다. 산뜻한 밤공기에 낯을 쏘이면서 천천히 가슴의 동계**를 세어본다.

'역시 그렇게 하는 것이 온당하다. 건강도 건강이려니와, 결혼식까지는 무슨 일이 있어도 우리는 이 이상 감정의 닻줄을 늦춰서는 아니 된다.'

어느새에 땀이 났었는지, 블라우스의 속 갈피를 스치는 바람에 등이 차갑다. 어떤 가볍지 않은 의무를 단행한 때처럼 그는 달콤한 자위 속에 안겨서 언제까지나 언제까지나 이렇게 높은 삼층의 들창으로부터 하늘과 길과 언덕을 바라보고 싶은 심리였다. 그런데 등 뒤에서

"몇 시나 되었을까? 이 년 동안이나 시간을 모르구 지냈는데 밖에 나오니까 어느새 시간이 알구 싶어지는군그래."

하는 느직느직한 오시형이의 소리. 깜짝 놀라듯이 제정신을 부르며 무경이는 몸을 돌렸다. 시형이의 다정스러운 미소.

무경이는 금시에 두 눈을 반짝거리며 핸드백이 놓인 테이블로 쫓아간다. 백을 들고 와선 시형이의 앞에 마주 서며

"내 무어 드리려는지 아세요?"

하고 입술과 눈이 함께 생글생글 웃으려는 걸 꼭 참고 있다.

---

* horizon. 지평선.
** '두근거림'의 전 용어.

"거, 알 수 있나."

하고 능청맞게 대답하니까

"피, 것두 몰라."

그러고는 백을 열고, 크롬 껍질의 묵직한 회중시계를 꺼내서 기다란 쇠사슬의 한끝을 쥐고 대룽대룽 쳐들어 보이고

"이거! 이걸 제가 이 년 동안이나 갖구 다녔에요."

침판을 들여다보고는

"아유 열한 시 반, 이렇게 늦었어!"

그러나 시형이는, 학생 시대부터 졸업한 뒤 여기, 증권 회사 조사부에 취직한 후에까지 언제나 몸에 붙이고 다녀서, 그것을 꺼내볼 적마다

"아유, 무겁지도 않은 감!"

하고 무경이가 놀려먹던 것을 생각하고, 지금 소리를 내어 유쾌하게 웃고 있었다. 이윽고 무경이가 두 발을 모으고

"그동안 덕택에 지각도 안 하고 착한 사람이 되었습니다. 인제 관리인으로부터 소유자에게."

시계를 두 손으로 치켜들고 꾸뻑 인사를 한다. 시형이가 건네어주는 물건을 기쁜 웃음과 함께 받으니까

"보관료는 톡톡히 내셔야 해요."

하고 또다시 웃음 조로 다짐을 받고 핸드백을 챙긴 뒤에 갈 차비를 차렸다.

"내일 아침 이르게 들릴게요. 허긴 시계가 없어져서 지각할는지두 모르지만……. 이내 불 끄고 푸욱 쉬이세요."

그러나 시형이는 시계를 놓고 뒤따라 일어섰다. 잊어버린 것을 채근하려는 듯한 성급한 표정이다. 구두를 신고 섰는 무경이의 곁으로 쫓아올 때, 무경이는 그러나 그러한 것에는 일부러 신경이 미치지 못하는 척, 이

내 도어를 열고 복도로 빠져나오면서 손가락을 제 입술에 대어 키스를 건 넬 뿐, 이미 가라앉은 두 사람의 가슴에 다시금 불을 지르려 하진 않았다.

조용해진 아파트를 나와서 안전지대 위에 섰다. 전차를 기다리며, 삼 층, 오시형이가 들어 있는 방을 쳐다보니 불이 꺼졌었다. 무경이는 안심 한 마음을 품고 돌아갈 수 있을 것 같았다.

—아침 일찍 짐을 올려다가 방을 정돈해주고, 의사를 불러다가 건강 진단을 시키고, 어머니와도 정식으로 대면시키는 기회를 만들고, 옳지, 신원보증인으로 아파트의 주인을 교섭해서 경찰서로 알릴 일이 무엇보다 도 바쁘고…….

안국동에서 전차를 버리고 그는 그러한 생각에 잠겨서 집을 향하여 걸 었다. 길에는 사람의 내왕조차 드물다. 그는 집이 가까운 것을 느낀 뒤에 야 비로소 젊은 여자가 거리를 걷는 시간으로선 지나치게 늦은 시각인 걸 생각하고 걸음을 재게 놀리며 골목 어귀를 휙 돌았다. 그때에 어떤 신사 와 마주칠 뻔하고, 그는 깜짝 놀라 비켜섰다. 노타이셔츠에 회색 양복을 입고 파나마를 쓴 뚱뚱한 신사— 그는 잠시 손을 모자 차양에다 대고 실 례의 인사를 표하고는 무경이의 옆을 돌아 큰 거리로 걸어 나갔다. 그러 나 무경이는 움직이지 못하고 한참 동안 그 자리에 서서, 신사가 섰던 곳 에 신사의 환영을 붙들어 세워놓고, 가슴이 받는 충격을 가라앉히기에 애 를 쓰는 것이다.

골목 안에는 물론 제집만이 있는 것은 아니었다. 스무남은 집이나 남아 쪼르르니 문패가 달려 있다. 지금 골목을 나간 신사가 어느 집 대문으로부 터 나온 사람인지, 혹시 집을 찾으려 골목 안에 들어왔다가 헛물을 켜고 돌아 나가는 사람인지, 그것은 모두 무경이에게는 알 수 없는 일인지 모른 다. 그러나 무경이는 첫눈에 그 신사가 자기 집 대문에서 나오지 않았는가 하는 착각을 받았고, 그리고 지금 그 신사는 하곡이라는 아호를 가진 부채의 주인공은 아니었을까, 하는 엉뚱한 생각에 붙들려 있는 것이다.

무경이의 가슴은 다시 무거운 압력 속에서 불쾌스러운 동계를 시작하였다. 대문이 저만큼 보인다. 문은 닫혀 있고, 문등은 떼꾼하게 요강 덩이처럼 달려 있고…… 언제나 즐거움을 가지고 드나들던 이 대문이 어쩐지 께름칙하게 느껴져서 견딜 수 없다. 그러나 그는 그쪽을 향하여 걷지 않을 순 없었다.

대문을 미니까 달랑달랑하는 종소리를 내면서 제대로 열려졌다. 식모가 나왔다. 자던 눈이다.

"아가씨 지금 오세요?"

무경이는 대답하지 않고 대청으로 올라서서 어머니 방을 건너다보았다. 자리에 누웠다가 일어난다. 아무 구석을 맡아보아도 사람이 다녀 나간 기척이 없어서 그는 비로소 의심에 붙들렸던 가슴을 가라앉힌다. 그러나 제가 쓸데없는 억측에 붙들렸던 만큼 제 마음에 대하여 염증과 혐오감이 따르는 것은 어떻게 할 수도 없었다.

"지금 오니?"

하고 어머니는 푸른 등을 끄고 촉수가 강한 전등으로 실내를 밝힌다.

"네."

나직이 무경이는 대답할 뿐. 그러나 대청 한복판에 유쾌하지 못한 심화를 품고 서 있는 채 그는 움직이지 못한다.

"그래 오늘은 나왔니?"

"네."

"응, 참 잘됐다. 그래 얼굴이 과히 못되진 않았던?"

어머니는 자리에서 몸을 일으킨다. 잠옷도 입지 않고 얄따란 속옷만 입었다. 무경이는 머리가 헝클어진 어머니의 살을 처음으로 보기나 한 듯이, 안방으로부터 눈을 돌리고 캄캄한 제 방으로 뛰어 들어갔다. 어머니가 또다시 무엇이라고 묻는 소리가 들려왔으나, 캄캄한 암흑 속에 떠오르는 것은, 여자로서의 살의 냄새를 잃지 않은, 군살(췌육贅肉)이 목과, 배와, 허벅다리에 알맞추 오르기 시작하는, 어머니의 육체뿐, 만복한 식욕이 지방이 많은 음식물을 대했을 때처럼, 늑지한 군침이 입안에 돌고 비위가 불쑥 목구멍을 치밀어 오르는 것을 무경이는 참을 수가 없었다.

3

이르게 나온다고 약속은 하였지만, 이러구러 집을 나온 것은 여느 때나 다름없는 오전 아홉 시였다. 세탁해두었던 시형이의 여름 양복과 내의를 싸서 구두약과 함께 옆구리에 끼고 아파트에 이른 것은 반 시간이 넘어서였다. 잠시 사무실에 들렀다가 시형이의 방으로 올라가 보니, 그는 잠옷 바람으로 강 영감이 급사와 함께 날라다 준 것이라고 책을 풀어서 서가에 꽂고 있었다.

"제가 차입하지 않은 것도 많은가 보."
하고 무경이는 그의 뒤에 가서 본다.

"어머니가 가끔 부쳐준 걸로 그 안에서 구입해 보았으니까……."

그러고는, 마침 농이*를 풀다가 맨 위에 놓여 있는 작은 암파문고를 툭툭 먼지를 털어서 보이며

"그 안에서 읽은 것 중 내가 가장 감격한 책이 이게요."

---

* 노끈.

하고 허리를 폈다. 무경이는 아무 말도 아니하고 책을 받아 들었으나

"아침을 잡수셔야지. 그리구 내의하구 양복을 가져왔으니까 이걸로 바꾸어 입으시구, 인제 의사를 청해다 진찰을 받으시구, 그러면 어머니도 보러 나오실 거니까……."

"아침은 강 영감이 안내해서 식당에 내려가 먹었구, 어머닌 내가 찾아가 뵈어야지."

"으응, 인제 나오신댔는데……."

보꾸러미를 탁자 위에 놓은 뒤에야 의자에 손을 짚고 서서 무경이는 시형이가 준 책을 보았다. 플라톤의『소크라테스의 변명』,『크리톤』이란 책이었다. 무경이는 '플라톤'과 '소크라테스'의 이름을 들었을 뿐으로, 책의 내용은 알지 못하므로, 그대로 표지와 서문 같은 것을 들춰보고 있는데 오시형이는 잠옷 채로 침상에 앉아서 혼잣말처럼 이야기를 시작하였다.

"소크라테스의 사정이 나의 그때 환경과 비슷한 탓이라구도 말할 수 있겠지만, 오히려 글의 내용에서 오는 감명은 그런 것과는 달리, 나의 환경을 완전히 잊어버리게 하는 데 있는 것 같기도 해. 읽고 나서 나의 정신이 나의 환경으로 다시 돌아오면 오히려 소크라테스의 그 훌륭한 태도는 나의 경우에는 직선적으로 통하지 않는 것 같애 불쾌한 느낌까지 주었으니까……."

물론 무경이에게는 이해되지 않는 독백이었다. 무어라고 대꾸할까를 몰라 멍청하게 서 있으려니 그는 자리에서 일어서서 옷 보퉁이를 끌렀다.

"허허! 오래간만에 만나는 그리운 양복이로구나."

하고 그는 감개무량하게 나프탈렌 냄새가 풍기는 양복을 펼쳐 안았다. 그것을 잠시 보고 있다가 무경이는 경찰서에 신원보증인을 통지한다고 아래층으로 내려갔다. 이 아파트의 주인은 이 집에 살지 않으므로, 대개

언제나 이 아파트에서 잠자리를 갖는 강 영감에게 부탁하여 보증인이 되어달랬다. 그것을 경찰서에 알린 뒤에 다시 그는 오시형이의 방으로 올라왔다.

시형이는 셔츠 밑에 양복바지를 입고 다시 서가 앞에 서성거리고 있었다. 무경이는 신원보증인에 대해서 결정한 대로 알리고 구두약을 가져다가 꼬드라진 꺼먼 구두를 닦기 시작하였다.

"그래 그 안에서 그 책을 다 읽었수?"

하고 솔질을 하면서 무경이가 묻는다.

"어째! 절반이나. 대부분이 불허가니까……."

"불허가?"

하고 깜짝 놀라기나 한 듯이 무경이는 구두 닦던 손을 멈칫하니 붙이고 시형이 편을 본다.

"경제 방면 서적은 전부가 불허가지."

그렇게 대답하면서 시형이는 다시 일어나서 침대에 걸터앉았다.

"그러나 생각해보면 다행이야. 경제학에 관한 서적을 읽었다면 생각을 돌려볼 길이 없었을는지 모르니까. 그런 의미에서 경제학은 나에게 있어서는 변통성 없는 완고한 학문인지도 모르지. 이렇게 무경 씨 얼굴을 명랑한 여름날 아침에 다시 볼 수 있는 건 철학의 덕분인 것이 사실이니까."

시형이의 말하는 투는 보통 대화 조가 아니고 어딘가 연설 같은 느낌을 주는 어조였다.

"경제학과 철학의 차이가 있을라구요. 학문이야 같을 텐데……."

하고 무경이는 제 의견을 나직이 말해보았으나 시형이는 그러한 것에 개의치는 않고 다시 제 생각을 펼쳐보았다.

"내 자신이 서 있던 세계사관世界史觀뿐 아니라, 통틀어 구라파적인 세계사가들이 발판으로 했던 사관은 세계일원론世界一元論이라구도 말할 수 있는 것인데, 이러한 경우에 동양 세계는 서양 세계와 이념을 달리하는 것이 아니라, 동양 세계는 대체로 세계사의 전사前史와 같은 취급을 받아 온 것이 사실이었죠. 종교사관이나 정신사관뿐 아니라 유물사관의 입장도 이러한 전제로부터 출발했단 말입니다. 그러니까 동양이란 하등의 역사적 세계도 아니었고 그저 편의적으로 부르는 하나의 지리적 개념에 불과했었단 말입니다. 그러나 만약 이러한 세계일원론적인 입장을 떠나서, 역사적 세계의 다원성 입장에 입각해 본다면, 세계는 각각 고유한 세계사를 가지고 있다는 것을 알 수도 있고 증명할 수도 있지 않은가. 현대의 세계사의 성립을 이러한 각도에서 이해하려고 한다면 우리가 가졌던 세계사관에 대해서 중대한 반성을 가질 수도 있으니까……."

물론 남이 말하는데 구두를 닦고 있을 수도 없어서, 그대로 귀를 기울이고는 있으나 무경이로선 시형이의 하는 말을 어떻다고 생각할 준비가 없었다. 그래서 뻐끔히 얼굴을 바라보고 있을 뿐이었다. 그러나 시형이는 혼자서 제 자신에게 타이르기나 하듯이 창문을 바라보며 이야기에 열을 올려서 제 이론을 전개해보고 있었다.

"가령 동양이라든가 서양이라든가 하는 개념도 로마의 세계에서 성립된 것이고, 또 고대니, 근세니 하는 특수한 시대 구분도 근세의 구라파 사학에서 성립된 구분이니까, 이런 것에서 떠나서 동양과 동양 세계를 다원사관의 입장에서 새로이 반성하고 성립시킬 필요가 있지 않은가. 이것은 동양인의 학문적 사명입니다. 동양인 학도가 하지 않으면 아니 될 의무입니다."

그는 말을 뚝 끊었다. 그러고는 자리에서 일어났다. 창문께로 가서 오래간만에 맛보는 흥분을 고요히 식히고 있다. 무경이는 구두를 신장 안에 넣고 약과 솔을 치운 뒤에 수도에 손을 씻었다.

"의사를 부르지요. 너무 흥분하셔도 몸에 좋지 않을 텐데……."
하고 말하니까 시형이는 몸을 돌리고 소리 나는 편을 향하였다. 그러나
무경이의 물음에 대답하려 하지 않고 그는 창백해진 낯으로 이렇게 말하
였다.

"독일이 파란,* 노르웨이, 덴마아크를 무찌르고 화란,** 백이의***를 정
복하고 불란서를 항복시켰다는 건 결코 작은 사실이 아니니까. 이러한 세
계사의 변동에 제휴해서 동양인도 동양인다운 자각이 있어야 할 거야."

그러고는 침대로 가서 몸을 눕히었다.

무경이는 무어라고 말할까를 몰랐다. 본시부터 오시형이가 어떠한 사상
을 가지든 그것에 간섭할 생각이나 준비는 저에게는 없다고 생각하여왔
다. 그에게는 오직 안에 있는 사람을 건강한 채로 하루라도 이르게 구하여
내는 것만이 임무라고 생각키어졌었다. 그러니까 지금 오시형이의 열의
있는 독백을 들어도 그것에 관하여 이렇다 할 의견을 건네려 하진 않았다.

그러고 있는데 도어에 노크 소리가 들리고 어머니가 들어왔다.

시형이는 자리에서 일어나서 양복 웃저고리를 두르고 무릎을 꺾어 절
을 하였다.

"그만두시게. 고단한데 안 하면 어떤가. 그래 그 안에서 얼마나 고생을
했었나. 어디 몸이 과히 말쨴**** 데나 없나?"

"네. 건강은 아무렇지도 않은 모양입니다. 밖에 계신 분들께 너무 폐를

끼치구 근심을 시켜서 되려……."

"온 별말을 다 하시지. 이러니저러니 해도 안에서 고생하는 사람에게 다 대겠나."

무경이는 바특바특 웃으면서 어머니와 시형이의 옆에 서 있다가

"어머니 그게 뭐유?"

하고 손에 든 것을 물어본다.

"이거 말이냐? 지금 한약국에 들러서 약을 한 제 지어갖구 오는 길이다. 건강이 아무렇지 않다구 해도 그대로 두어야 쓰겠니. 몸을 보하구 그래야지. 그러구 아침은 일러서 할 수 없다 쳐도 저녁일랑은 집에 와서 먹게 하구, 약도 여기 가스불이 있다군 하지만 그걸로 어디 대릴 수 있겠니. 다리가 처음은 고단하겠지만 내일부터래두 집에 와서 약을 자시구 끼니도 별건 없지만 집에서 자시게 해야지……. 남의 눈도 있구 해서 한집에 있진 못하지만 운동 삼아서…… 그렇지 않니 무경아?"

시형이가 황송한 낯으로 사양의 말을 건네려 하는데 무경이는 이내 어머니의 말을 받아서

"참 그렇게 하시지. 아침두 전 일러서 시간에 대어 먹지만 오 선생님은 어머님이랑 같이 좀 늦게 잡숫게 하시지. 그러구 거기서 책이라도 보시면서 노시다가 점심 잡숫구, 약 잡숫구, 저녁 잡숫구 밤에만 여기 와서 주무시지…… 그렇게 합시다. 며칠은 다리가 아파서 걸어 다니시기 힘들 테니까 오늘은 그저 요 근방에나 조금씩 걸어보시구……."

저희들끼리 사귄 사이라고 불만해했고, 그다음은 '믿지 않는 사람'이라고 꺼려했고, 그가 법망에 걸려 들어간 때에는 더욱더 완고하게 무경이의 생각을 탓하였다. 그러나 다른 일로는 어머니의 성미에 거역한 적이 없는 무경이도 이것만은 귀를 기울이려 하지 않았다. 차입을 대기 위하여 처음

으로 직업 전선에 나서는 것을 보고 어머니는 깜짝 놀랐다. 얼마간 모녀 새에는 의까지 상하였었다. 그러나 무경이는 들으려고 하지 않는 것이다. 밥과 옷은 여전히 집에서 얻어먹고 입고, 제가 버는 봉급으론 오시형이를 위하여 책과 밥을 차입하는 것이다. 이렇게 하기를 이 년— 드디어 어머니는 딸의 열성에 탄복한 것이다.

어쨌든 어머니의 오늘의 태도를 무경이는 감동된 낯으로 바라보았다. 이러한 날이 꼭 찾아올 것을 믿기는 하였지마는 그동안 제가 겪은 곤욕이 큰 만큼, 지금 눈앞에 그러한 장면을 친히 경험하고 있으면, 그의 가슴속엔 쩌릿한 전류가 흐르도록 기쁨은 감격을 자아내는 것이다.

"오정에 너 나올 수 있건 어디서 같이들 점심이라도 먹자. 요 근방엔 어디 식당 같은 게 없니?"

어머니는 시형이의 방을 나가면서 딸에게 말하였다.

무경이도 문지방에 선 채

"이 부근에야 무어 벤벤한 게 있나요. 종로나 본정으로 나가야지. 그럼 내 자동차로든가 전차로든가 모시구 나가께, 어디서 시간 약속하고 기다리시구료."

그래서 결국 본정 입구에 있는 양식당으로 시간을 정하고 그들은 방을 나갔다. 방을 나갈 때 시형이는 종잇조각에 적은 것을 주면서

"전보 한 장 급사 시켜서 쳐주시오. 집에 나왔다는 소식이나 알려야죠." 하고 무경이에게 말하였다. 무경이는 어머니를 따라 아래층으로 내려왔다.

"틈나는 대루 박 의사를 좀 와달랠까요? 그렇잖으면 데리구 나가서 뵈이든지."

딸이 어머니에게 의사의 진찰을 상의하니까

"사정을 아니까 와달래도 오실 거다."

하고 어머니는 대답하였다.

　일이 밀려서 다섯 시를 칠 때까지 잡념에 머리를 쓰지 않은 것은 오히려 다행한 일이었다. 무경이는 점심을 먹고 돌아와서는 오시형이를 삼층으로 데려다 주고 줄곧 사무에 골똘하였다. 그러나 한 가지 일이 끝나고, 다른 일로 손을 옮길 때마다, 자꾸만 어머니의 약속이 머리를 스치곤 하는 것은 어떻게 뿌리쳐버릴 수도 없었다. 일이 바빠서 이내 머리를 털어버리고 장부 정리와 숫자 계산에 정신을 묻었지마는 다섯 시를 치는 소리에 장부를 접고 고개를 들면 다시 어머니의 말이 머리에 떠올랐다.

　유쾌하고도 가벼운 흥분 속에 점심을 먹고 나오는데, 시형이를 앞세워 놓은 뒤에서 어머니는 무경이에게 나직이 귀띔하듯이 말하였던 것이다.

　"너 오늘 몇 시에 나올 수 있니?"

　"네 시면 나오지만 일이 좀 밀려서 다섯 시나 넘어야 퇴근할 거예요."

　"그럼 다섯 시 반까지 경성호텔로 좀 나오너라. 이야기할 것도 있구……."

　"혼자서?"

　"응, 너 혼자만 나오너라."

　이야기는 그것뿐이었다. 그리고 지금 다섯 시 치는 소리를 듣고 장부를 접어 꽂은 뒤에도, 어머니의 이야기란 것을 도무지 상상할 수가 없는 것이다. 무엇 때문에 호텔로 나오라는 것일까. 저녁이나 같이 먹으면서 이야기하자는 뜻인 건 추측할 수 있지만, 점심에 외식을 하였는데 다시 또 저녁을 사준다는 것도 이상하고, 단둘이 언제나 집에서 만나 조용히 이야기할 수 있으면서 새삼스럽게 장소를 밖으로 잡은 것도 알 수 없는 일이다. 오시형이와의 결혼에 대해서 무슨 색다른 이야기라든가 의논이 있는 것일까. 도무지 어인 영문인 걸 상상할 수가 없었다.

"밖에 일이 있어서 나가는데 저녁은 오늘까지만 이 식당에서 잡수세요. 양식보다도 저녁 정식은 화식*을 잘하니까 화식 정식으로 잡수세요. 내 일곱 시나 여덟 시경에 들릴게……."

시형이에겐 그렇게 말해놓고 무경이는 아파트를 나와 전차를 탔다. 호텔에 이르니까 로비에 어머니 혼자 앉아 있었다. 무경이는 그의 앞에 가서 아무 말도 건네지 않고, 힐끗 어머니의 표정을 엿보면서 의자에 앉았다.

"오신 지 오래유?"

하고 물으면서 다시 어머니의 낯빛을 살피니까, 시계를 쳐다보고는

"응, 조금 지냈다."

그러고는 이야기를 시작하거나, 식당으로 들어가잔 말도 없이 그대로 낯을 좀 외면하고 멍청하니 유리창을 바라보고 앉았는 것이다. 어려운 말을 시작하기 전에 사람들이 항용 가지는 자리 잡히지 않은 태도였다. 얼굴엔 무표정을 의장하지만 속에는 여러 가지 궁리가 오락가락하고 초조한 조바심까지 문풍지처럼 바람에 떨고 있는 것이다.

무경이는 질식할 듯한 시간을 오래 끌고 나아가기가 안타까워졌다. 무슨 어렵고 놀라운 이야기라도 쏟아져 나오기를 기다리는 긴장된 자세가 오랫동안 계속해 나아가면 신경은 피곤에 시달려 관자놀이께가 쑤시는 것 같은 착각까지 느껴진다. 그는 드디어 결심한 듯이 낯을 들고

"무슨 말인지 어서 하시구려."

하고 어머니를 쳐다본다.

"응?"

---

* 和食. 일본의 전통 방식으로 만든 음식이나 식사.

하고 낯을 돌렸으나 다시

"응, 인제 좀 있다가……."

그러고는 무경이의 뚫어지게 바라보는 눈초리를 피하여 낯을 외면한다. 그러나 무엇을 생각하였는지 어머니는 결심의 표정으로 낯빛이 해쓱해진 얼굴을 다시금 무경이에게로 돌리면서

"이야기랄 건 별로 없구, 어차피 네게 알려야 할 일도 있구…… 그래서 오늘 누굴 네게 소개하련다."

하고 더듬더듬 말하였다. 이야기를 끝마치고 난 어머니의 얼굴에는 흥분 탓인지 혹은 부끄러움 때문인지 붉은 혈조가 볼편과 눈 가상이에 엷게 떠오른 것같이 보여졌다. 이야기한 것을 따지자면 내용은 분명치 않았으나, 그런 것을 천착해볼 겨를도 없이, 어머니의 태도와 표정에서 무경이는 대번에 사건의 핵심을 이해하는 것이었다. 그러나 그것이 무엇인지를 딱히 제 머릿속에 깊이 의식하지도 못했을 때에, 유리 밖으로 층계를 올라오고 있는 한 사람의 신사를 발견한 어머니의 두 눈은, 벌써 당황의 빛이 농후해진 표정 속에서 저으기 침착성을 잃고 있는 것처럼 무경이에겐 느껴졌다.

아래층 클락*에 모자와 단장을 맡겼는지, 맨머릿바람에 바른손에는 단장 들던 버릇으로 부채를 약간 치켜서 들고 흰 양복 입은 신사는 그들이 앉아 있는 곳으로 가까이 왔다. 기품 있게 갈라 재운 머리는 짧게 다듬은 수염과 함께 희끗희끗 흰 적이 섞여 있었다. 무경이는 얼른 그의 부채를 보았다.

어머니가 자리에서 일어났을 때 오십을 넘어 얼마가 되었을 점잖은 사

내는

"오래 기대리셨지요?"

하고 미소를 띠어 어머니께 인사한 뒤에 다시

"아, 이분이 무경 양이시군. 이야기론 늘 들었었지만 여태 뵈온 적이 없었군요. 난 정일수鄭─洙라고 합네다. 바쁜데 나오시라구들 해서……."

하고 무경이를 바라보았다. 무경이는 지금 자기가 경험하고 있는 사태와 입장을 엉겁결에 의식하면서 굳어진 몸자세대로 고개만 약간 수그려 보인다. 그러니까 정일수 씨는 옆에 와 섰는 보이에게

"준비가 되었지요?"

하고 물은 뒤

"자, 그럼 저리루들 들어가시지."

무경이와 어머니에게 뜰 안을 가리키었다.

따로 떨어진 방 안에서 그들은 광동 요리를 먹었다. 일이 고되지나 않은가, 아파트란 것도 새로 생긴 경영 형태지만 요즈음 주택난과 하숙난이 심하니까 상당히 중요성을 띠겠다든가, 야마도 아파트엔 방이 얼마나 되는데 그것이 전부 꼭 찼는가, 하는 등속의 이야기로부터, 건축난, 주택난에 대해서 말이 옮아가고, 그러는 동안에 저녁은 끝났다. 그러한 정일수 씨의 말에는 어머니가 가끔 대꾸를 하였을 뿐, 무경이는 묻는 말이나 마지못해 나직이 대답하는 정도로 침묵을 지키지 않을 수 없었다. 먹는 것이 끝나니까 정일수 씨는 시간 약속이 있다고 먼저 나가고 모녀간만이 잠시 뒤 방 안에 남아 있었다. 무경이는 음식도 많이 먹지 않았으나, 단둘이 되었어도 혼자서 무엇을 생각하고 있는지 별로 이야기를 건네려 하진 않았다―물론 어젯밤 집 앞에서 부딪칠 뻔하였던 그 신사는 아니었다. 그러나 정일수 씨가 하곡이라는 아호를 가진, 산수 그린 부채의 주인인 것

은 틀림없는 사실이었다. 점잖고 단정하고 기품이 있는 신사의 얼굴을 께름칙하게 생각하여보기는 이것이 처음이라고 그는 막연히 제 심리를 뒤적여보고 앉아 있다. 어머니는 혼잣말하듯이 뜨즉뜨즉이* 이야기를 시작하였다.

"네겐 너무 돌연스레 된 일이 돼서 서먹서먹하구 어인 셈판인 걸 모를 게다. 그러나 벌써 오래전부터 있어왔던 이야기이다. 내가 세브란스에 있을 때니까 십 년이나 되지 않니. 그때부텀 여태껏 사람을 다릴 놓아서 말을 붙이구, 또 스스로 면대해서도 말하는 걸 나는 십 년을 여일하게 거절해왔었다. 사람이나 그 집 내력이야 무어 하나 탓할 데 없는 분이지만 내가 널 두구 새삼스레 무슨 결혼을 하겠니. ……그랬더니 어쩐 셈판인 걸 나도 모르겠다. 너희들 사일 허락하구 나니 마음이 갑자기 탁 풀려버리는구나. ……자식들이 있다지만 다 장성들 해서 시집보낼 덴 시집보내구 아들은 세간까지 내서 딴살림을 배포해주었단다. ……나이도 인제 사십을 넘으니까 어찌 된 일인지 늙은 몸을 의탁하구야 살아갈 것만 같구나. 어줍잖게 생각치 말구 에미 하는 짓을 웃구 쓰러쳐 버려라. 너희들 예식이나 올려주군 천천히 어떻게 채비를 대일까 한다만……."

어머니는 죄 지은 사람처럼 딸의 눈치를 살펴가며 간단히 그렇게 말하였다. 무경이는 여태껏 제가 품고 있던 생각이 다른 감정으로 뒤바뀌는 것을 경험하고 묵묵히 앉아 있다. 눈시울이 따가워서 손수건으로 그것을 묻혀내었다. 마흔 둘! 아직도 어머니는 젊다.

─나는 왜 좀 더 이르게 어머니의 행복에 대해서 생각해보지 못하였을까. 딸 하나만으로 젊은 어머니가 행복될 수 있으려고 얼마나 많은 무리無

---

* '띄엄띄엄'의 방언.

理가 그곳에 감행되었을까. 그렇던 나마저 어머니의 옆을 떠나면서 어째
서 나는 어머니의 행복에 대해선 터럭만큼도 생각함이 없었을까. 스물에
홀몸이 되셔서 나 하나만을 위하여 청춘을 불사르고 화려한 꿈을 짓밟아
버린 어머니가 아니냐. 이제 무슨 염치에 나는 어머니에 대해서 심술이나
투정을 부리려고 하는 것일까. 어머니도 나머지 여생을 행복되게 보내셔
야 한다.
　─무경이는 눈물을 숨기지 않고 낯을 들어 어머니를 건너다보았다. 젊
은 시절의 사진처럼 어머니의 얼굴엔 아름다운 살결이 아지랑이에 싸여
있는 것같이 눈물 어린 눈에는 비치어졌다.
　"엄마!"
하고 소리를 내어서 무경이는 어머니의 무릎에 낯을 묻었다.

　어제 좀 지나치게 걸었더니 발바닥이 솔고 다리가 아프다고 시형이는
식당에서 아침을 먹고는 이내 침대에 누워서 잡지와 신간 서적을 뒤적거
리고 있었다. 내일부터나 화동 집으로 약과 밥을 먹으러 가겠다고 그는
말하고 있다.
　무경이는 사무실에서 임금 전표를 정리하면서, 어떤 기회에 어머니와
정일수 씨의 결혼 이야기를 시형이에게 전달할 것인가 하고 가끔 생각에
잠겨보곤 한다. 펜을 전표 위에 세운 채 가만히 생각해본다. 이치로 따져
보거나, 여태껏의 어머니의 생애를 생각해보거나, 무경이로 앉아 응당히
기뻐하고 찬성해드릴 일임에 틀림없었으나, 하루를 지내놓고 어머니가
없는 곳에서 문득 생각이 그곳에 미치면, 가슴이 뜽하고는 지그시 심장을
압박하는 가슴의 동계가 마음을 한없이 설레게 하는 것이다. 그러고는 누
를 수 없는 심술이 두 눈에 심지를 꽂아놓는 것이다.

'내가 왜 이럴까. 어머니와 나와의 평화하고 행복된 생활을 먼저 파괴하고 나선 것은 내가 아닌가. 어머니의 고백에 의하면 어머니는 십 년 동안 나와의 행복을 지키기 위해서 정일수 씨에게 고집을 세웠다고 한다. 나는 어머니를 위해서 무엇을 했나. 기독교의 신앙과 풍속 가운데서 안온한 생활을 이어나가려는 어머니의 마음을 슬프게 교란시킨 것은 내가 아닌가. 기독교율에 의탁해서 젊은 정열을 희생하고 속세적인 행복에서 자기를 격리시킨 뒤, 그 가운데서 성실한 생활을 설계해보려던 어머니에게 있어, 딸이, 단 하나의 딸이 예수교의 교율을 거역했다는 것은 얼마나 타격적이고도 슬픈 일이었을까. 어머니의 결혼이 만약 유쾌치 못한 성사라면, 그것의 원인을 이룬 것은 다른 사람 아닌 내가 아닌가?'

이렇게 수없이 자기 자신을 탓하면서, 이러한 생각을 고스란히 그대로 그에게 들려주면, 처음에는 놀라고 수상쩍게 생각할는지 모를 시형이도, 마지막에는 모든 것을 깊이 이해하게 될 것이라고 생각하는 것이다. 그렇게 생각하고 나면 그는 일시 유쾌한 상상을 머리에 그려보게 되기도 한다.

―우리 결혼식이 있은 뒤엔 또 한 쌍의 신랑 신부의 혼례식이 있을 텐데, 그게 누굴는지 아세요? 그게 바로 우리 엄마라나, 하고 말하면 아마 오시형이는 깜짝 놀라 경동을 할 것이다. 생각하면 우습기도 해서 그는 혼자 발씬하니 웃고 다시 장부를 들친다.

"허허어. 생각하면 생각할수록 기쁜 일이렷다."

하고 멋도 모르는 강 영감은 시형이가 출감한 것에다 둘러붙여서 무경이의 웃음을 놀리려 들었다. 그때에 시계가 열한 시를 쳤다. 그것이 다 치는 동안을 기다려서 무경이는 등을 돌리고

"제가 무엇 때문에 웃는 줄이나 아시구 그러세요."

하고 말하였으나, 그때에 사무실 밖에 한 사람의 신사가 자동차를 내려서

들어온 때문에, 강 영감도 무경이도 함께 이야기를 중단하고 그편으로 시선을 돌렸다.

신사는 아파트의 현관을 들어서서 그대로 위층으로 뻗어 올라간 층계를 잠시 바라보듯 하였으나, 이내 사무실 쪽으로 낯을 돌리고 가까이 오면서

"이 아파트에 오시형이라는 사람이 있습니까?"

하고 밖에 앉은 강 영감에게 물었다.

"네, 삼층 삼백이십삼호실에 계십니다. 삼층에 올라가셔서 그저 이십삼호실만 찾으시면 되겠습니다."

하고 무경이가 의자에서 일어서면서 사무적으로 대답하였다. 신사는 흘낏 무경이의 낯을 건너다보았으나, 이내 의식적으로 시선을 피하듯 하고, 막연히 사무실의 구멍을 향해서 사의를 표하듯 모자 끝에 손을 댄 뒤, 흰 단장 끝으로 복도의 바닥을 짚어서 위의를 갖춘 뒤에 알맞추 비대한 몸을 층계 위로 옮겨놓았다. 무경이는 첫눈에 오십을 넘었을까 말까 한 이 신사의 풍채에서 평양서 부회 의원과, 상업회의소에 공직을 가지고 있다는 오시형이의 아버지를 간파하였다. 그럴수록 신사의 태도에는 자기에 대한 어떤 모멸감이 들어 있는 것 같은 느낌을 털어버릴 수는 없었다. 무경이는 그의 찾아옴이 너무 돌연스럽고, 그의 태도에서 오는 위압과 모멸감이 너무 몸에 부치는 것 같아서 의자에 앉을 염도 못 하고 멍청하니 그곳에 서 있었다.

"오 선생의 춘부장 되는 양반이신가?"

하고 묻는 강 영감에게 무어라고 대답해주어야 할 것인가 당황했으나

"그런가 봐요."

하고 새파랗게 질린 채 나직이 대답해줄밖에 딴 도리가 없었다. 자기네들

의 사정을 알고 있기는 하지만 상세한 집안 내용까지는 모르고 있는 강 영감이었다. 무경이와 시형이의 관계를 평양 있는 그의 아버지는 인정하지 않으려고 하던 것, 그는 그대로 도지사를 지냈다는 지명 있는 명사의 딸과 약혼설을 진척시키고 있던 것— 이러한 미묘한 사정은 아무것도 모르고 있는 강 영감이다. 그러니까 시형이의 아버지의 방문과 그의 태도에서 받는 충격에 대해서 그는 아무것도 이해할 길이 없을 것이다.

무경이는 가만히 자리에 앉아서 다시 펜을 들었으나 머리를 사무에 묻을 수는 없었다.

이 년 동안 친필로는 편지도 안 하였다던 아버지가 전보를 받고 아들을 찾아왔다. 물론 부자간의 정의로 당연한 일임에 틀림은 없으나, 사상과 여러 가지 가정 문제로 의견을 달리하던 부자가 오늘 이 년 만에 만나서 다시 아름답지 못한 충돌이나 거듭하지 않을 것인가. 그동안 아버지는 아버지대로, 아들은 아들대로 제가 가졌던 생각과 태도와 고집에 대해서 반성하는 곳도 양보하는 곳도 생겼을 것이다. 아버지는 과연 아들의 결혼 문제를 순순히 허락할 만한 준비를 가지고 올라온 것일까. 불안과 궁금증과 초조와 공포심과 의혹이 뒤섞이고 합치고 엇갈려서 무경이는 고개를 푹 수그린 채 정신없이 사무를 보고 앉아 있다.

한 삼십 분 만에 시형이의 아버지는 층계를 내려왔다. 그러나 단장도 모자도 두고 잠시 다니러 나오는 모양이었다. 얼른 눈을 유리창 밖으로 돌렸으나 그의 태도와 무표정한 얼굴로부터는 아무러한 암시도 받을 수가 없었다. 두 사람 사이에 이야기는 순조롭게 진척이 된 모양같이 느껴지기도 하였다. 그러나 그는 맨머릿바람으로 어디를 나가는 것일까? 그는 나갔다가 한 십 분 만에 다시 돌아와서 역시 사무실 쪽을 보고 못 본 척, 무표정한 얼굴에 위엄기만을 나타내고 층계를 올라가 버렸다. 무경이는 어디다가 발을 붙이고 공상의 줄을 뻗어볼 수가 없었다. 그런데 또다시 한 이십 분 만에 자전거 탄 양복장이가 샘플을 보꾸러미에 싸가지고 아파트를 들어와서 꾸뻑 인사를 하고 위층으로 올라가려 하였다.

"어디로 가십니까?"

하고 강 영감이 소리를 치니까, 양복 점원은 멈칫하고 층계에 한 발을 올려놓은 채 이편을 바라보며

"삼층 이십삼호실입니다."

하고 말하였다. 이편에서 별로 말이 없으니 점원은 그대로 위층을 향하여 올라가 버렸다. 열두 시의 사이렌이 울었다. 양복장이는 주문을 받았는지 인사성 있게 웃어 보이면서 사무실을 지나 밖으로 나갔다. 그러나 그와 엇바뀌듯이 하여 이번에는 구둣방에서 찾아왔다. 자전거 뒤에다 커다란 트렁크를 두 개나 싣고 온 양화 점원은 모자를 벗고 공손히 사무실 앞에서 안내를 구하였다. 강 영감은 신이 나서 대답하였다. 양화 점원이 올라가는 것을 물끄러미 바라보고는 무경이 쪽을 돌아보면서

"아버지가 오시더니 양복 짓구 구두 사구 한 벌 미끈히 채려 내세우실 모양이군."

하고 반갑게 웃었다. 무경이는 펜대를 든 채

"그런가 봅니다."

하고만 대답한다. 그는 지금 속으로 적지 아니 불안스러운 사태를 한 갈피 분석해보듯이 뒤적여보고 앉았는 것이다.

'아까 시형이의 아버지가 맨머릿바람으로 밖에 나갔던 것은 양복점과 양화점을 부르러 갔던 것임에 틀림없다. 여기서는 멀리 떨어져 있는 두 상점을 부르기 위하여 그는 전화를 걸었을 것이다. 전화를 걸러 밖으로 나갔던 것이다. 그는 어째서 일부러 전화를 걸러 밖으로 나갔던 것일까?

사무실 전화를 쓰지 않고 일부러 밖으로 나간 것은 무슨 때문일까?'

여기까지 생각해보고는 무경이는 잠시 멈칫하니 물러선다.

'나를 피하기 위하여, 나의 낯을 대하기가 싫어서 나 있는 사무실의 전화를 쓰지 않기 위해서, 그는 밖으로 딴 전화를 찾아 나갔던 것임에 틀림없다!'

이렇게 단정하기엔 여러 가지 주저가 따라왔다. 무경이로 앉아 차마 그렇게 생각해버릴 수가 없는 것이다.

그것은 무엇을 의미하는가. 오시형이의 아버지가 무경이를 모욕하는 것으로 된다. 무경이와 시형이의 관계를 인정하지 않겠다는 증거로 된다.

그래서 무경이는 생각을 딴 데로 돌려보려고 애쓰는 것이었다. 그러나 시형이의 아버지가 밖으로 나갔던 것을 무엇으로 설명할 수 있을 것이며, 그의 무경이에 대한 태도를 어떻게 해석해볼 수 있을 것인가.

―정식으로 대면이 있기 전에 며느리 될 사람을 이런 처소에서 만나는 것을 꺼리는지도 모르지. 직업이 나쁜 것은 아니나 역시 그들의 습관으로 보아 이러한 처소에서 며느리 될 여자와 낯을 대한다는 것은 아름답지 못한 일일는지도 모르지. 그래서 그는 일부러 사무실 쪽을 못 본 척, 무경이의 존재를 무시하려고 애쓰는 것인지도 모르지.

한참 만에 구둣방 점원도 나가고, 또 얼마 뒤엔 오시형이의 아버지도 이번엔 모자와 단장을 쓰고 들고 시형이의 방으로부터 내려와서 밖으로 나갔다. 시형이는 그의 아버지가 나간 뒤 십 분이나 지나서야 아래층으로 내려와서 사무실에 얼굴을 나타내었다.

"아버지가 오셨어!"

그렇게 말하고는

"이거 구두두 한 켤레 얻어 신었는걸! 이게 원 오십오 원이라나!"

번쩍 다리를 들어서 보였다.

"어제 전보를 보시구 오신 게로군요."

하고 천연스럽게 무경이도 대꾸하면서 자리에서 일어났다.

"아침 차에 내리셨답니다."

"그럼 어디 여관에 들으셨게?"

"저, 무언가 비전옥에!"

무경이는 앞서서 사무실을 나와서 식당으로 갔다. 점심도 주문해놓고 두 사람은 빠끔히 마주 쳐다보았다. 묻고 싶은 사연이 한두 가지가 아니었으나 무경이는 그것을 토설하기가 어쩐지 무서운 생각이 났다.

"아버지가 종내 꺾이었지. 아무 말씀 없이, 몸이 과히 상한 데나 없니 하고 물으시던데……."

하고 벌쭉벌쭉 웃어서, 무경이도 따라 웃었다. 그러나 무경이는 제 질문을 꾹 눌러서 억제하며 다시 시형이의 말을 기다리려는 자세를 취한다.

"부자간의 정리란 우스운 건가 봐."

하고 시형이는 혼잣말처럼 지껄였다.

"이 년 동안이나 편지 한 장 없으시던 분이 나왔다니까 그날로 쫓아오신 걸 보면."

무경이는 그러한 말에도 별로 대꾸하지 않았다. 주문한 점심이 와서 두 사람은 덤덤히 식사를 마쳤다. 다 먹고 나서 차를 마시며 시형이는 다시

"아버지가 시굴로 내려가자는군그래."

하고 무경이의 낯을 건너다보았다. 무경이는 그때에 가슴이 뚱하고 물러앉는 것 같은 충격을 경험하였으나 애써 낯색을 헝클지 않으려고 노력하면서 입에 가져가던 찻종만 그대로 들고 있었다.

"몸두 쇠약했는데 서울 있어가지구야 치료가 되겠니, 집에 가서 몸이

나 좀 추세거던 어디 온천에라도 가서 정양을 해야지, 그리군 또 재판소에서도 이런 데서 주소도 일정치 않구 옛날 친구라도 내왕이 있구 그러면 앞으로 예심 종결이나 공판에도 지장이 생기지 않겠느냐구……."

아버지의 말을 옮기듯 하고는 찻종으로 눈을 가리며 훌쩍 차를 마셨다.

무경이는 마음이 좀 진정되는 것을 느꼈으나 시형이의 말에 대해서 무어라고 대꾸할 만한 기력은 생기지 않았다. 그들은 식당을 나왔다. 테이블을 돌아 나오려고 할 때에 무경이는 가벼운 현기증을 느끼고 잠시 탁자 언저리를 붙든 채 서 있다가 간신히 시신경에 힘을 주면서 시형이의 뒤를 따라 복도로 나왔다.

복도에 나와서는 곧바로 층층계를 향하여 걸었다. '제칠천국' 같다고 하던 계단을 하나하나 올라가면서 무경이는 덤덤히 생각에 잠긴다. 아파트에 들어와서 침대에 걸터앉는 시형이의 낯을 보고야 무경이는 의자에 앉으면서

"도휘 공기도 나쁘구 그런데, 갈 데만 있으문야 조용한 데로 가셔야죠. 그리구 재판소에서도 역시 서울서 빈둥거리는 것보다는 가정이 있는 곳으로 가 계시는 걸 좋아할 거예요."

하고 비로소 명랑한 어조로 말하였다. 시형이는 힐끗 무경이의 웃는 낯을 건너다보았으나, 그의 심정을 모를 만큼 둔감도 아니란 듯이 침대에 눕더니

"옛날과는 모든 것이 다른 것 같애. 인제 사상범이 드무니까 옛날 영웅심리를 향락하면서 징역을 살던 기분도 없어진 것 같다구 그 안에서 어느 친구가 말하더니…… 달이 철창에 새파랗게 걸려 있는 밤, 바람 소리나, 풀벌레 소리나 들으면서 잠을 이루지 못할 때엔 고독과 적막이 뼈에 사무치는 것처럼 쓰리구……."

그렇게 가느다랗게 독백처럼 말하고 있었다. 무경이는 돌아서서 창밖을 바라보는 척하면서 수건으로 가만히 눈을 닦았다.

그렇게 하고 사흘째 되는 날이다. 한 달을 두고 가물던 날씨가 물크고 무덥고 그러더니 드디어 장마가 시작되었다. 비가 내리다간 그치고 그쳤다간 또 맥없이 내리고 하는 오후에, 오시형이는 제 아버지를 따라 평양으로 떠났다. 종내 그들은 무경이를 정식으로 알려고도 소개하려고도 하지 않았으나, 무경이는 그런 것에 개의하지 않고 정거장까지 나가서 시형이의 떠나는 것을 보았다.

정거장을 나와서, 아주 영영 돌아오지 않을 사람을 떠나보낸 것 같은 슬픈 심회를 가슴에 지니고 비 내리는 전차에 올라탔다. 후줄근히 젖어서 물이 흐르는 우장 외투를 그대로 입은 채 그는 사무실에도 들르지 않고 곧바로 시형이가 들었던 방으로 들어가는 것이다.

새 양복과 바꾸어 입은 뒤 아무렇게나 벗어 던지고 간 세탁한 낡은 시형이의 양복이 침대 위에 뒹굴고 있었다. 신장을 여니까 무경이가 손수 닦았던 꼬드라진 낡은 구두도 초라하게 들어 있었다. 테이블 위에는 수국의 화분— 며칠째 물을 못 먹고 그것은 희끄무레하게 말라들고 있었다. 다시 물감을 부어도 빨개질 것 같지도 파래질 것 같지도 않게 시들어버리고 있었다.

—시형이를 위하여 얻었던 방이었다. 시형이를 맞기 위해서 저금통장을 빈털이를 만들면서 장식해보았던 방이었다. 그는 이제 가버리고 여기엔 없다.

—시형이를 위하여 나섰던 직업 전선이었다. 시형이의 차입을 대기 위해서 선택하였던 직업이었다. 시형이도 나오고 이제 직업도 목적을 잃어

버렸다.

무경이는 가만히 앉아서 빗발이 유리창 위에 미끄러지는 것을 물끄러미 바라보고 있다. 회색빛의 멍한 하늘이 얼룩하게 얼룩이 져서 보인다.

어머니에겐 정일수 씨가 생기고, 이제 나는 어머니에게도 필요하지 않은 딸이 되었다. 울고 싶은 생각도 나진 않는다, 그저 제 몸에서 빈 껍질만 남겨두고 모든 오장과 육부가 몽땅 빠져나가는 경우가 있었으면 하고 막연히 그런 경지를 생각해보고 있었다.

그런데 똑똑 노크 소리가 나고 급사가 문을 열었다.

"주인님이 나오셔서 장부 좀 보시잡니다."

급사의 말에 그는 정신을 차려 몸을 일으켰다. 그는 문에 쇠를 잠그고 층계를 내려갔다. 내려가면서 점점 제 다리에 기운이 생기는 것을 느꼈다.

'방도, 직업도, 인제 나 자신을 위하여 가져야겠다!'

그런 생각이 사무실을 들어설 때에 그의 마음속에 이루어지고 있었다.

—『맥』, 을유문화사, 1947.

맥麥

1

　삼층 이십이호실에 들어 있던 젊은 회사원이 오늘 방을 내어놓았다. 얼마 전에 결혼을 하였는데 그동안 마차운 집이 없어서 아내는 친정에, 그리고 남편인 자기는 그전에 들어 있던 이 아파트에 그대로 갈라져서 신혼 생활답지 않게 지내오다가 이번에 돈암정 어디다 집을 사고 신접살림을 차려놓기로 되었다 한다. 오후 여섯 시가 가까운 시각, 아마도 회사의 퇴근 시간을 이용하여 양주가 어디서 만난 것인지 해가 그물그물해서야 회사원은 색시티가 나는 아내와 함께 짐을 가지러 트럭과 인부를 데리고 왔다. 인부가 한 사람 있다고는 하지만 삼층서 밑바닥까지 세간을 나르고 그것을 다시 트럭에 싣고 하기에는 이럭저럭 한 시간이 걸렸다. 최무경崔武卿이는 아파트의 사무원일 뿐 아니라 회사원이 있던 방이 바로 제가 들어 있는 옆방이어서 여자의 몸으로 별로 손을 걷고 거들어줄 것은 없다고 하여도 짐이 다 실리는 동안 아래층 사무실에 남아 있어서 그들의 이사하는 모양을 바라보고 있었다. 사무실에서 일을 보는 늙은 강 영감이 제법 위아래로 오르내리며 짐을 챙겨도 주고 양복장이며 책장이며 탁자며 하는 육중한 것은 한 귀를 맞들어서 인부와 회사원과 함께 운반에 힘을 돕기도 하였다.

짐을 대충 실어놓고 회사원은 아내와 같이 사무실로 들어왔다.

"부금敷金 일백오 원 중에서 이번 달 치가 오늘까지 이십팔 원, 그것을 제하고 칠십칠 원이올시다."

미리 준비해두었던 지폐를 손금고에서 꺼내서 최무경이는 그것을 회사원에게로 건네었다. 회사원은 한 손으로 받아서 약간 치켜들 듯하여 사의를 표하고 그것을 그대로 주머니에 넣으려고 한다.

"세어보세요."

그러한 말에 회사원은, 무어 세어보나마나 하는 표정을 지어보았으나 다시 어떻게 생각하였는지 넣으려던 지폐를 꺼내서 불빛에다 대고 손가락에 침도 묻히지 않으면서 한 장 두 장 세어보고 있다.

"꼭 맞습니다."

하고 낯을 들었을 때 무경이는 펜과 영수증을 놓으면서

"영수증이올시다. 사인하시고 도장 쳐주십시오. 수입 인지는 아파트 쪽에서 한턱내었습니다."

하고는 회사원의 아내를 바라보며 웃었다. 젊은 아내는 무경이의 웃음에 따라서 흰 이를 내놓고 웃었다.

"고맙습니다."

영수증을 받아서 서류와 함께 금고에 챙긴 뒤에 무경이는 두 신혼부부의 낯을 새삼스레 쳐다보았다. 행복에 넘친 듯한 얼굴들이다. 진부한 형용이지만 역시 행복에 넘쳐 있는 표정이라는 말이 제일 적절할 것처럼 무경이는 생각하는 것이다.

"저어 돈암정 바로 삼선평이올시다. 거기서 바른쪽으로 향해서 들어가면 새로 분할한 주택지가 있습니다. 큰 골목으로 접어들어서 다시 셋째 번 골목 둘째 집이 저희들 집이올시다. 사백오십번지의 십칠호. 한번 교외에 산보 나오시는 일이 계시건 찾아주시기 바랍니다."

아무리 총명한 사람일지라도 이러한 지도의 설명을 잊지 않을 사람이 없을 것이언만 사람들은 노상에서 만난 친구들께 곧잘 이러한 방식으로 제집의 주소를 가르쳐준다. 그러나 듣는 사람도 또 지금 말하는 설명을 모두 머릿속에 챙겨 넣기나 한 듯이

"네 네, 한번 나가면 꼭 들르겠습니다."

하고 대답하는 것이었다. 무경이가 들르겠다는 말을 진심으로 믿는 것인지 아마 그들 자신도 딱히 그러한 모든 것을 의식하면서 건네는 인사는 아닐 것이나 두 부부는

"고맙습니다."

고 가지런히 인사를 하였고, 다시 회사원은 문밖으로 아내가 나가버린 뒤에도 문턱 안에 남아서

"덕택에 참 내 집이나 진배없는 생활을 할 수 있었습니다."

하고 사례를 말하였다. 두 사람은 어둠의 장막이 내려 드리우려는 길 위로 가벼운 발걸음을 옮겨놓으며 무어라 나직이 소곤거리고 있었다. 그것을 최무경이는 한참 동안 바라보고 서 있었다.

강 영감은 빈방의 뒷설거지를 마치고 비와 쓰레기통과 바케쓰를 들고 위층에서 내려왔다. 물을 담았던 바케쓰에는 버리고 간 찻그릇 컵 등속 낡은 모자 같은 것이 그득히 들어 있었다. 신접살림이라 무어든간 새로 준비했을 것이니 홀아비살림 때에 쓰던 것으로 소용이 없을 것은 공연히 짐이나 된다고 이렇게 내버려 두고 가는 것이리라. 강 영감은 그것을 모아다가 넝마 장사에게 팔기도 하고 제집에 가져다 쓰기도 하는 것이었다. 장부를 정리하고 저녁이 늦어서 손수 지을 수도 없으므로 무경이는 식당

으로 갔다. 돔부리*를 거진 다 먹었는데 전화가 왔다고 강 영감이 부른다.

"방이 있냐구 물어서 한 방 비었다구 했는데……."

하고 식탁에까지 와서 강 영감은 여사무원에게 말한다.

"어떤 사람이랍니까?"

차를 마시면서 무경이는 묻는다.

"글쎄, 그건 물어보지 못했는데 여하간 나가서 전화받아 보시지, 여자 목소리던데."

"여자요? 또 여급이나 그런 사람이 아닌가요? 그런 사람들이건 애초에 방이 없다구 거절허실 걸 갖다."

무경이는 앞서서 식당을 나왔다. 사무실로 와서 책상 위에 내려놓은 수화기를 들면서

"여보세요, 오래 기다리게 하여서 미안합니다. 네 야마도 아파튭니다. 거기 어디신지요? 네? 명치정 청의 양장점이요? 네에 네. 그럼 방을 쓰실 분은 바로 양장점에 계신 선생님이신가요?"

잠시 저편의 설명에 귀를 기울인다.

"대학의 강사 선생님이시라구요? 네 그럼 친히 오셔서 방을 보시지요. 방세는 삼십오 원, 정지 가격이올시다. 부금을 석 달 치 전불하기로 되었습니다. 그럼 들러주십시오. 네에 네, 고맙습니다."

대학 강사로 논문 쓸 것이 있어서 임시로 몇 달 동안 방을 구한다고 한다. 전화를 건 분은 대학 강사의 무엇이 되는 여자인가. 그러나 그런 것을 오래 생각하지는 않고

"지금 찾아오마 했는데 방 구경시키구 마음에 든다면 저에게 알려주세

---

* どんぶり(丼). 덮밥.

요. 전 그럼 방에 올라가 있겠습니다."

하고 사무실을 나왔다. 강 영감은 지금서야 벤또를 먹고 있었다.

무경이는 제가 쓰고 있는 삼층 이십삼호실로 올라왔다. 대학 선생이 책이나 읽고 글이나 쓰고 있으면 뒤숭숭하지 않아서 좋을 것이라고 생각해보면서 그는 회사원이 조금 전에 나가버린 옆방의 앞을 지났다. 잠갔던 문을 열고 스위치를 넣어서 제 방에 불을 켰다.

방 안에 들어와서는 언제나 하는 버릇으로 손을 씻었다. 슈트의 웃저고리를 벗고 얄따란 스웨터로 바꾸고는 가볍게 화장을 고친다. 오래지 않아 삼월이라지만 밤은 역시 추웠다. 스팀의 마개를 조절해서 방 안의 온도를 맞추고는 잠시 침대에 걸터앉아 본다. 아까 아파트를 나간 회사원의 두 부부가 생각키었다. 그들은 행복에 취하여 있는 듯이 보이었다. 남의 눈에 그렇게 보였을 뿐 아니라 당사자들도 그렇게 생각하고 있을 것이다. 트럭을 먼첨 앞세워놓고 나란히 서서 문밖으로 나가던 두 사람의 뒷그림자……. 그러나 그는 문뜩 생각해보는 것이다.

'그들은 끝끝내 행복할 수 있을 것인가. 젊은 회사원은 그의 아름다운 아내를 끝끝내 사랑할 수 있을 것인가. 그들의 사랑과 신뢰는 언제나 무슨 일을 당하여서나 변함이 없이 굳건한 것으로 지니어나가고 지탱해나갈 수가 있을 것인가?'

쓸데없는 군걱정이었으나 최무경이는 역시 그것을 믿을 수가 없는 것이라고 생각해보는 것이었다.

'누가 그것을 증명할 수 있으랴! 저 회사원이 앳되고 어린 꽃 같은 색시를 언제나 변함없이 사랑하리라고 누가 감히 증명할 수 있을 것이랴!'

이렇게 해서 최무경이는 조금 아까 행복된 낯으로 아파트를 하직하고 돈암정의 새집으로 총총히 마음을 달리던 젊은 부부의 앞날에 불길한 예언을 던져보고 앉았는 것이다.

'안온한 일생을 평정하게 보내는 부부가 이 세상에는 얼마든지 있는 것을 나는 안다. 그러나 누가 아내의 마음을 보증할 수 있으랴! 누가 남편의 사랑을 보증할 수 있으랴! 아니 누가 감히 저 자신의 마음을 보증할 수 있을 것이랴!'

그는 떠오르는 홍분을 고즈넉이 맛보면서 머리를 털고 침대에서 일어났다.

'나는 혼자서 산다. 혼자서 살아갈 수 있다.'

바람벽에 걸린 어머니의 사진을 쳐다본다. 무경이와 함께, 어머니가 시집가던 작년 가을에 박은 사진이었다. 둘이 다 뭉틀하고 서서 어딘가 쓸쓸해 보인다. 어머니는 흰옷으로 몸을 단장하였다. 무경이도 금박이 자주고름에 치렁치렁하는 남치마를 입고 나들이옷으로 몸을 가꾸었다. 스물에서 마흔두 살까지의 이십여 년을 혼자서 딸 하나만을 데리고 살아오던 어머니도 정일수 씨에게 시집을 갔다. 생각해보면 혼자서 살겠다는 자기의 마음도 또한 보증할 수는 없으리라고 되삭여진다. 그러나 인제 다시 누구를 사랑하고 누구와 함께 그는 새로운 생활을 설계해볼 수 있을 것인가. 상처가 너무도 컸다. 아직도 완전히 끝이 났다고는 보아지지 않는 만큼 보증할 수 없는 제 마음을 채찍질하면서래도 그는 지금 '혼자서 사는' 것을 다시금 또 다시금 결심하지 않으면 안 되는 것이었다.

지난여름의 일이다. 이 년 가까이 입감해 있던 오시형이를 그는 백방으로 서둘러서 보석을 시켰다. 오시형이와 무경이의 관계는 양쪽 편 집이 모두 반대하였었다. 어머니는 오래인 장로교인으로서 오시형이가 '믿지 않는 사람'이라고 꺼려하다가 그가 사건에 걸려서 입감한 뒤에는 더욱더 완강히 그와의 결혼에 반대하였다. 한편 오시형이네 집에서는 그의 아버지가 극력으로 반대하였다. 물론 평양서 부회 의원을 지내면서 상업회의소에도 얕지 않은 지위를 가지고 있는 그의 부친이 반대하는 것은 아들이 선택한 최 무엇이라는 여자뿐만이 아니었다. 대학을 졸업하고 서울서 증권 회사 조사부 같은 데 취직해 있는 아들의 태도에 반대였고, 사상이나 생활 태도 전체에 대해서 그는 아들의 생각과 뜻이 맞지 않았다. 그는 우선 아들이 평양으로 내려와서 자기 앞에서 친히 일을 보기를 희망하였고 자기가 생각하고 있는 도지사를 지냈다는 지명인사의 총명한 규수와 약혼을 할 것을 바라고 있었다. 그는 그의 생각하는 길이 아들을 출세시키는 최단 거리라고 믿는 것이었다. 그래서 부자가 서로 옥신각신하던 통에 뜻밖에 아들이 그만 온당하지 못한 사건에 걸려서 입감을 하게 되었다. 이것은 아들의 장래를 자기의 연장으로서 설계해오던 아버지에게 있어 놀라운 일이었을 뿐 아니라 그의 명예와 지위를 위해서는 치명적인 사건이 아닐 수 없었다. 아버지는 세상을 향해서 당황하였다. 그는 노하였다. 그는 드디어 아들과의 관계를 통히 끊어버리듯 하였다. 나이래도 많으면 늙은 마음이 자식을 생각하는 정의에 이겨나가질 못할 것이나 그는 오십 전후의 정정한 장년이어서 아들의 고생 같은 것은 보고 못 본 척할 수 있었다.

이렇게 해서 이 년이 흘렀는데 이 이 년 동안 무경이는 오시형이를 위하여 직업에 나섰고 어머니의 마음을 움직여서 오시형이와의 관계를 인정하게 하였을 뿐 아니라 보석 운동이 주효해서 그에게 다시금 태양의 빛을 쏘이게 만들었다. 지금 무경이가 쓰고 있는 야마도 아파트의 삼층 이십삼호실은 보석으로 출감하는 오시형이를 위하여 무경이가 준비해두었던 방이었다.

그러나 오시형이가 출감하면서 동시에 연달아서 뜻하지 않았던 사건이 튀어나왔다. 우선 오시형이는 그전에 포회했던 사상으로부터 전향을 하였었다. 그의 전향의 이론을 그 자신의 설명으로 들어보면 경제학으로부터 철학에의 전향이요, 일원사관一元史觀으로부터 다원사관多元史觀에의 그것이라 한다. 이러한 결과로 하여 학문상으로 도달한 것이 동양학의 건설이었고 사상적으로도 세계사의 전환에 처하여 시시각각으로 변하는 국제 정국에 대처해서 하나의 동양인으로서의 자각이 있어야 한다는 것이다. 그러나 사상이나 학문 태도가 변하였다든가 전향하였다고 하여서 그들의 사이에 어떠한 틈이 생길 리는 없는 것이었다. 본시 최무경이는 오시형이가 어떠한 사상을 품게 되든 그런 것에는 깊이 개의하지 않는 것이라고 믿어왔고, 또 그러한 것에 대해서 깊이 천착하고 추궁할 만한 준비나 여유가 없다고 생각해왔었다. 그러므로 오시형이의 이러한 전향이란 것이 어떠한 정신적인 내용을 가지고 있는 것인지 또 그러한 내면적인 정신상의 문제가 자기와의 관계나 혹은 생활 태도 같은 것에 어떠한 영향을 줄 것인지에 대해서는 아무러한 생각도 가지지 못하였다. 그는 변함없는 애정이면 그만이었고 자기가 그동안 실천한 불요불굴한 행동에서 오는 자긍과 도취로 해서 통히 그런 것에 생각이 미치지도 못하였다. 그러나 오시형이의 내면생활은 무경이가 생각하는 것보다는 좀 더 복잡한 과정을 경험하고 있었다. 이 년 동안 독방 안에서 경험하는 내면생활에 대해서 밖의 사람은 단순한 해석밖에는 가지지 못한다. 아버지, 여태껏 무슨 큰 원수나 되듯이 생각하여오던 오시형의 아버지가 아들의 출감을 듣고 상경하여 아파트를 찾아왔을 때에 시형이의 내부 생활의 복잡한 면모는 하나의 표현을 보였다. 그는 당장에 아버지와 타협한 것이다. 인정과 격리되어서 애정에 주린 생활을 영위하던 사람이 죽일 놈 살릴 놈 하던 아버지의 돌변한 태도에 부딪쳐서 감격과 흥분을 맞이한 때문만은 아니었다.

아들과 아버지의 사이란 하나의 혈통이니까 커다란 불화가 있었다 해도 칼로 물을 벤 것과 진배없어서 그들은 언제나 다시 화합해야 할 핏줄을 가졌다고만 해석하는 데도 다소간의 불충분은 없지 않을 것이다. 그런 것과 관련을 가지면서도 결정적인 원인을 지은 것은 오시형이의 가슴에 아버지까지를 포함시켜 그가 여태껏 상대해오던 일체의 ‘대립물’을 받아들일 만한 준비가 되어 있었다는 점일 것이다.

여하튼 그는 아버지를 따라서 평양으로 내려갔다. 그러나 그것뿐만은 아니었다. 오시형이의 출감과 전후해서 무경이는 또 하나의 돌발 사건을 맞이하게 되었다. 그것은 어머니의 결혼이었다. 어머니가 어떤 남자와 교제를 가지고 있다는 것을 눈치채었을 때 무경이는 커다란 실망과 함께 여자다운 질투와 어머니의 육체적인 체취에 대해서 늑찌한 구역을 느꼈다. 그리고 어머니를 잃어버리는 데 대해서 누를 수 없는 서러움을 경험하였다.

단 하나의 어머니도 잃어버리고 단 하나의 애인도 잃어버리었다. 직업에는 오시형이의 차입을 위하여 나섰던 것이요, 아파트의 방은 보석으로 나오는 그를 맞이하기 위하여 얻었던 것이었다. 의지하였던 것도 믿었던 것도 사랑하던 것도 희망하는 것도 일시에 없어져버린 것이다. 산다는 것의 의미와 생존의 목표를 어디서 찾아볼 수 있을까 하여 그는 잠시 동안 멍청하니 공허해진 저의 가슴을 처치해볼 길이 없었다.

그러나 그는 희망을 잃지 않고 살아 나아가겠다는 하나의 높은 생활력 같은 것을 천품으로서 가지고 있었다. 그러한 생활력은 제 앞에 부딪쳐오는 어떤 어려운 문제라도 꿰뚫고 나아가야 한다는 강력한 의지력으로 나타날 때가 있었다. 사람은 제 앞에 닥쳐오는 어려운 문제를 회피하지 않고 그것을 맞받아서 해결하고 꿰뚫고 전진하는 가운데서 힘을 얻고 굳세지고 위대해진다고 생각해본다. 어떻게도 할 수 없는 난관에 부딪치고 함정에 빠져서 그가 생각해본 것은 모든 운명의 쓴 술잔을 피하지 않고 마셔버리자 하는 일종의 '능동적인 체관諦觀'이었다. 그는 우선 어머니와 오시형이를 공연히 비난하고 시기하고 질투하지 않으리라 명심해본다. 자기 자신을 그들의 입장 위에 세워보리라 생각한다.

오시형이는 이 년 동안 옥중에서 충분한 사색과 반성을 가질 수 있었을 것이다. 그의 생각은 섬세해지기도 하였고 치밀해지기도 하였고 풍부해지기도 하였을 것이다. 그는 자기의 정신상 갱생을 사상과 학문상의 전향에서 찾으려 하였고 그의 육체와 생명은 다시금 빛 없는 생활에 얽매이지 않기를 본능적으로 갈망하고 있을 것이다. 아버지와의 관계에 있어서도 좀 더 원만하고 원숙해지리라 명심하고 있을 것이다. 사실 그는 가정이 있는 평양으로 내려가는 것이 건강에나 또는 당국 관계에 있어서도 편리할 것이라고 믿지 않을 수가 없었을 것이다. 오시형이가 아버지를 따라 평양으로 가는 것 그것은 그의 금후 생활을 영위하기 위해서 반드시 필요한 일이라고도 생각키어진다. 그렇다면 이까짓 방 같은 것이 합체 무엇이며 무경이의 마음이 다소 섭섭해지는 것 같은 것이 하상 무엇이냐고도 생각키어진다.

어머니의 입장도 이와 마찬가지였다. 어머니는 이십 전에 홀몸이 되어서 자기 하나만을 믿고 살아왔다. 자기가 어떤 사내와 결혼하면 어머니는 누가 모시며 어머니가 마음을 의지할 사람은 장차 누구일 것이냐? 어머니의 신뢰와 애정을 거역하고 나선 것은 딸이었다. 딸의 문제를 허락하였을 때 어머니가 그를 믿고 팽팽하게 당길 수 있었던 닻줄을 팽개쳐버리면서 갑자기 독신 생활에 대해서 신념을 잃어버렸다는 것도 넉넉히 이해할 수 있지 아니한가. 그렇다면 딸의 마음이 서운해질 것을 염려치 않고 어머니가 장래의 생애에서 행복된 설계를 가지려 하였다고 그것을 탓할 수는 없는 노릇이었다. 오시형이는 그의 앞날을 위하여 영위함이 있어 마땅한 일이며 어머니는 어머니의 남은 생애를 위하여 설계함이 있어 마땅한 일이 아니냐. 그러면 뒤에 남아 있는 최무경이 자기 자신은? 그는 생각해본다.

'나는 나 자신을 위하여 생활을 가져보자!'—이것이 그를 구렁텅이에서 구하여낸 결론이었다.

시형이를 위하여 얻었던 방에는 제가 들기로 하였다. 어머니가 결혼하여 정일수 씨와 동거하게 되었을 때 어머니와 무경이가 살던 집은 팔아버렸다. 마침 가옥 시세가 가장 댓금이던 때이라 그리 새집은 아닌 것인데 한 칸에 칠백 원씩 받아서 일만오천 원의 거액이 무경이의 저금통장에 기입되었다. 살림도 간단히 추려서 대부분은 어머니한테 맡겨두고 신변에 필요한 몇 가지와 취사도구의 간단한 것만 아파트로 옮겨 왔다. 아직도 아버지의 명의대로 남아 있는 칠십 석 남짓한 땅은 으레 무경이에게 상속이 되었으나 정일수 씨한테 관리시키고 일 년에 이천 원씩을 받아다가 저금통장에 기입시키기로 작정하였다. 한집 안에 살기를 권하다가 그들의 뜻을 이루지 못한 정일수 씨와 어머니는 될수록 무경이에게 편의를 도와주려 힘썼고 딸에 대한 그들의 애정을 극진히 표시하려고 애썼다. 무경이는 전과 다름없는 여사무원의 직업을 그대로 가지고 있었다.

그러나 이러한 조처를 대어놓고도 오시형이와의 애정에 대한 신뢰만은 덜지 않으려고 생각하였다. 하기는 시형이가 아버지와 타협하고 평양으로 내려간다는 고백을 들었을 때에 이 사건을 통해서 맨 먼저 느낀 것은 여자다운 직관력만이 날카롭게 간파할 수 있는 애정의 동요이었다. 평양에는 진척시켜오던 약혼설이 있다. 도지사를 지낸 지명인사의 영양이 있

다. 무경이는 고백 뒤에 어물거리는 그림자로서 그것을 눈앞에 그려보았
던 것이다. 그러면서도 그들은 한가지로 그 문제에 대하여는 아무러한 이
야기도 나누려 하지 않았다. 무슨 일이 있어도 오시형이의 마음만은 변하
지 않으리라고 믿었던 것일까, 또는 아무리 따져놓고 약속을 굳이 하여두
어도 흐르는 수세는 당해낼 재주가 없는 것이라고 단념해버렸던 것일까.
어떤 날, 어머니는 딸에게 이런 말을 묻었다.

"시형이 아버지가 그 무슨 도지사의 딸이라든가허구 약혼하라던 건 그
뒤 무슨 이야기가 없다든?"

이 날카로운 질문을 받고 무경이는 잠시 당황했으나

"무슨 별 이야기 없던데요."

하고 대답하였다. 그러나 어머니는 마음을 놓을 수가 없다는 듯이 또다시
무어라고 입을 나물거리다가 여러 번 주저하던 끝에

"글쎄, 그렇다면 좋거니와. 손수 올라와서 데리고 가는 바엔 그런 이야
기두 있었을 법헌데. 그럼 무어 너허구의 결혼에 대해서두 안즉 이렇다
할 의사 표시는 없는 셈이로구나."

하고 나직이 말하였다. 무경이의 가슴속에서는 꿍 하고 물러앉는 것이 있
었다. 당황해지는 저의 마음을 부둥켜 세우며

"마음대로 허라지오. 도지사 딸한테 장갈 들려건 들구 귀족의 딸한데
들려건 들구……."

어머니는 이러한 딸의 언행에서 적지 않은 경악을 맛보았으나 그 이상
이야기를 이어 나아가지는 못하였던 것이다.

서울을 떠난 오시형이한테서는 내려간 지 한 주일이 지나서 한 장의 편
지가 왔다. 윤택이 있는 다정스러운 문구는 하나도 없고 적지 아니 고민
이 섞인 생경한 문구로 적히어 있었다.

지금 내가 생각하고 있는 것은 나의 장래에 대한 것이오. 내가 어떻게 하면 정신적으로 재생하여 자기를 강하게 하고 자기를 신장시킬 수 있을까 하는 문제입니다. 일찍이 나는 비판의 정신을 배웠습니다. 그러나 이러한 자기 자신에 대한 비판만 되풀이하고 있으면 그것은 곧 자학自虐이 되기 쉽겠습니다. 나는 자학에 빠져버리고 싶지는 않습니다. 뿐만 아니라 외부 세계에 대한 준열한 비판만 있으면 모든 것이 그대로 이루어지리라는 요즘의 지식인들의 통폐에 대해서는 나는 벌써부터 좌단左袒을 표명할 수가 없었습니다. 비판해 버리기만 하는 가운데서는 창조는 생겨나지 않을 것이기 때문입니다. 그러므로 설령 그러한 결과 도달하는 것이 하나의 자애自愛에 그치고 외부 환경에 대한 순응에 떨어지는 한이 있다고 하여도, 나는 지금 나의 가슴속에 자라나고 있는 새로운 맹아에 대해서 극진한 사랑을 갖지 않을 수는 없겠습니다. 새로운 정세 속에 나의 미래를 세워놓기 위해서 지금까지 도달하였던 일체의 과거와 그것에 부수되었던 모든 사물이 희생을 당하고 유린을 당하여도 그것을 또한 어떻게도 할 수 없는 일일까 합니다.

물론 결혼에 대한 문구는 아무 데서도 찾아볼 수 없었다. 무경이는 애정에 대한 것만은 변치 않았고 또 앞으로도 변치 않으리라고 생각하여보았다. 그러나 무경이는 어떤 급처를 마치 보자기로 송곳을 싸 들고 있는 것 같은 위태로운 심리로 가만히 덮어놓고 있는 것도 희미하게 느끼지 않을 수는 없었다. 보자기를 조금만 힘을 주어서 잡아당기면 날카로운 송곳이 보자기를 뚫고 벌〔蜂〕처럼 폐부를 찌르기를 사양치 않을 것이다. 그것을 잘 알고 있기 때문에 보자기를 어름어름 가만히 덮어놓아 보는 것이다. 그러나 이러한 상태는 오래 지속될 수는 없었고 또 무경이의 성격이 그러한 상태에 어물어물 박혀 있도록 철부지도 아니었다. 드디어 오시형이의 편지 내용이 결코 추상적인 문구만이 아니고 실상은 생생한 구체적 사실의 진행을 그러한 추상적인 문구로 표현해놓은 데 불과하다는 것이 명백해질 시기가 왔다.

그 뒤 무경이의 몇 장의 편지에 대해서 오시형이에게선 도무지 회답이 없었다. 그러다가 어떤 날 짤막한 편지가 한 장 왔는데 그것은 정양하러 어느 온천으로 간다, 통신 관계가 빈번한 것은 여러 가지로 재미롭지 않아서 아무에게나 여행한 곳은 알리지 않기로 되었으니 양해하라는 내용의 글이었다.

오시형이가 자기의 사상을 정비하고 정신을 통일시키는 데 방해가 되고 장애가 될 만한 이야기는 될수록 삼가서 편지를 쓰던 무경이었다. 그의 문제를 그 자신이 처리하고 있는 데에 다른 사람의 수작이 하상 무슨 관계냐고 무경이도 생각해보았던 것이다. 그로 하여금 그의 문제를 처리케 하라! 새로운 사상의 체계를 세워서 생명의 구원을 받게 하라! 그것이 무경이의 진심이었다. 그러나 이 편지가 내용하는 것은 무엇인가. 그런 것과는 관계없이 최무경이라는 석 자의 이름과 그 이름으로부터 오는 기억 속에서 해방되겠다고 하는 하나의 전혀 별개의 사실이 아닌가.

무경이는 보자기를 뚫고 올라온 송곳 끝이 제 심장을 쓰라리게 찌르고 있는 것을 느끼며 얼마를 보내었다. 가을이 왔다. 겨울이 왔다. 새해가 왔다. 봄이 닥쳐왔다. 물론 오시형이의 소식은 그대로 끊어진 채로. 그러나 이러한 가운데서 그가 가진 것은 '혼자서 산다'는 억지에 가까운 결심과 자기도 누구에게나 지지 않을 정신적인 발전을 가져보겠다는 양심이었다. 나도 나의 생활을 갖자! 나의 생각을 나의 입으로 표현할 만한 자립성을 가져보자! 오시형이의 영향으로 경제학을 배우던 무경이는 또 그의 가는 방향을 따라 '철학을 배우리라' 방침을 정하는 것이다. '너를 따르고

너를 넘는다!'—이러한 표어 속에 질투와 울분과 실망과 슬픔과 쓸쓸함과
미움의 일체의 복잡한 감정을 묻어버리려 애쓰는 것이었다.

무경이는 어머니의 사진 앞에서 머리를 털어버리고 이내 테이블로 왔
다. 그는 몇 달 전부터 '암파'의『철학 강좌』를 읽어 내려오고 있었다. 알
듯한 곳도 모르는 대목도 많은 것을 이를 악물고 시험공부 하듯이 대들었
으나 날이 거듭될수록 어쩐지 제가 점점 어른처럼 되어가는 것 같은 느낌
을 금할 수 없었다. 그것이 무한히 반가웠다. 책을 접고 침대에 누우면서
또는 아침에 침대에서 일어나서 책을 들면서 그는 언제나 '나는 어른이
되어간다'는 생각을 되풀이하면서 빙그레 웃고 하였다.

아홉 시를 친 지 한참을 지나서 강 영감의 발자취 소리와 하이힐이 복
도를 울리는 소리가 들리더니 옆의 방문을 열고 무어라고 중얼거리는 말
소리가 희미하게 들려왔다. 방을 보러 온 것이라고 생각하면서도 무경이
는 그대로 책상 앞에 걸터앉아 있었다.

논문을 쓰는 동안이라면 무슨 논문인지는 모르나 길대야 삼사 개월의
기간이 아닐까. 삼사 개월밖에 들어 있지 않을 사람에게 순순히 방이 비
었다고 말한 것은 제 입으로 한 말이었으나 되삭여보면 이상한 일이 아닐
수 없었다. 주택난이 우심한 요즘에 일이 년의 장기간 동안 떠나지 않고
눌러 있을 손님을 골라서 두기도 그다지 어려운 일은 아닐 터인데…… 하
고 역시 제가 한 대답이 경솔하였던 것을 느끼지 않을 수 없는 것이다. 지
금 거절하여도 결코 늦지는 않다고 생각해보면서도 사람을 오래놓고서
어떻게 점잖은 사이에 무책임하게 신의 없는 소리를 뱉어놓을 수 있을까
고 망설여보는 무경이었다. 실인즉 그는 철학 공부를 시작하면서 은근히
대학이라는 존재에 대해서 마음이 움직이었고, 읽은 책 가운데 모를 대문
이 많으면 많을수록 학자라는 존재에 대해서 어떤 흠모의 마음이 은근히

동하게 되어 있었던 것이다. 이랬거나 저랬거나 주판알처럼 사무에 밝은 그가 특별한 천착도 없이 방을 허락한 데는 이러한 요즘의 그의 심경이 은연히 움직인 데 까닭이 있다고 보지 않을 수 없을 것이다.

무경이의 방문에서 노크 소리가 난다. 뜨즉뜨즉이 두 번씩 두들기는 건 강 영감의 노크다. 그는 책상 앞에서 떠나서 문께로 갔다.

“방 보시구 마음에 든다는데……”

하고 나직이 귀띔하듯이 말하였다. 무경이가 신을 신고 복도로 나가니까 양장한 여자는 앞서서 층계를 내려가고 있었다. 그의 뒤를 따라 강 영감과 무경이도 아래층으로 내려왔다.

“이리로 들어오시지요.”

하고 무경이는 복도로부터 사무실 안으로 안내하였다. 삼십이 넘었을 짙은 화장을 한 아름다운 중년 부인이었다. 양장점을 경영하는 여자이니만큼 옷도 기품이 있게 몸에 붙도록 지어 입었다. 화장이 좀 지나치게 야단스러워 무경이와 같은 여자의 눈에는 마치 여배우나 여급과 같은 직업의 여자와 얼른 분간을 세우기 힘든 인상을 주었다.

“아파트에서 일 보는 사람입니다. 최무경이라고 여쭙니다.”

하고 인사를 드리니까

“문란주文蘭珠올시다. 밤늦게 소란시레 굴어서 미안합니다.”

그러나 열 시 전이니까 그다지 늦은 밤도 아니란 듯이 맞은 바람벽에 걸린 시계를 힐끗 쳐다보고는

“방이 마음에 듭니다. 오늘 밤으루 이사해두 괜찮겠지요?”

한다.

“그러시지요. 원체는 한두 달 계실 손님에겐 방을 거절하라는 것이 아파트의 정칙인데……”

하고 열적은 소리기는 하지만 한마디 끼어보지 않고는 태평할 수가 없었다.

"논문 쓰는 동안이라군 하지만 또 오랫동안 빌려놓구 이용하실는지두 모르지 않어요. 동경 같은 데선 소설 쓰는 사람들이 자기 주택 외에 모두 아파트 한 칸씩을 빌려갖구 있다던데요."

그러고는 익숙한 매무시로 호호호 하고 웃어넘겼다. 웃음을 알맞추어 끊고는

"그럼 곧 이사하겠습니다. 시끼낑* 같은 건 내일 아침에 치르기루 헐까요?"

"그렇게 하시지요. 아침은 될수록 이른 편이 좋겠어요. 그럼."
하고 강 영감을 향하여선

"영감님이 좀 늦으셔두 이사하시는 것 보아드리구 방문 잠그십시오. 그리구……."

다시 문란주 편을 향하여 낯을 돌리고는

"특별히 규칙이랄 건 없지만 여러 사람이 단체 생활을 한다구 무어 이런 걸 만들어둔 게 있습니다. 참고삼아 틈 있거든 보아주십시오. 또 그리군 오시는 선생님의 성함자도……."
하고, 인쇄물과 카드 조각을 내어놓았다. 문란주는 연필을 들어 종이에 이관형李觀亨의 석 자를 써주고 인쇄물을 받아서 들고는 사무실을 나갔다.

"그럼 또 뵈옵겠습니다."

"안녕히 가세요."

한 여자는 밖으로 나가고 또 한 여자는 위층으로 올라갔다. 그때에 연회에서 늦게야 돌아오는 회사원의 한 패가 밖으로부터 몰려 들어오며 강

* しききん. 가옥의 임차 보증금. 거래 보증금.

영감에게

　"곰방와."*

　"아아 늦어서 미안합니다."

하고 중얼거리는 소리가 들려왔으나 이내 또 아파트 안은 조용해졌다. 무경이는 다시 제 방에 들어와서 문을 잠그고 책상 앞으로 갔다.

　2

　테이블과 양복장 같은 것은 방에 붙은 것이 있으니까 새로이 끌어들일 턱이 없다면 그럴 수도 있는 노릇이지만 참고 서적도 많을 것이요 침구라든가 신변 도구 같은 것의 운반으로 하여 적지 아니 시간을 잡아먹을 이사일 줄 예상하였고 어련히들 주의야 하겠지만 동숙인들이 잠든 시간에 혹시 안면방해가 되는 일이나 없을까고도 생각해보았던 만큼 자정도 되기 전에 발자국 소리 외엔 별반 요란스러운 음향도 없이 아주 쉽사리 간단하니 반이가 끝난 듯싶어졌을 때엔 무경이는 일변 안도하면서도 다소 실망을 느꼈다.

　하기는 집이 서울 안에 있으니까 간단히 가방깨나 날라 오고 뒷날 차차 소용되는 대로 짐을 날라 들일는지도 모를 것이므로 무경이는 그런 것을 오래 생각지는 않았다. 이관형이와 문란주의 관계가 어떻게 되는 것인지를 상상할 수가 없어서 다소 궁금하다면 궁금하였으나 이사 오는 사람이나 동숙인의 가정 관계를 소상히 알고 싶다는 필요하지 않은 악취미에서 벗어난 지도 이미 오래인 그이므로 이사가 끝나고 한참 있다가 하이힐이

복도를 지나 층계를 내려가 버리는 것을 듣고는 그런 것에도 별반 오래 머리를 쓰지는 않았다.

하룻밤이 지나고 아침이 되어도 물론 새로운 일이 생겨날 리 만무였고 여느 때보다 출근하는 사람이 많은 이 집안은 아침이 가장 뒤숭숭한 시간이라 문소리 발자국 소리 말소리 같은 것이 어느 방 어느 사람의 것인지를 분간할 수도 없는 것이었다. 무경이는 어느 날이나 진배없이 일찌감치 일어나서 물을 끓여 세수를 하고 간단히 아침을 지어 먹었다. 아홉 시가 출근 시간이므로 그때가 되기까지는 방 안에서 책을 읽었다. 아홉 시 치는 것을 듣고야 사무실로 나갔다. 무경이가 나가는 것과 교대해서 사무실을 치워놓고 스팀에 석탄을 지피는 일을 끝막은 강 영감이 일단 집으로 돌아간다. 열 시가 되어 점심 벤또를 끼고 강 영감이 나타나고 조금 있다가 주인이 나타났다. 무경이에게 이 년 동안이나 일을 맡겨둔 주인은 오전 중에 아무 때나 잠시 얼굴을 내놓고 장부나 검사해보고는 다시 나가버리는 것이었다. 그래도 무경이는 그가 들어올 때를 기다려서 장부를 정비해두었다가 하루 동안의 일을 소상히 보고하였다.

"어제 삼층 이십이호에 있던 회사원이 나가고 밤 안으로 이관형이라고 하는 대학 강사가 새로 들어왔습니다. 나간 사람의 보증금 중에서 이번 달 치를 제하고 지출한 것이 이게고……."

하면서 그는 전표를 가리킨다.

"새로 들어온 사람의 회계는 아직 보지 않았으나 오전 중에 계약이 끝날 것입니다. 오늘 들어온 걸루 헐라구요. 그리구 이건 각각 이번 달 치 방세들하구 또 이 지출은 전등료."

주인은 가느다란 도장을 들고 하나하나 장부와 전표 위에 인장을 눌러 치우고는 아무 말 없이 입금 중에서 얼마를 남겨놓고 사무실을 나갔다.

식당을 한 번 돌고 복도를 삥 시찰하듯 하고는

"그럼 난 나가우."

하고 뚱뚱한 몸을 길 위로 옮겨놓았다. 주인이 나간 뒤 얼마가 지나서 보일러를 돌아보고 온 강 영감이

"어젯밤 새루 들어온 양반 회계 끝났었나?"

하고 물었다.

"글쎄 여태 아무 소식두 없구먼요."

강 영감은 숙직실 앞으로 가다가 멈칫하고 서면서

"그 양반의 직업이 무엇이라고 허셨지?"

하고 돌아다본다.

"대학 강사랍디다. 왜요?"

"대학 강사."

그렇게 다시 나직이 뇌기만 하고는 그 이상 이야기를 잇지 않았으나

"그 한번 채근해보시지."

하고 무경이 앞으로 걸어왔다.

"글쎄, 오늘 일찍 회계를 보기루 일러두었는데 세상 물정에 어두운 학자님이시라 그런 건 통히 잊어버린 게로구먼요. 그럼 영감님, 수고스럽더래두 한번 올라가 보시구료."

강 영감은 잠시 눈을 꿈뻑꿈뻑하고 서 있었다. 오래지 않아 봄이라는데 그는 여태 털 떨어진 방한모를 귀밑에까지 푹 눌러쓰고 보일러 칸으로 드나든다. 바지 위에 작업복이 낡아서 푸르둥둥한 놈을 꺼입고 웃저고리 위에도 털 떨어진 체부 옷을 단추가 두 개나 떨어진 대로 꺼입고 있었다. 신발만은 아파트의 손님이 신다가 내버린 틀어진 깃도* 단화였다.

"그럼 내 올라가 보지."

모자를 벗어서 놓고 맹숭맹숭하게 갓 깎은 머리를 갈구리 같은 손으로 한번 써억 젖혔다. 그러고는 슬근슬근 복도를 걸어 나갔다.

무경이는 강 영감의 태도에서 마땅치 않아 하는 눈치를 느낄 수 있었으나 제 비위에 맞지 않을 때엔 가끔 있는 일이므로 공연한 오해일 것이라고 생각해본다. 연세가 연세인지라 자기가 못마땅히 생각하여도 남의 앞에서 그런 것을 경솔히 지껄이지는 않는 성미였다. 그저 꿈뻑꿈뻑 눈을 감았다 떴다 하는 것이 그러할 때의 표정이었다. 어젯밤 찾아왔던 양장한 여자를 물끄러미 쳐다보면서도 강 영감은 그런 표정을 지어 보였었다. 역시 그런 것이 원인이 되어서 일종의 오해까지도 품어보게 된 것일 게라고 생각은 해보는 것이나 아침 일찍이 회계를 보자고 언약해놓고서 일언반구의 이렇다 할 말이 없는 것도 심상치 않은 일이거니와 열한 시가 되어 오는데 식당에도 내려오는 기척이 없으니 어느새 취사도구를 정비해놓고 아침을 손수 지어 먹은 것인가 도무지 어인 일인지 감감 동정을 알 수가 없었다. 양장한 여자가 그런 사연을 통히 전달하지 않았다고 생각할 수도 없고 또 그랬었다면 그 양장한 여자라도 이르게 얼굴을 보이어야 하는 게 아니냐고도 노상히 생각되어지지 않는 바는 아니었다.

그러고 있는데 한참 만에 강 영감이 적이 뚜우한 낯짝을 하고 어슬렁어슬렁 위층으로부터 내려왔다. 하회가 궁금한데도 이내 입을 열지 않았다. 대단 불유쾌한 표정이었다. 잠시 책상 언저리를 빙빙 돌다가 혼잣말로

"고오연 친구여 젊은 사람이!"

하고 한마디 툭 뱉었다. 무경이는 종시 말썽이 생기나 보다고 내심 걱정이 되면서도

---

* kid. 염소 가죽.

“왜요?”

하고 입술 위엔 웃음을 그려본다.

“흥, 그 사람이 대학교 선생이라구? 온 참!”

또 한 번 그렇게 뇌더니 무경이의 앞으로 와서 이야기를 털어놓기 시작하였다.

“당최 어떻게 된 사람인 걸 알 도리가 있어야지. 자아, 이거 보겠나. 늘 하는 본새로 떵떵떵떵 그 노크라는 걸 허지 않었나. 대여섯 번 겹처 해두 도무지 하회가 없겠다. 그래서 또 한 번 커다랗게 두드렸드니 그적에야 누구인지 들어오시오, 점잖다면 점잖고 또 거만하다면 거만하달 대답이 들리길래 문을 비틀어보았더니 참말 문을 잠그지는 않었어. 그래서 낯을 문틈으로 들어보내려구 허는데 방 안에 자옥한 연기 그대로 곰을 잡을 작정인지 그냥 담배 연기가 눈을 뜰 수 없게스리 가득히 찼더란 말이여. 그러나 나야 또 무어 글이래두 쓰면서 딴 정신이 없어서 담뱃내 찬 것두 모르는 줄 알었지. 침대에 번듯이 자빠 누었는 줄야 알었을 도리가 있나. 그 입은 것허며 그 머리라 낯짝이라……”

차마 입에다 옮길 수 없다는 듯이 주름살 진 표정을 잠시 쭈그러트려 보이고 말을 끊었다가

“내 벌써 어젯밤버텀 꼬락서니를 보고서 콧집이 찌그러진 줄 알었었지만. 자아, 어젯밤 최 선생 올라간 뒤에 그 양반들 이사 오던 꼬락서니 좀 보았나. 그저 가방 하나만을 들고 차에서 내려서 껑충껑충 들어오는데 그 야단스러운 부인네는 조그만 보꾸레미를 하나 들고서 앞서서 뛰어 들어가고 이 대학 선생이란 양반은 모자를 썼겠다, 무어 벤벤한 양복깨미나 허긴 낡아빠진 외투는 꺼칠허게 뒤집어썼두면서두…… 어쨌든 벌써 콧집이 틀려먹은걸…… 그런데 이 사람이 오늘은 번듯이 침대에 누어설랑은

그저 담배만 죽여대인 모양이지. 그래서…… 저 여기 규칙대루다 보증금 석 달 치허구 한 달 치 선금일랑을 치르셔야 허겠는뎁쇼 하고 말했을 것 아니여. 그랬더니 그저 암말 않고 나가 있어 한마디뿐이라. ……아니올세다, 규칙대루 헌다면 보증금과 선금 치른 뒤에야 이사하는 건뎁쇼. 선생님껜 특별히 규칙 위반으루다 대접해드린 것이올세다. 이렇게 또 한 번 공순히 설명해드렸는데두 그러게 잔말 말구 내려가 있으라는군그래. 부애가 나서 견데 배길 도리가 있나. 아니올세다. 규칙대루 이행허시기 싫은 분은 부득불 방을 내기루 되어 있는뎁쇼. 허구서 한번 을러놓았더니, 허 허어 거참! 영감은 소용없으니 주인을 보내래눈! 돈은 사무실에 내려오셔서 치르게 되었는뎁쇼. 하고 또 한 번 빈정거렸더니 벌떡 일어나면서 잔말 말고 나가서 주인을 보내! 허구 호령이겠지. 난 당최 그 입은 것허며 낯바대기가 무서워 수작을 걸기두 싫어서 엥이 문을 찌끈 닫고 내려와 버렸지. 거참! 그 무슨 오라질 대학교 선생이람! 대체 어저께 왔던 그 여편네가 잡년야, 그게 바루 여급 아냐, 술집에서 술 따르는, 그렇잖으면 활동사진 백이는 광대 년이든지……."

"양장점 경영하는 부인네랍니다."

별로 변호해준다는 의식은 없었으나 좀 과장하는 버릇이 있는 강 영감인지라 무경이는 나직이 그렇게 설명해주었다.

"양장점?"

"네 부인네들 양복 짓는."

그랬더니 강 영감은 기가 좀 사그라지는지

"양장점을 허는지 무얼 허는지 모르지만……."

하고 숙직하는 방으로 갔다.

"수고하셨습니다. 내 그럼 올라가 만나보지요. 허긴 나두 주인은 아닌

데."

　무경이는 농말을 지껄여서 가볍게 취급해버리며 사무실을 나왔으나 물론 강 영감의 보고는 그를 적지 않게 불쾌하게 만들었다. 이십이호실 앞에 서니까 제법 마음이 긴장되었다. 노크를 하니까 강 영감의 이야기처럼 참말 "누구신지 들어오시오." 하는 느린 목소리가 들려왔다. 남자가 혼자 들어 있는 방이라 주저도 되었지만 가만히 핸들을 비틀고 얼굴보다 스커트 자락과 구두를 먼저 안으로 들여보냈다. 찾아온 사람이 여자라는 것을 알고 그에 합당한 예의를 갖추라는 예고로서 하는 것이다. 잠시 동안을 두고 밖에서 기다리는데, 연기에 찬 방 안의 공기가 문틈으로 새어 나왔다. 이윽고 그는 얼굴을 나타내고 열어젖힌 문으로 몸을 완전히 방 안에 들여세웠다. 그러나 침대 위에 누워 있는 사내는 그대로 번듯이 천장을 바라보며 담배만 피우고 있을 뿐, 이편 쪽으로는 눈길도 보내지 않았었고 그러니 무경이가 구두나 스커트를 먼저 들여놓았다든가 하는 세밀한 기교도 알아줄 턱이 만무하여 통히 들어온 사람이 젊은 여자라는 것에도 생각이 미치지 않는 모양이었다. 얄따란 차렵이불을 배퉁이께로부터 발치 위에 덮었고 상반신은 여자의 것이기 확실한 화려하고 화사한 가운을 두르고 있었다.

　"아이 연기."

　나직이 그렇게 말하면서 사내의 귀에 들리도록 인기척을 만들었다. 사내는 빠끔히 머리를 들어 보았다. 여태껏 여자인 줄은 몰랐었던지 이윽고 벌떡 자리에서 상반신을 일으킨다. 머리가 뒤설켜서 구숭숭한데 면도를 넣은 지 오래되는 얼굴 전체에는 지저분한 반찬 가시 같은 수염이 쭉 깔렸다. 얼굴은 해사했으나 몹시 창백한 것 같았다. 옆구리에 놓았던 것인지 빵 조각이 침대에서 굴러떨어진다.

　사내는 자기의 모양하며 옷주제하며가 여자의 앞이라 다소 부끄러웠었던지 잠시 당황하는 듯한 표정을 지어보았으나

　"아파트의 주인은 안 계시고 제가 그 대리를 맡아보는 사람입니다."
하는 침착한 젊은 여자의 목소리를 듣고는 다시 무뚝뚝한 낯색으로 표정을 고치고

　"당신네 집에선 어째 손님에 대한 예의가 그렇습니까."
하고 외면을 한 채 항의 비슷한 트집을 쏟아놓기 시작하였다.

　"글쎄올시다. 여러 분을 대하게 되는 관계상 소홀하게 되는 수도 많으리라고 믿습니다마는 지금 올라왔던 영감님께서 어떤 실수를 하셨던가요?"

　무경이도 지지 않고 따질 것은 따져놓자는 뱃심이었다. 사내는 잠시 말을 끊었으나

　"집세고 보증금이고 치르면 될 거 아닙니까. 손님에게 무례한 짓을 하지 않고도 받을 돈은 받을 수 있지 않아요?"

　"그야 그렇겠습지요. 그러나 말씀하셨던 언약이 잘 지켜지지 않고 또 어젯밤에 하신 말씀과는 잘 부합되지 않는 곳도 있으니까 아마 영감님의 옥된 생각에 그만 실수가 된 것 같습니다."

　"언약이 잘 지켜지지 않았다든가 어젯밤에 하던 말과 부합되지 않는 곳도 있다니 대체 내가 당신네들과 무슨 굳은 맹서를 하였단 말이오?"

　무경이는 잠시 말을 끊었다. 사내는 침대에 다리를 뻗고 앉은 채 자기는 문지방에 선 채 이런 다툼을 서로 건네고 있는 것이 우습기도 하였지만 아파트를 대표해서 이야기하는 이상 따질 대로는 따져본다고 다시 생각한다.

　"선생님과는 지금이 초면이니까 그런 약속이 있었을 리 만무하지만 어저께 오셨던 부인네의 말씀을 신용하고 방을 빌린 것이지 본시부터 선생

님을 친히 뵈옵고 언약이 된 것은 아니었습니다."

사내의 자부심을 다소 건드려주는 말투였다. 사내는 침대에서 내려섰다. 양복 위에 여자의 가운을 입은 품이 어쩐지 우스웠다.

"대체 어떤 내용의 언약입니까. 손님에게 아무런 무례한 짓을 하여도 옴짝달싹 않겠다는 약속이라도 했었던가요?"

사내는 면바로 무경이를 쳐다보았다.

"어제 부인네의 말씀에는 손님의 직업은 제국대학의 강사요, 방을 빌리는 목적은 논문을 쓰시는 데 있다 하였고 방세와 보증금은 오늘 새벽에 치르기로 되어 있었습니다."

사내는 갑자기 말문이 막혀버렸다. 말문이 막혀버렸을 뿐 아니라 몸자세에서도 기운이 쑥 빠져버리는 것이 옆의 사람의 눈에도 현저하게 보이었다.

그는 가만히 외면하고 침대 옆으로 가 섰다.

"대학 강사."

하고 나직하니 외듯 하는 것이 들려왔다. 그러나 그는 이내 다시 몸을 돌리어 이편 쪽을 보면서

"내 직업이 대학 강사라든가 내가 이 방 안에서 논문을 쓴다고 말했다면 그건 거짓이었으니까 내 입으로 취소하겠습니다. 그러나 중요한 건 결국 보증금과 방세 문제 아냐요. 남에게 방해되는 일이 아닌 이상 논문을 쓰든, 글을 읽든 그런 것에 관계할 필요는 없을 테구, 또 직업 같은 것두 대학 강사라야 된다는 규정이 있을 턱은 없을 거구……."

"글쎄, 그렇게두 말씀하실 수 있겠지요……."

"그럼."

하고 사내는 양복 주머니에다 손을 넣었다.

“돈은 오늘 안으루 해드릴 터이구 또 그때까지 믿으시기 힘들다면 나를 인질루 잡아두는 겸 내가 몸에 지니구 있는 소지품이라군 이 금시계가 하나 있을 뿐이니까 이걸 그럼 그때까지 맡어두십시오.”

시계를 꺼내서 보이었다.

“온 별말씀을! 여기가 무어 전당폰 줄 아십니까?”

“그럼 어떡하라는 겁니까? 몇 시간의 여유도 헐 수 없으니 당장에 나가라는 말입니까?”

이렇게 저으기 난처한 장면이 벌어지려 할 때에 마침 층계에서 발자국 소리가 나고 어저께 왔던 양장한 여자가 커다란 물건 꾸러미를 들고 또 한 사람 운전수에게 이불 보퉁이 같은 짐을 들려갖고 올라오고 있는 것이 무경이의 곁눈에 띄었다.

“아이 안녕하십니까. 늦어서 죄송합니다.”

하고 문란주는 문지방에 서 있는 최무경이에게 인사하였으나 그들의 소 닭 보듯 하고 서 있는 엉거추춤한 몰골을 보고는

“어째 이러십니까. 무슨 말썽이 생겼습니까?”

무경이를 향해서는 유쾌한 웃음을 보내면서 일변 운전수의 손에서 보 꾸러미를

“영치기.”

소리를 내어서 옮겨놓고 눈살을 찌푸리고 뚜우해서 서 있는 사내에겐

“왜 이렇게 장승처럼 서 있수.”

그러나 곧 무경이 쪽을 보면서

“내 인제 곧 내려갈게요.”

하고 말하였다.

무경이는 어떻게 또다시 이야기를 이어나갈 멋도 없고 부인네에게 지

금 지낸 사연을 옮겨 들리고 따져볼 맛도 없어서 그대로 멍청하니 서 있었고, 또 이관형이라고 하는 방 안의 사내도 어떡하라는 것이냐고 따지는 것도 한낱 실없는 일이었다는 생각이 든 것처럼 시무룩해서 침대에 가서 벌떡 누워버린다. 어이가 없어서 무경이는 그대로 문을 닫아주고 아래층으로 내려왔다. 사무실에 돌아오니까 강 영감은 보이지 않았다. 그는 마음이 불쾌하고 노엽다느니보다도 우스꽝스러운 생각이 들어서 견딜 수가 없었다. 대체 어떻게 된 판국인지 저도 한몫 끼이긴 하였으나 정신을 차릴 수가 없는 것 같다.

　—이관형이라는 사내는 어떠한 부류의 사람일까, 모양이나 차림차리는 그 지경이지만 물론 강 영감이 보는 바와 같은 인상만을 주는 사람은 아니었다. 그렇다고 대학 강사가 아닌 것도 확실하고, 그러면 문란주는 어째서 거짓 직업을 주워 부르면서 하필 대학 강사를 골라 대게 되었던 것일까. 회사원이래도 그만이요, 광산가래도 그만이요, 그 밖에 어떠구레한 직업으로 손쉽게 불러 댈 것이 많은 중에서 하필 대학 강사이었던지 알 수 없는 일이었다.

　문란주가 내려왔다. 그는 사무실로 들어오면서 대강한 사연은 들었는지

　"늦게 와서 미안합니다."

하고만 말하고는 상냥스레 웃어 보였다. 오늘도 역시 화장은 짙게 이쁘장스럽게 하였다. 눈과 입술과 턱 밑으로 자세히 보면 퍽 솜씨 있고 능숙한 화장이었다. 그는 그 이상 아무 말도 않고 핸드백을 열어서 지갑을 꺼냈다. 가느다란 흰 손가락 끝이 빨간 에나멜이어서 이상스레 연약하고 화사스러운 인상을 주었다.

　"보증금이 석 달 치니까 일백오 원이죠! 그리군 일 개월분 방세가 삼십오 원, 일백사십 원이면 되겠지요?"

무경이는 별로 대꾸도 하지 않고 펜을 들어 서류를 꾸미고 돈을 세어서 금고에 넣었다. 그리고 숙박기를 꺼내서 정식으로 이관형이의 이름을 기록하였다.

"직업은요?"

하고 새삼스럽게 물어놓고는 직업란 위에 펜대를 세운 채 가만히 기다려본다.

"글쎄, 직업이 생각해보니 우습게 되었군요."

하고 머리 위에서 문란주가 말하였다. 시방 위층에서 그것 때문에 말썽이 있었던 것인지

"실상인즉요, 얼마 전꺼정 대학에 강사루 있었는데 그만 그 방면에서 실패를 하셨답니다. 그래서 어저께는 그냥 대학 강사라구 했었는데 그러니 지금이야 따져 말하자면 무직이지요. 당자두 무직이 좋다니까 그대루 무직이라구 적어두세요. 연령은 스물일곱, 아니 작년에 스물일곱이었으니까 지금은 이십팔……."

3

독신용의 방이 서른여섯에 가족용의 두 칸씩 맞붙은 방이 스물다섯이나 되어서 백 명이 훨씬 넘는 식솔이 살고 있는 집이고 보니 들고 나는 사람의 얼굴을 하나하나 따져서 기억해둘 수도 없고 또 그 이상 그 사람들의 성품이나 생활 습속 같은 것에 대해서 눈여겨볼 겨를이나 흥미도 없으므로 일단 사람을 들여놓은 뒤에는 특별한 일이나 없으면 그다지 밀접한 교섭은 이루어지지 않았다. 하기야 무경이가 한집 안에서 자고 먹고 하였고 또 출입구가 있는 옆에 사무실이 있어서 손님들 측으로 보면 눈에 익

은 존재였으나 무경이 편으로 보자면 한 달에 한 번씩 방세나 받고 난방비나 전등료나 급수료 같은 것이나 받아치우면 규칙을 문란하게 하지 않는 이상 아무러한 교섭이나 간섭 같은 것을 가지게 될 리 만무하였다. 사무실 밖에서 상서롭지 못한 일로 무경이가 그들과 직접 대면하는 일은 거의 없어 그런 때마다 강 영감이나 주인 자신이 나서서 처리해왔으므로 무경이는 복도에서 만나도 오래된 사람이 아니고는 그대로 인사조차 나누지 않고 지내는 사람이 많았다. 이관형이도 응당히 그러한 사람 중의 한 사람이 되었을 것임에 틀림이 없다.

그러나 며칠 동안 한집 옆방에 같이 지내면서 그의 낯을 다시 대해본 적도 없었으나 어쩐지 그의 생각만은 이내 머리에서 떠나지 않았다. 들어오는 날부터 교섭이 이상해졌고 또 사람 된 품이 보통 평범한 사람이 아니라는 것도 이유가 되겠지만 하루 한두 번씩 그를 찾아오는 문란주를 주목해 보는 때마다 역시 이관형이의 존재는 언제나 머리에 떠올랐다. 그래서 자기 방으로 돌아갈 때엔 대체 이 사람은 나의 옆방에서 하루 종일 무엇으로 소일을 하는고 하는 생각을 가지게 되곤 하였다.

―대학 강사에서 실패한 사람. 그대로 대학 강사래도 모르겠는데 그것에서 실패하고 그리고 수염을 지저분하게 기르고 여자의 가운을 걸치고 번뜻이 침대에 누워서 담배만 피우고 빵 조각이나 씹다가는 머리맡에 팽개쳐두고…… 이런 것이 가끔 이상하고도 우스꽝스러워서 무료할 때마다 때때로 머리에 떠오르곤 하는 것이다. 그런데 또 강 영감은 강 영감대로 문란주가 나타나는 것만 보면 의례히

"양복점 주인 아씨가 또 오셨군, 대학교 선생 심방하러."

하고 말하곤 하여서 무경이는 책상에 머리를 묻고 사무에 열중하다가도 그들의 관계로 생각이 미치게 되었다.

"영감님은 그 여자완 기 쓰구 해봅니다그려."

하고 웃는 말로 하면

"흥."

하고 콧방귀를 뀐 뒤엔

"무어 그럴 일도 없지만 난 그 부인네와 사내의 관계가 이상스러워서 그러지 않나. 친척이라든가 그런 관계는 아니여, 내 눈은 속이지 못하지. 대학교 선생이라구 뻐기면서두 내 눈이야 어디 속였나."

무경이의 대답이 없어도 입안으로

"심상하잖어! 내 눈이야 속이나."

그렇게 중얼거리면서 보일러 칸으로 내려가는 것이다. 그래서는 무경이도 영감의 이끄는 대로 문란주와 이관형이의 관계로 생각을 달리게 되는 수가 있었는데 남들의 남녀 관계에 젊은 여자가 무슨 참견이냐고 낯을 붉히면서도 가끔 그러한 것을 천착해보고 앉았는 제 자신을 발견해보게 되는 것이었다.

이관형이가 이 집으로 이사를 온 지 엿새째 되는 날이었다. 여느 날처럼 출근 시간에 사무실로 내려가니까 그와 교대해서 제집으로 가는 강 영감이

"거 이상허지. 하루에 한두 번씩은 꼭 오군 허는 그 양복점 아씨께서 어제는 결근을 허섰어. 밤에나 올런가 했더니 거 웬 셈일까."

하고 혼잣말처럼 중얼거렸다. 무경이는 그저

"그래요."

하고만 대답하고 그러한 이야기에 깊이 생각을 묻지는 않았다. 그런데 오 정이 넘고 한 시가 되었을 때였다. 사무실 안에서 별로 할 것도 없고 하여 잡지를 들고 앉았는데 이 집에 이사 온 지 처음으로 이관형이라는 그 사

내가 휘우청휘우청 층계를 내려오고 있었다. 머리와 낯바닥은 그대로였으나 옷은 양복뿐으로, 물론 여자의 가운 같은 것은 둘렀을 리 만무하였다. 무경이는 잡지를 든 채 그의 거동을 눈여겨보았다.

그는 층계를 내려오더니 우선 복도를 한번 쭉 살펴본다. 아래층은 절반 이상이 식당과 당구장과 목욕탕이 되어 있으므로 그런 것을 패쪽을 따라서 하나하나 살펴보는 것이었다. 그러고는 흥미가 있는지 느린 다리를 이끌며 패쪽 밑으로 가서 기웃기웃 방 안의 설비 같은 것을 엿보듯 하더니 다시 제 방으로 올라갔다. 한참 만에 그는 편지 봉투를 하나 들고 내려와서 이번에는 곧바로 사무실로 들어왔다.

그는 문 안에서 꺼뜩 머리를 수그리었다. 무경이도 자리에서 일어나서 인사를 받았다.

"전화 좀 빌리십시오."

무경이는 아무 말 않고 전화통을 옮겨주었다. 그는 다시 전화번호책을 찾아서 뒤적거리더니

"여기서 가까이 대두구 쓰는 용달사가 없습니까?"
하고 묻는다.

"있습니다."

그러고는 번호를 가르쳐준 대로 번호를 부르고 메신저 하나만 보내달라고 말하였다. 전화를 끊고는 메신저가 오는 동안 제 방에 올라가 있을 것인가 여기서 기다릴 것인가를 망설이는 듯이 잠간 주춤하고 서 있다.

"여기 앉으시오, 곧 올 겁니다. 그리구 전화는 삼층에두 하나 설비해놓았으니까 스위치를 돌리시구 인제부터 거기서 이용하시지요."

"아, 네에, 그렇습니까. 미처 몰랐습니다."

이관형이는 의자에 앉았다. 무경이는 사내와 낯을 마주 대하고 앉았기

가 면구스러워서 잡지에 눈을 묻었으나

"거 어째 이발소가 없습니까?"

하고 사내가 물어서 그는 얼굴을 들었다. 그러고는 사내의 시선과 부딪쳐서 이상스럽게 웃음이 나오려고 하는 것을 참았다. 인제 이발할 생각이 나는 게로군 하고 생각해보니 웃음이 나왔던 것이다.

"이발소는 처음에 시작했으나 요 바루 맞은편에 오래된 이발소가 있어서 도무지 영업이 되질 않았답니다. 이 집 사람들만 가지구야 영업이 성립되겠어요. 일백이삼십 명 된다구 허지만 그중엔 부인네두 많구 한 사람이 두 번씩 깎는다 쳐두 한 달에 오륙십 원 수입밖에 더 되겠어요. 이발사 한 사람을 채용해두 수지가 맞들 않습니다. 그래 가까운 데 이발소두 있고 해서 폐지를 했답니다."

"하하아, 그렇겠군요."

이관형이는 감탄하는 듯이 목을 주억거렸다.

"그 이발소 자리는 오락장이 되었지요, 바로 목욕탕 옆방."

"예에."

그러고 있는데 메신저가 들어와서 이관형이는 편지를 그에게 맡겼다.

"이 윤 선생이 안 계신다면 아무한테두 보이지 말구 그대루 갖구 돌아와."

하고 타일렀다.

"돌아오건 좀 제 방으루 보내주십시오."

부탁하고 이관형이는 위층으로 올라갔다. 한 사십 분 걸려서 메신저가 돌아왔다. 윤 아무개한테 편지는 전한 모양이었다. 그리고 또다시 한 삼십 분 지난 뒤에 둥실둥실하게 생긴 멀끔하고 정력적인 젊은 신사가 아파트를 찾아와서 이관형이를 물었다. 무경이는 그에게 방을 가르쳐주면서

이 사람이 아까 용달을 보냈던 윤 아무개가 아닌가 하고 생각하였다.

—인제 오래인 잠을 깨어나서 차차 움직이기 시작하는구나 하고 생각해보면 어쩐지 이관형이의 거동이 탈피 작용을 하고 있는 동물처럼 생각되어 웃음이 났다. 그러나저러나 대학 강사가 되었다가 실패하곤 저런 판국을 경험하게 되는 것인가고 생각하면 어떤 엄숙한 인생의 문제에 부딪치는 것 같아서 마음이 적지 아니 침울해졌다. 그럴 때마다 그는 오시형이를 생각해보게 되었다. 사내들이란 어떤 커다란 문제 앞에 서면 저렇게 평상되지 않은 행동을 가지게 되는지도 모른다. 그러다가 아주 그러한 구렁텅이에 굴러떨어져 버리면 타락자가 되고 낙오자가 되어버리고 마는 것일까. 이관형이의 오늘 행동이 그러한 구렁텅이로부터 정상된 생활 상태로 복귀하려는 사람의 몸부림 같아서 그는 지금 아까와 같이 웃음이 떠오르지도 않는 것이다.

얼마 해서 윤 아무개는 나갔다. 한참 뒤에 이관형이가 다시금 층계 위에 나타난 것은 그때에 마침 강 영감이 사무실에 있어서

"어유, 저 사람이 어떻게 된 셈판인가, 목욕할 생각을 다 내구."

참말 밖을 내다보니까 이관형이는 수건을 들고 복도에 내려서고 있었다. 잠시 목욕간을 넘겨다보고는 이편 쪽으로 낯을 돌리고 사무실로 들어온다.

"이거 자주 들러서 사무 보시는 데 죄송합니다. 미안하지만 은행 시간이 넘었구 해서 말씀 여쭙는데, 소절수* 한 장 바꾸어주실 수 없을까요?"

시계는 세 시 반이 넘었었다.

---

* 수표.

"글쎄, 얼마나 쓰시려는지요. 돈이 많지는 못한데."

"천 원짜리지만 우선 있는 대루 돌려주시지요. 적어두 좋습니다."

"한 이백 원."

"네, 그거면 충분합니다."

그는 양복 안주머니에서 소절수 한 장을 꺼내서 무경이에게 넘겼다. 윤갑수尹甲洙라는 사람의 소절수였다. 무경이가 금고를 여는 동안 이관형이는 무료히 서 있다가, 문득 강 영감을 발견하고

"일전 일루 영감께선 여태 노하셨습니까?"

하고 처음으로 소리를 내어 껄껄 웃었다. 강 영감은 관형이가 웃는 바람에 적지 아니 계면쩍어져서

"온 천만에 말씀을, 고만 일에 노헐 나입니까."

하고 제법 여태까지의 일은 잊어버린 듯이 대답하였으나 그래도 그다지 마땅하지는 못한 것인지 슬며시 문을 열고 복도로 빠져나갔다. 그것을 보고는 무경이도 함께 미소를 입술가에 그려보았다.

"이백 원이올시다. 세어보십시오. 그럼 이 소절수는 맡아두었다가 내일 찾아다 드리지요. 식산은행이시죠?"

관형이는 돈을 받아서 넣으며

"고맙습니다."

그러곤 휙 낯을 돌리다가 시계 밑에 붙여놓은 길쭘한 거울 속에 비친 제 얼굴에 놀란 듯이 여자가 옆에 있는 것도 불구하고 잠시 그것을 들여다보고 있었다. 그는 손으로 턱아리를 한번 쓱 쓸어본다. 그러고는 무경이를 곁눈질하고 씨익 하니 웃었다.

"면도를 빌려드릴까요?"

그러니까 사내는 머리를 긁적긁적 긁으며

"에히 머 면도는요."

하고 데석을 썰레썰레 털었다. 그러나 잠시 더 멍청하니 서서 거울을 바라보다가

"제 면도가 아마 여기 있을 거예요."

그러니까 힐끗 무경이를 본다. 남의 남자에게 면도를 빌려준다는 것도 생각해보면 수상쩍은 일이어서 나직이 변명하듯이 서랍에서 면도를 찾으며 중얼거린다.

"이사 올 때 잊었다가 핸드백에 넣었더니 배가 불러서 꺼내두었었는데…… 여기 있습니다. 잘 들는지 모르지만 써보시지요. 전 통히 쓰지 않습니다."

그래서 이관형이는 면도를 얻어 들고 비눗곽을 타월로 잘라맨 것을 디룽궁디룽궁 휘저으며, 욕탕 있는 데로 갔다. 그 뒷모양이 우스워서 무경이는 욕탕 안으로 사라질 때까지 그것을 창문 너머로 바라보고 있었다.

네 시가 가까워서 사무실은 강 영감에게 맡겨놓고 무경이는 다녀온 지도 얼마 되고 하여 어머니한테로 갔다. 어머니와 정일수 씨는 장충단 이편 앵구장이란 주택지에 살고 있었다. 가면 언제나 반가워하고 쓰다듬어 줄 듯이 고맙게 친절히 해주었으나 한 시간쯤 앉았노라면 으레 인제 아파트의 사무원은 그만두는 게 어떠냐는 권면이 튕겨 나오곤 하였다. 먹을 것이 없니, 입을 것이 없니, 방 한 칸을 빌려갖고 사는 건 살림이 간편해서 네 말마따나 좋을는지 모른다 쳐두 무엇 때문에 남에게 구속받는 생활을 하면서 뭇사람의 시중을 드느냐 하는 것이 언제나 판에 박은 듯이 나오는 어머니의 말이었다. 어머니나 정일수 씨가 그렇게 생각하는 것도 무리는 아니었고 무경이 자신조차도 그러한 생각을 먹어볼 때가 있으므로 그런 말이 나올 때마다 그는 그저 좋은 말로 어루만져 두는 것이었으나,

오늘은 기어이 속 시원히 동경 같은 데루 학교나 가보는 것이 어떠냐는 말까지 나오고야 말았다.

무경이는 저녁도 얻어먹지 않고, 붙잡는 어머니를 바쁜 일이 있다는 핑계를 대서 뿌리쳐 버리고 앵구장을 나섰다. 교외에 나가보면 봄이 한 걸음 한 걸음 닥쳐오는 것이 눈에 띄었다. 그는 해 질 무렵의 거리를 걸으면서 생각에 잠긴다.

어머니와 아버지는 오시형이와 자기의 관계가 이미 파탄이 나버린 지 오래다고 생각하고 있는 것이 분명하였다. 입 밖에 내지는 않았으나 속 시원히 공부나 더 해보라는 권면 뒤에는 벌써 그러한 눈치가 숨겨져 있는 것을 알 수 있었다. 사실 오시형이와 나의 관계는 남들이 생각하듯이 완전히 끝이 나버린 것일까, 시형이가 들었던 방과 시형이를 위하여 얻었던 직업을 이렇게 놓아주지 않고 있는 것은 남들이 보듯이 쓸데없는 고집에 불과한 것은 아닌 것일까.

맥이 풀려서 그는 지나가는 자동차를 잡아타고 아파트로 돌아왔다. 돌아와서 빈방 안에 앉아보아도 마음은 그대로 침울하였다.

시형이의 애정을 인제는 믿지 않는다고 제 마음에 타일러온 것은 벌써부터의 일이었다. 그러나 그렇게 스스로 타이르고 뇌어보고 하는 것을 지금 새삼스럽게 인정하려 들면 역시 마음은 어느 귀퉁이에선가 도리질을 계속하는 것이다.

사람의 일이 설마 그럴 수야 있을까. 설마 그럴 수야— 이 설마에 매달려서 그것을 생활의 유일한 기둥으로 나는 생각하고 있는 것이나 아닐까.

그는 머리를 털고 일어나서 전등을 켰다. 열심히 방을 정돈하였다. 문을 열어젖히고 활짝 먼지를 털고 걸레를 치고…… 그러면 가슴이 좀 후련해졌다. 그는 식당으로 가서 오래간만에 정식을 먹었다. 거진 다 먹었는데 이관형이가 아주 딴판인 모습으로 식당엘 들어오고 있는 것이 보였다. 손님이 더러 있어서 그는 이내 무경이를 발견하지는 못하였으나 식당 안에 들어와 본 것이 처음인지 방 안을 한번 휘둘러 살피다가 무경이가 밥을 먹고 앉았는 것을 발견하였다. 옷은 별것이 아니었으나 면도를 하고 안 하는 데 사내의 얼굴이란 저렇게 달라지는 것인지, 불빛 밑이라 낯빛은 의연히 창백했으나 그럴수록 부드럽게 감아서 말린 머리카락 밑에 백석白晳*이란 형용이 들어맞을, 온후하면서도 날카로운 얼굴 모습이 뚜렷하게 드러나 보이는 것이었다. 면도를 빌려주기 잘했다고 생각하면서 밥 먹던 손을 놓고 그가 가까이 오는 것을 맞아주듯 하였다.

"진지 잡수러 오십니까?"

"네, 처음으로 식당을 좀 이용해보려고요. 참, 면도는 선생님이 안 계셔서 제 방에 가져다 두었는데 선생님께선 오늘 늦게까지 사무 보십니까?"

이관형이는 옆의 테이블에 앉으며 말을 건네었다.

"저두 이 집에서 기거합니다. 바로 선생님 옆방인걸요."

그걸 여태 몰랐다는 듯이 사내는 "네에." 하고 놀라면서

"그런 걸 모르구 일주일 가까이 지냈으니……."

따라온 보이에겐

"나두 저 선생님 잡숫는 걸루 갖다 주게."

하고 일러놓곤 무경이의 시선과 마주쳐서 허허어 하고 웃었다.

"그러시면 이십삼호던가 사호던가!"

"네, 이십삼호요."

"그래서 면도가 다 있으셨군그래."

---

* 얼굴빛이 희고 잘생김.

그러고는 또 웃어 보였다. 식사 끝이 화려한 것 같아서 무경이는 유쾌하였다.

"전 그럼, 먼저 실례하겠습니다."

하고 관형이의 시킨 것이 오기 전에 그는 자리를 떴다. 방으로 돌아와선 찻잔을 부시고 가스에 물을 끓였다. 불을 밝히고 마음을 가라앉히어 책이나 읽으리라 생각하는 것이다. 한참 만에 주전자의 물이 끓어서 그는 잔을 내어놓고 홍차를 만들었다. 그러고 있는데 노크 소리가 났다. 문을 여니까 이관형이었다.

"면도 가져왔습니다. 난 또 남의 방에 잘못 들어오진 않나 하구서……."

"그대루 두시구 쓰실 걸 그랬지요. 그러나저러나 좀 들어오세요. 지금 막 홍차를 만들던 중입니다. 들어오셔서 한잔 잡수세요. 립톤이 좀 남은 게 있어서. 자아, 방은 누추하고 좁지만."

관형이는 문지방에서 잠시 머뭇머뭇하였으나

"방을 아주 깨끗이 정돈하셨군요. 이렇게 청결해야만 되는 건데 우리 같은 사람은 도시 이런 아파트 생활에 부적당합니다."

침대가 있는 데와 취사장이 있는 데는 모두 두터운 커튼을 쳐서 여자의 방 같은 화사한 색채는 그다지 눈에 띄지 않았다.

"그럼 한잔 얻어먹을까. 오래간만에……. 이거 너무 실례가 많습니다."

그러고는 문을 닫고 방 안으로 들어섰다. 응접 의자로 안내하고는 조그만 앞치마를 스웨터 위에다 두르고 무경이는 홍차를 만들었다.

"선생님 공부하십니다그려."

하고 놀란 듯이 뒤에 놓은 서가와 그 옆으로 쌓아놓은 많은 서적을 굽어본다. 무경이의 것 외에 오시형이가 미결감에서 보던 것이 대부분 그대로 있어서 서적은 의외로 많았었다.

"그저 허는 시늉이나 합니다."

"아니 거 대부분이 철학이 아닙니까."

그는 참말로 놀라는 표정을 지어 보였다. 차를 가져다 앞에 놓아도 무경이의 얼굴만 감탄하는 낯으로 뻐언히 쳐다보고 있었다.

"너무 그러시지 마세요. 부끄럽습니다."

그러나 열심히 공부한다는 칭찬을 받는 것은 그다지 불쾌한 일은 아니었다.

"어서 식기 전에 차 드세요."

관형이는 깊이 감동된 듯한 얼굴로 가만히 앉았었으나 이윽고 차를 들어서 맛보듯이 입술로 가져갔다.

무경이도 마주 앉아서 차를 들었다.

"선생님은 대학에서 무엇을 가르치셨어요?"

"나요?"

그러고는 찻종을 놓았다.

"일전에 대학 강사라구 사칭했던 건 취소하지 않았습니까."

그러나 입술은 빙그레 웃고 있었다.

"그렇게 놀리시지 마십시오. 그때에 사정이 그렇게 되어서 실례를 했었지만."

무경이도 그때의 일을 회상하면서 그렇게 말했다.

"가르쳤달 것까진 없지만 영어를 좀 강의했습니다."

"그럼 영문학이 전공이세요?"

"네, 선생님의 철학으루 보면 아주 얕은 학문이올시다."

"온 천만에, 제가 또 철학이니 무어 벤벤히 공부헌 줄 아시구 그러세요. 저 책두 대부분이 제 것이 아니랍니다. 어찌어찌 그렇게 될 사정이 있어서 요즘 좀 뒤적거려보지만."

관형이는 다시 서가 있는 쪽을 돌아다본다.

"니이체, 키에르케고르, 베르그송, 뒤르켐, 딜타이, 하이데거, 셸러, 페기, 오르테가, 짐멜, 슈미트, 로젠베르크, 트뢸치, 듀이……."

그렇게 책 이름의 밑을 따라가며 입속으로 중얼중얼하다가

"어유우 이거 더 굉장한 거물들이 아주 뭇별처럼 찬연히 빛나고 있습니다그려. 모두 세계정신을 저저끔 떠받들고 구라파를 구해보겠다는……."

그러고는 낯을 돌려 찻잔을 다시 들면서

"나두 인제 저 사람들을 좀 공부해야지……."

저의 여태껏의 생활이 엉망이었던 것을 부끄러워하는 낯으로 가만히 그렇게 뇌었다. 그러나 무경이는 어쩐지 낯이 간지러웠다. 책을 쪼르르니 꽂아놓았지만 저는 아직 그 뭇별처럼 빛나는 구라파의 사상가들이 무엇을 하는 사람인 것도 알고 있달 자신이 없었다. 자기를 무슨 큰 공부꾼이나 되듯이 착각하고 있는 젊은 학자를 눈앞에 앉혀놓고 그는 난데없는 부끄러움을 맛보고 있다. 그럴수록 오시형이의 생각이 난다. 그이에게 구원을 준 사람은 그의 말에 의하면 저 철학자와 사상가들이라 한다. 하긴 저 사람들은 오시형이의 애정까지도 무경이에게서 빼앗아 갔지만.

그런 것을 마음속으로 생각해보다가 무경이는 낯을 들었다.

"선생님, 제가 하나 여쭈어볼 말씀이 있습니다."

"무어 말입니까? 저는 그런 방면은 아무것도 모릅니다."

무경이는 그러한 사내의 겸사의 말엔 귀도 기울이지 않고 열심스러운 태도로 물어본다.

"동양학이라는 학문이 성립될 수 있을까요?"

동양학은 어떻게 해서 오시형이를 저토록 고민 속에 파묻히게 만드는

것일까, 동양학으로 가는 길이 무어이관데 그것은 오시형이와 최무경이와의 관계를 이토록 유린하고 무시해버릴 수 있는 것일까. 그의 질문에는 학문과 애정의 문제가 함께 얽혀져서 마치 그의 생활의 전체를 통솔하고 지배하는 열쇠 같은 것이 간축되어 있는 것이다. 사내들 세계는 알 수 없는 수수께끼라 한다. 사실 그는 오시형이가 평양으로 내려간 뒤부터 그를 이해하고 있달 자신이 없어졌다. 지금 그의 앞에 앉아 있는 이관형이라는 사내 역시 정체를 붙들 수 없는 사람은 아닌가. 이렇게 마주 앉아 있는 것을 보면 교양 있고 얌전한 지식인 같다. 그러나 한편으론 문란주와 같은 나이 먹은 여자와, 강 영감의 말은 아니지만 심상하지 않은 관계를 맺어놓고 질서 없는 비위생적인 생활도 버젓하게 벌여놓을 수 있는 사람.

무경이의 묻는 말에 처음은 농말 조로 받아넘기려다가 그의 태도가 지나치게 진지한 데 눌리어서 이관형이도 잠시 제 머리를 정리해보듯 한다.

"전문 부분이 아니어서 상식적인 것밖에는 대답할 수 없겠습니다. 그리구 그런 정도로도 잘못된 해석이나 또 엉터리없는 취상이 많을 줄 압니다마는. ……내 생각 같아선 서양 사람이 자기네들의 학문적 방법을 가지고 동양을 연구하는 것과 동양인이 구라파의 학문 세계에서 동양을 분리할 생각으로 동양을 새롭게 구성해보려는 노력과 이렇게 두 가지루다 나누어서 생각해볼 수가 있는데 어느 것이나 독자적인 학문을 이룬다든가 하는 것은 어려운 일인 줄 생각합니다. 서양 학자가 구라파 학문의 방법을 가지고 동양을 연구한다고 그것을 동양학이라고 말한다면 그것은 지역적인 의미밖에 되는 게 없으니까 별로 신통한 의미가 붙는 것이 아니고 그저 편의적인 명칭에 불과할 것이요, 또 동양인인 우리들이 동양을 서양 학문의 세계에서 분리해서 세운다는 일에도 정작 깊은 생각을 가져보면 여러 가지 곤란이 있을 줄 압니다. 가령 동양학을 건설한다지만 우리들의 대부분은 구라파의 근대를 수입한 이래 학문 방법이 구라파적으로 되어 있지 않겠습니까. 대학에서 공부한 사람의 거개가 구라파적 학문의 방법을 배운 사람들이니 그 방법을 버리고서 동양을 연구할 수는 없지 않습니까. 그렇지 않다면 동양이 가지고 있는 고유의 학문 방법으로 동양을 연구하여야 할 터인데 내가 영국 문학을 한 사람이라 그런지, 사회과학이나 자연과학이나 철학이나 심리학이나 구라파적 학문 방법을 떠나서는 지금 한 발자국도 옴짝달싹 못할 것입니다. 그러니까 니시다〔西田〕* 같은 철학자도 서양 철학의 방법을 가지고 일본 고유의 철학 사상을 창조한다고 애쓴다지 않습니까. 한동안 조선학이라는 것을 말하는 분들도 우리네 중에 있었지만 그 심리는 이해할 만하지만 별로 깊은 내용이 없는 명칭에 그칠 것입니다. 요즘에 율곡 같은 분의 유교 사상을 서양 철학의 방법을 가지고 연구해보려는 분들이 생기고 있는 모양이지만 이런 의미에서 본다면 동양학의 성립이란 애매하고 또 내용 없는 일거리가 되기 쉽겠습니다."

"그러나 서양 학자들이 동양을 연구하는 데는 좀 더 다른 의미도 들어 있지 않을까요? 말하자면 서양의 몰락과 동양의 발견이라든가 하는."

"네, 잘 알겠습니다. 요즘 그렇게들 말하는 분이 많습니다. 그리고 물론 그것은 결코 거짓이 아니겠지요. 구라파 정신의 몰락이라든가 구라파 문학의 위기라든가 하는 소리는 이 쭈루루니 책장에 꽂혀 있는 뭇별 같은 사상가들이 오래전부터 떠들어오는 말이고, 구라파 정신의 재생이나 갱생책을 생각해보는 과정에서 동양을 발견하는 일이 많다고도 말할 수 있겠는데, 그러나 그들은 결코 구라파 정신을 건질 물건이 동양의 정신이라고는 믿지 않고 있습니다. 뿐만 아니라 그들은 한가지로 세계를 건질 정

---

* 일본의 철학자.

신은 역시 구라파 정신이라고 깊이 확신하고 있습니다. 이것은 서양 사람으로서는 물론 당연한 일이고 우리 동양 사람은 감정적으로래도 항거하구야 견뎌 배길 일이지만, 그러나 구라파 학자의 동양 발견이라는 것은 그 이상의 것은 아닙니다. 서양 학자가 동양에 오면 도시의 근대 건축이나 그런 것에는 조금도 감탄하지 않고 고적이나 유물 앞에서는 아주 무릎을 친답니다. 그를 안내한 동양 학자는 이것을 설명해서 서양 사람들은 위안으로밖엔 감탄하지 않는다고 말합니다. 유물이나 고적에서 서양을 건져낸다든가 세계정신을 갱생시킬 요소를 발견하고 감탄하는 것은 아니란 것입니다. 이런 점은 우리 동양 사람이 깊이 명심할 일입니다.”

무경이는 가만히 듣고 앉아 있다. 그러나 마지막으로 오시형이의 이론을 그대로 옮겨서 또 한 번 질문을 던져본다.

“앞으로의 현대의 세계사를 구상해보는 데 있어서 서양사학에서 떠나 다원사관에 입각하여 여러 개의 세계사를 꾸며놓는 것은 어떨까요?”

학문적인 술어가 마음대로 입에 오르지 않아서 그는 더듬더듬 자기의 의사를 표현해놓는다.

“동양에는 동양으로서 완결되는 세계사가 있다, 인도는 인도의, 지나는 지나의, 일본은 일본의, 그러니까 구라파학에서 생각해내인 고대니 중세니 근세니 하는 범주를 버리고 동양을 동양대로 바라보자는 역사관 말이지요. 또 문화의 개념두 마찬가지 구라파적인 것에서 떠나서 우리들 고유의 것을 가지자는 것. 한번 동양인으로 앉아 생각해볼 만한 일이긴 하지요마는 꼭 한 가지 동양이라는 개념은 서양이나 구라파라는 말이 가지는 통일성을 아직껏은 가져보지 못했다는 건 명심해둘 필요가 있겠지요. 허기는 구라파 정신의 위기니 몰락이니 하는 것은 이 통일된 개념이 무너지는 데서 생긴 일이긴 하지만. 다시 말하면 그들은 중세를 가지고 있지 않습니까. 그 중세가 가졌던 통일된 구라파 정신이 아주 깨어져버리는 데 구라파의 몰락이 있다고 하지 않습니까. 그러나 그들이 그들의 정신의 갱생을 믿는 것은 통일을 가졌던 정신의 전통을 신뢰하기 때문이겠습니다. 불교나 유교는 이러한 정신적 가치로 보면 훨씬 손색이 있겠지요. 조선에도 유교도 성했고 불교도 성했지만 그것이 인도나 지나를 거쳐 조선에 들어와서 하나도 고유의 사상이나 문화의 전통을 이룰 만한 정신적인 힘을 가지고 있지 못하지 않았습니까. 허기는 그건 불교나 유교의 탓이라기보다는 우리 조상들의 불찰이기도 하지만."

어느 한 귀퉁이를 비비고 들어가 볼 틈새기도 없을 것 같았다. 이관형이의 이러한 생각을 듣고 있으면 그가 비위생적인 생활 태도를 가지는 데도 어딘가 이해가 가는 듯이 느껴졌다. 동양인으로서 동양을 저토록 폄하하지 않을 수 없는 것도 하나의 비극이라고 생각되어지기도 하였다. 그는 잠시 오시형이의 편지를 생각해보았다. 비판만 하면 자연히 생겨나리라고 생각하는 것이 요즘의 지식인들의 하나의 통폐라고 말하면서 비판보다도 창조가 바쁘다고 한 것은 이러한 것을 두고 말하였던 것일까.

잠시 말을 끊고 앉아 있던 이관형이는 주머니를 뒤져서 담배를 꺼냈다.

"미안하지만 담배 한 가치만 피웁시다."

그러고는 성냥을 그어서 담배를 붙였다. 한 모금 깊숙이 빨고는

"요즘 내가 가장 사랑하는 말이 하나 있습니다. 반 고흐라는 화가의 말인데."

다시 한 모금을 빨아 마신 뒤에

"인간의 역사란 저 보리와 같은 물건이다. 꽃을 피우기 위해서 흙 속에 묻히지 못하였던들 무슨 상관이 있으랴, 갈려서 빵으로 되지 않는가. 갈리지 못한 놈이야말로 불쌍하기 그지없다 할 것이다. 어떻습니까?"

그러고는 또 한 번 뜨즉뜨즉이 그것을 외고 있었다. 무경이도 그의 하는 말을 외워가지고 다소곳하니 생각해본다. 그러나 한참 만에

"그게 어떻단 말씀이에요. 흙 속에 묻히는 것보다 갈려서 빵이 되는 게 낫다는 말씀입니까. 그렇잖으면 흙 속에 묻혀서 많은 보리를 만들어도 그 보리 역시 빵이 되지 않는가 하는 말씀입니까?"

하고 물어보았다. 이관형이는 싱글싱글 웃으면서

"여러 가지루 해석할 수 있을수록 더욱더 명구가 되는 겁니다, 해석은 자유니까요."

"그럼 전 이렇게 해석할 테예요. 마찬가지 갈려서 빵가루가 되는 바엔 일찍이 갈려서 가루가 되기보담 흙에 묻히어 꽃을 피워보자."

이관형이는 여전히 싱글싱글 웃었다.

"구라파 정신이 막다른 골목에 처했을 적에 그들이 니힐리스틱하게 던져본 말입니다. 이렇게 구라파가 몰락해버리는데 정신을 신장해보는 사업에 종사해본들 무엇하랴, 이건 하이데거 같은 철학자의 해석이랍니다. 선생님의 해석은 건강하고 낙천적이고 미래가 있어서 좋습니다."

"선생께선 그런 사상을 가졌으니게 대학에서두 실패를 보신 거예요."

"대학에서 실패를 보구 그런 사상을 가졌다는 편이 진상에 가깝겠지요."

"영국 문학을 하셨구 그런데 바로 그 정신의 고향인 자유주의와 개인주의의 영국이 지금 망하게 되었으니게 선생님이 그런 생각을 가지게 되시죠."

관형이는 담배를 껐다.

"그런 것만도 아닙니다. 대학에서 실패한 건 되려 자유주의적이 못 되기 때문이었구, 또 내 정신의 고향이 결코 영국인 것도 아닙니다. 우린 동양 사람이 아니어요. 대학에서 몇 년 배웠다구 그대루 영국 정신이 터득

된다면 큰일이게요. 오히려 병집은 그 반대인 데 있습니다. 구라파 문학을 겉껍질루만 배운 데. 그럼 내 자신의 이야기를 하지요. 그러나저러나 내 자신의 이야기를 털어놓는다고 하면서도 여태 서루 통성두 없었군요. 저는 이관형이라고 부릅니다.”

그래서 무경이도 제 이름을 가르치고 인사를 하였다. 그러고는 마주 보며 웃었다.

“그러면 내 정신의 비밀을 들어보십시오. ……아까 동양을 여행하는 외국 사람들이 우리 서양식 건축과 문명을 구경하고는 감탄은 샘스러 그저 누추한 모방품을 본 듯이 유쾌하지 못한 낯짝을 한다는 의미의 말씀을 드렸지요. 바로 그 서양식 건축 같은 가정이 우리 집이라구 해두 과언이 아닙니다. 내 아버지는 서울서두 손꼽이에 들 수 있는 무역상입니다. 말하자면 부르주아올시다. 아버지의 세 자식은 모두 근대적인 교육을 받았습니다. 나는 보시는 배 영문학을 하였고 내 누이동생은 음악 학교를 나왔고 내 끝 동생은 금년 봄에 삼고三高 독문과를 나옵니다. 모두 문화의 가장 찬연한 정수를 전공했습니다. 우리 가정은 그것 자체로 하나의 현란하고 난숙한 부르주아의 가정이올시다. 그런 의미에선 티피컬한 가정이라구 해두 과언은 아니겠습니다. 그런데……”

그는 잠시 숨을 돌리듯 하며 말을 끊었으나 다소 침울한 빛이 눈 가상에 떠올랐다.

“그런데 우리 조선이 근대를 받아들인 상태를 이것과 대조해보면 우리 집 가정의 타입이 더 뚜렷해지리라고 생각합니다. 개화가 있은 지 가령 칠십 년이라고 합시다. 이때부터 구라파의 근대를 수입해왔다고 쳐도 실상은 구라파의 정신은 그때에 벌써 노쇠해서 위기를 부르짖고 있던 때입니다. 우리들은 새롭고 청신하다고 받아들여 온 것이 본토에서는 이미 낡아서 자기네들의 정신에 의심을 품고 진보라는 개념 자체에 회의를 품어 오던 시대입니다. 그러니까 우리는 남의 고장의 노후하고 낡아빠진 문명과 문화를 새롭고 청신하게 맞어들인 것입니다. 구라파가 결딴이 났다고 우리들이 눈을 부실 때엔 벌써 이미 시일이 늦었습니다. 받어들인 문명과 문화는 소화도 하지 못하고 있는데 벌써 구라파 정신은 갈 턱까지 가서 두 차례나 커다란 전쟁을 경험하고 있습니다. 나 같은 사람이 영국 문학을 하였으나 조금씩 조금씩 깊은 이해를 가져보려고 노력하면 노력할수록 나는 어떻게도 할 수 없는 그들의 답답한 정신세계에 자꾸만 부딪치게 됩니다. 우리 아버지란 그러한 아들을 가지고 있는 상인입니다. 무역상이라고 하니까 앞으로 자유주의 경제가 완전히 통제를 당하고 보면 당연히 결딴이 나겠지요. 지금은 상업적 수단이 있어서 되려 시국을 이용하고 있는지도 모르지만. 우리들은 이층에서는 양식을 잡숫고 아래층에 와서는 깍두기를 집어 먹는 그런 사람들이요, 또 그 정도로 아주 될 대로 되어버려서 모두 권태와 피로를 경험하고 있습니다. 노인네들 말대로 하면 우리 집도 장차 쇠운에 빠지고 말 것이 분명합니다. 누이동생은 음악이 전공이지만 그것에 몰두할 수 없는 지 오래고, 고등학교 다니는 학생은 벌써 학문이나 학업에 권태를 느껴온 지 오랩니다. 내 매부는 비행가였었는데 이 용기 있고 참신한 청년은 얼마 전에 향토 비행을 하다가 울산 부근에서 안개를 만나 불시 착륙하였으나 바위와 충돌해서 비행기와 함께 세상을 떠났습니다.”

“얼마 전에 신문에 났던?”

“네, 아마 그것이겠지요. 그러한 가운데 나는 살고 있었습니다. 그런데 또 한 가지 이상한 건 작년부터 약 일 년 가까이 내 주위에는 참말 아무짝에도 쓸모가 없는 사람들이 욱적거리고 있었습니다. 가령 문란주 같은 여자가 그중의 한 사람입니다. 이 사람은 약 일 년 전에 우연히 알게 된 사람인데 처음부터 나는 이 여자를 데카당스의 상징처럼 느껴왔습니다. 그 사람이 들으면 노할는지 모르고 또 그 자신 그렇지 않은 사람인지도 모르나 나는 그를 볼 때마다 퇴폐적이고 불건강한 것의 대표자처럼 자꾸 느껴진 것입니다. 그러니까 나는 자꾸 그를 피하고 물리쳐왔지요. 또 오늘 나를 찾아와서 소절수를 주고 간 양반, 이분은 내 아저씨뻘 되는 분인데 몸도 건장하고 정력도 좋고 돈도 먹을 만치는 있고 한 청년 신삽니다. 그는 하나의 정복욕을 가지고 있습니다. 그러나 그 정복욕은 여자를 정복하는 데만 쓰였습니다. 그는 그 방면에 '레코드 홀더'*가 된다고 스스로 말하고 있습니다. 또 백인영이라는 은행가가 있었는데 이 양반은 잔재주를 너무 부리다가 그것 때문에 은행에서 실패했습니다. 그의 첩은 바로 저 문란주의 지기지우입니다. ……이런 분위기 속에서 나는 일 년 동안 싸워왔습니다. 그러나 그렇던 내가 교내의 파벌과 학벌 다툼에 희생이 되어서 아주 실패를 보게쯤 되었습니다. 요 얼마 전입니다. 나는 그날 술에 취하였습니다. 술에서 깨어보니까 문란주네 이층에 가 누웠습니다. 이야기를 들으니까 명치정에서 문란주가 오뎅 해서 한잔 먹고 나오는데 내가 비틀거리고 오더라나요. 나는 사오일 동안 이층에 번듯이 누웠었습니다. 아주 기력이 없고 수족을 놀리기도 싫어진 겁니다. 무슨 정신에 집에는 여행 가노라는 엽서는 띄워놓았지요. 나는 집에 들어가기도 싫어졌습니다. 또 문란주 씨네 집에 그대로 묵고 있는 데도 싫증이 났습니다. 그래서 옮아온 것이 이 아파트올시다. 이사하자 막 늙은 영감과 또 최 선생과 말다툼을 하였고……."

* 기록 보유자.

"잘 알겠습니다."

하고 무거운 머리를 들어 관형이에게 인사를 하듯 하고 무경이는 일어나서 다시 가스 불을 열어놓았다.

"그러나 나 같은 사람은 비위생적인 데도 철저히 빠져 있을 수 없는 사람인 모양입니다. 빵가루가 되기보담 어느 흙 속에 묻혀 있기를 본능적으로 희망하는 인물인지도 모르지요. 그것이 더 비극이지만."

물이 사르르 하고 더워오는 소리가 들려온다.

"실상은 저도 그것과는 다르지만 그 비슷한 정신적 비밀을 가지고 있습니다."

남의 신변의 비밀을 듣고 나니 어쩐지 제 비밀도 털어트려야 할 것처럼 생각되어졌다.

그러나 이관형이는

"그러시겠지요. 요즘 청년 치고 그런 것 가지고 있지 않는 분이 쉬웁겠습니까."

할 뿐 그 이상 이야기를 듣고 싶은 표정은 없었다. 무경이는 일어나서 홍차를 한 잔씩 더 만들었다. 차를 쭉 마시고는

"이거 이야기가 너무 길어졌습니다. 공연히 방해되셨지요?"

관형이는 의자에서 일어났다.

"그럼 안녕히 주무십시오."

하고 인사하였을 때 방을 나가려는 사내는 작은 약병을 꺼내 잘랑잘랑 흔들면서

"잠이 안 오면 이걸 먹고 잡니다."

그러고는 시니컬하게 웃어 보였다. 이관형이를 보내고 난 뒤 책을 펴놓았으나 물론 읽혀지진 않았다. 침대에 들어가 누워도 잠도 이내 오지 않

았다.

늦게야 잠이 들었으나 아침은 또 이르게 눈이 뜨였다. 침대에 누워서 일어나기가 싫다. 어젯밤에 들은 이관형이의 이야기가 생각난다. 인간의 역사란 보리와 같다고! 비밀을 털어놓고 샅샅이 들어보면 그러한 생각에 찬성을 하건 안 하건 이해는 가질 수가 있다. 오시형이도 지금 그런 것을 생각하고 있는 것일까, 그러한 정신세계를 헤매고 있는 것일까. 이관형이보다 복잡하면 복잡하였지 단순할 것 같진 않아 보인다. 그럴수록 그를 만나고 싶다. 만나서 모든 것을 들어보고 싶다. 그는 지금 어디 있는 것일까.

그러나 오시형이를 만나고 싶다는 그의 욕망은 곧 이루어질 수 있게 되었다. 오시형이는 지금 무경이가 사는 이 서울에 올라와 있다고 한다.

아침도 먹기 전이었다. 어디서 전화가 왔다고 하여서 그는 전화통 있는 데로 갔다. 오시형이를 보석시켜준 변호사한테서 온 것이었다. 오시형이가 공판에 올라왔을 텐데 어디서 유하는지 모르느냐는 전화 내용이다. 무경이는 당황하였다. 차마 모른다고 말하기는 창피하였으나 역시 그렇게 대답할밖에 도리가 없었다.

오늘이 공판인데 좀 상의할 일이 있다고 하면서 변호사는 전화를 끊는다. 오늘이 공판? 그러면서 어째서 오시형이는 나에게 그런 것조차도 알려주지 않는 것일까. 서울에 올라왔으면서 어째 여관도 알리지 않고 한 번 찾아도 오지 않는 것일까.

아침도 먹을 수 없었다. 사무실에는 잠시 나갔다가 머리가 아프다고 들어와 버렸다. 아무리 생각하여도 공판정으로 찾아가 볼밖에 도리가 없었다. 시간은 퍽 지났을 것이지만 그는 이내 아파트를 나와서 재판소로 달려갔다. 정정廷丁*에게 물어서 공판정에 들어가니까 재판은 퍽 진행이 되어 있었다. 방청객이 더러 있었으나 그런 것엔 눈이 가지도 않았다. 공범 여섯이 앉아 있는 앞에 머리를 청결하게 깎은 국민복 입은 청년이 서 있었다. 그것이 오시형이었다. 심리는 얼추 끝이 날 모양이었다.

"피고가 학문상으로 도달하였다는 새로운 관념에 대해서 간명히 대답해보라."

재판장은 온후한 얼굴에 미소를 그리고 질문을 던진다. 서류 위에 법복 입은 두 손을 올려놓고 그는 오시형이를 내려다보고 있다.

"구라파 사람들은 역사에 대한 하나의 신념을 가지고 있다고 생각합니다. 그들은 역사란 마치 흐르는 물이나 혹은 계단이 진 사다리와 같은 물건이라고 믿고 있습니다. 맨 앞에서 전진하고 있는 것은 구라파의 민족들이요, 그 중턱에서 구라파 민족들이 지나간 과정을 뒤쫓아 따라가고 있는 것은 아세아의 모든 민족들이요, 맨 뒤에서 쫓아오고 있는 것은 미개인의 민족들이라는 사상이 그것입니다. 고대에서 중세로 근대로 현대로 한 줄기의 물처럼 역사는 흐르고 있다 합니다. 그러니까 설령 그들이 가졌던 구라파 정신이 통일성을 잃고 붕괴하여도 새로운 현대의 세계사를 구상할 수 있고 또 구상하는 민족들은 자기들이라고 생각하고 있습니다. 이것이 역사에 있어서의 말하자면 일원 사관일까 합니다. 그러나 이러한 생각에서 떠나서 우리의 손으로 다원 사관의 세계사가 이루어지는 날 역사에 대한 이 같은 미망은 깨어지리라고 봅니다. 역사적 현실은 이러한 것을 눈앞에 보여주고 있습니다."

"그러면 피고의 그러한 생각으로 현재 진행되고 있는 전쟁과 세계사적

---

* 일제강점기에 법원의 사환을 이르던 말.

동향은 어떻게 포착할 수 있다고 생각하는가?"

피고는 말을 끊고 숨을 돌리듯 하고는 다시 이야기의 머리를 잠깐 돌려 보듯 하였다.

"저의 사상적인 경로를 보면 딜타이의 인간주의에서 하이데거로 옮아 갔다는 느낌이 듭니다. 하이데거가 일종의 인간의 검토로부터 히틀러리즘의 예찬에 이른 것은 퍽 깊은 감명을 주었습니다. 철학이 놓여진 현재의 주위의 상황으로부터 새로운 문제를 집어 올린다는 것은 최근의 우리 철학계의 하나의 동향이라고 봅니다. 와쓰지〔和辻〕* 박사의 풍토 사관적 관찰이나 다나베〔田邊〕** 박사의 저술이 역시 국가, 민족, 국민의 문제를 토구하여 이에 많은 시사를 보이고 있습니다. 제가 과거의 사상을 청산하고 새로운 질서 건설에 의기를 느낀 것은 대충 이상과 같은 학문상 경로로써 이루어졌습니다."

재판장은 만족한 미소를 입술에 띠었다. 무경이도 숨을 포 내쉬었다. 그러나 바로 그때였다. 피고석 뒤에 놓인 방청석으로부터 젊은 여자가 약간 허리를 드는 것이 눈에 띄었다. 이윽고 재판장은 오후에 심리를 계속하고 일단 휴식에 들어간다는 선언을 하였다. 젊은 여자는 완전히 일어섰다. 흰 두루마기를 입은 키가 날씬한 여자였다. 무경이는 가슴이 뚱하고 물러앉는 것을 느꼈다. 그 여자의 옆자리엔 오시형이의 아버지, 그리고 또 그 옆자리엔 어떤 늙은 신사. 피고석으로부터 돌아온 오시형이는 긴장한 얼굴을 흩트려놓으며 그 여자가 서 있는 곳으로 가는 것이 보였다. 무경이는 뒤숭숭해진 공판정의 소음에 앞서 복도로 나왔다.

* 일본의 윤리학자.
** 일본의 철학자.

'그 여자이다! 도지사의 딸!'— 그리고 이것으로 모든 문제는 끝이 나는 것이 아닌가. 복도 가운데 서보았으나 몸을 유지할 수가 없어서 그는 허턱대고 걸어본다. 뜰로 나왔다, 날이 쨍쨍하다. 몹시 현기증이 난다.

어떻게 그래도 용하게 아파트는 찾아왔다. 문밖에서 지금 막 아파트를 나오는 문란주와 만났다. 그는 겨우 인사를 하였다.

"사무실에서 들으니까 몸이 편하지 않으시다더니……."

하고 말하는 문란주의 얼굴도 핏기가 없어 보인다.

"네, 그래서 병원에 다녀옵니다."

문란주는 잠깐 동안 가만히 서 있었으나

"그럼 잘 조리하세요."

하고 걸어 나갔다. 데카당스의 상징 같다고 하는 문란주와 그는 차라도 마시고 싶은 충동을 느껴보았으나 그대로 제 방으로 올라왔다.

"인제 나는 어떻게 할 것인가?"

침대에 누우니까 처음으로 눈물이 나서 그는 실컷 울었다. 그런데 얼마가 지나서 노크 소리가 났다. 뚜들기는 품으로 보아 어젯밤에 찾아왔던 이관형이의 것이 분명하다.

"네에."

하고 대답해놓고는 낯을 고치고야 문을 열었다.

"어젯밤은 실례했습니다. 어데 편하지 않으시다고요."

"아뇨 괜찮습니다."

"글쎄 그러시면 다행이지만……."

잠시 말을 끊었다가

"지난 생활을 청산해보려고 어데 훨훨 여행이나 떠나보렵니다. 방은 그대루 두고 다녀와서 정리하기루 하겠어요. 우리 집엔 실상은 아저씨한테 돈 취해갖고 지금 경주 방면에 여행하는 중이라고 알려두었는데 헛소리를 참말로 만들어볼까 합니다."

"그럼 경주로 가십니까?"

"머 작정은 없습니다. 휘 한 바퀴 돌아보면 마음이 좀 거뜬해질까 해서 보리알을 또 한 번 땅속에 묻어볼까 허구서."

그는 껄껄거리며 웃었다. 아까 다녀 나가던 문란주의 얼굴이 눈앞에 떠올랐으나

"잘 생각하셨습니다. 그럼 어저께 소절수를 마저 찾아드리지요."

"죄송합니다."

소절수를 찾으러 강 영감을 은행으로 보내고 무경이는 사무실 의자에 혼자 앉아 있었다.

'나두 어데 여행이나 갈까?'

'아예 어머니 말마따나 동경으루 공부나 갈까?'

그런 것을 생각해보았으나 원기도 곧 솟아나지 않았다.

—『맥』, 을유문화사, 1947.

등불

인문사 주간 족하

소설을 다시 쓰게 되어, 전화로 선생과 너무 경솔히 승낙했던 주제와 제재에 관해서, 정작 붓을 들고 이야기를 꾸며보려고 하니, 여간 곤란이 가로막혀 있는 것이 아니었습니다. 작금 양년간에 걸쳐 소설가였던 내가 살아가는 방식이 다소 특이해졌다 하여, 그 새로운 생활 신념과 체험에서 오는 바를 소설로 작품화시켜보라는 것이 본시부터의 선생의 희망이었고, 또 그런 점에서 나는 나대로 오랫동안 붓을 들 엄을 하지 못하고 있었는데, 일이 이렇게 되어, 칠팔 년 동안 자나 깨나 맡아오던 원고지 냄새를 일 년 만에 다시 맡게 된 즐거움은 누를 수 없는 바이오나, 흰 종이와 만년필만 들고서 두 주일 동안을 그대로 보내지 않을 수 없으리만큼 소설 쓰는 일이 힘든 것이 되어버린 것도 사실인가 싶습니다. 그래서 일시는 선생과의 약속을 어길까고도 생각했으나 집필 복구에 이르기까지의 선생의 여러 가지 노력과 우정에 새로이 용기와 책임을 느껴, 지금 다음과 같은 구김살 있는 이상한 기록을 꾸며놓아 보았습니다. 소설인지 아닌지는 나도 딱히 단언키 힘드오나, 본래 소설은 시나 수필이나 논문이나 희곡 아닌 모든 것 위에 붙이는 허물없는 이름 같아서, 문단의 습속에 숨어 이 것도 소설 축에 넣어보리라 생각했습니다. 꾸미는 것의 곤란은 결국 나의 부족한 재주 탓이겠기에 길게 이야기하려 하지 않사오나, 한마디 미리 양 해를 받고 싶은 것은, 여기에 쓰인 기록은 적어도 절반은 사실이요, 그 나 머지는 인물이며 사건이며가 전혀 허구요, 일인칭으로 된 주인공, 장유성 도 작자와 비슷한 인물이라는 것이 타당하리만치, 그렇지 않은 부분이 더 많이 섞이었다는, 그것입니다. 소설인 바에 그럴 것은 당연한 일 같으오 나, 나의 생활 환경에 관해서 대충의 이해를 가지실 선생께 대해서는 이 러한, 구태여 쓰이는 군소리가 용서될 수 있으리라 믿었습니다. 원고 마 감 날짜를 너무 넘긴 것은 거듭거듭 죄송 만만.

김 군에게 보내는 회신

김 군의 편지를 받고 회답을 쓴다면서 벌써 일순이 넘었구려. 김 군이 생각한 것처럼 역시 시간의 부족입니다. 아침 아홉 시 출근에 오후 다섯 점 퇴근입니다. 요즘의 아홉 시는 그닥 이른 시간은 아니오나 겨울의 아 홉 시는 그리 늦은 시각은 아닙니다. 이제 곧 여덟 시 출근이 되겠지요. 다섯 시에 일을 마치고 정리하고 회사를 나서는 시간이 다섯 시 반, 집에 오면 여섯 시, 낯 씻고 발 닦고 저녁 먹고 석간신문의 제목만 주르르 훑어 보아도 일곱 시가 넘습니다. 아침 일곱 시 전에 일어나려면 수면을 충분 히 취하는 나로서는 열 시 반부터는 자리를 펴야 합니다. 가족들과, 특히 어린것들과 같이 노는 시간을 없애버리고 이내 내 방으로 건너온대도 내 가 자유롭게 쓸 수 있는 시간은 세 시간밖에는 남지 않습니다. 세 시간이 라는 시간이 어떤 시간인 것을 나는 처음으로야 알 수 있었습니다. 잡지에 난 소설 한 편을 읽는 데 세 시간이 걸리더군요. 좀 긴 놈은 꺾어서 그 이튿날로 넘겨야 할 만큼 세 시간이란 길지 않은 시간이었습니다. 어디서 사람을 기다릴 때 십 분 이십 분이 그토록, 지루하던 것을 생각해보고 사람의 심리와 신경이 변덕스럽고 부질없다는 것을 새삼스럽게 느끼는 듯하였습니다. 그러나 이렇게 나에게 주어진 세 시간이라는 시간이 나의 자유에 맡겨져 있다 하여도 거기에는 여러 가지 조건이 끼지 않을 수 없습니다. 가령 내가 여기서 내 시간이라고 하는 것은 독서하는 시간을 주로 말하고 있는 것인데 이러한 세 시간이나마 전부가 독서에 쓰이게 되느냐 하면 그런 것은 아니기 때문입니다.

회사의 일에 서툰 나는 회사에서 오늘 한 일을 반성해보는 시간과 내일 하여야 할 일에 대하여 준비해두는 시간이 꼭 필요합니다. 이러이러한 일을 오늘은 꼭 하여보리라고 머릿속에 일정표를 꾸미고 나갔던 일이 절반도 시행되지 않는 일이 많습니다. 실무적 능률과 실행력이 부족한 나를 매일처럼 발견합니다. 탁상일기나 메모에는 그 전날 기록되었던 것이 그대로 그 이튿날로 옮겨 쓰이고, 그다음 날로 밀리어 일주일이 가도록 끝을 못 내는 일이 수두룩합니다.

사람을 대하는 일, 없는 물건을 구하는 일, 갖추어야 할 물품을 조사하는 일, 가격을 정하는 일, 사들인 물품의 금액을 계산하여 기입하는 일, 문서의 수송 정리와 전화를 걸고 받는 데 이르기까지의 가지각색의 일반 서무적인 잡무 등— 그러나 일에 생소하고 서툰 나에게는 이렇게 쭈르르니 세어 내려가면 별로 신통치도 않아 보이는 사무들이, 익숙한 분에게는 실로 지극히 간단하고 단순한 일들이, 하나라고 복잡하고 혼란스럽지 않은 일이 없습니다. 가령 사람을 대하는 일, 하나를 두고 말하여보아도, 사람은 영업 종목에 따라 다르고, 층에 좇아 구별되고, 성질마다 같지 아니하여, 실로 천차만별, 이에 따라 나의 대하는 태도와 마음씨도 각각 다르지 않으면 상담商談은 제대로 성립되기가 힘듭니다. 수만 원 거래 있는 큰 원료 상점의 출장원과 방한모 눌러쓰고 간혹 두루마기 위에 노끈조차 잘라 매고 달려드는 새끼나 볏짚이나 목면 장수쯤 구별해서 대해내기 식은 죽 먹기라고 첩경 생각되기 십상이나, 정작 이것을 갈라서 승강이를 하려면 그리 녹녹한 일은 아닙니다. 큰 상점의 출장원들도 대판과 동경이 다르더군요. 의자에도 앉지 않고 실없이 그런뎁쇼만 찾아대는 협수룩한 친구들도 사람을 업어넘기는 데는 나는 재주를 가졌더군요. 이만하면 잘한 장사라고 열심스럽게 다루어서 정한 것이 얼마 안 가서 엄청난 가격으로 엎이었다는 것을 발견하는 등사는 참말로 부지기수요, 죽어가는 소리로 호소하는 지함紙函 제조업자에게 쓸데없는 동정심을 기울였다가 창피당하는 일조차 투문하게 있는 일입니다. 그렇다고 덮어두고 속지 않겠다고 바득바득 애를 쓰며 앉았는 꼴은 당자 자신이 생각해보아도 보기 숭한* 일이요, 벌써 한 번 보아 그 사람의 마음을 붙들고 몇 마디 안짝에 타당한 상담을 끝내려면 비범한 재능과 오랜 경험이 필요한 것이, 사람의 심보를 꿰뚫어 보는 날카로운 안광을 갖추는 동시에 시세의 변동과 물건의 좋고 나쁨을 구별하고 지실하는 식견이 또한 절대로 필요한 때문입니다.

김 군! 숙련의 아름다움이라는 것을 생각해본 적이 있으시겠지. 문학에 있어서의 일종 기술적인 연마에서 오는 아름다움, 그림이라면 메티에**의 아름다움 같은 것, 흡사히 그런 것과도 대등할 만한 아름다움을 나는 회사의 사무실 안에서 가끔 생각해보고 앉았습니다. 수수하게 단장한 어린

---

* 숭하다. '흉하다'의 방언.
** 어떤 직업에 기본적으로 필요한 전문적인 기술상의 재치나 손재주.

여사무원의 흰 손가락이 까만 염주알 같은 주판알을 재치 있게 토거 내려가는 모양을 나는 때때로 멍하니 바라볼 때가 있습니다. 가느다란 펜대를 초가락 같은 손 새에 끼고 십만 단위에서 일 리까지 이르는 기다란 층계를 거침없이 오르고 내려서, 일 푼 일 리가 틀리지 않게 합계를 매겨 내려가는 것을 바라보다가, 나는 언듯 건반 위에 뛰노는 양금가의 손을 연상하고 있는 나를 발견할 때가 있었습니다. 나는 내가 쓰는 주판을 가만히 쥐어봅니다. 청요릿집 같은 데서 흔히 보는 밤알 같은 주판은 아니지만 그래도 알이 좀 굵직하여 묵직한 무게 있는 주판입니다. 알이 손끝에 묻어다니지 말라고 특별히 손수 선택해서 산 것입니다. 그래도 틀릴까 저어하여 전표 하나 계산해서 합계 매기는 데 두 번 세 번 되풀이해서 놓아봅니다. 승법과 제법은 남몰래 슬쩍 필산을 하지요. 가장 답답한 것은 장부 책 한 페이지 합계해내는 데 하나 놓고 둘 놓고 한 번 따지고 두 번 따지고 굼벵이 기듯 매겨나가도 첫 번과 둘째 번이 서로 틀리고 세 번째 네 번째가 맞지 않아서 참말로 진땀이 나게 초조하고 안타까울 때가 있습니다. 이것은 누가 보아도 아름다움과는 거리가 먼 풍경입니다. 부끄러움을 느껴 마땅한 일입니다. 나는 하루바삐 이 부끄러움에서 떠나야 할 것을 생각하고 있습니다.

　—커다란 장부와 전표를 대조해가며 문부 검열을 하고 있는데 한 사람의 허수름한 상인이 찾아와서 그 사람과 나직한 말씨로, 상담을 주고받고 있을 때에 전화가 따르릉 웁니다. 급사가 받아서 건네줍니다.

　"여보십시오, 전화 바뀌었습니다. 아, 네에 네. 안녕하셨습니까, 오래간만입니다." 저편 쪽에서 하는 말을 듣는 동안 한편 손으론 들었던 담배를 슬며시 끄면서, "그거 시방 얼마나 가지고 계십니까, 네에, 네 이백 킬로…… 다 썼으면 싶은데…… 가격은요? 킬로에…… 거 좀 값이 세지 않습니까."

잠시 동안 듣고만 있다가 혀를 한 번 차 보이고는 "소견대로 하십시오. 그렇지 수형*으루. 네에 네 물건 곧 보내십시오. 일간 저녁이나 같이 하십시다."

수화기를 엎고는 상인을 향해서 "이거 미안합니다." 한편으로는 다시 계속되는 상인의 이야기를 들으며 메모에 두어 자 끼적끼적 써서 땡땡 종을 친 뒤, "물건 오건 받고 세 번에 나누어서 수형 쓰시오. 오십 일⋯⋯." 다시 담배를 붙여 들고 역시 아무 말 없이 상대자의 이야기를 듣고 있다가, 문득, "그런 장사 어디 있소, 요즘 같은 때에." 그러고는 싱글싱글 웃으면서 보던 장부를 뒤적뒤적, 그러는 동안도 손님은 연해 지껄여댑니다. 듣는 척 안 듣는 척 혼자 지껄이는 대로 내맡겨 두고 저 하는 일만 보고 앉았다가, 그러나 두 귀로는 한마디도 흘리지 않고 상대방의 수작을 듣고 있는 표적으론, 그는 드디어 전표 뭉치를 장부 속에 끼운 채로 절칵 소리가 나게 닫아버리면서, "참 댁두 딱하긴 합니다. 셋으루 하려건 두고 그것으루 안 되려건 그만둡쇼." 선뜻 낯을 들고 엉거주춤히, 어디 소변이라도 보러 가려는 것처럼 의자에서 궁둥이를 일으킬락 말락―.

김 군! 나는 옆에서 이것을 바라보면서 성인成人의 원숙하고 침착한 아름다움은 이런 종류의 것이 아닐까 하고 생각해볼 때가 있습니다. 장사하는 회사에 다니는 이상 그 회사에서 영위되는 장사에 대해서 한 사람 몫의 지식과 수완을 가져야 하는 것은 당연한 일입니다. 주판도 잘 놓아야 하고, 장부 조직도 알아야 하고, 자기 부서이든 아니든 언제 어느 때에 맡겨도 대차대조표나 결산보고서쯤 어렵지 않게 꾸며 바칠 실무적 수완을

가져야 되리라 생각합니다. 원가 계산 같은 데도 깊은 관심을 가져서 경리와 경영의 핵심을 붙드는 것도 필요한 일인 줄 압니다.

그러나 이렇게 쓰다 보니 이야기가 이상한 데로 발전을 하여 전혀 자기의 궤도를 잃어버렸구료. 김 군의 편지에 곧 회답을 쓰지 못했다, 그것은 나의 시간의 부족 탓이다— 그런 변명을 늘어놓는 동안에 이야기의 꼬리는 하마 자기의 머리를 잃어버릴 뻔하였습니다.

시간의 부족, 물론 틀림없는 사실이지만, 간단한 엽서 한 장 쓸 수 없으리만치 시간이 없었다면 그것도 또한 심한 엄살이요, 역시 이유는 좀 더 복잡한 데 있었던 것입니다. 김 군의 편지에는 한두 마디의 엽서 회답으로 쓰러칠 수 없을 깊은 내용이 들어 있는 듯이 생각된 때문에, 안 쓰면 말되 이왕 쓰게 되면 아무렇게나 어물거려 늘어놓고 안연해버릴 수는 없다 생각한 것입니다.

김 군은 나의 현재의 생활에 분개 비슷한 동정심을 기울이면서, '문학자의 전업轉業'이라는 문제에 대하여 하나의 의견을 말했다고 생각합니다.

그러나 이러한 군의 의견에 좌탄을 표명할 수는 없었습니다. 가령 작가의 직업 문제를 두고 말하여볼지라도, 우리 문학의 선배들이 한글로 된 새로운 문학을 개척하여 이럭저럭 사십 년, 어려움과 고난으로 덮인 이 짧지 않은 역사는 결코 호사스러운 작가 생활에 의하여 열려진 것은 아니었습니다. 학교에, 신문사와 잡지사에, 인쇄소에, 혹은 상점에, 회사에, 혹은 관청에, 또는 혹은 공장에, 농장에, 시간과 정력을 제공하고 그 여가에 우리 문학의 역사는 지어진 것입니다. 이것은 구차하고 가난한, 빈약한 역사였으나 그만큼 높은 정신에 의하여 이룩된 전통입니다. 문학을 뜻할 때는 누구나 우선 굶을 각오를 하고 나섰던 것입니다.

최근 오륙 년 동안 글만을 가지고 생활을 세워본다고 몇몇 작가가 서재에 파묻혀서 원고지와 싸워왔다고 하여도, 다른 곳에 따로이 직을 받들지 않은 사람은 단 사오 명에 지나지 않았고, 겨우 입에 풀칠이나 하기 위하여 우리 사오 명의 작가는 소처럼 일하지 않을 수 없었습니다. 쓰고 싶지 않은 잡문을 쓰고 마음에 내키지 않는 통속소설에 붓을 들고 때로는 신문기자도 꺼리는 명사 방문에까지 나섰습니다. 지금 돌이켜 보아, 우리(나)의 써버린 오륙 년 동안의 소설과 논문과 잡문 중에서 몇 편이나 골라잡아 부끄러움이 없을는지 볼편에 불이 붙는 듯합니다. 종일토록 원고지와 씨름하고 남은 것은 그저 몸을 가눌 수 없는 피로뿐. 만약 천 장의 원고지 중에서 단 한 장이라도 골라잡아 남길 만한 것이 있다면 우리는 그 천 장을 다 그만두고 단 한 장을 위하여 애쓰고 그 한 장만을 써놓아도 그만이었던 것을. 그러나 이것이 우리 문학의 숙명이요, 우리 문학자의 운명이었습니다. 쓰기 위해서만 독서했고, 쓰기 위하여서만 쓸 목적을 세우고만 체험했다 말해도 과언이 아니었지요. 물론 이것은 바른길이 아니었습니다. 그러므로 우리의 문학은 깊이가 없고 우리의 작가는 모두 소견이 좁습니다. 완전한 인생이 되기도 전, 스물이 넘자 이내 문단에 나온 작가들이 쓰는 데 쫓기어 충분한 정신적 양식을 섭취하지 못한 폐단은 결코 적지 아니합니다. 문학을 기르고 키워나가자는 열심스러운 정성이 밑받이가 되었다면 우리들의 이러한 남작과 과로가 용서될는지, 여하튼 시방 생각하여도 잔등이 선뜩하는 만용이었습니다.

그제나 이제나 변함없는 나의 생활 신념은 주어진(부여된) 환경 속에서 최선을 다하여 살아나간다는 성실, 그것뿐입니다. 나의 조부는 내 이름을 유성이라 지어주셨는데 생각해보면 이것은 적이 교훈적입니다. 내가 일생 동안 지킬 수 있고 또 자식에게나 후배에게 부끄러움 없이 권할 수 있는 단 하나의 온건하고 존귀한 생활상 모토입니다.

회사의 동료들 중에도 나에게 김 군과 같은 동정심을 기울이려는 분이 없지 않았으나 그러나 나는 그것을 달가워하지 않았습니다. 소설가가 시세를 잘못 만나 주판을 따지고 앉았으니 웬만한 실수나 잘못은 관대히 보아줄 게라는 그러한 동정심은 회사로서도 온당한 처분이 아니거니와 나로서도 유쾌치 않은 대웁니다. 소설가였거니 하는 생각이 행동의 한 가닥에라도 나타난다면 나의 인격이나 수양의 부족 탓입니다. 일에 익숙지 못하고 장사 방면에 아무런 재능도 경험도 없는 나인 줄은 알면서도 만년 견습사원의 칭호는 기분이 허락질 않습니다. 회사는 결코 실업자 구제소여선 아니 되니까요. 자선사업의 혜택을 받을 만치 자기의 능력이 노쇠했다고 생각하기에는 우리들은 너무 젊으니까요. 문제는 안한한 생활 태도에 있지 아니하고 생명의 충실감을 가지는 곳에 있으니까요.

여기까지 쓰고 보면 아마 내가 이 편지 서두에 나의 회사원 생활의 일단을 지루하도록 자세히 기록한 까닭을 양해하실 수 있으시겠지. 그것은 나의 생활신조였습니다.

그러나 김 군의 편지를 한번 다시 검토해보면 김 군은 혹시 문학의 우월감을 지나치게 가지고 있는 것이나 아닌지요. 문학에 종사하는 것만이 인류 복지에 공헌하는 유일의 길이라고 생각지는 않으시는지. 만일 그렇게 생각한다면 그것은 말할 것도 없이 문학의 편견입니다. 군이 만약 시방 경영하는 농장 일과 문학 하는 일을 대비해서 거기에 현격한 차별을 둔다면 그것은 온당하지 못한 생각입니다. 문학 하는 일이 천한 일이 아님은 말할 것도 없거니와, 농장 일이나 장사 일도 그만 못지않게 소중한 일입니다. 물론 이러한 환경 속에서 아무런 조력이나 격려도 없이 문학을 키워나가는 사업에 종사하려면 문학에 대한 높은 우월감과 남모르는 즐거움과 긍지감과 사명감과 자부심이 없이는 한 시각도 자기의 정신을 부지해나갈 수가 없을 것입니다. 그래서 우리들의 선배는 가난을 두려워하지 않았고 세속적 욕망에 붙들리지 않았고 일표음 일단사*로 오히려 긍지를 느꼈습니다. 그러나 이러한 긍지의 뒤에는 반드시 다른 사업에 대해서 깊은 양해와 존경을 표시할 수 있을 만한 겸허한 마음의 여유를 준비해두지 않아서는 안 될 것입니다.

도대체 싫은 일에 종사하고 있다는 자각은 첫째론 자기 자신에 대한 큰 정신적 손실입니다. 또 둘째로는 그를 용납하고 있는 장소로서도 커다란 손실입니다. 자기가 새로운 환경과 운명 앞에 선 것을 깨달았을 때엔 거기에 대응할 만한 마음의 태세를 정비하는 것이 무엇보다도 필요한 일입니다. 부여된 환경, 자기의 주위를 이루고 있는 환경의 조건을 냉철히 판단하여, 그 속에서 최선을 다하여 살아나갈 수 있는 길을 발견하는 것이 가장 바르고 현명한 태도입니다. 자기를 퇴폐에서 구하고 정신적 이완으로부터 지킬 수 있는 유일의 심적 태도는 이렇게 해서 발견되는 길을 헛눈을 팔지 않고 성실히 걸어나갈 만한 굳은 결의와 용단입니다. 그다음에 남는 것은 실행뿐.

그러므로 문학에 대해서 불같은 열의와 칼날 같은 결벽성을 가지고 있는 군에게는 군이 종사하고 있는 직업, 농장의 경영에 금후도 전력을 다하여 힘쓰라고뿐 부탁하고 싶습니다. 이 길이 곧 문학 하는 정신에 통하는 길이라는 것을 현명한 군은 어렵지 않게 발견할 것입니다. 그리고 군과 같은 분들이 문학의 다음 세대가 될 것이라 굳게 믿어 의심치 아니합니다. 농장 일에 전심한다고 문학을 잊을 정도의 정신에게는 문학의 후대

를 의탁할 수는 없을 것입니다.

언제나 한번 군의 농장을 구경 갈 수 있을는지 혹시 군이 사는 시골 가까이로 출장이라도 갈 일이 생기면, 하고 나는 그런 기회를 기다릴 뿐입니다. 그러면 서로서로 건강에 유의합시다. 이만.

문우 신 형께 부치는 글

"세 번이나 불렀는데 못 알아보시더군." 신 형은 화신 앞을 건너고 있는 내게로 쫓아와서 나의 어깨를 가볍게 두들기고 그렇게 말했습니다. 오래간만이어서 나도 반가웠으나 세 번이나 불러도 알아듣지 못한 변명은 별로 늘어놓지 않고 형과 함께 가까운 찻집으로 들어갔던 것입니다. 나는 그때 어떤 한 가지 생각에 골똘해서 귀와 눈은 반 이상 기능을 잃고 있었습니다. 생각이란 별것이 아닙니다. 신 형과 만나기 약 일 분 전까지 나는 파출소 안에 서 있었습니다. 지나가는 떠떠방의 장작을 잘못 샀던 일로 회사를 대표해서 호출을 당했었는데, 일은 무사히 해결이 났으나 한 이십 분 동안 순사 앞에 기척*하고 서서 다른 군소리 없이 그저 열심스러이 용서해달라고만 빌었던 것입니다. 본시부터 일거리가 될 만한 과실이 아니었던 탓인지 일은 무사히 끝이 나서 나는 그곳으로부터 물러 나올 수가 있었는데 외투를 입고 길 위에 내려서면서 문득 '나는 언제부터 이렇게 아무 잡념 없이 빌어 모시는 데 철저해질 수 있었는가' 하는 의문에 붙들렸습니다. 그것은 나를 놀라게 하기에도, 적막하게 만들기에도 충분한 의문이었습니다. 오륙 년 전까지도 나는 나 자신의 소행의 탓으로 가끔 경

---

* 구령어로서 '차렷'을 이르던 말.

관 앞에 취조를 받은 일이 있었는데, 그때에는 한 번도 지금과 같은 태도를 취하지 않았기 때문입니다. 그래서 나는 길을 건너면서도 신경을 여러 곳에 쓰지 못하고 형이 세 번씩이나, "장 형 장 형." 하고 불렀다는 것도 미처 알아들을 수 없었던 것입니다— 이러다가 나는 불과 몇 년 안짝에 일찍이 내가 미워하고 경멸하던, 양심도 체면까지도 마멸된 한 사람의 저급한 장사치가 되는 것이나 아닐까, 징글스럽다느니, 뻔뻔하다느니, 체면불고라느니, 심지어는 철면피라느니 하는 등등으로 형용하여 우리들이 조금도 동정하려 하지 않던 그러한 인간으로, 나 자신도 모르는 새에 되어버리는 데 그다지 오랜 시일과 직업적 분위기가 필요치 않게 되는 것이나 아닐까. 환경에 따라 사람은 아무렇게라도 될 수 있다고 흔히들 말하여왔으나 나암불라* 그런 부류에 속하지 않으면 안 되는 것일까. 빌었다는 사실이 큰 것이 아니다, 잘못하고 비는 것은 당연한 일이다. 나 자신이 불과 일 년에 그토록 변하였다는 데 나는 놀라고 적막했던 것입니다.

물론 형을 만난 그 당시에나 또 그럭하고 얼마가 지난 지금에나, 이런 이야기를 늘어놓아 형의 양해를 구할 필요는 없는 일이나 혹여 나의 표정의 침울이 형께 불쾌를 주지나 않았는가, 나는 형과 갈라져서 솔찬히 미안한 생각에 붙들려 있습니다.

차탁에 앉은 형과 나는 그전에 하던 버릇대로 커피를 시켰습니다.

"과히 바쁘지 않습니까."

"그저 그렇지요, 근무 시간을 지켜야 하니까요."

차가 오기 전에 나는 잠시 자리에서 일어나서 전화를 걸었습니다. 서무부장을 부르고, 무사히 끝나서 지금 밖으로 나왔는데 노상에서 아는 이를

---

* '암불라'는 '조차'의 방언.

만나 잠시 다방에 들렀으나 곧 들어가겠노라고 아뢨더니, 한 오 분 전에 구니모도라는 분한테 급히 만나고 싶다는 전화가 왔으니 그리로 다녀서 들어와도 무방하다는 말이었습니다. 그래서, 나는 다시 대홍합명으로 전화를 걸고 사장실을 찾았는데 구니모도 쇼오껜 씨는 언제나 점잖은 가라앉은 목소리로 틈 있으면 들르라고 말하였습니다. 이제 한 십 분 뒤에 들르겠습니다, 고 약속하고 나는 다시 자리로 돌아왔습니다. 차를 한 모금씩 마셨습니다. 그전과는 딴판인, 설탕 비린내가 풍기는 커피였으나 아무도 그런 것에는 투정을 하려 하지 않았습니다.

"잡지는 순조로이 잘 나오게 됩니까."

"그저 어떻게 꿰매듯 하여 간신히 종이를 변통해 대고 있지요. 종이만큼 원고도 귀합니다. 국어 원고에 비해서 조선말 원고가 얻기가 더 힘듭니다. 소설들을 통 안 쓰니까요."

그럴 리가 없다고 생각해보며, 신 형은 필시 소설 쓰기를 그만둔 나를 빗대고 하는 말일 게라고 생각해보며, 나는 그대로 아무 대꾸도 하지 않고 덤덤히 앉았었습니다.

"쓰는 분들은 대체로 어떤 것들을 주제로 삼고들 있는지."

나는 오랫동안 잡지에 나는 동료들의 작품을 구경하지 못한 때문에 그러한 미안스러운 질문을 하였습니다.

"소극적인 인생 태도를 가지고 오던 분은 역시 애조나 실의나 쇠멸의 정조 같은 것을 그전처럼 취급하고 있지만 그것으로 어느 때까지 쓸 수 있을는지요. 또 시대적인 감각을 가졌다는 분들은 모두 시국 편승이라고 욕먹어 마땅할 천박한 테마로 일시를 호도하는 현상이지요. 가장 딱한 것은 내선일체의 이념을 작품화한다고 곧 내선인 간의 애정 문제나 결혼 문제를 취급하는 태돕니다. 이런 주제는 퍽 흔합니다. 되려 일상생활에서 출발하는 편이 자연스럽고 시국으로 보아도 좋을 것인데, 그러니까 아직 시대와 겨누어서 하나의 확고한 작품 세계를 발견했다고 볼 작가는 없는 셈이지요."

"시일이 짧은 탓이겠지요."

나는 형의 설명에 간단히 그렇게만 대답하였으나, 내가 다시 쓴다면 나는 무엇을 쓸 것인가, 그런 것을 내심으로 막연히 생각해보고 앉았었습니다. 내지 사람의 여급이 조선 청년을 따르는 이야기를 나도 쓸 수 있을 것인가 하고도 생각해보았습니다. 그런 것을 써서 제법 옳은 작품을 만들 재주는 없다고 생각했습니다. 자기와 내면적 관련이 없는 사람과 사람의 관계를 객관적으로 묘사하는 수법을 익힌다고 일 양년간이나 주장도 하고 쓰기도 해보던 나였으나 역시 그러한 재료에는 자신이 가들 않았습니다. 형도 아시다시피 내가 본격적으로 작가 생활을 해본다고 결심하던 당초에 나는 작가 자기의 주체적 검토라는 과제를 들고 나섰습니다. 그때에도 지금보다 못지않게 나의 내면생활은 커다란 시련 속에 영위되어 하나의 위기를 지나가고 있었는데, 이러한 때 나는 무엇보다도 자기 자신을 추구하고 자기 자신을 검토하는 사업이야말로 필요하다고 생각했던 것입니다. 자기 고발의 문학이란 나의 내적 심리와 내부적 체험에 관련을 가진 주장이었습니다. 그 뒤 모럴론에서 풍속론으로 들어가며 나는 일시적인 안정기를 경험하였습니다. 장편소설을 쓸 수 있는 창작 심리의 근거는 여기에 있었습니다. 가끔 신문소설을 쓸 수 있을 정도로 마음은 안정된 듯하였으나, 기실 나의 문학은 이상한 물결의 윗면을 흘러내리고 있었습니다. 문학 자체로 보나 작자의 정신생활로 보나 이것이 틀림없는 타락의 길이었던 것은 지금 숨길 수 없는 진상으로 되었습니다. 수많이 씌어지는 소설이 차차로 나의 영혼과 절연하고 나의 정신생활과 별반 밀접한 교섭을 가지려 하지 않았습니다. 붓을 던질 기회를 얻은 것은 나로서도 나의 문학으로서도 천재일우의 기회였습니다. 나는 지금 이것을 행복이라고 표현하고 싶습니다. 붓을 던지고 나서 나는 깊은 휴식을 취하였습니다.

'내가 다시 소설을 쓴다면' 하고 자문하면서, 나는 역시 또 한 번 자기 자신의 검토로부터 출발할 것이라고 쓸쓸히 생각하고 있었습니다. 시련을 부르고, 시련 속에 뛰어들고, 자기의 주위를 함께 구할 수 있는 길을 구하여 헤매는 사업이, 곧 문학 하는 사업이 되게끔 하고 싶다고 생각해보고 있었습니다. 나는 영혼과 관계없고, 나의 정신생활을 윤택하게 만드는 데 아무 도움도 주지 않는 문학은 피하리라 생각해보고 있었습니다.

"단재 더러 만나십니까."

단재란 신 형과 나의 우정을 생각할 때 반드시 끼어야 할 동료가 아니었습니까.

"도무지 못 만납니다."

"나두 도무지 못 만납니다."

나는 잠시 문단 화려할 시대에 셋이서 가끔 이렇게 커피를 마시다간 그 뒤엔 꼭 술집을 순례하던 버릇을 회상하였습니다. 단재는 세상을 피하여 은둔해서 사는 선비의 심경을 가장 경모하는 분이요, 어느 편인가 하면 신 형은 이러한 단재와는 생활 태도가 반대였습니다. 나는 나대로 신 형과 단재 사이에 중재자처럼 자처했었고, 뿔뿔이 헤어져서 일 년, 가끔 이렇게 노상에서 만나면 우리는 그냥 서먹서먹한 이방 사람들처럼 침묵하고 갈라집니다. 이날도 나와 신 형은 옛적과는 딴판인 커피를 마셔버리고는 피차에 바쁜 일이 있다고 그대로 갈라져버리지 않았습니까. 잡답한 거리에 나와 외투 깃을 세우고 전차 있는 데로 걸어가는 형의 키가 그전보다도 훨씬 길어진 것 같다고 그런 생각을 해보며, 매일처럼 사람 사귀는 일로 바쁘게 날을 보낸다면서 혹은 신 형은 지금 정신적으론 깊은 고독 속에 살고 있지나 아니하는가, 문득 그런 실없는 상념에 붙들려 보았습니다.

촉탁 보호사 구니모도 쇼오께 씨와 나

이창현 씨— 창씨하여 구니모도 쇼오께 씨는 몇 번밖에 만나 뵙지 못했고, 또 만났다는 것도 짧은 시간에 지나지 못하곤 하였으나, 나에게는 퍽 친절히 해주는 분입니다. 다른 같은 급의 실업가들처럼 사회사업에 관계하지도 않았고 기부 같은 것을 크게 하여서 신문지에 좋은 사진을 박아 돌리는 일도 없는 한편, 작첩을 한다거나 유행 가수를 기른다든가 하는 등의 스캔들도 만들지 않는 분이었으나, 역시 대흥합명의 총대장이 될 만치 큰 인물이라고 생각되었습니다. 그러한 분이 보호관찰사업에 협력하는 것은 당연한 일이고, 또 그런 분이 나의 촉탁 보호사가 된 것은 퍽 다행한 일이었다고 생각합니다.

처음 관찰소에서 이창현 씨가 내 보호사로 되었다는 통지를 받고 얼마 뒤에 나는 씨를 대흥 삐루* 사장실로 찾았습니다. 미리 전화를 걸어두었더니 응접실에 기다리는 몇 사람의 손님을 뒤로 돌리고 씨는 나를 사장실로 안내해 들였습니다.

"소설을 쓰신다지요, 좋은 사업을 하십니다." 하고 씨는 말하였습니다. "나는 사상도 모르고 또 문학은 더욱 잘 모릅니다. 되려 그 방면으론 노형한테 가르침을 받아야 할 것 같습니다."

나는 별로 대꾸도 하지 못하고 황송해하는 태도만 표하였습니다. 씨는

---

* 빌딩.

나에게 차를 권하며 자기는 담배를 새로이 붙여 물었습니다. 바쁜 시간 안에서 이만큼 여유 있고 침착한 태도를 가질 수 있다는 것을 생각하고 나는 가벼운 압박감 같은 것을 느끼는 듯하였습니다.

"당국에서 나 같은 사람에게 이런 직함을 준 것은 공장도 몇 군데 가지고 있고, 여기저기 회사에도 관계해 있으니까 직업 알선 같은 데 힘써달라는 의미가 크지 않은가 생각합니다. 노형같이 생활이 안정되어 있고 또 좋은 사업에 종사하는 분에게는 나는 별반 소용이 없는 인물이지요." 그러고는 곱게 다듬은 수염을 약간 움직여 씽긋이 미소하는 듯하였습니다. 잘못하면 거만하게 빈정거림같이 들려질 이러한 말이 나에게는 퍽 솔직한 느낌을 주었습니다.

"유위한 젊은이들이 직업이 없어 형편이 거북허다면 벤또 싸 들고 쏘다니며 취직 알선할 만한 열성은 가져서 마땅헐 것 같고……." 머리에는 희끗희끗 흰 것이 섞였으나 혈기는 되려 왕성해 보여서 불그레한 피부가 육십 대의 아름다움을 곱게 지니고 있었습니다. 바쁘실 텐데 이만 물러가겠노라고 소파에서 일어났을 때, 죽첨정에 내 집이 있는데 그리로 놀러 오라고 씨는 손수 친절히 길을 가르쳐주었습니다.

그럭하고 일 년 동안은 나는 나대로 씨는 씨대로 바빠서 만날 기회가 없이 지냈는데 작년 사월 내가 여러 가지 관계로 직장을 가지는 것이 꼭 필요해졌을 때, 나는 씨를 죽첨정 저택으로 방문했습니다. 대흥 삐루로 전화를 거니까, 시방은 조용히 만날 시간이 없는데 마침 오늘 저녁은 한가할 것 같으니 저녁 전에 내 집에 와서 같이 저녁이나 먹자고 말했습니다. 조선식으로 꾸민 커다란 아늑한 사랑에 조선 옷을 입고 앉아서 씨는 나에게 조선 음식을 권하였습니다.

음식이 들어오기 전에 용건이 있건 어서 듣고 싶다는 눈치였으므로, 나는, 최근의 문단 사정과, 씨와 내가 서로 이렇게 상종하게 될 수 있는 근본적인 관계, 다시 말하면 보호관찰법이니 예방구금법이니 등등, 그러한 것을 얽어서, 요즘 내가 품은 생활상 결의를 솔직하게 전하였습니다.

"좋습니다. 그런 명확한 신념을 가지셨다면 좋습니다. 생활의 중요성을 그만큼 착실히 아신다면 염려 없습니다." 씨는 나의 말을 조용한 낯으로 듣고 있다가 그렇게 말하였습니다. "어데 작정한 데가 있습니까." 나는 아직 결심뿐으로 누구에게도 이런 이야기를 전하지 않았다고 말하였습니다. "내 알아보지요, 내게 맡기시오."

나는 씨의 친절에 가벼운 흥분을 느끼며 "아무 데고 좋습니다. 딴 방면에 가는 바에 먼즘 투족한 분과 같이 갈 재주는 없는 일이고, 사오 년 견습하는 동안 한 사람 몫의 일을 해낼 수 있을까만이 문젭니다."

그때에 상이 들어와서 용담은 그것으로 간단히 끝이 났습니다.

음식을 먹으면서는 나의 고향 이야기를 물었습니다. 경치 같은 것을 재미나게 듣고 한번 꼭 가고 싶다고 말했습니다. 상을 물릴 무렵 해서는 이야기의 머리가 우연히 연극으로 뻗쳐져서, 나는 씨가 노*와 가부키**와 춤 같은 데 깊은 지식이 있는 것을 알았습니다.

"여학교 나오고 들어앉은 작은 딸년이 졸라서 가끔 틈을 내어 사진 구경도 가지요." 그러고는 얼마 전에 본 영화 이야기도 하였습니다.

어디서 전화가 온 것을 기회 삼아 나는 씨에게 사의를 표하고 저택을 나왔습니다.

"친구들헌테 부탁해보지요. 내락을 얻으면 곧 통지해 올리리다."

---

* 노가쿠. 일본 고전 예술 양식의 하나. 피리와 북소리에 맞추어 노래를 부르면서 춤을 추는 가면 악극.
** 음악과 무용 요소를 포함하는 일본 전통극.

식후에 오는 고즈녁한 생리적 만열과 약간의 흥분을 안고서 나는 큰 거리로 내려오는 비스듬한 언덕을 가벼운 걸음걸이로 걸었습니다.

사흘 뒤에 이창현 씨한테서 속달이 왔는데 아무개에게 내락을 얻었으니 내일 오전 중으로 가보라는 기별과 도장을 찍은 간단한 소개장이 같이 들어 있었습니다. 예정한 날짜에 소개장을 들고 가서 나는 시방 다니는 회사 서무부 구매계에 쉽사리 취직이 되었습니다. 생각하면 퍽 고마운 일이었습니다.

종로에서 문우 신 형과 갈라진 뒤 대흥 삐루는 가까운 곳에 있었으므로 나는 도보로 잡답한 사람의 물결을 헤치며 걸어갔습니다. 이창현 씨는 사원에게 서류를 들고 무슨 지시를 하고 있었으나 급사를 시켜 나를 응접실로 안내했습니다.

"바쁘시지, 과히 고단허지나 않소." 웃는 낯으로 응접실 문을 열면서 씨는 그렇게 말했습니다. "얼마 전에 장 군네 회사의 사장을 만나서 군의 근무 상태는 들었지요. 사장도 만족해합디다. 문사라기에 실무적 책임이 없고 기분적이면 다른 사원에게도 영향하는 바가 없을까 해서 처음은 의구를 품었었는데 그 뒤 그런 근심은 아주 없어졌노라고 웃으면서 말하는 것이 퍽 호감을 가지고 있는 듯합디다. 자 편안히 앉으시지. 오늘 반공일두 되고 그래서 점심이래도 같이 헐까 해서."

우리 회사엔 반공일도 없다고 말하니까

"아 참 반공일이 없었던가, 그래 그랬었지, 그럼 점심은 어떻게 했소."

"전 간단히 먹었습니다."

"허 허이 그럼 틀렸군그래."

"죄송합니다."

"인제 곧 들어가 봐야지요. 그럼 여기서 간단히 이야기허지. 다른 게 아니라 군의 일상생활에 관해서 간단한 보고를 해야겠는데, 취직헌 뒤 사장을 통해서 근무 상태 같은 것도 잘 들어 알지만, 얼굴이래도 한번 친히 보구서 헐라구…… 그래 건강은 어떠시오."

"규칙 생활을 해서 그런지 한 관이나 중량이 늘고 결근 지각이 없을 만큼 몸도 건강해진 것 같습니다."

"네에 참 잘되셨소. 나 보기에도 전보다 되려 혈색이 좋아진 것 같소. 장사를 해보면 다른 것 허든 것이 싱거운 일 같아지지 않습디까, 허 허 허." 하고 나직이 웃었습니다.

"가정 안에도 별고 없으시고."

"네에 아무 일 없습니다."

고개를 꺼뜩꺼뜩해 보이고는 "그럼……." 하고 잠시 말머리를 끄는 듯하다가, "바쁘실 텐데 가보시지. 언제 틈 보아 내 집으로 놀러 오시오. 그리구 시국도 점점 긴박해가는데, 아니할 말이지만 언행 같은 데도 특히 주의허시고, 그럼 가보시지." 응접실 밖에까지 따라 나와서 일 년 동안에 얼마나 달라졌는가를 점검하듯이 나의 동정을 다시 한 번 훑어보았습니다. 씨의 얼굴에 안도의 빛이 흐른 것 같아서 나도 파출소와 신 형 만났던 일 같은 것을 모두 잊어버리고 가볍게 엘리베이터를 탈 수 있었습니다. 비로소 공복과 가벼운 피로를 온몸에 느꼈습니다.

누님 전 상서

보내주신 선이 옷과 창이 양말은 어저께 받았습니다. 첫돌이라면 몰라도 두 돌째인데 해마다 무슨 옷을 지어 보내십니까. 입히어보고 옷이 꼭 맞는 데 아내도 저도 놀랐습니다. 아이를 길러보지도 못한 분이 어떻게 옷을 그토록 몸에 맞게 지을 수 있으시는지, 참말 귀신같다고 감탄합니다. 한 돌 때엔 한 돌에 맞게, 두 돌 적엔 두 돌에 맞게…….

선이도 좋아합니다. 하루 종일 벗지 않다가 밤에 잘 때에야 벗어놓았습니다. 오늘 아침에도 일찍이 일어나는 길로, 큰 엄마 때때, 큰 엄마 때때, 하고 옷장을 가리키며 졸라서, 쥐가 쉬이 물어 갔다고 속이고야 단념을 시켰습니다.

창이는 양말을 받고, 너는 큰애가 되어서 어른이니까 양말을 떠 보내셨다고 하니까, 한 차례 신고 거리에 나가 한바탕 뛰어다녀 보고야 벗어두었습니다. 큰어머니 어디 계시냐고 물으면, 평양이라고 틀림없이 대답합니다. 언제 봤느냐고 물으면, 박람회 때, 그담엔 할머니 환갑 때 시골서, 하고 대답하고 밤 보내는 큰어머니, 하고 뒤이어 첨부해서 모두 웃습니다. 못하는 재롱이 없습니다. 벌써 다섯 살이 아닙니까.

저번 아버지 생신에도 성천 다녀오셨다지요? 저는 편지밖에 늘 못 드립니다. 우리 동기간 누님께서 맨 맏이시라고 그렇게 아들 대신으로 근행을 하시는 것, 고마우면서도 한낱 부끄럽기 짝이 없습니다. 스물한 살에 제가 그렇게 된 뒤로부터 십여 년이라는 긴 동안 두 분께 드린 것은 기쁨 대신에 그저 슬픔과 근심과 불안뿐이 아니었습니까. 시방 삼십이 넘어서 직업에 나섰다니까, 어느 친구더러 웃으시는 말씀으로 이제 지각이 좀 나는 게라고 하셨답니다. 늦게 지각이 나서 직업에는 나섰으나 고향 가서 두 분을 친히 모셔볼 기약이 망연하오니 죄송하고 부끄러울 따름이올시다.

우리 가족은 모다 무고합니다. 늘 염려해주시고 기도해주시는 덕분인 줄 압니다. 고정한 수입이 생겨서 생활의 계획을 세울 수 있는 것이 좋다고 합니다. 적으면 적은 대로 일정한 계획을 안심하고 세울 수 있는 것이 살림하는 안사람들에겐 즐거움인 것 같습니다. 지난 오륙 년 동안 빈약한 붓 한 자루로 가족의 입에 풀칠을 한다고 모진 애를 썼으나, 거기까지 가족을 이끌고 오기에도 나의 노력은 결코 평범치 않았습니다. 문학 한다는 사업은 고상하고 높은 목적 밑에 행하여지는 일이다, 이 존귀한 일을 위해서 나의 모든 것을 희생한다. 내가 희생을 무릅쓰고 나갈 때에 나의 가족이 가장을 따라서 희생을 당하여야 하는 것은 이 또한 어쩔 수 없는 일이다— 나는 이런 뱃심으로 가족을 이끌고 나왔습니다. 아내도 아이들도 모두 여기에 이끌리어 아무런 불만 없이 오히려 긍지를 느껴가며 긴 동안을 불안한 살림 밑에 시달렸습니다. 단 하나 아름답고 높은 문학 하는 목적 밑에…….

이제 내가 문학을 떠나 직업에 나섰을 때 가족에게 오랫동안 요구해오던 희생의 높은 목표는 그림자를 감추었습니다. 나는 문학 한다는 것을 떼어버린, 그저 그것뿐인 한 가정의 남편이요 아버지입니다. 나는 그러한 관계의 변화를 명확히 깨달았습니다. 가정의 질서를 유지해가기 위하여 이러한 새로운 관계를 깊이 인식하는 것이 필요하다고도 생각했습니다. 새로운 깊은 인식이란 무엇입니까. 저 자신이 이제는 가족을 위하여 희생되어야 할 차례라는 깊은 각오였습니다. 이런 생각을 가질 때 나의 책임감은 갑자기 눈을 떴고 동시에 나의 두 어깨는 무거운 짐으로 하여 허리가 굽어질 지경이었습니다.

시골과 저희 외가에서 자라나는 전실 소생의 두 아이를 합치면 나는 어느 동안에 네 자식의 아비였습니다. 큰 아이는 국민학교 오학년이 됩니다. 뼈가 시그러지도록 일하여도 내가 그들을 위하여 어질고 좋은 아버지가 될 수 없을 것을 생각하였을 때, 하늘이 나에게 요구하는 바 희생이 결코 적은 것이 아님을 깊이 깨달았습니다.

아이들은 제가 취직한 처음에는 마루를 뛰놀 수 있고, 방에서 방으로 드나들 수 있고, 고함지르며 양금 칠 수 있고, ……마음대로 그럴 수가 있다고 퍽 좋아했답니다. 아내의 말에 의하면, 창이는 아버지가 낮에 없어서 좋다고, 늘 없었으면, 하고 말했다가 어머니한테 핀잔을 들었다고 합니다. 기를 펴고 떠들며 놀아댈 수 있는 것이 자유스러워 좋았던 모양입니다. 그러나 얼마 지나서 곧 아이들은 아침 일찍 나갔다간 저녁 늦게야 돌아오는 그들의 아버지를 그리워했습니다. 아버지의 돌아오는 시간을 시곗바늘을 쳐다보며 기다립니다. 대문 여는 소리가 나면 모두 현관 마루로 뛰어나옵니다. 큰놈은 고무신을 거꾸로 끌고 나와서 잠가두는 현관문을 엽니다. 그러고는 내가 외투 벗고 모자 거는 동안 한 다리씩 양복 가랑이를 붙안고, 아부지, 아부지, 하고 소리를 지릅니다. 옷 벗는 데도 쫓아오고 조선 옷으로 갈아입는 데도 따라오고, 낯 씻는 것, 발 씻는 것, 심지어는 변소에까지 따라 들어온다고 법석을 댑니다. 가끔 제가 연회 같은 것이 있어서 밤늦게 돌아와 보면, 아버지 올 때까지 자지 않는다고 잠옷도 입지 않고 자리 밖에서 놀다가 피곤해서 옷 입은 채로 누워 있곤 합니다. 저녁을 먹을 때엔 서로 무르팍에 올라앉는다고 야단들입니다. 저녁 먹고 같이 놀다가 제 방으로 건너오려면 놓아주지 않고, 어르고 달래서 아이들 방을 나오면 따라서 아버지 글방에까지 나옵니다. 그러고는 그림책을 보자고 조릅니다. 시끄러워 죽을 지경인 때가 많으나, 읽으려던 책을 접어치우고 아이들과 함께 노는 것이 즐거운 때도 많습니다.

요즘 며칠 동안 창이는 아버지와 같이 잔다고 일찍 잠옷으로 갈아입곤 제 방으로 건너옵니다. 하는 수 없어 저도 자리를 펴고 창이와 함께 이불 속으로 들어갑니다. 드러누우면 터무니없는 질문의 홍수가 쏟아집니다. 끝이 없는 질문입니다. 대답에 궁할 때가 많습니다.

"칼라는 더러운데 넥타인 왜 더럽지 않어." 하고 창이가 묻습니다.

"칼라는 희구 넥타이는 알롱달롱 빛깔이 있어서 더러움을 타지 않으니까 더럽지 않는다." 제 대답입니다.

"아니야, 넥타이는 칼라 속으로 들어가니깐 안 더러워." 아버지는 영락 없이 졌습니다. 그 밖에, 구름은 왜 하늘에 있느냐, 달은 왜 밤에만 뜨느냐, 아버진 무엇하러 회사에 가느냐, 소설은 왜 통 안 쓰느냐, 선이는 왜 자지가 없느냐…… 등등, 그러다간 가만히 아버지의 턱을 만져보며 창이하구 엄만 수염 없는데 아버지만 왜 있어, 하고 묻기도 합니다.

"시끄러워. 그만 묻구 인제 눈 감구 자자." 가슴팍 속으로 목을 끌어안으면, 그럼 잘게 이야기를 해달라고 조릅니다. 졸림에 붙들려서 이야기의 뜻도 모르고 그저 한참 동안 한곳만 뚫어지게 바라보다간 그대로 눈을 감아버릴 것이 뻐언하여도 아버지는, 그러마, 이야기를 들려주마고 등을 두드리며 이야기를 시작합니다.

—하느님은 여태껏 하느님한테 쫓겨나서 쓸없지 않은 일 같은 데 엄벙부려 딩구는 바른팔을 부르시었다, 쫓겨났던 하느님의 바른팔은 어서 가봐야겠다고 덤비면서 하느님 보좌 앞에 엎드렸다. 하느님은 인제야 나의 죄를 용서하실 게라고 바른팔은 생각했던 것이다. 아름답고 젊고 힘이 있는 바른팔을 무릎 앞에 보셨을 때, 하느님은 바른팔을 용서해주시려고 생각했었다. 그러나 이내 옛날 일을 다시 생각하고 그편으론 얼굴도 돌리지 않은 채 이렇게 명령하였다. "지상으로 내려가거라. 네가 본 인간의 모양 그대로, 내가 충분히 관찰할 수 있도록 벌거숭인 채 산 위에 서는 거다."

어려운 이야기였던지 창이는 곧 눈을 감습니다. 그러나 나는 혼자서 좀더 중얼거려봅니다.

—그렇게 하려면, 지상에 이르자 아무거나 젊은 여자가 있는 곳으로 가서 이렇게 말하라. 나직한 귓속말로, "나는 살고 싶다."

나는 창이만을 자리 속에 남겨두고 혼자서 일어나 다시 옷을 갈아입고 책상 앞에 앉습니다. 아이의 숨 쉬는 소리가 들립니다. 큰 불을 끄고 스탠드의 불만 켭니다. 책상과 책과 글자만이 불광 안에 듭니다. 그 불광이 별로이 따스한 것 같은, 그런 포근한 느낌을 가슴으로, 온몸으로 느낍니다.

―《국민문학》, 1942. 3.

어떤 아침

　젊은 남자가 아내의 첫 출산을 도와 조산부 노릇을 했다는 이야기도 있는데, 그 이야기에 따르면 남편이 출산에 입회하면 태어날 아이의 앞날에 행운이 있다는 노인들의 이야기도 있다. 그렇지만 내 고향에서는 여자가 산기를 느끼면 남자는 아이들까지도 죄다 집 밖으로 나가는 게 관습이었고, 나 자신도 어릴 적에 엄마나 누나들이 아이를 낳을 때는 곧잘 아버지와 친척들을 따라 강변이나 산 같은 데로 놀러 나갔던 기억이 남아 있다. 특히 겨울에는 숙모 집에 맡겨져 화롯가에서 밤 같은 걸 굽고 있으면 해질 무렵 드디어 귀여운 아이가 태어났다며 누군가가 데리러 왔던 일, 부엌으로부터 하얗게 솟아오르는 김에 휩싸여 소금 내 나는 미역 냄새를 맡으며 할머니들이 바쁘게 일하고 있는 마당에 내려서면 왠지 마음이 설레던 어린 시절의 일도 생각난다. 그런 기억이 그립고도 비할 데 없이 옛스런 습속같이도 생각되어 그날도 나는 단골 여의사가 오자마자, 아직 해가 뜨기 전에 어슴푸레 어두운 현관을 두 아이를 데리고 일찌감치 집에서 멀리 떨어져 있기로 한 것이다.

　그렇다고 해도 나는 이미 네 아이의 아버지이고 이번에 태어나는 아이를 포함하면 다섯 아이를 가지게 되는데, 이 다섯 아이를 맞으며 방황하는 사이에 보내버린 파란 많은 십여 년을, 두 아이를 양 손에 한 명씩 세우고, 아침 장사를 시작한 야채 가게 앞을 지나 산에 있는 공원으로 걸어가면서 문득문득 눈앞에 떠올리지 않을 수 없었다.

어떤 때는 옆방에서 산모의 신음 소리를 가까이 서서 들어야 되는 때도 있었고, 또 멀리 떨어져 있어서 태어난 지 한 달이 지난 후에야 비로소 아이가 태어났다는 소식을 들을 때도 있었으며 무엇보다 나는 내 손으로 아내 하나를 산욕열로 잃은 경험마저 가지고 있는데, 이런 여러 가지 기억이 때로는 청춘의 과오를, 앞뒤 생각 없음을, 무모함을, 진지한 열정을, 때로는 변해가는 사회의 흐름과 인간이 생장해가는 모습 같은 것을 견딜 수 없을 정도로 생생히 그려 보여주는 것이었다. 그리고 나는 왠지 몇십 년이라는 먼 과거를 가진 듯 덮쳐누르는 기분에 눌리면서도 입으로는 뻐끔뻐끔 아이들의 티 없는 질문에 대답하였고, "우리가 삼청 공원에서 산길을 한 바퀴 돌고 해가 툇마루의 수선화 화분을 비출 때면 귀여운 아기 하나가 새로 태어난단다."라는 둥의 이야기를 아이들에게 해주었던 것이다.

언덕길로 나서니 커다란 저택이 즐비하였고 그 저택 정원에 심어져 있는 버드나무, 개나리, 상수리나무, 느릅나무가 어느새 거의 다 낙엽을 떨어뜨리기 시작한 것을 보며 계절의 발걸음이 빠르다는 것과 올해는 어쩌다가 가을이 온 것도 간 것도 모르고 살았다는 것을 생각하고는, 직장에 나가기 시작하면 역시 세월이 빠르게 지나간다는 것을 새삼 느끼게 되는 것이다. 또 이 언덕길 입구에서 곧잘 개벽사의 S 선생을 만났던 일을 생각하며 번들번들하게 벗겨진 대머리를 반짝반짝 빛내면서 지금도 여전히, 점퍼를 입고 지팡이를 쥔 가벼운 차림으로 매일 아침 이 산으로 산책 나오는 걸 일과로 삼고 계시는 걸까 하고 생각하기도 했다. 직장에 나가기 전에는 나도 다섯 살 먹은 아이 녀석이 졸라대는 바람에 가끔씩 아침 산책을 나갔는데, 아이를 업고 언덕길 입구 언저리에서 S 선생을 만나면, 선생은 "안녕하세요, 아드님이군요."라고 하시고, 나도 "안녕십니까, 선생님. 상당히 일찍 일어나시는군요."라고 대답한다. 그러면 선생은 "아니, 늙은이는 새벽잠이 없어서 곤란합니다."라며 웃음을 띤다. 또 때로는 아이를 업은 나를 앞에 두고 내가 쓴 글에 대해서도 한두 마디 언급하시고는, "그러면 천천히 가세요. 먼저 가겠습니다."라고 하고선 선생은 가볍게 지팡이를 두드리며 뛰어가듯이 동네 쪽으로 내려가셨던 것이다.

S 선생을 처음 뵌 것은 언제쯤이었을까. 칠팔 년쯤 되었을까, 아니 한 십 년쯤 되었을지도 모르겠지만, 어쨌든 확실한 것은 내가 선생을 처음 뵈었을 때에는 이미 선생이 주재하시던 《개벽》이라는 잡지가 오래전에 폐간된 후라는 사실이다. 그 《개벽》이라는 잡지를 처음 본 것은 보통학교 시절이었는데, 신문지국을 겸한 이발소에 머리를 깎으러 가면 장기판 옆에 높이 쌓인, 석유 냄새 나는 신문지 위에 이 커다란 두 문자가 위협하듯 턱 놓여 있었다. "이게 무슨 글자입니까."라고 지국장이기도 하고 이발사이기도 한 주인에게 물어보면, "넌 학생인 주제에 이것도 못 읽느냐."며 면박을 당해서 '카이바꾸'(개벽開闢)라는 참 별난 이름의 책도 다 있구나 라고 생각했다. 그 후 철들고 나서 그것이 조선에서 가장 훌륭한 잡지라는 이야기를 듣고 나서 나도 크면 반드시 이 책에 글을 쓰겠다고 마음을 먹기도 했지만, 졸렬한 내 글이 활자화될 무렵에는 이미 그 잡지가 폐간되고 없었다.

이런 일도 있고 해서 선생을 처음 뵌 일은 상당히 인상적으로 머릿속에 남아 있어야 할 텐데 이제는 이미 그런 일조차 생각나지 않을 정도로 머리가 멍해지기 시작한 것일까. 내가 신문 기자로 일하고 있을 때 뚝섬 유원지에서 회사 운동회가 있었다. 선생은 객원 비슷한 걸로 초대되었던 모양인데, 그때 궤도차 안에서 보았던 선생의 뛰어난 해학이 무엇보다 가장 인상 깊게 떠오른다. 그때 선생은 눈을 다쳐 한쪽 눈에 안대를 하고 계셨는데, 간부 한 사람이 "선생은 눈이 하나밖에 없어서 차창 밖의 저 아름다운 풍경도 잘 못보시겠네요."라고 말을 붙이자, 선생은 "그래 당신은 일목요연─目瞭然이라는 말도 모르시는군요."라고 대꾸를 하시는 것이었다.

오랫동안 선생은 출판과 문필 일에 종사하셨고 몇 년 전부터는 어떤 제약 회사 중역을 맡아오고 계시는데, 작년 어느 날 출근 시간에 재동정 네거리에서 우연히 만났을 때 선생은 "당신은 어디서 일하고 계시는가요."라고 물으셨다. 어떤 제약 회사에 근무한다고 대답하자 곧바로 "그렇군요."라고 하시더니 예의 뛰어난 유머로 "노쇠한 기생은 무슨무슨 장사를 하기 마련이라고 하더니 당신도 역시 약장사였군요."라며 아주 유쾌하게 웃으셨다.

그런데 S 선생을 떠올리며 이것저것 생각하고 있는 사이에 나와 두 아이는 어느덧 완만한 고개를 넘어서 옆으로 난 작은 길로 접어들었다. 이 시간이 되면 이제 산보객들도 점점 늘어나고 소나무 숲 계곡 여기저기에서 목청을 가다듬는 사람들이 내지르는 어쩐지 동물 울음 비슷한 노랫소리도 메아리쳐 들려온다. "좋은 아침인데. 창彰이는 뛰어보지 않을래? 선嬋이는 참 대견해. 한 시간 정도는 업히지 않고 걸어가도 괜찮겠지." 그렇게 나를 앞서 아장아장 뛰어가는 두 아이를 조심스럽게 지켜보면서 나는 마음속으로 '이제 태어날 때가 되었구나'라는 생각이 들며 잠시 잊었던 불안이 갑자기 가슴 아래에서 솟아오르는 것을 어찌해볼 수 없었다. 순산이면 좋은데. 네 아이 모두 난산은 아니었지만, 게다가 전처가 둘째 딸을 낳다가 죽었다고는 해도 그것도 난산과는 경우가 다르다. 그러나 남자의 핑계 따위는 아주 제멋대로여서, 어찌 된 일인지 다음 순간에는 안암정의

외할아버지 집에서 사범 부속에 다니는 큰딸이 생각났다. '그 애를 마지막으로 본 것도 꽤 오래되었구나, 시골에서는 좋았던 성적이 왜 요즘에는 나쁠까, 역시 나를 닮아서 산문적인지도 모르겠다.' 이런 생각에 이어, "여학교는 어디로 정했을까, 가까운 시일에 담임선생님과도 한번 만나 상담해야겠다."라고 입안에서 혼자 중얼거리고 있는 사이에 그 애와 마지막으로 만났을 때의 일이 갑자기 눈앞에 떠올랐다. 그것은 안암정 응접실에서였다. 무엇 때문인지 그 애는 불안정한 자세가 덜컥 무너지며 긴 의자 위에 쓰러지듯 앉았는데, 그때 짧은치마가 무릎 위까지 밀려 올라가자 황망히 자세를 바로 하고 치마를 무릎 아래로 끌어 내리면서 힐끗 아버지인 내 쪽으로 시선을 돌리는 것이었다. 그때 발그레해지는 눈가에 수치심이라고 할까, 부끄러움이라고 해야 할까, 나는 그 순간 기민하게 움직이는 딸의 심리를 이리저리 읽어내면서, 국민학교 5학년인 이 아이가 아비를 타인처럼 바라보는 것이 어쩐지 섭섭했지만, 또한 어느새 부끄러움을 알아버린 딸의 성장을 놀란 눈으로 바라보지 않을 수 없었다. 태어나서 지금까지 십 년 동안 그 애가 내 곁에 있었던 것은 오직 반년, 아버지와 자식 간에 숨길 수 없는 자연스러운 애정보다는 어딘가 긴장한 데가 있다고 해도 그것은 어쩔 수 없을 거라고 곧 고쳐 생각했지만.

그러자 역시 이것도 연상 작용이라고나 할까, 만난 지 벌써 일 년 반이나 지난 둘째 딸이 자꾸 마음에 걸리기 시작했다. 태어난 지 구 일 만에 제 어미를 여읜 것이나, 어미가 죽고 난 다음 날 자동차로 평양에서 시골로 옮겨져 그 후에는 모유를 모르고 할머니의 손 하나와 몇십 통의 분유로 저토록 자란 것이나, 그 애가 앓았던 때의 일 같은 여러 가지 잡다한 기억들이 생각나서 변덕스러운 이 부성애의 처분에 나는 몹시 난처했다. 그러나 어디까지나 자기 생각만 하는 나는, 아이들의 환영이 아비의 책임을 따질 때면, 항상 내세우는 적당한 위로의 말을 여기서도 또 끄집어내는 것이었다. 잘 커주었다라든지, 아버지가 없어도 아이들은 성장한다라든지, 나같이 무능한 아버지가 키운 것보다 오히려 더 훌륭하고 건강하고 티 없고 명랑한 딸이 되었구나라는, 실로 이기적이고 제멋대로인 혼잣말이지만, 어느 정도의 책임감과 뒤따르는 감상을 그것으로 물리치며, "아, 위험해, 그렇게 마구잡이로 뛰면 위험해."라고 엉뚱하게 소리치면서 아이들의 뒤를 따라, 사실은 나 자신이 무턱대고 뛰어다니는 것이었다.

달리기를 그만두자 마침내 작은애가 피곤하다고 졸라대기 시작했다. 그러면 잠시 안아주겠다고 말하며 포동포동한 털실 옷을 입은 따뜻한 몸을 안았다. 작은아이를 안은 채 나는 연못가의 그루터기에 오른발을 기대고, 무의식적으로 수면을 보면서 생각에 빠졌다. 큰아이도 내 곁에서 아비를 따라 잠시 수면을 가만히 바라보고 있었지만, 곧 그것도 싫증이 났는지 혼자 큰 소리를 지르면서 조약돌을 연못에 던지며 그 파문을 즐기고 있었다.

순간적인 일임에는 틀림없지만, 그 순간 안고 있던 아이의 소리에 문득 정신을 차리자, 어떤 아이가 태어날까, 나는 그런 것을 자꾸 생각하고 있었던 것이다. 진통으로 괴로워하고 있을 산모를 생각하면 나의 염치없음을 부끄러워하지 않을 수 없지만, 실은 벌써 오래전부터 나는 이런 생각에 빠져 있었던 것이다. 태어나는 아이가 사내아이일까, 계집아이일까라는.

실로 진부하고 바보 같은 생각 같기도 하고, 때로는 나도 자신의 바보스러움에 기가 막히면서, 태어나면 알게 될 것을, 생각하든 생각하지 않든 이미 결정되어 있고 만들어져 있는 것을, 이라고 스스로를 꾸짖어도 보았지만, 이 생각은 논리만으로는 좀처럼 처리할 수 없는, 뭐랄까 본능과도 비슷한 집요함이 있는 듯이 나에게는 생각되었다. 그리고 사내일까 계집일까 하는, 저울로 달아보는 듯한 생각은, 단지 막연한 도박 같은 것이 아니라, 태어나는 아이가 반드시 사내아이이면 좋겠다는, 간절하고 안타까운 소망을 그 뿌리에 가지고 있는 것 같다. 이것은 임신 사실을 알게 된 후 끊임없이 지속된 고민거리였기 때문에, 나는 이 고루한 사상이 발생하기 시작한 시점이 언제인지를 밝혀보고 싶은 기분도 가끔 들었던 것이다.

그렇지만 사실 나도 열네다섯 살 때부터 남녀평등론자였고, 지금도 대개는 남녀에 차별을 두고 있지 않으며, 또한 실제로 아이들에게는 일상생활에서도 기분상으로도 별로 차별 같은 건 하지 않는다고 생각한다. 그러나 위로 세 명의 누나가 있고, 아래로도 몇 명의 여동생이 있는 나는 상당한 차별을 받으며 자라왔고, 나를 그처럼 기른 부모님들도 아직 고향에 건재하시다. 자신이 받았던 차별 대우에 대해 농담 섞인 불만을 토로하면서도 아직도 옛 관습 그대로 어른이 된 나를 자신들과 구별하여 대접해주는 누이들이, 그와 마찬가지로 자기 아이들에게도 그 관습 그대로 행동하는 것을 보면, 시골이든 도회든, 남자든 여자든 이 사상에 사로잡힌 사람들이 아직도 내 주변에는 북적거릴 정도로 많이 있다고 할 수 있다. 과장해서 말한다면 남존여비 사상이 주위에 만연해 있다고 해도 조금도 과언이 아니다.

나는 이런 환경에 대한 반발심에서 인간의 도리는 그렇지 않다는 것을 깨닫고 나서부터 남녀평등론에 공감하여 그 후 이십 년 가까이 인습 타파를 위해 끊임없이 힘을 썼고 윗사람이든 아랫사람이든 조그마한 계기라도 있으면 이것을 지치지 않고 이야기했다. 최근에는 여자 전문학생도 나오기 시작했고, 딸이 셋 있는 집은 기둥뿌리가 뽑힌다는 인색한 속담도 들리지 않게 된 것을 보면 이것으로 상당한 효과를 거두었다고 조금은 자부심을 가지고 자랑하지 않을 수 없었다. 그러나 그렇게 행동했던 나도 어느샌가, 투쟁의 대상으로 삼았던 많은 사람들 속에서 자신의 모습을 잃어버릴 정도가 되어버린 것일까. 그렇지 않으면 남녀에 차별이 없어야 한다는 이런 사상마저도 또한 나의 젊음이 가져온 청춘의 한 과오에 불과한 것일까.

어쨌든 "사내아이만 벌써 네 명입니다."라고 말하는 사람에게 "허허 대단하시군요."라고 경하의 인사를 건넨 후 "아니 자네는 아들이 늦어져서 어쩌나."라는 동정을 받거나, "위로 둘이 딸입니다."라는 나의 말에 대한 대답으로 "이번에는 반드시 사내아이일 겁니다."라고 위로를 받을 때면 나는 초조함과도 비슷한 섭섭함을 금치 못한다. 예를 들면 고향에 계신 아버지도, 계집아이를 낳았을 때에는 통지를 한 후 일주일이나 지난 후에야 겨우 "산모·아이 모두 건강하게 하고 추운 계절에 감기 조심하거라. 아이 이름은 ××로 지어서 면사무소에 출생 신고를 마쳤다."라고 엽서로 간단히 일러오면서, 사내아이를 낳았을 때에는 곧바로 전보로 축하 인사를 보내온 후 이어서 "문중이 모두 기뻐하고 있다. 출생 신고는 열흘의 말미가 있으니 이름은 신중히 짓도록 하고 우선은 사주만 보낸다."라고 아주 길고 활기찬 편지를 보내온다. 이런 일을 당하고 보면 나도 역시 아들이란 게 이토록 귀중한 것일까 하고 일단 감탄하게 된다. 그리고 나이 서른을 넘으니 나도 어느샌가 아버지와 어머니를 따라서 다른 사람의 득남을 축하하게 되었고 계집아이만 다섯 있는 친구를 마음속으로부터 염려하기도 하였기 때문에, 자칫하면 나도 또한 남존여비론에 빠질 것 같아 걱정이다. 아니 벌써 난 그렇게 되어먹은 인간인지도 모르겠다.

어쨌든 나의 두 아이와 나는 이윽고 연못을 뒤로하고 구부러진 샛길을 따라 정상 가까운 휴게소로 향했다. 얇고 얇은 비단을 드리운 것 같은 아침 안개도 끼어 있고, 키 큰 소나무의 검녹색 잎 끝에는 금빛 햇살도 비추었고, 단풍 든 상수리나무 가지 사이를 뚫고 촉촉이 젖은 관목 줄기로부터 작은 새의 날갯짓 소리와 지저귐도 들렸다. 가을이 깊어진 산속에서 촉촉한 낙엽이 물크러지는 냄새를 가슴 깊이 들이마시고 있으면 갑자기 머리가 맑아지고 왠지 몸 전체가 싱싱한 버섯 향기 속을 떠다니고 있는 듯한 이상한 착각에 사로잡히는 것이었다. 뒤에서 따라오고 있는 큰 아이도, 등 뒤에 업힌 작은아이도 모두 입을 다물고 말이 없다. 자연에 압도되어 숨이 막힐 것 같고, 자기들이 왠지 많은 사람들로부터 멀리 격리되어 있는 것같이 느껴져서 아이들은 이 적막한 분위기가 싫을지도 모를 것 같아 나는 일찌감치 산등성이로 나가려 했다. 새파란 하늘에 등줄기처럼 그어진 한 줄기 붉은 길이 뻗어져 있다.

둥근 시멘트 지붕을 얹은 휴게소에는 벌써 아침 햇살이 비추고 있었다. 여기서는 시내가 내려다보인다. 아이들은 발돋움을 해도 경복궁이 보이지 않기 때문에 아이들을 높이 안아 올려주며 나는 "자 보이지."라고 말하고 그게 끝나면 그루터기와 시멘트로 만든 의자에 제각기 앉아 잠깐 휴식을 취하는 게 보통이다.

그러나 그날은 그걸 할 수 없었다. 휴게소에 먼저 온 사람들이 있었기 때문이다. 예의 대여섯 사람, 바로 누구라고 알 수 있는 K 씨의 일행이었다.

K 씨라고 하면 모르는 사람이 아무도 없을 정도로 유명한 분으로 기회가 있을 때마다 항상 감상담이나 회고담이 신문에 실린다. 바로 어젯밤 석간에도 사진과 추억담이 실렸었고, 장소가 장소인지라 나는 일주일에 한두 번은 반드시 거리에서 K 씨의 자동차와 마주치지만, 그래도 이 유명한 분을 처음 뵈었던 것은 이 산, 이 장소였다. 지금도 뚜렷이 기억하고

있는데 아마 지나사변*이 일어난 이듬해였을 거다. 나는 그 당시 남작濫作으로 지친 머리를 식히기 위해 아침이건 낮이건 상관하지 않고 하루에 두세 번은 반드시 이 산으로 왔던 것이다.

그 당시나 지금이나 조금도 변하지 않았는데, 다른 사람이 보면 K 씨 일행은 매 사냥 나온 나리 일행의 풍취와 꼭 닮았다고 생각되었다. 즉 현대의 나리는 K 씨인데, 그는 메리야스 위에 양복 상의를 걸친 피둥피둥 살진 거구에 짧은 골프 바지를 입고 하인 하나가 내미는 작은 방석을 그루터기 위에 깔고 지팡이 위에 양손을 얹은 채 상좌에 앉으면, 여기를 둘러싸고 아래쪽에서 대여섯 명의 수행원이 그를 받들어 모시며 나리의 큰 소리에 송구스러워하고 있다. 나는 처음에 어디서 본 듯한 사람이라고 생각하며, 굳이 남의 이야기를 엿들을 생각은 아니었지만, 그런 장소에서의 잡담이라는 가벼운 기분으로 흘려듣고 있으니, 요즘에는 기름이 모자라서 골프장에 나가기도 망설여져서 아침에 산책을 시작했다는 이야기였다.

곧 나는 왠지 이 주위에 많이 살고 있는 그런 부르주아 영감이구나라는 강한 반발심이 생겨 그들에게서 등을 돌리고 일부러 모르는 척했다. '뭐가 골프야'라는 얕보는 마음이었던 것 같다. 내심 한심하기 짝이 없는 생각이었지만.

그런데 북악 근처의 웅장한 산의 경치를 물끄러미 쳐다보면서 나만의 생각에 얼마나 빠져 있다가 얼마나 시간이 흘렀는가 하고 정신을 차리고 휴게소를 내려가려고 하다가 들어보니 K 씨는 분명 도쿄에서 M 경시총감을 만난 일을 이야기하고 있었다. M 씨로 말하자면 나에게도 반가운 이름

---

* 일본에서 중일전쟁을 이르던 말.

가운데 하나로 기억에 남아 있다. 왜냐하면 어릴 적에 학교에서 선생님이 종종 "총독 각하의 이름은 무엇입니까."라고 물으면 "네, 누구누구입니다."라고 대답하곤 했고, "정무총감 각하의 이름은 무엇입니까."라고 물으면 "네, 누구누구입니다."라고 대답하곤 했다. M 씨는 바로 당시의 정무총감 각하였던 것이다. M 씨가 경시총감이었던 건 꽤 오래전 일이고, 이 사람이 M 과 알고 지내게 된 건 정무총감 시절의 일임에 틀림없으므로 이 영감은 이 방면에 상당히 발이 넓은 사람이라고 생각했다. 그래서 한 번 더 K 씨의 얼굴을 돌아보고, '그렇다 K 씨다. 재계, 관계에 이름이 높은 그 K 씨임에 틀림없다'라며 둔감한 나는 몇 번이나 혼자서 끄덕이며 산을 내려갔던 것이다.

그 후로는 산에서도 종종 만났고, 또 지나는 길에도 자주 K 씨의 차를 보고 길을 양보하다 먼지를 뒤집어쓰기도 했는데, 나로서는 만나서 그다지 기분이 좋은 영감이라고는 할 수 없었다. 그날 K 씨의 일행을 여기서 발견하니까 대단한 사람에게서 종종 느낄 수 있는, 어딘가 범접하기 힘든 위엄 같은 것이라고 할까, 어쨌든 예전 그대로의 모습으로 예전처럼 진을 치고 있는 것이 이 사람답게 보여 좋았다. 마침 그때 청년 한 사람이 떠온 약수를 벌컥벌컥 마시고 나서, "아 정말 상쾌하다."라며 미소 짓는 모습은 나에게는 상당히 믿음직스럽고 유쾌하게 느껴졌다. 그래서 나는 선객 K 씨 일행을 위해서 흔쾌히 자리를 일어나 그대로 휴게소를 내려가 넓은 길로 나가서, 좀 더 높은 곳으로 가자고 큰아이를 재촉했다. 그때 왠지 K 씨는 나의 다섯 살 된 장남의 얼굴을 물끄러미 바라보고 있는 것처럼 느껴져 조금 부끄러운 생각이 들었다.

새로 생긴 길을 따라 조금 가니 길이 구부러지고 시가지의 조망은 한층 더 좋아지는데, 거기에서는 휴게소도 지금 우리가 지나온 길도 거의 보이지 않는다. 남산 기슭, 창덕궁과 종묘의 숲, 멀리 동대문 밖 일대에 아직 엷은 안개가 끼어 있어 해면 같은 것으로 소음을 빨아들인 듯 시가지 전체가 그저 조용하고 부드럽게 젖어 있어 마치 수묵화처럼 아름답다. 그 위를 비단처럼 가벼운 베일이 씌워진, 마치 김빠진 것 같은 태양이 어렴풋이 둥그런 윤곽을 드러낸 채 솟아 있다. 그것은 움직이지 않고 가만히 서 있는 것처럼 보이지만, 사실은 조용히 위로위로 움직이고 있는 것이다. 아침의 대기가 볼에 차다.

그때 나는 휴게소 부근에서 흘러나오는 노랫소리를 들었다. 대여섯 명 정도가 부르는 장단도 맞지 않는 코러스이긴 하지만, 분명 K 씨 일행이 부르는 〈바다에 가면〉*이었다. "돌아보지 않으리, 돌아보지 않으리, 돌아보지 않으리."라고 세 번이나 반복해서 부르는 것을 아이들과 함께 조용히 들으면서 우리들은 시가지의 풍경을 물끄러미 바라보고 있었다.

노랫소리가 그치자 우리들은 샘가로 내려갔다. 산의 공원에 오면 반드시 여기에 들렀다 가는 것이 아이들과의 약속처럼 되었다. 대여섯 명의 산보객이 약수를 뜨고 있었다. 창아가 이 사람들 사이에 끼어들어 떠 온 약수를 알루미늄 컵으로 번갈아 한 잔씩 마셨다. "아 상쾌하다."라고 하며 나도 컵의 물을 단숨에 들이켜고 나서 아까 그 K 씨처럼 미소를 지어보였다. 그러고 나서 천천히 골짜기에서 샛길을 기어올라 다시 휴게소 옆으로 나가 우리들은 드디어 돌아가는 길로 접어들었다.

휴게소에는 이미 K 씨 일행은 보이지 않았고, 메리야스와 당꼬바지 차림을 한 사십 대 정도의 남자가 아이 네 명과 함께 라디오 체조를 하고 있

---

* 1937년 10월 중일전쟁이 발발하면서 국민정신총동원중앙연맹이 결성될 무렵 만들어진 이래 1945년까지 매일 아침 《국민조례시간》이라는 라디오 프로그램에서 방송된 노래.

었다. 육학년 정도 된 장남이 위세 좋게 가장 잘하고, 그다음이 사오학년 정도의 장녀, 그다음이 앞에 서서 "하나, 둘. 하나, 둘." 하며 구령을 붙이고 있는 이 아이들의 아버지, 그리고 나머지 두 명 가운데 가장 작은, 빨간 재킷을 입은 네다섯 살 소녀는 진지한 얼굴로 다른 사람과는 반대쪽의 손을 흔들거나 발을 들거나 하고 있었다. 바라보고 있으면 아주 마음이 따뜻해지는 정경이었다. 아이들과 서둘러 길을 내려가며 나도 곧 다섯 아이의 아빠가 되는데, 언젠가 다 함께 모이면 모두 데리고 산에 와서 라디오 체조를 해보아야겠다고 생각했다. 그때는 가장 큰 딸아이를 시켜 지휘를 하게 하고 나와 아내는 그 구령에 맞춰 다리를 들거나 팔을 흔들거나 하겠구나라고 생각했다.

그러나 항상 느긋한 나도 집이 가까워지니 자꾸 산모가 걱정되었다. 집이 가까워지자 거의 아이를 끌 듯이 재촉하여 길모퉁이를 돌아갔는데, 바로 거기서 우리 집에서 나오는 여의사와 딱 마주친 것이다. 깜짝 놀랐지만 여의사의 표정을 보고 우선 안심했다. "축하합니다. 순산했습니다."라는 축하 인사를 듣고서는 나도 기뻐서 "수고하셨습니다."라고 인사를 한 것까지는 좋았다. 그러나 다음을 도저히 기다릴 수 없어 "저, 아이는 뭡니까. 여자아이?"라고 내가 말했더니 여의사는 허둥지둥하며 "아뇨, 토실토실 살진 아드님이에요."라고 말했는데, 그 말에 입을 벌려 웃은 것은 어쨌든 실수였다.

아이들을 내 방에 들여보내고 나서, "수고했어."라고 산실 밖에서 아내에게 말을 건네니, "밖은 춥지요. 감기에 걸리면 안 되는데."라며 걱정하는 목소리가 조금도 불안해 보이지 않았다. 그것은 사내아이를 순산한 아내도 아주 만족했던 탓이다. 나는 조금 눈물이 핑 돌아 "몸조리를 잘해야 해. 앞으로가 중요한 거야."라고 말을 건네고는 곧바로 내 방으로 돌아왔

다. 아이들에게 양치질을 하게 하고 얼굴과 손을 씻게 하고 난 후 마지막
으로 나도 세수를 하고 나니 미역국과 흰쌀밥이 아침으로 나왔다. 아이들
과 함께 아침을 먹은 후 채비를 하고 나가니 평소의 출근 시간보다 상당
히 늦은 시간이었다.

러시아워가 지나니 길거리가 갑자기 한산해졌고, 나는 고향의 아버지
에게 칠 전보의 글자 수를 헤아리면서 길을 걸어갔다.

마침 국민학교* 앞을 지나갈 때 교문에서, 이학년쯤 되었을까, 네다섯
명 선생님의 훈도를 받으면서 소풍 가는 학생들의 행렬이 이열 종대로 재
잘재잘 떠들면서 지나가는 것을 보았다. 작은 배낭을 메고 두 명씩 손을
잡고 나오는, 그것은 얼마나 밝고 힘찬 행렬인가.

나는 시간이 흐르는 것도 잊고, 먼지를 피우며 시내 쪽으로 흘러가는
이 구불구불한 소국민**의 행렬을 마지막까지 지켜보았다. 그리고 문득
나의 다섯 아이들도 그 안에 섞여 있는 듯한 착각을 느끼며, 혹시 그 S 선
생의 막내도 K 씨의 손자도 그 행렬 속에 끼어 있는 것은 아닐까라고, 그
런 것들을 두서없이 생각하고 있었다.

—《국민문학》, 1943. 1.

---

* 1941년 3월 '소학교'라는 명칭이 '국민학교'로 바뀜.
** 원문은 '小國民'이나 '少國民'의 오류로 보임.

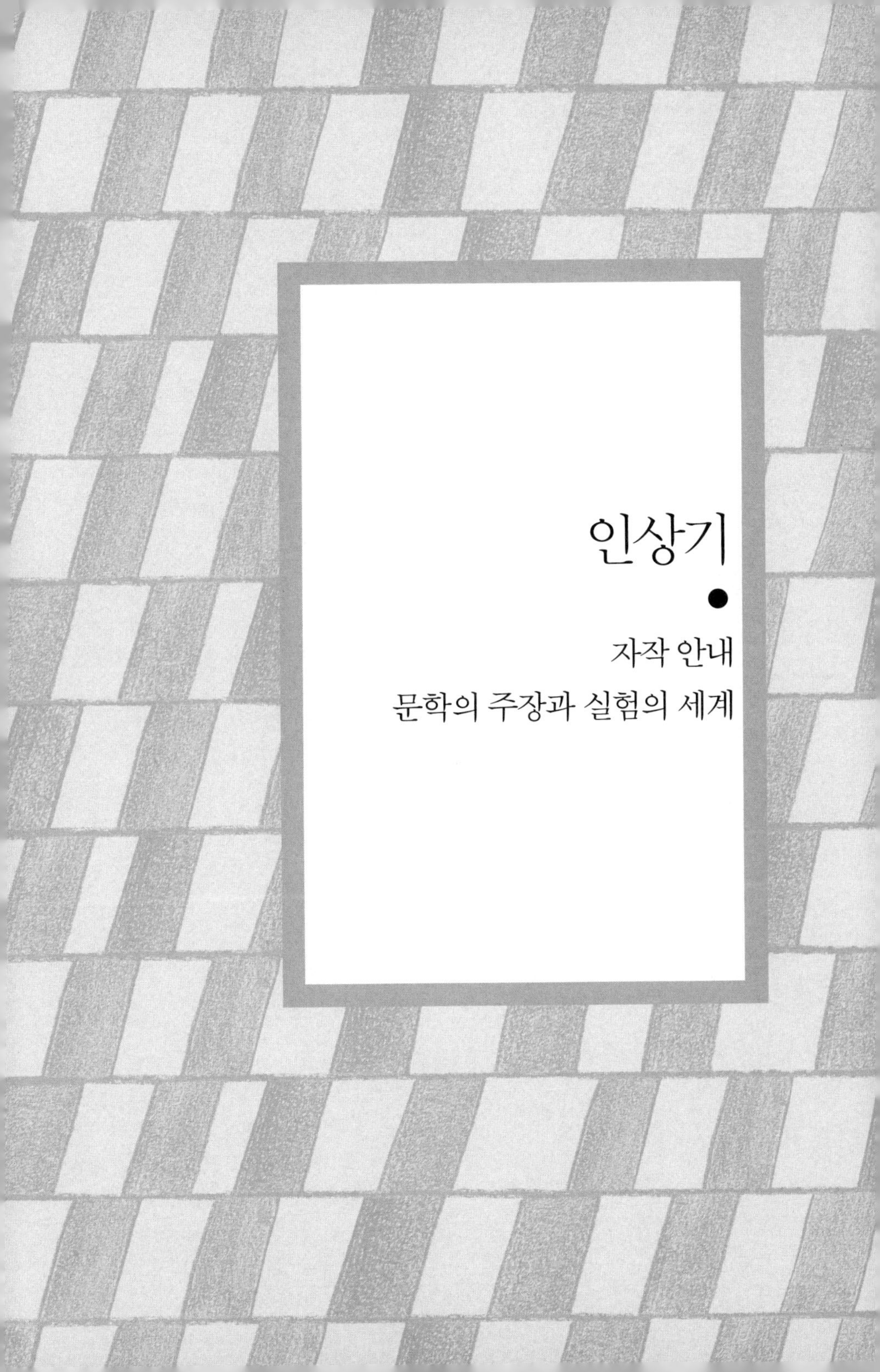

인상기

자작 안내
문학의 주장과 실험의 세계

자작 안내

김남천

작가는 작품을 가지고 말하면 그만이지, 그 이상 제 작품에 대한 변명이나 설명은 필요치 않다고 흔히들 말한다. 혹은 그럴는지 알 수 없다. 그러므로 나처럼 작품 외에 작품 수와 거반 비등한 양의 평론으로, 자기를 내세우고, 제 문학적 태도를 주장하고, 탐구 과정을 명시하는 사람이 다시 자작自作에 대한 특별한 안내서를 쓴다는 것도 우스운 일이라 안 할 수 없다.

그러나 작가가 제 작품에 대하여 기회 있는 대로 여러 가지 창작상 실제를 이야기해보는 것도 결코 무의미한 일은 아니라고 생각한다. 더구나 최근과 같이 창작 방향이 혼란하고, 창작적 신조가 상실되어 있는 시대에 있어서는 비평 정신의 선양을 돕고, 우리의 문학적 성격을 찾아보려는 노력에 편의를 주는 의미로라도 작가는 일층 긴밀한 태도를 취하여 비평가와 협동하지 않으면 안 될 줄로 생각한다. 작가가 침묵을 지키는 것만이 결코 미덕이 아닌 시대이다.

그러므로 이 협동을 위한 노력이 논쟁이거나, 항의거나, 또는 제창이거나, 자작 안내이거나를 막론하고 그곳에 거짓이 없고 항상 우리 문학의 진정한 길을 찾는 정신에만 의한 것이라면, 헛되이 배척할 것이 못 될 줄로 생각한다. 이렇게 생각하면서 편집자의 소청에 따라 나는 지금 나의 작품에 대한 간단한 안내도를 그려보려고 한다.

내 작품에 대하여— 하고 제법 큰소리를 해놓을 것 같으나 그 실은 작품이라고 몇 편 되는 것도 아니고 또한 그것에 대하여 이러니저러니 말할 것도 없는 것 같다.

문학을 한다고 뜻을 세운 것이 중학 3년 때이니 12년 전의 일이다. 작문 잘 짓는 한반 아이들이 6, 7인 모여 《월역月城》이라는 동인잡지를 가지기로 했다. 이 월역의 동인으로서 지금까지 문학을 붙들고 있는 자가 나 하나뿐이니, 문학을 고집하기가 이즈음 세상에서 얼마나 힘든 일인지 추상할 수 있다 할 것이다.

《월역》을 갖기 시작할 때부터 굶을 것을 각오들을 하였건만, 역시 빈궁 앞에서 뜻을 세워보려는 노력이 얼마나 고난에 찬 것인지, 다른 친구들은 각각 임의의 직업에서 생활의 안정을 구하고 나 혼자만이 문학 때문에 사사모사로 고역을 겪어가며 지금까지 생도生道를 세워보려고 애만 부득부득 태우고 있다. 이러면서도 어느 태평세월에 일가를 이루어볼 날이 있을는지 앞길이 망막하니 내 일이면서도 딱하기 한량없다. 내처 걷는 길이니 가는 턱까지는 가본다고 잔뜩 허리끈 조려 매고 있으나…….

작문에서 출발한 중학생의 문학 수업이니 신통할 건 없다. '화가和歌'니 '배구俳句'니를 치르고서 석천탁목石川啄木으로 들어간 것만이 다행이었다. 월자月姉, 유봉幽峰 등의 아호를 거쳐가며 우리가 처음 경도傾倒한 것은 순수파다. 무샤노코지 사네아쓰〔武者小路實篤〕, 아리시마〔有島〕의 『삼형제의 것』 등을 읽어가며 일방으로 톨스토이 또 한편으로는 르누아르 세잔 등의 그림책을 뒤적거렸다. 그다음은 제4차 신사조의 아쿠타가와 류노스케〔芥川龍之介〕 등이다. 이 파의 것으로 내가 읽은 것은 아쿠타가와〔芥川〕 이것뿐이다. 기쿠치 간〔菊池寬〕과 구메 마사오〔久米正雄〕는 그때부터 경멸하여 전자의 것은 초기의 단편과 희곡을 읽었을 뿐이고 후자의 것은 나쓰메 소세키〔夏目漱石〕의 딸과의 실연 사건의 흥미로 『파선破船』을 읽어보았을 뿐이다. 아쿠타가와에게 활짝 홀려 돌아갈 때 그가 자살을 하였다. 작가를 이렇게 순수한 마음으로 숭배해보긴 전무후무다. 이때에 세계문학전집, 근대극전집 등 원본이 나고 문고가 나고 하여 외국 치를 이것저것 주워 보았으나 마지막으로 빠진 것이 시가 나오야〔志賀直哉〕를 거쳐 요코미츠 리이치〔橫光利一〕 등의 신감각파다. 중학 졸업 임시하여 동경서 《문예전선》을 얻어 보고 콜론타이의 수삼 저서와 두세 책의 정치 서적의 영향으로 비로소 신흥 문학에 흥미를 느끼기 비롯하여 동경으로!의 목표를 세우고 졸업을 하였다.

중학 동안에 열 편 넘는 단편소설을 썼으나 물론 보잘것없는 아이들 장난이다. 「단오」, 「명절」, 「늦은 봄」, 「약자행弱者行」, 「어머니의 아해」 등의 표제가 지금도 기억에 있다.

특히 「약자행」은 피카레스크의 형식을 취하여 아쿠타가와의 모작을 모방한 것이요 「어머니의 아해」는 스트린드베리의 「영양令孃 유피에」든가의 모방이다.

동경 가서는 아무것도 못 썼다. 열아홉 살 나는 해 그러므로 동경 들어가는 해 가을에 카프 지부에 들었으나, 연극이니 영화니 광범하게 손을 대어 아무것도 이루지 못하였다. 재동경 1년이 훨씬 넘어서 200자 원고지 400매에 가까운 「산업예비군」이란 소설을 처음 썼는데, 한재덕, 김두용, 임화, 안막 등한테 합평회 석상에서 부르주아적인 구태를 벗어나지 못하였다는 혹평을 받고 낙망하여 혼자서 그 원고를 불살라 버리었다. 그다음은 붓을 뗄 용기도 없어졌고, 딴 일에 바빠서 오랫동안 문학을 놓았다.

약 1년을 지나 소화 5년(1930) 12월 마지막 날 제야의 소리를 들으면서 조그만 소설 한 편과 희곡 하나를 동경의 하숙에서 썼다. 「공제생산조합」이란 것과 「조정안」이란 것이다. 모두 평양고무 파업에서 취재한 것인데 전자는 파업 뒤 타락한 간부들의 손으로 직공의 잔돈푼을 모아서 조합 형식의 고무 공장을 만드는 형세 밑에서 새로운 타입의 인물이 평양에 들어와 활동을 하며 뒷일을 수습하는 것을 그린 것이고, 후자는 《조선지광》에 발표되었으니 설명할 필요도 없으나, 신간회의 간부, 물산장려회의 지회장, 기청基靑 간부들이 고무 공장 사장 사택에 모여 술상을 벌이고 조정안을 꾸며대는 것을 그린 희곡이다. 후자는 실제 인물이 많이 나와서 이것 때문에 평양 인사 중에 후일까지 의가 상한 이가 많았다.

소화 6년 봄에 서울로 와서 「공장신문」(《조선일보》)과 「공우회」(《조선지광》)를 썼고 카프에서 처음 조직적 생산을 한다고 「고무」 제1회를 맡아 썼다. 전기 작품은 당시 카프 문학부 소설반에서 합평 통과 후에 발표된 것이다.

이 뒤 약 2년간 창작 생활이 중단되었다. 다시 붓을 들려고 하니 정치주의의 조류에 떠서 소설을 만들었던 당시와는 달라, 실력이 비로소 말을 하려 드는 시기다. 간도 중국 군대에서 취재한 것으로 「나란구蘿蘭溝」라는 걸 써서 《조선일보》에 발표 중이었으나, 동보同報가 사장이 바꾸어지고 한참 분경이 많던 때라 중단이 되어버렸다. 그때에 나의 작품 경향의 결함으로 자각하기 비롯한 것이 생활 묘사의 부족이었다. 상부 인물의 활동만을 그려왔던 나로서 무리가 아니다. 가령 이기영 씨를 두고 말하면 씨는 처음부터 일상생활의 묘사에서 출발하는 작가인 때문에 당면의 과제니 뭐니를 바로 맞추는 데는 약간 서툴렀을는지 모르나, 그 뒤 소설이 제법 본궤도로 올라설 때엔 무서운 속력으로 자기 세계를 발견하였다. 나도 새

경지를 찾아보노라고 「물」과 「남편 · 그의 동지」를 썼으나 평판이 대단 나빴다. 이것을 만회할 야심으로 대역작 「생의 고민」을 썼으나 1회분이 《중앙일보》에 났을 때, 다시 「보통별」을 써보았으나 발표되지 못하고 「문예 구락부」라는 지저분한 소설이 《중앙일보》에 게재되었을 뿐이었다.

평양 노동자들 간에 있는 문예 애호열의 조직화 과정을 그린 것인데 임화 군한테 톡톡히 욕을 먹은 작품이다.

그때 마침 나의 선처先妻가 딸 둘을 남겨두고 세상을 떠났다. 「어린 두 딸에게」라는 걸 써서 《우리들》에 발표하고 그 뒤 약 5편의 소설을 시골서 썼으나 하나도 발표되지 못하였다. 그중 잊히지 않는 작품은 「감독된 사나이」와 「성聲」이다. 이리하여 나는 드디어 소설 쓰지 못하는 소설가가 되고 말았다.

이때가 바로 유물변증법적 창작 방법과 소셜리얼리즘이 교체되는 시기였다.

소화 10년(1935) 5월 상경하자 곧 카프 해산되고 나는 《조선중앙일보》에 기자로 들어갔으나 문학적으로 새 세계를 발견치 못하고, 타방他方 많은 교양을 가지고 평론이니 사설 짜박지니를 쓰노라고 소설에 붓을 대어 볼 경황이 없었다. 동보同報 정간 뒤 상당한 각오를 하고 소설을 써보았으나 잘 되지 않아 여러 번 중단했다가 소화 12년, 바로 작년에 「남매」(《조선문학》) 하나를 얻었다.

이 작품처럼 힘들게 쓴 소설은 전무후무일 게다. 이럭저럭 겨우 내 세계를 발견하면서 타방 고발의 에스프리를 제창하였다. 「남매」에 용기를 얻어 「소년행少年行」(《조광》)을 썼다.

단편소설의 옛날 전통을 좇아 처음 구성에 유의하였으나 꼭 세공품처럼 된 감이 없지 않았다. 좀 지나서 처음 자기 고발의 문학적 실천으로

「처를 때리고」(《조선문학》)를 썼다. 이것을 쓰는 도중에 작은 것을 하나 쓰고 싶어 한 서너 시간 걸려서 「춤추는 남편」(《여성》)을 썼다. 전자는 무척 힘들어 「한우寒雨」라는 제목으로 80매를 쓰다가 찢어버리고 다시 고쳐서 쓴 것인데, 오히려 장난처럼 쓴 후자만큼 평판이 좋지 못한 것은 나로서는 이상하였다.

그 뒤 「제퇴선祭退繕」과 「요지경瑤池鏡」(모두 《조광》)을 동 시기에 썼으나 자기 고발의 문학론과 어울려서 많은 말썽을 일으킨 듯싶다. 이곳에서 새로운 경지를 찾아보노라고 「생일 전날」을 썼으나 그다지 시원치 않았다.

이러는 동안 나는 숨어서 중편 하나를 쓰다가 중지한 것이었다. 「창민蒼民」이란 제題로 읍 사람의 생활을 그리던 것이다.

이것에서 취재하여 이번에 단편 두 개를 만들었다. 「누나의 사건」(《청색지》)과 「무자리」(《조광》)다. 속으로 겨우 나는 일상생활의 묘사에 손을 붙이기 시작했노라고 생각하고 있는데 어떨는지 모르겠다. 이것을 쓰는 전후, 나는 '모럴'론을 평론으로 쓰기 시작하였다.

이 밖에 하룻밤이나 또 몇 시간 걸려서 써 내친 작품이 두 개나 있다. 「가애자可愛者」(《광업조선》)와 「선담羨談」(《비판》)이다.

전자는 광산에 관한 소설을 써달라는 주문이 있기에 대광업가의 비서로서 지금 시대의 지식 계급의 새 타입을 그린 것이고, 후자는 착실한 모범농을 그린 것이다. 풍자적 효과적 역설을 의식하고 써본 최초의 작품이다.

이상 갱생 1년 동안에 대소 단편 11개를 썼다. 《여성》에 연재 중인 「세기世紀의 화문花紋」은 편집자의 모든 주문을 받아들이고 써보는 최초의 통속소설인데, 처음엔 4회를 쓰라기에 아무 사건도 없이 청년 남녀 수삼 인을 데리고 이럭저럭 산보나 시키던 중 그 뒤에 길어져서 다시 상想을 좀 늘렸다.

빈약한 작가가 편집자의 주문을 어느 정도까지 받아들일 수 있는가를 실험하는 데에는 호개好箇의 한 작품인가 한다. 통속소설의 일보 전진을 항상 염두에 두기는 하나 잘 되지는 않는다.

지금 최재서 군이 주재하는 인문사의 전작장편소설총서의 의뢰를 받아 처음으로 제약 없는 장편에 붓을 드는데 어떻게나 될는지 무시무시하고도 또 한편 기운이 나기도 한다.

나 자신이나 또 다른 비평가들이나, 작가로서 김남천에 대하여 말할 날은 역시 금후라고 생각한다.

—《사해공론》, 1938. 7.

문학의 주장과 실험의 세계
―『대하大河』의 작자의 걸어온 길

안함광*

작가 남천은, 최근 2, 3년 동안, 조선 문단에 있어 그 존재의 특이성을 발휘하면서, 문단의 관심을 일심에 모아온 감이 있다. 그는 첫째로 씨의 활동의 다각성과, 둘째로는 남다른 씨의 작가적 경력에서 와지는 결과이었다고 생각한다. 주지하는 바와 같이, 씨는 한 손으로 평필을 휘지揮之하고, 또 한 손으론 작품을 써왔다. 한데 한 사람의 작가가 평가評家를 겸했다든가 하는 사실은, 문학사적으로 본다든지, 또는 외국 문단의 실례로 본다든지, 그렇게까지 특이한 현상이라고 말할 수 없다.

그러나 씨에게 있어서는, 사정을 좀 달리하는 바 있어, 씨가 휘지한 평필은, 작가 세계와 일응** 구별되어질 그런 성질의 것이 아니라, 대부분 작품 세계와 직선적인 관계를 맺고 있는 앰비셔스한 창작상의 주장이었던 것이다. 즉 일정한 주장 밑에 작품을 창조하고, 또 때로는 작품을 예고하고 해왔던 것이다. 이것이 씨의 다각적 활동이 가지는 특이한 점이었다.

한데 특이라든가 특징이라든가 하는 것은 내적 특질에 관한 하나의 유

---

* 본명은 종언鍾彦. 북한의 문학평론가로《민주조선》임시 주필, 북조선문학동맹 위원장 등을 역임함. 주요 저서는 『조선문학사』, 『문학의 탐구』 등이 있음.

** 一應. 일본식 한자어이며 '우선, 어떻든, 일단' 등의 뜻으로 쓰임.

별적 개념이다. 그렇기 때문에, 특이성이란 것이 곧 관심에 치値할 중요성을 포섭하고 있다고 말할 수 없다. 하나 씨에게 있어서는 여기에서도 사정을 달리하는 바 있어서 그 창작상의 주장은 주체적 진실성의 표명과 함께 객관적 진실성의 승인까지를 강요하고 주장하여왔었다. 다시 말하면 씨에게 있어서는 나의 창작적 의도는 이러저러하다든가 또는 자기주장은 이러저러하다든가 하는 주로 작가 주체의 진실성과 관련되어질 심정의 겸허한 피로披露였다기보다는, 어느 편인가 하면 이러저러한 의도로써 작품을 쓰지 않아서는 아니 된다는 결정적 태도, 그리고 패기적 주장으로써 그의 객관적 타당성까지를 외부에 향하여 강요하여왔었다. 이것이 씨에게 있어 언제나 주장이 주장답게 전개되어진 소이이다.

이리하여 하나의 주장과 하나의 작품이 제기되어지고 창조되어질 때마다 문단의 관심은 컸다. 이론(주장)과 창작의 경주는 과연 어떻게 될 거냐(?) 하는 것이, 문단적 관심의 주요한 안목이었을 것이다. 하나 이와 동시에, 작품 자체의 질에 대한 관심도 동일한 정도로 병행하여왔었다. 다시 말하면 '주장'에 대한 작품의 상관성 여부와 동시에, 과거적인 문학 정신의 전통 위에서 생각할 수 있는 작품 자체의 이념적 특질이라는 것에 대해서도 관심하지 않을 수 없었다. 그는 더욱이 작가의 경력, 즉 정신적 전통을 생각하는 의미에서 그러하였다.

주지하는 바와 같이, 씨는 과거의 신문학과 더불어 그 정신적 계루를 맺어온 작가다. 하나 최근 2, 3년 동안의 창작적 주장을 통하여 씨는 일면적으로는 또는 외부적으로는, 과거의 신문학적 이념의 심장과는 소매를 나누는 듯한 감이 있다는 것이 오늘 문단 일부의 견해인 듯하다. 어떤 분의 견해에 의하면 정면으로서는 아니지만, 측면적인 방법으로 변모를 수행한 작가이라는 것이다. 하나 이는 이 작가에 대한 전체적인 이해는 아닌 상싶다. 그렇기 때문에 씨에게 대하여 그의 변모를 운운하는 것은 경조輕燥의 혐嫌을 면치 못할 일이지마는, 그러나 씨의 행정行程이 신문학의 이념을 개변코자 노력해온 것만은 사실이다.

　신문학의 이념에 대한 이러한 개변의 노력이 가져온 결과가 어떤 것이냐는 나중에 논촉論觸할 심산이거니와, 좌우간 씨의 창작적 주장이 가지는 앰비셔스한 점과 상후相候해서 이러한 개변적인 노력은, 그에 대한 관심을 이중二重으로 하는 바 있었다. 이러한 이중, 삼중의 문단적 관심의 주시하에서, 문학적 주장과 실천을 겸해온 작가의 업적을 모아놓은 것이 이번의 씨의 단편집『소년행』이고, 전작 장편『대하』이다.

　이번 씨의 단편책에 수록된 작품은, 전체가 10편이다. 그 가운에서 내가 읽지 못했던 작품은「춤추는 남편」과「가애자」두 편에 불과하였다. 하나 다시 전부를 읽고도 결코 시간의 소비를 후회하지 않았다. 그마만치 그는 감흥을 새롭게 해주는 바 있었다.

　한데 씨의 단편집을 읽고, 나는 그 가운데서 커다랗게 갈라지는 3개의 경향을 간취할 수가 있었다. 하나는 무엇인가를 희망하고 계획하고 꿈꾸는 세계이라고 하면, 또 하나는 자신의 하잘것없음을 뉘우치고 자과自撾하는 세계임에 반하여 다른 또 하나는, 서글픈 애트모스피어를 담은 외에, 아무런 작가적 욕정도 갖고 있지 않는 세사世事 스케치의 세계다.

　이를 작품별로 보자면, 전자에는「남매」,「소년행」,「무자리」등이 있고, 후자에는「처를 때리고」,「춤추는 남편」,「제퇴선」등이 속하고, 최후자에는「누나의 사건」,「철령鐵嶺까지」,「미담」,「가애자」등이 속한다.

　최후자에 있어,「누나의 사건」과 같이 소년의 눈을 통해서 바라보거나, 그 외의 작품, 즉「철령까지」,「미단」,「가애자」등과 같이 성년의 눈을 통해서 바라다보거나, 좌우간 이것들은 정시사井市事 또는 인정의 세계에 대한 괄담무사括談無私한 스케치적 기술인 점에는 다름이 없다. 이리하여 여기에는 관찰과 이해의 세계는 있으나, 인식과 연소燃燒의 세계는 없다. 그렇기 때문에 이상 3개의 특질을 간단히 말하자면, 인식적 조망과 자과적인 고발과 관찰적인 저회低徊의 세 경향으로 나눌 수 있다.

조망을 갖지 않고는 하루도 생활할 수 없는 것이 인간이다. 그러면서도 오늘이란 시대에 있어, 그 무엇을 조망한다든가 하기는 실로 곤란한 일 같다. 이러한 시대적 특질의 와중에서도, 무엇을 조망하고 희망하고 또는 계획하는 세계를 그리려 씨가 그러한 세계를 작품화함에 있어, 언제나 '소년'을 주인공으로 삼아왔다는 것은 실로 깊은 적의適宜한 조치라고 생각한다. 기실 세속에 물들지 않고 세상이 어떤 것임을 모르는 풋내기 소년이 아니고서는 조망, 희망, 계획 등의 정열을 주체화하기란 대단히 곤란한 시대이기 때문이다. 조망의 경향을 대변하는 3개의 작품 「남매」, 「소년행」, 「무자리」의 주인공이 모두 소년이라는 것은 결코 우연지사가 아니다.

한데 한 걸음 더 나가서 생각할 것은 그것들은 막연히 무엇을 동경하는 태도로서가 아니라 절박된 사정이 불가피적으로 요청하는 사태 위에, 소년의 행동적 전환을 창조하고 있다는 점이다. 이는 「남매」, 「소년행」의 봉근이나, 「무자리」의 운봉이나가 다 그러하다. 이와 같이 그들의 정열이 아무 작위적인 트릭 없이 절박한 사태 위에서 연소되어지는 것이기 때문에, 다시 말하면 조망과 희망과 계획이 현실적으로 요청되어지고 내재적 필연력에 의하여 추진되어지는 것이기 때문에, 그 정열이 일정한 수확을 가져오지 못하는 경우일지라도 우리는 그 정열에 공감할 수 있고, 현실적 어필을 느낄 수 있다. 이 점이 그것들로 하여금 예술적으로 수확을 걷게 한 소이라고 생각한다.

한데 언제까지나, 천편일률로 '소년'의 세계만을 요리해나갈 수는 없다. 그는 그러한 흥미만을 길이 지속하기란 대단 곤란한 것이겠기 때문이다. 더욱이 '소년'은 언제까지나 '소년'만으로 있는 것도 아님에 있어서이랴!

하나, 일단 작가의 눈이 성인의 세계에로 향할 때, 그곳에는 비상한 현실적인 암초가 가로놓여 있으리라는 것은 쉽사리 예상할 수 있는 사태다. 그는 앞에서도 말한 바와 같이, 지금의 시대적 특질의 와중에서는 성인에게서 건강한 희망의 세계를 찾기란 대단히 곤란한 일이기 때문이다. 실로, 모두 성인이 주인공으로 등장되어지는 「처를 때리고」, 「춤추는 남편」, 「제퇴선」 등의 자과적인 고발의 경향을 대변하는 작품들은 말하자면 이러한 시대적 특질에 대한 작가적 심정의 표백이란 면에서도 이해할 수 있는 일이다.

생각하면 과거 경향문학의 특질은 '사회적 인간'의 취급이었다. 말하자면 인간의 사회성의 고조이었다. 이를 좀 더 부연하자면 인간을 창조함에 있어, 평면적 파동으로서는 '이익사회'에 의한 횡단면의 표현과, 입체적 계루로서는 정치와의 유기적 관계의 제시이었다. 이렇게 입체적 계루로서는 정치에로 친근하고 평면적 교섭으로 '이익 사회'에 의하여 횡단되어지는 세계를 가지는 인간이란 필연으로 그러한 기준에 의해서 사회적 활동을 영위하는 존재였다. 실로 이러한 의미의 인간의 사회성이 그 시대를 대변하리만치 풍조적風潮的인 경우에 있어서는 특수한 예외를 제한다고 하면, 작가의 눈이 이러한 사회적 인간을 떠나서, 하나의 폐인廢人의 세계로 들어가서 이러쿵저러쿵할 흥미를 가지리라고는 생각할 수 없다.

하나, 이러한 사회적 인간의 활동이, 외부의 작용에 의하여 저지되었을 때, 그 사회적 인간은 외부 세계로 돌진할 수도 그렇다고 자기의 내적 생활에로 침잠할 수도 없는, 중간적인 밍밍한 존재로 떨어졌다. 이러한 시대적인 특질과 현실적인 암초가 현실 생활의 반영일 터인 문학의 위에 영향되지 않는다는 수도 없었다. 이리하여 이러한 현실적인 암초를 만난 조선의 신문학은 장차 어떻게 될 거냐? 또는 어디로 가야 할 거냐? 하는 것이 젊은 두뇌 앞에 절박되어지는 초미의 과제였다.

이러한 외부의 어려움과 문학의 혼돈 가운데서 씨는 고발문학을 들고 나왔다. 추상적인 일반의 세계보다는 구체적인 주체 고발의 세계를 창조하려 하였다. 다시 말하면 외부 세계에로의 확전擴展이란, 이미 성인의 세계에서는 하나의 전설로 화해버렸다고 생각한 작자는, 차라리 '사회적 인간'의 금일적 모양의 책임, 말하자면 대외적인 나약과 실패와 무력의 조건을 일단 주체의 결함과 위선에로 돌리는 고발의 과정을 통하여, 이 성인의 세계를 재래의 각도와는 엄청나게 다른 별개의 시각에서 문학화하려 하였던 것이다.

한데, 이것이 단순히 씨의 작가적 심정의 고백에 멎는 그러한 것이 아니라, 객관적 정당성과 보편적 타당성까지를 강요하고 있었다는 점에서, 씨의 당해 주장을 문제 삼는다고 하면 그곳에는 수긍하지 못할 많은 문제를 갖고 있다. 하나 이런 것들에 관하여는 일찍이 졸론「조선문학의 현대적 상모」(《동아일보》)와, 「조선문학 정신 검찰」(《조선일보》) 등에서 소견을 이야기한 바 있으므로, 이곳에서는 약略하거니와, 좌우간 '소년'의 세계를 그리던 씨가 일단 '성년'의 세계로 돌아왔을 때 전자에 있어서와 같이 인식적 조망의 세계를 창조하지 못하고, 자괴적인 고발의 세계를 창조했다는 것은, 실로 시사 깊은 일이 아닐 수 없다. 나는 일찍이 씨의 고발문학 작품에 대하여 다음과 같이 말한 적이 있다.

「남매」, 「소년행」, 「처를 때리고」, 「제퇴선」, 「요지경」에서 우리가 느낄 수 있는 것은, 냉철한 비판적 정신과 하잘것없는 주체에로 향하여지는 타협을 허락지 않는 추상열일秋霜烈日과 같은 고발의 기백이다. 그곳에는 현대 지식인의 전락과 절망과 허무와 허세가 얼음같이 투명한 심정을 통하여, 동시에 얼음 밑에 유수와 같은 일종의 따뜻한 분위기에 싸여 다채한 정조를 발산하면서 박탈되어지고 있다.

—「조선문학의 현대적 상모」

이렇게 사회에서 내성에로 옮아온 제 작품 가운데서, 우리는 치열한 고발의 에스프리를 감지한다. 한데 고발문학은 그 관찰의 눈이 단초적인 의미에서는 언제나 부정否定의 면에로 향하여지는 숙명을 갖는다. 다시 말하면 구극적으로는, 부정을 통한 긍정적 세계의 발견이라는 변증법적 사유의 작용이란 것도 생각할 수 있는 일이지마는 단초적으로 우선 부정의 면에로 작자의 눈이 작용함이 없이는 '고발문학'이란 표현은 무의미한 것으로 되지 않을 수 없다.

한데 현실이 혼돈타든가 암담타든가 하는 말이 곧 그 가운데는 전연 긍정에 치值할 세계는 없다는 말과 합일되어지는 것이냐 하면 그런 것은 아니다. 그렇기 때문에 고발문학을 말함에 의하여 부정의 면에로만 작자의 눈을 던진다는 것은 결국 문학 세계의 자기 제한이란 사태를 초래케 된다. 동시에 그는 제재의 협소까지도 초치하는 경우가 있을 거다. 이러한 딜레마를 의식하였음인지, 소화 13년도(1938)로 들어서는, 눈을 외부 세계에로 돌리는 작품, 「누나의 사건」, 「철령까지」, 「미담」, 「가애자」 등을 창조하였다.

그러면 「남매」, 「소년행」, 「무자리」 당시의 외부 세계와, 「누나의 사건」, 「철령까지」 등의 외부 세계는 어떻게 다르냐(?) 하는 것이 문제가 아닐 수 없다. 즉 '주체 고발' 이전의 외부 세계와 그 이후의 외부 세계는 어떻게 그 특질을 달리하느냐 하는 것이 문제다.

여기에서 우리는 전자는 특수하게 '소년'을 통하여 바라다보는 외부 세계임에 반하여 후자는 '소년', '성년', 일반의 렌즈를 통하여 바라다보는 외부 세계이라는 점에 그 특질이 있다고도 생각할 수 있을 게다. 그러나 이는 심히 피상적인 관찰임에 불외하다. 역시 양자의 구체적인 특질의 차이는 앞에서도 말한 바와 같이, 전자가 인식적인 조망의 세계임에 반하여, 후자가 관찰적인 저회의 세계이라는 점에 있다. 전자에 있어서는 의욕의 세계가 있음에 반하여, 후자에 있어서는 단지 선택의 의사만이 참여하는 관찰의 세계가 있다.

그러면 상기한 바와 같은 문학적 전환의 연속은 결국 무엇을 의미하는 것이냐? 씨의 논책에 의하여 씨 자신의 말을 들어본다면 대략 자기 고발의 과정을 고쳐 주체를 재건하고 동시에 모럴을 주체화함에 의하여 다시 외부 세계에로 옮아간다는 견해가 아니었던가 한다.

하나, 나는 그렇게는 생각되어지지 않는다. 상기 작품상의 전환은, 씨의 문학적 주장에 따른 발전적 양상이었다기보다는 어느 편인가 하면 문학 정신의 모색의 과정이었다고 나는 생각한다. 신문학이 위기의 절정에 놓였을 때, 눈을 주체 내부에로 돌린 것이 하나의 모색이라고 하면 다시 외부에로 전환한 괄담무사한 눈도 역시 하나의 모색의 과정을 말하고 있을 뿐이다. '탐구'란 그가 최후의 처소를 얻기까지는 모색의 과정을 전전하기가 일쑤다.

이러한 문학 정신의 모색의 과정에 있어서는 필연으로 그 방법은 통일되어지지 못하고, 제대로 분열되어져 있었다. 하나 언제나 우수한 방법의 주체화를 염원하는 두뇌는 종으로 누적되고 횡으로 산재한 제 방법의 변증법적 통일을 기하는 법이다. 실로 씨에게 있어, 이러한 노력은 헛되지 않았다고 생각한다.

생각자면, 상기한 바와 같은 씨의 작가적 행정에서 볼 수 있는 제 방법에 분산과 문학 정신의 모색은 실로『대하』창조의 저수지적 과정의 의미를 갖는 것이라고 생각한다. 웅덩이에 빠지며, 벌판을 달리면서 발자욱을 뿌리고 간 색다른 씨(종자)―인식적인 조망의 욕정과, 주체 박탈의 에스프리와 괄담무사한 관찰의 치밀 등의 보다 고도한 새로운 통일 위에서 창조한 것이 이번 인문사人文社의 전작 장편『대하』이고, 이를 이론적으로 첨화添花한 것이 씨의 풍속론이다.

　―이하 생략―

―《비판》, 1939. 7.

작가 연보

1911년	1세. 3월 16일 평안남도 성천군 성원읍 하부리에서 중농이며 군청 공무원이던 김영전의 장남으로 태어남. 본명은 효식孝植.
1926년	16세. 평양고등보통학교 재학 중 한재덕 등과 동인지 《월역月城》을 내면서 신흥문학에 이끌림. 「단오」, 「명절」 등 10편이 넘는 작품을 씀.
1929년	19세. 평양고보를 졸업하고 도쿄로 건너가 호세이[法政] 대학 예과에 입학. 안막, 임화 등을 만나고 카프 도쿄 지부 기관지 《무산자》에 참가. 소설 「산업 예비군」을 썼으나 합평회에서 한재덕, 김두용, 안막, 임화 등의 비판을 받고 원고를 불살라 버림.
1930년	20세. 임화, 안막 등과 조선으로 들어와 국내 카프 개혁과 신간회 해소를 주장. 9월에 성천 청년동맹을 조직하고 집행위원이 되었으며 한재덕과 함께 평양 고무 공장 노동자 총파업에 관여해 격문을 작성하는 등 선전 선동 활동을 수행. 첫 평론 「영화 운동의 출발점 재음미」를 《중외일보》에 발표함.
1931년	21세. '김남천'이라는 필명을 만듦. 호세이 대학에서 좌익 단체인 '독서회 및 적색 스포츠단'과 좌익 신문·잡지 배포망인 《무산자신문》 법정반', 《무산청년》 법정반' 및 '《전기》 법정반' 가입을 이유로 제적당함. 이후 귀국하여 좌익 극단인 청복극장에서 연극 운동을 펼침. 소설 「공장신문」, 「공우회」 발표. 10월 카프 제1차 검거에서 소위 조선공산주의자협의회 사건에 연루되어 공산당원 고경흠과 함께 기소, 2년의 실형을 선고받음.
1933년	23세. 병보석으로 출옥 후 낙향하여 옥중 체험기인 단편 「물!」을 발표하고 임화와 논쟁을 벌임. 12월 상처喪妻.
1934년	24세. 카프 제2차 검거 당시 검거되어 전주까지 이송되었으나 1931년 1차 검거 때 투옥되었다는 등의 이유로 제외되어 기자로서 조사 과정을 취재·보도함.
1935년	25세. 임화, 김기진과 협의하여 5월에 카프 해산계를 경기도 경찰국에 제출. 《조선중앙일보》에 기자로 입사하여 1936년 정간 때까지 일함.
1937년	27세. 고발문학론, 모럴론 등 평론 활동을 펼치는 한편 「처를 때리고」, 「춤추는 남편」, 「요지경」 등 자기 고발 소설을 창작.
1939년	29세. 관찰문학론을 주장하는 한편 『사랑의 수족관』을 연재하고, 전작 장편 『대하』를 출간함. 창작집 『소년행』(학예사) 출간.
1940년	30세. 「노고지리 우지진다」, 「경영」 등 단편소설을 발표하는 동시에 장편소설 『사랑의 수족관』 출간.
1942년	32세. 단편소설 「등불」과 중편소설 「구름이 말하기를」을 연재. 창작의 양이 격감함.
1943년	33세. 일본어 소설 「어떤 아침」을 《국민문학》에 발표함.
1945년	35세. 해방과 더불어 임화와 함께 조선문학건설본부 설립을 주도. 장편소설 『1945년

8 · 15』 연재 시작.

1946년	36세. 희곡 「3 · 1운동」을 발표하는 한편 시사적인 평론을 다수 발표. 조선문학가동맹의 중앙집행위원회 서기국 서기장이 됨.
1947년	37세. 공산주의자에 대한 탄압이 심해지자 이태준, 임화, 안회남 등 남로당계 문인들과 함께 월북하여 해주 제일인쇄소에 근거를 마련함.
1948년	38세. 8월 25일 해주에서 열린 남조선인민대표자회의에서 최고인민회의 대의원으로 피선됨.
1950년	40세. 한국전쟁 당시 서울에 내려와 머물면서 낙동강 전선을 종군 취재함.
1951년	41세. 조선문학예술총동맹 서기장이 됨. 숙청의 빌미가 된 소설 「꿀」 발표.
1953년	43세. 남로당계 작가인 임화, 이원조 등과 함께 숙청됨. 사망 시기는 아직까지 확인되지 않음.

유진오 단편소설

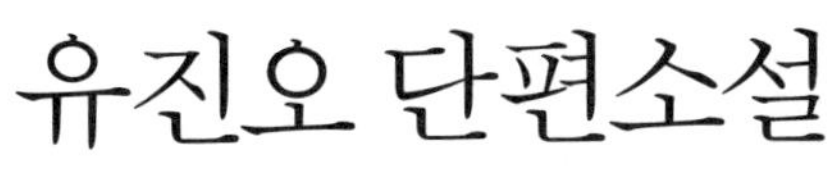

상해의 기억
김 강사와 T 교수
창랑정기滄浪亭記
가을
나비
여름夏
산울림
신경新京

＊

상해의 기억

1

영조계와 법조계와의 경계에 있는 네거리 애다노〔愛多亞路〕와 서장노(西藏路)가 교차하는 곳, 그 네거리 모퉁이에 우뚝 솟은 사층집—탑까지 아울러 아홉 층이나 되는 굉장한 건물—그것이 상해를 찾는 사람이면 누구나 한 번 반드시 발을 들여놓는 유명한 대세계大世界이다.

그날 밤은 몹시 추웠으나 저녁을 먹고 난 나는 며칠 안 되는 상해에 있을 밤을 그대로 보내기는 싫었다. 털 셔츠를 둘이나 껴입고 목도리를 둘러 눈만 내놓고 박 군을 재촉해 여관을 나섰다.

그만해도 박 군은 상해 물정에 통달하였다. 그는 소리를 질러 지나가는 인력거(황포차黃包車)를 불렀다.

"대세계!"

하고 명령하자 황포차는 기운 좋게 얼어붙은 큰길을 내닫기 시작하였다.

우리는 대세계 문 앞에서 황포차를 내렸다. 굉장한 건물과 휘황한 전등. 나는 지붕 위의 탑을 쳐다보며

"아 그래 이런 집 속에 야치野鷄가 들끓는단 말이야?"

하면서 박 군을 돌아다보지 않을 수 없었다. 암흑계의 여자가 나타나기에

는 너무나 밝은 세상이었다.

"그래두 보게. 문만 들어서면 벌써 뎀빌 테니."

우리는 삼십 전씩의 입장료를 내고 문을 들어섰다.

문을 들어서자마자 과연 붉은 옷 입은 젊은 여자가 앞에 나타나 방글방글하며 서슴지 않고 말을 건넸다.

"곤방와."

그는 양복을 입은 나와 박 군을 일본 사람으로 본 것이다. 그러나 이런 것에 익숙한 박 군은 "부요부요."* 하고 손짓을 하며 앞으로 걸어갔다.

여자는 달려들어 나의 소매를 잡아당기며

"니혼진 스께베이!"**

하고 붉게 칠한 입술을 쏙 내밀었다.

"스께베이?"

나는 어이가 없어 다시 한 번 여자의 얼굴을 건너다보았다. 알 라 가르송***의 단발한 머리, 맑은 눈자위, 웃을 때마다 쏙쏙 패는 두 볼의 보조개― 언뜻 미국의 시네마 배우 로라라 플란테를 연상케 하는 불과 열 칠팔 세의 소녀이었다. 만일 조선서 이런 소녀에게 이런 경우를 당하였다면 두말없이 한번 따라가 보고야 말 것이다.

박 군은 앞서 가며 나더러 어서 오라고 고갯짓을 하였다. 상해에 오면 이런 여자는 얼마든지 있는 것이며 여기서 잘못 어름어름하다가는 순식간에 수십 명 '야치'의 포위 공격을 당한다는 박 군의 이야기를 생각하고 나는 그래도 자꾸 따라오는 그 소녀를 기어코 뿌리치고 박 군을 따라 속

---

* 중국어로 '필요없어', '됐어'라는 뜻.
** 일본어로 '일본인 음탕한 사람'이라는 뜻.
*** 프랑스어로 '말괄량이'라는 뜻.

으로 들어갔다.

맨 아래층이 도박장, 그로부터 이층 삼층 사층으로 올라가며 신파 구파의 연극, 시네마, 요술, 기술, 야담— 그 외 모든 오락 기관이 다 이 집 속에 모여 있는 것이다. 관객은 가는 곳마다 몸도 움직일 수 없을 만큼 꼭꼭 들어찼다. 그 사이를 용하게 헤엄쳐 다니며 오늘 저녁의 밥거리를 물색하는 야치의 무리. 무대에서는 미국의 젊은 남녀가 꼭 껴안고 한없이 키스도 하다가 시카고의 암흑가의 육혈포 소리가 요란히 울리기도 하다가 또는 불과 열 오륙 세밖에 안 되어 보이는 소녀가 뺨에 연지를 바르고 곡조 높은 깡깽이에 맞추어 가냘프게 노래도 하다가 또는 웃통을 벗은 험상스런 기술사가 열 살도 채 안 된 소년을 걸상 위에 눕혀놓고 청룡도를 번쩍 들어 내리쳐 소년의 목을 떼어가지고는 대성통곡을 하며 헤매기도 하였다. 웅얼거리는 군중의 소리. 코를 찌르는 냄새. 어둠 속으로부터 쑥 내미는 춘화— 이 모든 것이 만들어내는 중국 대중의 오락장 대세계의 어지러운 공기에 나는 그만 머리가 떼엥하도록 취하고 말았다.

스크린에서는 지금 무장경관대가 자동차를 몰아 왕 박사를 두목으로 하는 악한의 일대를 습격하러 가는 아슬아슬한 장면이 전개되었다. 날카로운 경적과 호각 소리가 화면으로부터 울려 나온다.

"가세. 어이구 정신없어."

나는 더 참고 앉아 있을 수 없어 일어나며 박 군을 재촉하였다.

겨우 숨을 돌려 삼층에서 이층으로 내려오는 층계를 반쯤이나 내려왔을 때이다. 뒤에서 누구인지 일본 말로 나를 불렀다.

"현 군 아닌가. 현 군. 현 군 아닌가?"

상해에서 나를 아는 일본 사람은 없을 터인데 하며 돌아다보니까 웬 중국 청년 한 사람이 우리 편을 향해 내려오며 또 한 번 나에게 "현 군 아닌가.”를 반복하였다.

그가 우리에게 가까이 왔을 때 나는 곧 그것이 삼 년 전에 내가 동경 있을 때 같은 하숙에 있던 서영상徐永祥 군임을 알았다.

“서 군 아니야? 어 이거 웬일야?”

나도 일본 말로 대답하며 층계를 뛰어 올라가 그의 손을 잡고 흔들었다. 너무나 의외의 해우에 정말 반가웠다.

서 군도 몹시 반가운 낯으로

“여기를 올라가다가 자네를 보니까 얼굴은 몹시 익으나 자네가 언제 여기를 왔을까 싶지는 않고— 허지만 암만 생각해봐두 틀림없이 자네란 말이지. 그래 불러본 것이야. 그래 상해는 언제 왔나?”

“한 사날 됐어. 그러지 않어도 내일이나 모레쯤은 한번 자네를 찾아가려고 하든 판일세.”

“날 찾아와? 어디로?”

“왜 저 그 하비로霞飛路에 있다는 자네들의 극장으로.”

“그거 벌써 없어진 지가 언제라구— 난 또.”

하며 서 군은 말끝을 흐려버렸다. 나는 서 군이 상해에 있는 중국 신흥극 작가동맹의 지도자의 한 사람임을 생각하였다. 지난 십이월 이후로 국민정부가 젊은 작가들의 머리 위에 큰 탄압을 내리고 있다는 소식은 나도 상해에 가기 전에도 이미 듣고 있었다.

나는 소리를 낮추어 물어보았다.

“요새는 극 운동도 하지 못하나?”

“말 말게. 아무것두. 무어 하는 체하다가는 단번에 총살이니까. 에잇 죽일 놈들.”

서 군은 그들의 운동을 탄압하는 국민정부에 대한 분노의 빛을 그 찌푸린 양미간에 뚜렷이 나타내었다.

우리는 이야기를 하며 천천히 층계를 걸어 내려왔다. 문간에 와서 나는 서 군에게 어디로 차나 마시러 가자고 청했더니 그는 누구를 만나러 이곳에 왔으니까 지금은 나를 따라올 수가 없다고 한다. 그러나 오래간만에 뜻밖에 만난 서 군과 나는 그대로 헤어지기는 싫었다. 즐겁던 동경 시대의 옛이야기도 하려니와 그것보다도 중국 이야기를 그 총명한 서 군의 입으로부터 듣고 싶었다.

"잠깐만 가세그려."

"섭섭하지만 정말 못 가겠는데."

서 군은 여전히 거절하였다. 하는 수 없이 나는 박 군과 의논하고 도익처都益處라는 요릿집에 가서 기다릴 것이니 그리로 오라고 하였다. 그것에는 서 군도 어쩔 수 없이 승락하였다.

한 시간이나 거의 지난 후에 서 군은 우리가 기다리고 있는 요릿집으로 왔다. 우리는 우선 오래간만에 만난 우정을 천천히 풀었다. 동경서 한 하숙에 있을 때 나는 H 대학 불란서문학과에 다니고 서 군은 W 대학 경제과에 다니었으나 우리는 누구보다도 서로 가까운 사이였다. 서 군은 학적은 경제과에 두었을망정 각국 말에 능통하고 거기다가 문학에 대한 연구도 깊어서 어느 나라 문학 이야기가 나오든지 결코 남에게 지지 않았다. 내가 전문으로 하고 있는 불문학에 대해서도 서 군은 도리어 나보다도 더자세하다 할 만큼 통달하였다. 문학 그중에도 서 군은 특히 극 문학에 흥미를 갖고 있었다.

"어째서 문학을 전공 안 하고 경제과를 다녀?"

하고 내가 물으면

"사회 조직의 비밀을 알고 싶어서."

하고 그는 대답하는 것이었다. 서 군의 사회과학에 대한 지식은 더구나 나는 그 방면에는 문외한인 까닭으로 한없이 깊은 것 같았다. 그때 서 군은 고국 이야기만 나오면 이를 악물고 장개석 정권에 대하여 통분하였다. 물론 그때 서 군은 벌써 동경 있는 중국 학생들의 한편의 지도자이기도 했다.

이러한 모든 과거가 서 군을 오늘날 중국 신흥극작가동맹의 리더로 만든 것이다.

"허지만 말 말어. ……지난달에도 남경서 방직공의 스트라이크가 났을 때 응원 갔던 사람 하나를 체포하자 이튿날로 여지없이 총살해버렸다네."

"그 이유만으로?"

"아무렴."

"그럼 자네두 붙들리기만 하면 야단나네그려?"

"아무렴. 단번에 이거지 이거야."

하며 서 군은 손가락으로 총 모양을 만들어 그의 가슴에 겨누어 보였다. 천연스레 빙그레 웃고 있었으나 그의 입가에는 결사의 표정이 나타나 있었다.

열한 시나 되어 헤어질 때 나는 서 군에게 주소를 물었더니

"왜 나를 찾아올려구?"

"응 며칠 더 있을 테니까 한 번 더 만났으면 하네."

"일 있으면 내가 자네를 찾지. ××려사旅社에 있다지?"

나는 서 군의 주소를 더 캐어묻는 것이 도리어 실수가 되겠기에 묻지 않고 그대로 그 요리점을 나왔다.

그 집 문 앞에서 악수를 하고 인사까지 한 후에 서 군은 무엇을 생각하였는지 나를 따로 불러 얕은 소리로

"모레 밤 아홉 시에 남경로南京路……(번지를 말하고)……로 오겠나?"

"모레 아홉 시?"

"응 일월 십칠일 날 오후 아홉 시."

"가지. 자네 거기 있겠나?"

"응 시간만 자네가 잘 지켜주면."

"감세. 꼭 감세."

"자 그러면." 하고 서 군은 헤어지려다가 다시 돌아서서

"××려사에서는 내 이름은 황자명으로 돼 있으니 그만침 알아주게."

"황자명."

"자 그러면 모레 또."

우리는 이렇게 다시 만날 약속을 하고 그곳을 헤어졌다. 아 그것이 내가 서 군을 만난 최후가 될 줄이야 누가 알았으랴. 또 그것이 나에게 그 무서운 몸소름 끼치는 경험을 시켜줄 줄이야 누가 미리 짐작하였으랴.

2

일월 십칠일 날 밤에 여덟 시가 조금 지나 나는 박 군에게도 어디로 간다는 말을 하지 아니하고 혼자 여관을 나섰다. 죄악의 도시, 공포의 도시라는 상해의 거리를 밤에 혼자 돌아다닌다는 것은 위험한 일이었으나 그 위험한 것이 도리어 일종의 호기심을 끌기도 하였다. 나는 남경로를 향해 천천히 걷다가 택시를 잡아탔다.

"남경로 ××려사."

가장 침착한 태도를 가장하고 이렇게 갈 곳을 말하자 택시는 기운 좋게 내달리기 시작하였다.

남경로라면 영안공사, 선시공사, 신신공사 등의 중국 사람의 굉장한 백화점이 즐비하게 늘어선 곳이다. 낮보다 더 밝은 전등불이 자동차 속을 낮같이 밝게 비추었다. 내가 탄 자동차는 이 가장 번화한 구역을 지나더니 얼마 안 가서 별안간 급커브를 돌아 캄캄한 옆길로 들어서서 정거하였다.

“××려사는 이곳이오?”

나는 서양인 운전수에게 서투른 영어로 이렇게 물었다.

“네, 이 근처일 것이오.”

하고 그는 내가 재차 물어볼 새도 없이 자동차를 몰아 달아나 버렸다. 나는 사면을 돌아보았으나 그것 같은 건물은 눈에 띄지 않았다.

으슥한 조그만 골목 속에 침침한 전등 밑에 달린 ××려사라는 간판을 발견하기까지에는 나는 한참이나 쩔쩔매고 그 근처를 찾아 돌아다녔다. ××려사는 건물이 큰 데 비해서는 몹시 등불이 적고 충충하기 짝이 없었다. 그 번화한 남경로 큰길이 바로 지척지간에 있으면서 이곳은 시네마에서 보는 악한의 소굴 그것 같은 무섭게 충충한 곳이었다. 시계를 보니 벌써 약속한 아홉 시가 거의 다 되었다.

용기를 내어 문을 열었더니 걸상에서 졸고 있던 문지기가 눈을 스르르 떴다. 침침한 전등 밑에 그 두 눈이 음흉하게 번쩍였다.

“서— 아니 저 황자명 씨 여기 계시오?”

“누구요?”

문지기는 눈을 번쩍 뜨며 재차 묻는다.

“황자명 씨.”

내 말을 듣더니 그는 별안간 민첩하게 일어나 잠깐 기다리라는 말을 등 뒤로 던지며 안으로 들어갔다.

아 그곳에서부터 나의 그 무서운 경험은 시작된 것이다.

보이가 들어간 지 불과 오 초가 못 되었을 때이다. 나의 등 뒤 문이 가만히 열리고 숨어 들어오는 사람의 인기가 났다. 나는 무심히 돌아다보았다. 그때의 나의 놀람을 무엇에 비하랴!

새까만 육혈포 구멍이 세 개 나를 에워싸고 차츰차츰 가까워오는 것이었다. 마적이다! 라는 생각이 머리를 번개같이 지나가며 나의 얼굴은 새하얗게 질렀다. 동시에 나는 의식을 잃고 결사적으로 그들에게로 돌진하였다.

내가 정신을 차렸을 때에는 나는 단단히 결박을 당한 채로 자동차 한구석에 틀어박혀 있었다. 여전히 새까만 총구멍이 나의 가슴을 겨누고 있다. 그러나 그때 나는 비로소 얼마쯤 안심하였다. 나를 붙들어 가지고 가는 것은 마적이 아니라 공동 조계 공부국 경관대였다.

공부국에서는 내가 중국 사람이 아니고 조선 사람이라는 것, 오늘 그곳에 간 것은 별다른 것이 아니라 서영상 군을 만나러 간 것이라는 것, 서군과 나와는 동경서 함께 있었으므로 서로 안다는 것을 더듬거리며 영어로 역설하였으나 그들은 귀도 기울이지 아니하였다.

그들은 나를 단단히 결박한 채로 방구석에 앉혀놓고 무슨 문부를 편다, 사방으로 전화를 한다, 야단이더니 불과 얼마 안 되어 자동차의 경적이 울리며 무장한 중국 경관대가 우르르 몰려 들어왔다. 몇 마디 저희끼리 말을 건네더니 다짜고짜로 나를 잡아 끌어내어 다시 자동차에 싣고 어느 곳으로인지 전속력으로 내달리었다.

거리의 불이 꿈결같이 핵핵 지나고 서양 부호들의 주택인 듯한 컴컴한 정원이 지나고 강가로 달리고 바닷가 같은 곳을 달린 끝에 자동차는 아주 캄캄한 집 하나 없는 큰길을 쏜살같이 달리기 시작하였다.

웬 영문을 모르는 나는 인제는 아주 없어진 목숨이라고 단념을 하고 저희들이 굴리는 대로 구르고 있었다. 외투 주머니가 찢어지고 소매가 너펄거리는 것은 아까 남경로에서 붙들릴 때 놈들과 일대 격투를 한 기념이었다.

자동차는 거의 한 시간이나 달린 끝에 시커먼 높은 벽돌담을 두른 집 앞에 정거하였다. 필연코 공안국이나 그렇지 않으면 감옥이겠으나 불이 어두워 그 간판조차 보이지 아니하였다. 파수 보는 병정이 무거운 철문을 열자 경관들은 나를 떼밀고 속으로 들어와 다른 경관에게 나를 전하며 의미 모를 저희들의 말로 무엇이라고 떠들어댔다.

그곳에서 그들은 회중전등으로 나의 얼굴을 비추어가며 다시 전신을 샅샅이 뒤지어 종잇조각을 전부 꺼내고 육혈포 등속이 없는 것을 다진 뒤에 다짜고짜로 나를 캄캄한 감방으로 몰아넣었다. 두꺼운 감방 문이 등 뒤에 닫히고 빗장이 덜커덕하고 채워졌다. 아 그때의 나의 절망!

나는 중국을 간 것이 그때 처음이었다. 더구나 중국의 감옥 속이야 그때까지 상상해본 일도 없었다. 지옥! 그것이 감방 문을 들어선 그때의 나의 감상의 전부였다.

감방으로 내가 들어가자 캄캄한 속에서 쑤군쑤군하는 소리가 났다. 그것은 밤이 깊어 잠든 체하고 누워 있던 죄수들의 소리였다. 진흙으로 조금 높게 마루 모양으로 만들어논 것에다가 자리를 깔고 그곳에 빈틈없이 나란히 누워 있었다. 그 밑은 바로 흙바닥이다.

나는 그 흙바닥에 가 쭈그리고 앉았다. 죄인들 틈에는 들어가려야 들어가 낄 여지가 없었다.

나는 놈들에게 몹시 얻어맞은 몸이 안 아픈 곳 없이 아픈 데다가 밤이 깊어갈수록 추위는 점점 더 뼈에 사무쳤다. 격투에 찢어진 외투를 암만 끌어모아 휩싸도 몸은 점점 더 떨릴 뿐이었다. 잠은 물론 올 리가 없었다.

활동사진에서나 보는 것 같은 괴상한 나의 운명. 내일 새벽에는 차디찬 총알이 이 내 심장을 꿰뚫지 아니하리라고 누가 보증하느냐. 그러고 보니 나올 때 박 군에게까지 아무 말도 아니한 것이 후회가 되었다. 이곳에서 나를 사형을 한들, 육시처참을 한들 알 사람이 누구냐. 퍼블릭 가든의 가든 브리지* 밑에 몸뚱이 없는 사람의 대가리가 아직 생생한 채 둥둥 떠 있어도 다시 한 번 돌아다보는 이도 없다고 하는 상해가 아니냐.

나는 전신에 소름이 쪽 끼친 채로 눈을 말똥말똥하고 쪼그리고 있었다. 어디서 시계 치는 소리 하나 나지 않았다. 내 손목시계는 아까 벌써 압수를 당했고 있다 해도 볼 수도 없는 지옥 같은 어둠이었다. 다른 죄수들은 그래도 잠이 들어 꽁꽁 언 삽자리 위에 쪼그린 채로 죽은 듯한 밤은 점점 더 이슥해 들어갔다.

그럴수록 나의 머릿속은 별별 생각에 쉴 틈이 없었다. 나는 어째서 이곳에 붙들려 온 것일까. 내가 상해 온 것은 환락의 국제도시라는 화려한 이름을 가진 상해를 구경하겠다는 단순한 호기심밖에 아무것도 없지 않은가. 어쨌든 아무리 차근차근 생각해봐도 오늘 저녁의 일은 서영상 군 까닭임에 틀림없었다. 그렇다 하면 아 나는 무슨 쓸데없는 짓을 한 것일까. 좌익인이라면 붙들리는 대로 총살해버리는 지금 이 판에 왜 별다른 일도 없으면서 나는 서 군과 비밀히 만나기를 약속한 것일까. 무엇보다도 나는 아무 일 한 것 없이 아무 이유도 없이 자칫하면 이곳에서 쥐도 모르게 생명을 잃을 것을 생각하니 기가 막혔다.

그러고 보니 서울 있는 집 생각이 몹시 났다. 지금 어린애를 안고 잠들어 있을 나의 처는 나의 지금 이 꼴을 상상이나 할까? 부모님도 아무것도

---

* '퍼플릭 가든'은 황포 공원의 당시 명칭이다. '가든 브리지'는 퍼블릭 가든에 놓인 다리 이름.

모르고 주무시고 계실 것이다.—나는 공포와 후회 그리고 사정없는 추위에 부대끼어 점점 더 정신이 말똥말똥해가는 것이었다.

밤은 그대로 소리 없이 점점 더 깊어갔다.

한밤중이었다. 별안간 뜰에 병정 구두 소리가 요란히 나며 감방 복도 문을 드르륵 여는 소리가 들렸다. 나는 옴츠러지며 귀를 기울였다. 혹시나 이 밤중에 나를 불러내 어찌하려는 것은 아닐까. 그러나 병정들은 나 있는 방 근처까지 오더니 어떤 감방 문을 열고 누구인지의 이름을 부르는 모양이었다. 이름을 불린 죄수가 일어나 나가는 기색도 알 수 있었다. 그러더니 또 다른 방에서 몇을 불러내 가지고는 도로 문을 잠그고 뜰로 나갔다. 나는 그제서야 한숨을 내쉬고 가슴을 내리쓸었다. 그러나 저들은 대체 이 밤중에 죄수들을 붙들어 가지고 어디로 가는 것일까? 무서운 중에도 나는 이런 생각을 하고 있었다.

마당에서는 곧 병정들의 규칙적인 발자취 소리가 들려왔다. 그들은 필연 불러낸 죄수들을 앞이나 중간에 세우고 대를 지어 어디로 가는 것임에 틀림없었다. 발자취 소리는 곧 사라졌다가 한참이나 후에 어디로 돌았는지 이번에는 바로 나 있는 방머리—마당과 반대쪽—에서 들려왔다. 구두 소리가 요란한 것으로 보아 바로 나 있는 방 벽 밖을 지나가는 모양이었다. 나는 하도 궁금해 그쪽 벽을 쳐다보았다. 천장에 가까운 곳에 창이 있기는 있었으나 거기까지는 키도 닿지 않겠고 자는 사람들 때문에 창 밑으로 갈 수도 없었으므로 어찌할 수 없어 가만히 있었다.

그때였다. 별안간 장엄한 사나이들의 노랫소리가 얕게 굳세게 어둠 속에서 우러나는 것같이 나의 귀에 울려왔다.*

나는 내 귀를 의심하였다. 혹시 헛소리를 들은 것이나 아닌가 하였다. 그러나 노래는 여전히 계속되었다. 노래는 분명히 군인들의 발자취 나는 곳으로부터 들려오는 것이었다.

'군인이 국민정부의 군인이 이 노래를 불러?'

그것은 기막힌 상상이 아니면 아니다. 그렇다면 그것은 틀림없이 아까 감방으로부터 불려 나가던 사람들이 부르는 것이다. 그 순간 나는 몸서리쳤다. 지금 이 밤중에 또 무슨 참극이 일어나려는 것인가!

구두 소리가 멀어져감을 따라 노랫소리도 차차 멀어져갔다. 나중에는 멀리서 벌의 떼가 윙윙거리는 것같이 간신히 울려올 뿐이었다. 끝끝내는

---

* 다음 행부터 290쪽 12행 "마치 불과 삼십 분 전 아무 일도 없었을 때와 꼭 마찬가지로." 까지의 잡지 게재 원작은 다음과 같다. 유진오가 단행본에 실으면서 개작하였는데, 그것은 사회주의 사상이 들어 있었기 때문이다.

오! 저 곡조! 말은 모르지만 그것은 분명히 인터내셔널의 노래였다.
나는 내 귀를 의심하였다. 혹시 헛소리를 들은 것이나 아닌가 하였다. 그러나 노래는 여전히 계속되었다. 저 장엄한 인터내셔널의 노래! 노래는 분명히 군인들의 발자취 나는 곳으로부터 들려왔다.
'군인이, 국민정부의 군인이 이 노래를 불러?'
그것은 기막힌 상상이 아니면 아니다. 그렇다면 그것은 틀림없이 아까 감방으로부터 불려 나가던 사람들이 부르는 것이다. 그 순간 나는 몸서리쳤다. 중국에서 용솟음치고 있는 백색 테러의 무서운 그림자가 눈앞에서 어른어른하였다. 지금 이 밤중에 그 몇 사람의 죄수는 도수장으로 끌려가는 소같이 총살장으로 끌려가는 것이다.
구두 소리가 멀어져감을 따라 노랫소리도 차차 멀어져갔다. 나중에는 멀리서 벌의 떼가 윙윙거리는 것같이 간신히 울려올 뿐이었다. 그런 시간이 얼마인가 지났다.
어둠을 깨고 터지는 일제 사격의 총성! 그 총소리와 함께 윙윙거리던 노랫소리는 딱 끊기고 말았다. 그러더니 별안간 다시 다만 한 소리가 기막히게 높은 곡조로 미친듯이 인터내셔널의 노래를 부르기 시작하였다.
'다만 한 사람의 생존자이다!'
라고 내가 생각하던 순간 제이의 일제 사격이 터졌다. 이번 총소리와 함께 죄수들의 노랫소리는 영영 끊어지고 말았다. 다음에는 어둠과 적막이 있을 뿐이었다. 마치 불과 십오 분 전 아무 일도 없었을 때와 꼭 마찬가지로.
정신을 차리고 보니 나의 두 주먹은 불끈 쥐어져 있었다. 추위와 공포는 어느 겨를에 꿈같이 사라지고 나의 가슴에서는 뜨거운 피가 높게 물결치고 있었다.
"미지의 동무여! 안심하고 잠자거라!"
나는 거의 입에 내어 이렇게 웅얼거렸다.

그 소리조차 들려오지 않게 되고 언저리는 다시 아까와 같은 적막으로 돌아갔다. 그때까지 잠만 자고 있는 듯하던 감방 안의 죄수가 하나 둘 낑 하며 돌아누웠다.

다시 추위가 바늘로 찌르듯 온몸으로 아프게 들이닥쳤다.

한 삼십 분이나 지났을까. 별안간 난데없는 일제 사격의 총성이 멀지 않은 곳에서 들려왔다. 나의 온 신경은 귀로 집중되었다. 그러자 미친 듯이 노래를 부르는 다만 한 소리가 어둠을 째고 들려왔다. 그 순간 나는 아까 끌려 나가던 죄수들의 간 곳을 단번에 이해할 수 있었다. 지금 저 노래를 부르는 사내는 일제 사격의 표적이 틀려 아직 죽지 않고 남은 사람임에 틀림없는 것이다. 그러자 제이의 일제 사격이 터졌다. 이번에는 그 노랫소리도 딱 그치고 말았다. 다음에는 도로 어둠과 적막이 있을 뿐이었다. 마치 불과 삼십 분 전 아무 일도 없었을 때와 꼭 마찬가지로.

며칠 후 나는 일본영사관으로 인도되고 또 며칠 안에 석방되었다. 나는 서영상 군의 소식이 궁금하였으나 알 길이 없을 뿐 아니라 상해라면 몸서리가 끼쳐 바로 조선으로 돌아왔다.

그러나 서영상 군은 대관절 어찌 되었을까? 일월 십칠일 날 밤의 그 총소리는 무슨 소리였을까? 이것은 조선으로 돌아온 후에도 일상 나의 가슴을 내리누르는 큰 의문이었다. 나는 신문이 오기만 하면 중국에 관한 기사는 하나도 빼지 않고 읽어보았으나 이 사건에 대해서는 아무 소식도 얻지 못한 채로 얼마를 지났다.

그러다가 그 기억도 차차 사라지려는 지난 사월에 비로소 나는 그 의문을 해결하였다. 미국에 있는 동무가 보내준 잡지를 무심코 넘기다 보니까 중국 예술가동맹에서 전 세계로 보내는 호소장이 눈에 띄었다. 그 호소장 위에 젊은 중국 사람들의 사진이 대여섯 개 있는데 그중의 하나는 틀림없

는 서영상 군의 사진이었다. 서 군 사진 밑에는 확실히 로마 글자로 서영
상이라고 씌어 있고 그의 나이까지 스물일곱이라고 뚜렷이 박혀 있었다.
　나는 급히 그 호소장을 내리읽었다. 그리고 비로소 모든 것을 깨달았
다. 일월 십칠일 밤의 총소리는 중국 신흥 예술계의 빛나는 별 스물일곱
살의 젊은 서영상과 그의 동지들의 가슴을 향한 국민정부의 그것이었던
것이다. 나는 잡지를 덮고 눈을 감고 그날 밤의 광경을 머리에, 다시 한
번 머리에 그려보았다.

—『유진오 단편집』, 학예사, 1939.

김 강사와 T 교수

1

　김만필金萬弼을 태운 택시는 웃고 떠들고 하며 기운 좋게 교문을 들어가는 학생들 옆을 지나 교정을 가로질러 기운차게 큰 커브를 그려 육중한 본관 현관 앞에 우뚝 섰다. 그의 가슴은 벌써 아까부터 두근거리기 시작하였다. 오늘은 그가 일 년 반 동안의 룸펜 생활을 겨우 벗어나서 이 관립전문학교의 독일어 교사로 득의의 취임식에 나가는 날인 것이다. 어른이 다 된 학생들의 모양을 보기만 해도 젊은 김 강사의 가슴은 두근두근한다. 저렇게 큰 학생들을 앞에 놓고 내일부터 강의를 시작하는 것이로구나 하고 생각하니 근심과 기쁨이 뒤섞여 가만히 있을 수 없는 것이었다.

　세물* 내온 모닝**의 옷깃을 가다듬고 넥타이를 바로잡아 위의를 갖춘 후에 그는 자동차를 내렸다. 초가을 교외의 아침 신선한 공기와 함께 그윽한 나프탈렌의 값싼 냄새가 코밑에 끼친다. 그는 운전사에게 준 돈을

---

* 일정한 세를 받고 남에게 빌려주는 물건.
** 남자가 낮 동안에 입는 서양식 예복.

거스를 필요 없다는 의미로 손짓을 하고 무거운 정문을 열고 안으로 들어갔다. 수부에서 교장실을 묻고 복도를 오른편으로 꺾어 둘째 번 도어 앞에 섰다.

교장은 넓은 방 한가운데다 커다란 테이블을 놓고 듬직한 회전의자 위에 가슴을 내밀고 앉아 있었다. 그 일부러 꾸민 태도는 확실히 김만필을 기다리고 있던 것에 틀림없었다. 그전에도 김만필은 대여섯 번이나 교장을 관사로 찾아간 일이 있기는 했지만 그때는 교장의 태도는 몹시 친절한 데다가 두 볼이 푹 팬 얼굴이 위엄이 없어서 제법 만만하게 이야기를 할 수 있었다. 그러나 지금 이렇게 교장실에서 대하는 그는 아주 다른 사람같이 느껴졌다. 교장은 눈을 반짝반짝 날카롭게 빛내며 조그만 머리를 뒤로 젖히고 두 팔을 버틴 품이 금방에 덤벼라도 들 것같이 보였다. 그 너무나 굳은 과장된 표정은 자기 깐에는 교장으로서의 위엄을 차린 것이겠지만 오랜 동안 속료* 생활을 해온 그의 경력을 말하는 것임에 틀림없었다.

"어— 어서 오시오. 자 이리로—"

교장은 테이블 앞에 있는 의자를 가리키며 말했다. 그러면서도 두 볼에 깊이 팬 주름살 하나도 움직이지 않는다. 김만필은 온몸이 오그라지는 것을 느끼며 황송해 의자에 앉았다.

교장은 조금 목소리를 부드럽게 해

"우리 학교는 처음이죠? 이왕에 오신 일이 있던가요?"

"아뇨, 처음입니다."

"어때요. 누추한 곳이라서. 도무지 예산이 넉넉지 못하니까."

---

* 지위가 낮은 관료붙이를 가리킴. 요속僚屬.

“천만에요. 대단 훌륭합니다.”

김만필은 교장실 창의 반쯤 열어놓은 호화스러운 자줏빛 커튼으로 눈을 옮기며 대답하였다. 사실 S 전문학교의 당당한 철근 콘크리트 삼층 교사는 그 주위의 돼지우리같이 더러운 올망졸망한 집들을 발밑에 짓밟고 있는 것같이 솟아 있는 것이었다. 교장실 사치한 품도 김만필의 동경 유학 시대에는 별로 보지 못한 것만이었다.

교장은 테이블 위에 놓인 종을 서너 번 울렸다. 옆방으로 통하는 문이 열리며 모닝을 입은 뚱뚱한 친구가 허리를 굽실굽실하며 들어왔다.

“여보게 그것 가져오게.”

“핫.”*

뚱뚱한 친구는 흘낏 김만필을 보고 체수에 맞지 않게 가볍게 허리를 굽실하고 도로 나갔다. 잠깐 있더니 그는 무슨 네모진 종이를 들고 들어와 공손하게 교장에게 내밀었다.

“이것이 당신 사령서입니다.”

하고 교장은 그 종이를 받아 김만필에게로 내밀었다.

김만필은 뚱뚱한 친구의 눈짓에 재촉되어 황당해 일어나서 사령서를 받아 들고 허리를 굽혔다.

사령서를 전한 교장은

“인젠 자네도.”

하고 말을 잠깐 끊었다가

“우리 학교의 직원의 한 사람이니까 우리 학교의 특수한 중대 사명을 위해 전력을 다해주어야 되네.”

---

* 일본어로 ‘네’라는 뜻.

"네—."

하고 김만필은 다시 한 번 머리를 숙였으나 속으로는 기가 막혔다. 더군다나 '자네'라고 특별히 힘을 주어 하는 말이 귀에 거슬렸다. 스무 살가량이나 나이가 위이고 또 교장으로 앉은 사람에게 '자네' 소리를 듣는 것은 그리 이상할 것이 없지만 금방 아까까지도 일부러 '당신'이라고 하던 끝이기 때문에 그 표변하는 품이 너무나 부자연한 것이었다.

교장은 훈사를 계속하였다.

"그리고 특별히 자네한테 주의를 주는 것은 다름 아니라 우리 학교로서는 조선 사람을 교원으로 쓰는 것은 자네가 처음이니까 여러 가지로 주의를 해야 한단 말일세. 학생들도 내선인이 섞여 있을 뿐 아니라 여러 가지 복잡한 문제도 있고 또 당국으로서의 일정한 교육 방침이라는 것도 있으니까 이런 여러 가지 사정을 특별히 주의해달라는 것일세. 알아듣겠지."

"네."

김만필은 또 한 번 고개를 꾸뻑했다. 그러나 마음속으로는 별별 생각을 다 하고 있었다. 교장의 말은 의례히 할 소리에 틀림없지만 그것이 자기한테 하는 말이라고 생각하니 우스웠다. 동시에 그는 지금 자기가 처해 있는 환경이 어떤 것이라는 것을 처음으로 조금 깨달은 것같이도 생각되었다.

"그리고 저— 김 군. 이 사람을 소개하지. 이분은 교무주임의 T 군—."

교장은 아까부터 옆에 양수거지하고 섰는 뚱뚱한 친구를 소개하였다.

"T — 올시다. 앞으로 많이 사랑해주십시오."

T 교수는 거리의 장사치같이 허리를 굽히며 김만필에게 절을 했다.

김만필은 그제서야 약간 숨을 내두르고 금방 아까까지 경멸을 느끼던 이 T 교수에게 도리어 호감을 느끼며 자기도 공손하게 마주 예를 했다.

"자 그러면 우리 저 방으로 가십시다. 곧 식이 시작될 테니까. 교련의 A 소좌도 와 계십니다."

T 교수는 앞서서 김 강사를 그 옆방─교수실로 안내했다.

교무실에는 가슴에 훈장을 번쩍이는 A 소좌가 긴 칼을 짚고 단정하게 앉아 있었다.

T 교수의 소개로 김만필은 A 소좌하고 인사를 했다. T 교수의 설명에 의하면 A 소좌는 먼저 있던 M 소좌의 뒤에 이번에 새로 S 전문학교 배속이 되었기 때문에 오늘 김과 함께 취임식에 나간다는 것이었다. 김만필은 A 소좌와 나란히 앉아 자기의 환경 변화가 너무나 심해 어째 꿈나라에나 온 것같이 생각되었다. 그의 과거─는 그만두더라도 아까 그가 아침을 먹고 나온 하숙집 풍경, 그 더러운 뒷골목 속에 허덕거리고 있는 함께 있는 사람들, 하숙료를 못 내고 담뱃값에 쩔쩔매는 영화감독, 일 년 열두 달 감시를 못 벗어나는 요시찰인인 잡지 기자, 아침부터 밤중까지 경상도 사투리로 푸성귀 장사, 밥값 못 낸 손님들을 붙들고 꽥꽥 소리를 지르는 하숙집 마나님…… 이런 모든 것과 이 당당한 건물, 가슴에 훈장을 빛낸 장교, 모닝의 교수들 사이에는 대체 어떠한 연락의 줄이 있는 것일까. 김 강사는 이 두 가지 연락 없는 풍경의 중간에서 기적과 같이 연락을 붙여놓고 있는 자기 자신이 아무리 해도 현실의 것으로는 생각되지 않는 것이었다.

김 강사와 A 소좌의 취임식은 제이학기 시업식에 이어 거행되었다. 식장은 엄숙하다 못해 살기가 뻗친 것 같았다. 교장은 김만필을 동경제대를 졸업한 보기 드문 수재라고 소개하고 이어 이번에 새로 교련을 맡아보게 된 A 소좌를 맞이하게 된 것은 실로 분수에 넘치는 영광이라고 말했다. 교장이 단을 내려오자 T 교수에게 재촉되어 김만필이 먼저 단 위로 올라가고 다음에 A 소좌가 따랐다. 단 위에 선 김 강사는 몹시 흥분되어 얼굴이 창백하였다. 검붉은 햇볕에 탄 얼굴과 강철 같은 체격에 나이도 김만필의 존장뻘이나 됨직한 A 소좌가 그 옆에 와 나란히 섰다.

"게—렛—!"*

깜짝 놀랄 만큼 큰 소리로 체조 선생이 호령을 불렀다. 동시에 수백 명 검은 머리가 일제히 아래로 숙였다.

S 전문학교의 신임 교원 취임식이 엄숙할 것쯤이야 미리부터 짐작 못한 바 아니었지만 막상 눈앞에 대하고 보니 김만필은 갈피를 잡을 수 없었다. 그러나 학생들이 경례를 하고 있는 동안에 그것은 짧은 동안이었지만 그는 이상하게도 정신이 찬물같이 맑아지며 끝없이 얼크러진 모순에 찬 자기의 과거와 현재를 분석하고 비판해보는 것이었다. 대학 시대에 문화비판회라는 학생 단체의 한 멤버였던 일, 졸업하자 그때까지 속으로 멸시하고 있던 N 교수를 찾아 취직을 부탁하던 일, N 교수로부터 경성 어떤 관청의 H 과장에게 소개장을 받던 일, 서울서는 H 과장 집에 자주 드나들면서도 일변으로는 신문 잡지 등속에 독일 좌익문학운동의 소개 또는 평론 같은 것을 쓰던 일, H 과장의 소개로 작년 가을 처음으로 이 S 전문학교 교장을 찾아갔던 일— 이 모든 것은 하나도 모순의 감정 없이는 한꺼번에 생각할 수 없는 것이었다. 하지만 인생이란 도대체 모순 그것이 아닌가 하고 그는 생각해보았다. 그중에도 지식 계급이라는 것은 이 사회에서는 이중 삼중 사중 아니 칠중 팔중 구중의 중첩된

---

* 일본어로 '경례'라는 뜻.

인격을 갖도록 강제되고 있는 것이다. 그 많은 중에서 어떤 것이 정말 자기의 인격인가는 남모르게 저 혼자만 알고 있으면 그만인 것이다. 어떤 사람은 사실 똑똑하게 이것을 의식하고 경우를 따라 인격을 변한다. 그러나 어떤 자는 자기 자신의 그 수많은 인격에 황홀해 끝끝내는 어떤 것이 정말 자기의 인격인지도 모르게 되는 것이다―.

아― 더러운 노릇이다, 싫은 노릇이다라고 김만필은 생각하였다. 그러면 지금 자기는 어떤가? 그 대답은 마음 깊은 속에는 벌써 똑똑하게 나와 있는 것같이 생각되었으나 그것까지는 지금 분석해보기가 싫었다. 그에게는 그 단 위에 올라서 있는 짧은 동안이 지긋지긋하게 지루하게 생각되었다. 어째 눈이 핑핑 돌고 다리가 우둘우둘 떨리는 것 같았다.

식이 끝나고 강당을 나올 때 T 교수는 김만필―아니 김 강사의 옆으로 오며

"긴상 몹시 몸이 약하시구먼. 얼굴빛이 대단 좋지 않은데요. 어디 괴로우십니까?"

하고 물었다.

"아뇨. 별로 몸에 고장은 없습니다마는―."

김 강사는 등에 식은땀이 흐른 것을 느끼며 대답했다.

2

김만필은 생전 처음 서는 교단이라 실수를 하지 않으려고 그날 밤은 늦도록 공부를 했다. 전에 있던 선생이 병으로 일학기를 거의 전부 빼먹었기 때문에 학생들의 독일어는 아―베―체―부터 가르치는 것이나 다름없는 것이었지만 그래도 무슨 실수나 있을까 봐 아―베―체―,

아―베―체― 하고 알파벳 발음 연습까지 해보았다. 그의 수업 시간은 바로 개학식 다음 날에 끼어 있는 것이었다.

이튿날 아침, 김 강사는 전날의 취임식 광경 같은 것을 생각해가며 그래도 얼마쯤 마음이 가볍게 학교를 갔다. 교관실에 들어가니까 먼저 와 있던 교수가 두서너 사람 떠들고 있다가 잠깐 말을 멈추고 김만필의 인사에 대답하고 도로 떠들기 시작하였다. 시간 강사인 김만필에게는 아직 책상이 돌아오지 않았으므로 그는 하는 수 없이 창 앞으로 가서 담뱃불을 붙였다. 교수들은 김만필이 있는 것을 잊어버린 듯이 자기들끼리만 떠들고 있는데 이야기는 아마도 엊저녁의 여자에 관한 것인 듯싶었다. 교수가 하나 늘고 둘 더 옴에 따라 교관실의 소동도 점점 더 커졌다. 그들은 그 여름이 몹시 더웠던 이야기, 비리야드,* 해수욕, 등산, 갑자원,** 야구, 긴부라***(은좌 통신보) 스틱 걸**** 등등 갖은 종류의 무의미한 화제에 대해 시골 공직자같이 굵은 소리를 내서 한없이 떠들어대었다.

이러한 교관실의 공기는 김 강사에게는 극단으로 천하게 생각되었다. 전문학교의 교수라고 하면 좀 더 학자적 근신과 학문적 향기를 가져야 할 것이다. 그런데 마치 보험 회사 외교원이나 길거리의 약장수같이 떠드는 것은 무슨 꼴인가. 그러다가 생각하니 그 떠들고 있는 여러 사람 중에 김 강사와 이야기를 하려고 하는 사람은 하나도 없는 것이었다. 김 강사는 자기가 일부러 돌림뱅이가 된 것 같아서 몹시 고독을 느꼈다. 내가 공연히 신경과민이 된 것이 아닌가 하고 그는 생각해보았다. 그러나

* 당구를 뜻하는 영어 billiards의 일본식 발음.
** 고시엔. 효고현의 한 지역. 고시엔 구장은 고교야구 전국 대회 개최지로 유명하다.
*** '긴자'와 '부라부라'(어슬렁어슬렁)라는 말이 결합함으로써 유흥가인 긴자를 어슬렁거리며 산보하는 것을 뜻함.
**** 도쿄 긴자 등에서 지팡이처럼 남자에게 찰싹 붙어 산책하는 것을 돈벌이로 하는 젊은 여성.

그렇지도 않다. 다른 사람들은 김 강사의 존재를 무시하는 태도를 취함으로써 그를 모욕하는 것이다. 하지만 아니다, 이것은 자기가 '신출'이기 때문이다. 용기를 내서 그들 틈에 한몫 끼어보리라고 돌이켜 생각도 해본다. 그러나 무어니 무어니 해도 그는 아직 책상물림이라 그렇게 뻔뻔한 배짱은 없었다.

김 강사는 내내 교관실을 나와, 옆에 있는 신문실로 들어갔다. 신문실에는 외국서 온 신문 잡지 등속이 겉봉도 뜯지 않은 채로 책상 위에 흩어져 있었다. 새로 온 독일의 그림 신문을 펴 들고 있노라니 문이 열리며 T 교수의 벙글벙글하는 친절한 얼굴이 나타났다.

"어— 이런 데 와 계셨습니까. 신진 학자는 다르시군."

김 강사는 의미 없이 얼굴을 붉히고 일어나 아침 인사를 했다. T 교수는 어슬렁어슬렁 옆으로 오며

"이번이 당신 시간이지요."

"네."

"그거 대단 잘됐습니다. 처녀 강의를 새 학기 첫 시간에 하시게 됐으니."

"네, 무어."

T 교수는 빙글빙글 웃으며 걸상에 앉아서

"허…… 무어 어렵허실 것은 아니지만 교장도 걱정을 하고 계시기에 또 말씀하는 것입니다만." 하고는

"그건 다름 아니라 당신은 교단에 서시는 것이 처음이시라니까 학생 조종술 같은 데 대해 안즉 생각해보신 일이 없으실 줄 아는데요. 어쨌든 이 선생 장사라는 것은 남이 보기에는 신성한지 몰라도 결국은 말하자면 일종 인기 장사니까요. 새 선생이 오면 학생 놈들의 버릇이 의례히 찧고 까불고 괴롭게 굽니다. 말하자면 이것도 시험이라 헐까요. 이 시험

에 급제를 하면 관계찮지만 만일 떨어지는 날이면 탈이 납니다. 나도 그 전에는 이 시험을 당했습니다. 허…… 그리고 또 이건 당신과 나 사이니까 말씀하는 것이지만."

하고 T 교수는 목소리를 낮추어

"어제 교장 선생도 잠깐 말씀하셨지만 여기는 내선 공학 아닙니까. 그러니까 당신한테 대해서도 내지인 학생들이 어떤 태도를 가질는지 이것이 걱정이 됩니다. 쓸데없는 일로 학생들 새에 무슨 재미없는 일이 일어나도 안됐고…… 허기는 다 어련하시겠습니까마는 허……."

T 교수의 말을 듣고 있는 동안에 김 강사는 그의 말을 깊이 생각해볼 여유도 없이 그저 그에게 감사하는 생각뿐이었다. 금방 아까까지 그는 고독을 느끼고 있던 끝이라 상관이며 또 경험 많은 선배인 T 교수로부터 이런 솔직한 의견을 듣는 것은 정말 고맙게 생각되었다.

T 교수는 몇 마디 잡담을 더 하고 일어나 나갔다. 뚱뚱한 몸을 흔들흔들하며 나가는 뒷모양이 김 강사에게는 몹시 믿음직해 보였다. 사실을 말하면 김 강사는 N 교수─ H 과장─ S 교장─ 이렇게 학벌 동향 관계 등의 썩어진 인연을 더듬어 이것을 교묘하게 이용해 차례차례로 그들을 꼼짝 못할 궁경으로 몰아넣어 가지고 억지로 이 S 전문학교에 비비고 들어온 것이므로─거기다가 자기는 조선 사람이라는 자격지심도 있었고─이곳의 교원들에게 이상스러운 눈초리로 보여지는 것을 처음부터 염려했던 것이다.

그 염려가 어째 헛것이 아니었던 것같이 생각되어가는 이때에 T 교수가 나타난 것이다. 그만큼 그의 친절한 말은 그야말로 빈 골짜기의 발자취 소리같이 생각되는 것이었다.

그러나 첫째 시간의 처녀 강의는 의외로 평온하게 지났다. 그를 괴롭게 하기는커녕 학생들은 도리어 이 새로 온 색다른 선생의 말을 흥미 있게 듣고들 있었다. 김 강사는 T 교수의 주의도 있고 해서 머리를 길게 늘인 국수파 방카라* 학생들에게 특별히 경계를 하였으나 그들도 의외로 얌전하게 그의 강의를 듣고 있었다. 단 위에 올라서서 말하는 동안에 차차로 마음이 가라앉아서 어깨를 으쓱하고 눈살을 찌푸리고 앉은 그들 방카라 학생들의 꼴이 도리어 어리게도 보였다.

시간을 끝내고 교관실에서 담배를 피우고 있노라니 T 교수가 또 와서 처음 교단에 선 감상이 어떠냐고 빙글빙글 웃으며 물었다.

"아무 감상도 없었습니다마는 생각던 이보다도 학생들은 얌전하더구먼요."

김 강사는 약간 득의의 어조로 대답하였다.

"그렇습니까. 그것 잘됐습니다. 허지만요, 아직 방심해선 안 됩니다. 학생들 중에는 별별 고약한 놈이 다 있으니까요. 에 별놈이 다 있습니다."
하고 T 교수는 학교 수첩—학생들이 엠마쵸**라고 부르는 것—을 꺼내면서

"당신은 아직 처음이시라 모르실 테니까 미리 말씀해드립니다마는 (하고 수첩을 펴 연필 끝으로 죽 훑어 내려가면서) 우선 이 스즈끼란 놈만 해도 웬 고약한 놈입니다. 학교는 결석만 하면서 어쩌다 나오면 선생한테 싸움 걸기가 일쑤고 이런 놈은 졸업은 안 시킬 텝니다. 그리고 또 이 야마다라는 놈, 이놈도 건방진 놈입니다. 그리고 이 김홍규란 놈, 또 가도, 그리고 주형식, 이누이, 다까하시, 최, 박, 마쓰모도…… 나쁜 놈들

---

* ばんカラ. 옷차림, 언동 등이 거칠고 품위가 없음. 또는 그런 사람으로 특히 학생들 중에 많았다.
** 일본어로 '염라장'을 뜻함. '염라장'이란 염라대왕이 죽은 자의 생전 죄악을 기록한 장부, 나아가 교사가 학생들의 품행을 기록한 장부를 가리킴.

이다. 바보 같은 놈들. 도대체 이 반은 급장부터가 건방져."

T 교수의 목소리는 열을 띠어오며 증오의 가시로 듣는 사람의 신경을 쿡쿡 찌르는 듯이 울렸다. 김 강사는 너무나 의외의 광경에 놀랐다. 웬일일까. 이 온후해 보이던 T 교수가. 대체 교육자의 태도라는 것이 이래도 좋은 것인가.

"허지만." 하고 김 강사는 T 교수의 안색을 들여다보며 말을 끼웠다.

"이편에서 성심으로 전력을 다해도 안 될까요."

"허……."

T 교수는 조금 체면이 안된 듯이

"그야 물론 그렇지요. 학생들야 어쨌든 이편만 잘하면 그만이지요. 허지만 그것도 저편에서 이편 뜻을 알어주어야만 할 것이 아니겠습니까. 당신도 인제 좀 치어나 보시면 차차 생각이 달러지십니다. 학생이라는 것은 요컨대 선생의 ×입니다. 이편에 조금만 틈이 있으면 그저 용서없이 달려드는 겝니다."

마침 그때 급사가 찾으러 왔으므로 T 교수는 말을 끊고 교무과로 가버렸다. 그러나 그가 간 뒤 김 강사는 몹시 우울하였다. 교육이라는 것의 발가벗은 꼴을 눈앞에 본 것 같았다. 그러나 또 그것보다도 그는 오직 하나의 지기로 생각하는 T 교수를 삽시간에 잃은 것이 아까웠다. 아— 무서운 사람이다라고 그는 생각하였다.

둘째 시간 종이 울렸으나 김 강사는 멍하니 듣고 앉았을 뿐이었다.

3

며칠 지난 후 토요일 밤이었다. 김만필은 오래 찾아보지도 못한 H 과장에게 치하의 인사도 할 겸 하숙을 나섰다. H 과장은 솔직하고 평민적인 호감을 주는 인물이었다.

H 과장의 집은 북악산 밑 관사촌의 북쪽 끝에 있었다. 저녁 후의 고요한 관사촌은 김만필의 발자국 소리에 놀란 셰퍼드인지 무엇인지 무서운 개들의 짖는 소리로 몹시 요란스러워졌다. H 과장의 집으로 들어가는 골목을 돌려는 순간 바로 등 뒤에서 분주하게 걸어오는 발자취 소리가 들렸다. 고개를 휙 돌리자 바로 등 뒤에까지 온 그 사람의 얼굴과 거의 마주칠 뻔하였다.

"어―."

"어―."

두 사람은 거의 동시에 입을 열었다. 뒤에 온 것은 T 교수였다. 그는 무엇인지 네모진 보퉁이를 끼고 있었다. T 교수는 의외로 김 강사와 마주쳤기 때문에 잠깐 머뭇머뭇하더니 별안간

"얏데루나."*

하면서 김만필의 어깨를 툭 치며 더러운 비밀을 서로 쥐고 있는 사람끼리만이 주고받는 비열한 미소를 띠었다. 그 미소의 의미는 김만필도 단번에 알 수 있었다.

"별로 그런 것도 아니지만."

김만필은 좀 좋지 않아 말했다.

"천만에. 흥, 당신도 나는 책상물림으로만 알았더니 상당하구면."

T 교수는 여전히 그 미소를 띠고 있다.

"아니 정말 무슨 별짓을 하는 것은 아닙니다. 당신도 아시겠지만 나

---

* "할 짓은 다 하는구면."

는 H 과장의 힘으로 이번에 취직이 된 것이니까요."

김은 변명에 힘을 들였다.

"그건 나도 잘 압니다. 그러기에 당신도 상당허단 말이지. 나는 H 과장하고는 고향이 같다우."

"네— 그러세요."

김만필은 더 할 말이 없었다.

T 교수는 잠깐 무슨 생각을 하더니

"잠깐만 거기서 기둘려주시오."

하고 저벅저벅 골목 속으로 들어갔다. 그러더니 또 무슨 생각을 했는지 도로 나와서 김만필의 어깨를 또 한 번 툭 치며

"허…… 왜 그렇게 멍하고 계슈. 세상이란 다 이런 게 아니우."

하고 들었던 보퉁이를 김만필의 눈앞에 번쩍 들어 보이고 다시 골목 속으로 들어가 H 과장 집 부엌 쪽으로 사라졌다.

하녀하곤지 컴컴한 속에서 잠깐 쑤군쑤군하더니 T 교수는 곧 나왔다. 이번에는 아까와는 달라서 평상 때의 침착한 태도를 회복하고 성난 것 같은 표정을 짓고 있었다.

"자, 들어갑시다."

그리고 그는 잠자코 H 과장 집 정면 현관의 초인종을 눌렀다.

두 사람이 H 과장 집을 나온 때는 아직 초저녁이었다. T 교수는 어디로 잠깐 차라도 마시러 가자고 졸랐다. 김만필은 그에게 대해 차차로 말할 수 없는 불쾌를 느끼고는 있었으나 어쨌든 같이 가기로 했다.

두 사람이 간 곳은 세르팡이라는 술집이었다. 쑥 빠진 동경 여자라는 모던 여성이 카운터에 서 있는 깨끗한 집이었다. 여자는 둘이 들어서자

"아라* T—상."

하고 환영하였으나 T 교수는 쉬— 하고 입술에 손가락을 대 침묵을 명하고 구석 테이블로 가서 자리를 잡았다.

"자주 오십니까. 이 집에?"

김만필은 캉캉하게 생긴 여자와 뚱뚱한 T 교수를 번갈아 보며 물었다.

"네, 가끔 옵니다. 당신은?"

"나도 두세 번 온 일은 있습니다만."

T 교수는 여급에게 레몬 티 두 잔을 주문하고

"긴상 어떠시우. 이건?"

하고 왼손으로 술 먹는 시늉을 해 보였다.

"아주 못 먹습니다."

"이거 왜 이러슈. 난 벌써 소문 다 듣고 앉았는데, 허……."

하고 너털웃음을 웃고 나서

"긴상, 긴상 일은 무엇이든지 내 다 잘 알고 있답니다."

하고 이번에는 음침하게 눈을 가늘게 했다.

"긴상은 모르시겠지만 당신 일로 H 과장과 우리 학교 교장 새에서 연락을 붙인 것은 사실은 이 나랍니다."

T 교수의 말은 김만필로서는 처음 듣는 소리였다. 그러나 생각해보면 T 교수의 지금 지위로 보아서 당연히 있음직도 한 노릇이었다.

"그럼 교장허구두 한고향이십니까?"

"그렇구말구요. 안 그렇습니까."

T 교수는 뜨거운 차를 후—후 불며 대답했다. 차를 단번에 마시고 나서 이번에는 위스키를 주문했다. 위스키를 연달아 두서너 잔 먹고 나서

---

* 일본어로 '어머'라는 감탄사.

T 교수는 싱글싱글 웃으면서 말을 꺼냈다.

"실상은 나는 전부터 당신을 알고 있었답니다. 우리 학교로 오시기 전부터."

T 교수의 싱글싱글 웃는 얼굴에는 네 비밀은 내가 환하게 알고 앉았다는 의미의 표정이 나타나 있었다. 김만필은 슬그머니 겁이 났으나 잠자코 있노라니 T 교수는 기운이 나서 떠들었다.

"나는 작년부터 조선말을 배우기 시작했는데요. 그 때문에 언문 신문을 조선 학생에게 통역해달래며 읽고 있었는데 (김만필은 가슴이 뜨끔했다) 그런 관계로 작년 가을이든가 당신이 쓰신 「독일 좌익 작가 군상」이라는 논문을 읽었에요. 그 논문에는 정말 탄복했습니다. 독일 문학에 대해 당신만큼 연구가 깊은 이는 내지에도 적을 것입니다. 참 탄복했습니다. 그래 나는 H 과장한테 맨 처음 당신 말씀을 들었을 때 그런 이는 우리 편에서 초빙해도 좋다고, 이래 뵈도 나도 힘을 썼답니다. 조선 사람 중에도 차차 당신같이 훌륭한 사람이 나오게 됐다는 것은 참 좋은 일입니다. 앞으로도 많이 힘써주십시오."

T 교수는 웅변이 되어 김만필을 칭찬하였으나 김만필은 상처나 다친 듯이 속이 뜨끔하였다. 대체 T 교수는 어째서 이런 말을 꺼내는 것인지 그 내심을 알 수가 없었다. 「독일 좌익 작가 군상」이라는 논문은 작년 가을에 몇 푼 안 되는 원고료를 목표로 총총히 쓴 것에 지나지 않으며 더구나 그 내용은 S 전문학교의 직원의 한 사람인 김만필로서는 절대로 비밀에 붙여야 할 것이었다. 김만필은 그것을 익명으로 하지 않았던 경솔을 새삼스레 후회했다. 그러고 보니 그는 익명으로 쓴 그 외의 몇 가지 논문이 생각났다. 그것들은 제법 좌익 평론가인 체하고 꽤 흰소리를 뽑은 것이기 때문에 만일 그런 것이 탄로가 나면 모든 것은 다 낭패가

되는 것이다. T 교수는 그것들까지도 알고 있는 것일까. 김만필은 의심을 품은 눈초리로 T 교수의 얼굴을 더듬었으나 그는 여전히 싱글싱글 웃고 있을 뿐이었다. 김 강사는 눈에 보이지 않는 무서운 압박을 느꼈다.

세르팡을 나오자 김만필은 잠시라도 빨리 T 교수의 옆을 떠나고 싶었으나 T 교수는 김만필의 양복 소매를 잔뜩 붙들고 〈바흐트 암 라인〉*을 콧노래로 부르며 요릿집 등속이 늘어선 A 정으로 끌고 갔다. 그들이 간 곳은 어느 골목 속 조그만 오뎅집으로 삼십 살가량 되어 보이는 예기 출신인 듯한 여자가 오뎅 냄비 뒤에 서 있었다. T 교수는 이곳서도 단골손님인 듯싶어 여자와 농담을 주고받고 하며 술을 먹었다.

두 사람이 오뎅집을 나왔을 때에는 자정이 지났었다. 이번에는 김만필도 상당히 취했으나 정신은 도리어 똑똑했다. 삼월백화점 앞에 와서 T 교수는 단장을 들어 지나가는 택시를 불렀다. 김만필이 사양하니까, 전차도 끊어졌는데 걸어갈 수는 없지 않은가. 우리 집에 가려면 어차피 자네 집 앞을 지나니까 같이 타자고 억지로 태웠다.

"우리 집을 아십니까?"

김만필은 자동차가 움직이자 물었다. T 교수의 훌륭한 문화주택이 김 강사의 하숙 근처에 있는 것은 자기도 잘 알고 있었지만 뒷골목 속 더러운 그의 하숙을 T 교수가 알고 있는 것은 정말 의외였다.

"아다마다. 문간에 명함 붙여놓지 않았나. 잘 아네."

"네—."

김만필은 기가 막혔다.

"우리 집도 잘 알지. C 상 집 바로 옆이야. 인제 가끔 놀러 오게."

* 독일 민요 〈라인 수비대〉.

“네. 가지요.”

하고 김만필은 대답했으나 마음속으로는 안 가리라, 절대로 안 가리라고 생각하였다. 무엇 때문에 이자는 탐정견 모양으로 모르는 게 없단 말인가. 하숙까지 알다니— 김만필은 으시시 추웠다. 그러다가는 나중에 무슨 소리가 튀어나올는지 모르는 것이었다.

자동차가 박석고개를 넘어갈 때 T 교수는 김만필의 귀에다 대고

“인제 차차 김 군도 알겠지만 우리 학교 안에도 여러 가지 암류가 있으니 주의하는 게 좋으네. 더군다나 S 군한테는 주의해야 되네.”

하고 수수께끼 같은 말을 속삭였다. S라는 사람은 전해 봄에 만주 공과대학 예과로부터 S 전문학교로 옮겨 온 사람으로 이 봄에 교수가 될 것인데 어떤 사정으로—그 이면에는 T 교수 일파의 책동이 있었다—교수가 못 되어 그것에 불평을 품고 있는 사람이었다. 그런 사정은 김 강사는 모르고 있었기 때문에 자기 자신에 무슨 관계가 있나 하고 생각해보았으나 아무것도 알 수 없었다.

김만필이 잠자코 있노라니까 T 교수는 껄껄 웃고

“아니 무어 별로 마음에 새겨들을 것은 없어. 그저 그렇단 말이지. 원체가 놈팽이는 교수 될 자격이 없어.”

그리고 또 김만필의 귀에다 입을 대고

“허지만 사실을 말하면 그자는 자네 시간을 욕심내고 있다네. 그 네 시간만 얻었으면 이번 가을부터 교수가 될 걸 그랬거든. 어쨌든 음흉한 놈이니 주의하게.”

김만필은 무슨 무서운 악몽에 붙들린 것 같았다. 그러자 T 교수가 스톱! 하고 소리를 질러 자동차는 삑— 하고 급정거를 했다. 김만필의 하숙으로 들어가는 골목 앞이었다.

4

　김만필은 S 전문학교에 다니게 된 후로 갑자기 마음이 우울해져서 아무도 찾아가고 싶지도 않았다. 교장은 생각만 해도 싫었다. 취임식 날 아침의 그의 경박한 인상이 일상 머리에서 사라지지 않는 것이었다. 한편 교장 쪽에서도 김만필의 호감을 사려고 노력할 리는 물론 없으매 두 사람은 어쩌다 복도에서 만나도 형식적인 인사를 주고받을 뿐이었다. T 교수는 여전히 친절한 체하였지만 그는 친절하게 굴면 굴수록 점점 더 싫어서 김만필 편에서 경원하였다. 교관실 공기도 참을 수 없었다. 교수들 중에 김 강사에게 먼저 말을 건네는 사람은 하나도 없었다. 그들은 시간 파하는 종이 울리면 앞을 다투어 교관실로 돌아와서는 더러운 물건이나 내버리듯이 백묵 갑을 테이블 위에 탁 내던지고 웅성웅성 쓸데없는 이야기를 시작하는 것이었으나 김 강사에게는 너 따위 놈은 우리들은 도대체 문제도 삼지 않는다는 듯한 태도를 일부러 지어 보였다. 그중에도 언젠가 T 교수에게 귓속말을 들은 일 있는 S 강사는 한층 심했다. 그는 김 강사의 얼굴만 보면 불쾌한 빛을 겉에까지 내면서 인사도 잘 하지 않았다. 김 강사는 시간을 끝내고 교관실에 돌아오면 뜰에 핀 코스모스 꽃을 넋 없이 바라보는 것이 버릇이 되었다. 때로는 그의 마음속에도 교만한 동료들에 대한 반항의 마음이 버럭버럭 치밀어 오를 적도 있었다. 놈들! 너깐 놈들이 친절하게 해준댔자 나는 조금도 기쁠 것 없다. 그러나 그런 생각을 한 후면 이번에는 자기 자신의 천박한 심정이 도리어 후회되는 것이었다.

　그러나 이런 직원 새의 공기와는 반대로 김 강사에 대한 학생들의 평판은 나쁘지 않았다. 내지인 학생들도 그를 괴롭히기는커녕 얌전하기 짝이 없었다. 김 강사는 가끔 독일 신흥문학운동 이야기 같은 것을 꺼내

보았으나 학생들은 도리어 흥미 있어 하는 듯하였다. 학생이라는 것은—하고 김 강사는 생각하였다—아무 데를 가도 매일반이다. 이것에 기운을 얻어 그는 차츰차츰 일반적인 새로운 문학 운동 이야기를 해보았다. 언젠가 T 교수가 주의를 시켜주던 스즈끼니 가도니 하는 학생들에게는 그래도 안심이 안 되었으나 그들도 예습은 꼭꼭 해 오고 별로 건방지게 구는 법도 없었다.

시월 하순의 어느 일요일, 아침밥을 먹고 새로 도착한 《룬드 샤우》*를 드러누운 채로 펴 들고 있는데 마당에서 게다 소리가 들렸다. 문을 열고 보니 그것은 의외에도 무슨 책을 옆에 낀 스즈끼였다. 스즈끼가! 하고 김 강사는 잠깐 뜨끔했으나 도리어 일종의 흥미가 생겨서 곧 방으로 불러들였다.

스즈끼라는 학생은 키가 크고 광대뼈가 내밀고 아래턱이 큰 것이 마주 앉아 보면 조선 사람 같은 인상을 주었다. 이 얼굴이 T 교수의 마음에 안 드는 것인가 하고 김 강사는 생각해보았다. 스즈끼는 처음에는 머뭇머뭇하고 있더니 이야기가 독일 문학으로 돌아가자 기운이 나서 떠들기 시작하였다. 될 수만 있으면 S 전문학교 따위는 집어치우고 동경으로 가서 독일 문학을 전공하고 싶다는 것이 그의 희망이었다. 스즈끼의 어학 힘으로는 아직 독일어 같은 것은 잘 알지 못할 터인데 그는 독일 문학 그중에서도 독일 현대 문학에 대해 몹시 자세히 알고 있었다. 그해 봄에 히틀러가 정권을 잡은 뒤의 일은 김 강사보다도 도리어 잘 알고 있었다.

"에른스트 톨러, 게오르그 카이저, 렌, 레마르크, 심지어 토마스 만

---

* 독일에서 발간되는 일간지.

형제까지도 예술원을 쫓겨났다지요?"

"그랬지요."

김만필은 작년 이래로는 취직 운동에 쪼들려 독일 문단의 최근 사정을 자세히 알아볼 여유가 없었더니만큼 스즈끼의 지식에는 감복했지만 그와의 이야기에는 별로 흥을 낼 수 없었다. 그것은 스즈끼가 불량 학생이라는 T 교수의 귀띔이 있었기 때문뿐이 아니라 다른 본능적인 경계심도 있었기 때문이다. 그래도 두 사람의 이야기는 나치스 독일에서의 문학자 박해로부터 그것의 정치 조직에 대한 공격으로 옮겨 갔다. 스즈끼는 열을 띠어 히틀러의 문화 유린을 욕하였다. 그러는 동안에 김만필은 차차로 스즈끼에 대해 우정을 느끼게 되어 이번 가을 후로 감추기에 애써오던 그의 보다 진실한 반면─그가 지금 어떠한 생활을 하고 있든 간에 그 감추어진 반면이야말로 정말 자기라고 남몰래 생각하고 있는 그 반면을 하마터면 토설해서 동경 유학 시대 이후로 울적했던 기분을 풀 뻔했으나 마음을 다시 고쳐먹고 스즈끼의 얼굴을 경계하는 눈으로 들여다보는 것이었다.

화제는 독일서 일본으로 돌아오고 다시 S 전문학교로 옮겨졌다. 스즈끼는 S 전문학교 학생들이 대부분은 사회적 문화적인 것에는 조금도 흥미를 갖지 않고 학교의 노트만 기가 나서 외고 있다고 분개하며 이것은 요컨대 조선이라는 특수한 환경과 학교 당국의 가혹한 취체 때문이라고 떠들어댔다.

"동경 같으면 그렇지 않겠지요?"

"글쎄."

하고 김만필이 막연한 대답을 한즉 스즈끼는 별안간

"선생님이 문화비판회서 일하고 계실 때는 어땠습니까?"

하고 김만필의 얼굴을 쳐다보며 물었다.

"에? 문화비판회?"

김만필은 깜짝 놀랐다. 스즈끼의 질문은 그에게는 청천의 벽력이나 다름없었다. 김만필은 경성 와서 취직 운동을 시작한 후로는 그의 과거 경력은 같은 조선 사람 옛날 친구들한테도 이야기하지 않았었고 더군다나 S 전문학교에 취직한 후로는 이 과거의 비밀이 탄로될 것을 무엇보다도 무서워하고 있던 것이다.

"문화비판회라니?"

김만필은 시치미를 떼고 되물었다. 스즈끼는 싱글싱글 웃으면서

"선생님이 그 회원으로 굉장하게 활동하신 것은 학생들이 모두들 압니다."

"아뇨, 그런 일은 없소. 그건 무슨 잘못이겠죠."

김만필은 당장에 고개를 좌우로 흔들며 그 말을 부정했다. 가슴속에서는 그의 조그만 지위와 양심이 저울에 걸려 있는 것을 느끼면서.

"그러셔요."

스즈끼는 의아해하는 표정을 하면서

"그 회가 해산될 때 선생님이 굉장한 열변을 토하셨다는 말까지 있는데요?"

"아니 그런 일은 없소."

김만필은 그래도 부정했다. 그러나 그의 기억에는 그날의 감격에 찬 광경이 역력하게 나타났다. 문화비판회가 드디어 해산되기로 정해진 날 그는 분노에 불타서 말은 더듬거릴망정 그야말로 소리와 눈물을 한꺼번에 내쏟는 열변을 토한 것이었다. 그 고운 기억은 그가 아무리 비열한 인간이 되어버리는 날이 있을지라도 결코 잊어버릴 수 없는 것인 것이

다. 김만필은 그것까지도 터놓고 이야기할 수 없는 자기의 현재의 지위에 대해 잠깐 스스로 책망하는 생각에 잠겼었다. 그러나 곧 그는 공세로 옮겨 갔다. 이런 소리까지 냄새를 맡아가지고 학생 새에 펼쳐놓는 그 근원은 대체 어느 곳에 있는 것인가.

"그런 소문은 대체 어디서 들었소?"

스즈끼는 김 강사의 심상치 않은 태도에 당황해서 얼굴을 붉히며

"요전에 다까하시 군에게 들었습니다."

"다까하시는?"

"T 선생이 그러시드래요."

"T 선생?"

"네. 김 선생님은 굉장한 수재시고 동경제대서도 문화비판회의 중요한 회원이시었다구요."

"흠—."

김만필은 말없이 생각하였다. 이것은 예사로 넘길 일이 아니다. 무슨 깊은 책략이 있는 것이라고 생각하였다. 그러나 그렇기로 T 교수는 대체 어디서 또 그런 소리를 냄새 맡아 왔을까. 정말 세퍼드 같은 작자다. 이놈 이번에는 제 본색을 나타냈구나 하고 분개했다. 그리고 보니 지금 그의 앞에 앉았는 스즈끼까지도 의심스러워졌다. 스즈끼는 오늘 처음으로 찾아왔으면서 다른 선생한테 가서 철없이 떠들면 단번에 학교를 쫓겨날 만한 소리를 지지하게 늘어놓았으니 그렇게까지 자기를 신용할 근거가 어디 있는가. 어쩌면 이 스즈끼 놈도 T 교수와 한통이어서 일부러 김만필의 본심을 떠보러 온 것이나 아닐까. 이렇게 의심하기를 시작하니까 다음다음 모든 것이 의심덩어리였다. 대체 취임식 다음 날 T 교수가 난데없이 스즈끼 욕을 자기에게 들려주던 것부터 이상스러웠다. 그

것은 일부러 자기를 속일 전제가 아니었던가…… 스즈끼는 김 강사의
눈치가 험해가는 것을 보고 어쩔지를 몰라 멈칫거렸으나 스즈끼가 그러
면 그럴수록 김 강사는 이놈 시치미를 떼는구나 하고 점점 더 스즈끼가
밉게 생각되는 것이었다.

스즈끼는 흥미 깨진 듯이 한참 앉았더니

"너무 실례가 많았습니다. 공연히 쓸데없는 소리를 지껄여서."
하고 모자를 들고 일어섰다. 그러나 곧 나가려 하지 않고 잠깐 머뭇머뭇
하더니

"사실은 선생님께 청이 있어 왔는데요."
하고 김만필의 얼굴을 잠깐 쳐다보고

"저희 반에 맘 맞는 동무 몇이 모여서 독일 문학 연구의 그룹을 만들
었는데 선생께서 지도를 좀 해주십소사고—."

스즈끼는 언외에 뜻을 품게 하여 김 강사를 자기들 그룹으로 이끌었
다. 사실은 그는 야마다, 김, 가도 들과 함께 학교 안에 조그만 단체를
만들어가지고 독일 문학 연구를 하는 한편 좀 더 널리 사회 사정을 연구
하려는 것이었다. 그러려면 누구든지 지도자가 한 사람 있어야 할 터인
데 김 강사의 강의든가 우연히 들은 그의 과거 경력이든가를 보아 그 일
을 김 강사에게 청하려고 오늘 찾아온 것이었다. 그러나 생각이 없는 경
솔한 말 때문에 김 강사를 의외의 오해로 몰아넣은 것이다. 김 강사는
스즈끼의 그런 사정을 알 리가 없고 스즈끼가 진실한 표정을 하면 할수
록 도리어 의심을 깊게 할 뿐이었다.

"바뻐서 난 참가 못 하겠소."

그는 스즈끼의 청을 단번에 거절했다.

"선생님 틈 계신 대로라도—."

스즈끼는 열심이다.

"몹시 바쁘니까 도저히 못 하겠소."

김 강사는 다시 한 번 딱 거절했다. 스즈끼는 그래도 선 채로 잠깐 머뭇머뭇하더니

"그러면 실례합니다. 오늘은 여러 가지로 미안했습니다."

하고 모자를 손끝으로 빙글빙글 돌리며 대문을 나갔다.

5

스즈끼가 찾아왔다 간 후 김만필의 생활은 더욱더욱 우울해갔다. 강박 관념에 쪼들리는 신경쇠약 환자같이 그는 항상 무엇엔가 마음의 위협을 느끼고 있었다. 공연히 쭈볏쭈볏하고 아무것을 해도 열심이 안 났다. 그러면 T 교수나 H 과장을 찾아가서 자기의 약점을 전부 고백하면 좋을 듯도 싶었으나 그의 우울에는 그 이상의 무슨 깊은 뿌리가 있는 듯싶었다. 뿐 아니라 그곳에는 그의 힘없는 양심의 최후의 문지기가 서 있었다. 공연히 마음만 안타까울 뿐이었다.

학교에를 가도 그는 점점 더 말을 하지 않았다. T 교수가 말을 걸든지 하면 겉으로는 공손하게 대답했지만 속으로는 섬찌근하며 이자가 또 무슨 흉계를 꾸미는 것인가 하고 미워했다. 생각해보면 그는 S 전문학교에 온 뒤로 아직 아무하고도 말다툼 한 번 한 일 없건만 모든 사람과 마음속으로는 미워하고 서로 멸시하고 두고 보아라는 듯이 으르렁거리는 것 같은 형세가 되고 만 것이다. 그러나 이것은 당초부터 정해진 운명이었는지도 모른다. 그래 그는 억지로 S 전문학교에 뻐기고 들어간 것을 별로 후회하지도 않았다. 될 대로 되어라는 일종의 자포자기 같은 마음이

드는 것이었다.

그런 중에도 날이 지남을 따라 S 전문학교 직원 새의 공기는 외톨배기 김 강사에게도 차차로 짐작되었다. 한편에는 T 교수를 중심으로 하는 일파가 교장을 둘러싸고 학교 안의 세력을 쥐고 있고, 한편에는 U 교수, S 강사들이 '정의파'로 그와 대항하고 있는 듯하였다. S 강사는 교장과 특별한 관계가 있는 사람으로 교장의 초빙으로 만주 공과대학 예과의 자리를 일부러 팽개치고 온 사람인데 T 교수의 맹렬한 이간질로 교장과의 사이가 틀어져서 지금까지 교수도 못 되고 U 교수의 정의파로 붙은 모양이었다. 김 강사는 그런 무의미한 세력 다툼에는 한몫 낄 자격도 없거니와 생각도 없었으나 마음속으로는 역시 U 교수와 S 강사들 편으로 동정이 갔다. 만일 S 강사가 김 강사에게 이유 없는 멸시와 적의만 보이지 않았으면 김 강사는 그들의 정의파에 가담했을는지도 모르는 것이다.

겨울 방학이 가까워갔다. 으스스하게 흐린 날이 계속되고 때로는 가루 같은 뽀숭뽀숭한 눈발이 날리기도 했다.

어느 날, 김 강사는 교실로 들어가는 도중에서 T 교수와 마주쳤다.

"대단 추워졌습니다."

언제나같이 T 교수가 먼저 인사를 했다.

"대단 춥습니다."

김 강사도 같은 소리로 대답하고 지나가려는데 참 잠깐만 하고 T 교수가 불렀다. T 교수는 빙글빙글 웃으면서

"긴상, 그날 밤 일 아즉 기억하고 계시죠. H 과장 댁 앞에서 우리가 맞닥뜨리던 날 밤—."

김 강사가 의미 없는 웃음을 지었더니

"기억하고 계시죠. 내가 과자 상자를 들고 갔던 것 보셨죠."

김 강사는 웃으며 고개를 끄덕였다.

"세상이란 다 그런 겝니다. 난들 그런 짓을 하기가 좋아서 하겠소. 어쨌든 지금 연말도 되구 했으니 교장한테 무어 과자라도 한 상자 사가지구 찾어가 두시란 말이오."

말해 던지고 T 교수는 그대로 가버렸다.

교실에 들어가 강의를 하면서도 김 강사는 T 교수의 말을 잊어버릴 수가 없었다. 씹어 생각해보면 T 교수의 말은 그럴 듯도 싶었다. 그러나 다시 생각해보면 지금 와서 과자 상자를 사 들고 주적주적 교장을 찾아가도 소용이 없을 뿐 아니라 도리어 업신여김을 받을 것 같았다. 뿐 아니라 T 교수의 성격이라든지 그의 모든 것을 생각해보면 그가 진정으로 김 강사를 위해 무슨 말을 해줄 이유는 하나도 없는 것이다. 만일 그렇다면 T 교수의 말은 실상은 책상물림 주제에다 어딘가 만만치 않은 고집이 있는 김 강사를 조롱한 것에 지나지 않는 것이다. 그러나 또다시 돌려 생각하면 T 교수의 말은 좀 더 의미가 깊은 것으로 '교장은 너를 미워하고 있다. 너도 미리 생각을 돌리지 않으면 목이 잘라진다'라는 협박같이도 생각되었다.

그러나 어쨌든 그날 밤 김 강사는 명치옥에 가서 서양과자를 한 상자 샀다. 위 뚜껑에 '조품'이라 두 자를 쓰고 그 밑에 자기의 명함을 붙였다. 그러나 그러는 동안에도 그의 마음속에서는 종시 두 가지 의사가 싸우고 있었다. 암만 무얼 해도 이 짓만은 하기 싫다. 자기가 이것을 가지고 가면 교장은 이놈 인제두 하고 빙그레 웃고 T 교수는 등 뒤에서 그 능글능글한 웃음을 띠고 나의 어리석음을 조소할 것이다. 어차피 S 전문학교에 다니는 것도 길지는 않을 것이니 이런 짓까지 하면 그만큼 나는 밑질 뿐 아닌가. 그러나 바로 그다음에는 다른 생각이 드는 것이었다.

아니 T 교수의 말대로 세상이란 다 이런 것이다. 내가 지금 암만 뽐내본 댔자 뱃속을 짜개면 S 전문학교를 나가고 싶지 않은 것이 본심이 아닌가. 물에 빠지는 자는 지푸라기라도 잡는다 한다. 이론이 다 무엇이냐. 내가 이런 짓을 하는 것이 더럽다 하면 나에게 이런 짓을 하게 하는 자들은 더 더러운 것이다. 이런 것으로 더럽히는 것은 내 양심이 아니라 놈들의 양심이다. 나는 요런 조그만 미끼를 물고 좋아하는 놈들의 그 천박한 꼴을 조소하면 그뿐인 것이다─.

김 강사는 악마의 마음을 먹은 심 잡고 과자 상자를 들고 서대문행 전차를 탔다. 그러나 그의 결심은 오래 계속되지 못했다. 그는 광화문 정류장에서 전차를 내려 효자동 가는 전차를 타지 않고 천천히 종로로 갔다. 본정통의 번잡한 데 비해 이곳은 몹시 잠잠했다. 일루미네이션*만 헛되게 빛나고 세모 대매출의 붉은 깃발이 쓸쓸한 섣달 대목 거리의 먼지에 퍼덕이고 있었다. 한참이나 거리를 어슬렁거리다가 욕심쟁이로 일가 간에 돌림뱅이가 된 아주머니를 생각한 그는 걸음을 빨리해 파고다 공원 뒷골목으로 들어갔다.

6

동기 방학이 되고 해가 바뀌었으나 김 강사는 하숙에 꼭 들어앉아 있었다. 연하장 한 장도 내지 않았다. 그의 마음은 점점 더 비틀려갔으나 속에는 일종의 깨달음 같은 것이 생기고 있었다. 그에게는 막다른 골목까지 온 것 같은 지금의 생활을 타개해나갈 의사 같은 것은 물론 없고

* 설비등.

차츰차츰 숨이 가빠 들어와도 그대로 누워 죽음을 기다리는 수밖에 없다고 생각되었다. 책상 위에는 먼지가 쌓이고 외국서 온 신문 잡지는 겉봉도 뜯기 싫었다. 그는 늦잠을 자는 버릇이 생겼다. 점심때나 되어 일어나서는 밥을 한술 떠 넣고 바람 부는 거리를 거니는 것이 일과가 되었다. 새해라 해도 종로 거리에는 장식 하나 없고 살을 에는 매운바람이 먼지를 불어 올릴 뿐이었다.

피곤하면 뒷골목에 갑자기 많아진 찻집을 찾아 들어가 정신 나간 사람같이 앉아 있었다. 찻집에는 아무 데를 가도 일상 김 강사와 같은 젊은 사내들이 그득하였다. 그들은 대개는 김만필과 비슷한 경우에 처해 있는 사람들이었다. 학교는 졸업했으나 갈 곳은 없고 학문이나 예술상의 기적적인 사업이 하룻밤에 되는 것도 아니고 그렇다고 현상 타파의 마음을 굳게 해서 강철이나 불길을 사양치 않을 만한 용기를 저마다 갖고 있는 것도 아니고 보니 차를 사 먹을 잔돈푼이 아직 있는 동안에 이렇게 찻집에 와서는 웅덩이에 고인 물 같은 시간을 보내고 있는 것이다. 여기에서는 활발한 토론의 꽃이 피는 법도 없으며 불길 같은 사랑의 피가 타오르는 일도 없고 오직 죽음과 같은 침묵의 시간이 계속될 뿐이었다.

날이 감을 따라 김만필은 점점 자기의 힘으로는 이길 수 없는 정신의 피로를 느끼기 시작하였다. 어떻게든지 해야 되겠다 하는 초조한 마음은 점점 없어지고 축 늘어진 채 의미 없는 시간을 맞고 보내고 하는 것이었다. 벌써 칠팔 년 전에 대학 불란서 말 코스에서 우연히 눈에 띈 도데의 소설 속의 짧은 구절이 머리에 떠서 지워지지 않았다.

—L'ennui lui vint.

'그에게 피곤이 왔다'는 이 짧은 구절이 무슨 깊고 또 깊은 의미를 가진 것같이 생각이 되는 것이다. 이야기는 철사에 붙들려 매서 날마다 평화한 목장의 풀을 먹고 있던 어린 양이 드디어 생활에 권태를 느끼고 어느 날 이 철사를 끊고 숲 속으로 달아나서 거기서 기다리고 있던 이리한테 잡아먹혔다는 것이다. 김만필은 하숙 온돌에 드러누워 빈대 피 터진 벽을 바라보며 그 잡아먹힌 어린 양의 행복을 생각해보기도 했다.

휴가가 끝난 뒤에 교관실에 나타난 T 교수는 그전보다도 한층 기운이 있었다. 이번 겨울은 특별히 추위 영하 이십 도라는 엄한이 여러 날 계속되었건만 그는 잠방이 하나로 지내왔다고 교관실이 가득하도록 떠들었다. 얼굴에는 붉은 핏기가 가득 차 있다. 별안간 그는 이번 겨울 방학 동안에 조선의 민속에 대해 많이 연구했다고 말을 꺼냈다.

"마침 무당을 하나 붙들었기에 여러 가지 조선의 신앙, 미신, 관혼상제의 습관, 풍속 같은 것을 조사해봤는데 썩 흥미가 있데나. 한 민족을 철저하게 이해하려면 역시 이 방면부터 조사해가는 것이 제일 첩경이야. 미친 것을 고치려면 신장 내린 무당이 동쪽으로 뻗친 복사나무 가지로 병자를 실컷 때려주면 멀쩡하게 나버린다네. 재미있지 않은가. 그리고 거짓말하고 댕기는 여자한테는 똥을 먹인다데나. 허……. 이것은 아주 합리적이거든. 난 조선 여자들이 살결이 왜 고운가 했더니 그 비밀을 이번에 처음으로 알았어. 밤에 잘 적에 오줌으로 세수를 헌데나그려. 인제 우리 여편네한테두 오줌 세수를 시켜볼까. 허…… 어허……."

T 교수의 호걸 같은 웃음에 따라 다른 교수들도 일제히 껄껄거려 웃었다. 그러나 김만필은 가만히 있을 수 없었다. T 교수의 뺨이라도 힘껏 후려갈기고 싶었으나 참는 수밖에 없어서

"그런 풍속이 어데 있단 말씀이오. 나는 듣도 보도 못 했소."

김 강사는 겨우 이 말만 했다. T 교수를 비롯해 모든 사람들은 비로소 김 강사가 있는 것을 깨달은 듯이 그의 얼굴을 바라보고 교관실의 공기

는 별안간 싸늘해졌다.

T 교수는

"아니 당신은 이런 것은 이리저리 생각하실 것 없지요. 무식한 무당한테 들은 소리니까."

하고 그로서는 처음 보는 미안한 얼굴을 지었다.

"어쨌든 미신이라는 것은 어떤 문명국에라도 있는 것이니까."

김 강사는 한마디 더 말하고 싶었다. 그러나 마침 종이 울렸으므로 그는 백묵 상자를 들고 썩썩 교관실을 나와버렸다.

이번 겨울은 이상스레도 흐린 날이 계속되었다. 삼한사온의 규칙적 순환도 없이 영하 십 몇 도라는 날이 날마다 계속되었다. 그 일기도 김 강사의 비위에 맞지 않았다. S 전문학교에 가는 도중에 전차 창으로 내다보이는 교외의 풍경은 한결같이 회색 빛깔로 물칠되었었다. 앞에는 더러운 바라크* 집들이 톱니빨같이 불규칙하게 늘어서고 그 지붕 위를 수력 전기의 송전탑이 까맣게 멀리 숲 편으로 달아나는 것이다. 잿빛 하늘 저편에는 시커먼 북한산이 잠잠히 서 있고…… 김만필은 그 옛날을 생각해본다. 아직 중학생 때 겨울이 되면 흔히 스케이트를 둘러메고 이 근처로 얼음을 타러 다녔다. 그때에는 이 더러운 바라크들도 무서운 송전탑도 물론 없었고 수양버들 늘어진 큰길이 멀리멀리 논밭 가운데로 구불거려 있었다. 하늘은 일상 샛푸르게 개었었다. 편한 논 벌판 저편에는 능陵 소나무 숲이 보이고 그 저편 쪽 먼 하늘에는 눈을 인 북한산의 야윈 봉우리가 굳세게 높게 솟아 있는 것이었다. 논에는 물이 가득해 그것이 유리쪽같이 얼고 그 얼음 위를 바람을 차고 중학생 김만필은 마음

---

* 막사.

껏 뛰어 돌아다니던 것이언만.

이월도 그믐께 가까운 어느 날, 첫째 시간을 끝내고 일상 하듯이 김만필은 신문실에서 멍하고 있노라니 T 교수가 나타나서 오늘 잠깐 할 말이 있으니 교수가 끝나거든 교무과로 와달라 하였다.

시간을 마치고 교무과로 갔더니 T 교수는 대략 다음과 같은 이야기를 하였다.

"오늘은 잠깐 당신께 꼭 해야 할 말씀이 있습니다. 다름 아니라 엊저녁에 오래간만에 H 과장 집에를 놀러 갔더니 H 과장은 무슨 까닭인지 당신한테 관해 무슨 이상스러운 소문을 듣고 대단 기색이 좋지 못한 모양입니다. 어떤 말을 듣고 그러는지는 나도 모르겠소마는 그래 내가 지금 당신께 하려는 말씀은 사실은 우리 학교 교장 말인데 교장은 원체 성미가 그런 사람인 데다가 무엇인지 당신이 교장 비위를 몹시 거슬러놓지 않았나 싶습니다. 실례의 말씀이지만 당신은 아직 세상이라는 것을 모르고 계시다고 나는 봅니다. 세상이라는 것은 어쨌든 이론대로 되는 것이 아니니까요. 윗사람한테 대해서는 철을 찾어 무슨 선사는 안 한다 하더래도 가끔 찾어가 보는 것쯤은 해두는 것이 좋단 말이오. 들으니까 H 과장도 그때 이후 찾어가지 않았다지요. H 과장이 그럽디다. 당신은 나와 달라서 처음부터 H 과장 소개로 들어왔겠다, 당신만 잘하면 앞으로는 시간도 차차 더 얻을 수 있을 것인데—."

"그러면 저—."

"아니 무어 자세한 이야기를 들은 것은 아니니까 어쨌든 내 생각에는 오늘 저녁에라도 우선 H 과장 집에라도 한번 찾어가 보시는 것이 좋을 듯합니다만—."

"네—."

김 강사는 분명치 않은 대답을 했으나 T 교수의 이야기를 듣고 있는 동안에 오랫동안 숨을 죽이고 있던 마음속의 불똥이 이상스레 끓어오르는 것을 느꼈다. 나쁜 놈들! 내가 비겁한 짓을 하고 쩔쩔매고 있으니까 제멋대로 건방지게 구는구나. 나는 너희들 앞에 말라빠진 이 몸을 내던지고 짓밟든지 차든지 너희들 할 대로 하라고 참아오지 않았느냐. 이 이상 무엇을 더 어떻게 하라는 것이냐. 김 강사는 보이지 않는 소리로 H 과장과 교장들을 욕하고 남을 극도로 멸시하는 소리를 뻔뻔스레 친절한 귀띔 모양으로 들려주는 T 교수의 얼굴에다 마음속으로는 힘껏 침을 뱉어주었다.

그러나 집에 돌아온즉 불안한 마음에 암만해도 가만히 있을 수 없었다. T 교수의 말치로 보아서는 자기의 운명도 이미 결정된 듯싶었으나 그렇게 되고 보니까 또 전부터 정해논 배짱이 흔들흔들하기 시작하는 것이었다. 김 강사는 끝까지 현실에 연연하는 자기의 약한 성격에 스스로 싫증과 미움까지 났으나 그렇다고 그것을 어떻게 처치할 수는 없었다. 드디어 그는 이번 한 번만 더 T 교수의 말대로 해보기로 마음을 정했다. 그리고 이번에야말로 언젠가 그가 권하듯이 과자 상자를 사가지고 가는 것이라고 자기 자신에게 일러 들렸다.

H 과장 집 현관에는 먼저 온 손님이 있는지 구두 한 켤레가 놓여 있었다. 그러나 응접실에 들어가니까 손님은 방금 간 모양으로 하녀가 나와서 테이블 위의 찻종과 과자 접시 등속을 치우고 있었다. H 과장은 혼자서 걸상에 앉았는데 웬일인지 노기가 등등한 얼굴이었다.

H 과장은 험한 눈치로 김만필을 노리고 있더니 김만필이 가까이 가니까 별안간

"무얼 하러 왔나."

하고 쏘아붙였다. 김만필은 너무나 의외의 인사에 깜짝 놀라 H 과장의
얼굴을 쳐다보고 도로 머리를 숙였다. 다 글렀다! 하는 생각만이 머리에
가득 차서 오는 길에 생각해둔 갖가지 변명이 하나도 안 남고 날아가 버
렸다.

"너무 오래 찾어뵙지도 못했기에—."

김만필은 겨우 입을 떼었다.

"이 남의 은혜를 모르는!"

또 한 번 정신이 번쩍 들어 김만필은 얼굴을 들고 H 과장을 보았다. H
과장은

"대체 자네는 왜 남의 얼굴에 똥칠을 해놓는 겐가."

라고 또 소리쳤다.

창졸간에 무엇이라 대답해야 할는지를 몰라 김만필은 머리를 숙이고
덮어놓고 사과를 했다. 그러나 H 과장은 여전히 되풀이하는 것이다.

"왜 나를 창피한 꼴을 보이는 거야."

"네 제가 과장께 무슨 창피를— 제가."

H 과장에게 창피한 꼴을 보여준 적은 없는 것이다.

"그래두 자네는 나를 속일 작정인가."

"과장을 속인 일은 저는 없습니다."

"없어?"

H 과장은 금방 덤벼들 듯이

"그럼 내 입으로 말해줄까. 자네는 대학 시대에 ××주의 단체에 들
었었지. 이리로 온 후도 좌익문학운동에 관계했지."

"허지만 그것은—."

하고 김만필은 대답하려 하였으나 이번에는 H 과장은 부들부들 떨리는

목소리가 되어

　"왜 자네는 그것을 내한테 말하지 않고 감추었단 말인가. 응, 그래두 상관없다고 생각했단 말인가. 그래놓고 자네는 뻔뻔스레 학교 선생이 되어 시치미를 뚝 떼고 있지만 자네를 추천해논 이 내 얼굴은 어찌 된단 말인가. 나는 자네만은 염려 없다고 학교 당국의 강경한 반대를 무릅쓰고 억지로 자네를 집어넣은 것이야. 허기는 경솔하게 자네를 신용한 내가 잘못이지. 설불리 동정심을 낸 것이 잘못이야. 이 은혜를 모르는 제 욕심만 채우는—."

　H 과장이 떠들어대는 동안 김만필은 올 것이 온 것이다라고 생각하였다. 그러나 막상 이렇게 되고 보니 도리어 별로 겁날 것이 없었다. 생각하면 작년 가을 이후로 날마다 밤마다 자기를 괴롭게 하고 눈앞에 얼씬거리던 검은 그림자의 정체는 겨우 요것이던가. 그렇게 생각하니 도리어 무거운 짐을 내려놓은 것 같았다. 그러나 사정만은 똑똑히 해두어야 된다고 그는 생각하였다. 과거에 있어서 그는 제법 정말 무슨 주의자였던 일은 없는 것이다.

　"그건 무슨 오해십니다. 저는 지금까지 ××주의자였던 적은 없습니다."

　"무엇야! 그래도 나를 속이려나!"

　H 과장은 다시 격노해 소리를 버럭 지르고 의자와 테이블을 와당탕거리며 벌떡 일어났다.

　그때 이웃 방으로 통하는 문이 열리며 H 과장 부인이 차를 가지고 들어왔다. 이어 부인의 등 뒤에는 언제나 일반으로 봄 물결이 늠실늠실하듯 온 얼굴에 벙글벙글 미소를 띤 T 교수가 응접실로 따라 들어왔다.

—『유진오 단편집』, 학예사, 1939.

창랑정기滄浪亭記

1

"해만 저물면 바닷물처럼 짭조름히 향수鄕愁가 저려 든다."고 시인 C 군은 노래하였지만 사실 고향을 그리는 마음이란 짭짤하고도 달콤하며 아름답고도 안타까우며 기쁘고도 서러우며 제 몸속에 있는 것이로되 정체를 잡을 수 없고 그러면서도 혹 우리가 무엇에 낙망하거나 실패하거나 해서 몸과 마음이 고달픈 때면은 그야말로 바닷물같이 오장육부 속으로 저려 들어와 지나간 기억을 분홍의 한 빛깔로 물칠해버리고 소년 시절을 보내던 시골집 소나무 우거진 뒷동산이며 한글방에서 공부하고 겨울이면 같이 닭서리 해다 먹던 수남이 복동이들이 그리워서 앉도 서도 못 하도록 우리의 몸을 달게 만드는 이상한 힘을 가진 감정이다.

향수란 그러나 반드시 사람의 심사를 산란케만 해주는 것은 아니고 우리가 그렇게 할 마음의 여유만 갖는다면은 우리의 거칠 대로 거칠어진 정서의 거친 벌을 다시 곱게 빗질해줄 수도 있는 것이며 또는 갈기갈기 흩어진 어지러운 생각을 외가닥 길로 인도해주는 수도 있는 것이다. 가령 여기 젊어서 청운의 큰 뜻을 품고 만리타향에 나갔던 사람이 있다 하자. 바람비 거친 몇십 년을 지난 뒤 이마에 주름살이 깊어가고 은빛 흰 머리

칼이 나날이 늘어갈 때 달 밝은 어느 밤 그가 고향을 그리는 마음에 이리 뒹굴 저리 뒹굴 하며 잠을 이루지 못한다면 언뜻 생각하면 향수란 놈은 사람의 마음을 재리재리하게 좀먹어 들어가는 우수의 사자使者인 것 같기도 하나 다시 생각하면 그가 젊어서 품었던 청운의 뜻이 뜻대로 이루지 못했을 때 또는 처음 뜻대로 이루었다 해도 그 소위 청운의 큰 뜻이라는 것이 결국은 인생이란 것을 분홍빛 베일을 통해서만 볼 줄 알던 젊었을 때의 일시의 헛된 꿈이요 사람의 마음과 몸을 영원히 안식시켜줄 깊고도 높고 또 튼튼한 것이 아니었다는 것을 깨달았을 때 의지할 바를 잃은 그의 심정을 부드러운 손길로 쓰다듬어주어 위대한 안심의 길로 인도해주는 거룩한 어머니의 손길이야말로 고향을 그리는 마음이라고도 할 수 있지 않을까. '청운의 큰 뜻'을 이룬 사람에게나 못 이룬 사람에게나 향수란 다 같이 최후의 도착점이 아닐 것인가.

옛날 「귀거래사」의 시인은 "새는 날다 고달프면 돌아올 줄을 안다."고 읊었고 '영원의 청춘'을 누리던 괴테도 서른한 살의 젊음으로써 이미 "모든 산봉우리에 휴식이 있느니라."고 노래했거니와, 이것은 즉 그들이 유다른 직관과 감수력으로 이 향수의 구슬프고도 깊은 의미를 몸으로써 느꼈기 때문이라고 말할 수 있을 것이다.

나어린 시절을 경개 아름다운 시골서 보낸 사람은 이런 의미에서 대단히 행복된 사람이다. 그는 몸이나 마음이 고달픈 때마다 찾아 들어갈 따뜻한 어머니의 품속을 가졌기 때문이다. 그러나 도회에서 나서 도회에서 자라고 몇 해에 한 번씩, 또는 한 해에도 몇 번씩 이 골목에서 저 골목으로 이사를 돌아다니는 사람은 그리워하려도 그리워할 고향이 없으므로 대단 불행한 사람이다. 그리워할 고향이 없으면 아무것도 그리워하지 말고 항상 앞날만을 바라보고 나가면 그만 아니냐고 할 사람이 있을는지도 모르나 사람의 마음이란 그렇게 꺾으면 부러질 듯이 일상 꼿꼿하게 뻗쳐만 있을 수는 없는 것이니 긴장의 뒤에는 반드시 해이가 오는 것이요, 해이는 새로운 큰 긴장의 전주곡이라고도 할 수 있는 것이다.

어쨌든 우리는 누구를 물론하고 다 같이 향수를 가지고 있다. 그리워할 고향이 있는 경우에는 물론이거니와 그런 것이 없는 때에도 사람은 항상 무엇인가를 그리워하며 그 때문에 슬퍼하기도 하고 기뻐하기도 하는 것이 사실이다. 그 고향 없는 향수의 대상은 혹은 소년 시대의 어느 날 저녁 우연히 꿈에 본 산천일 수도 있는 것이요, 또는 꿈에나마 한 번도 본 적 없는 생판 공상의 소녀이기도 할 것이다. 이렇게 말하면 종교가는 네가 말하는 향수란 결국 거룩하신 하느님의 품을 의미하는 것이니 사람은 지혜의 열매를 따 먹고 에덴의 동산을 쫓겨 나올 때 벌써 숙명적으로 그런 향수를 등진 것이니라고 할는지도 모르나 종교가가 무엇이라고 하든 간에 사람이란 항상 무엇인가를 그리워하면서만 그의 생존의 의미를 느끼는 것임은 움직일 수 없는 사실이다.

서울서 나서 서울서 자라난 나는 남들과 같이 가끔가끔 가슴을 졸이며 그리워할 아름다운 고향을 갖고 있지 못하다. 내가 나서 세 살이 될 때까지 살았었다는 가회동 꼭대기 집은 어느새에 흔적도 없이 없어지고 지금은 낯모르는 문화주택이 들어섰을 뿐이다. 그러나 나에게도 내 마음이 고달픈 때 그 마음을 가져갈 고향의 기억이 아주 없는 것은 아니니, 하나는 여섯 살 때부터 열네 살 되던 해까지 살던 계동 집의 기억이 그것이요, 하나는 이곳에 기록하려는 창랑정의 기억이 그것이다.

2

창랑정이란 대원군 집정 시대에 선전관으로 이조 판서 벼슬까지 지내
던 나의 삼종 증조부 되는 서강 대신 김종호가 세상이 뜻과 같지 않아 쇄
국의 꿈이 부서지고 대원군도 세도를 잃게 되자 자기도 벼슬을 내놓고 서
강―지금의 당인리 부근 강가에 있는 옛날 어떤 대관의 별장을 사가지고
스스로 창랑정이라고 이름 붙인 후 울울한 말년을 보내던 정자 이름이다.

내가 처음 창랑정을 갔던 것은 자세한 기억은 나지 않으나 일곱 살이나
잘해야 여덟 살 먹었을 적이니까 이럭저럭 스물일고여덟 해 전 일이다.
이른 봄, 봄이래도 냉이 순이 파릇파릇 내밀 무렵이었으니까 삼월 중순이
나 하순께쯤이었을까. 나는 아버지를 따라 그곳에 가서 며칠 동안을 지낸
것이었다. 그 며칠 동안에 보고 듣고 한 기억이 이상스레도 어린 머릿속
에 깊이 새겨져서 거의 삼십 년이란 긴 세월이 흘러간 지금까지도 가끔
내 추억의 나라 속을 왕래하며 때로는 다디단 일종의 향수가 되어 내 마
음을 안타깝게까지도 하는 것이다.

창랑정은 서강이라 해도 당인리 편으로 가까운 강가 솔숲 우거진 조그
만 봉우리가 강으로 향해 비스듬히 얕아가다가 별안간 깎아지른 듯이 낭
떠러지기가 된 바로 그 위에 있는 칠십 칸이 넘는 큰 집이었다. 서강 동네
를 지나 강가에 나서서 서편을 바라보면 보통 때는 물 한 방울 없는 개를
건너 저편 언덕 위에 좌우로 줄행랑이 늘어서고 가운데 솟을대문이 우뚝
솟은 큰 집이 보인다.

"자, 인제 다 왔다. 저기 저 집이 창랑정― 서강 할아버지 댁이다."

왼손으로는 타박거리는 내 바른편 손을 붙들고 아버지는 바른편 손으
로 단장을 들어 개 건너 큰 집을 가리키셨다. 저녁 해를 비스듬히 받은 그
큰 집의 인상이 얼마나 이상스러웠던지 처음으로 아버지가 그 집을 서강

할아버지 댁이라고 가르쳐주시던 그 순간의 광경이 바로 엊그제 일같이 지금도 내 눈에 선하다. 가까이 가보니 창랑정은 멀리서 볼 때와는 달라 지은 지 몇백 년이나 됐는지 행각 기둥이 이리저리 기울고 쓰러진 아주 퇴락한 옛집이었다. 화방도 군데군데 무너지고 어떤 데는 큰 소라도 드나 들 직하게 구멍이 뚫려 있었다. 언덕을 올라가 대문간을 들어서니 시꺼먼 늙은 은행나무가 무서운 악몽같이 앞을 막는다. 이것은 뒤에 들은 이야기 거니와 그 은행나무에는 귀신이 접했다 해서 동넷집에서 고사를 지내면 반드시 그곳부터 갖다 지내고 동네서 무슨 불길한 일이 일어나도 그 나무 에 동티가 난 것이라 하여 무서워들 하는 것이었다.

은행나무를 지나면 바로 또 급한 언덕이요, 그 언덕 위에 사랑으로 들 어가는 중대문이 있다. 중대문 안은 평평한 마당이요, 좌우에 작은사랑이 있고 강으로 향한 정면 높은 축대 위에 서강 대신이 거처하는 큰사랑이 있는 것이다. 마당 앞은 불과 두서너 자밖에 안 되는 얕은 담이요, 돌을 딛고 올라서서 담 너머로 넘겨다보면 담 밖은 바로 낭떠러지여서 까맣게 내려다보이는 저 밑에 검푸른 강물이 출렁거리는 것이었다.

서강 대신은 병석에 누워 계셨다. 양명한 저녁 햇빛이 서남으로 터진 큰사랑 앞마루에 환하게 비치고 있었지만 문을 열고 큰사랑에 처음 들어 섰을 때에는 방 안은 아무것도 보이지 않을 만큼 캄캄하였다. 아버지는 아랫목 편으로 가서 누워 있는 대신에게 절을 하시고 난 뒤 나더러도 절 을 하라 하신다. 시키는 대로 절을 하고 무릎을 꿇고 앉으니까

"제 자식이올시다."

하고 나를 설명하신다.

"오, 그놈 잘생겼구나."

서강 대신은 일부러 일어나 내 머리를 쓰다듬으면서

"몇 살이냐?"

하고 묻는다.

"일곱 살이올시다."

"음, 자식이나 똑똑히 낳아야지……."

그제서야 내 눈에는 방 안의 것이 똑똑히 보이기 시작하였다. 서강 대신은 그때 나이 벌써 팔십이나 되고 거기다가 오래 병석에 누워 있을 때라 몹시 수척하기는 했으나 기름한 얼굴, 흰 살결, 은빛 같은 수염, 모든 것이 과연 어린 내 마음에도 갖은 풍상을 다 겪은 귀인의 풍모같이 보였다.

아버지와 서강 대신이 무엇인지 이야기하고 있는 동안 나는 차례차례로 방 안을 둘러보았다. 모든 것이 그때까지 계동 우리 집 간 반 방 사랑밖에 모르던 나에게는 진기하기 짝이 없었다. 마루로 향한 미닫이에는 갑창을 굳이 닫은 위로 또다시 짙은 자줏빛 방장을 드리워 있고 그 반대편에는 구름을 타고 물결 위에 노니는 신선을 그린 큰 병풍이 삼 간 벽을 꽉 채우고 있었다. 방구석에 놓인 사방탁자와 대신의 머리맡에 놓인 한 쌍 문갑 위에는 커다란 옛날 책들이 길길이 쌓여 있다. 벼룻집 위에 놓인 용을 새긴 붓꽂이, 그 옆에 있는 범을 새긴 대리석 도장, 벽에 걸린 옛날 명필의 글씨, 흰말 꽁지로 만든 긴 총채…… 아, 그 모든 신비스롭고도 호화롭던 방 장식은 지금도 내 눈에 보이는 듯하다.

3

얼마 있더니 문이 열리며 스무 살이 될락 말락 해 보이는 상투 짠 젊은 사람이 들어왔다. 아버지가

"일어나 형님께 절해라."

고 하신다. 시키시는 대로 나는 또 일어나 절을 하였다. 그것이 그 집 젊은 주인 서강 대신의 증손자, 나의 열두 촌 형님 김종근이었다. 서강 대신은 아들도 손자도 일찍 여의고 단지 이 어린 증손 하나를 대를 물릴 귀한 자손으로 애지중지해 거느리고 있던 것이다.

아버지와 서강 대신과는 종근을 옆에 앉혀놓고 또 무슨 이야긴지 길게 하기 시작하였다. 무슨 이야기를 하는 것인지는 알 수 없었으나 '학교'니 무엇이니 하는 말이 자꾸 나오던 것으로 보아 서강 대신은 종근을 학교에다 보낼까 말까에 대해 아버지에게 상의하던 것인가 싶다. 다른 일이면 상의할 사람이 얼마든지 있었겠지마는 신식 개화에 대해서는 멀고 가까운 것을 물론하고 집안에 나의 아버지밖에는 아는 사람이 없었던 것이다. 그때 아버지는 한국 관비 유학생으로 일본 유학을 갔다 와서 탁지부로 내각 제도국으로 벼슬을 다니다가 합방이 된 후에도 그대로 계속해 다니고 계셨던 것이다.

서강 대신과 아버지가 그때 하던 이야기가 종근에게 신식 공부를 시킬 것인가 아닌가 하는 것이었음은 그 후에 아버지가 일상 서강 대신이 완고해서 종근에게 학교 공부를 안 시킨 것이라고 원망하던 것으로 짐작이 된다. 생각건대 서강 대신은 대원군 시절에 가장 맹렬하게 양이―서양 오랑캐를 물리치기를 주장하던 분이라 세상이 날로 그의 생각과는 달라감을 보자 하나밖에 없는 귀한 자손에게 신식 공부를 시킬 필요를 느끼고 아버지하고까지 의논을 한 것이었으나 끝끝내는 자기의 신념에 충실해서 종근을 학교에 안 보냈던 것인가 싶다.

어른들의 이야기가 너무 오래 계속되므로 나는 갑갑함을 참다못해 가만히 자리를 일어나서 윗목 두껍닫이*를 열고 마루로 나갔다. 누마루도 문은 사방이 다 닫혔으나 저녁 햇빛을 받아 정신이 번쩍 나게 환하고 밝았다. 장식은 별로 없으나 이곳에도 가뜩 쌓인 책과 대들보에 걸린 창랑정滄浪亭이라는 현판이 역시 나의 호기심을 끌었다. 나는 창랑정이라는 현판을 한참이나 쳐다보고 옳지, 창랑정 창랑정 하더니 찰 창 자와 물결 랑 자 정자 정 자로구나 하고 그것을 알아낼 수 있었던 것이 몹시 기쁘고 뽐내고 싶었다. 현판은 서강 대신이 스스로 쓴 것이어서 끝에는 '도암濤庵'이라는 서명까지 있었다.

한참이나 현판을 쳐다보다가 나는 마루 가로 가서 강 편으로 향한 덧문을 밀어보았다. 의외에도 덧문은 소리도 없이 스르르 열리며 예기하지 못했던 창랑정의 웅대한 풍경이 눈앞에 전개되었다. 아, 그 일순간에 소리도 없이 내 눈 속으로 확 달려들던 창랑정의 대관. 그것도 역시 지금 내 눈에 선하다. 바로 눈 아래 보이는 검푸른 물결. 물결 건너로 눈에 가득하게 들어오는 넓고 넓은 백사장. 그 백사장 저편 끝으로 멀리멀리 하늘 끝단 데까지 바다 물결치듯 울멍줄멍한 아득한 산과 산— 나는 그 장대한 풍경에 정신이 팔려 시간 가는 줄을 모르고 그곳에 섰었다.

얼마나 지났는지 그 장대한 풍경에 별안간 영롱한 빛이 비치어 정신 차려보니 저녁놀이 뜨기 시작한 것이었다. 저녁놀이라는 것은 차츰차츰 뜨기 시작하는 것이로되 보는 사람에게는 별안간 뜬 것같이 보이는 것이라는 것을 그때 알았다. 삼월 달인데도 공교롭게 하늘에는 층층이 갖은 형상을 다 한 구름이 겹쳐 떠 있었다. 연기같이 가로 길게 꼬리를 끄는 구름 가를 은빛으로 빛내며 풀솜처럼 뭉게뭉게 피어오르는 구름, 거대한 맹수의 싸움처럼 보고 있는 동안에 산같이 솟았다가는 파도같이 무너지는 구름 저 맨 위에 아련히 생선 비늘같이 엷게 입혀 움직이지 않는 구름, 그

---

* 미닫이를 열 때 문짝이 옆벽에 들어가 보이지 않도록 만든 것.

가지가지 구름이 혹은 누렇게 혹은 붉게 혹은 분홍으로 혹은 자주로 혹은 오렌지 빛으로 제각각 물들여져 간간이 내다보이는 푸른 하늘과 한데 되어 오색이 영롱한 요지경을 이룬 것이다. 그 오색찬란한 하늘이 다시 물 위에 거꾸로 비치어 하늘과 땅이 함께 어울려져 장대 화려한 꽃밭을 이룬 황홀한 광경은 일곱 살의 소년 아니라도 누구나 한번 보면 한평생 잊을 수 없을 것이다.

그러나 그 아름다운 자연보다도 한층 내 어린 기억에 지워지지 않는 인상을 준 사건이 곧 일어났다.

황홀한 놀 뜬 풍경에 팔려 나는 내 발밑 누마루 앞마당에 누가 왔는지 누가 갔는지 아무것도 모르고 있었는데 어쩌다가 언뜻 눈앞을 내려다보니 언제 온 것인지 열두서너 살 먹어 보이는 소녀가 앞마당에 와 서서 방긋방긋 웃으며 나를 쳐다보고 있다. 회화나무 꽃씨로 물들인 '호야 노랑' 저고리에 잇다홍치마를 입은 소녀는 오색이 영롱한 저녁놀을 등지고 서서 방긋방긋 웃으며 나를 쳐다보는 것이다.

나는 곧 그 소녀에게 몸이 잦아지는 것 같은 호감을 느꼈다. 그래 나도 모르는 동안에 빙긋이 웃었더니 소녀는 이리 오라 이리 오라고 나에게 손짓을 하였다.

4

나는 고개를 끄떡하고 마당으로 내려가려고 큰사랑으로 들어갔다. 그랬더니 어디 가 있었느냐고 아버지가 꾸중을 하시면서 인제 안으로 들어가 할머니를 뵈어야 할 테니 거기 가만있으라고 하신다. 마당에 있는 소녀가 궁금해 좀이 쑤시어 죽겠으나 하는 수 없이 아버지 옆에 가 무릎을 꿇고 앉았다.

안채는 사랑채보다도 더 드높고 더 뼈대가 굵었다. 육간대청을 가운데 끼고—퇴까지 합하면 여덟 간이나 된다—서편으로 안방, 동편으로 건넌방, 안방 머리에는 마루방, 건넌방 머리에는 목방, 거기서 꺾여 뒷방 뜰 아래로 뜰아랫방이 둘— 이렇게 적어오면 굉장히 으리으리한 것 같으나 원체 후락한 집이라 몹시 충충한 데다가 서까래가 썩어 유착한 지붕 끝이 아래로 축 늘어진 것이 무슨 옛날이야기에 나오는 폐절[弊社] 같았다. 지붕에는 작년에 났던 망초 마른 것이 어수선하고—.

안대문을 들어서자 음식 냄새가 코를 찌르고 대청과 부엌에 사람들이 득실득실한다. 떡시루를 들고 왔다 갔다 하는 사람, 부침개질을 하는 사람, 가릿대를 들고 도끼로 내리찍는 사람, 도라지를 쪼개는 사람, 콩나물을 다듬는 사람, 고기를 재는 사람, 그 충충한 큰 집이 떠들썩하다. 대갓집이라 사는 본새가 그런가 하고 속으로 생각하노라니

"내일이 노할머니 생신이시란다. 나는 저녁 먹고 집으로 갈 테니 너 혼자 여기서 종근 형하고 같이 자고 며칠 놀다가 오너라. 내일 아침에는 어머니가 나오신다."
하고 아버지가 말씀하신다.

아버지는 기침을 에헴에헴 하시며 나를 데리고 정경부인 누워 계신 안방으로 들어가셨다. 대청에 있는 젊은이들은 더러 피하는 사람도 있었으나 안방에는 나 많은 분들이 가득 앉아서 아버지가 들어가셔도 피하기는커녕 "영감 왔소." "자네 왔나." 하면서 아버지를 백죄 아이 취급이다. 정경부인은 아랫목에 누워 계신데 아버지와 내가 번갈아 절을 해도 누렇게 들뜬 얼굴을 조금 돌렸을 뿐 꼼짝도 하지 않았다. 정경부인께 절을 한 뒤 아버지와 나와는 무슨 할머니다 무슨 아주머니다 하는 방 안 노인들께 돌

아가며 절을 하노라고 혼이 났다.

절이 한 바퀴 끝난 뒤 울멍줄멍한 이상한 천장—그것이 소라 반자라는 것이었다—을 쳐다보며 한숨 돌리고 앉았는데 방 안이 또 수선수선하더니 문이 열리며 달덩이 같은—정말 그때 나에게는 달덩이같이 환하게 보였다—새색시가 눈을 내리깔고 방으로 들어왔다. 새색시는 아버지께 공손히 절을 한다. 아버지도 당황한 듯이 반쯤 일어나 절을 받으신다. 청대 반물치마에 호야 노랑 저고리를 맵시 있게 입은 새색시를 바라보며 나는 문득 아까 본 소녀 생각을 하였다. 소녀는 그의 누이나 조카딸이리라—.

"너 아주머니께 절해라."

누가 나더러도 절을 하라 한다. 새색시는 종근 형의 색시였던 것이다.

저녁이 지난 뒤에 아버지는 처음 말씀대로 나만 그곳에 남겨두고 문안 집으로 들어가셨다. 그때까지 집을 나가 외방에서 자본 일이 한 번도 없는 내라 아버지를 따라 들어갈 생각도 간절하였으나 어린 마음에도 그곳에 있으면 내일은 아까 그 소녀를 마음대로 만날 수 있으리라 싶어 나는 쉽사리 아버지 말씀을 승낙하고 무슨 모험이나 하러 나서는 것 같은 호기심에 가슴을 뛰이며 잠이 들었다.

이튿날은 새벽부터 손님들이 오기 시작하였다. 손님이래야 대개는 안손님이요, 거의 다 일갓집 마님 아씨들이라 내가 아는 할머니 아주머니도 여러분 계셨다.

그러는 중에 기다리던 어머니가 오시더니

"잘 잤니. 세수는 했니. 집에 오구 싶지 않데. 무얼 좀 먹었니?"

하시며 나를 보고 반색을 하신다. 나는 소녀 생각도 무엇도 다 집어치우고 어머니만 반가워 어머니 옆을 떨어지지 않으리라 하였다.

어머니를 따라 안으로 들어가니 그동안에 어디서 그렇게 모였는지 대청에는 노랑 저고리에 남치마를 질질 끄는 새댁들이 득시글득시글한다. 그래도 어저께는 그렇게 떠들지는 않더니 오늘은 새색시들의 예의도 잊어버리고 "그것 이리 주게." "이것 저리 두세요." 하고 고함 고함 치며 야단들이다. 그들은 오래 농 속에 갇혔다가 처음으로 놓여나온 참새 떼처럼 무슨 이야기를 쏘근쏘근 하기도 하다가 킬 하고 웃기도 하다가 서로 허리를 쿡쿡 찌르며 장난도 하다가 어떤 이는 만들던 음식을 집어 재빠르게 입으로 집어넣고 우물우물 씹어 먹기도 하였다.

방 안도 마루도 잔치 손님으로 가득 차 어디 가 편하게 앉을 구석도 없다. 거기다가 일시도 입을 다물고 잠자코 있는 이도 없다. 여인네가 모이면 시끄럽게 떠드는 것은 옛날이나 지금이나 다름이 없는 것이다. 나는 정신이 얼떨떨해 견디다 못해서 늦은 아침을 간신히 얻어먹자 곧 그 사람 고장을 빠져나와 안뒤꼍으로 갔다.

5

안뒤꼍에는 또 마당이 있고 마당에 연해서 바로 뒷동산이다. 집 뒤 산 중턱을 잘라 개와 담을 넓게 돌려 싸놓고 복사나무 살구나무 오얏나무 앵두나무 등 갖은 과일나무 수양버들 동청 개나리 등속을 터가 좁도록 심어놓은 안이 뒷동산이다. 동산 기슭에는 단청 칠 벗겨진 사당채가 있다. 나는 한참이나 사당채를 구경하다가 동산 맨 위로 올라가 보리라 생각하고 과일나무 사이 좁은 길을 올라가기 시작하였다. 그때였다. 누가

"애, 애."

하고 뒤서 부른다. 돌아다보니 노랑 저고리에 잇다홍치마를 입은 어제 그 소녀가 막 뒷방 모퉁이를 돌아 나 있는 곳으로 급히 오는 것이었다.

나는 몹시 반가웠으나

"왜!"

대답만 하고 그 자리를 움직이지 않고 서 있었다.

소녀는 나 있는 곳으로 올라오더니

"우리 저리 올라가 놀까?"

동산 위를 가리키며 내 얼굴을 들여다본다.

"응."

하고 내가 고개를 끄덕이니까 그는 내 손을 붙들고 동산을 같이 올라가기 시작하였다.

"너 이름이 무어지?"

내 얼굴을 들여다보며 묻는다.

"김시근이."

"어디 사니?"

"계동."

"계동이 어디야?"

"여기서 아주 멀단다."

이야기하면서 나는 무엇인지 모르게 포근포근한 행복을 느꼈다. 소녀하고 어디까지라도 그렇게 손을 붙들고 걸어가고 싶었다. 그러고 보니 나도 소녀의 이름이 알고 싶어진다.

"넌 이름이 무어냐?"

"내 이름?"

하고 소녀는 어린애답지 않게 그런 것을 묻는 나를 의외로 생각했던지 방긋 웃고서

"을순이란다."

하고 대답한다. 나는 소녀에 대해 좀 더 알고 싶었다.

"너 이 집 새아주머니 동생이냐?"

"아—니. 새애기씨는 우리 작은아씨란다."

나는 그 뜻을 알 수 없어

"작은아씨?"

하고 재차 물었다.

"지금은 새애기씨지만—."

그래도 무슨 뜻인지 알 수 없었지만 나는 더 묻지 않았다. 이것도 나중에 안 것이지만 을순이는 종근 형의 새색시가 시집올 때 데리고 온 교전비*였던 것이다.

그러는 동안에 우리는 맨 꼭대기 담 밑까지 갔다. 담 밑은 편편한 잔디밭이었다.

"우리 여기서 놀아, 응."

하고 을순이는 나를 잔디밭에 앉히고 저도 옆에 가 앉았다. 내려다보니 그 큰 집 안채 사랑채 들이 큰 고래 등같이 눈 아래 엎드리고 그 너머로 어제 저녁때 내가 황홀해 내다보던 강물과 흰 모래밭 탁 트인 경치가 한눈에 보인다.

나는 을순이가 내 손을 조몰락거리는 것이 어째 부끄러워

"강물은 왜 저렇게 퍼럴까?"

강물을 가리키며 물어보았다.

"강물이 그럼 퍼렇지 무어?"

하더니 을순이는 내 옆으로 바싹 다가앉으며

---

* 예전에 혼례 때 신부가 데리고 가던 계집종.

“너 몇 살이지?”

“일곱 살.”

“누님 있니?”

“응.”

“누님은 몇 살이냐?”

“열다섯 살.”

“이쁘지. 이쁘게 생겼지?”

나는 그때까지 누님을 이쁘다고 생각해본 적은 없으나 남 앞에 밉게 생겼다고 하기도 싫어서 “응.” 하고 대답하였다.

“언니는?”

“언니두 하나 있어.”

“몇 살이냐?”

“열두 살.”

“잘생겼니. 이렇게 너같이?”

또 “응.” 하고 대답하려는데 을순이는 별안간 내 앞으로 다가앉으며 두 손으로 내 양편 볼을 꼭 끼고 바르르 떤다.

을순의 그런 행동은 나에게도 어쩐지 몸이 자지러지게 기뻤으나 한편으로는 별안간 무서운 생각이 났다. 어째 을순이가 달려들어 때리고 꼬집고 할 것 같았다.

“싫여. 애 난 싫여.”

나는 고개를 흔들며 손으로 내 볼을 낀 을순이 손을 떼려 하였으나 을순이는 방긋방긋 웃으며 놓으려 하지 않는다.

“싫여. 애 난 싫여.”

나는 아까보다도 더 고개를 내저으며 우는 얼굴이 되었다. 그제서야 을

순이는 손을 놓으며

"아냐 아냐 못난이 같으니. 내가 이쁘다고 그랬지 무어."

하더니 잠깐 있다가

"우리 놀았다구 아무보구두 말 말어 응."

하고 내 얼굴을 들여다본다. 나는 고개를 끄덕여 비밀을 지킬 것을 약속하였다.

잠깐 있다가 을순이는 무엇을 생각한 듯이

"아이구 찾으실 텐데."

하고 벌떡 일어나며

"우리 이따 또 놀아."

해놓고 동산 길을 뛰어 내려갔다.

을순이 내려가는 뒷모양을 보며 나는 몹시도 섭섭했다. 내가 고개를 흔들었기 때문에 내려간 것 같아 후회도 되었다. 이번에 을순이가 또 그렇게 하거든 가만히 있으리라고 생각하였다. 그러나 곧 나는 이런 생각은 도로 다 잊어버리고 동산을 이리 뛰고 저리 뛰기 시작하였다.

6

그 후 나는 창랑정에 며칠 더 있는 동안 을순이와 아주 친해져서 틈만 있으면 같이 뒷동산에 올라가 놀았다. 바구니를 들고 냉이를 캐기도 하고 흙을 헤치고 메를 캐 먹기도 하는 재미는 그때까지 도회의 한복판을 떠나 본 일 없던 나에게는 처음 경험하는 신기한 것이었다. 그러는 동안에 하루는 내가 창랑정을 생각할 때 빼놓을 수 없는 인상 깊은 사건이 또 하나 일어났다. 어느 날 저녁때 나는 또 메 캐러 가자는 을순의 말을 따라 뒷동산에를 올라갔다. 나무 꼬챙이를 들고 이곳저곳 물씬물씬한 흙을 파헤치고 손가락으로 뒤적뒤적하면 오직오직 부러지는 메가 나온다. 겉에 묻은 흙을 떨고 입에 넣고 잘강잘강 씹으면 흙냄새에 섞여 달크무레한 물이 나오는 맛이란 일 전에 둘씩 하는 왜떡이나 누깔사탕에 비할 것이 아니다. 처음에는 다른 질긴 풀뿌리를 메로 잘못 알고 씹어보다가는 써서 튀튀 하고 뱉기도 했지만 차차로 나도 메와 다른 풀뿌리를 쉽사리 분간하게 되었다. 을순이는 어느 결에 그렇게 캐는지 금방금방으로 한 움큼씩 캐가지고 와서는 말짱하게 흙을 털어 나더러 먹으라고 준다. 나중에는 두었다 집에 가서 먹으라고 조끼 호주머니가 뿌듯하도록 넣어주기까지 한다.

해가 거위거위 넘어갈 무렵이었다. 을순이는 저편에서 메를 캐고 나는 나대로 흙을 파헤치고 있는데 무엇인지 나무 꼬챙이 끝에 딱딱하게 걸리는 것이 있다. 처음에는 대수롭지 않게 알고 그 옆을 또 찔렀더니 거기서도 무엇인지 또 걸리는 것이 있다. 궁금해 흙을 이리저리 파헤쳤더니 무슨 나무 썩은 것 같은 것이 나오고 그것을 또 헤치니까 부연 무슨 쇠 같은 것이 보인다.

"애, 이게 뭐냐?"

나는 곧 을순이를 불렀다.

"뭐?"

하며 을순이가 쫓아온다.

을순이는 엎드려 좌우를 더 파헤치며 흙을 털어가며 들여다보더니 별안간

"칼이다, 칼이다!"

하고 소리를 치며 일어난다. 그것은 내가 보기에도 확실히 칼이었다. 우리는 땅속에 가로 묻힌 칼 한중턱을 파낸 것이었다. 을순이는

"얘 가만있어. 내 호미 가지구 올게."

해놓고 동산을 뛰어 내려갔다.

을순이와 내가 한참이나 힘을 들여 파낸 것은 내 키보다도 더 길고 내 힘으로는 쳐들기도 무거운 큰 칼이었다. 다 썩은 칼집은 군데군데 붙어 있을 뿐 파내는 통에 다 떨어져갔으나 알맹이는 흙을 대강 떨고 보니 등이며 날이 엊그제 새로 묻은 것같이 아직도 생생하였다. 칼자루와 손받이에는 이상스러운 조각이 가득하고 찬란한 순금 장식이 눈이 어리게 빛나고 있다.

"야—."

나는 감격해 소리치며 전신의 힘을 모아 한번 번쩍 들어 저물어가는 하늘에 휘둘러보았다. 저녁 햇빛을 받아 칼끝이 번쩍번쩍한다.

"얘 그러지 말어. 그러지 말어."

말리는 을순이를 제치고 나는 또 한 번 칼을 번쩍 들어 휘둘러보았다. 옛날이야기에 나오는 장검을 빗겨 찬 장수가 된 것 같은 장쾌한 그때의 느낌을 나는 지금도 잊을 수가 없다.

그 칼이 얼마나 한 보검이었던지 그 후에 그 칼이 어떻게 되었는지는 나는 모른다. 그러나 그것이 상당한 명검이었던 것은 몇 핸지 몇십 년인지를 땅속에 파묻혀 칼집이 다 썩었으면서도 날에는 대단한 녹도 슬지 않았던 것으로 알 수가 있다. 그날 밤 서강 대신이 칼을 앞에 놓고 눈을 감았다 떴다 하며 감개무량해하던 그 얼굴은 지금도 눈에 선하다.

서강 대신은

"허긴 이 집은 옛날에 정 대장이 살던 집이니까—."

하고 혼잣말하듯 중얼거리며 무슨 깊은 생각에 잠겨 있었다. 정 대장이 누군지 어째서 그런 칼을 땅속에 묻어 감추었던 것인지 그것도 지금은 알

길이 없다. 그러나 그 칼에는 반드시 무슨 깊은 비밀과 숨은 이야기가 있었을 것은 그날 밤의 서강 대신의 표정으로도 판단할 수 있다.

창랑정의 기억은 대개 여태까지 기록해온 것에 그친다. 그러나 그뿐이라면 또 그다지 창랑정이 내 머리를 왕래하지 않았을 것이요, 소설의 형식을 빌려 이곳에 일부러 쓰게까지도 되지 않았을 것이다. 사람이란 일상 현재 눈앞에 있는 것보다도 지나간 것, 없어진 것에 이상한 애착을 느끼는 법이라 창랑정은 지금은 흔적도 없이 없어졌다. 없어졌기 때문에 창랑정은 더한층 내 향수를 자아내는 것이다.

창랑정의 후일담은 그 자신 한 편의 장편소설이 되겠으므로 이곳에 쓰지 않거니와 간단히 뼈만 추려 말하면 내가 다녀오던 해로 정경부인이 돌아가고 그 후 오륙 년이 지나 서강 대신이 구십이 가까운 나이로 마저 돌아가고 그 소상이 지나기도 전에 그 며느님 종근의 할머니도 또 돌아가셨다. 사람만 이렇게 없어진 것이 아니라 이를테면 누백 년 바람비 겪던 늙은 거목이 매운 겨울을 치른 어느 봄, 소리도 없이 새싹을 돋지 못하듯이 수십 년 영화를 누리던 서강 대신의 집안은 나날이 변하는 세상 풍파에 밀려 불과 몇 해 동안에 여지없이 망해 없어지고 만 것이다.

7

창랑정의 몰락을 재촉한 것은 나의 형뻘 되는 종근의 난봉이었다. 어른들이 다음다음 돌아가시자 그때까지 들어앉아 한문책만 읽고 있던 종근 형이 별안간 머리를 깎고 양복을 입고 기생 오입을 시작하였다. 서강 대신 대상 때에는 벌써 창랑정은 집터까지 남의 손으로 넘어간 텅 빈 껍데기뿐이었다. 그때 여러 해 만에 아버지를 따라 깃들인 고향을 찾아들 듯이 다시 창랑정에를 나간 나는 너무나 심한 그 변화에 놀라지 않을 수 없었다. 사람들이 득시글득시글하던 옛날의 그림자는 아무 데서도 찾을 수 없고 집은 무너지는 대로, 마당의 잡초는 나는 대로, 거기다가 그 큰 집에 그날 모인 사람이라고는 불과 십여 명에 지나지 않았다. 을순이와 놀던 동산에는 볼만한 나무 한 주 없고 남치마 입은 새댁들이 득시글거리던 대청에는 까만 생쥐같이 초라한 형수가 늙은 어멈 하나를 데리고 제수를 차리고 있었다. 저이가 그 달덩이같이 보이던 분인가. 나는 내 눈을 의심할 지경이었다.

그날 밤 서강 대신이 거처하던 큰사랑에는 나의 아버지를 중심으로 일고여덟 분이 둘러앉아 보슬비에 젖은 것 같은 얕은 음성으로 가지가지 회고담을 하시는 것이었다. 그때는 나도 나이 열여섯이라 어른들 말씀을 대강 알아들을 수 있었다. 아버지는 임진란에 창랑정 근처가 진터가 되었었다는 이야기로부터 대원군 시절에 선교사를 학살한 것 때문에 불란서 해군 제독 로즈 장군이 프리모게 이하 군함 세 척을 거느리고 강화도로부터 한강을 쳐 올라와 조정을 빨끈 뒤집히게 하며 여러 날을 정박하던 곳이 바로 창랑정 사랑 마당 앞이었다는 이야기, 그때에 조정에서 가장 맹렬하게 '양이' 배척을 주장하던 이는 다른 이가 아니라 선전관으로 계시던 서강 대신 바로 그분이었다는 이야기들을 밤이 이슥토록 하고 계셨다.

굴건제복을 입은 몸을 갑갑한 듯이 가끔 굼실거리며 용렬스레 고개를 푹 숙이고 앉아 있는 서강 대신의 증손자 종근을 바라보며 나는 감개무량하게 아버지의 말씀을 들었다. 아버지의 말씀은 가만가만 잔물 흐르듯 하는데 밤은 깊어져 만뢰가 고요하다. 언뜻 눈을 들어 아랫목 제상을 보니 황초에 켜놓은 누런 불길이 바람도 없는데 흔들흔들 흔들리어 길게 천장으로 늘어났다가는 도로 짧게 오므라진다.

그 후 다시 거의 이십 년, 나의 아버지도 벌써 전에 돌아가시고 나는 내 길을 걸어오는 동안에 창랑정은 아주 흔적도 없이 없어지고 말았다. 종근 형의 식구가 서울 살림을 다 파헤치고 시골 일가 촌중으로 낙향해 간 지도 이미 오래다. 그동안 나는 창랑정을 잊지는 않았으나 별로 그렇게 심하게 생각하지는 않았는데 올봄 들어서며 웬일인지 연속해 세 번이나 창랑정 꿈을 꾸었다. 꿈속에서는 반드시 나는 도로 일곱 살의 소년이며 창랑정 앞 하늘에는 놀이 뜨고 큰사랑에는 서강 대신의 은실 같은 수염과 거물거리는 황촛불이 있으며 아버지는 단장을 들어 창랑정을 가리키시고 뒷동산에서는 나와 을순이가 저녁 햇빛을 받고 노는 것이다.

세 번째 꿈을 꾸었을 때 아침에 일어나니 나는 어젯밤 꿈이 하도 역력해 그리운 마음을 억제할 수 없었다. 생각해보니 멀지 않은 곳에 있으면서도 서강 대신의 대상 날 밤 이후 거의 이십 년이 지난 지금까지 나는 한 번도 창랑정에를 가본 일이 없는 것이다. 마침 공일이요 거기다가 시절도 바로 삼월이라 나는 점심을 먹은 후 산보 겸 카메라를 메고 집을 나섰다.

처음 타보는 당인리행 기동차를 타고 서강에서 내려 나는 옛날 기억을 더듬어 창랑정을 찾아가려 하였다. 그러나 이상스레도 그 산이 어느 산이던가, 그 집이 어느 집이던가, 꿈속에서는 그렇게 똑똑하던 곳이 실지로 가보니 도저히 찾을 수가 없었다. 겨우 근사해 보이는 곳을 찾기는 하였으나 집 뒤 산이던 곳은 빨간 북데기요 그 밑 창랑정이 있던 듯이 생각되는 곳에는 낯모르는 큰 공장이 있어 하늘을 찌를 듯한 굴뚝으로 검은 연기를 토하고 있었다.

너무나 심한 변화에 실망한 채 나는 한참이나 공장 앞마당 석탄재 쌓인 위를 거닐며 꿈속의 기억을 되풀이해보려 하였다. 마당 앞 낭떠러지 밑 푸른 강물은 옛날과 마찬가지로 출렁거리고 있다. 그러나 음산하게 찌푸린 하늘에서는 봄이라 해도 오슬오슬 쌀쌀한 바람이 불어 내려올 뿐 끊임없이 왈가닥거리고 돌아가는 기계 소리는 애써 옛 기억을 더듬으려는 내 머리를 여지없이 혼란시킨다.

창랑정은 추억의 나라, 구름과 연기에 쌓인 꿈의 저편에만 있을 수 있는 존재였던가! 나른한 추억에 잠겼던 내 정신은 차차로 굳센 현실 앞에 잠 깨온다.

문득 강 건너 모래밭에서 요란한 프로펠러 소리가 들린다. 건너다보니 까맣게 먼 저편에 단엽 쌍발동기 최신식 여객기가 지금 하늘로 날아오르려고 여의도 비행장을 활주 중이다. 보고 있는 동안에 여객기는 땅을 떠나 오십 미터 백 미터 이백 미터 오백 미터 천 미터 처참한 폭음을 내며 떠 올라갔다. 강을 넘고 산을 넘고 국경을 넘어 단숨에 대륙의 하늘을 무찌르려는 전 금속제 최신식 여객기다.

—『유진오 단편집』, 학예사, 1939.

가을

何處秋風至
蕭蕭送雁羣*
—유우석劉禹錫

　잠이 아직 안 깬 것인지 벌써 깬 것인지 뒤숭숭한 꿈만 사납게 꾸다가 우는 은희를 달래는 아내의 숨죽인 소리에 고만 되레 잠이 아주 달아나 상을 찌푸리고 눈을 뜨니 머리맡 창에 비친 햇살이 아침도 벌써 퍽 늦은 모양이다. 기호는 언뜻 아차 너무 잤구나, 회사는 늦었구나 하고 생각했으나, "고만 주무실라우. 엣 고년 떠들지 말라면 으레 울고 버채지." 하며 미안스레 그의 얼굴을 들여다보는 아내의 낯을 보고 옳지 오늘은 공일이었구나 하는 것을 곧 생각해냈다. 그러나 인젠 잠은 더 자기 틀렸다. 늦잠 자지 못한 분풀이로 기지개나 실컷 펴보려고 다리를 쭉 뻗고 팔을 힘껏 펴봤으나 기지개는커녕 몸이 되레 옥죄듯이 오그라진다. 머리가 재나 가

---

* 「추풍인秋風引」(가을바람의 노래) 가운데 한 구절. "가을 바람은 어디서 불어오는지/ 쓸쓸하게 기러기만 보내온다."

뜩 메워논 것처럼 무겁고 정신이 없다.

기호는 입맛을 한 번 쩍 다시고는 머리맡을 더듬어 미도리를 한 개 피워 물었다.

아내는 분주하게 세숫물을 떠다 디밀고 은희를 걸머업고 부엌으로 나갔다. 수저를 보고 국이랑 찌개랑을 데우느라고 달그락달그락하는 소리가 들린다. 그러는 동안 기호는 담배 연기를 천장으로 치뿜으며 어젯밤 일을 이것저것 생각하고는 쓸데없이 마음을 상했던 것을 후회하였다. 공연히 일시의 감상으로 술을 몇 잔 먹은 것이 나빴던 것이다. 처음 결심대로 아홉 시만 되거든 그대로 일어나 집으로 올 것을—.

어젯밤에 기호는 경석京錫이라는 친구 송별회를 갔던 것이다. 경석은 동경 유학 시대부터의 친구로서 서울로 돌아온 뒤로도 십 년이 넘는 동안 기호와 대개 비슷한 길을 밟아온 사람이다. 지금 삼십 대 청년들이 대개 그렇듯이 그도 무슨무슨 운동을 한다고 하다가 고생도 여러 번 해봤고 그러는 동안에 한때는 조그마한 잡화상도 해보고 약장사도 해보고 최후로 고생살이를 하고 나왔을 때에는 밑천마저 짧아져서 사동다가 코막아리만한 헌책사를 내봤으나 그것마저 시원치 않아 인제는 고향으로 돌아가 글방이나 간이학교 선생 노릇이라도 하겠다고 그 책사마저 남에게 넘겨버리고 오래 정든 서울 이십여 년 전에 청운의 큰 뜻을 품고 처음 발을 들여놓았던 서울을 떠나기로 된 것이다.

"나하구 같이 함경도루 가자니까."

동균東均은 경석의 그런 소극적 태도를 반대하고 지금 그가 가 있는 함경도 무산으로 가자고도 해봤다. 동균도 경석들과 비슷한 길을 걸어온 사람이지만 오륙 년 전부터 어떤 내지인 광업가의 집에 드나들어 인제는 그 밑에서 상당히 유력한 자리를 잡고 있는 것이었다. 동균뿐 아니라 지금은 신문 기자로 있는 이빈利斌이며 광산 브로커로 굴러다니는 상두尙斗며 엉터리 잡지지만 어쨌든 잡지사를 하나 만들어가지고 이럭저럭 목구멍에 풀칠을 해가고 있는 민수敏洙며 어쨌든 친구란 친구들은 모두 다 경석의 태도에 반대하고 좀 더 적극적으로 인생을 살아갈 것이라고 권했으나 경석은 쓸쓸히 웃고는 고개를 좌우로 흔드는 것이었다.

"자네들 호의는 감사허네만 압다 내가 계집이 있나 자식이 있나. 내 한 몸 어디 가면 굶어야 죽겠나. 시굴로 가고 싶으면 시굴루 가는 게구 그러다가 또 서울이 그리워지면 서울루 오는 게지. 이담에 다시 서울 오는 날이 있거든 그때나 잘 봐주게그려."

그렇게 말하는 경석은 인제 나이 서른일곱밖에 안 된 사람인데도 나이와는 걸맞지 않게 늙어 보이는 것이었다. 근본이 성미가 여자같이 고운 사람이라 그전에 무슨 운동을 한다고 할 때에도 제법 나서서 이론을 세우고 남과 싸우고 한 일은 없었고 다만 누구에게나 그 얌전한 성격을 신임받아서 말하자면 경석 자신이 무슨 운동을 했다느니보다도 운동에 이해를 갖고 운동을 하는 사람들과 친분이 있는 까닭으로 철창 속 구경까지 했다고 해도 틀림이 없는 그런 인물이다. 그런 사람이라 인생에 대한 희망을 잃고 경제적으로도 옴짝달싹 못하게 되니까 어디 가 누구에게 매달려 무슨 주변을 하게도 못 되고 또는 남들과 같이 용감스레 생활의 방침을 고치지도 못하고 혼자 속으로만 지글지글 마음을 태웠기 때문에 이 이삼 년 동안에 십 년은 휙 늙어버린 것이다. 깊은 주름살이 겹겹이 새겨진 쑥 들어간 두 볼이며 그전에는 새치다 새치다 했지만 인제 와서는 별수 없이 반백이라고 하도록 세어버린 머리며 모르는 사람이 얼듯 보면 오십이 멀지 않았다고 보기가 첩경 쉽도록 되고 만 것이다.

송별회에서도 경석은 별로 말도 하지 않고 종시 빙그레 미소를 띠고 앉아 친구가 권하는 술잔을 묵묵히 받아 마시곤 했다. 송별회래야 모인 사람들이 추렴을 내가지고 제법 송별회랍시고 연 것이 아니고 광산 사무원 동균과 브로커 상두 두 사람이 어떻게 어떻게 꿍꿍이를 대가지고 기호랑 이빈이랑 민수랑 들까지 불러 어쨌든 한잔 먹기로 한 것이다. 청풍각淸風閣이라고 이름은 굉장했으나 가보니 보통 여염집에다가 도배만 새로 해논 상술집이었다. 기호는 건강 때문에 여간해서는 밤출입을 안 하고 더구나 술 같은 것은 몇 해째 입에도 대지 않았으나 어젯밤만은 암만해도 빠질 수 없어 청풍각으로 갔던 것이다.

지금도 옛날이나 다름이 없이 기운이 성성한 동균과 상두, 거기다가 잡지쟁이 민수 같은 사람들은 술이 한 잔 두 잔 들어가자 술 파는 여자를 상대로 "화무는 십일홍이요……." 하면서 노랫가락을 불러젖혀 넘겼으나 그럭 노래가 한판 끝나면 좌석은 도로 무거운 침묵으로 빠지곤 했다. 무슨 좋은 일이 있거나 잘돼가는 사람을 보내기 위해 하는 송별회라면 가는 사람이나 보내는 사람이나 다 같이 기운이 날 것이나 말하자면 인생에 실패하고 낙향해 가는 사람을 보내는 자리라 아무래도 흥이 날 리는 없는 것이었다. 억지로 무슨 이야기를 꺼내도 금방으로 꽁무니가 잘라지고 계속되지 않았다. 동균이나 상두 같은 사람들이 노래를 부르는 것도 취흥이라는 것보다도 그런 좌중의 공기를 좀 부드럽게 해보려고 일부러 노력하는 것임이 역력하게 보였다. 처음부터 끝까지 미소를 띠고 있는 가는 사람 경석도 사실은 역시 같은 노력은 하고 있는 것이었다.

"그래 자넨 절대로 술 안 먹긴가?"

사람들은 말꽁무니가 끊어져 방 안이 잠잠해지면 의례히 이렇게 기호에게 술을 권했다. 그러나 그래도 기호는 술잔을 받지 않았다. 웬만만 하면야 그렇게 오래 가까이 지내던 친구가 떠나는 마당에 술 한잔 안 마실 것도 아니나 기호는 벌써 여러 해째 무서운 소모병消耗病과 피투성이가 되어 싸우고 있는 것이었다. 기호의 병은 일진일퇴해 전치되는 날이 없을 것 같기도 했다. 기호 한 몸이라면 그런 절망적인 싸움을 계속해나갈 기운도 벌써 옛날에 다하고 말았을 지경이나 그에게는 네 살 먹은 은희라는 귀여운 딸이 있다. 은희는 온몸에 살이 통통히 찌고 두 볼이 능금같이 붉고 눈은 크고 속눈썹이 길어 그대로만 자란다면 기막힌 미인이 될 것 같았다. 은희에 대한 사랑은 재작년에 맏아들을 잃은 후로 이상스레 한층 불붙어 올랐다. 이것이 어버이의 사랑이라는 것인가, 자기도 어느 결에 그런 것을 느끼는 나이와 처지가 되었는가 이렇게 기호는 생각해보기도 한다.

'그러나 어쨌든 은희만은 세상 풍파에 부대끼지 않도록 곱게 길러주어야.'

기호는 요새 와서는 모든 열정을 기울여 충심으로 이렇게 생각하는 것이었다. 은희는 벌써 단순히 그의 딸이라는 것보다도 그의 인생에 대한 희망이었다. 은희만 아니라면 그까짓 오십 원짜리 사무원쯤이야 벌써 옛날에 집어치웠을 것이다. 오직 은희 때문에—라고까지 기호는 스스로 생각하는 것이다—그는 일 전 일 리를 다투어가며 돈을 절용하고 그렇게 해 만들어낸 피 묻은 돈으로 약을 사 먹고 의사가 시키는 대로 섭생을 해오는 것이다.

기호의 건강은 지난 여름부터는 기적적으로 전보다 훨씬 나아졌다. 가을로 접어드는 환절기에 잠깐 감기가 들기는 했으나 그것도 곧 나았고 맑은 가을바람이 돌면서부터는 몸이 제법 거뜬했다. 몇 해를 두고 오후면은 반드시 나던 그 지긋지긋한 열도 인제는 거의 느껴지지 않을 정도요 도한盜汗*도 훨씬 덜했다. 그러나 그렇기 때문에 도리어 한층 더 엄중하게 섭생을 해야 한다. 이 병이란 그야말로 언덕으로 무거운 구루마를 끌어 올리는 것 같아서 거진거진 마루터기를 다 올라갔다가도 조금만 손을 떼면 아차 하는 동안에 도로 천 길 구렁 속으로 떨어져버리는 것이다. 그런 경험이 기왕에도 몇 번이나 있었기 때문에 기호는 이번에는 더한층 주의를 하는 것이었다.

그러나 어젯밤 방 안 공기는 기호가 그런 결심을 끝끝내 지키기에는 너무나 침울했다. 술이 엔간히들 취해 한여음 떠들고 난 후에는 모두들 맥이 풀린 듯이 잠자코 서로 얼굴만 쳐다보고 있었다. 무슨 초상집에 경야**나 하러 모여 앉은 것 같기도 했다. 그러면서도 누구 한 사람 인제 고만 가자고 일어서는 사람도 없고― 벌써 아홉 시는 지났으나 기호도 기분이 그대로 일어설 수는 없었다. 그대로 헤어졌다가는 처음부터 모이지 않았더니만도 못하다는 양해가 암묵간에 성립한 것이다. 너무나 무거운 공기가 기호의 가슴을 아프도록 내리눌렀다. 그러나 별안간 웬일인지 기호는 정신이 아득해지며 무슨 뜨거운 뭉치가 가슴으로 치밀어 올라오는 것을 느꼈다. 그것을 누르려면 암만해도 술을 한잔 들이켜야만 될 것 같았다. 그는 여태껏 고스란히 눈앞에 놔두었던 잔을 들어 한숨에 꿀꺽 마셔버렸다. 차디차게 식은 술이 싸르르 하고 가슴을 내려간다. 그제서야 기호는 정신이 번쩍 나며 지금 자기는 경석 군 송별회에 와 앉았고 옆에는 경석이랑 그 밖의 친구들이랑 둘러앉아 있는 것을 자다 깬 사람처럼 돌아보았다. 이상스러웠다. 지금 그는 꿈을 꾼 것일까. 생각해보면 그동안 어느 깊은 산속에 혼자 앉아 있었던 것도 같고 또는 동경 하숙에서 자기도 학생이요 경석 군들도 학생이어서 여럿이 둘러앉아 한창 이야기를 하고 있었

---

* 심신이 쇠약하여 잠자는 사이에 저절로 나는 식은땀.
** 죽은 사람을 장사 지내기 전에 가까운 친척이나 친구들이 관 옆에서 밤을 새워 지키는 일.

던 듯도 하다.

"야— 김 군이 술을 먹었다. 기적이다. 자 이왕이면 한 잔 더 먹게."

여러 사람들은 기호가 술 먹은 것을 실마리로 다시 떠들기 시작하며 기호에게 술을 더 먹으라고 권했다. 기호는 이번에는 꿈이 아니었으나 또 술잔을 받았다.

"어서 또 부어드려."

동균이 매월이라는 술 파는 여자에게 재촉한다. 여자는 금니를 내뵈고 뺑끗이 웃으면서

"잘만 잡수면서 어쩌면 그리셔. 난 아주 못 잡숫는다구."

그러고는 술병을 들고 일어나 기호 옆으로 와 앉는다.

"자 한 잔 더 잡수세요. 벌줍니다."

"왜 누가 언제 못 먹는다구 했나. 나두 옛날엔 술잔이나 했다우."

"그러시면서 어쩌문—."

기호도 그전에는 대여섯 홉은 먹던 술이라 그때부터 잔 돌아오는 대로 넙적넙적 받아 마셨다. 내종은 어쨌든 당장 먹고 싶었던 것이다. 그제서야 좌중은 어울리기 시작하였다. 마치 그때까지 흥이 나지 않던 것은 기호가 맨숭맨숭하니 앉았기 때문이었다는 것이나 같이. 무겁던 공기는 풀리고 여러 사람은 동경 유학 시대에 술 먹고 야단치고 돌아다니던 시절 이야기를 시작해 시간 가는 줄을 몰랐다. 인제는 경석도 거나하게 취해 아까까지 입가에 억지로 띠었던 미소는 사라지고 온 얼굴을 엉클어뜨려 가며 정말 껄껄거려 웃었다. 동경에 있을 때에 하숙에 있던 흰말같이 크고 거센 하녀가 색시같이 얌전한 경석에게 반해 추근추근히 저지르던 여러 가지 이야기가 터져 나왔을 때에는 여러 사람은 십오륙 년이란 시간을 뛰어넘어 도로 그 시절로 돌아간 듯하였다.

"알트 하이델베르히!"

별안간 이빈이가 술잔을 번쩍 들며 외쳤다.

"알트 하이델베르히!"

여러 사람도 약속이나 했던 듯이 술잔을 들고 함께 외쳤다. 하루아침 봄바람이 불어 복사꽃 개나리 진달래 등속이 첩첩이 쌓였던 눈을 뚫고 일시에 활짝 피어난 것과 같았다.

그제서부터가 야단이었다. 상두가 시조를 한다, 동균이 시를 읊는다, 민수가 육자배기를 한다, 이빈은 어디 가 배워가지고 온 것인지 〈이별의 블루스〉라는 최신 유행가를 한다, 아무튼 밤 깊어가는 줄을 모르고 떠들어댔다. 기호가 반짝 새 정신이 들며 '아이구 고만 집으로 가야지' 생각하고 시계를 꺼냈을 때에는 벌써 자정이 넘었었다.

我心渺無際
河上空徘徊*
─여온呂溫

아침상을 받았으나 입맛이 소태 같다. 모래알 같은 밥알을 입안에서 궁굴리다가 국 국물을 떠 넣어 억지로 목구멍 너머로 넘겨본다.

"일찍이 와 일찍 주무시지. 술은 무슨 술을 그렇게 자신담."

핏기 질린 기호의 얼굴을 들여다보며 아내가 안타까운 듯이 잔소리를 한다.

"아이 입맛 없어."

---

* 「공로감회蛬路感懷」의 한 구절. "내 마음 아득히 가이없어/ 강가에서 공연히 헤매네."

기호는 그만 상을 내물렸다.

"좀 더 자시지 그러우."

"밥알이 모래알 같은걸."

"글쎄 술은 또 무슨 술야. 겨우 좀 그만헐만 허니까 또 술을 자시는 게유. 이번에 또 병이 나면 어떻게 헐라구."

기호는 변명하듯이

"그렇게 많이 먹지두 않았는데 그래. 오래간만에 먹었더니 취해서 그렇지."

아내는 그래도 몇 마디 더 쭝쭝거리고 상을 들고 나갔다. 기호는 종시 빙긋이 웃고 아무렇지도 않은 체하고 있었으나 속으로는 한때의 감상으로 술을 마신 것을 후회하고 있었다. 운수가 그르려면 이대로 또 앓아 드러누울는지도 모르는 것이다. 그러는 날이면 봄에 한차례 앓고 난 이후 지금까지 여섯 달 동안 자기 몸을 고귀한 보물이나 다루듯이 섭생에 섭생을 거듭해오던 그 모든 노력이 그만 허탕을 치고 마는 판이다. 앞으로 또 반년은 걸려야 어제만 한 건강을 회복할는지 말는지. 운수가 비색하려면 그대로 병이 점점 도져서 영영 회복해보지 못하고 말지 않으리라고 누가 보증하는가.

기호는 그래도 버티어보려고 앉아서 신문을 뒤적거렸으나 암만해도 괴로워 아랫목에 가 드러누웠다. 은희가 와서 어깨를 흔들며

"아빠 더쭈궁(덕수궁) 가. 응 아빠 더쭈궁 가."

전번 공일에 덕수궁 데리고 가서 원숭이 노는 것 보여주고 돌아오는 길에 삼월식당에서 우동 사준 것을 어린애는 생각하고 또 그렇게 해달라는 것이다. 그러나 기호는 머리가 무겁고 몸이 으스스해 덕수궁은커녕 마당에도 나가기가 싫을 지경이다.

"가만있어. 오늘은 추어서 못 간다. 요담 따뜻해지거던 가자. 응 은흰 말 잘 듣지."

"춥지 않은데 뭘. 아빤 그짓말만 허구. 월급 타면 또 우동 사준대구."

"월급?"

기호는 기가 막혀 되물었다. 하기는 그런 말을 헌 법도 하지만 네 살 먹은 아이가 그런 말을 언제까지나 기억하고 있을 줄은 꿈밖이었다.

"너 아버지가 월급 탄 건 어떻게 아니?"

"그럼 월급 탔으니깡 외상값 주그 그러지."

기호는 점점 더 어이가 없어진다. 돈에 대한 관념은 어느 틈에 이 네 살 먹은 어린애의 머리에까지 이렇게 백여버린 것일까.

"아냐 오늘은 추어서 못 가. 응 은희 말 잘 듣지. 일 전 줄게 가주구 놀아라 응."

은희는 일 전을 받아 들고도 덕수궁 가자고 조르고 제 맘대로 안 해준다고 입이 부어 앉았는 것을 아내가 설거지를 하고 들어와 빨래 장난 하자고 데리고 나가 기호는 겨우 고경을 면했다.

그러나 두통은 여전히 나고 입안은 홧홧 달아 또 열 냄새가 난다. 그것을 잊으려고 잡지박독회에서 아침에 배달해 온 《주부지우》를 집어 폈으나 그것도 읽을 끈기가 나지 않는다. 머리맡 마당에서는 아내가 정말 빨래를 시작하였다. 은희도 아무 소리 없는 것을 보면 덕수궁 가자던 것은 인제 잊어버리고 어머니 빨래하는 옆에서 빨래 장난을 하는 것임에 틀림없었다. 이 기회에 잠이나 한잠 잤으면 하고 기호는 이불까지 꺼내 쓰고 눈을 감았으나 요란스러워 잠도 오지 않았다. 등에는 어느 결에 또 식은 땀이 느껴지고—.

문득 기호는 옛날 그가 P 대학 예과에 다닐 때 끼적거리던 원고를 생각하였다. 오래간만에 나는 생각이다. 그때 그는 아직 무슨 주의도 사상도 아무것도 모르고 오로지 문학을 지망하는 열정에 타는 소년이었다. 집에는 상당한 재산도 있고 부모도 두 분 다 계셨다. 그때의 그 열정은 지금 어디로 가고 재산은, 부모는 다 어디로 갔는가. 모든 것이 다 한때의 꿈이었던가.

기호는 불현듯이 그때의 원고를 펴보고 싶은 충동을 느꼈다. 그는 일어나 벽장문을 열고 맨 구석 맨 밑바닥에 있는 헌 신문지로 싼 뭉치를 꺼냈다. 신문지를 끄르니 누렇게 바랜 원고지 뭉치가 나온다.

—봄날 저녁이러라.

방금 한 권 책을 읽고 난 시인은 오래간만에 무심코 거울을 대한다.

낙화 어지러이 흩어지는 봄날 저녁이러라.

시인은 이미 나이 늙었다. 거울 속에는 은빛 머리칼 몇 개인가가 비치어진다. 시인은 놀란다. 방금 그는 지난달 젊었을 때의 꿈에 잠겨 있었던 것을!

(젊은 날의 꿈은 지났다!)

(젊은 날의 꿈은 지났다!)

그 옛날— 그 시인의 젊은 가슴을 애달피던 아름다운 처녀는 지금 어디 있는가?

으스름 달빛 반공에 빗긴 오늘 저녁, 떨어진 꽃잎은 마당에 가득하다. 귀여운 새소리도 끊어졌다. 바람도 없는데 꽃잎 하나 하늘하늘 날아 시인의 옷자락에 떨어진다.

(그 처녀는 지금 어디 있는가.)

시인은 비수悲愁에 잠긴다. 그의 쓰리고 아픈 기억은 다시 옛날을 더듬는 것이다. 한 방울! 두 방울! 고요히 감은 그의 눈에는 주름살 잡힌 그의 두 볼을 봄 저녁의 요기妖氣와도 같이 구슬 같은 눈물이 흘러 떨어진다.

별안간! 시인은 명랑한 낯이 되며 빙긋이 웃고 이어 소리를 내 크게 웃었다. 그리고 읊는다.

五陵年少金市東

銀鞍白馬度春風

落花踏盡遊何處

笑入胡姬酒肆中*

노래는 적막을 깨뜨리고 반공에 울린다. 꽃잎이 또 생각난 듯이 하늘하늘 흩어진다.

—시인은 이백李白이었다.

끝에 쓰인 '대정大正 10년** 9월'이라는 글자를 한참이나 들여다보다가 기호는 그 시인과 같이 빙긋이 웃고 또 원고지 뭉치를 뒤적거렸다.

—교격矯激한 『무신론의 필연성Necessity of Atheism』의 소책자를 내고 옥스퍼드 대학을 쫓겨나던 당년의 셸리는, 『돈 후안Don Juan』을 빌려 희랍을 근심하는 강개격월慷慨激越의 노래를 읊던 열혈의 바이런은, 그들은 지금 어느 곳에 있는가. 민만悶懣***한 가슴을 안고 지금 내 앞에 누워 있는 것이다. 스페치아의 바다는 물결 고요하고 희랍의 들에 펴진 피의 싸움은 머나먼 옛날의 꿈이 되고 말았다.

---

* 「소년행少年行」의 한 구절. "오릉의 귀공자들 금시의 동쪽에서/ 은 안장 백마 타고 봄바람 맞으며 가네/ 떨어진 꽃잎 밟으며 어디로 가나/ 웃으며 호희의 주루에 들어가겠지."
** 1921년.
*** 번민.

—희곡「순례자」

時　　몽환과 현실이 귀일하는 때

所　　어느 끝없는 가공의 사막

인물

순례자 갑甲: 다 해진 옷을 입고 등에는 바랑을 졌다. 허리까지 내려온 머리는 수세미같이 흩어지고 얼굴은 초췌해 귀신 같다. 보기에는 늙은이 같으나 실상은 젊은 사람.

순례자 을乙: 갑과 똑같은 차림차림. 다만 몸이 훨씬 더 쇠약했을 뿐이다.

—막—

핏빛 같은 저녁 햇빛이 무대를 가로지르고 있다.

순례자갑　(비틀거리는 을을 부축하고 햇빛을 얼굴에 가득 받고 등장) 정신 차리게. 자 오늘은 인제 고만 걷세그려.

순례자을　물을 좀 주게. 물. 아이 목이 타는 것 같다.

갑　　　자 이리로 와 좀 앉기나 허구.

　　　갑, 을 무대 중앙에 가 털퍽 앉는다.

갑　　　(물을 따라주며) 앞길은 안직두 먼데 그렇게 쇠약해가면 어떻게 허나.

을　　　(물을 마시고) 커—후— 아이 눈이 번쩍 띄는 것 같다. 그런데 여기가 어디야. 우리가 찾아가는 영원의 탑은?

갑　　　영원의 탑? 여긴 사막이 아닌가. 이곳으로 들어선 지 안직 열흘밖에 안 되니 앞으로도 스무 날은 더 가야 허네. 그러면 그곳에는 우리가 찾는 영원의 탑도 있고 진리의 샘도 있고 사랑의 꽃밭도 있고 죄를 씻는 시내도 있고 병을 떠는 숲도 있고—.

을　　　허지만 이렇게 괴롭구서야 어디 거기까지 찾아가겠나. 이럴 줄은 모르고 나선 것이 아닌가.

갑　　그야 그렇지. 처음에야 참 어리석었지. 영원의 탑을 찾으러 온 세계의 대학과 교당과 명승고적이며 성지를 찾아다니다니. (별안간 흥분해 혼잣말로) 영원의 탑은 대학에도 없었다! 교회당에도 없었다! 예루살렘에도 가비라迦毗羅*에도 없었다! 파밀 고원에는 신비스러이 보이는 눈이 있을 뿐! 나일 강가에는 가장 속된 스핑크스가 있을 뿐이었다! 아 영원의 탑은 그런 똥그란 지구 덩이 위에는 세울 수 없는 것이다! (흥분이 가라앉으며 도로 을에게) 허지만 그런 데를 다 돌았길래 우리가 지금 여기를 올 수 있었지 그렇지 않구서야 이런 데를 알기나 허겠나? 여보게 기운 차리게. 영원의 탑은 지금 우리 눈앞에 있지 않은가. 스무 날만 더 참으면―.

을　　(스르르 눈을 감으며 잠꼬대하듯이) 응 스무 날만 더 참으면―.

기호는 또 다른 데를 폈다.

　―자존, 질투, 불만 가운데 진보가 있다. 비굴, 체념, 만족 가운데 퇴보가 있다.

　―자존심 없는 자에게는 위대한 자가 없고 비굴한 자에게 우매치 아니한 자 없다.

　진보는 후생을 없이하는 자에게가 아니라 선진을 두려워하지 않는 자에게 있다.

　―문학은 상아탑이런가. 오일렌베르크 씨 왈―

* 부처님이 자란 곳. 불교 성지.

"실러—폭군을 작품 속에서 혼낸 극劇의 로베스피에르……."

흠, 나는 극의 독재자보다는 도로 소제부掃除夫를 대할 때 더 큰 존경을 느끼낀다.

—나는 노력가다. 그 증거로는 내 귀에 바람 채는 소리가 들린다.

—나는 내 자신의 위대함을 느낀다. 내 속에 물결치는 위대의 파도. 천행건天行健, 일월성신日月星辰은 부동부정不動不靜.

—파우스트의 독백.

"나는 신과 같지는 않다. 그것을 절실히 느낀다. 먼지를 파고드는 벌레에 나는 닮았다. 먼지 속에서 살지며 사는 동안에 나그네의 발에 밟혀 파묻혀 버리는—."

흠, 시인 괴테여. 그대가 직립부동直立不動으로 그 앞에 꼼짝 못하는 위대한 행동자 나폴레옹은 신을 꼭 닮았다는데?

흠— 하고 기호는 원고지 뭉치를 도로 싸 벽 속으로 들뜨리고 자리에 드러누웠다.

봄이었구나! 봄! 구름 같은 감상이 가슴이 뿌듯하게 치밀어 올라온다. 그 시절의 그 뜨거운 피, 날카로운 의기가 뼈가 저리게 그리워진다. 그는 이불 밖으로 가느단 두 팔을 내밀고 번갈아 훑어 만져보고는 싸늘하게 웃었다. 가을이다! 기호는 잠깐 늦은 가을, 깊은 산속에 고요히 고여 있는 맑은 웅덩이 물을 연상해보았다. 움직이지 않는 맑은 물. 그곳에는 뫼 봉우리가 거꾸로 비치고 흰 구름이 소리 없이 흐르고— 그리고 전번에 떨어진 낙엽은 저 바닥에 고요히 가라앉았고— 멀지 않아 겨울이 올 것이다. 그러면— 이곳까지 생각했을 때 기호는 가슴이 찌릿하도록 기운이 폭 가라앉은 것을 자각했다. 공연한 짓을 했다. 옛날 원고를 꺼내 본 것이 잘못이었다고 그는 후회하는 것이었다.

점심을 조금 뜬 후 기호는 도로 드러누워 이번에는 포근히 한잠 잘 잤다. 눈을 떠보니 오후도 벌써 늦어진 것 같은데 마당에서는 여전히 빨래하는 소리가 들린다. 머리는 아직도 뗑하나 고개를 들어보니 제법 거뿐하다. 혀도 덜 깔깔하고 오슬오슬 춥던 것도 풀렸다. 그만하면 엊저녁에 먹은 술은 별 해 없이 넘어갈 것 같았다. 그러나 그러고 보니까 아침내 술 먹은 것을 후회하고 병이 도로 도질까 봐 근심하던 것이 도리어 화가 났다.

"빌어먹을 놈의 병!"

기호는 거의 입 밖에 내다시피 중얼거리고 일어나 옷을 갈아입다가 시계를 보니 벌써 네 시를 가리키고 있다. 오늘 해도 다 간 셈이다. 인제는 덕수궁도 틀렸고― 생각하다 보니 문틀 위에 죽 늘어선 비인 약병들이 악마의 행렬같이 눈에 뜨인다. 기호는 옷을 다 갈아입고 그 늘어선 병 맨 끝에 있는 아직 약물이 좀 남아 있는 놈을 집어 들고 마당으로 나와 수챗구멍에다 내던졌다. 유리병은 돌부리에 부딪쳐 쟁그렁 소리를 내고 산산이 부서졌다.

"산보 좀 허구 오리다."

빨래하던 손을 멈추고 놀라 멍멍히 쳐다보는 아내에게 말해버리고 기호는 집을 나섰다.

暮雲千里色
無處不傷心*
―형숙荊叔

<hr>

* 「제자사탑題慈恩塔」의 한 구절. "저문 날 천 리나 먼 구름을 보면/ 상처 많은 마음 둘 곳 없어라."

거리에는 벌써 저녁 빛이 어리고 있었다. 이따금 산뜻산뜻 불어오는 바람이 맑고도 차다. 하늘에는 붉게 놀이 뜨고 그 빛이 집집 지붕 위에 던져져서 역광선으로 보면 그 모든 지붕과 지붕이 마치 눈부신 황금색 테를 두른 것같이 보인다. 창경원 문 앞까지 왔을 때 기호는 문득 발을 멈추고 그 정문 지붕 추녀 끝을 쳐다보기 시작하였다. 보통 때는 때 묻어 보이고 무겁고 둔해 보이는 추녀였으나 이렇게 맑은 가을 하늘 밑 황금색 저녁 햇빛에 비춰보는 감각은 무슨 아름다운 꿈을 품고 금시로 푸른 하늘로 내달릴 듯이나 가볍고 산뜻해 보인다. 보고 있는 동안에 기호의 눈은 점점 경이와 찬탄과 기쁨의 빛으로 가득해갔다. 조선식 건축에서 그런 아름다운 감각을 느껴보기는 그것이 처음이었다. 그 감각의 둔함을 비웃을 사람이 있을는지도 모르나 지금까지 모든 교양을 조선의 전통과는 아무 관계없이 받고 쌓고 해온 기호로서는 또한 허는 수 없는 노릇이다. 허기는 비단 건축뿐 아니라 근래에 와서 기호는 이르는 곳에서 전에는 당초에 생각해본 일도 없는 조선적인 아름다움을 하나씩 둘씩 느끼기 시작하는 것이었다. 쓰레기통 속같이 더럽고 지저분한 것만이 우리의 전통적인 생활이라고 생각하던 그로서 우리의 할아버지 또 그 할아버지가 사실은 진주보다도 보석보다도 더 아름다운 것을 그 속에 남겨놓으셨다는 것을 발견하는 기쁨은 또한 큰 것이 아닐 수 없었다. 기호의 심경은 마치 『파랑새』의 동화와도 같았다. 가을 하늘에 솟은 지붕 추녀의 감각도 이러한 동화의 한마디기는 하리라. 그러나 그 동화는 이왕에 그가 엠파이어스테이트빌딩의 사진을 보고 느끼던 감격보다는 더 깊은 가슴속 영혼에 깃들이고 포근하게 혈관 속으로 스며드는 것이다.

기호는 몸이 제법 거든거든해지는 것을 느끼고 원남정 네거리에서 오른편으로 꺾여 사람기 적은 종묘 뒤 큰 거리를 휘적휘적 서편으로 걸어갔다. 육교를 지나 서니 눈앞에 탁 트이는 해 질 무렵의 거리의 풍경이 속이 시원하다. 기호는 문득 오래 만나지 못한 화가 홍림弘林을 생각하였다. 어째 그런지 홍림을 만나면 말이 서로 맞을 것 같았다. 그래 그는 돈화문 앞 파출소 옆에서 운이정 뒷골목으로 들어섰다.

홍림은 마침 집에 있었다. 이층 아틀리에에서 레코드를 틀어놓고 침대에 누웠다가

"어 김 군 이거 웬일인가. 어서 오게."

하며 반가워 벌떡 일어난다. 검은 나사의 나이트캡, 자줏빛 공단, 나이트가운. 가죽 슬리퍼를 끌고 나오며 손을 내민다.

"이거 괜히 실례했군. 남의 가정 단란을 깨뜨려서."

기호는 문을 열어준 홍림의 부인과 홍림과를 번갈아 보면서 미안한 표정을 짓지 않을 수 없었다.

"원 별소릴 다. 자 이리 앉게. 레코들 한 장 새루 사 왔기에. 가만 잠깐만 기두르게."

레코드는 아직도 계속되고 있었다. 기호는 음악을 잘 몰라 잘 알아듣지는 못하겠으나 어쨌든 고요한 아름다운 곡조였다. 레코드가 끝나자

'어쩔가요?'

하는 눈치로 부인이 홍림을 쳐다본다.

"마저 걸지 뭐."

조선에는 몇 개 없는 단파 수신기까지 장치되었다는 홍림이 일상 자랑하는 유성기에서는 이번에는 여울물같이 급하고 격한 곡조가 사람의 가슴을 쥐어뜯듯 쏟아져 나왔다. 웬 심판인지는 모르겠으나 그 호탕하고 장쾌한 품이 기호가 듣기에도 무슨 명곡임에는 틀림없었다.

"좋지."

곡조가 끝난 후에 홍림은 몹시 감격한 얼굴로 기호의 동감을 구한다.

"좋으네. 무슨 곡존가?"

"리스트의 〈헝가리 광상곡〉 제이번. 스토코프스키 지휘의. 자네 저번에 〈오케스트라의 소녀〉 안 봤던가?"

"내가 어디 구경 다니나."

하녀가 홍차하고 과자하고 가지고 들어온다.

"그래두 그것쯤은 봐둘걸 그랬네. 자넨 원체 집 속에 들어앉아 혼자만 꿍꿍대는 성미니까."

"그러기에 이렇게 산볼 나섰다네. 자네한테 최신 소식두 들을 겸."

"나헌테서 최신 소식? 자네 요샌 말솜씨 늘었네그려. 난 벌써 세상을 버린 지 오랜 사람 아닌가."

홍림이 세상을 버렸다고 자처하는 것은 이유가 없는 소리도 아니다. 그도 기호들이 동경 있을 때에 역시 동경서 미술학교에 다니면서 한때는 미술에 대한 평론도 쓰고 좌익적인 연극 단체에 관계해 배경도 더러 그려주고 하던 사람이나 서울로 돌아와서 아틀리에 붙은 문화주택을 지은 후로는 평론은커녕 정작 그려야 할 그림조차 그리는 것인지 아주 고만둔 것인지 알 수가 없는 형편이었다. 그러나 또 한편으로 보면 홍림이야말로 세상을 버리기는커녕 가장 현명하게 세상을 살아가는 사람이라고도 할 수 있었다. 그는 무슨 '예술가' 되는 것은 단념했으나 그 대신 음악, 영화, 스포츠, 문학, 무용, 연극 등 모든 방면으로 손을 뻗쳐 그 각 방면의 가장 새로운 뉴스에도 정통하고 있었다. 요새 와서는 골동품 취미가 또 유행이라 그도 돈은 있겠다 골동품도 더러 사들이곤 하였다. 그런 생활 태도를 가장 속물적인 것이라 해서 기호는 일상 은근히 속으로 업신여겨온 것이나 어째 요새 와서는 도리어 홍림이 선각자인 것같이 생각되어 그에 대해 슬그머니 친근한 느낌을 갖게 되는 것이었다.

"이거 한 장 마저 틀까요?"

홍림 부인이 또 붉은 딱지 붙은 십이 인치 판을 들고 홍림을 쳐다본다.

"틀어."

부인에게 말하고 나서 기호를 보고

"이포리토프 이바노프 작곡. 〈코카사스의 풍경〉. 몹시 포퓰러한 곡조니까 자네도 알겠지만."

유성기에서는 이번에는 호궁*을 켜는 듯한 애처로운 소리가 그러나 경쾌하게 흘러나온다. 홍림은 침대 위 쿠션에 비스듬히 누워 해태 연기를 귀찮은 듯이 내뿜고 있다. 기호도 안락의자에 푸근히 기대어 눈을 감고 귀를 기울였다. 역시 자세히는 모르겠으나 몹시 동양적 정서가 흐르는 곡조다.

"그런데 말이야—."

별안간 홍림이 말을 꺼냈다.

"거 이상허지. 전엔 음악도 서양 것이래야만 덮어놓고 좋더니 요샌 웬일인지 이런 이국적 동양적인 것이 좋단 말이야. 그야 베토벤인 등 모차르튼 등 차이코프스킨 등 좋기야 좋지만 그저 좋을 뿐이고 이렇게 우리 살 속으로 피 속으로 스며들지는 않는단 말일세. 자넨 어떤가. 우리 동양 사람에겐 역시 동양 것이래야—."

"그것도 시세요 유행이니까."

"유행?"

홍림은 약간 불쾌한 낯을 했다. 동시에 기호는 어느새에 자기 얼굴에

---

* 바이올린과 비슷한 동양 현악기의 하나.

사람을 비웃는 미소가 뜬 것을 자각하고 몹시 당황해했다. 불과 삼십 분전에 창경원 문 지붕 추녀를 쳐다보고 감격하던 자기가 아닌가. 자기와 홍림 사이에 무슨 차이가 있는 것인가. 하기는 차이가 아주 없는 것 같지도 않았다. 그러나 그것이 어떤 것인지 기호는 얼른 스스로 분석할 수 없었다.

홍림 부부에게 붙들려 간단한 저녁 대접을 받고 그 집을 나왔을 때에는 벌써 땅거미 때를 지나 어둑어둑 어두워질 무렵이었다. 기호는 허탈한 사람같이 아무 생각도 없었다. 벌써 바람은 꽤 찼으나 저녁을 먹은 바로 뒤라 동네 애들이 좁은 골목이 뿌듯하도록 나와 이리저리 뛰놀고 있었다. 소학교 운동장을 떠다 논 것 모양으로 야단법석이다. 그중에서 별안간

"왓쇼! 왓쇼!"

하는 여러 아이가 소리를 모아 지르는 함성이 유난스레 요란하게 들려왔다. 기호는 자다 깬 사람 모양으로 걸음을 멈칫하고 소리 나는 편을 바라보았다. 여러 아이들이 떼를 지어 떠들며 좁은 골목을 이편으로 뛰어오는 것이 보인다.

"왓쇼! 왓쇼!"

소리는 점점 가까워지며 내내 기호의 눈앞에 아이들 무리가 나타났다. 오미고시* 장난을 하는 것이었다. 맨 앞에 좀 큰 아이가 서고 새끼줄을 두 갈래로 늘여 그 새끼줄에 좀생이들이 청어 두름 모양으로 주렁주렁 매달려서 왓쇼! 왓쇼! 소리를 치며 뛰는 것이었다. 새까맣게 더러운 남루한 옷을 걸친 것으로 보아 소학교에도 다니지 못하는 이 근처 행랑이랑 남의

---

* お-みこし. 일본어로 (제례에서) 신령이 나들이할 때 타는 가마를 뜻함.

집 곁방이랑에 사는 사람들의 애들임에 틀림없었다. 그러나 애들은 의기가 등등해 지나가는 어른들에게도 막 부딪쳤다. 기호는 아이들을 피하느라고 잠깐 길옆으로 비켜섰었으나 웬 아인지 하나가 달려들어 구두를 질컷 밟고 뛰어 지나갔다.

등까지 싸늘해지는 바람이 얼굴을 획 스친다. 기호는 스프링코트의 동정을 세우며 오늘이 시월 스무닷새 경성신사의 추기대제를 지낸 지 일주일밖에 안 되는 것을 생각하였다. 기호는 건강이 나쁜 탓으로 온 경성 사람들이 모두 들끓어 나서는 이 추기대제 때에도 벌써 삼 년째나 집 속에 들어 엎드렸던 것이다.

'본정을 가면—.'

이렇게 생각한 기호는 별안간 예정을 변해 버스정류장에서 동소문행을 타지 않고 대화정행을 탔다.

日暮飛鳥還
行人去不息*
—왕유王維

그러나 본정 길거리도 기호의 예상과는 어그러져 전등불만 쓸데없이 밝고 사람의 그림자는 드물었다. 가을 대제를 치룬 끝에는 거리는 갑자기 쓸쓸해진다는 것을 기호는 생각지 못했던 것이다. 더구나 오늘은 일요일이라 사람들은 저녁 후엔 모두 다 집에들 엎드려 있는 것이었다. 머지않아 닥쳐올 겨울을 예고하는 싸늘한 바람이 가게 가게의 맑게 닦여진 유리

* 「임고대臨高臺」의 한 구절. "해 저물어 새들은 보금자리로 돌아가는데/ 가는 님은 쉬지도 않고 떠나가네."

창을 스치고 지나갈 뿐. 양품점의 푸른 주광 전등도 인제는 보기만 해도 으스스 춥다.

'오래간만에 어디 가 차나 한잔 먹을까—.'

생각하며 기호는 천천히 걷고 있는데 별안간 오른편으로 오색 꽃이 눈이 부시게 피어 흩어진 진열장이 눈에 띄었다. 맑은 유리 속 대낮 같은 전등불 밑에 한여름 대낮의 꽃밭같이 벌어진 아롱다롱한 색채. 아름답다느니보다도 신선한 풍경이었다.

Drear path, alas! where grows

Not even one lonely rose—.*

찬란한 꽃다발 가운데 하얀 종이에 씌어진 글발. 기호는 발을 멈추고 서서 들여다보았다. 알아볼 사람이 별로 많지 못함 직한 이런 시구를 이곳에 써 내놓는 이 집 주인은 대체 어떤 사람일까. 이것도 허영심을 노리는 교묘한 상업 정책일까. 그러나 어쨌든 아름다운 구절이라고 기호는 생각하였다. 어디서 본 듯도 한 구절이라고도 생각했으나 영어책을 내던진 지 벌써 십 년이 넘는 그로서는 그것이 누구의 글인지 도저히 알아낼 수는 없었다.

'로즈. 장미는 무엇을 의미한다든가. 카네이션은 사랑의 꽃이라겠다.'

잠깐 정신이 팔려 섰는데

"무얼 그렇게 보나."

별안간 어깨를 툭 치는 사람이 있다. 기호는 돌아다보자

---

* 에드거 앨런 포의 「To F—」의 한 구절. "아! 외로운 장미 한 그루조차 자라지 않는 황량한 그 길—."

"어 이거 웬일인가."

하면서 돌아서서 손을 내밀었다. 차디찬 기호의 손을 불덩이같이 이글이
글 끓는 손이 덥석 쥐고 격렬하게 흔든다.

"언제 왔나."

"한 수일 돼. 건데 뭐야. 꽃을 들여다보고 섰으니. 자네두 인제 갱소년
하는 판인가. 자네두 사십인들 불혹허랴 하는 축인가."

검게 탄 얼굴. 서울서는 아직 볼 수 없는 털 댄 큰 외투를 입은 그는 상
기도 기호의 손을 쥐고 흔들며 너털거린다.

"갱소년두 좀 해야지 않나. 그래 재민 어떤가?"

"나야 일상 이렇게 부산허지. 자넨 얼굴이 그전보다 훨씬 나네그려."

"거 좋은 말인데. 이번엔 어떻게 서울 한동안 있겠나?"

"그랬으면 좋겠네만 오늘 밤 세 시 차로 간다네."

"왜 좀 천천히 놀고 가지."

기호는 그때까지도 놔주지 않는 손에 정신이 팔린 채로 그 사람의 얼굴
만 쳐다본다.

"어디 그렇게 되던가. 우리 집에두 과문불입*헐 지경일세. 잘 만났네. 그
러지 않어두 자네 일이 궁금허구 그랬는데 어디 차나 한잔 먹으러 가세."

그는 이렇게 말하자 기호가 지금 일이 있는지 없는지도 묻지 않고 잡아
끌었다.

기호를 잡아끄는 태주泰周라는 사람은 그 복장으로도 벌써 짐작되듯이
지금은 만주와 북지 방면으로 돌아다니고 있는 사람이나 전신을 따져보
면 역시 기호 경석 들과 한패로서 서울서 떠들고 다니던 사람이다. 그 시

---

* 아는 사람의 집 문 앞을 지나면서도 들르지 아니함.

대에도 그는 누구보다도 열혈아여서 투쟁이라고 이름 붙는 것이면 이론이든 완력이든 간에 의례히 앞장을 섰고 어디 가서 어떻게 꿍꿍대는 것인지 자금도 잘 끌어왔으며 일변 여자관계도 일상 시끄럽던 사람이다. 지금 태주가 만주나 북지서 무엇을 하고 있는지는 아무도 아는 사람이 없었다. 한때는 은 밀수입을 한다는 둥 북지로 무슨 밀수출을 한다는 둥 하는 소문도 떠돌았으나 요새는 아편 장사를 한다기도 하고 계집 장사를 한다기도 하고 황군의 어용상인 노릇을 한다기도 했다. 그러나 어쨌든 돈을 벌고 있는 것만은 사실이었다. 털과 가죽으로 몸을 싸고 개선장군같이 간혹 서울을 다니러 오면 자기 집이 번연히 문안에 있건마는 그곳에는 들르지도 않고 반도호텔인 둥 비전옥인 둥 하는 일류 여관에 들어 낮에는 자동차를 타고 어디론지 바람같이 돌아다니고 밤에는 요릿집으로 술집으로 다니며 돈을 물 쓰듯 했다. 카페 같은 여러 사람이 보는 데서도 술이 취하면 십 원짜리를 한 움큼씩 꺼내 움켜쥐고는 여자들의 코밑에다 내저어 보이곤 했다. 여자들은 태주가 놀다가 간 후에는 반드시

　　"스깡야쓰!"*

하고 입을 모아 욕을 하는 것이나 태주가 한번 쏘내기같이 서울을 다녀간 후에는 불과 얼마 안 돼 반드시 한 사람 두 사람씩 그와 어찌어찌 됐다는 소문이 그 욕하던 여자 속에서 나타나는 것이었다.

　　명치정으로 길이 갈리는 데까지 왔을 때 태주는

　　"이리 오게."

하고 기호를 잡담 제하고 명치정 쪽으로 끈다.

　　기호는 술 먹는 데로 끌까 봐 겁이 나서

---

* "호감이 가지 않는 놈!"

"그리 가두 별수 없네. 명치제과나 금강산으로 가세그려. 차 맛은 그래 두 게가 제일 나니."

"아따 이 사람 언젠 맛 찾어 차 먹으러 다니든가. 이리 오게. 나만 따러와."

태주는 그예 기호를 끌고 명치정으로 들어서서 네온 빛 붉은 어느 빠로 들어가니까

"이랏샤이마시!"*

소리를 모아 외치며 달려들었다. 당번이 있어 올 수 없는 여자들도 연해 눈짓을 해가며 환영했다.

태주가 입심이 센 것은 기호도 그전부터 알고 있었지만 그날 저녁같이 떠드는 것은 기호로서는 처음 보는 바였다. 자리에 앉자마자부터 떠들기 시작하는 것이 급한 여울물이 소리를 내며 내리지르듯 한 시각도 멎는 법이 없었다. 우스운 이야기, 더러운 이야기, 슬픈 이야기, 아슬아슬한 이야기, 속여먹던 이야기, 속던 이야기, 아무튼 대륙은 자기 혼자 도맡아 경영하는 것 같은 무서운 기세였다. 그러나 기호로서 한층 감탄한 것은 그렇게 떠드는데도 지금 그가 하고 있는 일을 암시하는 것 같은 말은 한마디도 하지 않는 것이었다.

여자들은 태주가 무슨 말을 하든 간에—우습지 않은 말을 해도—덮어 놓고 깔깔거려 웃는 것이었다. 옆에서 보고 있노라면 무엇이 그렇게 우스우냐고 도리어 묻고 싶을 정도다. 그러면 여자들이 중간에 태주가 변소를 간 동안에

"스깡히도다와네."**

---

* "어서 오세요!"
** "호감이 가지 않는 사람이지요."

하고 별안간 기호에게 동의를 구해왔다. 기호로서는

"맛다꾸다요."*

하고 쓰디쓰게 웃는 수밖에 없었다.

기호는 몇 번이나 먼저 자리를 일어서려 했으나 태주가 놓아주지 않았다. 열 시나 되니까 기호는 또 열이 나기 시작했다. 오슬오슬 추워오며 입 속에서는 퀴퀴한 냄새가 난다. 몸이 괴로우니 먼저 가겠다고까지 말해도 태주는 모처럼 만났는데 그럴 것이 무어 있나, 오늘 밤으로 자기는 떠나는 사람이 아닌가 하면서 놓아주지 않았다. 그러는 동안에 정종으로 시작한 술이 맥주로 변하고 나중에는 위스키로 변했다. 좁은 테이블 위에는 가지가지 병들이 수풀처럼 늘어서고 귤껍질, 담배 꽁지, 양식 접시 등속이 쓰레기통을 뒤집어 엎어논 것 같다.

눈이 새붉도록 취한 태주는 그래도 위스키를 몇 잔 훅훅 들이마시더니 별안간

"흥 돈! 돈! 돈이 제일이다. 돈! 너희들 알어듣겠니. 돈만 있으면 밥도 살 수 있고 옷도 살 수 있고 계집도 살 수 있는 거야! 너희들은 항상 내가 이뻐서 이렇게들 늘어앉었니. 흥 이거지 이거야 이게 이쁜 게지?"

말하면서 태주는 바지 주머니에 손을 찌르더니 일 원짜리 오 원짜리 십 원짜리 함부로 꾸기꾸기 뒤섞인 놈을 한 움큼 꺼내 여자들 코앞에 내휘둘렀다.

"하지만 너희들 내가 이거 단 한 장이나 그저 줄 줄 아느냐. 흥 이게 어떻게 해서 번 돈이라구."

"시마이나사이요!"**

---

* "그렇고말고."
** "그만두세요!"

태주의 바로 옆에 앉은 여자—태주가 제일 좋아하는 듯한 여자다—는 입을 뾰로통해가지고 퉁명스레 태주의 팔을 친다. 다른 여자들은 고개를 돌리고

"마다 하지맛다."*

하고 입을 실쭉실쭉한다. 마주 앉아 건너다보며 기호는 태주의 건강이며 기운이며 모든 것이 한없이 부러웠다. 태주와 같은 생활 방법을 취하고 싶다고는 꿈에도 생각지 않으면서도.

열한 시나 지나 겨우 기호는 곤창이 되게 취한 태주가 잠깐 변소에 간 틈을 타 그곳을 빠져나왔다. 밖에는 의외에도 후둑후둑 빗방울이 던지고 있었다. 그러지 않아도 두통과 오한이 나서 전차로는 집에 갈 수 없다고 생각한 기호는 자동차를 붙들려 했으나 별안간 비가 오기 시작한 때문에 휘황하게 가고 오는 자동차는 하나도 빈 것이 없었다. 하는 수 없이 W 차고까지 걸어갔으나 그곳에서는 또 가솔린이 없어 차를 못 내겠다고 한다.

황금정 네거리까지 온 기호는 하는 수 없으니 전차라도 탈까 했으나 전차를 타면 창경원서부터 걸어야 할 것이 난감했다. 그때 마침 길 저편에 헌 인력거가 한 채 오는 것이 보였다.

"인력거—."

그는 부르며 고개를 숙이고 길을 뛰어 건너갔다.

"네."

인력거는 대답한 채로 그곳에 섰다.

"혜화정까지 얼마요?"

묻는데도 부들부들 떨린다.

---

* "또 시작했다."

“일 원만 줍쇼.”

“일 원? 자동차 값허구 맞먹어? 육십 전만 허우.”

“그렇겐 안 됩니다. 비두 오시구 허는데.”

그러나 비는 그때엔 벌써 멎었었다. 뿌리기도 잘하고 걷기도 잘하는 것은 지나가는 가을비다.

“비는 무슨 비야. 팔십 전만 허지그래.”

말하다가 기호는 별안간

“어 이거 누구야. 수남 아범 아니우.”

하고 외쳤다. 등이 굽고 머리가 하얗게 세어버리긴 했으나 자세히 보니 그것은 틀림없는 수남 아범이었다. 그제서야 저편에서도 놀라 고개를 들고

“어유 이거 서방님 아니세요. 웬일이십니까?”

기호는 잠자코 인력거를 탔다. 수남 아범은 내뛰기 시작하였다.

“혜화정이시랬죠?”

“응. 아범은 어디서 살우?”

“수중박골 삽니다.”

“그래 지내긴 어떻구.”

“그저 밤낮 그 꼴이죠. 그래두 요샌 좀 난 셈입니다만.”

종로를 채 못 와서 늙은 차부는 벌써 숨이 차서 허연 입김을 헉헉 내뿜더니 전동을 들어서자 고만 뛰지를 못하고 타박타박한다. 몸만 괴롭지 않다면 넌지시 타고 앉았지 못할 만큼 보기에 안타까웠으나 하는 수 없었다. 그러자 길은 조금 비탈이 되고 수남 아범은 아주 걸음을 떼놓지 못한다. 자기 딴은 힘껏 뛰는 것이나 발은 자꾸 제자리로만 떨어지는 것이다. 바짝 굽어버린 잔등이— 기호는 문득 수남 아범이 돌아간 그의 아버지와 동갑이었던 것을 생각하였다. 그러고 보니 그에게 인력거를 끌리고 올라

앉은 것이 무슨 바늘방석에나 앉은 것 같다. 마침 수남 아범도 같은 생각을 했던지

"참 소문에 들으니까 영감께서두 돌아가셨대죠?"

숨이 가빠 허덕허덕하면서도 띄엄띄엄 말을 묻는다.

"돌아가셨다우. 벌써 다섯 해 전에—."

그 순간 수남 아범은 그 옛날 웃동골 참판 댁 행랑에 있을 때 아침마다 영감을 뫼시고 재골 골목을 내리달려 병문을 돌아 관상감짜를 지나 대궐로 가던 그 시절을 잠깐 추억하였다. 이 추억은 당장 숨이 가쁜 때문에 번개같이 지나가고 말았으나 차 위에 앉아 있는 기호는 그 대화가 실마리가 되어 다음다음으로 그의 어렸을 때 일이 머리에 떠오르는 것이었다. 수남 아범이 끄는 인력거를 타고 안상호 병원에 다니던 일, 안어른이 안 계실 때면 수남 어멈들이 기호를 놀려대던 일, 수남이하고 맹현동 산을 넘어 복주 우물로 약물 뜨러 가던 일— 옳지 그리고 보니 수남이도 기호와 동갑이었던 것이 생각난다.

"수냄인 지금 무얼 허우."

"삼 년 전에 함경두루 일허러 갔답니다."

"함경도 어디?"

"뭐 나진이라던가요."

길이 내리받이가 된 데까지 온지라 수남 아범은 조금 숨을 내두른 듯이 또 뛰기 시작한다.

"천천히 갑시다그려."

대답이 없다. 한참 있다가

"마넴은 안녕히 계신가요?"

"마넴도 돌아가셨어."

"네?"

깜짝 놀라며 잠깐 주춤한다.

"언제요?"

"삼 년 전에—."

"깜박 몰랐구먼요."

"어멈은 잘 있소?"

"것두 작년에 돼졌답니다."

"뭐?"

이번에는 기호가 놀랐다. 잠깐 그는 죽었다는 수남 어멈을 생각하고 눈을 감았다. 그때 수남 어멈은 한때 기호에게 젖을 먹인 일이 있어 제법 유 몬 척 세를 쓰는 것이었다.

기호가 일고여덟 살쯤 되었을 때 일이다. 어느 날 수남 어멈은

"되련님 장가갈 땐 어멈 뭘 해줄라우."

하고 장난삼아 물었다. 기호는 기껏 생각하다가

"금쪽도리, 금비나, 금귀개, 금버선, 금신……."

하고 대답한 까닭에 온 집안이 깔깔거리고 웃던 것이 어제 일같이 생생하게 생각이 난다. 한 십여 년 전 수남이네가 아주 어디로 가 사는지 모르게 될 때까지도 어쩌다가 기호의 집에 다니러 오면 수남 어멈은

"아 그 금버선 금신은 언제 해주시는 겝니까."

하고는 수선을 떨어대는 것이었다.

안동 네거리에서 오른쪽으로 꺾이자 기호의 눈에는 언뜻 동편 하늘에 뜬 눈썹 같은 달이 비쳤는데 이곳에는 또 우수수하고 빗방울이 던지기 시작했다. 수남 아범은 걸음을 멈추고 돌아서서 우장을 내려 기호의 앞을 막아준다.

우장 속에 앉아 흔들리며 기호는 깊은 구렁으로나 빠져 들어가는 것같이 마음이 까물까물했다. 돌아간 그의 부모, 작년에 죽었다는 수남 어멈, 산 사람도 서로서로 영락해 헤어져서 찾을 길이 없고 그리고 수남 아범은 사십 년이 하루같이 인력거를 끌고— 아 이것이 인생이라는 것인가. 사람의 일생이란 이렇게도 하잘 것이 없는 것인가. 사람의 일생을 좀 더 가치 있는 것으로 생각하던 옛날의 그의 꿈은 정말로 젊은이의 아름다운 무지개에 지나지 않았던가.

창경원 정문 앞까지 왔을 때 기호는 수남 아범에게 인력거를 세우라 했다. 비도 어느덧 멎었고 거기서부터는 집까지 불과 십 분 남짓한 거리라 암만 몸이 괴로워도 못 걸어갈 것은 없는 것이다. 그러나 수남 아범은

"왜 혜화정이래시드뇨?"

하고 좀처럼 인력거 채를 놓지 않는다.

"아냐 다 왔어. 박석고개만 넘어서면 바루니까."

"그럼 박석고개까지 모셔다 드리죠."

"고만두. 천천히 걸어가지 뭐. 여기서부터는 길 고치느라구 파헤쳐 놔서 가지두 못헐 게유."

그제서야 수남 아범은 인력거 채를 내려놓고 우장을 열어주고 손등으로 얼굴의 땀을 이리 씻고 저리 씻고 한다.

기호는 내려서서 돈주머니를 꺼냈다. 얼마나 줄 것인가. 주머니에는 잔돈이 일 원 남짓 있으나 그 밖에는 십 원 지폐가 한 장 있을 뿐이다. 어떻게 해야 할 것인가. 한참이나 그는 망설였다. 일 원만 주기는 딱하고 십 원은— 앞으로 월급 때까지 가용을 쓰기 위해 애지중지해 남겨논 것이다. 어떻게 해야 할 것인가. 그러나 순간 무슨 말없는 영혼의 명령 같은 것이 머리에 뜨며 그는 십 원 지폐를 꺼내 수남 아범에게 내밀었다.

"잔돈 없으세요?"

수남 아범은 거스를 돈이 없어 곤란해한다.

"그냥 넣구 가우."

"네?"

"어멈 살었을 때 금버선을 못 해준 대신이오."

기호는 빙긋이 웃었다. 그래도 수남 아범은 웬 영문인지를 몰라 한참이나 기호를 쳐다보다가 내내 그 십 원을 정말로 자기한테 주는 것임을 알자

"아유 너무도 고맙습니다. 그전 참판 영감 때부터 댁에 진 은혜는 언제나 무엇으루 갚을는지요. 너무두 황숭헙니다."

하면서 허리를 굽혀 코가 깨지게 절을 한다.

"어서 가우."

말해놓고 기호는 동소문 편을 향해 걷기 시작했다. 몇 발자국 걷다 돌아다보니 수남 아범은 인력거 채를 들고 돌아서면서 어둠 속으로 사라지려는 기호의 뒷모양을 돌아다보고 또 돌아다보고 하는 것이었다.

기호는 오늘 처음으로 마음이 포근해졌다. 그만한 기쁨도 그로서는 오래간만에 처음 느끼는 것이었다. 무슨 적선을 했다거나 하는 그런 것이 아니라 그저 순수한 기쁨이었다.

―『유진오 단편집』, 학예사, 1939.

나비

바나 카페에 있는 여자들의 세계라면 누구든지 첫째로 술, 둘째로 사내를 들 것이지만 프로라는 아직 술을 마시지 못하므로 그에게는 오직 사내들의 세계가 있을 뿐이다.

하기야 프로라의 이름이 이 종로 뒷골목에 아무리 높고 그를 싸고도는 사내가 아무리 많다 해도 이런 곳에 발을 들여놓은 지 아직 석 달밖에 안 되는 프로라라 그에게 있어서 제일의 사내는 아직까지는 그래도 그의 남편인 것이다. 생각하면 변변치 못한 인물이라 남과 같이 남편입시라고 제법 믿고 공경할 만한 위인도 못 되기는 허나 어찌 됐든 몇 해 전에는 식도원에서 결혼식이라는 것을 거행한 사이고 민적등본을 내보아도 확실히 김대진 처에 최명순이라고 씌어 있으며 무엇보다도 저녁마다 밤늦은 후 최종적으로 찾아 들어가는 것은 좋건 그르건 역시 그의 품속이니 어느 모로 뜯어보든지 그를 첫째로 꼽지 않을 수 없는 것이다.

김대진을 첫째로 꼽는댔자 그러나 그것은 무슨 아기자기한 사랑을 그에게 느끼고 있기 때문이 아니라는 것은 이만해도 벌써 알 수 있을 것이다. 사랑은커녕 알고 보면 남편이랍시고 심푸정스럽기 짝이 없는 존재다. 그전에는 그래도 그렇게까지 심하게는 생각지 않았는데 요새 와서는 그

저 변변치 못한 사내—이것이 한마디로써 표현해본 남편에 대한 프로라
의 생각인 것이다. 전문학교를 졸업했다면서 어디 가 취직자리 하나 구하
지 못하고 밤낮 거리로 비실비실 돌아다니기나 하는 그가 생활 무능력자
라는 것을 안 것은 벌써 전의 일이나 그저 그렇거니 하고 반쯤은 운명으
로 돌리고 있던 것인데 이런 데 나와서 여러 사내들을 알게 되고 별의 별
별 경험도 쌓고 해가는 동안에 자기도 상당한 미인이라는 자신이 차차 들
게 되고 만일 지금 김대진과 결혼한 사이만 아니라면 그보다 몇십 곱절
나은 사람을 얼마든지 골라잡을 수 있다고 생각하게 됨을 따라 그에 대한
불만이 점점 더 또렷해가는 것이다. 생각하면 데파트에 나선 지 사흘째
되던 날 김대진이 넌지시 갖다 디밀던 연애편지를 박차지 않고 받아 들던
그 순간에 벌써 발을 헛내디딘 것이라 할 것이다. 어째서 그것을 찢어버
리지 않았던 것인가. 열여덟 살의 소녀 눈에도 몹시 유치해 보이는 편지
였다. 그것도 역시 운명이었을까. 김대진이 나타난 후에도 프로라는 여러
사내에게서 가지가지 유혹을 받았으나 이상스레도 마음은 제일착으로 편
지를 써다 디밀던 김대진에게로—무슨 훌륭한 사내라고는 생각지 않으
면서도 쏠리는 것이었다. 연애도 무슨 경주 같아서 맨 먼저 뛰기 시작한
놈이 제일 유리하다는 것인가.

그런 데다가 요새 와서는 남편의 사람됨이 좀 는질는질한 것같이도 생
각되는 것이다. 변변치 못해 보이는 것은 짐짓 꾸미는 것이고 실상은 프
로라보담은 도리어 윗길이어서 프로라가 자기를 어떻게 생각하고 있는가
쯤은 뻔히 알면서 짐짓 모르는 체함으로써 도리어 그것을 향락하고 프로
라의 일거일동을 슬그머니 감시하면서 혼자 히죽히죽 웃고 있는 것같이
생각되는 것이다. 프로라가 밤늦도록 여러 사내를 상대로 웃고 떠들고 하
다가 집에를 돌아가도 그는 태연 범범하다. 먹지 못하는 술을 그것도 장

사라 손님의 강권에 못 이겨 몇 잔 마시고 술내를 훅훅 풍기며 들어가도 남편은 잔소리 한마디 하는 법 없다. 사람이 암만 변변치 못하기로서니 그럴 수야 있나. 게다가 요새 와서는 프로라가 벌어다 주는 잔돈푼이 좀 풍성풍성해지니까 자기도 찻집으로 술집으로 어슬렁어슬렁 돌아다니다가는 프로라가 돌아올 때쯤이나 돼서야 집으로 돌아오는 버릇까지 생겼다. 그러고 보니 프로라로서는 그것이 하필 못나서만 하는 짓이 아니라 현재의 프로라와의 관계를 만족하게 생각하고 그것을 도리어 향락하는 것으로밖에 생각할 수 없는 것이다.

프로라가 지금 있는 가게로 처음 나올 때에도 형식상으로는 동무의 권청으로 프로라가 스스로 움직인 것이 되어 있지만 좀 더 따져보면 그것도 남편이 시킨 것이나 다름없는 것이다. 프로라 자신 이런 세계에 대한 강한 호기심이 없었던 것은 아니지만 아니 프로라에게 그런 것이 있기 때문에 남편 된 사람으로서는 도리어 그런 것을 말렸어야 할 것인데 그는 프로라의 말을 듣고도 못 들은 척 글쎄 그래? 그럼 그것두 좋지, 하는 식으로 우물쭈물 태도를 분명히 하지 않았다. 그런 것도 가만히 생각해보면 변변치 못해서뿐 아니라 결과가 어떨 것쯤 뻔히 알면서 짐짓 모르는 체한 것임에 틀림없다.

이런 것 저런 것을 생각하면 프로라는 김대진과는 하루바삐 헤지는 것이 차라리 나을 것으로도 생각이 된다. 변변치 못하니까 헤져야 되고 그렇지도 않아 음흉스러운 것이라면 한층 더 께름하지 않은가, 어찌 됐든 사랑은 질투라는데 김대진은 질투의 새색*도 뵈지 않으니 자기를 사랑하고 있지 않은 것이라고도 생각이 된다. 그런 생각이 들 때마다 프로라는

---

* '내색'의 오식으로 보임.

그놈의 어린것은 무엇하러 그렇게 널름 태어났담, 해보기도 한다.

하기야 밤마다 그는 프로라가 집에를 돌아오든 옷을 갈아입든 간에 모른 척하고 눈을 감고 누웠다가는 불을 끄고 막 다디단 잠이 눈까풀을 내리누를 때가 되면 담을 넘는 구렁이 모양으로 스르르 가까이 와서 지긋지긋 잡아당기고 하는 것이 버릇이 되다시피 돼 있고 그런 때면 프로라 역시 모든 쓸데없는 생각을 저버리고 동물적인 세계로 돌아가는 것이지만 글쎄 그런 것도 사랑이라 할까. 이튿날 아침이면 프로라는 어젯밤의 자기 자신의 흥분을 부끄럽게도 이상스럽게도 생각하는 것이지만 제삼자로서 본다면 그것도 사랑의 한 방식이 아닐 수 없는 것이요 또 그런 방식에 프로라가 매력을 느끼고 있지 않다고도 할 수 없는 것이다. 그렇다면 프로라가 김대진과 헤지지 못하고 있는 것은 하필 어린애 때문만도 아닌 법허구먼두―.

그러나 어쨌든 남편이라는 김대진이 그런 사람이 되고 보니 프로라는 자연 제이 제삼의 사내에게 무책임한 흥미도 가져보는 것이다. 무책임이라는 것은 별로 이렇다 할 이유도 없이 또 나중에 이렇게 이렇게 하리라는 예정도 없이 그저 좀 흥미를 가져본다는 뜻인데 제이의 사내라고도 할 이종식과의 관계는 말하자면 이 무책임한 것의 좋은 예라 할 것이다. 이종식을 안 것은 프로라가 여급으로서의 발을 내디디던 바로 그 첫 순간이었으니 말하자면 그는 데파트 시대의 김대진에게도 비길 존재였다. 그날 프로라는 자기를 그리로 끌어들인 게이꼬와 함께 처음으로 가게에 가서 주인하고 인사를 하고 이름을 무엇이랄까, 본명은 명순 씨라죠, 아이 건 싫여요, 그럼 새로 지어야 할 텐데― 음 프로라, 옳지 프로라가 어떻소, 이번에 고만둔 사람이 마침 그런 이름이니 하고 말을 주고받고 하고 있는데 마침 들어온 것이 이종식이었던 것이다. 홀로 뛰어나간 게이꼬는 반가운 손님인 듯 아이구 리상 오늘은 대낮부터 이거 웬일이슈, 어 저 사생을 좀 나갔다가 하고 몇 마디 주고받고 하더니 한참이나 쏘근쏘근 무슨 밀담을 한 끝에 별안간

"프로라! 얘!"

하고 안으로 대고 소리쳤다. 그 프로라라는 이름의 울림은 몹시 이상스럽기도 하더니—.

잊어버리지도 않는다. 그때 이종식은 바로 오른편 둘째 테이블에 캔버스며 오일 박스 나부랭이를 벽에 기대 세워놓고 싱글싱글 웃는 낯으로 쭈뼛거리며 나가는 프로라를 맞이한 것이었다. 이는 한참이나 말없이 프로라의 얼굴에서 발끝까지 치드리 내리드리 훑어보고는

"음 미인인데 미인인데."

한탄하듯 혼자 중얼거렸다. 프로라의 용모에 몹시 감탄한 것이다. 보통이면 생전 처음 보는 사람한테 인사 한마디 하지 않고 그런 소리부터 하는 것은 몹시 실례라 할 것이나 프로라에게는 '미인'이라는 찬사가 우선 귀에 부드러웠고 그러지 않아도 예술가라는 것은 언어 행동도 보통 사람과는 달라 몹시 솔직하거니 하고 일상 생각하던 그것이 들어맞은 것도 같아서 저절로 빵긋이 웃어지며 그에게 목례를 건넨 것이다. 그것이 또 아리땁게 보인 것인지 손은 또 한참이나 소리 없이 쳐다보더니 "이름은?" 하고 비로소 묻는다.

"……"

프로라는 '프로라'라는 이름이 서먹서먹해 나오지 않아 또 빙긋이 웃었더니

"프로라라니까요. 미인이죠. 귀애해주세요."

하고 게이꼬가 대신 대답한다.

이종식이 모델이 되어달라고 간청한 것은 그날 즉석에서였다. 아니 그 말 전에 이는 잠자코 스케치 공책을 꺼내 들고 프로라의 얼굴을 사생하기 시작한 것이었다. 프로라는 자기 얼굴이 그렇도록 예쁜 것일까 하고 속으로 몹시 기쁘기는 했으나 이가 뚫어지게 들여다보는 바람에 얼굴을 어디다가 둘 곳이 없어서 홀 가운데 장식해놓은 사쿠라꽃 가지로 시선을 향하고 있었는데 십 분이 못 돼 이는 고만 좋소 하고 나서 고개를 이리 기웃 저리 기웃 하며 몇 번 더 연필을 움직이고는

"잘되진 않았구면—."

하면서 테이블 위에다 데생만 된 그림을 내밀었다. 프로라는 단번에 감탄했다. 어쩌면 그렇게 잘 그렸을까. 그림을 생판 모르는 사람이면 그렇게도 생각하지 않았을 것이나 프로라는 학교 시대에 그림에 취미를 가졌었고 광고 포스터 도안에는 제법 자신도 있던 처지라 예술적인 작품일수록 결코 모델과 똑같지는 않다는 것쯤은 알고 있었기 때문에 눈이 좀 짝짝이가 되고 코가 좀 삐뚤어졌다 해도 그것은 그저 그렇거니 하는 것이다.

그런지라 모델이 되어달라고 이가 청했을 때에는 프로라는 당장에라도 승낙할 만치 속으로는 기뻤으나 그럴 수도 없어 대답을 몽롱하게 했더니 이는 그날 밤으로 친구를 데리고 다시 와서 프로라를 소개하고 자랑하고 찬미하면서 또 모델이 돼달라고 졸라댔다. 프로라는 몹시 행복했다. 인제야 자기는 들어설 길로 들어선 것인가도 싶었다. '화가'라는 그런 존경할 명칭을 떼놓더라도 이는 그 가게에는 단골손님이어서 아홉 명이나 되는 계집애들이 모두 그를 환영하는데 그들을 다 제쳐놓고 그렇게까지 자기를 좋아하는 것만 해도 기쁜 일이 아닐 수 없는 것이다. 그래 반쯤 승낙하고는 끝은 어름어름해두었던 것인데—.

이가 선전鮮展에도 입선되지 못하는 엉터리 화가라는 것을 프로라가 알

아내지 못한 것은 그러고 보니 이상할 것 없는 것이다. 어쨌든 프로라는 이가 순식간에 인물화를 썩썩 그려내는 것을 자기 눈으로 보았고 또 게이 꼬도 이는 유명한 화가여서 제전帝展에도 출품만 하면 문제없이 통과될 것이지만 그까짓 관전官展은 문제도 삼고 있지 않다고 설명했기 때문에 그것도 그러려니 하고 생각하는 수밖에 없었다. 이는 취하면 자기 입으로 도 그런 말을 했다. 이의 말은 그대로 곧이듣는다면 조선서는 이밖에는 화가가 없게 되는데 그것까지는 좀 어떨까 했지마는 어쨌든 그가 훌륭한 화가임에는 틀림없다는 것이 프로라의 생각이었다.

그러고 보니 모델 노릇 하러 이의 집을 찾아가던 바로 첫날에 그가 별 안간 프로라를 소파에 쓰러뜨렸을 때에 프로라가 하늘이나 무너지는 듯 이 놀랐다 해도 조금도 무리가 아닌 것이다. 그러나 프로라는 총명한 여 자라 곧 예술가란 것은 보통 사람과는 다른 법이라 이런 것이 예술가적 정열이거니 하고 고쳐 생각하고 노한다거나 크게 반항한다거나 하지는 않고 아이 왜 이러세요 왜 이러세요 하면서 가만히 떼민 것인데 이는 그 것을 여자의 수줍은 승낙으로 잘못 알고 도리어 더 얼굴을 들이비비는 것 이었다. 그것쯤이야 또 무어 어떨까마는 얼마를 그러자 프로라 자신 스르 르 맥이 풀리며 두 다리가 노곤해졌다. 그제서야 프로라는 이래서는 안 되겠다는 생각이 펀뜩 들어 좀 세게 떼밀며 인제 고만 놓세요, 안 놓시면 소리를 지를 터예요 했더니 이는 그것을 또 오해한 것인지 의외에도 싱겁 게 물러났다. 점직한 얼굴로 응접 테이블 위의 네이블*을 까먹고 앉았는 이의 모양을 보니 프로라는 슬그머니 우스운 생각이 들어 옷을 고치고 콤 팩트를 쓰면서 빙긋이 웃어 보였으나 그때는 둘이 다 고비는 이미 넘은

* 오렌지의 한 종류.

판이라 또다시 어떻지는 않고 말았다.

남편에게도 좀 미안한 마음이 없는 것은 아니었으나 무어 어쩐 것은 아니니까 해두고 그것보다도 마음에 거리끼는 것은 이가 그 때문에 낯이 없어 다시 가게에 오지나 않으면 어쩌나 하는 것이었는데 그것도 헛걱정이었다. 그날 밤으로 이는 태연스레 또 나타나 시치미 뚝 따고 떠들어댔다. 그날 낮에 프로라가 이의 집에 갔던 것을 아는 축들은 입으로는 아무 소리도 안 할망정 슬그머니 두 사람 사이를 흠모하는 눈치로 이를 환대하는 것이다. 이는 이로서 또 낭자군의 그런 포위 공격을 받으며 프로라와의 사이에 가장 무엇이나 있었던 체 보통 때보다도 유유자적하는 태도였다. 프로라는 그런 태도를 갖는 이가 밉기 짝이 없으나 이따금 아직도 입가에 남은 이의 감각을 획 느낄 때에는 또 그렇게 밉게 생각되지도 않는 것이다.

—그런 것이 사랑을 거절한 여자의 마음이라는 것인가.

이는 그 뒤 얼마 안 돼 사다꼬라는 여자를 걸고 그것 때문에 여러 가지 옥신각신이 있었기 때문에 내내 엉터리 화가라는 것까지 드러나고 말았으나 모든 여자가 모두 이의 욕을 하는 지금 와서도 프로라는 그를 그렇게 나쁘게 생각할 수는 없는 것이다. 가짜 화가 행세한 것쯤이야 그저 그렇다 치고 사다꼬와의 관계로 보면 나쁜 것은 도리어 사다꼬가 아닌가. 떨어질 듯 떨어질 듯 하면서 좀체로 안 떨어지는 프로라 때문에 몸이 단 이가 그 분풀이로 거는 것인 줄을 모를 리 없으면서 사다꼬는 프로라에 대한 일종의 가얌으로 제 편에서 걸고 넘어간 것이 아닌가 하는 것이 프로라의 논리인 것이다.

여자들이 이의 욕을 하는 때면 프로라가 시무룩해 《부인화보》를 집어 드는 것은 이런 생각이 있기 때문인데 그것을 또 다른 여자들은 아직도 프로라가 이에 대해 무슨 생각이 있는 것으로 해석하니 또한 우습지 않은가.

　이에다 대면 훨씬 싱거운 관계지만 오금동은 말하자면 프로라의 제삼
의 사내다. 하기야 홀에 나온 지 불과 얼마 안 돼서 프로라의 평판은 이
종로 뒷골목에 자자해지고 그를 찾아오는 손님은 하루에도 몇십 명씩 되
는 것이지마는 그중에서 좀 추려본다면 오가 제삼쯤 된다는 것이다.

　오금동은 그러나 이종식같이 남의 눈에 띄게 노는 축은 아니다. 얼굴도
단정하고 차림차림도 깨끗은 하나 너무 그래서 도리어 값싼 월급쟁이라
는 것이 당장에 짐작되는 그런 인물이다. 언제부터 가게에 오기 시작한
것인지도 아무도 모르는데 그의 말을 좇으면 언젠가 회사에서 연회가 있
던 날 밤 친구들에게 끌려 이 홀에 왔다가 우연히 프로라를 봤다는 것이
다. 그러나 그는 프로라가 예쁘다거나 프로라한테 반했다거나 하는 등속
의 말은 입가에도 올리지 않았다. 언제든지 혼자 와서는 술 한 병 또는 차
한 잔을 앞에 놓고 한없이 잠자코 앉았다가 프로라가 옆엘 가면 그제서야
기꺼운 듯이 뺑긋뺑긋 웃으며 뜨문뜨문 어색스레 말을 걸고 하는 것이었
다. 거기다가 팁조차 시원스레 놓지 못하고 보니 여자들의 환심을 살 리
가 만무하다. 프로라도 그에게는 별로 흥미를 느끼지 않고 어떤 때는 도
리어 이 녀석이 백줴 무슨 야심을 품고 짐짓 이렇게 수줍은 체하는 것이
나 아닌가 하고 생각하기도 했으나 오의 발길이 끈기 차게 계속되고 나중
에는 과자랑 분첩이랑 실없이 한 약속을 꼭꼭 지켜 정성스레 사가지고 오
게까지 됨을 따라 차차로 그런 생각은 없어져갔다. 그러나 그저 그뿐 그
이상의 무슨 호의는 가져지지 않아서 마지못해 옆에 가 앉으면 프로라도
오의 묻는 말에나 뜨문뜨문 대답할 뿐 그가 말이 없으면 자기도 잠자코
있는 것이다. 프로라의 그런 침묵을 오는 또 오대로 자기에게 대한 호의
로 생각하는 것인지 만족한 듯이 뺑긋뺑긋 웃고 있는 것이나 그것은 오의

혼자 놀음이요 프로라는 그런 때는 의례히 내일 낮에는 홀에 나오기 전 화신에 가서 어린애 새 속옷을 하나 사다 입히리라는 등속의 다른 생각을 하고 앉았다가는 넌지시 시계를 쳐다보고 갑자기 몸이 몹시 노곤한 것을 느끼며 옆으로 고개를 돌리고 커다랗게 하품을 하는 것이다.

그래오던 것인데 이것도 또 엉터리 회사원이라는 것이 의외에도 빨리 탄로가 났다. 그날 낮에도 오에게서 온 케이크 상자를 펴놓고 여자들이 둘러앉아 한창 시시덕거리고 있는 판인데 저축은행으로 돈 취하러 간다고 나갔던 메리가 대굴대굴 굴러 들어오며 무슨 큰 발견이나 하고 온 듯 지절거렸다.

"호호호호 원 벨걸 다 봤어. 건 또 뭐야. 거 또 오상헌테서 온 거냐. 어쨌든 하나 잡숫고. 허지만 좀 꺼림직헌데. 프로라 애 오상 말야. 이거 사 보낸 네 스짱* 말야. 뭐 무슨 회사원인가 뭐라구 버티었지, 원 참 호호호호. 알구 보면 저축은행 고쓰까이**더구나, 저축은행 대합실엘 쑥 들어갔더니 문 앞에 앉았던 이렇게 쓰메에릴 잡순 친구가 별안간 벌떡 일어나 줄뺑소닐 치겠지, 그게 오상이더란 말야. 달아나지나 않았더면 몰라나 봤지. 원 우스워서, 호호호호. 여보 오상 허구 부르려다 말았어."

떠드는 품이 오 때문에 프로라에게 질투나 하고 있었다는 것인가 몹시 통쾌해하는 모양이다. 프로라는 목구멍을 넘어가던 케이크가 목에 멜 만큼 불쾌했으나— 애가 왜 이래. 스짱은 다 뭐야. 내가 언제 그일 칭찬이나 한마디 했던. 그이허구 연애나 했다면 노랑살인 날 뻔했구나. 저 좋아 저 온 것이지. 누가 뭐 어쨌나— 하고 나서

---

* '좋아하는 사람'을 뜻함.
** 일본어로 '심부름하는 사람'을 뜻함.

"허지만 고쓰까이건 말건 손님야 손님이지."

하고 변호까지 하는 것이다. 오가 여태껏 회사원이라고 속이고 다닌 것이 밉지 않은 것은 아니나 그 때문에 무슨 손해 본 일은 없는 것인데 메리가 공연히 좋아하니 그에 대한 반동으로 도리어 오에 대해 전에 없던 호감이 슬그머니 동하기도 하는 것이다.

오금동이가 자기는 아직 총각이요 집에는 어머니 한 분밖에 안 계시며 회사에서의 성적도 괜찮아서 오는 유월에는 승급도 되겠다는 얘기를 떠듬떠듬해가며 슬그머니 프로라에게 결혼을 청한 것은 공교롭게도 바로 그날 밤이었다. 낮에 메리를 만났을 때에는 원체 빨리 내뺐기 때문에 자기의 정체를 발견되지 않은 것으로 생각하고 있는 모양이다. 프로라는 그것이 좀 뻔뻔스러운 듯도 해서 한마디 쒀줄까도 했으나 말하는 오의 얼굴을 흘낏 보니 표정이 딴딴하기가 나뭇조각 같다. 필시 오는 그 말을 꺼내기까지에 비상한 결심을 한 것이리라 생각하니 도리어 우습기도 해서

"그럼 얼른 좋은 색시를 얻어 재미있게 살림을 허시지그래."

해봤더니

"색시요?"

하면서 안타까운 듯이 프로라의 얼굴을 들여다본다.

"그런 좋은 자리에 누군 안 가겠어요. 나 같으면—"

하고 한 번 더 놀려댔더니 오는 놀리는 것인 줄은 모르고 눈을 빛내며

"당신이 당신이……."

하며 당장에 춤*이 말라 말을 끝내지 못하고 프로라의 손을 잡으려 든다. 우스운 중에도 프로라는 오의 거짓 없는 정열을 느끼는 것 같아 너무 지

---

* '침'의 방언.

나치게 놀린 것이 미안쩍기도 해서 농담인 양 호호호 웃고 다른 테이블로 가는 척 자리를 일어섰으나 어째 마음이 꺼림칙하기도 하다.

오는 그 후로는 오기만 하면 프로라에게 자기와 결혼해달라고 졸라댔다. 프로라는 귀찮기도 하고 그 이상 오에게 희망을 주는 것이 결과가 좋지 못할 듯도 해서 그렇게 된 후로는 여간해 그 옆으로 가지도 않았다. 그랬더니 프로라의 태도가 변한 것은 오에게도 곧 짐작된 모양이어서 다른 손님들과 떠들고 놀다가 흘낏 보면 오는 어떤 때는 이쪽을 뚫어지게 보고 있기도 하고 어떤 때는 한숨을 짓는 듯 눈을 감고 있기도 한다.

자세히는 몰라도 한 달은 넘어 다녔으니까 아마 적어도 일이백 원은 썼을 게다. 고쓰까이라니 많아야 삼십 원 월급밖에 안 될 텐데 저이가 무슨 탈이나 내는 것이 아닌가 이렇게 차차 프로라가 염려하기 시작하자 웬일인지 오는 홀에 오던 발을 뚝 끊고 말았다. 그러자 누구의 입에선지 그가 은행 돈을 훔쳐냈기 때문에 경찰서로 잡혀갔다는 말이 나왔다. 큰일 났다. 혹 자기도 경찰서에 불려가지나 않을까 하고 프로라는 근심하고 있는데 하루는 그것도 거짓 소문이요 오는 여전히 저축은행에 앉았더라는 소식을 메리가 가져왔다. 그리고 고쓰까이라는 것도 헛말이고 사실은 그보담은 높은 은행 '수위'라는 것이다.

"허지만 아무튼 작자 싱겁게 깝대긴 착실히 썼지. 아마 적어도 다섯 해 모은 돈은 다 털었을걸. 프로라도 너무해."
하고 이번에만 오에게 동정하는 듯 프로라를 비난하는 듯한 말치다.—하지만 누가 언제 오래서 다닌 것인가.

이종식이나 오금동 같은 사람은 좋건 그르건 처음부터 프로라를 좋다고 다니기 시작한 사람이지만 프로라의 제사의 사내라고도 할 최형태는 또 좀 이상한 사이이니 그는 본시 게이꼬의 애인이던 것이 프로라를 알게 된 후 차차로 이편으로 기어 넘어온 것이다. 최는 유명한 부랑자로 홀 안의 평판도 아주 나빴다. 차림차림부터 벌써 구역이 나는 데다가 직업도 학식도 아무것도 없으면서 연극배우라고 자칭하는 사람, 투기하는 사람, 돈푼이나 있는 부랑자, 이런 사람들과 용하게 사귀어가지고는 날마다 저녁마다 옥돌장과 술집으로 굴러 돌아다니는 것이었다. 게이꼬와는 어떻게 해 들러붙은 것인지 모르지만 게이꼬는 지금 와서는 최 때문에 갖은 고통을 다 겪으면서도 떨어지지 못하는 이상한 사이다. 최는 유흥비가 떨어지면 게이꼬에게서 뺏어다 쓰는 것이다. 게이꼬도 돈에는 무서운 여자라 그럴 때마다 번번이 쫑쫑거리고 싸우는 것이나 끝끝내는 넘어가고야 만다. 게이꼬가 얼른 돈을 안 주면 최는 홀에 있는 다른 여자들한테 쓸데없이 모션을 걸고(—그러면 또 다른 여자들이 그와 시시덕거리니 이상하지 않은가—)그걸로도 잘 안 되면 어디 가 낯모르는 여자를 끌고 와서는 부어라 먹자 술을 막 마시고 게이꼬 보는 데서 일부러 여봐라는 듯이 어깨를 껴안고 뺨을 비비고 하는 것이다. 프로라로서 보면 최의 그런 행동은 속이 빤히 들여다보이는 유치한 짓이언마는 게이꼬에게는 그것이 단방 약이 되니 또한 우습다 하지 않을 수 없다. 그런 날 밤이면 의례히 파장 후에 최와 게이꼬 사이에 일대 격투가 일어나는 것이나 (얻어맞고 채이고 하는 것은 물론 게이꼬뿐이다—) 그 이튿날이면 어젯밤의 모든 연극은 일장춘몽인 듯 둘이 의좋게 활동사진 구경을 가는 것이니 옆에서 보는 사람으로서는 더욱더욱 이상하다 하지 아니할 수 없는 것이다.

그런 최인지라 그가 프로라 귀에다 대고 언제 한번 한강에 보트 타러 가자고 가만히 속삭였을 때에는 대체 이 사람이 머리가 성한 것인가 하고 얼굴이 다시 쳐다보여지는 것이었으나 최는 태연자약한 것이다. 게이꼬는 프로라를 믿기 때문에 프로라하고면 최가 얼마를 앉아 노닥거려도 별로 싫은 눈치도 뵈지 않았으나 프로라로서는 처음엔 한 귀로 흘려버리고 대답도 않던 최의 청이 저녁마다 반복되자 나중에는 시끄러워서

"게이꼬 알면 또 화내우, 원!"

하고 거절했다. 그랬더니

"제 그러게 누가 단둘이 가재나. 게이꼬허구 으레 셋이 가자는 것이지."

한다. 그 말에 프로라는 까닭도 없이 부끄러워 낯이 홧홧 달았다. 허구많은 말에 왜 하필 그렇게 말했던가 하고 후회하는 것이나 이미 해놓은 말이라 하는 수 없었다. 그래 그 후 며칠인가 지나서 최하고 게이꼬하고 프로라 셋이 한강을 나갔던 것인데 그곳에서 의외의 봉변을 당한 것이다.

보트는 셋이도 넉넉히 탈 수 있는 것인데 최는 셋이 타면 위험하니 둘씩 타자고 우기면서 처음에는 게이꼬를 태워가지고 근처를 한 바퀴 돌아나와 이번에는 프로라를 태워가지고 강 한복판으로 저어나갔다. 프로라는 무섭기도 하고 강기슭에 혼자서 있는 게이꼬에게 미안한 마음도 들어서 인제 고만 나가자고 자꾸 졸랐으나 최는 괜찮다 저 건너 숲 그늘이 좋으니 거기 가 놀고 오자고 하면서 덮어놓고 강을 건너갔다. 돌아다보니 게이꼬는 강변을 따라 올라오며 인제 고만 나오라고 소리를 치고 손짓을 한다. 프로라와 마주 앉은 최는 그러는 게이꼬를 정면으로 빤히 보면서도 게이꼬야 그러건 말건 강을 다 건너가 조그만 언덕 모퉁이를 돌아 보트를 강가에 대고 프로라의 손목을 쥐고 내끌었다. 거기까지는 그래도 설마 했던 것인데—.

통통통통 요란한 소리가 나며 모터보트가 와 닿고 거기서 뛰어내린 것은 얼굴이 새파랗게 질린 게이꼬였다.

"망헐 것이."

투덜거리며 최는 일어나 게이꼬에게로 가며

"지랄헌다. 얘!"

머리채를 잡아 두어 번 흔들고는 힉 웃고 앞서서 배를 올라탔다.

프로라는 자기에겐 잘못이 없는 것 같으면서도 어떻게 미안하고도 부끄러운지 게이꼬 앞에 얼굴을 들 수 없었다. 흐트러진 머리를 쓰다듬고 옷을 고치고 할 기운도 없다. 꼭 최하고 둘이 짜고 한 짓인 것같이만 생각이 드는 것이다. 그럴 필요가 없는 것이라고 스스로 말해 들렸으나 소용없었다. 하기야 이것은 내종에 생각한 것이지만 프로라가 그때 그렇게 생각한 것도 결코 이유가 없는 것은 아니다.─사람의 마음이란 참 알 수 없는 것이라고 프로라는 돌아오는 자동차 속에서 가만히 생각해보는 것이다. 그때 자기는 최의 폭력을 그렇게도 항거할 수 없었던 것인가. 정조는 여자의 생명이라 한다. 자기는 생명으로써 그것을 보호할 각오가 있었던 것인가. 게이꼬의 이름을 꺼내고 남편 김대진의 이름까지 들추어낸 것은 아무래도 추태다. 그러면 최에게 게이꼬가 없고 자기에게 남편이 없었다면 그때 최에게 몸을 내맡겼으리라는 것인가. 푸른 하늘. 푸른 물. 그리고 산들거리는 훗훗한 바람. 그리고 언뜻 침실의 김대진을 연상케 하던 최의 동물적인 눈과 입김과 몸. 아 위험한 순간이었다고 프로라는 새삼스레 느낀다. 그때 만일 게이꼬가 나타나지 않았다면 아니 단 오 분이라도 늦게 나타났다면─ 자기 몸속 어느 곳에 그런 악마가 숨어 있는 것인가 하고 프로라는 몸의 일부분인 무릎 위의 손을 내려다보았다. 붉은 루비로 장식된 오동통한 분길 같은 고운 손.

그 사건 때문에 게이꼬는 아주 마음을 단단히 먹고 최와의 관계를 끊으려 자취를 감춰버렸으나 덕택에 홀에서는 게이꼬 없어진 뒤의 최의 회계를 누가 시키지도 않는데 프로라의 이름으로 달아놓는 것이다. 프로라가 잔소리를 하면 그럼 어떡허우. 최를 못 오게 허든지 돈을 내도록 허든지

프로라가 해줘야지 않우 하고 마치 프로라가 게이꼬 대신 최의 새 '정부'
나 된 것같이 말하는 것이다. 까닭 없는 말이지만 게이꼬가 달아난 것도,
최가 여전히 그 홀에 다니는 것도 자기 때문이라고 생각하면 아주 모른다
고 할 수 없어서 최가 오면 프로라는 돈을 내든지 오지를 말든지 어떻게
든지 하라 한다. 그러면 안 올 수는 없고 와야 돈은 없으니 어떻게 하라느
냐는 것이 최의 대답이다. 그러는 동안에 외상값이 한 이십 원 되자 주인
은 최를 오지 못하게 하라는 말은 없어지고 최가 나타나면 도리어 은근히
호의를 보이면서 프로라에게만 돈을 받아내라고 졸라댔다. 대체 왜 나더
러 최의 책임을 지라는 것이냐라고 몇 번이나 대들었으나 주인은 천치 모
양으로 그럼 어떻게 하라느냐고 밤낮 한 대답이다. 기가 막혀 프로라는
여러 가지로 생각해봤으나 별도리 없는지라 결국 그때까지 밀린 외상값
은 자기가 책임지기로 하고 나서 최에게 다시는 홀에 오지 말라고 단단히
선언을 했다. 이십 원이면 큰돈이다. 일주일은 벌어야 겨우 그 액이 될까
말까 한 것이요, 살림에다 쓰기로 한다면 쌀을 한 가마니 팔고도 고기를
몇 근 살 수 있는 것이다. 그만 돈을 무슨 까닭으로 최의 술값으로 바쳐야
되는 것인지 알 수 없는 노릇이나 그것도 하기는 할 수 없는 일이다.

　그러나 사람의 마음은 우스운 것이라 최가 다시는 안 오겠다고 약속하
고 간 이튿날 밤 의외에도 술이 잔뜩 취해 또 홀에 나타났을 때에는 프로
라는 소름이 끼치도록 미운 한편 이상스레 마음이 설레는 것을 또한 어쩔
수 없었다. 남을 위해 자기를 희생한다는 것은 일종의 자기 학대의 쾌감
을 가져오는 것이라 최의 얼굴을 대한 순간 저 사내 때문에 내가 이십 원
빚을 졌거니 하는 생각이 프로라의 관능을 간질이는 것이다. 아차 내가
이게 무슨 쓸데없는 생각인가 게이꼬도 필연 처음에는 이런 심리로부터
차차 깊은 구렁으로 빠져 들어간 것이 아닐까 하고 무서운 꿈을 털어버리

듯이 머리를 흔들어보았으나 기괴한 관능의 자극은 멈출 길이 없다.

날이 감을 따라 홀에서는 프로라가 스고이*한 여자라는 평판이 나기 시작하였다. 그런 데 나온 지 얼마 안 되는 여자로서 손님 농락이 여간 아닌 데다가 동무의 애인까지 가로챘다는 것이다. 그러나 그런 따위 남의 평판은 프로라로서는 실속이 없는 것이라 귓전으로 흘리고 만다 해도 제오의 사내들 이만수, 권도민, 김수만 들의 그룹과 떠들고 놀고 하다가는 프로라도 문뜩 아 나는 어느새에 이렇게 됐는가 하고 스스로 놀라기도 하는 것이다. 하기야 그들과도 아직 이렇다고 책잡힐 짓을 한 것은 아니고 그저 홀에서 떠들고 논 것뿐이니 별것은 아니지만 그래도 일상 함께 놀러 다니는 이, 권, 김 세 사람에게 똑같이 호의를 표하고 세 사람이 다 각각 프로라는 자기한테 가장 호의를 가졌거니 하고 생각하게 하는 것은, 하기는 상당한 수완이 아니면 안 될 노릇이기도 하다.

그러나 또 그것도 프로라가 일부러 그렇게 할래서 한 것이 아니라 사내들이 그렇게 하도록만 만든 것이니 하는 수 없는 노릇이다. 세 사람을 놓고 어느 여자더러 추리라 해도 별도리 없을 게다. 이는 사람으로는 그중 빠진다 할 것이나 제일 돈이 많을 뿐 아니라 시원스레 턱턱 쓰니 무시할 수 없고 권은 값싼 월급쟁이지만 몸집이 듬직하고 얼굴도 깨끗하며 김은 다른 것은 보잘것없으나 동경으로 해외로 여러 해 돌아다닌 사람이라 문견이 넓고 거기다가 말재주가 있어 세 사람이 놀러 오면 김 혼자 거의 판을 꾸려나가는 것이다. 그런데 그 세 사람이 똑같이 프로라에게 호의를 갖는 것이니 프로라로서도 똑같이 그들을 다스리는 수밖에 없는 것이다. 사내들이 제각각 자기가 제일 프로라의 마음을 잡은 것으로 생각하는 것

---

* すごい. 일본어로 '무시무시하다, 무섭다, 혹은 굉장하다, 대단하다'는 뜻.

은 그러고 보니 저희들의 책임이지 프로라의 알 바는 아니다.

　세 사람은 세쌍둥이 모양으로 일상 함께 붙어 놀러 다니면서 프로라를 에워싸고는 은근히 지독한 경쟁을 하고 있으니 자기들끼리는 서로서로의 비밀을 모르니까 괜찮다 하겠지만 프로라로서 보면 우습기 짝이 없었다. 가령 셋이 같이 놀다가 권, 김의 두 사람이 어째 잠깐 자리에 없게 되면 이는 벌써 어디 같이 놀러 가자고 청하는 것이다. 훌륭한 신사요 마음씨도 괜찮은 사람이라 별로 거절할 이유도 없으매 프로라는 가볍게 승낙하고 틈나는 날 장충단 공원쯤 산보를 같이 간다. 그러면 그다음 셋이 같이 만났을 때에 이의 기뻐하는 꼴이란 가관이다. 권, 김의 두 사람을 제쳐놓고 자기만이 프로라와 그런 비밀을 맺은 것을 두 사람에 대한 승리로 아는 듯 크게 마시고 크게 떠들고 간간이는 두 사람은 몰라 듣고 프로라만이 알아들을 수 있는 말을 끼워가며 코를 벌룸벌룸하는 것이다. 그러나 프로라로서 보면 그까짓 장충단 공원 산보쯤은 엿 먹기요, 다른 사내들과의 접촉은 다 고만두고라도 그곳에 같이 앉아 있는 권하고도 두서너 번 차를 마시러 다닌 일쯤은 있는 것이요, 김하고도 덕수궁 안 미술관 구경을 가서 석조전 소파에 한 시간이나 나란히 앉았던 일도 있는 것이다. 어느 것이든 프로라로서는 별로 깊은 이유가 있는 행동이 아니므로 탁 터놓고 이야기해도 상관없는 것이나 사내들이 제각각 쉬쉬하며 혼자 좋아하고 있으니 일부러 그런 말을 꺼냄으로써 공연히 그들의 기분을 상할 필요도 없기 때문에 자기 역시 잠자코 있는 것에 지나지 않는 것이다.

　그러고 보니 프로라가 이, 권, 김의 세 사람을 한꺼번에 조종하고 있는 것이 사실이라 해도 좀 더 캐고 보면 어린애 장난 같은 것에 지나지 않으나 어느 날 안상렬과의 일이 있은 뒤로는 프로라도 정말 이래서는 안 되겠다고 스스로 생각하기 시작하였다. 안은 말하자면 프로라의 제육의 사내로서 광산업을 한다는, 보기에도 스마트한 청년이었다. 자기는 시골 놈이라고 떠들어댔으나 차림차림은 종로를 활보하는 모던보이 이상, 숙소는 황금정 반도호텔 칠백십오호실이라는 것이다. 일 년에 몇 번씩 금덩어리를 가지고 와서 지전 뭉치로 바꾸어가지고는 뇌성벽력같이 서울의 유흥가를 휩쓸고는 바람같이 도로 산으로 돌아가는 것이 그의 노는 법식이다. 친구들을 몰고 홀에 나타나면 위스키를 들이켠다, 샴페인을 딴다 야단법석을 치고는 갈 때면 의례히 여자들 전부에게 지전 몇 장씩을 턱턱 노나 주곤 한다. 그러고 보니 여자들은 뒷구멍으로는 그가 난폭한 둥 야비한 둥 쑤군거리면서도 그의 그림자가 홀에 나타나기만 하면 일제히 고함을 치고 그의 주위로 몰려들어 어떻게 해서든지 한번 그의 흥미를 끌어보려고 애를 쓰는 것이다. 눅진눅진하게 연애를 하자는 둥 사랑을 하자는 둥 하는 시원치 못한 사내들만 들끓는 이 세계에서 안 같은 존재는 시원한 소나기와도 같아 프로라는 다른 여자들이 뒷구멍으로 그를 어떻다 어떻다 깎아내릴 때면 도리어 그를 옹호하는 것이었으나 다른 여자들이 어떻게 해 요행 돈 소나기나 맞아볼까 하고 그의 옆에 몰려들어 교태를 부리는 것을 보면 눈꼴이 틀려 일부러 안에게는 가까이 안 했는데 안이 이홀에서 찾는 것은 역시 프로라였다.

그날 밤 안은 무슨 생각이 있음인지 친구들을 데리지 않고 혼자 놀러 온 것이었다. 법식대로 위스키를 몇 잔 마시고 나서 프로라에게

"여관을 오늘 옮겼네, 요 뒤 대동여관으로."
하고 그것은 프로라 있는 가게에 자주 놀러 오기 위함이라 한다.

"호호호호. 여기서 반도호텔이 그렇게 멀어요?"

"멀구말구, 총을 노려면 그렇게 멀리서 놔서 맞나. 바짝 앞에다 디리대

구 대포를 쏴야지."

"대포?"

"아무렴, 대포두 대포 십자포화를 디리부어야지."

"호호호호, 무서워라."

그런 대화를 시작으로 안은 또 떠들기 시작해 여자들을 앞에 몰아놓고 자기는 여자들과 사귈 때에 무슨 연애니 무어니 하는 따위의 짓은 갑갑스러 싫다, 그저 누구든지 마음에 들면 단도직입으로 말을 걸어봐서 들으면 좋고 안 들으면 고만이라고 기세를 토했다. 어디 여자가 없어 한 여자에게 추근추근 매달리는 것이냐, 그 대신 자기는 말을 듣는 여자에게는 사례는 후하게 한다, 맘만 내키면 당장에 아파트라도 한 채 사준다. 그런다고 또 언제까지나 물고 늘어져서 그 값을 빼려는 것도 아니다, 한번 지난 일은 지난 일, 하룻밤 자고 나면 깨끗이 잊어버리는 것이 자기 성미다, 자이 중에서 누구 응하는 이 없느냐, 싫으면 그뿐이다, 어때 응 사다꼬 싫은가, 마미쨩 어때 싫은가, 프로라 어때 있다가 가게 파한 후 어디 술 먹으러 같이 안 가려나— 하는 식으로 떠드는데 농담 같은 그 말이 반드시 농담으로도 들리지 않는 것은 역시 안상렬의 인품 까닭일까. 안의 말이 거짓말이 아닌 것은 누구에게나 짐작되는 바이므로 여자들은 아이 이런 데 있는 여자라구 너무 멸시 마시오, 누가 돈이라면 사족을 못 쓰는 줄 아나 하는 식으로 겉으로는 불복인 체하나 속으로는 그 말이 나한테 하는 것이었으면 하고 은근히 바라는 것이다. 프로라 역시 자기가 직접 안과 어찌하리라고까지는 생각하지 않았지만 사실로 모든 것이 안의 말과 같이 앞뒤가 깨끗한 것이라면 그것도 인간 애욕의 한 방식이라고 생각해본다. 도덕가에게 가지고 가면 무어니 무어니도 하겠지만 세상에 물질을 떠난 순애정만의 남녀 관계라는 것이 어디 얼마나 있는가, 아니 돈 이야기는 빼더라도 서로 좋아하는 남녀가 단순 솔직하게 서로 사랑을 고백하고 싫어지면 담담하게 헤질 수 있다 하면 쓸데없는 쇠사슬에 얽매어 서로 미워하면서도 언제까지나 질질 끌어가는 그따위 관계보다 얼마나 나을 것인가 하고도 생각해본다.

안상렬이 억지로 권하는 위스키를 두 잔 폭이나 받아 마셨더니 프로라는 눈이 팽팽 돌리며 두 볼이 후끈후끈해왔다. 그래 눈을 감았다 떴다 손은 안이 주무르는 대로 내맡기고 나중에는 안이 잡아당기는 대로 얼굴을 그의 가슴에 묻고 안겨 있었는데 어쩌다 보니 비틀비틀 취한 다리로 걸어 들어오는 최형태의 그림자가 눈에 비친다. 에이, 더러운 녀석 남한테 몇십 원씩 돈이나 물리고, 옳지 너 게이꼬한테 여봐라는 듯이 다른 년을 데리고 와서는 시시덕거렸겠다, 어디 너두 좀 당해봐라 하는 얼토당토않은 헛배짱이 생기며 프로라는 안에게로 바싹 다가앉아 눈을 감고 몸을 내맡겨 버렸다. 그러고 보니 술 취한 기분도 해롭지 않다.

그러나 그것도 잠시 동안, 별안간 쟁그렁 하고 유리컵 깨지는 소리가 나며 눈도 채 뜨기 전에 누군지 굳센 손으로 프로라의 덜미를 잡아끌어 올렸다.

"이눔, 남 남의 계집을—."

등 뒤에서 최의 흥분한 소리가 들리며 거의 동 시각에 머리 위로 무엇이 휙 지나가 안상렬의 빰에 가 철컥하고 들어맞는다. 안도 성난 범같이 마주 일어섰다. 이어 술병이 날고 테이블이 넘어가고 의자가 부서지고—.

순사가 와서 최를 끌어간 뒤의 안의 태도는 놀랄 만치 태연한 것이었다. 얼굴빛은 좀 창백하게 질렸으나 금방 치르고 난 싸움은 잊어버린 듯 잠자코 앉아 맥주만 꿀꺽꿀꺽 들이마신다. 프로라는 안의 그런 태도에 차차로 압도를 느끼고 있는데 안은 별안간

"프로라, 아까 싸울 때 나만 자꾸 말렸지?"

하고 힐문하듯 한다.

"그럼 그런 사람하고 싸우면 어째요."

"간단하게 묻지. 프로라의 영감인가?"

"원 별—."

변명하려 하는데

"아니, 아니면 고만이지. 그렇지만 프로라가 내 팔에 매달리는 바람에 매는 나 혼자 실컷 얻어맞았구먼. 그 친구가 나한테 덤비는 것두 딴은."

"원 별말씀도 호호호호."

프로라는 웃었으나 사실은 가슴이 뜨끔했다. 하기는 말을 듣고 보니 싸우지 말라고 안의 팔에 매달렸던 것은 최더러 마음 놓고 때리라는 것이나 다름없는 것이다. 글쎄 자기도 의식하지 못하는 중에 최 편을 든 것이었을까. 반드시 그렇다고는 할 수 없으나 또 안 그런 것도 아닌 성싶다.

그렇다면 어느 틈에 자기는 최에게 그렇도록 마음이 끌렸다는 것인가. 생각하니 무섭기도 부끄럽기도 하다.

그래 프로라는 자기의 마음을 스스로 감추려는 듯이

"자 술이나 잡수세요. 그까짓 일 잊어버리구."

하고 술을 권한 것인데

"프로라, 여기선 불쾌해 더 못 먹겠네. 어디 다른 데 가 한잔 먹세. 프로라 때문에 매까지 맞았으니 그만 청야 듣겠지."

하는 의외의 대답이다. 문뜩 프로라는 말이 막혀 거절할 말을 찾아낼 수 없었다. 시계를 쳐다보니 열두 시 반.

"한 삼십 분 동안이면—."

"왜 한 시가 되면 누가 기두리나?"

"기둘리긴 누가 기둘러요. 호호호호."

그래 삼십 분 동안만 안과 동행할 요량으로 홀 뒷문으로 빠져나온 것인데 자동차는 의외로 남대문통 넓은 거리를 풀스피드로 내닫는다.

"아이 너무 멀리 가면 어떻게 해. 이 근처 어디 술집 없나, 너무 늦으면 안 되는데."

그러나 안은 그런 말은 이런 종류의 여자가 체면으로 하는 것으로 듣는 모양 대꾸도 하지 않는다. 가만히 생각하니 프로라는 대체 이 밤중에 안과 함께 무엇하러 어디를 가는 것인가 스스로도 알 수 없는 노릇이었다. 아파트 한 채가 탐이 나선가. 물론 아니다. 안상렬이가 마음에 들어 그와 어찌하자는 것인가. 그것도 아니다. 에라 무어 될 대로 되겠지—.

배짱은 정해졌으나 자동차가 아스팔트 큰길을 바람같이 내달아 한강 철교를 순식간에 건너 캄캄한 산길로 들어서서 이리 꾸불 저리 꾸불 뒤흔들릴 때에는 그런 경험은 프로라로서는 처음 것이라 몸이 바작바작 오그라드는 것 같았다. 안을 솔직한 사내라는 등 그의 방탕 철학을 그것도 그럴듯한 소리라는 등 생각하던 것은 철부지의 짓이었다고 후회도 하는 것이다. 그 생각이 점점 마디와 같이 뭉쳐져서 안의 얼굴을 하비고 어깨를 물어뜯고 했던 것인데—.

철컥! 정신이 번쩍 나게 뺨을 후려갈기고

"그렇게 싫거던 가!"

씹어뱉듯 이 말을 내던지고 안상렬이가 물러앉아 맥주 컵을 집어 들었을 때에는 프로라는 도리어 정신이 멍해지며 아이 이 사내도 생각하던 이만 같지 못하구나 하는 것이었다. 그래 프로라는 그에게 도리어 사과하고 애원이라도 하고 싶었는데 노해버린 안은 아무 소리 않고 초인종을 눌러 하녀를 불러가지고 이 손님은 가신댄다고 선언을 해버렸다. 프로라가 핸드백을 들고 일어서도 안은 맥주만 들이켠다. 안 떨어지는 발을 떼어놓아 미닫이께까지 와서 실례했습니다, 먼저 갑니다 해도 안은 대답도 않았다. 그러나— 하고 한강 철교의 늘어선 등불이 다시 눈에 비치자 프로라는 비로소 가슴을 내리쓸며 생각하는 것이다. 일은 될 대로 잘됐다, 그 이상 안과의 관계가 더 나가 좋을 것은 무어 있는가. 안상렬이 무엇이라 한마디만 말을 걸어주었어도, 아니 미닫이를 닫던 그 순간에라도 프로라! 하고 불러주기만 했어도 자기는 그대로 주저앉아서 그때까지 상상치도 못하던 정열을 안에게 바쳤을 것이다. 그러나 그것이 또 어쨌다는 것인가.

이튿날 밤 안상렬은 정말 그날 아침으로 서울을 떠난 것인지 밤이 늦어도 홀에 나타나지 않았다. 프로라는 무엇을 잃어버린 것 같아 가슴 한편이 서거분하고 누가 권하는 사람이 있으면 술이라도 몇 잔 먹고 싶은 마음이었다. 마침 그런 판인데 발을 끊은 지 거의 한 달이나 되는 오금동이 술이 만취해 나타났다. 그러나 오는 한동안 안 오던 사람이고 또 그전과는 사람이 몹시 변했으니 사람은 한 사람이지만 다른 사람으로 쳐서 이곳에는 프로라의 제칠의 사내라 해둘까. 사실 친구들 둘과 함께 고주망태가 되어 〈애마행진곡〉을 고창하며 와당탕거리며 홀로 밀려 들어온 오는 그전과는 생판 딴사람 같은 것이었다. 홀 한복판에 떡 버티고 서서

"오—이 프로라, 술 가져오게 술 가져와. 왜 빨리 안 가져오는 거야."
하고 야료를 치는 것이다. 그러나 프로라는 그러는 오가 어쩐지 몹시 반가웠다. 엊저녁 안상렬에게 잃은 것을 오에게서 땜질하자는 것인가. 오는 물수건을 가지고 간 프로라에게

"음— 프로라. 이게 프로라였다. 여보게들 이게 프로랄세. 유명한 프로라. 예쁜 프로라."
하고 빈정거린다. 같이 온 사람들은 하고 보니 차림차림이며 모든 것이

그렇게 상등 손님은 안 돼 보이는데 그중 하나가

"응 뭐 후로라상, 제一기 산월이라구 허려무나. 후로라 후로라 목간통이로라, 하하하하 아하하하하."

하고 가장 재미있는 변을 쓴 듯 깔깔거렸다. 일백오십 활 일백오십 활 하는 말이 자꾸 튀어나오는 것은 상반기 보너스 와리* 말인가.

그러나 오금동들 패는 워낙 술을 많이 먹은 끝이라 처음 기세만 맹렬하였지 곧 파김치가 되어 그중 하나는 드르렁드르렁 코까지 골기 시작했다. 오만은 벌건 눈을 거듭 뜨고 그래도 처음 기세를 유지하려 애쓰는 것이나 응원으로 데리고 온 두 사람이 녹초가 되고 보니 고만 그전 바탕이 나와 역시 프로라의 적수가 못 되는 것이다. 한 달 동안이나 어째서 술을 먹지 않았느냐고 물으니까 안 먹긴 왜 안 먹어, 이 집에만 안 왔지 하고 대답하는데 눈치가 프로라에게 실패하고 한 달 동안 화풀이 겸 다른 데로 다니며 술 먹고 떠드는 기술을 닦고 온 모양이다. 말하자면 기껏 술을 연마해 가지고 한번 단단히 해댈 작정으로 프로라를 찾아온 것인데 막상 프로라를 대하고 나니까 도로 기운이 수그러진 격이다. 그런 기맥이 역력히 보이매 또 프로라로서는 기운을 내 떠들려고 노력하는 오의 모양이 도리어 우습게도 귀엽게도 보인다.

말끝이 끊어져서 잠깐 묵묵히 있으므로 프로라도 어줍어서

"술이나 한 잔 더 잡숫구려."

하며 술을 쳤더니

"프로라 한 잔만 허지."

하고 되려 권한다. 딴은 그런 소리도 그전에는 못하던 소리다.

———

* わり. 일본어로 10분의 1을 표시하는 단위. 할.

"주시면."

프로라는 서슴지 않고 받아 마셨다. 가슴을 내려가는 감각이 싸르르하다.

"한 잔 더."

"나만?"

"후래삼배라니까."

"호호호호 그럼 먹지요."

프로라는 깔깔 웃으며 또 두 잔을 넙죽넙죽 받아 마셨다. 오는 프로라의 술 먹는 모양을 의외라는 듯이 바라다본다. 그러나 오늘 저녁 프로라가 오의 술을 받아 마시는 복잡한 심정은 오로서는 아마 알지 못하리라. 술기운이 돌자 프로라는 마음이 커지며 자기는 누님이요 오는 동생이라는 얕잡는 생각이 들기 시작했다. 가만히 몸을 실려보니 반응이 그럴듯하다. 노곤한 척 손을 오의 무릎에 실렸더니 오는 감격한 듯 슬그머니 그 손을 잡고 점점 더 힘을 준다.—이런 것이 술 취한 감정인가. 자기의 세계에도 어느새에 술까지 들어온 것인가. 이렇게도 생각했지마는 프로라는 풍선같이 부풀어 오르는 감정을 어찌할 수 없었다. 상대가 다른 사람이면 그렇지도 못할 것이지만 그것이 오금동이라는 것이 프로라의 마음을 한없이 가볍게 하는 것이다.

"오상, 우리 오늘 저녁엔 술 먹기루 헐까. 나두 먹구 싶으니."

프로라는 자청해 오와 술을 권커니 받거니 하기 시작했다. 새 술병을 가지러 비틀비틀하며 카운터로 가노라면 동무들이 에그 프로라가 술을 먹었네, 저 애가 어쩔려구 그래 하는 것이다. 그러면 프로라도 지지 않고 왜 어쨌단 말이야, 두더지는 나비가 못 되라는 법 있나 하고 대꾸를 한다.

그리고 보니 형세는 처음과 정반대가 되었다. 프로라가 점점 기운이 나서 웃고 떠들고 하는 대로 오는 도리어 말이 적어져가는 것이다. 내내 프

로라가 정신이 핑 돌아 의자 등에 머리를 대고 잠깐 눈을 감았다가 깜짝
놀라듯 떠보았을 때에는 오는 심각한 표정을 하고 담배 연기만 후후 내뿜
고 있는 것이다. 술도 다 깬 듯 얼굴빛이 창백하다. 잠깐 아찔했던 것으로
생각한 것은 프로라의 착각이었을까. 맞은편에 앉았던 오의 친구 두 사람
은 어느새에 그림자도 없고 시계는 벌써 열두 시를 넘었다.

"인제 좀 정신 나? 흥 좀 부러운데. 나두 애인이나 맨들까?"

사다꼬가 옷을 고쳐 입다가 프로라를 보고 빈정거린다. 옷을 고치다니
벌써 집으로 가려는 것인가. 허기는 돌아다보니 넓은 홀 안에 손님이 한
패밖에 없다.

"제—기 이러다가는 장사 다해먹겠네. 경칠 비 좀 오기루서니."

"비?"

프로라는 일어나 바람도 쏘일 겸 창문을 열고 내다보았다. 이슬비가 소
리도 없이 부슬부슬 내리고 있었다.

밤에 집에 갈 때에 손님들이 자동차로 바래다주는 것은 가끔 있는 일이
지마는 오금동과 한차를 탄 것은 그것이 처음이었다. 오금동이 돈을 치르
고 집으로 갈 걱정을 하고 있는 것을 물으니 프로라와 방향이 같은지라
프로라 편에서 같이 타고 가자고 청한 것이다. 그러나 오는 프로라가 친
절을 보이면 보일수록 도로 옛날의 자태로 돌아간 듯 그저 하자는 대로
할 뿐 차 안에 나란히 앉아서도 말 한마디 하지 않는다. 그런 오의 태도에
그전 같으면 다못 권태를 느낄 뿐 아무 호의도 가져지지 않는 것이었으나
술기운이 안직도 얼근한 까닭일까 프로라는 도리어 마음이 안타까워지며
오에게 전에 없던 애착까지 느끼는 것이다. 애정이란 줄다리기 같은 것이
라 할까. 이편이 한 발짝 나서면 저편은 한 발짝 물러서고 이편이 한 발짝
물러서면 저편이 한 발짝 나서는 것이다. 그것을 깨뜨리려면 그것에 무슨

비약이 있어야 하는 것인데— 그러나 어쨌든 오는 누구보다도 깨끗한 사람이라는 것이 지금 프로라의 취한 머리에 가득한 생각이다. 하기야 지금 술 먹으러 다니는 사람치고 깨끗한 사람이 어디 있을까마는 그래도 다소라도 마음이 쏠리지 않으면 사내들은 야심을 내지 않는 것이니 생판 야심만으로 여자를 농락하러 덤비는 사람도 야심을 내기까지에는 그만한 순정은 갖고 있는 것이라는 것이 프로라의 전부터의 생각인 것이다.

일상 하는 버릇으로 프로라는 집에 들어가는 골목을 한 마장이나 앞에 두고 먼저 자동차를 내렸다. 무슨 생각을 하고 있는 듯도 하고 아주 맥이 풀려버린 듯도 한 오에게 자꾸 마음이 끌려 얼른 문을 닫지 않고 문을 붙든 채 서서 미안하다는 둥 고맙다는 둥 안녕히 가시라는 둥 말을 주고받고 하고 있는데 저편에서 컴컴한 그림자가 가까이 와서 짐짓 이 광경을 못 본 체 고개를 돌리고 지나간다. 프로라는 그것이 남편 김대진인 것을 알자 별 죄를 지은 것은 아니지만 가슴이 서먹했다. 그래 분주하게 인사를 마치고 문을 탁 닫고 돌아서려 한 것인데 무슨 생각을 한 것인지 별안간 오금동이 잠깐만! 하면서 쫓아 내려온다.

몇 발짝 앞서 걸어가는 남편과 뒤쫓아 내려오는 오금동을 번갈아 보면서 프로라는 어떻게 할는지를 알 수 없었다.

"아이 비두 오구 하는데 왜 내리슈, 그냥 가세요."

"뭐 대단치 않구먼."

오의 목소리는 웬일인가 쉰 것같이 잘 나오지 않는다.

"그래두!"

그 말에는 대답도 않고 오는 따라와 나란히 선다. 무엇인가 이상스러운 압력이 그에게서 흘러나와 프로라를 내리눌렀다. 그의 어느 구석에 이런 압력이 있었더란 말인가. 프로라가 그렇게 느낀 것은 하필 몇 발짝 앞에 남편이 걸어가고 있기 때문만은 아니었으리라. 그러나 그 남편이 뒤도 돌아보지 않고 걸음을 빨리해 달아나는 것은 좀 마음의 부담을 가볍게는 해준다.

집 들어가는 골목 앞까지 거의 다 오도록 프로라와 오 사이에는 말 한마디 없었다. 그러나 그 침묵이 도리어 더 무겁게 프로라를 내리눌렀다. 몸이 오그라지고 숨이 가쁜 품이 엊저녁 안상렬과 한강 건너 산속을 달릴 때 몇 배 이상이다. 프로라는 오늘 저녁 오금동을 만만히 본 것을 후회하였다. 그러나 그것이 지금 와서 무슨 소용이 있으랴.

골목 들어가는 어귀까지 와서 인젠 정말 헤지려고 잠깐 머뭇하는데

"프로라!"

별안간 오가 옆으로 바싹 다가선다.

"네?"

"프로라! 난―."

폭발하는 감정에 말을 미처 못 맺고 오는 달려들어 프로라를 껴안고 얼굴을 문지르고 길 옆 남의 집 화방에다 밀어붙였다. 저항할 수 없는 놀랄 만한 사내의 힘.

"아이 아이."

프로라는 겨우 이 소리를 했을 뿐 저항은커녕 무엇이 어떻게 되는 판인지 알 수 없었다. 이래서는 안 된다는 생각이 별똥같이 휙 지나가고는 다음은 아까보다도 더한층 암흑이다. 정신을 가다듬으려 해도 가다듬을 정신이 없는 것이었다. 첫째로 사지의 맥이 풀려 몸이 말을 안 듣는 것이다. 사람의 정신에도 에어포켓* 같은 것이 있다는 것인가.

그러나 집 문간을 들어설 때에는 프로라는 벌써 보통 때의 프로라였다. 그는 우선 부엌으로 가서 맑은 냉수를 떠 양치질을 왈가닥왈가닥했다. 이

번에야말로 비록 무슨 무엇은 없었다 해도 김대진에게 정말 미안한 것 같
아서 몸속 마음속까지 씻어낼 듯이 야단스레 하는 것이다. 방문 앞에 와
서도 프로라는 잠깐 머뭇거렸다. 죄를 지은 죄인인 양 고개를 숙이고 가
만가만 미닫이를 연다. 그러나 이것은 또 웬일일까. 질투의 불길에 바작
바작 몸을 태우며 전등 밑에 도사리고 앉았어야 할 김대진은 십 분밖에
안 되는 그동안에 잠이 들었을 리도 없는데 벌써 이불을 덮고 눈을 감고
죽은 듯이 누워 있는 것이다. 안심했다느니보다 차라리 무슨 까닭으로 양
치질을 한 것인지 너무도 싱겁다는 듯이 프로라의 입가에는 빙그레 웃음
이 떠올랐다.

—『창랑정기』, 정음사, 1963.

---

* 비행 중인 비행기가 함정에 빠지듯 하강하는 구역. 비행기가 여기에 들어가면 속력을 잃고 불안정해진다.

여름夏

사위는 조용했다.

토막은 점점 검게 잠들어가고 어디선가 벌레가 시끄럽게 울고 있다.

"빨리 하라구."

윤복동尹福童은 다 피운 흥아興亞 담배꽁초를 모래 위에 내던지고는, 잠자코 있는 아내 쪽을 돌아보았다. 어렴풋이 별빛을 받은 순이順伊의 얼굴이 하얗다.

"점점 추워지잖아. 이대로 밤을 보내면 난 또 감기에 걸릴지 몰라."

"시끄러워요. 남정네가……."

순이의 목소리에는 여전히 가시가 돋아 있었다.

"그렇지만 어쩔 수 없잖아. 나는 뭐 좋아서 아프나?"

"그러니까 안 된다는 거예요. 만날 아프기만 하니까 마누라마저 이 지경을 당하지."

"미안해. 정말. 당신에겐. 그렇지만 대감마님이 살아 계셨으면 나도 이렇게 비참하게 되진 않았을 거야. 나라구 뭐……."

"홍, 또 대감마님 타령이슈?"

타박을 받으면 복동이는 더 이상 말을 잇지 못한다.

이렇게 되자, 복동이는 늘 그런 것처럼 그를 이처럼 비참한 상태로 내몬 젊은 서방님이 원망스러워지는 것이다. 송 판서 대감(판서는 관명, 대감은 존칭)이 죽자 반년도 지나지 않아 젊은 서방님은 집안 정리를 단행했다. 삼십여 명이나 되는 가족들이 뿔뿔이 흩어졌고, 복동이도 황망히 백원 남짓한 돈을 받고 길거리로 내쫓기지 않을 수 없었다. 여하튼 달구지를 하나 사서 과일 행상을 시작했지만 명가의 하인으로서 세상 물정도 모르고 살아온 복동이에게 장사 따위 될 리가 없었다. 결국 하루 벌이 일꾼이 되어 땔감 장사로 돌다가, 그다음 해 봄에 결국 교외 토막 부락으로 떨어지고 말았다. 그 부락이 곧 경성부京城府의 구획 정리로 철거되어 지금은 도심부에서 조금 떨어진 여기까지 쫓겨 온 것이었다.

좀 전부터 복동이는 어렴풋이 밝아오는 서쪽 하늘을 쳐다보면서 그리운 듯 원망스러운 듯 일종의 슬픔에 잠겨 있었다. 삼 년 전까지만 하더라도 인생의 반을 태평스레 살아왔던 경성 시가지. 저 어슴푸레한 하늘 아래에는 지금도 편안하게 살고 있는 사람들이 있겠구나 하고 생각하면 참을 수 없는 마음이 되었다. 하인이라는 비천한 신분이긴 했지만, 복동이는 서울 사람이라는 것에 무한한 긍지를 느꼈다. 가을 추수철이라도 되어 노대감을 따라 시골로 가면, 지둔한 소작인들을 실컷 깔봤던 것이다. 그러면 마름(농장 관리인)조차 머리를 숙이고 그에게 아첨하기 바빴던 것이다.

강 아래에서 차가운 늦가을 바람이 불어왔다. 그러자 복동이는 갑자기 쿨럭쿨럭 기침을 시작했다. 병이라 했던 건 이런 기침을 말하는 것이었다. 정월에 오륙일 감기로 누웠다가 일어나긴 했으나 도무지 기침이 멎질 않았다. 그런 차에 사오일 일을 하고 났더니 어깨에서 등까지 욱신욱신 아파서 누웠다 일어났다 반복하지 않을 수 없었다. 소의 생간을 먹어보기도 했고 솔잎과 벌꿀을 단지에 담아 육 척 땅 밑에 묻어두고 한 달 후에 꺼내 먹어보기도 했다. 여러 방법을 써보았지만 조금도 좋아지지 않았다. 순이가 늘상 하는 말이지만 이렇게 병에만 걸리지 않았더라도 이런 곳까지 쫓겨 오지 않았을지도 모른다.

"이제 곧 입추군."

겨우 기침이 진정되자 복동이는 변명이라도 하는 듯 중얼거렸으나 순이의 대답은 들려오지 않는다.

다른 사람들은 여전히 벙어리처럼 아무 말 없다.

강 위에 새로 만든 콘크리트 다리 위를, 덜컹하는 커다란 소리를 내며 등불을 밝힌 전차가 지나갔다. 붉은 미등이 달린 전차였다.

그걸 기다린 듯이

"자 이제 슬슬 시작해볼까."

어둠 속에서 가래와 삽을 든 하얀 그림자 서넛이 움직이기 시작했다. 지금부터 복동이의 토막을 지을 청부업자들이었다.

장소는 미리 얘기해두었기 때문에 그 사람들은 곧바로 묵묵히 모래를 파기 시작했다. 익숙한 듯 금세 두 평 남짓한 장방형 구덩이를 파더니 그 둘레에 길이가 네 척 정도 되는 막대기를 두 척 깊이로 꽂아 넣고, 그 위에 지붕을 엮어 올렸다. 밤눈이 밝은지 칠흑 같은 어둠 속에서도 이 사람들은 그다지 실수를 하지 않았다.

지붕도 거의 모습이 갖추어졌을 때 갑자기 누군가가

"쉿."

하고 신호를 보냈다. 사람들은 갑자기 손을 멈추고 숨을 죽이며 귀를 쫑긋 세웠다. 토방 위에서 덜컹거리는 마차 소리가 들려온 것이었다. 그러더니 소리는 아카시아 나무 부근에서 멈추었다.

"에이, 야간 노점상 김 선달이잖아."

누군가가 안심한 듯 말하자

"쳇."

다시 사람들은 묵묵히 일에 달려들었다.

발각되면 끝장이었다. 누구 땅인지는 모른다. 아마 국유지일 터이다. 어쨌든 다른 사람 땅이다. 그러기에 한밤중을 기다려 일을 시작했던 것이고 신속하게 작업을 마치기 위해 우습지만 청부업자 같은 전문가도 생겼다.

토막은 불치의 피부병처럼 이 도시 외곽에 기생하고 있었다. 10년 전 삼십 몇 만이라 했던 이 도시의 인구는 오륙 년 전에는 벌써 칠십만을 돌파하였고, '대륙병참기지'의 심장부라 불리고부터는 더욱 가속도로 팽창해갔다. 원대한 도시계획안이 수립되어 대규모의 구획 정리가 시작되었으나 거기에 보조를 맞추듯 가는 곳마다 공터에는 토막 부락이 우후죽순 생겨났다. 구획 정리의 손길이 뻗침에 따라 불결한 이들 부락은 곧 철거되었지만, 부수고 또 부수어도, 그 뒤에 또 그 뒤에 새로운 토막 부락이 생겨났던 것이다.

여기 토막 부락도 지난 구월, 일주일 만에 생겨난 것이었다. 수년 전 홍수로 생긴 조금 높은 강가 모래 언덕은 토막을 짓는 데 절호의 장소였다. 처음에는 오도카니 토막 한 채였다. 그러나 그 삼 일째 되는 날 아침에는 네 집으로 늘어났다. 일주일쯤 지나 주재소에서 순사가 나왔을 때는 벌써 열 집이 넘었다. 모래벌판에는 부서진 가재도구와 함석판, 그리고 낡아빠진 멍석과 거적때기가 흩어져 있었는데, 순사도 어찌해볼 수 없어 잠시 노성을 질렀을 뿐 칼 소리를 울리며 돌아가고 말았다.

거적으로 벽을 올리고 짚으로 지붕을 엮으면 이럭저럭 토막의 모습은 완성되었다. 그것만으로도 작업은 두 시간이나 걸렸다.

"자 이제 자잘한 건 자네들이 하게."

내뱉듯 말하고는 청부업자들이 돌아가자

"뭘 꾸물대고 있소. 한데서 밤 샐 셈인가."

순이는 일어나며 또 머리 위로 지청구를 퍼붓는다.

"그렇게 서두르지 않아도 되잖아. 더 이상 고칠 것도 없어."

기침을 하면서 복동이는 일어났다. 오랜 시간 지긋이 같은 자세로 있었더니 목과 등이 잡아당기듯 아파온다.

짚 다발과 해진 담요를 안고 새로운 거처 입구에 섰을 때 복동이는 문득 얼굴을 들어 하늘을 올려다보았다. 칠흑 같은 하늘에 무수한 별이 분수 줄기처럼 빛나고 있었다. 별똥이 휙 하고 어렴풋한 꼬리를 끌며 도심 하늘 위로 사라져갔다. 서쪽 하늘은 여전히 어렴풋이 밝다.

틈새로 흘러 들어오는 해 뜰 무렵의 차가운 바람에 복동이는 눈을 떴다. 아직 어두웠지만 추워서 잠이 들 것 같지도 않았기에 일어나 거적때기를 젖히고 밖으로 나갔다.

서리가 내렸다. 지난밤 모래벌판에 내버려 둔 잡동사니 위에도 하얗게 내려앉았다.

부락도 이제 막 눈을 뜨는 참이었다. 아침 연기가 피어오르는 토막도 있었다. 사내 둘이 물가에 지게를 내려놓고 푸성귀를 씻고 있었다. 윗분들은 이 불결한 물에 채소를 씻는 걸 금하고 있었지만, 채소 장수들은 아무래도 습관을 버리기가 힘들었다. 토방의 아카시아 나무 아래에는 지난밤의 그 마차가 텅 빈 채 멈춰 있었다. 치마 속에 갈퀴를 감추고 강 건너 국유림 쪽으로 건너가는 여인네는 산림감시원이 일어나기 전에 낙엽을 긁어 오려는 것일 게다. 아무런 변화도 없이 밝아오는 토막의 풍경이다.

옛말에 서리가 내린 날은 따뜻하다고 하는데, 역시 해가 비치기 시작하자 따뜻해져왔다. 아침을 해치우고는 복동이는 토막 안쪽에 창이랍시고 구멍을 뚫고는 벽이라고 둘러둔 거적때기를 틈이 없도록 줄로 단단히 묶었다. 그리고 가래를 빌려와 토막 주위에 모래를 높이 쌓고는 거적 아랫단을 모래에 묻었다. 이러면 추위도 물도 막을 수 있다.

낮이 되어 창이라고 뚫어둔 구멍에 바를 한지를 찾느라 부서진 장롱을 뒤지고 있는데

"어째 정리는 다 됐어?"

정백만鄭百萬이 찾아온 것이다.

"헤, 그럭저럭 덕분에 겨울도 나게 되었습니다."

정백만과는 어제 처음 청부 일로 만나게 되었는데, 청부업자의 왕초인 듯 돈을 받고 작업 지시를 내리는 것이었다. 그러나 어젯밤 현장에는 나오지 않았다. 턱이 튀어나온 조금 거무스레한 얼굴에다 민첩하고 사나운 눈이 반짝 빛나는 바람에 복동이는 대번에 섬뜩한 느낌을 받았다.

정백만은 덩치에 어울리지 않게 생글생글 웃으며 복동이의 얼굴을 쳐다보다가

"뭐더라, 자네, 송 판서 댁에 살았지 않았나?"

"헤, 그렇습니다. 어렸을 때부터 송 판서 대감님께 신세를 졌습지요. 열한 살 때 상노(사환)가 되어 돌아가실 때까지 쭉."

그러자 정백만도 옛일을 떠올리는 듯 그리운 어투로

"송 판서 대감님은 참 좋은 분이였지. 나도 그분께 늘 신세를 졌다네. 이달 십육일이 기일이지, 아마."

"헤."

놀라서 복동이는 정백만의 얼굴을 말뚱말뚱 올려다보았다. 그래 아직도 기억 못하겠나 하듯이 정백만은 정면으로 바라보며 씩 웃는다. 그러자

웃고 있는 그 얼굴 위로 복동이도 기억이 있는 그 무서운 깍쟁이(땅꾼이 본업지만 그것보다도 걸식과 부랑자로 통하던 특수 계급의 사람)의 얼굴이 겹쳐 떠오른다. 정백만은 주인집인 송 판서 댁에 잔치나 제사가 있으면 반드시 졸개들을 데리고 와서 배터지게 얻어먹고 돌아가는 땅꾼들의 왕초였다. 대문(바깥 현관)에 무리를 지어 막아서고는 고함을 지르며

"마님, 인사 여쭈러 왔습니다."

라며 난폭하기 짝이 없는 행동을 서슴지 않았다. 행하조(축의금)가 너무 적거나 음식을 늦게 내오면 삼베 자루에 손을 집어넣어 미끈미끈하고 기다란 놈을 한 마리 꺼내 목이나 손목에 칭칭 감거나 하며 자기들끼리 나쁜 장난을 치는 것이었다. 뱀의 목을 잡고는 긴 혀를 날름이게 하면 여자들은 비명을 지르며 안으로 도망갔다. 어떤 때는 잔치 음식을 가득 담은 커다란 목반을 머리에 이고 막 대문에 들어선 하녀가 뜻하지 않게 이런 장면을 보고 기겁해서 목반을 땅에 떨어뜨려 그릇과 음식이 엉망이 되어 버린 적도 있었다.

성가신 놈을 만났구나 하고 복동이가 생각하는 걸 아는지 모르는지 정백만은 여전히 싱글싱글 웃으며

"자네 마누라를 기억하지. 여러 번 음식을 날라 왔었더랬지."

그러고는 곧 좀 전의 그리워하는 듯한 말투로 돌아가

"그런데 송 판서 집안도 이제 몰락했다구 그러대. 서방님은 지금 어디서 뭘 하고 있을까."

"신당정에 있다고 들었습죠만, 저도 잘 몰라요. 서방님은 몰인정한 분이니까요."

"그렇다고 노여워할 건 없어. 이것도 시세니까. 요즘은 우리들도 참 힘들어. 옛날에 있던 대갓집들은 전부 어디 가버렸을까."

“땅꾼 노릇은 아직도 하시나요?”

“하구말구. 장사니까. 그렇지만 그쪽도 지금은 약으로 쓴다 어쩐다 하는 치들이 나타나서 완전히 망했다니까.”

그러고는 갑자기 말투를 바꾸더니

“그건 그렇고 자네도 이 동네 사람이 되었으니 지금부터는 이 동네 규칙에 따라야지. 윗분들의 눈이 닿지 않는다고 마음대로 행동했다간 내가 용서하지 않을 테야. 알았어? 이 동네에는 이 동네의 규칙이 있으니까.”

말을 마치자 총총히 토방 쪽을 향해 걸어갔다.

악몽에서 깨어난 듯 복동이는 휴 가슴을 쓸어내리고는 뭐야, 이 동네에는 땅꾼들만 있는 건 아니야, 지게꾼도 있고 넝마주의도, 과일 장수도, 채소 장수도 있는데 뭐 하며 다시 부서진 장롱을 여기저기 뒤지기 시작했다.

주거 문제가 이럭저럭 정리되자 복동이는 가까운 구획 정리 공사장에 인부로 나갔다. 민둥산을 깎아 그 흙을 저지대로 날라 폭 이십오 미터의 도로를 만드는 작업이었는데, 이렇게 공사가 진척되면 결국 복동이네가 살고 있는 토막 부락은 다시 어딘가로 옮겨 가지 않으면 안 될 것이다. 아이러니였지만 어쩔 수 없는 일이었다.

복동이가 맡은 일은 두 사람이 수레를 미는 일이었는데, 약해질 대로 약해진 몸에는 힘에 부치는 일이었다. 오후가 되자 두드려 맞은 것처럼 온몸이 욱신거리고 뼈마디가 아파왔다.

어느 날 여느 때처럼 기진맥진 일터에서 돌아오니 기다고 있었다는 듯이 순이가 지껄이기 시작했다.

“놀랐지 뭐야. 당신, 정백만한테 첩이 있더라. 호호호.”

“정백만이?”

복동이도 놀라지 않을 수 없었다.

"게다가 그치가 대단한 미인인걸. 마치 대갓집 마나님처럼 멋을 내고는."

"아, 그 여자. 이상하게 차려입고 항상 우리 집 앞을 지나는."

"그래요. 정백만은 정말 부자야."

"어쨌건 그치는 여기선 왕이니까. 졸개들 시켜서 뱀을 팔게 하고 수수료를 떼먹지 않나. 청부업을 하질 않나. 게다가 고리대까지 하니까."

실제로 정백만은 어렵다는 둥 하는 볼멘소리는 모두 거짓말이고 말 그대로 이 부락의 왕이었다. 무엇보다 정백만은 부락 사람들에게 두려움의 대상이었다. 문득 생각난 듯 부락에 와서는 한바탕 큰소리를 치고 돌아가는 순사보다는 정백만이 더 무서운 존재였다. 그만큼 정백만은 자기 마음대로 휘두를 뿐만 아니라, 또 이곳의 질서 유지자이기도 했다. 대단한 권세를 쥐락펴락하는 자도 정백만의 호통을 만나면 한순간에 오들오들 떨며 살금살금 도망가 버렸다. 정백만은 가끔 자기 토막에 졸개들을 모아 호화로운 술판을 벌이곤 했다.

무리를 한 탓인지 아니면 갑자기 추위가 엄습한 탓인지, 복동이는 다시 고열에 시달려 이틀 내내 머리를 들지도 못할 정도로 앓았지만, 삼 일째 되는 날에는 일어나야 했다. 벌써 첫얼음이 얼었기 때문에 무리를 해서라도 지금 온돌을 깔아야 했기 때문이다.

이것만은 윗분들께 들켜도 상관없었을 뿐만 아니라 아궁이와 굴뚝 두 개만 만들면 되기 때문에 복동이는 쉬지 않고 토막 속의 흙을 퍼 나르고 돌을 옮겨 넣었다.

그 곁에서 순이는 두 팔을 걷어붙이고 손이 발갛게 되도록, 여기저기 가생이가 깨진 장독 속에 김장을 담그고 있었다. 남이 버린 배춧잎을 주위 와 소금과 고추를 뿌려 담근 것이었다.

맨발로 흙을 이기고 있었더니 뒤에서

"온돌을 깔고 있군."

정백만이었다. 시내라도 다녀온 듯 두루마기 대신에 외투를 입고 있었다.

"헤, 심히 추워져서요."

"그렇군. 감기가 걸리면 안 되니까. 그런데 자넨 그렇게 초라한 김장을 담가서 어딜 쓸 생각인가? 그걸로 월동할 참인가?"

라며 순이를 돌아본다.

"홍, 쓸데없이 참견하시네."

기분이 상했는지 순이는 톡 쏘아붙인다.

"참견이라구? 흐흐. 이웃사촌지간에 무슨. 잘 보이면 조금은 도와줄 텐데."

"필요 없어요."

"싫으면 됐어. 나라고 배추가 남아나는 건 아니니까 말이야."

"남 일은 상관 말고 당신 첩한테나 주소."

"홍, 그거야말로 쓸데없는 참견이군."

정백만도 지지 않으려는 듯 쏘아붙였으나 말투에는 화난 빛이 없었다. 한 번 더 홍 하며 웃음을 보이고는 어슬렁어슬렁 가버렸다.

"병신!"

들어도 상관없다는 듯 정백만 등짝에다 악담을 퍼붓는 순이의 얼굴은 왠지 무서우리만치 증오로 불타올랐다.

"왜 그래. 다 들리잖아."

문득 복동이는 발을 멈추고 달래보았지만

"깍쟁이 왕초 주제에 곤란에 빠진 사람에게 병신 같은 말을 하잖아요."

여전히 악담을 퍼부으며, 순이는 복동에게

"빨리 흙이나 이겨요."

고함을 지른다.

"알 수 없는 계집이군. 백만이가 무슨 짓을 했다구."

"아무 짓도 안 했수만."

그러고는 복동이 쪽으론 돌아보지도 않는다.

온돌은 저녁때가 되자 겨우 완성되었다. 김장을 다 해치우고 순이는 갈퀴를 들고 국유림 쪽으로 갔다. 한 시간 후 솔잎과 잔가지를 잔뜩 싼 보자기를 머리에 이고 순이는 돌아왔다.

"다행이군."

가슴을 쓸어내리며 복동이가 순이를 맞는다.

"발각되었으면 감시원 자식, 눈깔을 파버렸을 거야."

순이는 오히려 아쉬운 듯한 표정이었다.

"빨리 불을 지펴. 온돌이 마르려면 시간이 걸리니까."

밤도 상당히 깊어 비로소 두 사람은 토막 속으로 들어갔다. 온돌이 아직 마르지 않아 숨이 막힐 듯했지만, 거적때기에다 짚을 깔고 누웠더니 등이 따끈해진다. 오랜만에 맛보는 상쾌한 기분이었다.

"당신, 송 판서 대감 댁에 있을 때는 욕심을 부려서 너무 불을 땐 탓에 한번은 엉덩이를 크게 덴 적이 있지?"

"흥, 또 대감 댁 이야기요? 난 지금도 너무 따뜻해요."

순이는 치마도 저고리도 벗어 던지더니 눕자마자 코를 골기 시작했다.

"어이."

말을 걸어보았지만 대답은 없었다.

얼마나 지났는지 눈을 떠보니 등이 땀으로 젖어 있다. 주위가 캄캄하고 날이 밝으려면 아직도 시간이 많이 남은 듯해서 그대로 한숨 더 자려고 눈을 감았는데 어쩐지 옆자리가 빈 듯했다.

"어이."

하고 부르고는 소리를 죽였으나 숨소리도 들리지 않았다.

"오줌 누러 갔나?"

잠시 기다렸지만 돌아오지 않았다.

그러자 복동이 머릿속에는 낮에 정백만과 순이가 욕을 주고받던 광경이 떠올랐다.

"또 발작이 시작됐군."

그러곤 안타까운 듯 쳇 하고 혀를 찼으나 그 이상 생각하기도 귀찮다는 듯 엎치락뒤치락하다 눈을 감았다.

꿈결인 듯 복동이는 부스럭부스럭 순이가 돌아오는 소리를 들었으나 그대로 잠들고 말았다. 다시 눈을 떴을 때는 벌써 토막 안에도 어슴푸레 날이 밝아 있었다.

순이는 앞뒤 모르고 자고 있었다. 풀어 헤친 머리, 반쯤 벌린 입을 바라보고 있자, 갑자기 화가 나서 머리채를 잡고 돌려주고 싶은 생각이 들었으나 그만두었다.

두세 번 기침을 했지만, 깨어나지 않는다.

"야, 안 일어날 거야? 나도 오늘은 일하러 간단 말이야."

그러곤 벌떡 일어서서 순이의 엉덩이를 한 번 뻥 차고는 그대로 토막 밖으로 나갔다.

아침 하늘에 아직도 별이 두셋 빛나고 있었다. 뺨을 스치는 바람이 차가웠고, 우물도 사오 푼 두께로 얼어 있었다.

상대가 정백만이라는 건 처음부터 알고 있었다. 그러나 어찌하면 좋을지 모르겠다. 복동이는 분노도 질투도 가만히 누르고 있을 수밖에 없었다.

순이의 바람기는 어제오늘 일이 아니었다. 처녀 시절부터 주인집 젊은 남정네들이나 청지기, 더부살이 들의 요구를 뿌리치지 않았다. "대갓집 계집종은 담 안에 남자 열둘, 담 밖에 남자 열둘."이라는 속담을 몸소 실천하는 계집이었다. 복동이도 그러한 스물두 명 가운데 젊은 서방님이 뽑은 한 남정네에 지나지 않았다. 복동이와 혼인하고 나서도 순이의 행실은 변하지 않았다. 그때부터 이미 복동이는 체념하는 습관이 들었던 것이다. 남자가 한 명 늘어날 때마다 복동이는, 턱에서 볼로, 그리고 볼에서 목덜미로 흐르는 순이의 포동포동한 얼굴선에서 미칠 듯한 질투와 더불어 요염한 집착을 느낄 뿐이었다. 그 음란한 곡선은 모든 고통을 없애주었고, 서른두세 살 넘은 지금에도 조금도 약해질 기미를 보이기는커녕 오히려 강렬해지기만 했다.

날이 추워져 공사장이란 공사장은 모두 쉬고 있었기에 복동이가 토막 속에 웅크리고 있는 날이 많아지자 순이의 행패는 더 심해졌다. 돈이 없다는 둥 먹을 것이 없다는 둥 하루 종일 징징대면서도 정작 자신은 레토 크림이나 클럽백분 따위의 값나가는 화장품을 사 와서는 갈보처럼 얼굴을 온통 처바르거나, 밤이 되면 슬쩍 잠자리에서 빠져나가 두 시간이고 세 시간이고 돌아오지 않는 것이었다.

그러나 그렇더라도 복동이는 가만히 참고 있을 수밖에 없었다.

쾌청하게 맑은 하늘이 한동안 계속되더니, 그날은 구름이 낮게 깔리고 구름 아래로 북한산 바람이 휘휘 불어온다. 저녁부터 눈가루가 흩날리더니 밤중부턴 폭풍이 되었다. 웅 하고 괴수가 흐느끼듯 전깃줄이 울고 강변의 모래가 토막 지붕에 날아와 쌓인다. 금방이라도 토막을 휩쓸고 갈 무서운 기세였다.

그러나 한참 전에 잠자리에서 빠져나간 순이는 아무리 기다려도 돌아오지 않는다.

그러자 모래 섞인 눈과 함께 흐트러진 차림새를 한 순이가 들어왔다.

숨을 죽이고 가만히 자는 척하고 있었더니 순이는 슬쩍 옆으로 들어온다. 구역질 날 것 같은 화장품 냄새가 코를 찌른다. 그래도 가만히 참고 있었더니 순이는 곧 잠이 들었다. 여전히 전깃줄이 울고 모래가 불어오니 무의식중에도 겁이 났던지 복동이 몸 위로 순이의 다리가 감겨온다.

잠시 복동이는 순이가 하는 대로 내버려 두었으나 마침내 조용히 일어났다. 그리고 순이 얼굴을 향해 상체를 굽히고는 가만히 숨소리에 귀를 기울였다. 푹 잠이 들었음을 확인한 복동이는 살짝 떨리는 손끝으로 순이의 속옷을 더듬기 시작했다.

염낭(여인네가 치마 속에 차는 비단 주머니)은 바로 거기에 있었다. 평소 그렇게 소중히 여기던 것이지만 이젠 복동이 차지가 되었다. 손바닥 위에 올려놓고 무게를 가늠해보았다. 의외로 무거웠다. 흥, 하고 복동이는 고개를 주억거린다. 그리고 끈을 풀자 꼬깃꼬깃 접힌 지전들이 손끝에 잡힌다. 한 장, 두 장, 세 장, 네 장, 다섯 장이었다. 일 원짜리 지폐였다.

손끝으로 지전을 만지작거리면서 무슨 생각을 하는 듯 잠시 복동이는 가만히 있었는데, 그러나 곧 염낭끈을 묶어 제자리에 돌려놓고는, 그대로 이불 속으로 기어 들어갔다.

바깥은 여전히 폭풍설이었다.

다음 날 저녁 갑자기 순이는 외출 화장을 시작했다. 단정하게 머리를 묶어 올리고 얼굴을 짙게 바르고, 몸종 시대에 입던 비단옷을 꺼내 입었다.

복동이는 가만히 그 모습을 지켜보다가, 단장을 막 끝냈을 무렵

"저녁밥 지어야지. 이 밤에 어딜 가는 거야. 이 여편네야."

마침내 화를 터뜨리고 말았다.

"분에 넘친 소리 하고 있네. 남은 밥 있잖아요."

복동이가 잠깐 고개를 돌려 흥 하고 코를 풀고 있었더니 순이는 그대로 나가버린다.

"어딜 가?"

복동이는 순이의 차맛자락을 잡았다.

"놓아요. 큰 마님이 주신 거라구요."

"뭐라구?"

뿌리치고 붙잡으며 옥신각신하는 사이에 삼팔* 치마가 찢겨 거적 위로 떨어지고 말았다.

"무슨 짓이야. 이 병신이."

순이는 험악한 얼굴이 되어 달려들 듯한 기세로 복동이를 쳐다보았다.

"병신이라니. 이 갈보가! 입 다물지 못해. 좋아라 하긴. 아무것도 모르는 줄 알아? 바보 같은 게!"

"엉엉! 죽일 놈!"

큰소리를 지르며 순이는 그 자리에 털썩 주저앉았다.

"너처럼 행실이 나쁜 여편네는 죽어 마땅해."

곧이어 복동이는 순이의 몸 여기저기를 때리기 시작했다.

"엉엉! 죽일 놈! 엉엉! 죽일 놈!"

그러자 토막 바깥으로 사람들이 우르르 몰려드는 기척이 났다.

"뭐 하는 거야?"

---

* 삼팔주. 중국에서 생산되는 올이 고운 명주.

정백만이 불쑥 모습을 나타냈다.

"아무 일도 아니오."

정백만의 눈에 흐르는 살벌한 기색에 복동이는 일순 멈칫했으나 순이는 벌떡 일어나더니 찢어진 치마를 들고서는

"꼴 좀 보소. 당신처럼 패기가 없는 사람은 빨리 뒈지는 편이 나아. 뒈지지도 못하면서."

그러고는 증오스러운 듯 복동이에게 마른 가래를 뱉으며

"이걸로 끝이야. 당신 같은 인간한테는 다신 돌아오지 않을 테니. 대갓집 규수라도 구해서 장가라도 가라구."

여전히 독기 어린 얼굴을 하며, 정백만의 품에 안기듯 하여 토막을 벗어났다.

봄이 되자 복동이는 금붕어 장사를 시작했다. 겨울 동안 완전히 몸이 쇠약해져 토목 공사 같은 중노동은 도저히 생각조차 할 수 없었다.

금붕어 장사를 해보니 생각보다 재미가 있었고 한 마리당, 일 전 원가에 구입한 금붕어를 십 전, 이십 전에 팔게 되었을 때는 눈먼 돈이라도 차지한 듯 기뻤다. 운이 나쁜 날은 일 원도 벌지 못했지만 장사가 잘되었을 때는 삼 원 가까운 이익이 남는 적도 있었다. 그러나 이 장사도 저울을 메고 매일 오륙 리 되는 길을 걸어야 했기에 결코 쉽진 않았다. 저녁 무렵지는 해를 등지고 동대문을 나설 때는 어깨와 허리가 쑤셔오고 다리는 막대기처럼 피곤에 절었기에 토막까지 가는 일 리 조금 안 되는 길이 무한히 먼 길처럼 느껴졌다. 장사가 안 되는 날은 울고 싶을 정도로 슬퍼지는 것이었다.

양식을 사게 되어 그런지, 아니면 정백만과의 관계가 식어서 그런지,

순이는 다소 진정된 듯 가끔은 가만히 복동이와 저녁 식사를 함께 하는 적도 있었다. 어쨌건 가능하면 장사를 잘해서 시내 어딘가에 집이라도 빌려 이런 바닥을 벗어나고 싶다고 생각하지만 그러나 몸은 여전히 생각대로 되지 않아 이틀 일하고 하루 쉬고, 사흘 일하고 다시 쉬는 식이었다.

어느 날 점심 무렵 복동이는 따뜻하게 비치는 햇볕을 받으면서 토방 아카시아 나무 밑에 앉아 있었다. 발밑 마른풀은 벌써 새싹을 조금 틔우고 있었다. 강에는 부락의 여인들이 웃으며 빨랫방망이를 두드리고 있었다. 그때 토방 위를 시골 사람임에 틀림없는 한 젊은이가 지나가고 있었다. 그 뒤를 아내인 듯한 젊은 여자가 뒤따르고 있었다.

복동이가 있는 곳에 이르자 젊은이는 머뭇거리며 무언가를 물어볼 듯한 표정이었다.

"저……."

하고 말을 걸어온다.

"뭔가?"

"여기에요, 토막 지어도 괜찮나요?"

"토막을 어디 짓건 마음대롤세."

"그렇지만, 이 부근이라고 듣고 왔어요."

"뭐 여기라도 상관없어. 어디서 왔나? 시골인가?"

"네, 그래요."

"고향은 어딘가?"

"양평 널바우(광암廣巖)에서요."

"시골 사람은 시골에 있는 게 좋아. 무엇하러 여기까지 오는 거야."

"살 수 있으면야 시골에 있지요. 작년 가뭄 때문에 먹을 게 없어서 보릿고개(보리 수확이 있기까지의 춘궁기)를 넘을 수가 있어야지요."

"바보군. 자네는. 서울은 그렇게 좋은 곳이 아니야. 시골 사람은 시골에 있는 게 좋아."

그렇게 말하면서 복동이는 젊은이 뒤에 수줍은 듯 땅만 바라보고 서 있는 여자를 쳐다보았다. 스물두셋쯤 되어 보이고 볕에 그을린 얼굴에는 주근깨가 가득했지만, 눈과 코가 뚜렷해 결코 못생긴 얼굴은 아니었다. 왠지 모를 불안감에 휩싸여 복동은

"게다가, 자네, 서울은 젊은 여자가 올 곳이 못 되네."

"그렇지만 시골에 있다가는 굶어 죽을 수밖에 없어요."

"돈은 좀 가지고 있나?"

"돈이라구요? 그런 말 마세요. 돈이 어떻게 생겼는지 잊어버릴 정도에요."

"그럼 어쩔 수 없군."

복동이는 잠시 입을 다물었다.

"그럼 우리 집에 올 텐가. 자네 토막을 지을 때까진 머물러도 좋아."

그러자 젊은이는 깜짝 놀라며 의아한 듯 복동이의 얼굴을 뚫어지게 쳐다보다가

"고맙습니다. 정말 고맙습니다."

라며 자꾸 절을 한다.

빨래를 하고 돌아온 순이는 예상대로 모르는 시골 사람을 데리고 왔다고 복동이에게 욕을 퍼붓는다. 금방이라도 젊은이를 쫓아낼 기세였다. 젊은이는 너무 무서워서 오들오들 떨면서 순이의 얼굴과 복동의 얼굴을 번갈아 쳐다보았다.

"빨리 일을 시작해야 하는데 할 일이 있을까요?"

라고 변명처럼 말한다.

"일은 있지. 막일도 가능한가?"

"근력은 얼마든지 있어요."

진지하게 대답하며 얼마나 자기의 힘이 센지 보여주려고 큰 손을 들어 보이는 젊은이의 몸짓이 너무나 우스운지 얼굴을 찌푸리고 있던 순이도 웃음을 터뜨렸다.

다음 날부터 젊은이는 예전에 복동이가 나가던 구획 정리 공사장에 드나들기 시작했다. 땅고르기 작업은 대강 끝났고 지금은 열심히 돌담을 쌓고 있는 중이었기에 젊은이는 돌 나르는 일을 맡았다. 힘자랑은 흔적도 없이 사라진 이삼일째에는 어깨가 벗겨져 더러운 저고리에 피를 묻혀 돌아왔다. 그러고는 밤새 아픈 듯 신음하다가 날이 밝자 다시 일을 하러 나가는 것이었다.

그리고 젊은이가 자기 손으로 작은 판잣집을 짓고 생명의 은인처럼 인사를 하며 이사할 무렵 복동이는 꽃 장사를 시작했다. 금붕어보다 그쪽이 나을 거라 생각했기 때문이다. 개나리, 진달래, 살구꽃, 복숭아꽃 같은 계절화 외에 튤립, 백합 같은 온실화를 사서 지게 위에 곱게 장식하였다. 저녁을 먹고 사람들이 산보를 나올 무렵 화신백화점 앞에 지게를 내려놓고 손님을 기다리는 것이었다. 막상 해보니 실제로 금붕어 장사보다 나았다.

손님은 대개 꽃처럼 치장한, 단발에 양장을 한 처녀들이었다. 복동이에게는 이방인처럼 보였지만

"어머 이거 예쁘네. 얼마나 해?"

"너무 비싸. 십오 전으로 해줘."

라고 재잘재잘 지껄이는 걸 보면 분명 같은 동포였다.

밝은 가로등 아래에서 활짝 핀 꽃에 물을 뿌리고 있으면 그 청신한 아름다움에 가끔 복동이는 자아를 잊고 황홀해지는 적도 있었다. 그러나 문

득 순이와 그 불결한 부락을 머리에 떠올리면 다시 침울해지는 것이었다. 그렇지만 순이의 일을 생각하면 이처럼 아침부터 밤중까지 시내에 나와 있는 편이 오히려 마음이 편했다. 이렇게 늦게까지 일하고 새벽 두 시쯤 토막으로 돌아갈 무렵에는 순이는 틀림없이 토막에 있어주었던 것이다. 가슴을 풀어 헤치고 세상모르고 잠들어서…….

밤늦게까지 일하는 것은 몸에 좋지 않았지만 밤이 깊어지기를 기다리는 것은 즐거웠다. 새벽 한 시가 되면 마치 대낮이 돌아온 것처럼 대로는 분바른 여자들을 거느린 취객으로 넘치는 것이었다. 이 일대 뒷골목에 둥지를 튼 환락가가 일제히 간판을 내리기 때문이다. 그리고 취객 가운데에는 백합 하나에 오십 전 지폐를 아낌없이 주는 사람도 가끔 있었던 것이다.

칠월이 되자 강물이 불고 강변에는 잡초가 무성히 자라났다. 불을 퍼붓는 듯 내리쬐는 햇살 아래에서 하얀 모래는 맨발로 디디면 화상이라도 입을 것처럼 뜨거웠다.

날이 저물어도 열기는 쉽게 물러나지 않아 사람들은 토방 위로 나와 더위를 식혔다. 저녁밥을 먹고 나면 각기 자리를 차지하고 돗자리나 거적을 깔고 낡은 부채를 부치면서 끝없는 잡담에 빠져드는 것이었다. 모기가 윙윙 날아다녔지만 모깃불을 피우는 사람도 없었다. 그러다가 크게 하품을 하고 슬그머니 누우면 그대로 코를 골기 시작하는 것이었다.

간만에 소나기가 내려 풀과 나무가 겨우 한숨을 돌린 다음 날부터 드디어 한여름이 시작되었다. 코발트 빛 맑은 하늘에서는 아침부터 백금 빛 여름 해가 대지 위를 내리쬐고 있었다. 한낮이 되자 강렬한 빛과 그림자의 대조로 눈이 어지러웠고, 아카시아 잎과 포플러 잎은 하얀 뒷면을 내보이며 말라 있었다.

평소라면 그늘은 그래도 시원하지만 오늘은 한 점의 바람도 없다.

누구 하나 토막 속에 남아 있는 사람이라곤 없는 부락은 쥐 죽은 듯 조용했다. 피서를 겸해 여인네들은 모두 물가로 빨래하러 갔던 것이다.

밤일로 피곤한 복동이는 토방 아카시아 나무 밑에서 낮잠을 자고 있었다. 창백한 얼굴에서 굵은 땀방울이 떨어졌다.

그때

"당신 좀 일어나 봐요. 좀 일어나 보라구요."

거칠게 흔들어 깨우는 사람이 있다. 맨발에 찢어진 고무신을 걸친 순이였다.

"왜?"

기지개를 켜며 크게 하품을 하려 했지만

"빨리 일어나요. 크, 큰일 났어요. 너른바우 계집이……."

순이는 흥분으로 얼굴이 해쓱해져 있었다.

"너른바우 계집이 어쨌다는 거야."

"어쨌거나 저쨌거나 어서 일어나요."

게다가 투덜거리며 하품을 하면서 일어나는 복동이의 머리 위로

"정백만 그 자식과 지금……."

"뭐라구?"

복동이의 얼굴에도 창백한 표정이 흘렀다.

"그러니, 빨리, 와봐요."

순이는 복동이의 손을 잡아끌듯 토방을 달려 내려갔다.

"난 그전부터 이상했어. 꼬라지가 아무래도 이상했어. 좀 전에 너른바우 계집이 빨래하다 말고 슬쩍 돌아가길래 뒤를 밟았더니 그 꼬라지지 뭐에요."

숨을 헐떡거리며 사정을 설명한다.

이상하게도 복동이의 뱃속에 부글부글 무엇인가가 끓어올랐다. 논리로는 이유를 설명할 수 없는 불가사의한 격정. 오직 한 생각, 정백만을 한 방에 날려버리겠다는 무서운 증오의 불꽃이었다.

낡은 돗자리를 늘어뜨린 토막 입구에서 가래를 크게 뱉고 나서 휙 돗자리를 걷어 지붕 한편으로 치우고는 복동이는 너른바우 계집의 토막 입구를 막아섰다.

그러자

"누구야. 무슨 짓을 하는 거야."

어둑어둑한 토막 속에서 정백만이 벌떡 일어난다. 베잠방이 허리춤을 추스르며 토막 바깥으로 쑥 나오는 것이었다. 적동색으로 그은 상체에서 땀이 번들번들 빛나고 있었다.

일순 복동이는 주저주저했지만

"이놈, 죽여버릴 테다."

소리를 지르고는 정백만의 건장한 가슴을 향해 돌진한다. 그러나 주먹은 땀 때문에 미끌려 빗나가고 말았다.

"건방진 놈, 목숨이 아깝지 않느냐."

껄껄껄 웃으며 이번에는 정백만이 복동이의 멱살을 꽉 잡았다.

목숨을 건 난투극이 시작되었다. 복동이는 한 방에 상대의 숨을 끊어놓으려고 죽을힘을 다해 온몸으로 덤벼들었지만, 정백만에게는 상대가 되지 않았다. 결국 복동이는 뜨거운 모래 위로 나가떨어졌다.

잠방이는 벌써 갈기갈기 찢어져 두 사람 모두 알몸으로 벌이는 사투였다.

"이놈. 내가 누군지 뼈저리게 느끼게 해주겠다."

정백만은 복동이의 가슴 위에 올라타 온몸을 들썩거리며 눈이건 코건

사정없이 두들겨 패주었다. 그러더니 이번에는 뜨거운 모래를 움켜쥐더니 복동이의 눈에 뿌리고 또 입속에 처넣는 것이었다.

"이 새끼!"

그래도 복동이는 이를 악물고 필사적으로 저항했다.

그때는 이미 부락의 다른 여자들과 아이들도 달려와서 이 처참한 광경을 구경하고 있었는데 부들부들 떨기만 할 뿐 감히 다가서려고 하는 사람도 없었다. 너무 무서운 나머지 앙 하고 우는 아이도 있었다.

그러자

"앗, 으!"

갑자기 신음 소리를 지르며 정백만의 몸뚱이가 쓰러졌다. 순이가 정백만의 등을 물고 늘어진 것이었다.

순이를 땅바닥에 내팽개치고 있는 틈을 타 복동이는 겨우 일어났다. 왼쪽 눈에서는 피가 흐르고 있었다. 비틀거리며 너른바우 계집의 토막에 다가갔다. 지붕 위에 번쩍 빛나는 것이 있었다. 낫이었다.

낫을 손에 쥐고 복동이는 다시 비틀거리며 정백만에게 다가갔다.

"이얏."

낫을 머리 위에 치켜들고 다가갔다.

"해볼 테냐."

정백만은 눈에 핏줄을 세우고 인왕*처럼 우뚝 서서 움직일 생각도 않는다.

한여름 햇빛을 받은 낫이 한 번 번쩍였다.

"어머."

---

* 사찰이나 불전의 문 또는 불상을 지키는 불교의 수호신인 '금강신'을 달리 이르는 말.

여인네들은 비명을 지르며 눈을 감았다.

그러나 다음 순간

"얍."

이를 갈며 정백만은 돼지처럼 복동이에게 달려들었다. 정백만의 왼쪽 뺨에서 검붉은 피가 철철 흘러내린다. 낫은 급소를 빗나가 정백만의 좌측 뺨에 십 센티미터 정도 상처를 냈던 것이다.

정백만이 복동이의 팔을 비틀어 둔탁한 소리가 나더니, 낫은 어느샌가 정백만의 손에 쥐어졌다.

그러더니

"이 새……."

어깨를 내리치자 복동은 발밑으로 털썩 주저앉는다.

"우왓."

정백만은 피가 뚝뚝 흐르는 낫을 태양을 향해 치켜들고는 야수처럼 소리를 지르는 것이었다.

그렇지만 이것도 벌써 오래된 이야기다. 그 무렵은 구획 정리의 손길이 아직 콘크리트 다리에까지밖에 미치지 못하던 시절이었지만, 팔월이 끝날 무렵에는 이 토막 부락도 흔적 없이 철거되고 말았다. 첫서리가 내릴 무렵에는 벌써 공사도 대충 끝나 강둑 양쪽에 저 멀리 하류까지 일직선으로 하얀 석축이 쌓아졌다. 그리고 새롭게 주택도 여기저기에 세워지고 있었다. 다섯 달 전의 그 비참한 활극은 누군가의 악몽이었던가.

—《문예》, 개조사, 1940. 7.

산울림

초저녁에 소낙비가 좀 뿌린 탓인지 열 시밖에 안 되었는데 벌써 골목 안에는 지나가는 사람 하나 없었다. 이따금 멀리서 커브를 도는 전차의 빽 하는 소리가 들려올 뿐 일상 귀가 따갑게 컹컹거려 짖던 뒷집 검둥이도 오늘 저녁따라 잠잠하다.

추녀 끝에 달린 '연초煙草 담배'라고 쓰인 붉은 등은 벌써 사흘 저녁째나 전기 다마가 끊어진 채로 내버려져 있는지라 캄캄한 골목길에는 가게 안의 흐린 등불이 겨우 근처를 빤하게 비치고 있을 뿐이었다. 견본으로 내놓은 진열장 속 담뱃곽에는 먼지가 뽀얗다. 먼지는 좁은 가게 안에 엉성하게 벌여놓은 과자 궤, 사이다 병, 성냥 통, 통조림, 심지어는 배, 사과 등속 위에까지 손을 대면 자국이 날 만치 쌓여 있다.

먼지쯤 털려면 못 털 것도 아니나 턴댔자 이 가게의 물건이 더 잘 팔릴 것도 아니고 그보다도 요새 와서는 그나마 장사란 것에 흥을 잃은 동만東晩이었다. 요 몇 해 동안은 그래도 몇 식구 호구하고 돈푼이나 남을 만치 장사가 곧잘 되더니 요새 와서는 물건을 사들이기도 힘들거니와 사 가는 사람도 적어져서 콧막아리만 한 구멍가게쯤으로는 호구해나가기도 어려운 처지였다. 아들딸들은 부등부등 커가고(맏아들 준희俊熙는 벌써 중학교

사학년이라 내년이면 대학 예과 시험을 본다고 서둘고 있었다) 손에 저축은 없으매 어떻게 달리 좀 나은 장사는 없나 하고 요새 와서는 전업을 곰곰 생각하고 있는 동만이다.

"쩻!"

담배 진열장 뒤 겨우 용신할 만한 판자 마루에 조그만 네모진 방석을 깔고 앉았던 동만은 입맛을 다시자 끼고 있던 팔짱을 빼고 일어나 고무신을 끌고 흙바닥으로 내려섰다. 시간은 아직 이르지만 고만 가게를 닫아버리려는 것이었다. 더 기다리고 앉았댔자 별로 뾰죽한 수도 없으려니와 저녁 전에 받은 부전附箋*투성이의 몽蒙의 부고가 여태껏 가슴을 무겁게 내리누르고 있는 것이었다.

권몽! 아마도 수많은 세상 사람 중에는 아직 이 이름을 기억하고 있는 이도 있을 것이다. 이십 년 전 젊은 몽은 한때 신념을 위해 불타는 정열을 바친 일도 있는 사나이였다. 우습게도 한 여자 때문에 몽과 동만은 겸연쩍은 사이가 되고 그 후로도 내내 예전 친분을 회복하지 못하고 말았지만 한창 둘이 손을 맞붙들고 일을 할 시절에는 이론은 동만이 세우고 곁에 나서서 반대파와 맞부딪치기는 몽이 맡아 하고 하던 절친한 사이었다.

"무슨 병으로 갑자기 그렇게 죽었을까."

가게 빈지**를 들이면서도 동만은 벌써 몇 번이나 되풀이한 이 생각을 또 되풀이해본다. 그러나 요 한 삼 년째는 아주 소식도 듣지 못하고 지낸 몽이 무슨 병 때문에 그렇게 죽었는지 물론 알 수 없는 일이었다. 동만은 속으로 죽은 몽의 나이를 따져본다. 동만보다 세 살이 위였으니까 올해

---

* 어떤 서류에 간단한 의견을 적어서 덧붙이는 쪽지.

** 널빈지. 한 짝씩 끼웠다 떼었다 할 수 있게 만든 문으로 흔히 가게에서 문 대신 씀.

마흔다섯 살. 마흔다섯 살이면 아직 늙어서 죽을 나이는 아닌데—.

빈지를 들이고 자리로 돌아와 동만은 치부책을 내놓고 그날 치부를 따지기 시작하였다. 과자가 십 전, 담배가 십이 전, 능금이 삼십 전, 빵이 이십 전…… 주판을 놓다가 동만은 별안간 화가 치미는 듯이 주판을 흔들어버렸다. 따진댔자 그저 그렇구 그런 셈— 한때 밤을 새워가며 공부하던 학문이 고작 이런 데 응용하기 위한 것이었던가 생각하면 기가 막히는 노릇이었다.

'내일은 가보아야지.'

주판을 놓고 동만은 또 몽에게로 생각을 옮겨 간다. 몽의 일도 무엇도 다 젊었을 때의 한때 꿈으로 돌리고 요 몇 해째 가게 문을 닫은 후면 으레 정성스레 치부책을 정리하고 하던 동만이언만 몽의 부고가 고만 그의 겨우 터가 잡히기 시작한 질서를 뒤집어놓은 것이었다.

넋 나간 사람 모양으로 한참을 멍하니 앉았던 동만은 무슨 생각을 했는지 안으로 들이대고 "여보!" 하고 불러본다. 안에서 아무 대답이 없자

"자나."

중얼거리고 일어나 이번에는 등 뒤 미닫이를 열고 방으로 들어간다. 아내는 자리도 안 펴고 어린애에게 젖을 물린 채 잠들어 있었다. 아내 옆에서 싸근싸근 자고 있는 명희, 명희는 그의 막내딸이었다. 명희를 낳은 후 삼 년이 되도록 아내에게는 다달이 있을 것이 없으며 그의 나이 이미 마흔이 넘었으니 아마도 단산한 것이 분명한 것이었다.

자는 사람들 발치로 방을 가로 건너 동만은 마루로 난 미닫이를 열고 건넌방을 건너다보았다. 아직도 불이 환하다.

"그저 안 자니?"

"네."

준희는 가을 접어들면서부터 입학시험 준비한다고 저녁마다 늦도록 책상 앞에 붙어 앉아 있는 것이었다. 아마도 동만의 그 나이 적 그와 같은 빛나는 희망을 품고—.

"고만 자거라."

"네."

준희의 대답을 듣고 동만은 도로 방을 가로질러 가겟방으로 나왔다. 처음 앉았던 자리로 와 앉아 팔짱을 끼고 한참 무엇을 생각하는 듯하더니 부스스 일어나 나무 궤짝을 끌어대려 발돋움을 삼고 물건 장 맨 꼭대기에 얹힌 헌 상자를 내린다. 조심조심 끌어 내렸으나 워낙 숱하게 쌓인 먼지라 전등 앞으로 한 뭉치 떨어져서는 이어 연기 모양으로 보얗게 풍긴다.

책상 위에다 상자를 내려놓은 동만은 상자 위의 먼지를 떨려고도 아니하고 가만가만 뚜껑을 벗긴다. 속에 소복하게 쌓인 헌 종이 나부랭이. 대개는 젊었을 때에 무엇하느라고 적어놓았던 글발들이었다. 그 헌 종잇조각을 헤치며 무엇을 찾듯 하더니 맨 밑바닥에서 누런 하드롱 봉투를 꺼낸다. 속에서 나온 것은 색 바랜 한 장 여인의 사진—.

그 시대의 안나安羅는 사실 동만들의 그룹의 프리마돈나였다. 정열을 품은 커다란 두 눈. 사내들은 쌍꺼풀 진 그 눈에서 신선한 매력을 느끼는 동시에 낡은 도덕에의 굳센 반역의 빛을 보는 것이었다. 보통보다 약간 두터운 듯한 입술 역시 그들에게는 험이 아니라 도리어 신선한 매력이었던 것이다. 둥그스레한 얼굴 위에는 그때의 유행을 따라 칠부삼부七分三分로 가르마를 탄 머리가 이마를 비스듬히 내리덮어 귀까지 반이나 가리고 있고 상반신을 내리덮은 긴 자켓 역시 그 시대의 첨단 여성들 사이에 유행하던 복장이다. 이렇게 지금 이십 년이란 세월을 격해놓고 꺼내 보면 그런 몸치장 머리 모양이라든가 얼굴 표정이라든가 모두가 몹시 어색스러워 역시 시대에 뒤늦은 느낌을 금할 수 없으나 그래도 타고난 천성의 미모는 지금이라도 부인할 수 없었다.

'역시 미인이로구나.'

감개가 무량한 듯 동만은 사진을 들여다본다. 생각하면 이 사진을 최후로 꺼내 본 것도 벌써 여섯 해 전 처음 이곳으로 이사 오던 때 일이다. 그 후로는 봄가을 청결 때 같은 때 상자째 꺼내려 먼지를 털고 한 일은 있으나 상자 뚜껑도 열어보지 않은 채 도로 그곳에 얹어두고 했던 것이다.

"흠!"

동만은 가늘게 한숨짓는다. 안나에 대한 애정—그런 것이 여태 남아 있는 것은 아니었으나 젊었을 때의 찬란하다면 찬란하다고도 할 기억의 한 토막이 한 가닥 애수가 되어 가슴을 찌르고 울린 것이었다.

이십 년 전 몽도 동만도 다 가슴에 청운의 큰 뜻을 품은 동경 유학생들의 한 사람이었다. 안나 역시 스물이 되었을까 말까 한 나이로 동경서 문학 공부를 하고 있었다. 몽의 웅변과 안나의 미모— 이것은 유학생 간에는 모르는 사람이 없을 만치 유명하였고 그 유명한 몽과 안나를 친구와 애인으로 가진 동만의 기쁨은 또한 비할 데 없이 큰 것이었다. 회합 같은 때 세 사람은 반드시 함께 참석하였다. 회합이 파하면 반드시 함께 돌아오고 하였다. 몽과 동만은 만나면 가슴에 품은 울울한 대지大志를 말하고 안나는 일상 고요히 귀를 기울이고……. 어느 때나 세 사람의 뜻은 합하고 젊은 피는 공동의 한 이상을 위해 끓는 것이었다. 톨스토이를 읽고 카추샤의 운명과 네플류도프의 참회에 뜨거운 동정을 불태우기도 셋이 똑같았다.

하기 방학이 되어 유학생들의 고토 순회 강연단이 조직되자 세 사람은 함께 조선으로 돌아왔다. 남선에서의 열흘— 그 열흘 동안의 기쁨과 홍분은 아마도 인생에서의 가장 찬란한 한 페이지이리라. 동만은 지금까지도 몽의 불덩어리 같은 연설의 몸가짐, 목소리, 말 내용까지도 역력히 기억하고 있으며 연설과 연설 사이에 안나가 부르던 슈베르트의 〈자장가〉역시 아직도 귀에 쟁쟁한 것이었다. 산길을 걸어가다가 높은 고개 같은 것을 넘어서서 눈앞이 탁 트이든지 하면 강연대는 소리를 모아 〈라 마르세예즈〉의 웅장한 행진곡을 합창하는 것이었고 그런 때면 몽의 굵은 베이스와 안나의 높은 소프라노는 여러 소리를 뛰어나 두드러지게 귀에 울리는 것이었다.

그러나 이 즐거운 기억은 동만이 불행히 서울서 병을 얻어 일행에 뒤처진 그 순간에 뚝 끊어지고 만 것이었다. 북으로 떠난 일행의 무사와 평안을 빌며 울울히 지낸 병석의 이 주일. 그 이 주일이 지나 동만의 병도 거의 다 나았을 때 북에서 돌아온 몽이 들려준 첫마디 말은 동만에게는 너무나 의외의 청천벽력이었다.

"남 군 용서허게. 미안헌 말일세만 언제까지나 속일 수도 없는 일이니 모든 걸 털어놓구 고백허려네. 사실인즉 이번 북선 여행에서 나는 안나 씨와 서루 사랑허는 사이가 되구 말았네. 자네한테 대한 의리를 모르는 바는 아닐세마는 사랑은 사람의 마음대로 되는 게 아니니 나 역시 어찌할 수 없어 그렇게 된 걸세. 허나 나는 상대가 다른 사람이 아니고 자네라서 되레 안심허네. 자네 같으면 내 고충을 알어줄 것이고 내나 안나 씨를 용서해줄 수도 있을 것 같어서—"

말하는 몽의 커다란 입은 무슨 판결 선언이나 하듯이 위엄 있게 너불거리는 것이었다.

"뭐 그럼?"

동만은 얼굴이 하얗게 질려 자리에 일어나 앉으며 몽의 등 뒤에 앉아 있는 안나의 얼굴을 쳐다보았다. 그러나 안나는 아니라고 부정해주지는 않고 해쓱하게 질린 얼굴을 아무 소리 없이 숙이고 말았다.

순간

"뭐 어쨌다구. 가게! 가! 내 눈앞에서 보이지 말게!"

동만은 소리치며 노염에 온몸을 부르르 떨었다. 그러나 몽은 조금도 동하지 않고

"아니 남 군, 그렇게 흥분헐 게 아닐세. 좀 더 냉정허게 사정을 판단해보게. 나는 결코 안나 씨를 강제허진 않았고 안나 씨 역시 나를 강제헌 건 아닐세. 두 사람은 완전헌 자유의사로 이렇게 된 걸세. 나는 자네와 안나 씨와의 그전 관계를 알기 때문에 이렇게 고백은 허네만 무어 내나 안나 씨한테 잘못이 있어 그러는 건 아닐세. 연애는 자유가 아닌가. 자유를 부르짖는 자네 자신이 남의 자유를 구속헌다는 것은 모순으로 생각허네."

그러고도 몽은 한참이나 더 자유연애론을 늘어놓았다. 자유연애론은 사실 그때 동만들이 열렬히 주창하던 바이라 동만은 얼핏 몽의 틀림을 지적할 수는 없었으나 어쨌든 남의 애인을 뺏어 가고도 노여워하지 말라고 도리어 넙죽넙죽 훈계를 하듯 하는 몽의 태도가 몹시 분하고 괘씸하였다. 입을 열어 몽과 안나를 타매하려 하였으나 입술이 떨리어 말이 되지 않았다. 그래

"가게! 가!"

또 외마디 소리를 치고는 손을 내저었던 것이다.

어느덧 이십 년이란 세월이 흘러 모든 것은 안개 속에 잠기듯 먼 저편에 아득하게 흐려버렸으나 생각하면 그때의 그 광경이 엊그제 일같이 기억에 생생하기도 한 것이다. 몽이 무슨 소리를 하든 간에 "가게! 가!" 하고 소리만 치던 동안 입맛을 다시며 무엇인가를 생각하고 있던 몽. 드디

어 몽은 결심한 듯이 자리를 일어나

"그럼 잘 있게."

한마디 말을 남기고 방을 나가버렸다. 그 뒤를 따라 나가는 안나의 뒷모양을 바라보던 동만의 가슴은 지금 생각하여도 새삼스레 뭉클해오는 것이었다.

과연 연애는 자유라 그 뒤 동만은 그 일을 가지고 더 몽과 다투거나 하지는 않았으나 두 사람 사이는 그것이 원인으로 틈이 벌어져 나중에는 각각 대립하는 두 파에 갈려 맹렬히 다투는 데까지 이르렀던 것이다. 지금 와서 보면 이것도 저것도 다 젊은 날의 한나절 꿈으로 화하고 말았지만—.

'몽이 죽어!'

손에 들고 있는 안나의 사진 위에 이중 촬영 모양으로 몽의 네모진 얼굴이 나타난다. 연인을 뺏어 간 사나이고 한때 정적이기까지 한 사내지만 꿋꿋한 의지의 소유자요 일대의 열혈아임에는 틀림없는 몽. 근래 와서는 마작 판에를 드나든다는 둥 광산 브로커가 됐다는 둥 아름답지 못한 풍문도 들리기는 들렸으나 그것도 인생에 실패한 사나이의 피치 못할 운명이리라 생각하면 굳이 몽만을 나무랄 수도 없는 것이었다. 비록 몸은 누항에 구르고 있다 해도 청운의 높은 뜻은 아직도 가슴속에 간직하고 있으려니 한 것이었는데—.

동만은 눈을 들어 먼지 앉은 좁은 가게 안을 내다보았다. 침침한 전등 저편에 몽의 환영이 보이는 듯이도 느껴진다. 빈지 틈으로 새어 들어와 으스스 옷깃을 스치는 늦은 가을의 싸늘한 밤바람.

'그만 살고 죽을 것을—.'

생각하니 동만에게는 하잘것없는 인생의 운명이 새삼스레 뼈에 사무치며 애인을 어쨌네 주의가 어떠네 하고 옥신각신 다투던 모든 것을 넘어 기억은 오로지 그 이전의 아름다운 청춘의 때로만 뛰어가는 것이었다. 한 사람의 친한 벗을 잃은 애통의 감정이 쓰리게 가슴을 내려간다. 친한 벗— 만나서 이야기하면 서로 괴롬을 통할 수 있고 이해할 수 있고 동정할 수 있고 의지가 되어줄 수 있는 많지 않은 벗의 하나가 아침 이슬 스러지듯 소리도 없이 세상을 떠난 것이다.

'내일은 가보아야지.'

또 한 번 중얼거리듯 하고 동만은 사진을 도로 궤짝 밑바닥에 넣어 그전 있던 곳에 얹어놓고 가게의 불을 끈 후 아내가 자는 방으로 들어갔다.

아침 후 즉시 가보려던 것이 정회총대*가 찾아오고 어쩌고 하는 바람에 이럭저럭 오정 때나 되어버렸다. 날은 어제나 다름없이 얕이 흐리고 이따금 빗방울이 후둑후둑 쳐지곤 한다. 이 비가 개면 날씨는 한층 추워질 게다. 김장은 이 추위가 지나간 후에 하도록 하리라.

어쩔까 한참 망설였으나 내내 동만은 오 원 한 장을 하얀 반지에 싸서 품에 넣었다. 가 형세를 보아서 꺼낼 수 있거든 꺼내리라 한 것이다.

그러나 왕십리 전차를 타자 동만은 본의도 아니게 가슴을 설레기 시작하였다. 집을 나설 때까지는 안나를 만나러 가는 길이면서도 안나 생각은 별로 하지 않았던 것인데 갑자기 그의 머리는 안나에 대한 궁금한 생각으로 가득해지는 것이었다. 최후로 안나를 사동 병문에서 본 것도 벌써 십 년이 넘는 옛날.

"오래간만입니다. 권 군 잘 있습니까?"

"네."

---

* 행정 단위인 '정'의 책임자. 요즘의 동장.

겨우 이 말을 주고받았을 뿐으로 두 사람은 겸연쩍게 헤지고 만 것이었으나 그때만 해도 안나는 아직 옛 모습을 잃지 않고 있었다.

'안나는 그동안 어떻게 변했을까.'

왕십리 골목 언덕길을 이리저리 헤매며 몽의 집을 찾는 동안에도 동만의 머리는 종시 안나에게서 떠나지 않았다. 안나를 만나는 것이 무어 기쁜 것도 아니요, 만난댔자 이미 그전처럼 겸연쩍을 것도 없을 것이나 만날 시간이 가까워짐을 따라 궁금한 생각은 공연히 한층 급해지는 것이었다.

부고에 쓰인 몽의 번지를 갖고 찾았으나 이곳 번지는 이리 뛰고 저리 뛰어 좀처럼 찾을 수가 없었다. 하다못해 지나가는 사람을 붙들고 묻고 길가 가게 주인에게 묻고 하였으나 역시 아무도 아는 사람이 없었다. 나중에는 요새 초상난 집을 찾았으나 그것조차 아는 이가 없었다. 몹시도 초라한 죽음이로구나 하고 동만에게는 그것도 또 서글프게 생각되었다. 한때 온 세계를 뒤흔드는 대정치가가 될 것을 꿈꾸던 몽이 아닌가.

내내 맨 산꼭대기 그나마도 북향 진 비탈에서 몽의 번지를 찾기는 찾았으나 몽의 문패는커녕 명함 한 장 붙지 않고 이름 모를 딴 사람의 문패가 붙어 있을 뿐이었다. 이상스러워 잠깐 망설였으나 달리 찾을 곳도 없고 한지라 한 걸음 문간에 발을 들어놓고 좁은 안마당을 기웃이 들여다보았다. 그러나 조용한 품이 초상집 부르지도 않았다.

"여기가 권몽 씨 댁입니까?"

시험 삼아 불러보았으나 아무 대답도 없었다. 이건 잘못 찾았구나 하면서도 다시 한 번 불러보려 할 때

"누구세요?"

여자의 목소리가 나며 바로 눈앞 건넌방 아궁이 앞에 삽자리로 막아논 부엌 속에서 얼굴이 새까만 바싹 야윈 중늙은이 여자가 고개를 내밀었다.

"여기가 권몽 씨 댁입니까?"

동만이 다시 물었을 때 여인은 얼굴에 깜짝 놀라는 빛을 띠며 한 발자국 부엌 밖으로 나섰다. 때가 꾀죄죄 묻은 다 해진 행주치마, 물일을 하다 나왔는지 그 행주치마 자락에 닦은 손이 붉게 얼었다. 아무 데로 보아도 뒷골목 행랑어멈으로밖에 안 보이는 이 여인이 놀라는 이유를 동만은 이해할 수 없었다.

그러나 다음 순간

"어, 남 선생 아니세요?"

여자가 소리친 것과

"어, 김안나 씨 아니세요?"

동만이 소리친 것과는 거의 동 시각이었다. 때 묻고 바서지고 야위고 주름지고 한 여인의 볼품없는 얼굴이언만 그 속에 어딘가 옛날 안나의 모습이 숨어 있음을 비로소 동만은 발견한 것이었다.

"이번 일은 원 그게 웬일입니까?"

우선 조상 온 뜻을 표하면서도 동만은 죽은 몽에 대한 추모의 생각보다도 안나가 어쩌면 이렇도록 변했을까 하는 감개로 가득 찼었다. 지금 이 눈앞에 섰는 늙은 여인의 어느 곳에서 옛날 하까마* 자락을 나부끼며 동경 큰 거리를 활보하고 수백 명 청중 앞에서 노래를 부르고 하던 안나를 찾아볼 수 있는 것인가. 동만의 마음은 어느새인가 안나를 위해 울고 있었다.

"고맙습니다. 일부러 찾아까지 주시니."

감사의 뜻을 말하며 안나는 동만을 건넌방으로 들어오라 한다. 안나는

---

* はかま. 일본옷의 겉에 입는 아래옷.

그 집 건넌방 한 칸을 세 들어 있는 모양이었다.

"아니 뭐 방엔 들어가 무엇헙니까.—그래 무슨 병으루 그렇게 갑자기 돌아갔나요?"

방으로 들어갈 생각도 나지 않아 선 채로 묻자

"갑자기가 뭡니까. 삼 년이나 앓어누웠었는걸요."

대답하며 안나는 눈물이 치미는지 잠깐 고개를 떨어뜨린다.

"삼 년이나!"

동만은 놀라고 그렇게 오래 몽이 앓는 것을 알지도 못하고 있던 자기가 무슨 죄나 지은 것같이 느껴져서

"그런 걸 전 까맣게 모르구 있었구먼요."

"그러실밖에요. 어디 누군 알았나요.—아이 모처럼 오셨는데 잠깐 방으루 좀 들어앉으시지 그러세요. 삼 년 동안 그이가 누워 앓던 방 구경이나 허구 가시죠."

동만은 그제서야 안나가 청해 들이는 대로 방으로 따라 들어갔다. 빈대 피가 어지럽고 천장이 찢어져 늘어지고 한 방 안에는 코끝이 시리게 냉기가 돌고 있었다. 윗목 편으로 부서진 이층장과 상자 부스러기. 아랫목 몽이 누웠었을 그 자리에 두 사람은 쓸쓸히 마주 앉았다.

"그래 장사는 어떻게 치루셨나요?"

"장사구 뭐구 뭐 말 아니지요."

안나는 잠깐 말을 끊었다가

"돌아가던 다음 날 바루 화장장으루 나간걸요."

"유골은?"

"돌아오다가 강으로 나가 물에 띄워버렸에요."

"……"

너무 허무한 대답에 동만은 자기 자신마저 연기가 되어버리는 듯해서 잠깐 말을 이을 수 없었다.

"누구 친지들이나 찾어왔던가요. 시골서래두."

"오긴 누가 와요. 통부라구 모두 석 장 제가 써다 부친걸요."

"석 장."

"그나마 아무한테두 알리지 말라는 것을 장사 다 지내고 난 후에 제가 썼에요."

안나는 쓸쓸히 웃으며 말하다가

"알릴 테거던 남 선생께나 알려드리라구 돌아간 분의 유언이었에요. 남 선생 말씀은 병상에 누워서두 일상 허다가 죽었답니다. 홍파동인가서 무슨 장사를 허신다는 말씀은 풍편에 들었지만—."

여기서 안나는 또 말을 끊고 치미는 울음을 삼키듯 목을 꿀걱하였다.

"어쩐지 부고가 어제서야 왔더구먼요."

혼자 말하듯 대답하고 동만도 입을 다물었다. 앓아누워서도 일상 자기 이야기를 하고 있었다는 몽의 심경, 손수 자기한테 몽의 부고를 썼다는 안나의 심경을 이리저리 속으로 생각해보는 것이었다. 그러다가 문득 지나간 날의 그 일—이십 년 전 몽이 안나를 빼앗아 가고 안나가 동만을 배반하고 하던 일을 두 사람은 뉘우치고 있었던 것인가 하는 생각이 잠깐 머리를 지나갔으나 곧 몽의 심경이고 안나의 심경이고 좀 더 깊은 곳에 이르렀었던 것이려니 생각되어 동만은 그런 생각을 한 자기 자신이 차라리 부끄러웠다.

훤하던 날이 갑자기 도로 황혼같이 어두워왔다. 그러자 곧 또 후둑후둑 굵은 빗방울 던지는 소리가 마당에서 들려왔다. 방 안은 한층 침침해져서 침울한 박물관 속같이 느껴지고 마주 앉은 안나의 윤곽조차 무슨 그림자

같이 어리어 보였다.

"안나 씨! 그러지 말고 기운을 내시죠. 죽은 사람은 죽었거니와 산 사람은 살아야 허니까요."

동만은 안나를 위로한다느니보다도 자기 자신에게 힘을 주듯이 말했으나 안나는 아무 대답 없었다. 그러더니 이어 고개를 숙인 안나의 어깨가 가늘게 파동 치기 시작하였다.

구름이 째어지고 붉은 저녁 햇발이 거리의 지붕지붕에 비낄 때 동만은 오래간만에 골목을 나와 뒷산에 올랐다. 십 분이면 오를 수 있는 이 산이언만 그곳에 오르는 것도 일고여덟 해 만의 일이었다. 급히 조림造林하느라고 심어놓은 물가얌나무들은 이미 잎 하나 없이 헐벗었고 어린 소나무 가지만이 비에 젖어 푸르렀다. 동만은 솔숲 깊은 골짝을 찾아 들어갔다. 골짝 속은 소나무가 가지를 더욱 친 때문에 그전 동만이 가끔 찾아들던 때보다도 한층 그윽하게 느껴졌다. 내내 동만은 낯익은 샘물에 이르렀다. 이십 년 전 아니 그보다도 더 전 동만이 아직 중학생 시절에 웅변 연습하느라고 가끔 찾아오던 샘터다. 석축은 무너지고 낙엽 하나 건져내지 않고 한 품이 요새는 이 샘을 찾는 사람도 없는 모양이나 고요히 고인 물은 전이나 다름없이 맑았다. 황혼이 어리어 들고 솔 그늘이 어둡고 해서 한층 차고 맑아 보이는 물. 동만은 물속에 가만히 손을 담갔다. 과연 뼈가 저리게 찼다. 이번에는 손으로 한 줌 물을 떠 입에 넣고 목구멍까지 꾸르르 하며 양치를 하였다. 그리고 허리를 펴자

"라 라 라 라 라······."

〈라 마르세예즈〉의 곡조를 소리 높이 불렀다. 오래간만에 불러보는 웅장한 곡조.

“라 라.”

다시 부르려 할 때

“라 라 라 라 라…….”

아까 동만이 부른 그 곡조가 그대로 먼 저편에서 도로 울려왔다. 그러
나 그 소리는 동만이 잠깐 착각하듯이 몽이 그 산 어디 숨어서 마주 받는
것이 아니라 산울림이었다.

—『창랑정기』, 정음사, 1963.

신경新京

1

벌써 몇 번째 다니는 길이라 노고구老古溝니 장가보張家堡니 하는 이국적인 역 이름도, 철교나 터널 같은 곳 양편 가에 볼품사납게 서 있는 낯선 토치카도, 아니 그보다도 더 차창으로 내다보이는 만인들의 반듯반듯한 지붕 모양과 푸르둥둥한 옷 빛깔까지도 인제는 철哲에게 아무런 감명도 주지 못했다. 호화로운 급행 열차 이등 차 쿠션의 규칙적인 가는 진동이 오직 철을 상쾌한 무념 속으로 이끌어 넣을 뿐이다. 아침 내 시끄럽게 떠들던 건국 십 년 기념 마크를 붙인 젊은 관리들도 인제는 고만 지쳤음인가 잠자코 조는 사람도 있고 《킹》이네 《웅변》이네 하는 잡지를 펴 들고 있는 사람도 있다.

철도 푸근푸근한 쿠션에 몸을 내맡기고 조는 듯 눈을 감았다. 그러나 철은 조는 것은 아니었다. 어젯밤 평양서 보고 온 욱郁의 생각이 그의 온몸을 나른하게 하는 것이었다. 욱은 이미 살아날 희망이 없었다. 척주에 굵은 바늘을 꽂고 척수액을 뽑기가 십여 차, 어젯밤 철이 찾아갔을 때에는 벌써 눈을 감고 인사불성에 빠져 있었다. 철이 왔다는 소리에 무슨 영감에 뜨인 것같이 번쩍 눈을 뜨고 침침한 전등불 밑을 두리번두리번 찾기는 하

였으나 그의 눈에는 이미 초점이 없었다. 어찌어찌 철을 알아보았는지

　"어떻게 왔어."

하는 의미의 말을 간신히 얼버무리기까지는 했으나 그것도 일순 동안의 일이요 욱은 곧 도로 눈을 감고 망망한 무의식의 세계로 돌아갔다. 가슴이 답답함인가 욱은 야윈 바른편 팔을 자꾸 내저었다. 서른여섯 해 동안 그의 말을 잘도 들어주던 그 팔, 그의 괴로움과 즐거움과 슬픔과 고독과 모든 내부적인 비밀에 정통해서, 때로는 하소연의 글을, 때로는 아름다운 서정의 글을, 한 자 한 자 누에가 실을 토하듯 원고지 위에 써주던 그 팔. 헛되이 자꾸 내젓는 욱의 그 야윈 팔을 한참 들여다보다가 철은 문득 눈물이 핑 돌았다. 하루만 일찍 왔어도 다만 말 한마디라도 주고받고 할 수 있었을 것인데 하는 뉘우침이 아프게 그의 가슴을 에어냈다.

　만주라 하면 욱과 철과는 벌써 몇 해 전부터 같이 여행을 가자고 몇 번이나 약속을 하고 또 하고 해오던 사인데, 같이 여행을 못 갔을망정, 만주 가는 길에 잠깐 만나보기나 하자던 것이 최후의 이별이 되게 된 것도 이상한 운명의 장난이다. 평양서 병실에 들렀을 때 욱의 애인 유례는 벌써 사월 달부터 욱은 철을 기다리고 있었다고 전했다. 갑자기 병석에 눕게 된 후에도 몇 번인가 철의 말을 하며, 오월이 되면 온댔는데 하면서 철이 오기를 까맣게 기다렸다고 한다. 전보는 욱의 병세가 절망 상태에 이르렀을 때 철을 좀 보았으면 해서 유례가 친 것이라 한다. 그 전보를 받고도 속사에 얽매여 곧 떠나지 못하고 이틀이나 지체한 것이 지금 와서는 뉘우쳐본댔자 소용이 없는 한이 되고 만 것이다.

　철은 감고 있던 눈을 뜨고 몸을 일으키어 담배를 한 개 붙여 물었다. 그러고는 멍하니 창밖을 내다보면서 연기를 깊이 빨아서는 후— 하고 길게 내뿜었다. 마치 파아란 그 담배 연기가 욱에 대한 모든 상념을 헤쳐 물리

쳐주기나 할 듯이. 그러나 욱의 생각은 점점 더 철의 뼛속으로 사무쳐 들 뿐이었다. 그의 투명한 머리, 섬세한 감정, 높은 교양, 그리고 그 모든 것이 빚어내는 이슬같이 맑고 아름다운 글. 지금 욱을 잃는 것은 조선의 문학을 위해 다시는 얻을 수 없는 고귀한 고완품古翫品을 잃는 것이나 다름없었다. 아니 그런 것보다도 철은 한 사람의 벗을 잃는 것이 서러웠다. 괴로움과 서러움을 나누고 서로서로의 장점과 단점을 잘 알면서 서로서로의 가치를 존중해주던 벗. 아니 물결 센 시대를 함께 헤어 나오며 갖은 고초를 같이 겪어온 벗— 그런, 다섯 손가락을 꼽을 수효가 되지 못하는 벗의 한 사람을 철은 지금 잃게 된 것이다. 철에게는 욱과 가까이 지낸 지나간 십오륙 년 동안의 기억이 두서없이 이것저것 떠오르고 하였다. 어떤 때는 욱은 붉은 크라바트*를 매고 고독의 기타를 울리는 보헤미안의 시인이었다. 어떤 때는 자기 손으로 처리할 수 없는 생활상의 괴로운 문제를 가지고 철의 의견을 구해오는 친동생 같은 친구였다. 어떤 때는 또 그 반대로 문학상의 문제를 가지고 철을 옹호해주고 격려해주고 하는 조언자이기도 했다. 그런 때의 욱이 철에게는 얼마나 기뻤던가. 철의 문학을 알아주고 존중해주고 하는 것만으로도 욱은 철에게는 바꿀 수 없는 인생의 벗이었다. 문학이란 참으로 생명에 다음가는 귀중한 것이기 때문일까. 문학에서는 사람이 자기를 높일 수도 낮출 수도 숨길 수도 없는 것이기 때문일까.

본계호本溪湖를 지나 겨우 기차가 산악 지대를 벗어나자 비로소 대륙적인 넓은 벌판이 시작된다. 아무 데를 돌보아도 산 그림자 하나 보이지 않고 오직 고량**밭뿐인 벌판. 옛사람들이 요동로遼東路 삼천리라 하여 말 잔

등이에서 몇 달씩을 끄덕거리며 지나다니던 벌판, 기차는 인제 겨우 제 길로 들어섰다는 듯이 한층 속력을 더 내 내닫는다.

2

봉천까지는 여러 번 다닌 길이지만 신경은 철에게는 두 번째 발을 들여놓는 곳인 데다가 그 첫 번 길이라는 것이 벌써 열두 해 전, 만주사변도 채 일어나기 전 일이라, 철은 신경이 가까워오자 차차로 호기심에 마음이 긴장되어갔다. 십여 년이란 세월이 흘러간 그것보다도 사변이란 커다란 사실의 얼굴을 신경서 보려는 것이었다. 물론 철은 사변 후 십 년 동안에 신경이 장춘長春 시대의 옛 모습을 하나도 남기지 않고 훌륭한 근대 도시가 된 것을 글로 이야기로 사진으로 실컷 듣고 보고 하였다. 그러나 그러면서도 실지로 보는 신경에 대한 그의 호기심은 여전히 컸다.

이번 학교에서 졸업생 취직 주선을 위해 만주로 출장 가라는 말이 났을 때 사퇴하려면 사퇴 못할 것도 아니었는데 선뜻 그 임무를 맡은 것도 실상인즉 만주 가는 길에 욱을 만나 하룻저녁 깨끗한 이야기나 하리라는 생각이 속에 있었던 것이나 또 한 가지 이러한 새 만주에 대한 호기심이 있었기 때문이다.

그 기대하던 신경은 과연 철의 예상에 어그러지지 않았다. 남신경南新京 근처부터 벌써 벌판 이곳저곳에 매머드 같은 거대한 건축물이 우뚝우뚝 보이더니 이내 웅대한 근대 도시가 벌어지기 시작하였다. 아직도 건설 도중이라는 느낌은 있었으나 갓 나온 연녹색 버들 사이로 깨끗한 콘크리트의 주택들이 깔리고, 멀리 보이는 큰 건축물들의 동양적인 지붕도 눈에 새로웠다.—이 건축의 새로운 양식도 동양이 서양의 영향에서 벗어나서 자기의 것을 창조하려는 노력의 한 나타남일까 하고 철은 생각하였다.

철이 만일 처음으로 신경에 발을 들여놓는 사람이었다면 그만 광경에 그다지 신기해하지 않았을지도 모른다. 그러나 철은 열두 해 전 장춘 시대의 신경을 알고 있었다. 그때의 장춘은 정거장만 커다란, 보잘것없는 초라한 시골 도시에 지나지 않았다. 남만주 철도의 종점인 동시에 중동철도中東鐵道의 종점이어서, 일본과 노서아와 장학량의 세 세력이 부닥뜨리는 지점이라, 정거장에서는 낫과·마치가 엇질린 모표를 단 중동철도 사원과, 피스톨을 찬 장학량의 헌병과, 만철 사원이 제각각 어깨를 뻐기고 어지러이 걸어 다니고 있어서, 분위기는 몹시 무시무시하였으나, 한 발자국 정거장 문을 나서면 납작한 집들이 헛되이 큰 도시 계획의 실패를 말하고 있고, 넓은 마당에는 잡초가 제법 우거져 있었다. 곧장 시베리아 본선으로 연락된다는 인터내셔널 왜곤리의 침대차가 이곳까지 들이닿아 있었고, 그 차를 타고 한 걸음 북쪽으로 나가면 정거장마다 벌써 소련의 붉은 깃발이 나부끼고 있었고—.

그때의 그 장춘과 지금의 이 신경과의 대조. 장학량의 헌병도 중동철도의 사원도 그림자도 찾아볼 수 없는 신경역. 그것만으로도 철의 신경에 대한 호기심은 만족되었다고 할 수 있었다.

그러나 정거장을 나서서, 사방으로 뻗어나간 큰길가에 보기 좋게 늘어선 큰 집들이며 분주하게 지나다니는 행인들을 바라보았을 때 철은 다시금 옛 기억을 더듬어내지 않을 수 없었다. 여름 새벽이었다. 생각던 이보다 몹시 초라한 장춘역에 내려선 철은 좌우간 어디 가 우선 아침이나 먹어야 하겠기에 덮어놓고 만인*의 마차를 하나 잡아타고 손으로 먹는 시늉을 해 보였다. 차부는 알아들었는지 고개를 끄덕하고 채쭉을 획 들며 쩟

하고 혀를 차 말을 몰더니, 큰 거리를 얼마 가지 않아 카페 임페리알이라
는 집 문 앞에 대어주었다. 그게 어떤 종류의 음식점인지는 알 수 없었으
나 좌우간 마차를 내려 문을 뚜드렸더니 한참 만에 뚱뚱한 노서아인 늙은
영감이 나와서 반쯤 문을 열고 내다보았다.

"쿠리치, 쿠리치."

여행안내서에서 외워둔 외마디 노서아 말로 철은 무엇이든 좀 먹어야
하겠다는 뜻을 표시하였다. 그랬더니

"브렉파스트?"

하고 영감은 유창한 영어로 묻는다.

"예스. 예스."

철은 공연히 무안쩍은 생각이 들어 역시 영어로 대답하였다. 그러나 그
것이 바로 소위 노서아식 카바레라는 것인 줄 철은 물론 알 길 없었다. 원
래 노서아식 카바레는 대개 밤 열한 시쯤부터 시작되어 이튿날 새벽 네
시나 되어야 헤어지는 습관이므로 철은 그날 그 집 사람들이 자리에 누운
지 불과 얼마 안 되어 문을 뚜드려 일으키고 들어간 셈이었다.

그런 줄은 모르고 자꾸 음식을 재촉했더니 주인은 텁석부리 얼굴에 연
해 웃음을 지으며 잠깐만 더 기다리라 했다. 이윽고 주인이 나가고 대신
방에 들어온 것은 난데없는 젊은 여자였다. 서양 사람과 동양 사람을 꼭
반씩 타놓은 것 같은 미인. 알맞은 키에 오동통한 몸집. 높도 얕도 않은
코에 과히 푸르지 않은 눈. 갈색의 머리칼. 그 머리칼은 수세미같이 흘어
져 있었으나 그때의 철에게는 그것이 도리어 매력이 있었고, 입술에는 엊
저녁의 루주가 그대로 샛붉게 남아 있었다. 양말을 신지 않은 맨다리 맨

---

* 만주인.

발의 여자를 보는 것도 그때의 철로서는 처음 경험이었다. 방에 들어서자 여자는 생긋 웃어 보이고 서슴지 않고 철의 맞은편 의자에 걸어앉으며

"기차로 오셨나요?"

서투르나 똑똑한 영어로 말을 붙였다. 철은 어리둥절했다. 꼭두새벽에 갑자기 꿈이나 꾸는 것이 아닌가 하고 의심할 지경이었다. 여자에게는 아주 숫보기의 철이었고 더군다나 서양 여자라면 모교 영어 선생의 부인밖에 모르는 철이었다. 좌우간

"네네."

했더니 여자는 다시

"유 고 유롭?"

하고 묻는다. 갑자기 무슨 소린지 몰라들었으나 다시 생각하니 너는 지금 서양을 가는 길이냐고 묻는 것이었다.

"네티 네티."

어찌해 그랬던지 철은 또 외마디 노서아 말로 대답하고 말았다. 그러고는 그것이 우스워 벙그레 웃었더니 여자도 따라서 방긋이 웃었다.

갖가지 나라 말을 뒤섞어 이야기하고 있는 동안에 철은 여자의 이름은 나타샤라는 것, 그 집은 보통 음식점이 아니라 카바레라는 것, 나타샤는 그곳에서 춤추고 있는 여자라는 것을 알았다. 문득 철은 이 여자도 소문에 듣던 노서아 귀족의 딸이 아닌가 하고 생각하였다. 그러고 보니 딴은 여자의 말씨며 몸가짐이 보통 음식점 여급 같지는 않아도 보인다.

"고향이 어디죠?"

"지금 있는 데가 고향이죠. 호호호."

그러고도 또 몇 마디 철은 호기심이 동하는 대로 물어보았으나 여자는 종시 웃고 똑똑한 대답을 하지 않았다.

그러더니 음식값을 치르고 자리를 일어서자 여자는 손을 내밀며

"밤에 또 오세요. 꼭."

그리고 은근히 손에 힘을 주며 쌩긋이 웃어 보였다.

"저녁차로 나는 북쪽으로 떠납니다."

"북쪽으로?"

"네 하르빈까지."

"오 하르빈."

여자는 하르빈이란 말에 잠깐 눈을 빛내고 나서

"그럼 돌아가실 때나 꼭 놀러 오세요."

"글쎄요. 봐서."

그리고 철은 그 가게를 나왔다.

철은 예정대로 그날 밤차로 그곳을 떠났다. 떠날 때에는 돌아오는 길에 반드시 다시 장춘을 들르리라 했는데 치치하르에서 예정을 변경해 내몽고 쪽으로 빠졌기 때문에 장춘에는 들르려 해도 들를 기회가 없었다. 그러니만치 나타샤의 기억은 도리어 선명한 윤곽을 갖춘 채 해가 지나고 또 지나도 머릿속에서 씻어지지 않는 것이었다.

"카페 임페리알이라구 지금두 있나?"

철은 마중 나온 아오야마와 함께 마차에 흔들리며 물었다.

"있네. 왜?"

"아니 글쎄. 전에 한 번 들른 일이 있기에 말일세."

"자네두 상당허네그려."

아오야마는 철의 말을 어떻게 해석했는지 무슨 의미가 있는 듯이 빙긋이 웃고

"있구말구. 바루 지금 그 집 앞으로 지나가게 되네."

그러자 얼마 되지 않아

"저걸세."

하고 바른편을 가리켰다. 아오야마가 가리키는 편으로 고개를 돌렸을 때 철은 일순 자기의 기억을 의심하지 않을 수 없었다. 확실히 집은 그 집이다. 노서아 말 간판도 그대로였고 텁석부리 영감이 나와서 열어주던 그 문도 그대로였다. 허나 어찌 이렇게도 초라한가. 길 좌우에 주욱 늘어선 큰 빌딩들의 당당한 풍채와 호화로운 장식과 최신식 설비에 비해 카페 임페리알은 그 납작한 키며 누르칙칙한 빛깔이며 구식 됨됨이가 하릴없이 서울 한복판에 잡아다 놓은 촌뜨기였다.

"흠."

철은 다시금 그동안의 변화의 심함을 뼈에 사무쳐 느꼈다. 역사는 변한다. 그 변하는 역사를— 여기까지 생각하다가 문득 보니 기운 좋게 포도를 거니는 양장의 젊은 여자들이 거의 전부가 맨다리 맨발에 구두를 신은 그때 그 나타샤의 차림차림이었다. 서울 거리에서도 눈이 시도록 본 여자들의 이 풍속에서 새삼스레 역사를 느꼈다.

3

신경서 해야 될 철의 임무는 철에게는 그리 쉬운 것이 아니었다. 다행이라 할까 불행이라 할까 철은 학비 같은 것을 걱정할 필요가 없는 집에 태어나 학교를 졸업하기까지 남에게 구차한 소리를 별로 해본 일이 없었다. 학교를 나와 취직이라는 것을 할 때에도 마침 사람이 부족하였던지라 남에게 쓸데없는 교언영색을 지어 보일 필요가 없었다. 지금 봉직해 있는 학교로 옮길 때에도 우연한 기회로 자기 집 들어가듯 하고 말았다. 그런

데다가 철은 원래가 남과의 교제를 그리 즐기지 않는 성미라, 처음 학생들의 취직에 관한 사무를 맡게 되었을 때 어리뻥뻥한 느낌을 미상불 금할 수 없었다. 자기 손에 졸업한 학생들의 취직 일을 맡아본다는 것은 좋은 일임에는 틀림없으나 결국은 남에게 구차한 소리를 하러 다니는 일이라, 그런 일을 자기가 능히 할 수 있을까 스스로 의문이 될 지경이었다. 그것도 사람을 구하는 수효가 졸업생 수효보다 많든지 한다면 또 그리 힘들지도 않을 것이다. 그러나 불행히도 철의 학교의 경우에는 쓰겠다는 사람보다 졸업생 수효가 훨씬 많았다. 그러고 보니 이리저리 취직 운동을 돌아다니는 동안에는 자연 불쾌한 일을 당할 때도 많았고, 외교적 수단이 필요한 때도 많았다. 그것이 철에게는 고통도 되고 짐도 되는 것이었다.

그러나 사람이 놓여진 지위란 무서운 것이어서 몇 해 그 일을 맡아보아오는 동안에 철도 인제는 그런 일에 제법 익기도 하고 여간해서 불쾌감을 일으키지도 않게끔 되었다. 아무 앞에나 아무 거리낌 없이 고개를 숙일 수도 있었고, 턱없는 비난을 받아도 그저 허허 웃으며 이리저리 변명해 넘길 수도 있게끔 되었다. 가끔 철은 그렇게 변한 자기를 일종의 타락이 아닌가 하고 돌이켜 생각해보는 때도 있었다. 좀 더 젊었을 때 철이 쓴 글들에서 보던, 튀기면 끊어질 듯 날카로운 신경神經을 생각해본다면 철의 오늘날 신경은 미상불 일종의 타락이 아닐 수 없었다. 그러나 철은 그것을 자기의 성장이라 해 스스로 변명했다. 책상물림이 약간이라도 세상맛을 알게 된 결과거니 했다. 어떠한 경우에도 자기란 것을 잃지만 않고 있다면 고만 아닌가. 현실을 현실대로 보고, 그것을 우선 그대로 받아들이는 것은 자기가 항상 꿈꾸는 좀 더 큰 문학을 낳기 위해 도리어 필요한 수련이거니도 했다.

그러나 처음 와보는 신경서의 취직 운동은 조선 안에서 해보던 것과도 또 좀 달랐다. 만주국은 외국이다. 그러니만치 이곳에서는 모든 사정이 한층 복잡한 것이었다. 조선 사람은 황국 신민이요, 일본인이다— 이런 전제하에 철은 만주를 갔다. 그러나 만주서는 일계日系와 만계滿系 외에 또 한 가지 선계鮮系라는 것이 있다. 일계와 만계의 중간에 서서 선계의 지위는 복잡 미묘한 것이 있는 것이었다.

철이 만난 중요 회사 간부와 고급 관리들 중에도 조선 사람 취급에 관해 두 가지 태도를 구별할 수 있었다. 한 가지는 조선 사람을 만주 사람과 같이 취급하는 것이요, 한 가지는 내지인과 같이 취급하는 것이다. 이 문제에 대해 철은 철로서 의견이 있는 것이지마는 취직 부탁을 하러 간 처지에 토론을 걸 수도 없고 해서 상대자가 무엇이라 하든 간에 어름어름 찬성을 표하는 수밖에 없었다. 그리해 이 문제에 관한 철의 의견은 하루 동안에 만난 사람 수효대로 변하는 셈이었다. 어떤 때는 조선 사람 욕도 같이 해보고 어떤 때는 칭찬도 같이 해보고, 어떤 중역은 조선 사람은 책임감이 없고 윗사람에게는 아첨을 하고 아랫사람에게는 건방지게 군다고 한 시간이나 통론하였다. 그 반대로 어떤 관리는 같은 일본 사람을 가지고 내지인이네 조선 사람이네 구별할 것이 무엇 있느냐, 팔굉일우八紘一宇*의 우리 조국肇國의 정신 아래는 동아 십억의 민중이 한집안 식구요, 나아가서는 온 세계가 다 한이웃인 것이니, 하물며 조선과 내지 사이랴. 그저 잘못이 있어도 서로 용서해주고 부족이 있어도 서로 도와주면서 힘을 합해 대동아 건설의 큰 사업을 향해 나아가야 될 것이 아니냐라고 제법 웅대한 포부를 들려주기도 했다.

며칠 동안 그런 일을 반복하고 돌아다니는 동안에 철은 심신이 함께 피

---

* 온 천하가 한집안이라는 뜻으로, 일제가 침략 전쟁을 합리화하기 위해 내건 구호.

로하였다. 처음 신경에 발을 들여놓던 때의 감명도 없어지고 오직 몇 명 학생의 채용을 승낙 맡은 것만이 기뻤다. 그런 중 문뜩문뜩 생각나는 것은 절망 상태에 빠진 것을 보고 온 평양 욱의 안부였다. 욱은 그동안에 필연 세상을 떠났을 것임에 틀림없었다. 욱이 세상을 떠났는데 자기는 그런 일과는 아무 상관도 없는 사람 모양으로 낯선 곳에 와서 서투른 일을 하고 돌아다니는가 생각하면 모든 것이 그저 꿈속 일같이만 생각되었다. 눈에 보이는 큰 건축들도 넓은 포장도로도 가로수의 신선한 새싹도 마차도 마부도 말도……

사흘째 되던 날 철은 궁금함을 참지 못해 욱의 병세를 알리라고 전보를 쳤다. 차마 그동안에 죽었느냐고 칠 수는 없었기 때문이다. 그리고 그날도 역시 하루 종일 사방으로 쫓아 돌아다니고 밤에는 대학 시대의 동창들이 열어준 환영회에 출석하였다가 자정이나 되어 여관으로 돌아와 보니 욱은 벌써 엊저녁에 세상을 떠났다는 전보가 와 기다리고 있었다.

"흠—."

번연히 짐작하던 소식이건만 순간 철은 전신의 맥이 풀려 들었던 전보를 힘없이 도로 책상 위에 내던졌다. 술 취한 머릿속에는 무수한 상념이 끓어오른다. 그 무수한 상념은 서로 얽히고 뒤섞인 채 철의 머릿속에서 한없이 매암을 돌아, 철은 곧 자리 속으로 들어갔으나 밤이 이슥하도록 잠을 이룰 수 없었다.

이튿날 아침, 철은 온몸이 찌뿌드드한 가운데 잠이 깨었다. 욱이 죽었겠다 하는 생각이 우선 펀뜩 머리를 지나간다. 철은 머리맡 재떨이를 잡아다려 담배를 한 개 피워 물었다. 누운 채 천장을 향해 연기를 뿜으니 연기는 무럭무럭 피어 올라가다가 반쯤 가서는 스르르 가로 퍼져 사라져버리고 한다. 그 연기의 행방을 철은 언제까지나 멍하니 바라보고 있었다.

그날 하루는 그대로 여관에 누워 몸과 머리를 푸근히 좀 쉬이고 싶은 생각이었다.

허나 철은 곧 그날 아침 여덟 시 반에 만나기로 된 어느 회사 총재의 일을 생각하였다. 그 총재를 철은 그때까지 세 번이나 찾아갔다가 만나지 못했는데 그 전날서야 겨우 비서를 통해 내일 아침 여덟 시 반에 오라는 약속을 얻은 것이었다.

내내 철은 일어나기 싫은 몸을 억지로 일으켜 소세를 끝내고 길로 나섰다. 어제까지 샛푸르게 개었던 하늘에는 무거운 구름이 얕게 드리워, 거리도 나무도 집들도 마치 철의 마음같이 부연 잿빛으로 물들여진 아침이었다.

약속한 시간에 총재가 있는 호텔로 가서 명함을 들였더니 보이는 곧 도로 나와서

"잠깐 인사만 하는 것이라면."
이라는 조건을 붙여 면회를 허락하였다. 그전의 철 같으면 여기서 벌써 불쾌한 느낌을 얻었을 것이나, 그럼 그러겠다고 곧 가볍게 대답할 수 있었다. 여간해서는 만나볼 수 없다는 총재가 어쨌든 만나주는 것만 해도 미상불 고마운 일이었다. '잠깐 인사만 하는 것이라면'이라는 조건이 마음에 거리끼지 않는 것은 아니었으나 무어 어떻게 되겠지— 이렇게 생각하고 철은 보이를 따라 이층으로 올라갔다.

철이 방으로 들어갔을 때 총재는 어데를 나가는 길인지 모닝에 위의를 갖추고 가슴에는 커다란 흰 조화를 달고 금방 일어설 듯한 자세로 의자에 앉아 있었다.

"바쁘신데 미안합니다."
인사를 드리자

“아— 무어.”

하고 철의 얼굴을 빤히 쳐다본다. 잠깐 철은 머뭇머뭇하며 앉으라는 말이 있기를 기다렸으나 총재는 더 말이 없었다. 허나 여기서 물러나서는 안 된다. 철은 직립 부동의 자세로 선 채 마음을 다고지게* 먹고, 안 들려는 손님에게 억지로 들기를 권하는 보험 회사 외교원인 양, 일사천리로 자기의 용건을 말하기 시작하였다. 자기 학교의 내용, 졸업생들의 동향, 조선의 정치적 정세, 만주에 대한 학생들의 인식, 만주와 조선인과의 관계, 특별히 그 회사에 대한 학생들의 열렬한 취직 희망— 이런 것들을 철은 재빠르게 늘어놓았다. 총재는 눈썹 하나 까딱하지 않고, 그저 가끔 음, 음 하고 가늘게 고개를 끄덕여 보일 뿐이다. 일이 되려나 안 되려나 철은 조바심이 되었으나 좌우간 자기의 말을 빨리 끝내야 하겠어서 결론을 급히 하고 있는데 그의 말이 마악 끝나려 할 즈음, 노크 소리가 나며 방으로 들어온 것은 어저께 총재의 말을 철에게 전해주던 그 비서였다.

“자동차가 왔습니다.”

비서는 흘끔 철을 훑어보고 총재 앞으로 가서 굽실 절을 하고 선다. 그 말에 총재는

“음.”

하고 곧 일어서서 철을 향해

“그 일은 그럼 인사과장보구 말씀하시우. 아홉 시부터 난 기념식이 있어서.”

겨우 이 말을 내던지고 썩썩 걸어 나가버렸다.

닭 쫓던 개 울 쳐다보는 격이라고나 할까. 철은 멍하니 서서 총재의 뒷

---

* ‘다부지게’의 방언.

모양을 바라보다가 비서의 눈에 재촉되어 방을 나왔다. 총재를 만나기 위해 허비한 시간과 노력을 생각하면 정말 너무도 허무한 결과였다. 인사 채용 사무를 맡아보는 것이 인사과장임에는 틀림없으나 그냥 인사과장만 만나가지고는 아무것도 안 되는 것을 철은 그동안의 경험으로 잘 알고 있었다. 그러기에 이번에는 용기를 내어 누구누구의 소개장까지 얻어가지고 총재를 찾은 것이 아니었던가.

철은 우울하였다. 그것이 만일 자기 일신에 관한 일이었다면 그날은 그만침 하고 거리 구경이라도 돌아다니고 싶은 생각이었으나, 학생만 해도 남이라 그럴 수도 없어서 호텔을 나오자 곧 마차를 잡아타고 그날 예정의 둘째 것이 되어 있는 은행을 찾아갔다. 그러나 일이란 안 되기 시작하면 연달아 되지 않는 법인지 이곳에서도 또 실패였다. 그 은행에는 행원 팔백 명 가운데 조선 사람 열여섯이 있는데 그 열여섯이 밤낮 말썽거리라는 것이었다. 일은 시원히 못 하면서 불평은 남보다 곱쟁이는 하고, 그나 그뿐인가 그 전해에는 한 사람은 수만 원의 공금을 횡령하였고 또 한 사람은 지배인 멱살을 붙들고 싸움을 하고 나갔다는 것이다. 조선 사람이라고 누구나 다 그런 것은 아니다, 당신네 은행에서 어쩌다가 못된 사람을 만났던 것인가 보다, 우리 졸업생은 절대로 그런 법 없다고 철은 한참 변명해보았으나 결국 아무런 효과도 없었다.

다음에는 좀 동안이 뜬 흥인대가興仁大街에 있는 반관반민의 공공 단체를 찾아갔으나 이곳에서도 또 실패였다.

'어째 오늘은 이렇게 실패뿐인가.'

철은 사람 드문 큰 거리를 이번에는 어디로 간다는 지향도 없이 헤청헤청 걸어가며 이렇게 생각해보았다. 별별 생각이 다 떴다. 일반적으로 지금 조선 사람이 놓여진 지위란 극히 복잡도 하고 곤란도 한 것이 있다. 그

원인을 캔다면 조선 사람 자신이 책임을 져야 할 것도 있고 환경의 책임으로 돌릴 것도 있어서 간단히 어떻다고 결론을 지을 수는 없을 것이다. 그러나 지금 긴급한 것은 이러한 책임론이 아니고 앞으로 이것을 어떻게 타개해나갈까 하는 것이 아닌가. 어떻게 타개해나갈까? 이것에 대한 해답은 명백하였다. 노력을 해야 된다. 스스로 노력하는 것밖에는 아무 도리도 없는 것이다. 아니 그것도 그것이려니와 내년에는 우선 서울서 떠날 때 좀 더 유력한 사람들의 소개장을 얻어가지고 오리라. 돈도 더 가지고 일정도 좀 넉넉히 잡아가지고……. 문득 철은 등에 땀이 흐르고 양복 잔등이가 후끈후끈 달아옴을 느꼈다. 고개를 들었더니 뜻밖에 구름 한 점 없는 새파란 하늘이 확 눈으로 들어온다. 몇 시간 전에 온 하늘을 뒤덮었던 그 구름들은 모두 어디로 가버린 것일까. 사람의 일도 이렇게 변할 수도 있는 것이련만……. 눈이 부시게 쨍쨍 내리비치는 햇빛은 벌써 제법 한여름의 맛이 있었다. 오 이것이 소위 대륙적 기후라는 것이로구나 생각하며 길 양편에 한없이 늘어선 버들가지로 눈을 옮겼을 때 철은 한 번 더 놀랐다. 어제까지도 어딘지 모르게 투명한 맛이 있어 보이던 연녹색 버들잎이 하룻밤 동안에 훨씬 푸른빛을 짙게 한 것이었다. 순간 철에게는 죽은 욱의 생각이 다시 났다. 욱은 자연의 풍경을 일상 시인답게 그냥 솔직히 받아들이는 사내였다. 그것은 욱의 단점이기도 했지만 또 욱만이 가지고 있는 장처이기도 했다. 욱의 붓으로 된 가지가지 자연을 노래한 아름다운 글들은 모두 이런 그의 시인적 감수성의 산물이었다. 자연의 품속에 자기를 전부 그냥 내맡길 수 있는 사람의 행복. 문화니 조직이니 지성이니 비판이니 하는 것을 떠나 자연과 그냥 함께될 수 있는 순간. 무수한 그런 순간을 가졌던 욱은 결국 행복한 사람이 아니었을까. 욱의 그런 행복에 비해, 철은 자나 깨나 두더지같이 인간사에만 파묻혀 있는 자기를 새삼스레 불행하게 생각하지 않을 수 없었다…….

　　4

　그러나 사람의 일이란 알 수 없는 것이다. 이렇게 침울한 생각에 잠겼던 철의 마음이 불과 얼마 안 되어 봄빛을 만난 새싹인 양 도로 생생하게 물오를 줄이야. 철은 뜻하지 않은 곳에서 뜻하지 않은 옛사람을 만난 것이었다.

　강덕회관康德會館 앞에서 마차를 내려 마침 점심때라 어디 가 점심을 사 먹으려고 식당을 찾아 고개를 두리번두리번하고 있는데

　"어마 이 선생님."

　바로 턱밑에서 이런 여자의 목소리가 들렸다. 놀라 시선을 그리로 옮겼을 때 철은 자기 얼굴에서 불과 한 자밖에 안 되는 거리에 유행의 납작한 여름 모자를 쓴 동그레한 여자의 얼굴을 발견하고, 금시로 눈이 둥그레졌다.

　"오!"

　거의 소리치듯 하고

　"이거 웬일입니까. 얼마 만이에요."

　그러자 여자도

　"이거 웬일이세요. 얼마 만이에요. 언제 오셨에요?"

하고 연거푸 질문을 쏟아놓는다.

　"한 삼사일 됩니다만. 삼주 씬?"

　"전 벌써 한 삼 년 됐에요."

　"삼 년이나?"

철은 순간 머릿속에서 햇수를 계산해보았다. 열세 해 전 일이었다. 어느새에 그러한 장구한 세월이 흘러간 것인가.

"좌우간 어디 가 우리 점심이나 간단히 안 하시렵니까. 하두 오래간만이니."

"글쎄요."

여자는 잠깐 생각하더니

"그러실까요."

하고 가볍게 발길을 돌이켜 자기가 도리어 앞장을 선다.

"제가 안내헐까요. 이 선생은 여기 지릴 잘 모르시죠. 어떤 데가 좋을까요?"

"아무 데나 가까운 데, 간단한 데루 가십시다."

"호호호, 가까운 데, 간단한 데."

그리고 여전히 경쾌한 걸음을 떼어놓는다. 몸집이 약간 벌기는 하였으나 열세 해 전 그 걸음 그대로였다. 왼편으로 한 발자국 앞서 걸어가는 여자의 옆모양을 비스듬히 바라보면서 철의 가슴은 차츰 고무풍선같이 부풀어 올랐다. 김삼주金三珠를 그곳에서 그렇게 만날 줄 단 일 분 전까지 어찌 뜻하였으랴. 여태까지 찌뿌드듯하던 가슴이 가을 하늘 모양으로 개어 올라간다.

삼주의 이름이 나오면 다시 또 죽은 욱의 이름을 꺼내지 않을 수 없다. 그때 철은 학교를 갓 나온 연구실원이었고 욱은 영문과 삼년생이었고 삼주는 그곳 도서관 타이피스트였던 것이다.

그때 철이나 욱이 스물서너덧 살의 젊은 나이였듯이 삼주도 물론 열 팔구 세의 젊은 처녀였다. 도서관 타이피스트라는 그것만으로도 몇백 명 사내들만 들끓는 그 학교 안에서는 이채인 데다가 삼주는 세 명 타이피스트

중 제일 미인이었고, 게다가 태도가 쾌활해서 유별나게 여러 사람의 주목의 초점이었다. 자기의 그런 처지를 아는가 모르는가, 안다 하면 일부러 그러는 것인 듯, 삼주는 점심때면 으레 다른 타이피스트들과 함께 운동장 클로버밭에 나와서 다리를 뻗고 앉아 웃고 떠들고 하는 것이었다. 그런 때 연구실 유리창으로 멍하니 내다보던 삼주의 파아란 치마 빛은 지금도 철의 기억에 선명하다. 무슨 연정 같은 것을 느꼈다고까지는 할 수 없으나 그런 삼주의 자태에 철의 젊은 가슴이 적이 설렌 것은 사실이었다. 삼주와 함께 푸른 교외를 한가히 산보라도 해봤으면 하고 하염없는 공상을 해본 적도 한두 번이 아니었다.

그러나 그저 그뿐으로 별로 말을 건네볼 기회도 없이 한두 달 지냈는데 유월이 되자 철은 교수의 명령으로 서양 옛날 잡지의 논문 목록을 만들게 되어 삼주가 있는 도서관 사무실로 가서 타이프라이터를 찍게 되었다. 타이프라이터는 생전 처음 찍어보는 것이라 서투른 솜씨로 며칠 동안은 고생을 하였는데, 하루는 갑자기 등 뒤에서

"호호호 두 손가락으루 용허게 찍으세요."

하는 여자의 소리가 났다. 놀라 돌아다보니 뜻밖에도 그것은 삼주였다. 어느 결엔가 등 뒤에 와서 의자 기둥을 짚고 철의 굼된 동작을 들여다보고 섰는 것이었다.

"용해요? 당최 되질 않어 죽을 지경인데요."

철은 낯을 붉히며 대답했다. 타이프라이터란 원래 열 손가락을 다 놀려 쳐야 되는 것인데 철은 겨우 좌우 쪽 두 집게손가락만으로 굼되게 찍고 있는 길이라 미상불 창피하기도 하였던 것이다.

"아이구, 썩 잘 찍으시면서. 소리만 듣구 전 여태 타이프라이털 칠 줄 아시는가 했에요."

"원 천만에."

철은 겸연쩍게 웃을 수밖에 없었다.

"호호호, 아니에요. 정말 빠르세요."

그러더니 삼주는 무슨 생각을 했는지 찍을 것이 얼마나 되는지 자기가 좀 찍어주랴고 말을 꺼냈다. 물론 철은 그 말을 거절할 리 없었다. 삼주는 날신 자리에 가 앉더니 재빠른 솜씨로 카드를 끼워놓고

"여기서부턴가요?"

찍을 데를 다지고는, 열 손가락을 번개같이 놀려 그냥 소낙비 쏟아지듯 기계를 두드리기 시작하였다. 그러는 대로 하얀 카트 위에는 어려운 술어로 된 외국 글이 국숫발 나오듯 찍혀간다. 보고 있노라니 그것도 어느 유명한 양금가의 연주에도 못지않은 훌륭한 예술이었다.

일종의 장난이라고도 할 그 사건은 그러고 불과 십 분이 안 되어 끝나고 말았으나 좌우간 그것이 인연이 되어 그 후로 철과 삼주는 만나면 인사를 교환하고 틈이 있으면 가벼운 이야기도 하고 하는 사이가 되었다. 알고 보니 삼주는 나이에 걸맞지 않게 조숙한 문학소녀였다. 철에게 가까이한 동기도 그 때문인 듯하였다. 철이 부질없이 이 잡지 저 잡지에 기고한 글들도 대개는 다 읽은 눈치였다. 그런 중에도 제일 흥미를 가진 것은 그때 철과 욱이 중심이 되어 그 학교 안에서 발행하고 있던 《풍경》이란 동인잡지였다.

"참 정욱 씨란 분 이 선생 아세요?"

"알구말구요. 《풍경》 이번 호에 「능금」이라는 단편 쓴 사람 말이죠?"

"네, 그 글 참 좋았에요. 신선허구 깨끗허구— 그런 글 처음 봤어요."

"재주 있는 사람이죠. 이담에 반드시 훌륭한 작가가 될 겁니다."

"그분두 좀 뵀으면."

"어려울 거 없습니다. 그러잖어두 욱 군도 삼주 씰 알었음 허는 판이니까요."

그리해 그해 유월 달은 철이나 욱을 위해 몹시 즐거운 시절이었다. 흔히 세 사람은 학교 문간에서부터 동행이 되어 병원 뒤 숲을 지나 병원 앞 전차 정류장까지 걸어오도록 이야기에 정신이 팔려 시간 가는 줄을 몰랐다. 숲에는 바야흐로 녹음이 짙었고 그 녹음같이 세 사람은 인생의 첫여름을 맞이한 것이었다.

그러나 이 즐거운 기억은 그야말로 하루아침 꿈같이 지나가고 말았다. 이내 하기휴가가 되어 세 사람이 제각각 헤어졌다가 구월 달에 학교에 나가보니 삼주는 그림자도 없었다. 여름 동안에 결혼을 했다는 것이었다. 누구와 결혼을 했는지 결혼을 해 어디 가 사는지 소식이 묘연하였다. 철도 욱도 가을바람 부는 운동장을 거닐며 가슴 한편이 무너져 나간 것같이 허룩한 느낌을 어찌할 수 없었다.

그것이 지금부터 열세 해 전— 그동안 철과 욱 사이에 삼주의 이야기가 난 것도 여러 번이요, 그럴 때마다 두 사람은 가장 믿던 애인에게 버림이나 받은 것같이 그를 그리워하고 섭섭해하고 해온 것이었다.

5

삼주가 안내해 간 곳은 그곳에서 멀지 않은 닉게〔日毛〕라는 백화점 식당이었다. 백화점 식당이라고는 해도 모든 것이 눈이 번쩍 뜨이도록 깨끗하고 신선하였다. 가뜩 들어찬 손님들도 말씨며 차림차림이며 모두 말쑥말쑥한 도회인들이었다. 여기가 만준가 하고 철은 자기 눈을 의심할 지경이었다.

삼주는 서슴지 않고 먼저 들어가 한편 구석 빈 테이블을 찾아갔다. 우선 먹을 것부터 주문한 후에

"참 뜻밖이었에요."

하고 미소를 띠면서 인제 좀 마음이 진정된 듯 철의 얼굴을 자세자세 건너다본다.

"그러게 말이에요. 아깐 참 놀란걸요. 여기 와서 삼주 씰 뵐 줄이야."

"저두 깜짝 놀랐에요. 아까 별안간 맞닥뜨렸을 젠 하마트면 악 소릴 칠 뻔했에요. 호호호."

맞대해서 앉아보니 지금까지 삼주가 별로 변하지 않았다고 생각한 것은 잘못이요, 열세 해란 세월의 힘은 역시 무서웠다. 공들인 단장 밑으로 눈가에는 잔주름살을 가릴 수 없었고 살결은 예전의 탄력을 잃고 있었다. 선선한 눈과 도톰한 입술만이 겨우 예전 모습을 지니고 있었다 할까.

"삼주 씨도 많이 변허셨구먼요."

철은 자기도 모르는 새에 한탄하듯 중얼거렸다.

"변허구말구요. 그동안 고생을 얼마나 했게요.―이 선생께선 어쩌면 그렇게 조금두 안 변허셨에요. 그때 그 모습 그대루세요."

"내가 안 변했에요? 벌써 머리가 이 꼴이 된걸요."

빙그레 웃으며 철은 모자를 벗고 이마의 땀을 씻었다. 양편 귀밑에 희끗희끗 세인 털이 보인다.

"호호호 머리가 왜 어때 그러세요."

철은 쓸쓸히 웃고서

"어떨 건 없지만 머리털이 좀 세이고 나이를 좀 먹고 했죠."

그러자 삼주는 어조를 고치어

"정 선생두 안녕허시죠?"

욱의 안부를 물었다. 철은 잠깐 눈을 감았다 떴다. 허나 이미 일어난 일을 알리지 않을 수도 없었다.

"정욱 씬 그저께 밤에 세상을 떠났답니다."

"네?"

삼주는 더 말을 못 하고 한참 철의 얼굴을 쳐다보더니 겨우

"정말이에요?"

한다.

"어젯밤에 전볼 받았습니다."

"아이 원."

복잡한 감정의 그림자가 아름다운 삼주의 얼굴을 지나간다. 지나간 젊은 날의 기억이 그의 가슴에 쓰라린 추억의 고통을 잘게 새겨놓는 것이었다.

"그러기루— 무슨 병에 그러셨에요?"

"뇌막염이랍니다.—아까운 사람 하나 없어졌죠."

"이번 달《문학》에 난 정 선생 소설을 바루 어저께 읽었는데요. 늙은 애국반장이 지붕에서 뛰어내리는 얘기, 그걸 읽구 얼말 혼자 웃었는데요. 어쩌면."

삼주는 가늘게 한숨을 짓는다. 그러자 마침 주문한 음식이 와서 두 사람은 묵묵히 먹기 시작하였다.

"삼주 씬 지금 뭘 허구 계십니까?"

한참 만에 철이 입을 열었다.

"허긴 뭘 해요. 여자가 애 낳구 살림허구 허는 게 일이죠."

"애기는 몇이나 되시길래?"

"많답니다. 넷이나 된답니다."

"그럼 학교에 다니는 애기두 있겠구먼요?"

"그럼요. 큰앤 벌써 삼학년, 둘째 애가 일학년인걸요."

"바깥어른은?"

"장살 헌답니다."

"장살 허심 재미 많이 보시겠군요."

"아이 재미가 무슨 재미에요. 사변 후 한동안은 괜찮었지만 이리루 이사 온 뒤에는 당최―."

"사변이라니 지나사변 말입니까?"

"아뇨. 만주사변 말이에요."

"만주사변. 그럼 만주 오신 지 퍽 여러 해 되셨구먼요."

"여러 해 되구말구요. 올해 벌써 열세 해째인가 봐요. 결혼허자 곧 만주로 왔으니까요."

"참 그땐―."

철은 잠깐 말을 끊었다가

"어떻게 그렇게 소리도 없이 사라져버리셨던가요?"

몇 해를 두고 원망스럽게 생각하던 일을 꺼내 물었다.

"네?"

삼주는 무슨 소린지 못 알아듣는다.

"삼주 씨 결혼허시던 때 말입니다. 도서관에 그저 계시려니 하고 구월에 학교 가보니 안 계시단 말이죠. 온다 간다 소식도 없이.―돌아간 정욱 군허구 둘이 무척 섭섭해했습니다."

"호호호, 저 같은 걸 그렇게까지 생각해주셨에요. 고맙습니다.―허긴 두 분껜 결혼 청첩이나 보내드릴까 했습니다만……."

삼주는 말끝을 흐려버린다.

"만나 참 반갑습니다. 영영 다신 못 뵐 줄 알았는데 이렇게 뵈오니. 사람이란 참 오래 살구서 볼 겝니다."

"참 저두 뜻밖이었에요. 이렇게 뵐 줄은. 두 분 소식은 일상 듣군 있었지만요."

"우리들 소식을요?"

철은 뜻밖이었다.

"호호호, 쓰시는 글 읽으면 안녕하신 소식 듣는 셈 아니에요?"

"······."

철은 기뻤다. 별로 읽어주는 사람도 없거니 하고 반은 허무적인 생각에 붙들렸으면서도 신문사나 잡지사 독촉에 못 견디어 틈을 타서는 쓰고 쓰고 한 시시한 글들을 뜻하지도 않았던 사람이 반갑게 읽어준 것인가 생각하니 마음이 포근포근 따뜻해 올라왔다. 그러기에 글이란 소홀히 쓰지 못할 것이요, 그러기에 글이란 쓸 맛도 있는 것이라는 생각이 새삼스레 가슴속으로 스며들었다.

"신경은 언제까지나 계시겠어요?"

식후에 가져온 아이스크림을 조그만 사시*로 뜨며 삼주가 묻는다.

"오늘 밤차로 떠나겠습니다."

"네?"

삼주는 놀라며

"어째 그렇게 빨리 떠나세요. 모처럼 오신 길이니 며칠 천천히 구경이나 하구 가시죠."

"그럴 시간이 있어야죠. 이번엔 학생들 취직 때문에 온 길이니까요."

---

* 사기로 만든 숟가락. 스푼.

"아이 그래두. 며칠 더 계시기루 뭬 어떻겠에요. 신경은 볼 덴 별루 없지만 제가 안내해드릴게요."

삼주는 정말 철과 그렇게 만나 그렇게 헤어지기를 섭섭해하는 눈치였다. 순간 철의 머릿속에는 그 옛날, 연구실 창으로 삼주의 파아란 치마를 내다보며 그와 함께 푸른 교외를 산보 다녀봤으면 하고 공상해보던 그 기억이 그림과 같이 지나갔다. 예정을 변경해 하루쯤 더 있어볼까 하는 생각이 뭉게뭉게 피어오른다. 그러나 그는 머리를 흔들었다. 모든 것은 지나갔다. 지나간 일은 추억의 환영 속에 가만히 묻어둠이 또한 아름답지 아니한가.

"고맙습니다. 허지만 침대권까지 사논 걸 어떻게 합니까. 오늘 밤에 떠나야 겨우 예정한 날짜에 서울로 돌아가게 되는걸요. 인제부터 대련 봉천 두 군데를 들러야 된답니다."

"그래두 원 그러실 수가 있에요. 너무 섭섭해요."

잠깐 삼주는 눈을 내리깐다.

자리를 일어나 식당 문을 나서다가

"오늘 밤 몇 시 차죠?"

삼주가 묻는다.

"열 시 삼십 분이에요."

"아이, 그럼 정거장에두 못 나가겠어요."

"천만에. 벨걱정을 다 허십니다."

"그 대신 그 시간에 집에서 안녕히 가시라구 인사를 드릴게요. 호호호."

두 사람은 큰길가에 나섰다. 인제는 동서로 갈리게 됐다.

"자 그럼 안녕히 계십쇼. 요담엔 언제 어디서 또 뵐까요?"

철은 웃으며 모자를 벗어 들었다. 삼주도 마주 웃으며

"호호호 오래 살면 또 뵐 날 있겠죠."

아까 철이 한 그 말을 그대로 되풀이한다.

"안녕히 계세요."

"안녕히 가세요."

두 사람은 좌우 쪽으로 헤어졌다.

오후의 햇빛이 찬란한 큰길을 낯모르는 사람들 틈에 섞이어 걸어가며 철은 가슴이 푸근하였다. 신경 온 지 며칠 동안 그동안에 고되고 괴롭고 하던 일들이 물에 든 소금처럼 풀려나간다.

"오래 살면—."

문득 철은 아까 휙 자기가 입 밖에 낸 이 말, 그리고 삼주가 일부러 되풀이한 이 말을 생각하였다. 정말이다. 사람이란 우선 오래 살고서야 볼 일이다. 어디 어느 모퉁이에서 행운이 기다리고 있는지 알 수 없는 일 아닌가. 그러자 철에게는 죽은 욱의 생각이 새삼스레 긴 하고 가슴을 치밀어 올라왔다. 오래 살아야 할 생을 서른여섯의 젊은 나이로 가버린 욱. 욱은 역시 불쌍한 사나이다. 영원히 계속되는 '내일'을 저버리고 망양한 망각의 바다로 배 저어 나간 욱. 아, 욱의 영혼은 지금 어느 하늘 아래를 떠도는 것일까.

"오래 살아야—."

살아 있다는 오직 그 간단한 사실에 대해, 철이 그처럼 행복감과 감사를 느낀 것은 처음 일이었다.

—『창랑정기』, 정음사, 1963.

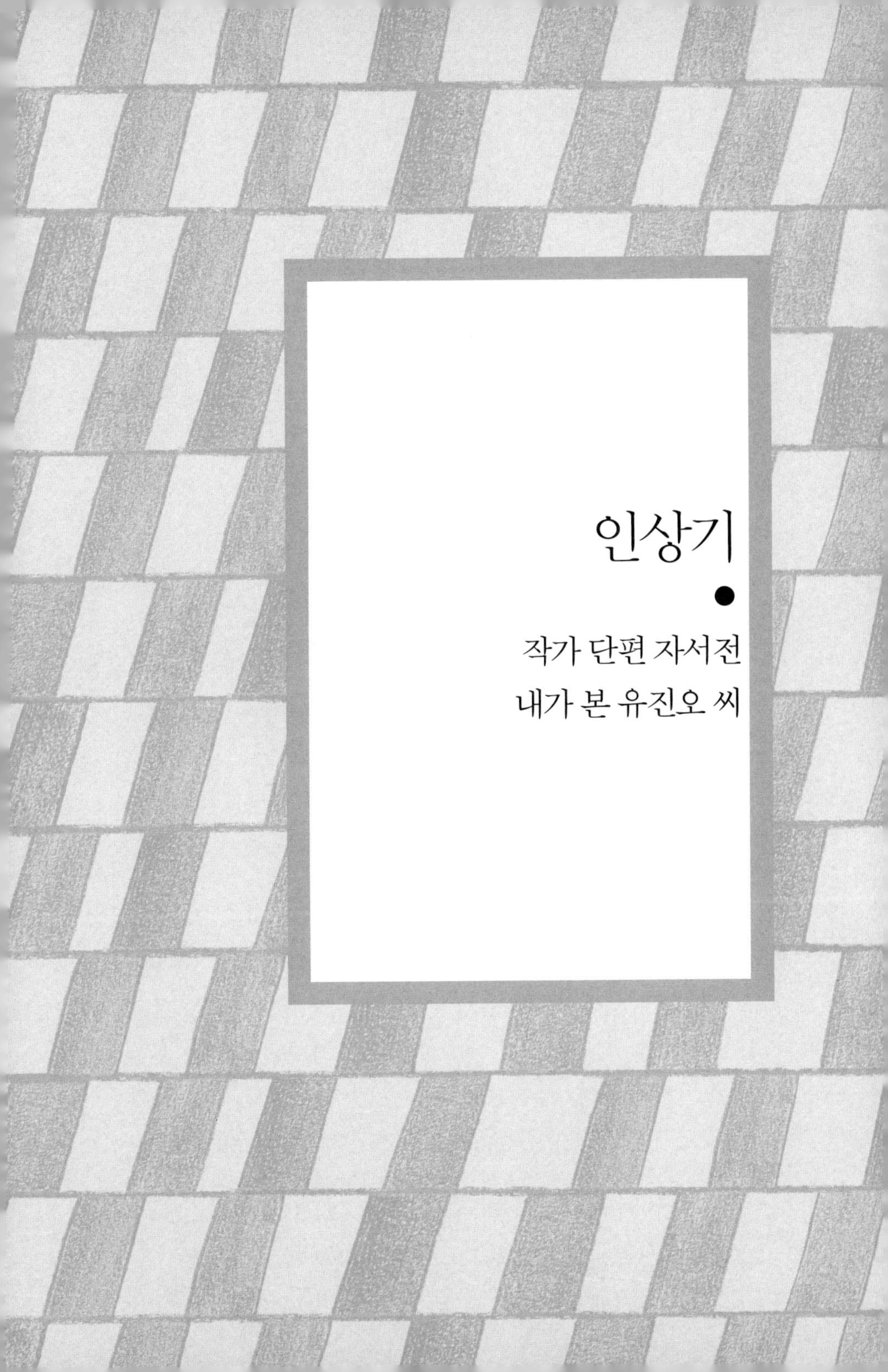

인상기

작가 단편 자서전
내가 본 유진오 씨

작가 단편 자서전

유진오

1. 나의 자화상(내 성격, 내 얼굴)

나의 성격의 제일 큰 단점은 저실猪實의 용기가 없는 것인가 합니다. 이 것은 근본적으로는 나의 선천적 체질에 원인하는 것이요, 다음으로 어렸 을 때 아버지께 받은 유교적 훈육의 영향일까 합니다. 그러나 나는 저실 (모든 것에)해야 할 때와 경우를 느끼고 앎에 있어서 남만 못지않으니 이 곳에 나로서의 내부적 고민이 있습니다. 그래 요새 와서는 나의 이 무기 력은 결코 큰 용기와 모순하는 것은 아니라고 해석하고 스스로 위안하고 있습니다.

2. 나의 연애 로맨스(이성과의 로맨스, 만일 불행히 없으시다면 선생의 연애관 또는 이성에 대한 감회 등)

연애라는 것을 널리 이성에 끌리는 마음으로 해석한다면 지금까지에 물론 여러 차례의 경험이 있었다고 하겠으나 그것을 다 이곳에 적을 수는 없고 또 '로맨스'로 불려질 만치 엑센트릭한 연애를 해본 적은 없습니다. 있다 해도 소설적 형식이나 취하는 외에는 고백하기를 꺼립니다. 하여간 연애는 여아汝我의 경지에 이르는 것이라야만 정말 순수하다 할 것인데 차차 세고世故에 부대끼니 이러한 경지에 이를 기회가 점점 적어지게 됨을 느낍니다. 그러니만치 어떤 위대한 연애에 대한 동경이랄까? 그런 것은 도리어 짙어집니다.

3. 문학에 들어선 동기와 소년 시대 또는 근일 애독하는 문예 전적

어쩐지 마음에 드니까 문학을 시작한 것입니다. 11~12세 때에 조선 구소설 수십 권을 읽었고 신소설로는 13세 때에 춘원의 『무정』을 읽은 것이 최초였습니다.

나는 한 권 책을 되풀이해 '애독'하는 식이 아니므로 무엇을 들지 모르겠습니다. 올봄 이후로는 지드, 모파상, 괴테의 것을 더러 읽었습니다. 파스칼의 『팡세』는 수년래 책상 위에 놓고 한가한 때면 펴봅니다. 수일 전 환선丸善*에서 비어스란 사람의 『악마의 자전字典』이란 책을 사다 놓고 '애독' 중에 있습니다.

4. 향수(고향에 대한 애수 또는 부모처자나 세상 명리를 다 버리고 멀리 방랑하고 싶지 않으신가)

도회에서 나서 도회에서 자란 나는 그리워할 고향 없는 것이 도리어 한 애수외다. 억지로 그것을 찾는다면 6세 때부터 14세까지를 지낸 계동 집이라 할까요, 웬일인지 작년에는 열 번 이상 그 집 꿈을 꾸었고 금년에도 오륙 차 꾸었습니다.

---

* 서점 이름.

5. 증유曾遊의 반도 산하 속에 마음에 드는 승지

경주를 들고 싶습니다.

6. 나의 과거 반생 초

- **10세 전후의 소년 시대** 근직한 관리, 은행원의 아들로서 평범한 시대를 보냈습니다. 글씨를 잘 쓴다고 소문이 나서(!) 8세 때에 왕통王通에서 지필묵을 하사하셨습니다. 지금 생각하면 기괴한 일이지요.
- **20세 전후의 청년 시대** 오뇌懊惱와 우수憂愁의 시대였습니다. 그러나 가정적 고민이 없어지고 사회과학에 흥미를 느낀 후로는(23~24세 이후) 희망의 길로 나섰습니다.
- **30세 전후의 장년 시대** 4년 전에 아버지를 여읜 후로는 세속적 속박에 잔뜩 매인 몸이 되었습니다. 그러나 흐릿하던 희망을 점점 똑똑하게 현실적으로 갖게 되었습니다.
- **40세 전후의 성년 시대**

―《삼천리문학》, 1938. 1.

내가 본 유진오 씨

민촌생民村生*

현민玄民 유진오 씨의 인상기를 써달란 부탁을 받고 나는 붓을 들었을 때 언뜻 떠오르는 한 가지 생각이 또렷해진다.

누구나 날마다 만나게 되고 만나볼 수 있는 친구가 있다면 그와는 물론 친밀한 정분이 갈수록 두터워지겠지만 그 대신 너무 무관해져서 나중에는 한집안 식구처럼 도리어 평범한 정실 관계가 붙는 것이다.

그러나 만일 자리를 바꾸어서 일 년에 겨우 한두 번을 만나본다든가 설혹 그 이상을 만날 수 있다 할지라도 그리 친하지 못한 생활의 간격이 있어서 피차 서름서름한 사이임에 불구하고 항시 존경과 호감으로 대할 수 있다면 그와는 은연중 성기상통聲氣相通**하는 무엇이 있다 하겠으니 전자를 근교라면 후자는 원교라 할 것이요, 전자를 사생활에 가깝다면 후자는 공생활에 가까운 편이라 할 것이다.

정히 유진오 씨는 나에게 원교의 인상을 주는 분이다. 전제는 이만해놓

---

* 이기영. 소설가(1895~1984). 호는 민촌. 주요 작품으로 『서화鼠火』, 『고향』, 『두만강』 등이 있음.
** 마음과 뜻이 서로 통함.

고 내가 유진오 씨를 처음 알게 되기는 아마 십 년이 넘는 내가 《조선지
광》에 있을 때이었던가 싶다.

그러나 나는 그때 기억은 희미해서 잘 모르겠다. 《조선지광》이 청진정
에 있을 때인지 제동에 있을 때인지 그 역시 분간하기 어려우나 하여튼
사社에서 만나 뵌 듯한 기억만은 남아 있다.

따라서 나는 씨의 첫인상은 분명치 않다. 그보다도 나는 씨를 초대면하
기 전부터 성화聲華를 먼저 들었고 그 뒤에 씨를 만나보던 기억이 오히려
새롭다.

유 씨는 성대의 수재로서 학창 시대부터 동창 간에 인기가 높았었다 하
거니와 그만큼 그의 문명은 졸업 후에 바로 떨치게 되었던가 한다.

그런 관계로 《조광》에서도 그의 원고를 청하였었고 나 역시 원고의 청
탁으로 전고電呵와 자택 방문과 또는 통신 등으로 씨를 적잖이 괴롭게 굴
었던가 한다.

씨가 운니정*에 살았을 때 나는 예의 원고를 독촉하러 여러 번 찾아갔
었다.

그런데 씨의 아침잠은 유명하여서 미안한 적이 한두 번 아니었다. 나는
사정이 급할 때는 할 수 없이 씨를 깨우기도 하였기 때문에.

큰 대문을 들어서서 사랑 마당으로 들어가면 큰사랑 옆에 작은사랑이
붙어 있는데 이 작은사랑이 씨의 그때 서재 겸 침실인 것 같았다.

이간장방二間長房의 윗목과 좌우편으로 놓인 책장에는 빈틈없이 장서가
가뜩 끼워 있는데 나는 그것을 칠분 선망과 삼분 시기(?)로 둘러보지 않
을 수 없었다.

---

* 현 종로구 운니동의 일제강점기 명칭.

유 씨는 내가 아는 이 중에 몇째 안 가는 체소한 분이다. 간혹 키 작은 사람은 잔망하여서 위신이 적어 뵈는 수가 있는데 유 씨는 첫째 그렇지가 않다. 그는 체소한 대신에 단단하여서 마치 차돌과 같이 맺힌 데가 있어 보였다.

한 말로 말하자면 유 씨는 단아한 선비의 타입이었다.

그리고 그는 다방면으로 재능을 타고난 동시에 또한 최고 학부까지 교양을 쌓는 것은 작가로서 누구보다도 강미強味가 있는 줄 안다.

따라서 씨의 재능은 다각적으로 광휘되는데 나의 욕심으로 말하자면 그는 문예 비평이나 다른 정론보다도 작가로서 정진해주었으면 좋겠다.

씨의 작품은 씨의 인격과 같이 앙칼지게 돌돌 뭉쳐 있다. 그래서 그의 작품은 언제나 초점이 선명하다고 한다.

씨의 허다한 작품 중에서도 「T 교수와 김 강사」*는 대표적 역작으로 씨의 가장 득의의 재료를 거침없이 요리한 줄 안다. 나는 해작품該作品을 발표된 지 수년 후에 《문학안내》에서 더욱 씨의 자역自譯한 역본으로 읽어볼 때 거듭 외경의 염을 불금했던 것은 지금도 잊히지 않는다.

씨의 지금 발표 중인 《삼천리》 연재 장편 『수난의 기록』은 처음부터 읽지 못하기 때문에 아직 못 읽었으나 씨의 그런 수법으로 정진한다면 누구나 감히 따라가지 못할 씨 독특의 예술적 경지가 새로이 열려갈 것이다. 씨 역시 그런 야심이 발발할 줄 안다. 그러므로 나는 씨의 장래를 기대하기 마지않는다.

—《조선문학》, 1939. 1.

---

* 원제는 '김 강사와 T 교수'임.

1906년　1세. 5월 13일 한성부 북부 가회방 제동계 맹현孟峴 제12통 12반에서 부친 유치형俞致衡, 모친 밀양 박씨 사이에서 10남매 중 장남으로 태어남.

1914년　9세. 4월 경성의 명문 자녀들이 다닌 제동보통학교 입학.

1919년　14세. 4월 경성고등보통학교 입학.

1923년　18세. 동창들과 시 동인지 《십자가》를 발행하는 등 일찍부터 문학에 관심을 드러냄.

1924년　19세. 3월 경성고보를 우수한 성적으로 졸업하고 4월 경성제국대학 예과 문과 A에 수석으로 입학.

1925년　20세. 학생회 잡지 《청량》 발간을 주도하고, 동 지 1호(5월 30일 발행)에 워즈워드의 시 「뻐꾸기에 부쳐」 등 영시 3편과 시조 3편을 번역·수록하며 동 지 2호(12월 18일 발행)에 평론 「뮤즈를 찾아」를 씀.

1926년　21세. 예과를 졸업하고 4월 경성제국대학 법과에 진학함. 학생회지 《문우》 발간을 주도하고 「S 씨와 빠사회」 게재.

1927년　22세. 《조선지광》에 「복수」, 「스리」를 발표하면서 문단에 데뷔. 「파악」, 「피로연」 등 발표.

1928년　23세. 「박 군과 그의 누이」, 「갑수의 연애」 등 동반자 소설 발표. 또한 《조선지광》에 「진리의 이중성」을 발표함으로써 평론가로도 활약하기 시작함.

1929년　24세. 경성제국대학 법과를 수석으로 졸업하고 형법 연구실 조수가 됨. 친구 최용달과 함께 도쿄로 '학문에의 성지순례'를 다녀옴. 한 달간의 유람을 통해 미키 기요시 등 일본의 지식인과 만남. 경성제대 출신을 모아 낙산구락부를 조직하고 학술지 《신흥》을 창간하는 데 중심적 역할을 함. 「오월의 구직자」 발표.

1930년　25세. 사회 운동을 정리한 「조선사회운동 거세개적과 금년의 추세」를 발표하고, 법학 논문 「사유재산권의 기초」를 발표. 카프로부터 가입 권고를 받으나 거절함.

1931년　26세. 조수 임기가 만료되어 법리학 연구실 조수로 옮김. 예과에서 법학통론을 강의. 이때의 경험이 「김 강사와 T 교수」에 반영됨. 같이 조수로 있던 이강국, 최용달, 박문규 등과 함께 조선사회사정연구소를 설립. 「밤중에 거니는 자」, 「상해의 기억」 등 발표.

1932년　27세. 보성전문학교에 강사로 출강. 조선사회사정연구소가 일본 경찰에 의해 수색당하고 동 연구소는 폐쇄됨. 「전별」 등 소설을 몇 편 쓰나 이해부터 1937년까지 소설은 거의 쓰지 않고 평론만 집필함. 이때를 그의 소설 창작에서 모색기라 할 수 있음.

1933년　28세. 보성전문학교 전임 강사가 됨.

1934년　29세. 『보성학회논집』에 「중세의 정의 사상―법률이념사의 일절」을 쓰는 등 학자로서 임무에 충실함. 소설 「행로」 발표.

1935년　30세. 《신동아》에 「김 강사와 T 교수」를 발표하며 문단의 주목을 받음.

1937년　32세. 「지드의 소련 여행기」를 발표하는 등 파시즘에 대처하는 서구 지식인의 동향을 주시하며 문단 활동을 절제함. 「김 강사와 T 교수」가 일본어로 번역되어 일본 문예지 《문학 안내》에 실림.

1938년　33세. 「창랑정기」를 통해 창작 활동을 재개함. 소위 '시정 편력의 문학'이라 할 수 있는 「어떤 부처」, 「수술」 등 발표.

1939년　34세. 보성전문 법과 과장이 됨. 「조선 문학에 주어진 새 길」에서 '시정 편력의 문학'을 주장하며 그 창작으로 단편소설 「나비」, 「가을」, 장편소설 『화상보』 등 발표. 김동리와 신세대 논쟁을 벌임. 조선문인협회 주최 시국 강연회에서 강사로 활동.

1940년　35세. 일본의 문학 전문지 《문예》에 일본어 소설 「여름」을 게재함으로써 본격적인 일본어 소설 창작에 나섬.

1941년　36세. 「기차 안」, 「복남이」 등 일본어 소설과 「산울림」, 「젊은 아내」 등 조선어 소설을 동시에 창작.

1942년　37세. 도쿄에서 개최된 제1회 대동아문학자대회에 이광수 등과 함께 참여하여 연설함. 소설 「남곡 선생」, 「신경」 등과 평론 「국민문학이라는 것」 등 발표.

1943년　38세. 조선문인보국회의 간사직을 맡음.

1945년　40세. 1944년 경성척식경제전문학교로 교명이 바뀐 보성전문 교수직을 3월에 사직함. 해방과 함께 보성전문 교수와 경성대학 법문학부 교수를 겸직하고 교육심의위원이 됨. 문학 단체 설립을 도와달라는 임화의 요청을 거절하고 문학으로부터 멀어짐.

1948년　43세. 대한민국 헌법기초위원과 초대 법제처장을 역임함.

1956년　51세. 학술원 회원이 됨.

1959년　54세. 대한민국 학술원상을 받음.

1962년　57세. 대한민국 문화훈장을 받음.

1966년　61세. 민중당 대통령 후보로 지명됨.

1967년　62세. 신민당 대표위원, 제7대 국회의원이 됨.

1968년　63세. 신민당 총재가 되어 1970년까지 재직.

1987년　82세. 별세.

한국현대문학전집 15-김남천 · 유진오 단편선

김 강사와 T 교수

지은이 | 김남천 · 유진오
엮은이 | 윤대석
펴낸이 | 양숙진

초판 1쇄 펴낸 날 | 2011년 9월 1일

펴낸곳 | (주)현대문학
등록번호 | 제1-452호
주소 | 137-905 서울시 서초구 잠원동 41-10
전화 | 02-2017-0280
팩스 | 02-516-5433
홈페이지 www.hdmh.co.kr

© 2011, 김남천 · 유진오

ISBN 978-89-7275-558-6 04810
ISBN 978-89-7275-470-1 (세트)